谨以此书献给——

普天下为生育而不惧牺牲一切的母亲，以及为全人类生命和健康而倾情奉献的医务工作者。

感谢中子及老童两位先生的关心、指点及肯定！

感谢所有为剧本顺利出版给予支持的编辑和朋友！

原野　2025 年 2 月

雪花天使情

原野 著

（上册）

团结出版社

© 团结出版社，2025 年

图书在版编目（ＣＩＰ）数据

　　雪花天使情 / 原野著 . -- 北京：团结出版社，
2025. 5. -- ISBN 978-7-5234-1680-8

　　Ⅰ . I247.5

　　中国国家版本馆 CIP 数据核字第 20253H938K 号

策划编辑：宋怀芝
责任编辑：尹　欣
封面设计：文　周

出　版：团结出版社
　　　　（北京市东城区东皇城根南街 84 号　邮编：100006）
电　话：（010）65228880　65244790
网　址：http://www.tjpress.com
E-mail：zb65244790@vip.163.com
经　销：全国新华书店
印　装：四川科德彩色数码科技有限公司

开　本：170mm×240mm　　16 开
印　张：46.75　　　　　　　字　数：702 千字
版　次：2025 年 5 月 第 1 版　　印　次：2025 年 5 月 第 1 次印刷

书　号：978-7-5234-1680-8
定　价：168.00 元（上下册）
　　　　（版权所属，盗版必究）

内容简介

　　这是一部描写中国川东地区20世纪80年代至21世纪初，以雪花、何花为代表的一群妇产科医生为了妇女儿童的生命和身体健康不懈奋斗的电视剧文学剧本。展示了贫穷、无知、愚昧给孕产妇和围产儿带来的不同程度的伤害，再现了医护人员无私奉献、无畏牺牲的精神。真实记录了中国医生在"非典""汶川大地震"等大灾大难面前无私奉献和中国人民在大灾大难面前的空前团结与倾情奉献。

医学顾问　熊庆　胡兴文　宦文辉
文学顾问　韩寒　高其友　童光辉

序

—— 老童

认识乡友滕彩琼（笔名原野）几十年了。彩琼女士写作，几十年了。二十多年前，她创作了影视剧本《雪花天使情》，不慎之间，搞丢了；又二十多年过去了，她凭着惊人的记忆和毅力，居然又重新写了出来。

一个月前，在武胜沿口偶遇彩琼。她传给我长达五百页的剧本电子版，读后，很有印象；联想起剧本传奇的写作故事，更有印象。几天前，和几位文朋诗友应邀去她乡下的豪宅做客，席间大家陆续谈论着这个本子，我建议把剧本名由《雪花天使》改用《雪花天使情》，她觉得好，同意了。小酌饭后，去书房，抄写了各位赞扬她的几首小诗，继而题写了"雪花天使情"的条幅。

认识滕彩琼的时候，她正在进行诗歌写作。她的诗既简短，也单纯，有着20世纪八九十年代年轻人共有的朝气和阳光。在报刊上，也有过发表，后来还出版了诗集《春风一九九三》，因此，还加入了四川省作家协会。

滕彩琼女士是位妇产科医师，影视剧本《雪花天使情》很大程度再现了她几十年职业生涯中所经历的一些情境，讲述了不少妇产科医师迎接新生命的天使般故事。写这类题材的影视作品，不少，但有的作者不一定当过妇产科医师，其作品就难得生动。而滕医生因为亲身经历，剧中许多细节，就比较感人。相信读者读过剧本后，会有我一样的体会；如果今后拍摄成影视剧，观众看过片子后，会有我一样的感想。

彩琼告诉我，文学剧本，即将付印。这里先祝作为天使般妇产科医师的她，美丽雪花天上来，接来生命满人间。同时，也预祝《雪花天使情》出版后，一本走红，赢得更多的读者和赞誉。

寥寥数语，权作为序。

2024 年 11 月 12 日下午于慈竹苑

感 言

——中子

一个在某三甲医院妇产科长期从事医疗工作的主治医师，出于对全体妇女儿童的关爱之忱，历时十余年，终于写出这样一部气势恢宏的长篇电视连续剧文本。

作品生动描绘了以雪花为代表的一大批医护人员，为了呵护生命、确保妇幼身心健康，不惜牺牲个人一切甚至生命的典型形象，塑造了一个值得全社会理解和礼赞的优秀群体，作品充满了正能量。

作品具有很大的信息量，涉及的医疗卫生知识非常专业，充分体现了作者深厚的知识积累和精熟的医疗技术。该作品是一部集文学性和科普性于一体的成功之作。

作品贴近生活，深接地气，弥漫着浓郁的人间烟火气息。在倡导奉献、洒播爱心的同时，也在一定程度上揭示了当前亟待解决的一些社会现实问题，引人深思、发人警醒。

2024 年 11 月 22 日于舍江春

目　录

第一集　初试锋芒

1　江南　红星区车站　1983 年 5 月　日　外

一群各式各样衣着的人满怀同情地围着一个近 40 岁躺在凉椅上的中年妇女七嘴八舌地议论："多可怜啊！""怎么就治不好呢？""一大群娃儿怎么办哟？"

妇女面色苍白，神情绝望。妇女叫李金花，粗布衣裤上全是血和污渍。

凉椅边缠着竹子当作滑竿。

四个大大小小哭泣的女孩是李金花的女儿们。

大丫 15 岁，柳眉凤眼椭圆脸，脸上泪水和泥沙混杂也挡不住女孩的美丽。赤着双脚穿着脏兮兮已经泛白的红花布衣服。左手牵着妈妈的右手，右手擦着眼泪。

二丫 12 岁，眉眼弯弯俏脸洁白凄美，穿着蓝花布衣服，光着的双脚满是泥沙，双手牵着妈妈左手，听任眼泪在小花脸上流淌。

三丫 8 岁，满面灰尘两只眼睛又大又亮。穿着旧蓝花布衣服光着脚丫，双手抓着妈妈的左裤脚，听任眼泪在小脸上流淌。

小丫 2 岁，掉着鼻涕满脸污花光着脚丫穿着旧红花布衣服，小手牵着妈妈的衣服拼命叫着："妈妈妈妈……"眼泪在小花脸上流淌。

稍远处，一身泛白破蓝布衣服的张老根，光着脚板，一脸沧桑，满眼忧虑地一会儿双手抱头，一会儿捶胸顿足地在路边来回不停地走着。

路边，同样破衣旧衫满脸焦虑的张大富、王小二、王小三在着急地劝说着。

张老根不停地摇头。

旧衣布鞋神情悲伤凄美的雪花，向张老根走去，探着头，眼神中写着问询。

张老根痛苦万分："医生说我老婆得了绝症，流血止不住，已经没救了，叫回家准备后事。"

雪花向人群中的李金花走去。

推出片名——《雪花天使情》。

雪花推开人群，李金花面色苍白，双目无神，一脸绝望。雪花摸摸李金花额头："太凉了。我是江北医学院的学生，专学妇产科的，让我看一下好吗？"

李金花无力地点点头。

雪花："哪儿不舒服？"边说边在李金花的小腹上下左右轻轻压着。"痛不痛，有一个小包。"

李金花费劲地："不痛。流了好多血。"

雪花："多久了。"

李金花："半年了。"

雪花："天天都这么多？"

李金花："只有洗身上的时候多，平时不。"

雪花："一个月流多久？"

李金花："半个月。"

雪花走到张老根身边："你爱人可能是子宫黏膜下肌瘤，做手术就好了。"

张老根半信半疑："真的？"

雪花："真的！"

观看的人群也蜂拥过来。

一老妇："有救了。孩子就不得造孽了。"

一中年妇女："有救了。男人就不得受难了。"

一小女孩："有救了。姐姐妹妹就不得哭了。姐姐妹妹就有妈妈了。"

边说边去牵一直哭泣的小丫。不懂事的小丫没啥明白，睁大泪眼看着那小女孩。又望着全是笑脸的人群和三个笑着的姐姐。

一老头："有救了，日子就有盼头了！"

路边。

高兴的张老根突然黄牛一样放声哭起来。

刚刚还为他高兴的人们不约而同地问："哭啥呢？"

张老根大声地吼着："没钱啊，到啥地方去做手术啊？"

雪花："到我们江北医学院去做嘛。我这还有一点钱给你吧！"说着含着泪从包里拿出了 20 元钱，"我爸去世了，没钱安葬，这是同学们给我们家捐的爱心钱。我已经没有爸爸了，妹妹们不能没有妈妈。"

2　江北医学院（回忆）

教室里　日　内

雪花在看书。

穿着花衣满身朝气神态焦急的杨玲玲，跑到一脸懵懂的雪花跟前拉起雪花就向外跑。

江北医学院过道上（回忆）　日　外

杨玲玲边跑边说："你家来电报了，你爸爸病危！"雪花脸色霎时变得苍白。

3　班主任办公室（回忆）　日　内

高大帅气的石老师面色沉重地来回走着。病危！病逝！两封电报放在桌上。杨玲玲拉着雪花跑进了办公室。

石老师赶紧拿起写着病逝消息的电报放进上衣袋。见雪花进来，忙拿起写有病危的电报递给雪花神色严峻地说："快收拾东西回家，你爸爸病危！"

4　江北汽车站（回忆）　日　外

杨玲玲陪着雪花在等车。

5 江北医学院里（回忆） 日 内

布衣布鞋的肖军、张华、李平、蒙志、刘刚、石头、钟青等几十个同学在教室给雪花家捐钱和粮票。杨玲玲在记录。几十双拿着钱的手在挥动。

高大帅气全套牛仔服的班长王强忙拉着一身新衣洋装的肖军在旁边说："这样做太慢了，我们几个班干部分头收吧！"

肖军点点头："好！"

王强："好！"转头叫，"张华、肖雪、何花过来。"

人群中穿着白底红花连衣裙的肖雪婀娜多姿地飘了过来："啥事，班长？"

张华仍在同学中间传递钱和粮票。

王强小声地对肖雪："等会儿告诉你！"同时对着人群中高喊："张华、何花快过来！"

张华、何花忙从同学中冲了出来。

王强对肖雪、张华几个说着话。

几人会意分头收费。

杨玲玲周边的人立即减少了。刘刚、石头、李平、钟青、邱平、蒙志等人立即分开到几个班干部处交费。

6 邮电局（回忆） 日 外

肖军在填汇款单，杨玲玲肖雪在数钱，王强、李平、刘刚、石头、邱平、蒙志等几个学生眼神警惕地在旁边走走看看护卫着。

7 公路上（回忆） 日 外

一辆客车飞快行进在弯弯曲曲的公路上。车里，雪花因晕车不停地呕吐。

8 江南金沙村雪花家（回忆） 日 外

门前挤着一群人，光着脚丫全是青蓝二色布衣裤的老羊雀、红英、绍英、洋哥、一哥、九哥、刘妈、张妈等一大群人站在门外，人们在议论着："张书记都死了好几天了还没安葬。多好的人啊，多好的书记啊，怎么就这么走了啊。小女儿还没回来，大女儿也不知到哪儿去了。"

9　雪花家　日　内

一身黑布衣裤的雪花娘神情悲痛欲绝。雪花爹的遗体停放在堂屋门口，没有花圈，没有遗像，只有雪花娘臂戴着青纱。她的长发在后脑勺处挽成一小髻，丢进黑色的盘发兜里，和雪花爹遗体上的黑布显示着悲痛的气息。

10　村办公室（回忆）　日　内

一身黑色衣裤、俏脸绝美、满面泪花的张雪英，伤心地向着屋里瘦黑的中年男子："高村长，谢谢你，谢谢你们给我爸料理后事。"

高村长擦擦眼泪："雪英啊，你爸当村支书 20 多年，给全村办了多少好事，大家都记着呢。这都是村干部和乡亲们的一点心意。"

雪英感激得点点头走了。

11　雪花家　日　内

雪花飞跑回家。一看到家门口的阵势，雪花心都凉透了。旧衣破衫卷着裤腿一脸悲戚的高村长，刘妈、老羊雀、红琼、虎子哥、菊花等一大群人，光着脚板或蹲或站或坐在门口等着。

雪花捏紧衣袖静静地走到父亲的遗体边，咬唇轻轻地揭开黑被盖，看着瘦得皮包骨头的父亲，又摸摸父亲冰凉的双手，然后静静地在父亲身边坐着，没有哭声没有眼泪。

12　镜头闪回　江南红星区车站　日　外

张老根接过雪花流着泪拿出来的 20 元钱，又从中拿出 5 元还给雪花。

张老根感激地："这是你的生活费呢，咋能就全都给我呢！"

雪花想推辞，想想后又收起 5 元钱。

围观的路人这才看见雪花胸前的白花，大家你 1 元、他 3 元地从包里拿出钱来给张老根。

张老根热泪纵横地突然拉起大丫、二丫、三丫和小丫四个女儿一起跪下给雪花和在场的所有热心人连叩了三个响头："小妹大姐、大叔大婶、大爷大妈、各位父老乡亲，谢谢了！我张老根这辈子都记着大家的恩情了。"

"车来了！"一小伙子大声喊起来。

人们这才飞快地准备上车，张大富、王小二忙帮着张老根将李金花抬到客车上。

张老根对张大富说："小弟，我走后帮我把几个孩子带回家，家里的事就交给你们了。"

雪花寸步不离地跟着李金花。雪花扶着李金花坐在车窗边。

车站边张老根将四个女儿和凉椅交给张大富、王小三后飞快上车。

四个女儿"妈妈爸爸"地叫着，向着客车离去的方向跑着，久久不愿回去。

裤脚一个长、一个短的王小二扁着嘴，扛起扁担转身就走。王小三戴着草帽、扛着凉椅，拉了拉大丫，带着二丫、三丫走着，张大富胡子拉碴地抱起小丫跟着王小二跑。

13　汽车上　日　内

车上，面色越来越苍白的李金花因虚弱晕车呕吐不止，雪花衣袖裤子上沾满污垢和血水。

雪花看着李金花："阿姨，你过去也晕车吗？"李金花点点头。

雪花不顾自己汹涌不停的胃，强咽下快要吐出的胃内容物。左手抱着李金花，右手紧紧捏着李金花的食指中节。

雪花："阿姨，书上说捏着这里就不晕车了。"渐渐地李金花不吐了。雪花脸色苍白，胸前的白花也掉了，仍不忘对司机说："开快点，救命要紧！"

14　江北医学院急诊室　日　内

一女医生面色沉重地查看着李金花。护士测着血压：40/20 毫米汞柱，失血性休克马上住院输血手术。

女医生面色焦急转向雪花："你是她什么人？快去办住院手续！"

15　江北医学院　日　外

雪花欲言又止，稍一思索又带着张老根飞快地跑向入院处。医生护士推着推车跑向住院部 B 超室手术室。

检验科，雪花和张老根都在给李金花献血。

手术室外，刚抽了血的雪花脸色苍白地坐在手术室外。张老根在手术室门口走来走去，一会儿又焦急地从手术室的门缝向里张望。

手术室门打开，医生护士推着李金花从手术室里走了出来。

张老根神情紧张地奔向李金花。

女医生大大松了口气看着张老根："病人是子宫黏膜下肌瘤大出血。流血这么多还活着，真是奇迹。"

张老根双手颤抖激动拉着女医生的手："谢谢，谢谢！"

女医生平静地说："不用谢，还得找钱来输血输液。病人血止住了但还处在危险期。你们要准备好钱，好好守着病人。"张老根无奈地看着雪花。

雪花如释重负高兴地："张大叔你回去筹钱吧，我下课后来看护阿姨就是。"

16　教室里　日　内

雪花聚精会神地听着老师讲课。

17　医学院花园东边　夜　外

王强和肖雪亲热地拉着手，慢慢走在葡萄架下说着悄悄话。

远处有人影闪动。王强和肖雪闪电放手随即离开。

18　学院花园西边白桦树下　夜　外

帅哥陈俊和美女张华搂抱在白桦树间。

陈俊："听老师说，我要回我们江源市实习。"

张华焦虑地说："亲爱的，我可能不能和你在一个实习点了。你去给老师说说，让他帮我们安排到一个实习点。"

陈俊闪了闪媚眼："怎么说啊，上次老班头就因为家乡的女朋友来了一次。老班头班长都当不成了，还敢说，我们俩恐怕连实习的机会都没有了。"

张华皱紧眉头："那怎么办啊？"

陈俊叹了口气："走一步看一步吧！"

19　病房里　夜　内

李金花面色苍白地躺在病床上。输液在继续。

雪花一边查看导尿管里尿的颜色，一边用杯子量着尿量并记录着。

20　宝马乡宝马村李金花家　　日　内

大丫一脸黑灰在锅边煮面。二丫脸上手上全是黑灶灰，在灶边烧火。小丫掉着鼻涕口水，望着锅里烧着的开水，叫着："姐姐，姐姐，我饿！"

大丫踮起脚尖、拿着筷子，飞快在锅里搅几下面说："好。小丫不闹，面马上就好啦。姐姐马上就给你挑面了。"

猪圈里一大一小两头猪儿哄哄哄地拱着猪槽。三丫满脸汗水在屋里砍猪草。

餐桌上小丫高兴地吃着面，不小心掉了一根在桌上，马上用黑黑的小手拾起放进嘴里。二丫、三丫歪斜着坐着吃面。

厨房里，大丫在给猪弄吃的。正忙着，隔壁玉米花轻轻走进来。

玉米花："大丫，你妈妈怎么样啊？来，大婶帮你喂猪哟。"说话时抢过大丫手里的勺子在锅里轻轻地翻弄着。

大丫小声地："谢谢大婶！我也不知道妈妈怎么样哟。"

玉米花："不谢！不要着急！妈妈一定会好起来的。明天你带二丫、三丫去上学，小丫交给我。"

张九妹大着肚子，施施然走到三丫面前，想蹲下帮三丫砍猪草。玉米花忙拉开张九妹。

王小三担一担水倒进金花家的水缸里。

大丫忙跑过来笑眯眯地连说："小三哥哥，谢谢！"

王小三忙笑着担起水桶边走边说："不谢，不谢！"

王小四跑来接过王小三的水桶："我来担两担吧。"王小三笑笑，听任王小四向外走去。

21　医学院女生宿舍　　夜　内

杨玲玲正在清点人数。走到雪花床前不见人影，便问："雪花在哪儿？"没有人回答。

22　病房里　　深夜　内

雪花正给李金花翻身擦洗。李金花静静地躺在床上。
雪花倒在病床边的小椅子上睡着了。

23　宝马乡宝马村李金花家　日　外

张老根一回家，张大富、王小二、王小三、王小四、王小一、玉米花、张九妹、李小花就急急忙忙跑来。

玉米花着急地："大嫂好些了吗？"

王小二："金花婶子真的是子宫肌瘤？"

张老根："医生说是子宫黏膜下肌瘤。做手术后，输血输液已经好多了。"

王小三："哎，那个小妹妹还有两下子呢。"

张老根："那个小妹妹可好哟，她给我家金花输了血。"

王小二歪着脑壳斜着眼："你怎么就回来了呢？"

张老根苦着脸："医生说还要很多钱输血，金花我就交给那个小妹妹了，她下课后帮着看管。我这不回来找钱了吗？你们都去帮我找点吧！"

王小二："好哩！"

张大富、玉米花也匆匆回家翻箱倒柜地找钱。

24　小路上　日　外

张老根匆匆忙忙地走着。张老根东家出西家进，到处点头哈腰。偶尔有钱放进包里。

25　李金花家　日　内

小丫一个人坐在屋前的地上玩泥巴。身上脸上全是泥，只两只眼睛闪亮。

屋里猪圈里的猪在不停地嗡嗡地噜着猪槽。

26　医学院教室里　日　内

雪花专心听课。

坐在雪花前排的小智和何花头挨着头在不时交换着字条。两人把字条又悄悄递给雪花。雪花打开字条，小智写着何花你是猪，何花写着小智你是狗。小智挨着何花的头："你是巫婆。"何花撞着小智的头："你是狐狸精。"

27 教室外 日 外

雪花拉着何花和小智，让她们把手拉在一起，然后笑眯眯地说："看着你们头挨头那么亲热地靠着还以为你们多好呢，不想你们还在骂架呢，你们可真是文明得可以啊！"

小智低着头轻轻笑一下走了。

何花拉着雪花："你说她气不气人嘛，就为于连是可爱还是可恨，争论了两天她还是不放弃说于连可恨得不得了。还说林妹妹的眼泪太可笑了，宝玉明明是个情种还为他哭个不停。你说那林妹妹是不是应该流泪？"

雪花哭笑不得地说："何花啊何花，你说你真是太可笑了，书上的人书上的事你们那么上心干什么啊？前几天为一本《飘》，你们抢的书都弄坏了，看你们咋办？"

何花："还不是向你学的，你把我们的图书证都拿去借书一天一本小说，看得我们书都快看不成了。"

雪花难过地："对不起！不过这段时间你们好好看嘛，我可能好些时间晚上不能看书了。"

何花："为什么？"

雪花低头不语。

28 操场上 日 外

杨玲玲、青青、肖军、李平、蒙志、石头、刘刚、邱平、胡阿兵、杨冲、王强、岳建明、阿超、肖雪、钟青等人在打篮球。

29 女生宿舍 夜 内

青青笑眯眯地窝在床上看情书。看完情书的青青正想将信装好放进床下的大布包里。

从外面跑回的张华一把抢过大声读着："亲爱的青青好！我坐在星夜昏黄的路灯旁，告诉你我此时的思念和忧伤。我思念你月亮样弯弯的眼睛，怀念你桂花般飘香的长发，想念你漫天星空无边无际把我包围的柔情。看到浩瀚无际的星夜，就如承你无以穷尽的激情。想着你如星夜般无穷无尽的美好，我的心便有了大海样无边无际的忧伤。想你！爱你的林宁。"

张华哈哈大笑着叫着："好美啊，青青！你家林宁的深情快把你融化了吧。把你那一麻袋情书都读给我们听听吧。"说着便要去抢青青的情书。吓得青青忙抱着林宁的情书跑出了室外。

青青边跑边笑着说："死张华，别说一麻袋，就是一封信也不给你看了。想看就自己找个男朋友给你写。"

张华笑得喘气不已："别说了，快去自己洗衣服，不能次次都要雪花给你打饭还要天天给你洗衣服哟。"

青青抬抬头："这就不要你操心了，人家雪花喜欢给我打饭洗衣服，你有意见？"

张华摇摇头："没意见。人家雪花愿意，你吃啥醋呢？你不也天天睡懒觉，叫雪花打饭的时间还少吗？"

青青笑笑："还真是，雪花还真给我买了数不清的早餐呢。"

30 病房里 日 内

雪花拿着自己最喜爱的一件黄的确良短袖和一条深蓝色裤子，看了又看，还是大方地递给金花，想让李金花自己穿上。

李金花推辞着不穿。

雪花心疼地："阿姨听话，穿上吧！看你身上的衣服全都湿透了，你把衣服换下来洗。等衣服干了又换过来还给我就是。我也只这么两件衣服呢，又不是送给你的。你就穿上吧！"

李金花笑笑："那还差不多。"

看金花同意，雪花忙给李金花脱下衣服，把自己的干净衣服给李金花穿上。

31 医学院洗漱处 日 外

雪花给李金花洗被血湿透的衣裤。张华拿起几件衣服交给雪花。

张华："雪花，我有事出去，帮我把这几件衣服一起洗洗吧！"

雪花连连点头："好的，快去忙吧！"

32 食堂里 中午 内

雪花从包里拿出5元钱递给收费员，收费员给雪花补了一把零钱，雪花收好钱放进包里。

食堂收费员给雪花打了两份饭，一份有肉和菜，一份只有米饭。杨玲玲、肖军、石头、李平、钟丽、何花、刘刚、蒙志、张华、陈俊、肖雪、王强、青青等几十个学生在排队买饭。另一边排队打饭的队伍中有几个学生在嬉笑打闹着。

33　病房里　日　内

雪花在给李金花喂饭。饭里有肉。

李金花已能轻轻活动，只是体力不支，可精神已有了明显好转。

雪花给吃完饭的李金花洗脸梳头。

邻床一个60多岁的老太婆羡慕地看着她们俩说："你女儿真孝顺。我有这么个好女儿就好哟！"

李金花悄悄对雪花说："老太婆没女儿，只有一个儿子。"

雪花和李金花都笑了。

34　学院走道上　日　外

雪花杨玲玲并肩走着。

杨玲玲歪着头盯着雪花："你回来后在搞啥名堂，一天到晚都看不到你人影？"

雪花摇摇头："没干什么。累！谢谢你们给我家捐款。"

杨玲玲："不谢，不谢！雪花啊，你每天晚睡早起给一宿舍人买早餐，你累不累啊？"

雪花笑笑："这有什么累的啊，我在家上小学、初中时每天早晨要割一背篓草后才去上学，中午下午放学都要割一背篓草才回家。现在扫扫地，洗洗衣服，每天早上拿几个馒头几根油条才几两哟。"

杨玲玲："哟，那你可真行！"又悄悄地说，"你知道吗，他们说陈俊和张华在谈朋友。有人告诉了石老师，俩人要倒霉了哟。"

35　石老师办公室　日　内

陈俊和张华低着头站在办公桌前。

石老师双目如炬严峻地说："学校明文规定不准谈恋爱。你们倒好，敢在学校里，在学校的花园里卿卿我我。"

陈俊小心地对石老师说："让我们俩去一个实习点实习吧。"

张华也大着胆子说："石老师，你都知道了，让我们一起到一个实习点实习吧。"

石老师大声吼道："做梦吧，不知道错误，还要错上加错。俩人各记大过处分一次，俩人各回各自的家乡实习。"

张华陈俊相互望着。张华眼里有泪水流出。

石老师气愤地："不要哭，要记住自己的错，下去好好反省反省！"

两人低着头出去，与匆匆而来的雪花差点撞上。

石老师办公室里，雪花拿着书面检讨交给了班主任石老师。

石老师严厉地说："下次不在学校住，一定要事先请假。"

雪花小心地点点头："好！"

36　公路上　日　外

张老根坐在汽车里向外探望。

37　病房里　日　内

张老根坐在李金花身边，眼角眉梢全是笑。

李金花高声笑着叫着："老根，老根我活过来了！我活过来了！"

雪花从门外走进了病房。

李金花高兴地说："妹子，老太婆说要认你做干女儿。你答应吗？"说着向邻床的老太婆笑笑。

仍在悲痛中的雪花无言地摇摇头对邻床的老太婆说："谢谢你，阿姨。我随时都可以来看你。"

李金花："雪花啊！知道什么是干女儿吗？"

雪花摇摇头："她说的干女儿是什么呀？"

李金花："就是儿媳妇啊！"

雪花苦涩地笑笑："那是不可能哟。我还是学生呢，学校是不准学生谈恋爱的。"

38　医学院花园里　夜　外

陈俊和张华眼泪汪汪地抱在一起。

陈俊："都是我不好，不能让你和我在一起。"

张华："这辈子不知啥时候才能相见哟。"

陈俊："实习结束回校考试的时候自然就见哟。"

张华："那有什么用，实习以后就是毕业分配，学校知道我们这种情况是不会让我们在一个地方工作的。"

陈俊紧紧地抱着张华深情地："华啊，今生今世不能在一起，下辈子我们也会在一起的。"

39 花园深处 夜 外

王强和肖雪远远地前后走着。两人相距1米左右。王强想上前挨肖雪近些，肖雪忙向前快跑几步。

王强着急地："干什么嘛？"

肖雪低头左右瞅瞅："注意，不要让别人看见，否则和张华一样就惨了。"

王强坦然地："哎哟，我们又没干什么，你怕啥？"

40 宿舍外公共厕所里 深夜 内

雪花和杨玲玲在昏暗的灯下看书。

杨玲玲："雪花，马上要考试了，背得怎么样了？"

雪花捂着鼻子："差不多了，但还得加加油。你呢？"

杨玲玲鼻子上捆着白手绢想挡住臭味："还可以，想考100分还得看看书的。"

雪花笑笑："今天还要看多久呢？"

杨玲玲皱紧眉头："等到1点就回去睡会儿。"

雪花想想："好！"

41 医学院公厕所外 深夜 外

看得困极了的雪花和杨玲玲走出厕所，杨玲玲扯掉鼻子上捆着的白手绢，雪花放开捂着鼻子的手大大吸了口气。

42　女生宿舍　深夜　内

雪花和杨玲玲轻手轻脚地回到女生宿舍。窸窸窣窣摸上床。

43　医学院考场　日　内

雪花、杨玲玲、何花、黄文、刘刚、小智、肖雪、肖军、建明、王强、青青、石头、阿超、钟青、钟丽等认真地考试着。

石老师在给杨玲玲、雪花、何花、杨冲、钟青、王强等同学发奖。

44　江南　金水乡金沙村山坡上　夏天　日　外

雪花穿着黄色短袖，深蓝色裤子，和身着破衣烂衫的绍英、红英、菊花、老羊雀还有谭英黑娃一群小伙伴捞衣扎袖光着脚板在坡上割草。满脸黑锅巴挂着两条鼻涕的菊花从雪花身后跑到雪花身前："雪花今天又给我们讲什么故事呢？"雪花笑笑："这么久没回来，今天就给讲《吹破天》的故事吧。很久以前，有两个爱吹牛的人，一个'吹破天'，另一个叫'皮四'人'吹塌地'。吹破天一直不肯做正经事，只靠说大话来讨生活。他的吹牛本领在方圆几十里都有名。但谁也不喜欢他。没有一个姑娘愿意嫁给他，三十多岁了还是单身汉。

吹塌地住在离吹破天家200里远的一个村庄，但与吹破天不同的是，他家庭富裕，吹牛技巧堪称一绝。

有一天，吹破天看见一个过路的陌生人在村头的大树下休息，于是上前和他攀谈，陌生人问吹破天叫什么名字，吹破天自豪地回答说：'我叫吹破天。'陌生人听后笑了笑说：'我们那里有个吹塌地是你的亲戚吗？'

吹破天不高兴地说：'不认识。他有什么资格称我为亲戚？'陌生人继续说：'他可是我们那里的吹牛大王，不信你去听听。'吹破天气得转身便走。

从那以后，吹破天再也没心情吹牛了，认为世界上没有人能超过他，所以决定去找吹塌地比试一番。走了很长时间，终天来到了吹塌地所在的村庄。吹破天一进村庄，远远地看到一群人围在一棵大树下，有个人正在讲笑话逗众人开心。

吹破天当即来了兴致，快步走了过去，大声地说：'谁是吹塌地，有本事出来比试比试。'

　　吹塌地上前一步大声地说：'我就是吹塌地，你是谁？敢和我比试？'

　　吹破天说：'我叫吹破天，走了三天才到你这里，想看看我们俩谁才是最能吹的人？'

　　吹塌地自信地说：'好，我接受你的挑战。你远道而来，你先请！'

　　吹破天不客气地说：'我远道而来，和你比比吧。先说喝酒吧，我们那里人人都能喝20碗酒，最少也是18碗。'

　　吹塌地：'那有什么，我们这里人人最少都可以喝50碗酒，就是刚刚落地的婴儿都可以喝21碗酒。'

　　吹破天大声地说：'我们那里人人可以吃20斤白米饭，20斤牛肉，20斤猪肉。就是才出的婴儿都能喝下5桶水。'

　　吹塌地不客气地说：'好，杀猪、宰牛，称米煮饭。'说完便有人跑去行动了。

　　吹塌地接着说：'我们这里每人一餐至少吃30斤米饭，30斤牛肉，30斤猪肉。如果我想，可以一口把海水喝干。'

　　吹破天说：'我喊一声可以传到千里之外。'

　　吹塌地不屑地：'我轻轻说一下可以传到万里之外。'说着抬手轻轻一挥。

　　吹破天哼了一声：'我一口气，可以把天吹破！'

　　吹塌地讥笑地说：'我轻轻吹口气可以把地吹塌。'

　　两人谁也不服谁，直吹得听众们困得打着哈欠走完。

　　第二天大家起来想看看两人的比试如何。结果当大家走到大树下一看，两个人都撑死了。"

　　老羊雀、菊花、红英、红琼等几个小伙伴背着草背篓，一脸泥沙，满脚泥巴"哎呀，哎呀"地叫着："好傻！好傻呀！"

　　雪花笑笑："所以说，以后啊，咱们干什么都得脚踏实地，做什么事都要多动动脑子。不要乱吹牛。"

　　菊花耸了耸鼻子高兴地："好啊！好啊！再讲一个故事吧，雪花！"

　　红英红琼黑娃等一群人也停下紧了紧裤腰带，嚷着："再讲一个再讲一个。"

　　雪花笑眯眯地："好吧！再讲一个什么呢？就讲一个《一鸣惊人》的故事吧。话说古代有一楚庄王。当国王三年从来不发布什么命令，在政治上也没有任何追求，朝廷文武百官都摸不透他葫芦里卖的是什么药，右司马有一天在马车里悄悄问楚庄王：'大王啊，我听说有一只大鸟栖息在南山之上，三年不飞、不叫、不理羽毛，默默无闻，这是什么道理呢？'楚庄王答道：'三年不动翅膀，是为了让羽翼更加丰满。三年不飞不叫，是为了察看民间的情形。虽然不飞，一飞就冲天；虽然不鸣，一鸣就惊人。你所比喻的意思，我知道了。'

'又过了半年，楚庄王监朝听政，励精图治，一下子就废除了七项弊政，兴办了九项新政，杀掉了五个民愤很大的大臣，还提拔了六个有才能的士人担任要职。于是楚国大治，空前繁荣。"

这个故事说的是什么呢？说的是做什么事都要调查，要深入实际，这样才能做好事、成大业。楚庄王因为有了三年默默无闻的深入调查，才有了楚国的空前繁荣，也让他成了历史上有名的春秋五霸之一。治国如此，我们今天割草也是如此。菊花你们说，哪些地方草多，哪些地方草少？"

菊花擤擤鼻涕："当然河边庄稼地菜地里草多，大路上山坡上草少。"

雪花眼睛闪亮："所以呢，要想用最少的时间割很多的草，我们也要先想好割草的地方再直接去就是。就像今天我们一直沿着河边割草一样。"

菊花红英黑娃泥脸脏花兴奋地说："哈哈！我们农民割草也和国王治国一样要思考要考察。"

雪花笑眯眯地说："所以，要想做好任何事，都得动脑子哟。"

红英立即搁下背篓，拉紧裤腰带，从背篓里扯出一大把草不由分说放进雪花的背篓里。

雪花推让着不要。

红英着急地说："你不是刚刚还给我们说，做什么事都要动脑子。所以我刚才就想，你低着头一边割草一边讲故事，我们听不清楚。你干脆不割草，专门给我们讲故事，我们每人拿一点草给你好了。"

菊花黑娃等一群脏兮兮的牧牛娃忙从各自的背篓里拿出一些草放进雪花的背篓里，雪花难为情地推让着。

45　雪花家四合院　日　外

雪花和红英撩衣扎袖浑身大汗小脸通红地在院坝里翻晒谷子。

46　金水乡金沙村村子外　日　外

蓝衣黑裤的李金花张老根带着花衣布裤的大丫二丫逢人便问："知道张雪花家怎么走吗？"

47　雪花家小院　日　外

雪花戴着草帽在汗流浃背地翻晒谷子。

雪花娘在家烧开水。

一哥从外边领着李金花、张老根和大丫、二丫到了院坝。

雪花高兴地说："阿姨，你现在还好吧？"

李金花蓝衣黑裤一脸风尘高兴地抱着雪花："恩人啊恩人哟！谢谢哟！谢谢哟！"李金花笑个不停地跳着说着。又拉起大丫、二丫："快给恩人跪下。"

大丫、二丫领口歪着裤脚一高一低，笑眯眯地说："妈妈，这就是你天天给我们念着的天使姐姐啊！"

李金花高兴地说："是啊是啊！她就是你们的天使姐姐呀。快给天使姐姐叩头！"

雪花笑眯眯地说："阿姨言重了，不用不用！"边说边飞快地拉起膝盖快着地的大丫、二丫。

布衣围裙满脸风霜不失娇美，风韵犹存的雪花娘从屋里走了出来。

雪花告诉李金花："这是我妈妈，阿姨。"又对娘说，"妈妈，这是曾经在江北医学院附院住院手术的李阿姨。这是阿姨的两个女儿大丫和二丫。"

雪花娘擦擦眼睛高兴地对大丫和二丫说："小妹妹真好看。"

李金花忙对着雪花娘大声地说："老姐姐呀老姐姐哟，谢谢你生了这么好的一个女儿！是她救了我的命，没有她我就不在人间了哟。我找了好久才找到这里来，我要接我的恩人到我家里去耍几天。"

雪花娘笑着将李金花和两个小女孩拉到家里坐。

屋里愉快的交谈声和快乐的笑声传得很远很远。

笑声飞过山岗飞过小溪飞向远方白云的深处。

48　小路上　日　外

李金花张老根大丫二丫几人慢慢走着。雪花和雪花娘向她们挥手。

李金花："恩人啊。请你去我家，你怎么不去嘛？"

雪花："现在家里农活忙，以后有机会一定到你们那去看看。阿姨叔叔小妹妹你们慢走。"

主题歌曲响起——

雪花之歌

日出东方，万物生长
芸芸众生，朝夕奔忙
一群呵护健康的人啊
健康丢失在无私的路上
一群挽救生命的人啊
热血挥洒在奉献的路上
愿中华民族世代兴旺
大爱无疆山高水长

美丽雪花，迎风怒放
朝气蓬勃，神采飞扬
一群孕育生命的人啊
殷殷母爱弥漫在产房
一群情系新生的人啊
负重前行在护民的路上
看伟大祖国繁荣富强
大爱无疆山高水长

第二集　实习生

1　江北医学院操坝　秋天　外

青春洋溢的杨玲玲拉着神采飞扬的雪花飞快地跑去集合。

杨玲玲边跑边说："雪花啊，10个月后再见。"

雪花转头对着杨玲玲笑笑。

四面八方快速奔跑的学生。

高大威猛、帅气十足的石老师一脸严肃地在操场中心向大家招手。

四面八方的同学向着石老师靠拢。

石老师高声地："84级3个班的同学们，注意了，所有同学全部到我前面来。一班站左边，二班站中间，三班站右边。各班的班长清点各班人数。"

三位班长立即招呼着安排着各自的同学。

石老师声音洪亮地："大家注意了，从今天开始，我们江北医学院附院84级妇幼专业三个班的100名同学将打破班的界线，绝大多数同学回各自的家乡实习。下面我宣布这次四个实习点的实习班长：江源市王强、德龙县杨玲玲、绍西县杨冲、苍龙县余波。每个实习点25名同学，各位同学具体到哪里相信各班的班主任已经通知各位了。"

雪花、钟丽、钟青、青青、肖军、杨玲玲、肖雪、黄文、刘刚、王强、石头、刘刚、李平、邱平、蒙志、张华、余波、阿超、陈俊等一大群学生在下面认真听着。

班主任老师在指挥班干部，督促学生们检查各自的被子、衣服、书本等生活学习用品。王强杨玲玲等几个干部在一一检查。

钟丽、钟青、肖雪、王强、石头、刘刚、黄文、李平、邱平、蒙志等一大群同学欢呼雀跃。张华和陈俊远远地相互望着。四辆东风牌货车停在旁边。

石老师穿着白衬衣黑西裤，浓眉大眼、精神十足地大手一挥，洪钟般的声音吼着："同学们，快点站好，静一静。大家听我说：从现在开始。你们在校期间的学习到此结束。同学们请让我们以洪亮的声音集体朗诵一遍医师誓言：健康所系，性命相托！我志愿献身医学。热爱祖国，忠于人民。恪守医德，尊师守纪。刻苦钻研，孜孜不倦，精益求精全面发展。我决心竭尽全力除人类之病痛，助健康之完美。维护医术的圣洁和荣誉，救死扶伤，不辞艰辛，执着追求。为祖国医药卫生事业的发展和人类身心健康奋斗终身。"

年轻有力的声音，穿越时空，震荡山川原野。

石老师剑眉深沉满眼深情地："同学们，请时刻记住你们宣读的誓言！你们每个人不仅要把誓言牢记在心里，更要落实在行动上，展现在你们生命的旅程里！今天，你们就要带着誓言带着理想到真正实现你们人生价值的医院，去实习去拼搏。同学们，用你们青春的热血，为人民的健康出发吧！"

同学们掌声雷动："出发哟！出发哟！"同学们呼喊着跳跃着。

100个同学分成4组，杨玲玲、王强、余波、杨冲等好几个班干部在各自点名叫着各自的队员分别向四辆车走去。

杨玲玲和雪花拥别。何花和小智手牵手说着。张华远远地看着陈俊。眼里有泪花闪出。

操场到处是拥抱告别的场景。

同学们依依惜别。绝色美女青青长发飘飘地向东风牌货车跑去。

2 江源市人民医院 日 外

雪花等25个学生整整齐齐地站在医院的实习生住宿楼下。

全身牛仔服的王强精神抖擞地在清点人数。

王强："大家注意了，一会儿医务科长来给我们讲话。大家要认真听着记着。"正说着，两个穿工作服的接待人员向实习生们走来。

王强忙上前高兴地叫着："张科长，84级实习生集合完毕，请领导讲话。"

雪花等所有同学全都热烈地鼓掌。

张科长笑着双手向下压压。掌声慢慢停止。

张科长剑眉星目帅气内敛："同学们，欢迎你们来到我们医院实习。在这里你们将看到你们在书本上学过的很多疾病，也将发现许多书上没有的疾病。大家一定要睁大眼睛、时时注意，要用你们智慧的头脑不断地思考，医学无止境，变化千千万万。怎么才能做到药到病除，怎样才能让病人幸福舒心？你们现在还是一张白纸，相信明天，当你们进入病房，将是你们灿烂人生的开始。"

雪花、王强和同学们使劲鼓掌。

掌声中张科长笑着离去。

王强大声严肃地说："同学们，刚才张科长说了，我们实习队要分内科、外科、妇产科和传染科四个实习小组。每个大科室实习2个月，小科室2周。雪花、陈俊、肖雪、钟丽、李平、肖军还有我七人一组先上内科。石头、刘刚、黄文、何花、邱平、阿超一组上外科，其他人每个组六个人……"

3　江源市医院女生宿舍　日　内

雪花、肖雪、何花、钟丽几姐妹高卷衣袖正收拾着桌子板凳，打扫着卫生。

简洁的小屋里，有两张小小的上下铺的单人床。

中间是两张简易陈旧的木桌。

肖雪、钟丽飞快地在下铺铺床单，雪花在肖雪的上铺放书。何花在钟丽的上铺梳头。床有些晃动，灰尘掉下来。

钟丽忙从床上跳起来冲何花吼着："姐们，轻点轻点哟！"

何花歪着头冲钟丽伸伸舌头："对不起，对不起哦！"

雪花从床上跳下来，从门后拿着布条仔细地擦拭着床上床下、床里床外。

4　男生宿舍　日　内

歌声飞扬："亭亭白桦，悠悠碧空，微微南来风……"情歌王子肖军一边擦地一边唱歌。王强、陈俊、李平等人在飞快地铺床。

5　内科病房外　秋天　日　外

王强、肖雪、钟丽、雪花、何花、陈俊、李平等人站在过道上。

王强："刚才我和内科杨主任谈过了，他们只有六个医生，而我们有七个同学，雪花和陈俊两个人跟陈老师上，我跟黄老师，肖雪跟周老师，钟丽跟刘老师，李平跟朱老师，何花跟秦老师。就这样，大家快去跟老师们开始工作吧。"

6　内科病房　日　内

雪花和陈俊两人在认真看着穿着红花衣服 50 多岁的陈老师给胃病、肠炎、肺心病、高血压病人问病史、做检查。检查从望触叩听一一进行。

7　内科医生办公室　日　内

雪花陈俊在认真书写病历。陈老师在旁边指点。

雪花写了一遍交给陈老师。

陈老师中等个子，面如满月，眉似弯钩，看着就感慈祥，陈老师接过病历，抬抬眼镜仔细看后说："雪花啊，主诉太长了，记住不能超过 27 个字。现病史太简单了。"说完摇摇头向门外走去。

雪花接过病历认真看看又写了一遍后，跑去拿给陈老师看。

正修改病历的陈老师看后说："主诉字数对了，但重点不突出。"摇摇头，"重写。"

雪花跑回去又写了第三遍，跑去拿给陈老师看。

陈老师看后摇摇头："现病史清楚了，但病人发病后用过的药物记录不清。诊断次序不对。重写。"

最后，雪花坐下将前三次写的病历仔细分析，反复思索后。雪花认真地又写了一遍。看完后自己觉得不满意又重写一遍。第四次交到陈老师面前。

陈老师看后笑着点头："行，很好。"

雪花高兴地笑了。

8　内科病房里　日　内

雪花在陈老师查过的女病人身边问病史，又学着陈老师的样子给病人叩心界大小。

雪花笑眯眯地："我能给你再做两样检查吗？"

女病人弱弱地笑笑说："好，没问题。"

雪花拿着听诊器认真地给病人听心音，听完拿起听诊器叩病人的膝盖头，病人的脚立即弹起，雪花笑笑放下病人的脚。又拿起棉签划病人的脚掌心。雪花一划，病人的脚板马上就弯曲。病人无力地笑了，雪花也高兴地笑了。雪花一会儿病房一会儿医生办公室地跑着。

雪花不停地问着，不停地写着。

9 鞋摊 星期天 日 外

鞋匠紧皱眉头在仔细地修补鞋子。

街上穿着各种服装的行人，人来人往川流不息，情人手牵手、肩并肩地一路欢笑着走着。小孩们牵着妈妈的手，跳跃着奔跑着。

雪花飞也似的跑到了鞋摊边。

鞋匠见雪花来了忙放下手中的活："鞋又坏了吗？"

雪花笑着点点头。同时脱下了穿薄了尖子磨掉了后跟的皮鞋。鞋匠认真地在换鞋跟。

雪花坐在鞋摊旁看门诊妇产科医生治疗手册。

10 公园里 星期天 日 外

肖雪和王强、陈俊、钟丽几个人穿得漂漂亮亮在打扑克、贴麻子。肖雪一边喝水一边偷看王强的牌。王强只认真打牌，没注意肖雪的眼睛。旁边的人在偷笑。

肖雪催着不停地说："王强王强快点出哟。"王强的脸上已贴了 7 个长白纸条，肖雪脸上贴了 3 条，陈俊贴了 6 条，钟丽贴了 5 条。

11 内科 3 病房 日 内

雪花拿着一张小便化验单和装尿的小杯子交给 6 床水肿病病人陈芳说："陈老师说你水肿厉害，叫你弄点尿到化验室查一下。"

陈芳 50 多岁的样子，瘦骨嶙峋地，面部虽小却肿得白面馒头样，肿泡泡的，走路也歪歪扭扭的，她接过杯子点点头说："放心吧，我一会儿就去。"

12 医生办公室 冬 日 内

陈老师等几个医生和雪花钟丽王强几个同学在写医嘱、开处方。

雪花、肖雪、钟丽、何花随几个老师在大查房。

13 女生宿舍 夜 内

雪花在被窝里借着窗外路灯在看书。肖雪、何花、钟丽已入睡。

14 医生办公室 冬天 深夜 内

雪花穿着姐姐唯一的定情嫁衣——阴丹蓝的卡小西服在书写病历。双手冻得通红，脚冻得发抖，嘴唇青紫，牙和舌头打着战。

陈老师拿着一件厚厚的大红棉衣披在雪花肩上："雪花，这是我穿过的棉衣虽旧了些，还是很暖和的，你大冬天穿这么少每天又加班到深夜，快穿上吧。"

雪花红着脸推辞着。

陈老师不容分说强行给雪花穿上。

雪花笑眯眯地穿着陈老师给的红棉衣，身子一下就暖和起来，脸也如花一样美艳起来："谢谢陈老师！"

说着摸摸已经暖和的手，心里也暖洋洋的，双脚走动也快了起来。雪花飞快地书写着。

雪花写着又跑出去，边走边说："陈老师，我再去问问病史。"

15 女生宿舍 夜 内

肖雪、钟丽、何花在被窝里看书。

16 内科医生办公室里 夜 内

陈俊穿着厚厚的牛仔服在看病历，雪花穿着陈老师给的大红棉衣在书写病历。

雪花在病房不停地来回奔跑。桌上是一堆堆病历。

陈俊拿起两本病历给雪花说："师兄我写好了，帮我看看，如果不行帮我重写！我有事出去。"

雪花接过病历本严肃地："到哪儿去？去干什么？"

陈俊不好意思地看着外面。雪花顺着外一看：一个瘦高个气质美女在路边来回走着。

雪花转头看向陈俊："又有新女朋友了？"

陈俊闪了闪英俊的眉眼媚惑地："师兄，帮帮忙。"说着双手抱拳直作辑求助。

雪花好笑地："注意形象。"

陈俊帅气一笑向外便跑，边跑边说："谢谢师兄！"

雪花看完陈俊写的病历。写完两个又跑出去问病史。正写着，一个咳嗽病人来了。雪花忙上前扶着病人到陈老师身边。陈老师一边问病史，一边教雪花一步步检查病人。

旁边查看病历的钟丽、写病历的肖雪、开化验单的何花和查看医嘱的王强、石头、李平、蒙志几个人也围过来看着陈老师教雪花问诊检查。

17 产科病房里 深冬 夜 内

雪花在给产妇换药。产妇20多岁脸色苍白，虚弱地躺在床上。孩子在"哇哇"地哭。

一个40多岁的妇女抱着孩子走着哄着。

18 产房里 深夜 内

雪花在刚刚引产生下来的一个约6月孕的死婴小腹上，用手术刀一层一层切开，又做手术一样拿着持针器，把切开的组织一针针、一层层地缝起来。再一针针地拆掉，拆完后又一针针缝起来。雪花反复操练着。雪花拿持针器的手越来越快地缝着拆着缝着拆着。

19 病房里 夜 内

雪花在一个个病房查看病人。

20 医院女生宿舍 夜 内

肖雪、钟丽、何花已呼呼入睡。

21 房里 深夜 内

雪花仔细地观察着反复缝合的死婴伤口，一针一线都比较整齐。雪花反复看着缝着拆着。直到长短宽窄完全一致方才停下。

22 医院女生宿舍里 夜 内

雪花在被子里看书。

23 医院男生宿舍 夜 内

王强、肖军、陈俊、李平、石头、长青几个小伙子姿态各异，甚是潇洒地躺在床上。

陈俊大声地说："同学们今天晚上讨论的问题是精子的数量和生命的质量之间的关系。大家请踊跃发言。"

王强高声地说："精子数量多，生的孩子就越聪明。"

肖军大声地说："那才不一定，精子数量少，生的孩子也许更聪明。"

王强："为什么呢？"

肖军振振有词地说："精子数量少一般是因为炎症或某些疾病引起，想想看，能够战胜疾病顽强生存下来的精子，是不是已经优胜劣汰下来的优秀基因呢？"

陈俊"噗"地笑起来："那你就多生点病，等你生孩子时好优胜劣汰生个聪明宝宝嘛。"

"呵呵呵，哈哈哈……"满屋子的人包括肖军都疯狂地笑起来，青春的笑声在静静的医院里飞扬着。

24 医院女生宿舍 夜 内

何花在被子里哭。钟丽和肖雪在劝说。

雪花推开门走进来。见气氛不对，忙抬眼问肖雪："咋的嘛？"

肖雪偷偷地笑笑："你去给她帮帮忙哟。"说着朝何花努努嘴。

雪花莫名其妙地说："帮什么忙嘛？"

肖雪："帮她写封情书哟。"

钟丽听后从床上跳起："真是呢，你那么会写，帮她写写嘛。"

雪花好笑地说："写啥嘛？咋回事嘛？"

何花从被子里擦把眼泪，探出头，鸡窝似的头发乱糟糟地缠着雪白的颈脖。红肿的双眼喜出望外地："真的哦。雪花帮帮我，帮我给那个丑种写封信哦！"

雪花点点头："好嘛，好嘛，告诉我是怎么回事嘛？"

何花抽抽鼻涕噎着嗓子："我高中时的一个丑种男同学，天天给我写信，我不回，这次写信说如果我再不回信，就要到这里来找我。你说我怎么办哦？"说着又"哇哇"地哭起来。

雪花轻笑着："别别别，不哭嘛，我知道了嘛，把那个丑种给你写的信全部拿出来我看看嘛。"

何花从枕头下拿了一大堆信出来。

雪花认真地看信。又对何花说："你究竟是啥态度？是同意和他交往还是不同意？"

雪花、钟丽、肖雪全都盯着何花。

何花梗着脖子果断地："当然不同意。"

雪花也果断地："好，我知道了，你们放心休息吧！"说罢拿着何花给的一大把信认真看起来。

看完信的雪花见众姐妹仍然看着她便对众姐妹挥挥手自信地："去去，大家都休息，我写！"边说挥笔写着回信。

钟丽、肖雪、何花都睡着了。雪花仍然在写着。

25　江源市邮电局　日　内

何花在邮信。

26　医院女生宿舍　夜　内

钟丽、何花、肖雪都在床上看书。

何花笑眯眯地悄悄走到雪花身边："谢谢你哟，雪花！那个人回信说强扭的瓜不甜，说以后再也不会来信了。"

雪花笑眯眯地说："那你要不要他来嘛？要他来我再帮你给他写封信。"

何花着急地挥挥手："别别，别，千万不要！"

钟丽、肖雪哈哈地笑着："雪花你快点又写信叫那个情种来哟。"

27 大街修鞋摊边 日 外

雪花在换鞋跟。

鞋匠不可思议地说："小妹啊，你一天都在干些啥事？跑了多少路啊，每周都来换鞋跟。不知道的，还说我的鞋跟质量不行。一样的鞋跟，别人要穿一年，最少也要穿上 3 个月，你怎么每次只穿 7 天就坏了嘛？"

雪花："我也不知道。"

鞋匠："你每天一定走了很远很多的路吧？"

雪花："走得不远，除了到你这里。都在医院的医生办公室病房食堂宿舍四点来回。"

28 书店里 日 内

王强、肖雪并肩在走走停停地看书选书。

肖雪爱不释手地拿起一本《妇产科急重症治疗学》看着，又给王强。

王强看看书，又看看肖雪向往的样子："这本书写得真好，买了吧。"

肖雪看看价格，叹口气："买了这个月生活费就没有了，现在才过半月呢。"

王强："买吧，大不了这半个月都不吃菜，天天吃馒头就是。"

肖雪："算了，不要了。"说着拉着王强就走。

肖雪和王强走着走着，在一个小百货摊前，王强突然双手捂着肚子："好痛哟好痛，肖雪你自己随意看看先走吧，我去上卫生间。"

肖雪担心地问："哪儿不舒服吗？"王强挥挥手掉头便跑。

书店里，王强拿着《妇产科急重症治疗学》在交费。

29 食堂里 清晨 内

王强拿着三个馒头走着，王强走回宿舍吃完一个馒头后将另两个馒头装在饭盒里。

30 王强宿舍 中午 内

王强从饭盒里拿出一个馒头，将另一个馒头又小心地装好放进饭盒。再把拿出来的馒头小心地撕成一小块块地放进碗里用开水泡着吃。晚上，王强拿起饭盒里最后一个馒头又小心地撕成一小块块地放进碗里用开水泡着，王强一边吃着馒头一边看新书。

31　医院病房　日　内

肖雪在查看病人。

32　医院里过道里　日　外

王强将全新的《妇产科急重症治疗学》交给下班走来的肖雪。

肖雪诧异地："书，你买了？"

王强自豪地："买了！给你看吧，我已经看完了。"

肖雪高兴地说："好啊，给我看看吧，看后还给你。"说完拿着书就跑，刚跑几步突然转过身惊异地说："你不会真的天天吃馒头吧？"

王强："没有，放心吧，就是吃馒头也很好啊。至少好的知识好的治疗方法在我肚子里了啊。"

33　医院食堂　深夜　内

雪花、王强、肖雪开心地和陈老师在一起吃夜班面。

王强狼吞虎咽地吃着。

肖雪笑笑："很好吃吧，有油水哟。不是开水泡馒头哟。"

王强笑笑："真的太好吃了。我天天上夜班就好了。雪花，下次我也帮你上夜班怎么样？"

雪花笑眯眯地说："谢谢，谢谢哟，我也想天天上夜班。但天天晚上在医院看病人写病历不值班也吃不到夜班面啊。"

王强笑笑："那是。何况今天是替陈俊上班才得的加班面。"

肖雪斜眼看着王强："那你下次来帮我上夜班啥，今天我不上夜班也可以买点夜班面吃哟。"

王强："别，开玩笑呢！"

34　病房里　日　内

雪花在一个又一个病房不停地跑着，给病人们换药。

35　医生办公室　日　内

雪花在认真书写病历。

36　外科 3 病房里　初夏　日　内

雪花认真地给病人换药。

认真的雪花轻轻地掀开一个青年女病人的被子，一边换药一边问病人："怎么总是你一个人，你的家人呢？"

女病人："他们都很忙，没时间来管我。"

37　外科医生办公室　日　内

年轻英俊的黄医生和雪花等人在书写病历。

黄医生拉着雪花到门边神秘地说："等会儿有人来找我，你就说我不在。我先到值班室看病历，有病人来了就叫我。"

雪花不明所以地歪着头，冲老师怪怪的笑着直点头。

黄老师前脚一走，何花就笑呵呵地飘来："你老师跑了吧？"

雪花笑眯眯地点点头。

何花："知道为什么吗？"

雪花摇头。

何花在雪花耳边悄悄说："你老师逃婚去了。护士长说，一个老板的女儿看上了他，要和他要朋友。他不同意，所以躲起来了。"

两个女孩拍着手，孩子般地哈哈大笑起来。

38　外科 6 病房　日　内

雪花在给一个大腿肿得比篮球大的中年男人换药。

男人的大腿大部分变色，大部分肌肉已腐烂，小腿肌肉也有些腐烂。大腿腐烂的肌肉里长满了蛆。黄老师叫雪花戴上口罩帽子，然后用乙醚喷洒在腐烂处，再用纱布盖上，不一会儿，蛆就不再爬动。

黄老师说："这叫象皮肿。"边说边教雪花把病人烂肉里的蛆一个个钳出来。

雪花毫不犹豫地接过黄老师手里的止血钳，一只一只地钳蛆。

黄老师如释重负地叹了口气："做得真好，下次你就一个人来换药了。"

雪花点点头。

39　内科病房　夜　内

王强在给一个 60 多岁的老大爷洗脸。老大爷喘气不已，输液在继续。

老大爷："王医生，你回去休息吧，明天你还要上班呢。"

王强："大爷，没关系。我守着你输液，你一个人家里又没人能帮你，就让我陪着你吧。等会儿我就在病房和你一起休息。"说罢将面巾放在床头柜边挂着，拉来一把椅子，拿起书看着。

老大爷心疼地说："王医生，你回去吧，你都不在内科上了，还天天晚上来守着我，怎么好意思哟。"

王强："没关系，大爷。在这里也一样能睡好，你放心睡吧！"

40　外科 6 病房里　日　外

穿红棉衣的雪花给象皮肿病人换药。

雪花问病人："痛吧？"

病人："不痛。"

41　医院半山坡公厕　日　外

雪花在给无人照顾的女病人提输液瓶到厕所。

42　外科 3 病房　日　内

雪花在给女病人梳头洗脸。

43　外科 6 病房　日　内

穿红毛衣的雪花给象皮肿病人换药。

44　外科 3 病房里　日　内

雪花在给女病人洗脸喂饭。输液快完了，雪花忙跑出去，一会儿又带着护士提着液体给女病人换上，然后给病人喂饭。

45 外科6病房 日 内

穿黄花衣服的雪花给象皮肿病人换药。

46 外科6病房里 日 内

穿黄短袖的雪花给象皮肿病人换药。

47 外科6病房 日 内

穿黄花衣服的雪花在给象皮肿病人换药。病房外所有的人都臭得捂着嘴跑了好远。

48 外科6病房里 日 内

穿黄色短袖的雪花在给象皮肿病人换药，病人的大腿上已然长出了许多新鲜肌肉，皮肤也开始有了生长。

49 外科7病房里 日 内

一个女病人拉着雪花的手说："听说你们实习结束，马上就要走了。"

雪花点点头。

女病人："我最大的心愿就是你能再帮我换一次药。"

雪花点点头高兴地说："好嘛。"说着便去拿来了换药盘给女病人换药。

50 医院门口 日 外

雪花、何花、肖军、钟丽、王强、李平、陈俊等人在等车。7床女病人和能下床走路的象皮肿男病人在和雪花告别。

51 江北医学院 日 外

雪花、何花、钟丽、肖雪背着大包提着小包回到原来的宿舍。刚收拾完床铺，杨玲玲、青青、张华、小智等一个个笑眯眯地回来了。杨玲玲高兴地和雪花抱着跳着笑着。

杨玲玲青青刘华七嘴八舌一个劲地问着："雪花啊，实习得怎么样啊？医院病人多不多啊？老师好不好啊？手术多不多啊？老师放手你做手术吗？"

雪花："你们问这么多怎么回答呢？你们问我的，也是我想问你们的，你们都说了我再告诉你们哟。"大家都哈哈地大笑起来。雪花接着说："其实带我们的老师都很好，不保守，很放手让我们做。"分别10个月后的团聚让所有的姐妹都高兴得几近疯狂。

大家纷纷说着实习生生活。等待着马上到来的毕业考试。

52　江北医学院　花园　夜　外

陈俊和张华在慢慢走着。

江北医学院阶梯教室外。

杨玲玲和雪花在背书。

杨玲玲和雪花在互相抽问背诵。

53　江北医学院考场　日　内

雪花、杨玲玲、王强、阿超、肖军、肖雪在考场参加考试。

54　江北医学院花园外　夜　内

杨玲玲和雪花慢慢走着。

杨玲玲焦虑地："明天我们就要宣布毕业分配单位了。不知你到哪里哟？"

雪花："不知道呢，随便哟！"

杨玲玲："我也想到你们江源县去看看。"

雪花高兴地："随时欢迎哟！"

55　江北医学院　教室　日　内

雪花、何花、肖雪、张华、钟丽、王强等人十分紧张地坐在教室里。

石老师拿着花名册在讲台上大声地念着："留在江北市的同学有青青、杨冲、张华；绍西县的有阿东、蒙志；江源市的有陈俊、李平、钟青、小智；江源县的有王强、雪花、肖雪、何花、黄文、钟丽、肖军、建明、阿超、胡阿兵、石头、刘刚、邱平；德龙县的有杨玲玲、吉云、国花……"

56　江源县卫生局　日　内

王强、钟丽、何花、黄文、雪花、肖雪、肖军、建明、阿超、胡阿兵、石头、刘刚、邱平神情各异地坐在办公室。

王局长郑重地说："同学们，经过我们研究决定，雪花、刘刚、邱平去红星区医院；阿超去龙山区医院；肖军、建明去江源县妇幼保健院；石头去江源县中医院；黄文、王强、肖雪、何花、钟丽、胡阿兵去江源县县医院。"

57　江源县医院办公室　日　内

王强、黄文、何花、钟丽、肖雪、胡阿兵坐着。

医院院长说："胡阿兵到麻醉科，黄文到骨科，王强到妇产科病房，何花、肖雪、钟丽上产房。"

第三集　给冰凉的尸体做妇科检查

1　江源县县医院妇产科医生办公室　日　内

何花、肖雪、王强在和老师们见面交谈。

潘主任满脸笑容情绪高昂地说："同志们注意了，介绍一下这是今年分到我们科室的何花，这是肖雪、王强。大家要多关心教育，把他们培养成我们医院明天的栋梁之材。"

麻醉科胡阿兵在和主任说着谈着。

2　红星区医院　院坝里 1984 年夏　清晨　外

年轻的雪花穿着漂亮的黄短袖，背着陈旧发白的军绿包帆布小包神采飞扬地在青青的草坪里来回走着。同时分来的刘刚和邱平也在认真地观看着即将工作的医院，他们充满希望的眼睛在闪闪发光。镜头掠过区医院全境。四合院的住院部，木头结构的病房，老式的青瓦房，石头墙砌的职工宿舍，与四合院隔一条石板路的是医院门诊部。

四合院正中一间作为全院医生的办公室。病房里随意安排，病人男女老少不分都住一间，也无内外妇产科之分，四合院里有一棵不算高大，但比四合院房子还高的黄桷树。

雪花从几间病房门口走过，见病房里稀稀拉拉地住着几个病人。便又在黄桷树下看看。

正走着，40 多岁精干清爽烫着短发眼角弯弯的李院长走到雪花身边："你是新来的张雪花医生吗？"

雪花高兴地点点头："是！你是？"

李院长："我叫李明。局里打电话说你们今天来报到。"

雪花抬眼细看着十分舒气，气质高雅迷人的小个子美女："你是李院长？"

李院长笑眯眯地点点头："是的。"

雪花兴奋地说："李院长好！久闻大名，局长叫我们来找你。"说着指着院里正看得起劲的刘刚和邱平说："那两个是一起分来的刘刚和邱平。"

李院长笑眯眯地牵着雪花的手又看着同来的两位说："好好！走，我带你们去交班。"

3　医护办公室　日　内

10 多个医生护士着装整齐地在等着交班。

李院长牵着雪花走入，高声地说："大家听着，交班前给大家介绍一下，大家看，这是我院今年新分来的医生张雪花、刘刚、邱平。"又指着医生一个个向雪花、刘刚、邱平三人介绍说："这是内科的陈医生、曾医生、补医生；这是外科的王医生、胡医生、张医生、李医生；这是妇产科的王医生、兰医生；这是曾英护士长，这是李君、肖东、高红护士小妹。"最后李院长宣布："本着让每个医生学到更多的知识，更好地为人民服务，新来的医生要到内科外科先各上 3 个月后，才到各自上班的科室。雪花去妇产科，刘刚去内科，邱平去外科。今天开始，雪花就跟着内科的曾医生和补医生上班。刘刚先上外科，邱平上内科。"

雪花高兴地跑到曾老师和补老师身边。

烫着大波浪，穿着碎花布衣服，约 40 岁的补老师像妈妈一样拉着雪花的手："好好，欢迎欢迎。"补老师声音圆润，但经过咽喉时如被什么东西堵着一样，总不怎么顺畅。那略略有些疲惫的脸上虽然白皙但却有些高低不平的小窝。

高大慈祥的曾老师略有些白发，他宽皮大脸、鼻梁高挺，看着雪花他亲切地笑着，左右看看四周，又低头微笑着对雪花说："走，把病历牌子抱起去查房。"

雪花高兴地说："好，哪些床？"

补老师对着身边桌子上一大堆病历笑笑点点头。

4 病房里 日 内

雪花抱着一大摞病历牌子跟在曾老师和补老师身后。每走到一个病人身边，曾老师就找出那个病人的病历先看一下交给补老师，然后再给病人检查，完毕和补老师商讨当天用药计划。

雪花认真地听着，看着，记着。

5 雪花宿舍 日 内

一间极其简易的小屋，屋顶是竹席子，前面墙是木板。与隔壁也是用竹席子隔起来的。屋里已住着一位刚来两天的女护士李君，隔壁住的是刚分来的刘刚和邱平，对门住着两年前分来的护士肖东和高红。

6 肖东宿舍 冬 日 内

肖东、高红、李君正在煤油炉上煮火锅。热气腾腾的锅里放了白菜、萝卜、猪血等，小木桌子上放着的小碗里装着粉红粉红的肉块。

穿着绿色连衣裙烫着金色卷发俏如西施的肖东把小碗里的肉块放进了锅里，上扬的嘴唇诱人的翘着，向高红笑笑又诡异地对雪花说："欢迎你们到我们医院，欢迎你们成为我们的战友。来，吃点兔子肉，很补的哟！"说着把一粒粒如小拇指大的肉颗分到雪花刘刚邱平碗里。

雪花几人连说："谢谢！谢谢！"又听话地用筷子夹了块兔子肉，一放进嘴里眉头就皱了起来。

李君叫道："兔子肉怎么这么粗咔咔的嘛，兔子肉应该又细又嫩才对嘛。"

肖东坏坏地笑道："是这样的，火锅嘛，味道就是这样的。"

高红噗地笑了。高高的鼻梁拉着小巧的嘴唇一起上扬。哈哈哈的笑声把低矮的草席屋掀起一屋细浪。

刘刚、邱平俩人忙站起来。

肖东赶紧把帅气的刘刚按下去说："坐坐，不吃完不准走。"刘刚笑笑坐下。

高红一把按下邱平，一手飞快地拿菜，对着肖东："别在这里乱笑啦，快吃菜！"

李君缩着双手拉着半新旧的布裙，黑黑的脸上现出瘦削的严肃。她冷着眉头不说也不笑，只是一个劲吃着猪血、萝卜。

雪花拿着筷子静静地坐在那里看她们吃。那粗咔咔的感觉实在难受。

高红厚着嘴唇实在忍不住说："雪花呢，那是胎盘。好吃不嘛？"

"胎盘？"雪花惊叫着把筷子甩了就跑到外面，稀里哗啦地吐着，刘刚和邱平呼地冲出小屋跑到外面对着垃圾桶狂吐。

肖东、高红、李君东倒西歪地笑着。

7　病房里　日　内

雪花跟着曾老师补老师在查房。仍然是雪花抱着病历牌子，两位老师在给病人检查。

8　医护办公室里　日　内

雪花在写病历。曾英护士长在抄写医嘱，曾老师在细心地看病历。

补老师笑眯眯地对雪花伸出大拇指："病历写得真好哟。"

雪花点头笑笑说："谢谢！"

9　病房里　日　内

雪花在给病人检查，听诊。

曾老师补老师在旁边笑眯眯地看着点着头："很好，不错，不错！"

10　医护办公室　冬　日　内

雪花正写病历。

李院长笑着走来："雪花，妇产科没人上班。你不上外科了，今晚开始到妇产科值班。"

雪花惊异地："今天晚上？一个人？我还没上过妇产科嘞？"

李院长："对，一个人值夜班没问题。大家都知道，你很能干。加油哟！"

雪花无奈胆怯地点点头："好吧！"

11 医护办公室 夜 内

雪花认真地查看病房里所有妇产科病人的病历。一个面色苍白裤子全是血的中年妇女在一个男人的搀扶下走进办公室。

男人高声问："哪个医生值班？"

雪花忙站起把病人扶进来，一边问病史一边给病人测血压。同时口头叫李君给病人输液。

雪花对着病人："啥名字？多少岁？家住哪里？流血多久了？"

刘兰兰："我叫刘兰兰，32岁，家住红星区红星乡江水村。流血一天了。"

雪花："月经啥时来的？"

刘兰兰："有三个月没来了。"

雪花："小腹痛不痛？"

刘兰兰："痛。"

雪花："啥时痛的，这几天你做啥事情没有？"

女病人："昨天上午担了一担水，下午小腹就开始隐隐作痛了。"

雪花对跟来的男人说："你是她什么人？病人可能是流产，现在要马上验尿检查。快把病人送到检查室。"雪花边说边快速地写着化验单医嘱处方。

12 妇产科手术室 夜 内

雪花在仔细给病人检查。查后，对站在门外着急的男人说："孩子掉了。胎盘没下来，出血很多，要马上手术。请签字！"

男人飞快地签字。

雪花在做手术。

13 病房里 夜 内

刘兰兰静静地躺着，输液在继续。男人在刘兰兰身边坐着，一会儿又站起来歪着头看输液器里的液体。

14 医护办公室 日 内

雪花在书写病历。刘刚、邱平在写病历开医嘱。一会儿病房一会儿办公室地忙碌着。肖东、高红、李君在病房输液。

病房。

邱平在给一个 40 多岁的男病人换药。

刘刚在给 30 多岁病人查体听诊。

15　红星区街道　日　外

肖东和刘刚手牵手走着。

16　红星区菜市场　日　外

邱平提着菜篮子，高红把买好的菜放在邱平的菜篮里。

17　鞋摊　小道边　日　外

雪花边看书边等着换鞋跟。

何花带着两个戴眼镜的青年站在雪花面前做了个怪脸："雪花看我带谁来了？"还未等雪花反应过来，何花高兴地说："介绍一下，这是我男朋友金勇。"

雪花看看金勇点点头："你好！"又转向何花，"怎么想起跑到乡下来了哟？"

何花笑嘻嘻地说："给你送大礼来了，看我把你高中时的老同学雷军带来了，他是你的歌迷哟。"

雪花："我唱歌唱得又不好。"

何花："人家雷军可是县里数一数二的歌手。"

雪花："知道啊！"

何花："看嘛，今天雷军可是特地来向你学习的哟。"

雪花："怎么可能，他那么会唱歌怎么会向我学习？我们可是老同学！"

何花："怎么不会，看，这不来了吗？"

雪花："好啊。走，到我那坐吧。"

何花高兴地说："好！"说着又悄悄拉着雪花到一边轻声说，"这是我男朋友金勇？怎么样？"

雪花仔细地看看金勇笑呵呵地说："好好，很好！"

何花用肩膀撞了撞雪花的手说："别笑我了，你怎么样？还没男朋友吧？"

雪花："还不知道在哪里呢？"

金勇兴奋地说："雪花，一路上都听他们说你和雷军歌唱得好得很。你们一起唱一个怎么样？"

何花高兴地说："好啊好啊，雷军看你的了。"

雷军走向雪花："唱一个怎么样？"

雪花："行啊老同学，一起唱吧。"

雷军："你最喜欢的歌是什么呢？《冰山上的来客》，对吧？"

雪花相视一笑："花儿为什么这样红，为什么这样红，哎哎……红得好像红得好像燃烧的火，它是用了青春的热血来……"两人一高一低很深情地唱着。

18　雪花宿舍　夜　内

何花将雪花拉到一边悄悄说："今天我来一是请你喝我们的喜酒……"

雪花："你们啥时结婚啊。"

何花："下月初二和钟丽一起。二是给你送来朋友，男朋友，怎么样？"

雪花："说什么呢，人家雷军有女朋友了。"

何花："那是过去式了，现在没有了，怎么样？"

雪花笑笑不语。

何花："不说话就当你同意了。"

雪花："行，听你的。"

何花："知道吗，钟丽也要结婚了。"

雪花："真的？"

何花："真的！"

19　江源县　县城招待所门前　日　外

钟丽穿着红色的婚礼服和石头兴高采烈地招呼着客人。

雪花拿着一本崭新的《优生优育学》交给钟丽："祝你们新婚快乐早生贵子！"

钟丽接过书交给石头。两人笑眯眯同声说着："谢谢！谢谢！"

何花金勇喜气洋洋地接待客人。

雪花拿出一个红包交给何花："祝你们和和美美，幸福永远！"

何花接过红包交给金勇。两人连说："谢谢！谢谢！"

阿超提着两个保温水瓶匆匆跑来，一个交给石头钟丽，另一个交给何花高兴地："祝你们两对夫妻都比翼双飞，医学水平越来越高，爱情永远保持恒温！"

石头、钟丽、何花、金勇连说："谢谢、谢谢。"

雪花、金勇、肖雪喜气洋洋跑前跑后地忙着招呼客人。雷军跟在雪花身后跑着。

20　招待所主席台上　日　内

钟丽和石头何花金勇笑眯眯地站着。

潘主任在主持婚礼。

21　红星区医护办公室　日　内

雪花在写病历。一个满身脏污破衣旧裤的大肚孕妇和一个衣衫脏破的高个男人进来，男人神色慌张地："快点医生，我老婆快生了。"说着搂抱着孕妇走到雪花面前。

雪花飞快地跑出来拉起孕妇坐在桌边测血压听心律。一边询问道："你叫什么名字？"

高个男人："我叫张大富，我婆娘叫玉米花。"

雪花对玉米花说："多少岁？家住哪里？停经多久了？"

玉米花面色憔悴痛苦地："23岁，家住宝马乡宝马村。停经10个月，痛了三天三夜，娃儿头都看到半天了。"

雪花惊异地："啥？看到娃儿头了。"

玉米花神色疲惫毫无力气地点点头。

雪花飞快地扶着玉米花往手术室走去。

22　红星区医院妇产科手术室　日　内

玉米花痛得哇哇直叫。雪花一看脸色一紧："哎哟，你在干什么呀，娃儿头都挤肿了，头部表面的皮有几处已破了。"

雪花忙跑到门边向门外男人招手。

男人飞快地跑到雪花身边："啥事？"

雪花："你老婆生孩子为啥不早点到医院来？现在小孩子头皮都破了。

大人小孩都很危险，你现在要赶快来签字做会阴侧切加胎吸手术。"

男人毫不考虑地拿起笔就写下了自己的名字——张大富。雪花在给玉米花接生。

23 江源县医院产房　日　内

产房墙壁干净整洁，室内桌椅有序安放。

肖雪、钟丽两个人在给一个产妇接生。

王强在产妇小腹部摸着宫缩。

两个护士在叫产妇加油加油。

潘主任走进来。

钟丽忙悄悄给潘主任汇报产妇病情："产妇宫口开全近2个小时了，胎儿仍然出不来。"

潘主任果断地："用胎吸吧。"又转向护士说，"准备胎吸。"

肖雪忙让出主刀位给潘主任。

潘主任上台上胎吸。肖雪在一旁帮着抽气。

24 红星区妇产科手术室内　日　内

室内干净，一张陈旧已经掉漆的木条桌上摆放着各种抢救药品盒和盛放器械的方盘。

雪花看着玉米花着急地说："你胎儿头发都看到一天了。我们要做会阴侧切用胎头吸引器帮助你快点把孩子生下来。"边说边叫李君准备胎吸。

玉米花痛苦地："医生，该怎么做就怎么做吧，只要能快点让孩子生下来。我实在受不了啦。"

李君忙将胎吸交给雪花。

雪花一个人上好胎吸让台外的李君帮着用50毫升空针抽气。连抽三次后，雪花一个人右手保护会阴，左手牵拉胎头吸引器慢慢向外拉着。

25 红星区医院手术室外　日　外

张大富着急地来回踱步，一会儿又在门缝里向里张望。

一声婴儿哇哇地哭声飞来。

李君笑眯眯地伸出头来对张大富说："生了个男孩，母子平安。"

张大富高兴地跳着说："哟，儿子，懒虫，在妈妈肚子里三天都不出来。对，儿子小名就叫懒虫，大名叫张小富。"

26　金水乡卫生院妇产科手术室　日　内

手术室干净，一张漆掉了大半的长条形木桌上放着各种抢救药品。一个白方盘里消毒液浸泡着接生手术用的器械。

大龅牙产妇在手术台上躺着。手术台是陈旧的小木床，大龅牙痛得在上面使劲叫喊，那木床作的手术台便左右摇晃。

谭英忙按住产妇一边叫着"别动别动"，一边偏头看看产妇看看会阴胎头。

产妇在台上不停地叫着："医生，好痛呀好痛哟！"

谭英着急地说："不要叫了，你都叫一天了。再叫孩子没生下来，你就要从台上甩下来了。"

大龅牙："医生你快想想法子吧，我实在受不了啦。"

谭英无力地说："呀呀，不要再叫了，叫得我心都痛死了。想办法，我最大的本事就是给你剪一剪刀做会阴侧切。其他的我都做不了，你现在胎头太高了剪一刀后也生不下来。我不敢剪，要不你转到区医院我雪花姐那去吧。"

大龅牙："她有什么办法呢？"

谭英骄傲地说："她有的是办法，侧切生不下来可以用胎吸，胎吸拉不下来，还可以用产钳，产钳拉不下来，还可以在你肚子上划一刀把孩子取出来。"

大龅牙："那太吓人了。我不去。你咋知道呢？"

谭英："我雪花姐告诉我的，但是我做不来。没办法，我只能等你自己生。"

27　红星区医院医护办公室　日　内

雪花严肃地对张大富说："大人小孩目前平安。但小孩还要观察，玉米花更是要注意用药治疗。因为你们在家里生孩子的时间太长了，孩子的头压迫膀胱和直肠的时间太长。可能出现膀胱瘘和直肠瘘，以后可能随时随地有尿和大便从阴道里流出来，穿不了干净裤子了。"

张大富紧张地说："这么严重啊，医生你手术做好一点嘛，谢谢你了！"

雪花难过地说："不是我手术的问题，关键是你们自己来得太晚了。孩子的头压迫膀胱和直肠的时间太长，直肠和膀胱长久受压部位随时有坏死的可能。现在唯一的办法就是禁食、导尿、输液，加强抗感染，以最高效的治疗尽可能阻止直肠和膀胱受压部位的感染坏死。是不是有效，就看她的运气。我们现在要做的也只有这些了，记着现在不要给她吃任何有渣的食物。"

张大富认真地："好！"

28　红星区医院病房里　日　内

玉米花安静地睡着，懒虫小脑袋上的水肿已开始消退。

雪花："伤口还痛不？"说着拿起消毒棉签给玉米花擦洗会阴伤口。

雪花："玉米花，你怀孕的时候检查没有？"

玉米花惊奇地："啥子检查呀，不知道，没听说。"

雪花："就是孕期检查。"

玉米花像听天书一样直摇头："不知道，怀孕还要检查，再说有钱做检查不如买个鸡蛋吃。"

雪花认真地说："每个孕妇，怀孕后都要到医院来检查，生孩子都要早点来医院住院分娩。"

玉米花看着雪花感到莫名其妙："说些什么哟！"

29　医护办公室　日　内

雪花一会儿飞快书写病历，一会儿又双手捧起下巴陷入沉思。

30　病房里　日　内

雪花在给玉米花清洗伤口。懒虫在被子里时不时转头。

31　红星区医护办公室　日　内

雪花在看书。一大群人吵吵闹闹哭声震天地冲进来，几个妇女架着一个衣衫不整、蓬头垢面、步子零乱的中年妇女向屋里冲来。

妇女声嘶力竭地叫着："医生，医生啊，快看看我女儿啊。我要他给我女儿偿命啊！"

雪花、李君、肖东等人忙从办公室跑出来，只见黑压压地站了一院子人。张大富从病房跑出来，忙冲到人群中间拉着一个大胡子中年人在焦急地叫着："大哥，大哥，怎么回事啊？"

雪花迷茫地："什么事嘛？哪个出来说话？"

李大勇，一个胡子拉碴满面怒容的中年男人撞开张大富冲上前说："我来说，我叫李大勇，是李小勇的老汉。哭得很凶那个婆娘叫陈大菊，她有一个女儿叫王小兰。王小兰和我儿李小勇要朋友，我儿不同意。王小兰自己喝农药死了，陈大菊怪我儿不要她女儿，她女儿才死，要我儿偿命，医生嘞，你说怎么办嘛？"

雪花："这个到公安局去嘛。找我们做啥嘛？"

张大富："雪花医生，你帮着查一下吧！"

雪花："和你什么关系嘛？"

张大富："邻居。"

雪花："找我们没什么用啊！"

李大勇："那个婆娘说王小兰怀起娃儿了。所以跑起来，要你帮忙检查一下。看到底有没有娃儿。"

雪花："这个也应该到公安局才对哟。"

李大勇："哪个找公安局哟，我儿又没犯法，跑那么远去做啥子？"

雪花为难地说："那我请示了院长再说。"正说着，李院长已经走到身边。

雪花给李院长说着情况。

哭着的陈大菊忙冲到李院长身边："院长，给我女儿申冤啊。"

此时一具年轻的尸体已经抬到了医院的院坝里。

雪花为难地说："李院长？"

李院长果断地说："查嘛。"

雪花害怕地说："李院长！"

李院长拍拍雪花的肩膀亲切地说："别怕，我陪你一起去查。"

雪花点点头："好嘛！"

李院长叫人将尸体抬到就近空着的病床上。几个妇女脱掉了女尸的裤子，尸体已经僵硬，冰凉。几个妇女使劲分开死者的大腿，雪花也费了好大的劲在李院长的帮助下才将手插进了死者的阴道，就如平常给病人作双合诊一样，雪花仔细地摸着。但女尸冰凉的感觉让雪花从手到心都凉透了，如下肢一样，死者的腹部也硬如石头，根本就摸不清子宫的大小。只有从死者微微突起的小腹可以推算出："小孩不会超过4个月。"雪花一边检查一边给李院长汇报："当然最好做B超检查一下。"

李院长点点头："行，我知道怎么做了，你下去吧！"又对大菊说，"跟我来吧，到我办公室去。你们自己把尸体抬到B超室去检查一下。"说罢领着一大群人走了。

雪花坐在空空的办公室，痴痴地发呆，冰凉的感觉，凉在骨髓里。

32 雪花宿舍 夜 内

雪花躺在床上默默地念着："多么年轻的生命啊？咋就这么想不开呢？全世界几十亿男人啊，肯定有一个是你的，怎么就不能等等嘛！"

33 街市 鞋摊 日 外

雪花在换鞋跟。

师傅歪着头边换边说："小妹，你的鞋怎么就这么容易坏呢？"雪花笑笑不语。

雷军悄无声息地出现在雪花身边。

雪花笑笑："来了！"

雷军开心地说："到江北市参加歌唱比赛，顺道来看看你。"

雪花："谢谢，愿你获奖。"

雷军信心满满："借你吉言，肯定获奖。"

雪花笑眯眯地说："这么自信？"

雷军自信地说："试试看。"

34 菜市上 日 外

雪花、李君俩人在买菜，刘刚和肖东手牵手甜蜜地在菜市上选一根根大大小小的莴笋。

35 病房里 日 内

雪花在给病人换药。

36　雪花宿舍　夜　内

雪花躺在床上望着屋顶发呆，一会儿一遍又一遍地叹息着：妹妹啊妹妹，真傻啊！怎么就这么想不通嘛？全世界有几十亿男人呢，怎么就这么想不通啰？

37　医护办公室　日　内

雪花在书写病历。

李君慌慌张张走进来："告诉你们一个不好的消息，昨天晚上，上次自杀那个王小兰的嫂子，一个30多岁的女人，说和小兰哥哥王小一同居十几年，两人娃都生了两个还没领结婚证。听说王小一不要她，她把火炮放了一屋；又用火炮把两人都缠着捆到一起，点燃了火炮。火炮放了很久，火炮燃烧起来把房子烧了；两个娃儿也被烧死了。"

雪花难过地："这算什么事啊？女人为什么都这样脆弱、这样想不开啊？"

38　雪花宿舍　夜　内

李君坐在床上看书。

雪花睡在床上泪眼望着屋顶发呆，嘴里默默地念着："一个傻二个还是傻，除了爱情，离了男人，女人就没有别的事做了吗？"突然雪花难受得大声叫着："姐妹们，不要再做傻事了。记住：没有男人女人一样能活下去，何况全世界还有几十亿男人在等你呢。"

李君好笑地说："神经病啊，在这里叫叫叫，哪儿有几十亿男人在等她嘛？"

雪花难过地说："就是神经病，你也来神一下嘛。全世界不是有几十亿人吗？男人也少不到哪里去，总有一个会看上她吧。再说，就是没男人不结婚，不也一样可以活吗？李君啊，看看她们多么不值得啊。为了个男人就那样地惨死，难道你就一点不难受、一点也不心痛吗？"

李君摇摇头不解地看着雪花："又不是我自己，我难受什么？"

雪花："确实。不是你，你可以不难过的。"

39　病房里　日　内

雪花在给玉米花清洗伤口。

40　医院大门边　日　外

玉米花笑眯眯地在前面走着，张大富背着背篓抱着孩子在后面跟着。

雪花反复给玉米花交代着。

41　玉米花家　日　内

玉米花躺在床上给小懒虫喂奶。

42　玉米花家院子　日　外

陈大菊家隔壁的房子被火炮炸得焦黑的泥墙倒塌着。墙里烧焦的泥土残渣四处洒着。一群公安人员在倒塌的残垣中找寻着，收集证据。

村支书李书记焦急地在漆黑的泥墙边面色严肃地看着一个个表情各异的面孔。偶尔和在泥土里翻找东西的公安人员互相探寻着。

地罗陀、张大富、王小二、王小三、王小四几兄弟红肿着双眼，一个个黑着脸，衣服脏着。光着脚板高挽裤管在爆炸后倒塌的黑土中找寻着王小一一家四口爆炸燃烧后残留的骨渣肉粒。

李金花在一边擦眼泪，一边劝着坐在残墙边哭得死去活来50多岁的王大虎和陈大菊两口子。

李金花红肿着双眼难过地说："大菊姐姐大虎哥哥啊，你们两口子千万不要太着急啊。小兰刚刚才走，尸体还放在那里。王小一一家四口又全都走了，你们再急得哪么个样子怎么办哟？好姐姐好哥哥千万要保重身体啊！保重身体哟！"

王大虎声音嘶哑又愤怒地说："都是春燕那个贱人，我家王小一好好的。两口子好聚好散，结婚了还可以离婚。我家王小一和她春燕在一起10多年了，孩子都有两个了，为啥不可以各自重新找朋友。"

李金花着急地说："大虎哥啊！你千万不要这样说了。你家王小一和春燕在一起这么多年，孩子都生两个了，为什么不扯结婚证，不举行婚礼。你们都是当爷爷奶奶的人了。春燕还没离开你们家。你家王小一又在外面找女人，还要把人家春燕赶走。那人家想不通，做傻事。现在全家命都没了，你还想怎么样啊？你还想要春燕家陪你家王小一吗？"

陈大菊哭红了眼睛气愤地说："就是要春燕她们家陪我们家小一。"

李金花好笑地说："大虎哥大菊姐姐，你们两个人还不清楚状况吧。慢慢气吧，说不定春燕家马上来要人了。"

正说着，一大群男男女女呼天抢地地哭着叫着骂着进了大院。

披头散发红着双眼、衣衫不整50多岁的春燕妈妈，冲进院里大叫着："王大虎、陈大菊给我出来！还我女儿命来！"

见陈大菊和王大虎坐在院里，忙冲过来扯起陈大菊的衣裳大叫着："陈大菊、王大虎还我女儿命来。"边哭边叫边疯狂地拉扯着陈大菊和王大虎的衣服裤子。

王小二、王小三忙冲到父母身边红着眼睛黑着脚板，声音嘶哑地吼着叫着拉扯着："别动手，别动手！"

春燕妈妈边拉边扯。场面混乱中，春燕妈妈看不到春燕直接晕死过去。一群人又忙不停地给春燕妈妈拍脸、扯痧、按人中。

陈大菊忙冲了红糖水捏着春燕妈妈的鼻子灌了下去。

王小兰的尸体仍然停在院坝里。

一大群人包围着李大勇和李小勇父子俩。

春燕妈妈悠悠醒转。见一大群人包围着停放在门板上的尸体，忙歪歪倒倒地跪爬着过去。见到尸体就抱着尸身大声哭着："春燕啊春燕哟！你哪就这么傻哟，这么傻哟？全世界男人一堆堆的，眯到眼睛乱抓也可以抓一个哟，你为什么要在一棵烂树子上吊死哟？"

陈大菊红着眼睛流着眼泪使劲扯着哭得上气不接下气的春燕妈妈："起来，滚起来！你抱错了，哭错了。这不是春燕，这是我家王小兰。"

春燕妈妈一听："什么？这不是我家春燕？"说罢猛地一喜，"我家春燕没死！没死！太好啦！哈哈哈！"边说边高兴得哈哈大笑起来。

陈大菊狠狠地说："没死，没死，还不如我家小兰，死得渣都不剩了。"

春燕妈妈迷茫地说："你说什么？什么渣都不剩了？"

王小三黑着花脸光着脚板拿着一小颗米粒大小的骨头送到春燕妈妈面前："这个不知道是春燕他们一家四口谁留下来的，送给你留个念想吧！"

春燕妈妈看看那一小颗黑子，气得拿起扯起就使劲一甩，丢得影都不见。又冲着王大虎陈大菊急吼吼地叫着："谁，谁来说清楚。究竟是哪么回事？"

王小三着急地说："阿姨，春燕她用一屋子火炮把我大哥王小一和他们的两个孩子全都炸没了，连房子都跟着燃烧爆炸倒塌了。春燕他们全家四个人就剩刚刚你甩那么一小颗骨渣了。"

春燕妈妈一听脑子轰地一响一下子一片空白晕倒。

春燕爸爸和两个哥哥冲过来又抱又扶又按又压，不见醒来。陈大菊和玉米花又用红糖水捏着春燕妈妈的鼻子往嘴里倒。再按人中扯手指。忙活半天终于醒来。

春燕妈妈睁眼见满满一院子担心的目光，就是不见了春燕和两个外孙。悲从中来，又呼天抢地大哭起来："我的春燕啊。我的春燕哟，你真的是个傻婆娘，傻婆娘哟！你都有儿有女了，为啥子哟？为啥子哟？天下男人多得数都数不完，随便一抓一大把，眯倒眼睛都能随便拉一个，何必在小一娃儿这个烂树子上吊死哟？你把自己也炸得渣都不剩，叫我怎么活哟？叫我怎么活哟？"

玉米花忙拿出一张蓝花布帕子递给春燕妈妈。拍拍春燕妈妈的肩膀轻轻地说："老姐姐啊，不要太伤心啊！你都晕死两次了，再晕就更伤身了。想通点吧，大虎哥哥和大菊姐姐也不想不愿这个结果啊。一家人现在房子家具吃的穿的用的全都炸没了。他们家女儿也没了，还在院里没安埋，比你家还惨多了。你就好好休息一会儿回家去吧！"

李书记猫着腰一脸黑花地在黑炭屋里找了半天什么也没找到，悻悻然走到春燕妈妈和陈大菊面前，擦了擦眼泪难过地说："两个姐姐，悲剧已经发生，春燕和小兰都不在了，过去的就让它过去。大家都各回各家，各自安排好各家孩子的后事吧！"

陈大菊红着眼睛大声地说："王小兰你这个傻妹子，全当老娘没生你这个傻儿。"又对着王小三几兄弟吼道："王小三、王小二、王小四几个去找床烂席子来，把王小兰这个死妹仔捆起甩到山上挖个孔孔埋了！"

王小二着急地说："妈，不看期吗？"

陈大菊气愤地说："短命鬼，化生子，看什么期？去坡上那个红苕土老坎挖个孔孔埋了就是！"

43　山坡上一块红苕土边　日　外

王小二、王小三、王小四几兄弟在忙活着挖孔。

一个小坟堆很快出现在红苕土沟沟边。

44　大路上　日　外

春燕妈妈流着眼泪和春燕哥哥姐姐一大群人无精打采地走着。

45　红星区医院内科门诊陈医生诊断室　日　内

刘刚和陈医生坐在诊室。

办公桌对面张老根满脸痛苦地捧着肚子看着陈医生。

陈医生严肃地说："什么名字？多少岁？哪里人？哪里不舒服？"

张老根痛苦地说："张老根。39岁，宝马乡宝马村人。"

陈医生："哪里不舒服？"

张老根："三天没排大便，肚子胀得很？"

陈医生："这三天肛门排气没有。"

张老根："排了，想解大便，就是解不出。"

陈医生："这几天都吃的什么？"

张老根不好意思地："观音米和水。"

陈医生："吃了多少？"

张老根："这几天每天三餐都是，每餐吃了一大碗。"

陈医生："躺在床上先检查一下吧。"说着示意刘刚带张老根上检查床。

刘刚站起牵着张老根上了检查台。又嘱张老根解开裤腰带退下裤子，用手轻轻在下腹部挨着各部位压着感觉着。又向陈医生报告说："陈老师，患者下腹部软，无肌紧张，无压痛和反跳痛，阑尾区无压痛反跳痛也无肌紧张。"

陈医生说："好。"说着也起身用手轻轻压着感觉着。见无异常便叫刘刚开一只开塞露，以及番泻叶10克一半煎汤喝，一半隔天泡水喝。

46　中药房　日　内

张老根在取中药。

47 西药房 日 内

张老根在取西药。

陈医生办公室检查床上。

刘刚在给张老根挤开塞露。

陈医生看着上好药的张老根说："到外面去休息10分钟，尽量坚持久一点才上厕所。上完厕所告诉我。"正说着张大富偏偏倒倒走进诊室。

陈医生忙扶着张大富坐在办公桌前着急地："老乡叫什么名字？多少岁？哪里人？"

张大富有气无力地说："张大富。29岁。和刚刚那个病人一个院子的。"

陈医生："也是宝马乡宝马村的？"

张大富："嗯。"

陈医生："哪里不舒服？"

张大富："头晕，眼花，一身压着的地方都起窝窝。"说着就在脚上小腿肚上五指一按，马上出现五个窝窝。

陈医生："多久了？"陈医生也在张大富小腿各处压了几下。又示意刘刚开血常规申请单。

张大富面色苍白地说："2个多月了。"

刘刚飞快开好单子交给张大富："去检验科查血，报告一会儿带回来。"

48 检验科 日 内

张大富在抽血。

49 陈医生诊断室 日 内

陈医生接过张大富报告单一看："血红蛋白6克。重度贫血。"

张大富："陈医生，我是什么病嘛？"

陈医生："就是贫血。吃好点。吃点猪血鸡血，补点铁元素吧。"

张大富难过地："草都没有，哪儿去吃什么好的啊？"

张老根一脸轻松地走进来："陈医生，大便解出来了。"

陈医生笑笑："好，记得吃药，喝水。"

50　外科　张医生诊断室　日　外

邱平帮着张医生整理着桌上的资料。

张老根和王小二拉扯着在办公室外争吵着。

张老根左手吊掉着，表面有血液流着。

张医生忙叫："快进来看看。"又叫邱平快牵着病人进门诊手术室检查。

王小二梗着脖子恶声恶气大声嚷着："莫在那里装，出点血算什么？"

张医生看看王小二说："先别说那么多。哪个是病人家属？"

李金花几步跑到张医生身边："我是家属，病人叫张老根，39岁，宝马乡宝马村人。"

张医生："张老根手是怎么回事？"

李金花着急地："我们家的田和王小二的土挨着，因为雨太大，我们家张老根在田边挨着王小二的土边挖了缺口放水。王小二说挖了他们家一锄地，便和我家张老根吵架，两人吵着吵着就打起来了。还动了刀子，把我家张老根手都打得抬不起来了。"

张医生起身忙跑到手术室张老根身边。嘱张老根脱掉衣袖，只见左上肢骨头突起，捏了捏掉下不能抬起的部位，慢慢捏着明显脱位断层，远处表皮有3厘米长宽的伤口，出血多。

邱平已准备了缝合包，快速消毒清创。

张医生拿起针飞快逢合完毕。邱平用纱布快速包好伤口。

张医生看李金花："快带张老根去放射科透片。邱平带他们一起去，看看骨折情况。"

邱平点点头："好。"

说着写好申请单交费单交给李金花，自己带着张老根走向放射科。

51　放射科　日　内

张老根在拍片。

52　外科张医生诊室　日　内

张医生拿着报告单看着李金花说："左上肢骨折，最好住院手术。"

李金花看着王小二："老乡怎么办嘛？"

王小二恶狠狠地说："凉办！关我屁事。哪个叫他挖了我家的地。"

张老根痛苦地说："老婆和他说不清，到公社派出所报案，让公家来断。"

53　内科陈医生诊断室　日　内

张大富拿着药疲惫地站在陈医生面前："谢谢陈医生！"

陈医生："回去后还是要把中药煎好喝两天。"

张大富："好。知道了。"

54　红星区医院外科3床　日　内

张老根左手吊着绷带躺在床上输液。

55　红星区派出所　日　内

李金花拉着王小二在报案争吵。

56　红星区医院住院部张老根病房处　日　内

派出所民警在向张老根问话。

57　红星区医院医护办公室里　日　内

雪花在写病历。李院长轻轻走进来。

李院长："雪花，计划生育现在搞突击，指导站要我们去支援。明天你跟他们去下乡，行吗？"

雪花点点头："好！"

第四集 计划生育

1 宝马乡计生指导站 1985 年初夏 日 内

雪花和孙干事以及几个请来帮忙的精壮男人在屋里坐着。

孙干事 30 多岁，穿着蓝色泛白的布衣裤，精神帅气。短发，浓眉大眼，眼角永远上扬着。他看着屋里一个个干劲十足的青年说："同志们，今天开始，我们就要开展今年以来第一次大规模的计划生育突击工作了。在 2 个月内，我们要把宝马乡全乡 18 个大队，231 个生产队的每家每户都清查清楚。凡是结婚的育龄妇，要全部检查。有孩子又无生育指标的要马上手术，没孩子的要马上安环。"边说边指着雪花说："这是我们请来的张医生，大家欢迎！"吸着烟笑着说着的几个精壮男人忙说"好！好！"地叫着拍着手。

雪花站起来笑眯眯地："我叫张雪花，大家叫我雪花就行。"

2 宝马乡宝马村小路上 日 外

雪花和孙干事一行人在泥路上走着说着。

雪花："孙干事，这是什么地方？"

孙干事："宝马村。这是乡里最近的一个村。"

雪花："今天做些什么呢？"

孙干事："先看看摸摸底再说嘛。"

3 庄稼地里 日 外

王小三、王小四、王大虎陈大菊等一群人卷着衣袖裤腿在菜园里弯腰锄草。见孙干事一行人来，凡怀孕的都飞似的跑得没影了。

4 地罗陀家里 日 内

雪花坐着。孙干事和一脸淡定满脸风霜的地罗陀说着什么。

孙干事："叫啥名字，去把你老婆找回来，要不我们是不会走的。"

地罗陀："我叫张金山，人称地罗陀，我老婆真的到街上去了，你们先去别人家。等会儿我去找你们。"

孙干事："不行哟，你快去叫她出来，我们在这等待。"

地罗陀："等很久哟，都等？"

孙干事："都等。"

地罗陀弯着身子扛起锄头就走，边走边说："你们慢慢等到哟，我到坡上挖土去了。"

雪花："孙干事，要不我们到另一家去嘛。"

孙干事摇摇头："不用。就在这等会儿，你也走累了。"

雪花："要等好久嘛？"

孙干事："看看再说。在这等村干部都来了，再统一安排。"

雪花："这里还有大学问啊。"

孙干事："那倒不是，天天做这个工作，他们想啥都不知道，还算什么计生专干呢？"

5 坡地上 日 外

地罗陀在地里胡乱地挖着，心情烦躁的他，一会儿望一下家的方向，一会儿看看地上的杂草。

地罗陀从地里走出来，朝家里走了几步又走回地，看着地里的青草发呆。

6 地罗陀家 日 外

雪花和孙专干在门口边坐着。院里小鸡认真地在地上寻找食物。两个小女孩在赶鸡。

雪花上去拉着大点的小女孩子："叫啥名字啊？"

张想弟："我叫张想弟，今年8岁了。二妹张望弟5岁，三妹张盼弟3岁了。"

雪花："你爸叫什么名字啊？"

张想弟："我爸叫张金山，别人都叫他地罗陀。"

雪花："你妈妈叫啥名字啊？"

张想弟："妈妈叫李红英。"

正说着地罗陀肩着锄头回来了，骂着："死妹子快出去割草，在这里乱说什么。"

雪花："人还没回来。还要等多久？"

孙专干："不慌。马上就要出来了。"

里屋，一个小木柜子里哗哗的响声时不时响起。

7　庄稼地里　日　外

遍地花开。张想弟光着脚板穿着破布衣服带着望弟背着背篓在割草。

8　院外　日　外

几个精壮汉子不知从哪里拉着几头猪出来。凄厉的猪叫声传得很远。

9　地罗陀家　日　内

雪花听到猪叫声，忙问孙干事怎么回事。

孙干事："别管，那是小分队的事。我们只是帮着检查有没有孩子，等会儿地罗陀老婆肚子里如果没有孩子的话，你给她把环安上就是。"

雪花："小分队在做啥？"

孙干事："别管他们。好多人把房子卖了也要生儿子。"

雪花："为啥子嘛？"

孙干事："重男轻女噻。很多人，生了三四个女儿还想生儿子。你看地罗陀家，为生儿子，除了一张床，一个柜子，便一无所有了。"

10　院外　日　外

小分队几个小伙子，边走边叫："孙干事，咋还不走呢？"

孙干事："还在等人，地罗陀老婆还没回来。"

11　地罗陀家　日　内

雪花和孙干事坐着。

雪花："还要等吗？"

孙干事："等。"

12　院外　日　外

小伙子远远的声音随风传来："那我们先走，你们等会儿会自己回来。"

13　院里　日　外

孙干事高声地说："要得。"里屋柜子里哗哗的声音响起。

14　坡地上　日　外

地罗陀眼看着小分队走到自己院子里，忙扛着锄头跑回家。

15　地罗陀家院坝　日　外

孙干事看看地罗陀笑眯眯地问："你老婆回来没有？"

雪花也高兴地问："回来没有嘛？"

地罗陀没好气地说："回来了。算你有本事。"说完盯着孙干事。

16　地罗陀家　里屋　日　内

一个小小的柜子里，"哗哗"声时不时传出。地罗陀嘟着嘴走到柜子边打开柜子："出来，傻婆娘，在这窸窸窣窣地做啥子！"

在雪花眼皮底下一个小柜子里走出了一个比地罗陀还高一点的中年妇女。

雪花惊得张大了嘴，孙干事笑得合不拢嘴。

"啥好事？笑得这么开心。"一个嘴里含着烟的中年男人站到了雪花身后。

孙干事转身见中年男人忙笑着说："李书记，你们来啦？"

李书记礼貌地递上一支烟："来了，来了。肖队长你来了。有什么指示？"

孙干事："这是区医院派来的张医生，来帮着我们搞计划生育。你去叫地罗陀老婆睡到床上，让张医生检查一下，看有没有怀娃儿。"

李书记："好。"又对地罗陀说，"你看着办吧！"

地罗陀无可奈何地："睡到就睡到。去检查嘛！"

李红英听话地睡在床上。雪花叫其他人全都出去。

检查后又叫中年妇女厕尿化验。

17　外屋　日　内

孙干事和李书记肖队长在外面给她罗陀做工作："你老婆都生了三个女儿了，你就不要再生娃儿了嘛！"

地罗陀（张金山）："儿子都没生一个，有几个妹仔算什么人哟！"

孙干事："不算人？张金山，那算什么呢？你真不是个东西！"

雪花从里面出来："没有怀孕。"

孙干事："安环。"

雪花点点头："好！"

18　里屋　日　内

雪花一边准备安环一边问从柜子里出来的女人："叫什么名字啊？"

妇女："我叫李红英。"

雪花："今年多大？"

李红英："31 岁。"

雪花："已经三个孩子，不能再生了。"

李红英："我也不想生，但村里人要骂我们。"

雪花："你自己过自己的，管别人说啥。安了啊。"

李红英咬牙切齿地说："你安啥。"

雪花仔细地给李红英安环后高兴地说："环已经安好啦。"

孙干事对地罗陀说："这就对了。"

雪花从里屋出来："环安好了。走吧！"

刚抬起脚还没走出门，一个小伙子匆匆忙忙地跑过来："不好了，孙干事。南瓜花喝农药了。"

雪花："喝农药了？！"

孙干事："哪个南瓜花嘛？"

李书记："就是王二虎（王老歪）那个婆娘刘兰花（南瓜花）。生了三个女儿，一分钱都没交，刚才小分队到她家收罚款。她不交，说再去收罚款，就自杀。"

孙干事脸色一下子变得苍白："走，快去看看。"

雪花提着小包跟着李书记孙干事飞快地往外走。

地罗陀也跟着跑出来。

19 王二虎家小院 日 外

刚砌的墙壁新涂的泥巴要干不干的黏在墙上。

南瓜花嘴上抹着泡泡歪倒在凉椅上。地上的新泥仍然是色彩鲜艳的泥色。

王二虎示威地说："孙干事，咋说嘛？人都这个样子了，偿命来！"

孙干事着急地说："有话好好说，别冲动。"边说边走到南瓜花身边闻农药味。

王老歪见状忙冲过去拉扯孙干事的衣服："干啥子。人都要死了还不相信吗？你们也要把我们逼得和春燕一样把这个屋子又拿火炮来炸了吗？"

李书记飞快地跑去拉着王老歪："别冲动，别冲动。你们自己好好想明白，不要动手。不要想那些乱七八糟的怪事情，千万不要学那个春燕，也不要学那王小兰，动不动就走绝路。"

陈大菊、玉米花、李金花几个人在说着劝着南瓜花，几人拉扯着乱成一团。

雪花着急地跑到南瓜花身边。陈大菊李金花几人忙让开，雪花按下南瓜花眼睑，仔细看着瞳孔，见瞳孔等大等圆，数数脉搏完全正常。又低头挨近南瓜花仔细闻闻，一点农药味都没有，这才长长地松口气放心地起身。

雪花："孙干事，问题不大，安全起见，还是送她到医院去看一下嘛。到医院检查一下，需要的话还可以洗洗胃！"

王老歪坚决地说："到医院去做啥子哟？反正要钱没有要命有一条。她死了，我就不交罚款了。"

孙干事："不去就不去。李书记，快点，去把他家的肥皂拿出来。"

李书记："拿来干啥？"

孙干事："请你去你就去嘛，顺便拿个碗弄盆水来。"

李书记袖子一捞听话地跑到王老歪屋里抓起一个盆子在水缸里使劲打了一盆水，又在碗柜里拿起碗飞快跑出来。

孙干事："肥皂呢？"

李书记气喘吁吁地放下碗和水盆："马上去找。"说罢转身回到王老歪家里，在柜子上、厨房里找。最后在石猪圈槽子上面的石头围围上找到。

孙干事飞快地接过已用得扁扁一绺的肥皂，一把将肥皂沉入盆子的水里不停地搓搓搓。不一会儿，水里便有了许多肥皂泡泡。

雪花睁大眼睛不可思议地看着。

孙干事果断地朝两个小分队中精壮的汉子招招手，两个粗衣粗手的汉子几步跑过来，不等大家反应过来，便和孙干事一起，拿着碗装上水就往南瓜花嘴里倒。

王老歪忙跑过去推开孙干事，在一个汉子手里抢碗。南瓜花拼命挣扎着站起就往外跑。

李书记着急地叫着："王二虎别乱来。"说着去拉气势汹汹的王二虎。王二虎不听，李书记大声地说："王老歪，还听不听话？"

雪花惊异地说："干什么？"

孙干事喘喘气狡黠地说："不为什么。走，回家！"

雪花："不找南瓜花了？"

孙干事平了平起伏不停的胸膛笑着说："不用找了。"

李书记也笑笑："回去吧，她没喝农药。"

雪花："你们怎么知道？"

孙干事平静地："她身上嘴里都没有农药味，你检查后不是还说瞳孔正常吗？"

雪花："那你怎么知道用肥皂水。"

孙干事骄傲地："我老婆是内科医生。一天都听她说，喝农药后要用肥皂水洗胃。"

雪花睁大眼："所以，你们就用肥皂水吓唬她？"

20 坡地里 日 外

南瓜花不停地跑着。一不小心脚打滑挂到一根南瓜藤，一朵鲜艳的南瓜花晃得花枝招展。

21 王老歪家 日 内

雪花："真的没事了？"
李书记："没事！"
看热闹的玉米花、李金花、陈大菊等一大群人也轰地笑着散开了。

22 小路上 日 内

雪花孙干事一行人匆匆忙忙地走着。

23 宝马乡旅社 夜 内

雪花在被子里看书。看书后的雪花在给雷军写信。

24 宝马村乡村小路 日 内

雪花孙干事一行人走着说着。

25 王老歪家 日 内

雪花在和妇女点头问询检查。孙干事在一边坐着。

26 乡村小路上 日 大雨 外

雪花和孙干事一行戴着草帽在泥路上走着。雪花衣服全湿，腿脚上全是泥。凉鞋坏了，雪花提着鞋子光着脚走在泥路上。几次差点滑倒。
张大富戴着斗笠披着蓑衣扛着蔑折子光着脚板在路上飞快地奔跑着。走到流水很大的田缺口处飞快把蔑折子放在田里，又使劲向下压了又压。看着流水哗哗地冲在簸折子上簸折子也不歪不倒后，又匆匆忙忙扛起又一块簸折子向下块田缺口赶去。
雪花看着李书记说："张大富他放那个竹块块做什么啊？"
李书记笑笑："拦鱼啊。不然水流大了鱼都跟着流水流走啦。"

雪花好奇地问："田里有鱼吗？"

李书记："有啊！稻田也可以养鱼啊！"

雪花："这样啊！真好！"

27　二愣子家　日　晴　外

小山坡上一个独立的只有差不多2平方米，只能放一张小床。

二愣子看着雪花热情地说："医生哟，看吧，这就是我家。请进！"

雪花随他手所指方向走去。他非常热情向里走着，还一个劲地叫着："医生哟，来，来，快进屋里坐吧。"他是雪花到过的所有农户中最热情的一家。雪花跟着他围着房子转了几圈，不知如何进去，因为说是家真不知如何是好。泥土堆成的房子没有窗子，没有大门。确切地说，只有一个仅供一个人弯腰侧身进出的小洞。

二愣子弯腰进去，然后热情地向雪花招手说："进来坐进来坐。"雪花进去一看，心都凉透了。里面只有用石头砌成的方方正正一个猪圈一样的东西。没有凳子没有桌子甚至连一个如石头一样可以坐的东西都没有。

二愣子一个劲指着墙壁热情地叫着："坐坐！坐坐！医生请坐！"

雪花一进来。雪花的心突然像拔空了一样难受，屈辱，戏弄？

雪花飞快跑了出来。

28　乡村小路上　日　外

雪花高一脚低一脚地走着。

29　二愣子家　日　内

雪花走后。

二愣子乐呵呵地笑了："看你还来不来？"

30　宝马乡街上　日　外

玉米花在卖葱苗。一个穿着打扮洋气的中年女人走来蹲下身，仔细地一根根查看葱头的大小和分量。

玉米花高兴地说："买点吧。不用看了，都是今天一大早上地里扯的，在小河里洗得很干净的。"中年女人仔细看了看："喔，好！多少钱一把？"

玉米花笑笑蹲下："一分钱，就拿这把吧，没有人比我卖得更便宜了。"
中年女人笑着点头丢下钱，拿起一把葱走了。

31　小旅社　日　内

雪花眼睛红红地坐在床上发呆。多么贫穷的乡亲，多么固执的村民啊！

32　乡村小路上　日　外

雪花有气无力地走着。

孙干事："雪花，什么事这么不开心呢？那些超生户都是一样的，自己把自己家弄得一贫如洗，生孩子后不缴罚款。好多人是生孩子生得穷得连米糊稀饭都喝不起。但一个个就是不停地生，就是想生个儿子。不要和二愣子一般见识，你一天坐在办公室里，跑在医院学校里，还不知道现实中的乡亲们在怎样生活。"

雪花紧皱眉头："就是难受。"说罢默默地盯着地下走路，也不理任何人。

孙干事："雪花啊，不要难过了。"

雪花："好，不难过了。我在想，我们这么查不是办法，这样要查多久都查不完。还是和村干部们商量一下，叫他们请全村所有的妇女自己到一个固定检查点集体检查吧。"

孙干事："行，这个办法好，就这么办吧！"

33　陈大菊家大院　日　外

雪花坐在门边等主人回家。突然玉米花从外面走了进来。

雪花高兴地说："回来了？"

玉米花高兴地说："嗯，张医生谢谢你！"又难过地道，"这就是王小兰的家。"说着指了指隔壁已经修好的房屋："她家隔壁刚刚新修好。那是上次春燕用火炮把屋子给炸了，现在小一他二爸王二虎修好后，王二虎他们家住。"

雪花难过地说："知道，前两天到过她们家了。"

玉米花高兴地说："呵！好，不说她们了。张医生，我生孩子已经4个月了，还是好好地啥事都没有，大小便正常得很。多亏你了。"

雪花高兴地说："没事就好！没事就好！"

34 宝马村委会办公室 日 内

雪花在给张九妹检查。

35 宝马村委会办公室外 日 外

10多个妇女吵吵嚷嚷地等待着检查。

孙干事和村干部在一个个点名指挥。

36 宝马村委会办公室 日 内

雪花给李小花检查完毕后叫下一个进来。

孙干事忙叫李书记按名单念着下一个妇女的名字。

一个瘦个妇女走进来。

李金花从人群中笑嘻嘻地走来："雪花妹妹，前些天看你忙，没时间陪你玩。早先听人说有个漂亮妹妹来村里搞计划生育，我以为是谁呢？原来是我的救命恩人啊。那天见你到南瓜花家，我好高兴哟。当时想和你说话，看你那么忙就走了。现在好了，大家都到大队部来检查，你也不用一家家跑了。"说完转身叫着，"姐妹们快点来检查啊！快点来哟！"

李金花边走边说："雪花妹妹，你在这里先检查着，等你忙空了，我去带那几个小娃娃来见你。"

37 宝马村村委办公室外 日 内

李金花、大丫、二丫、三丫、小丫几个人高高兴兴地拉着雪花说着笑着叫着："雪花姐姐！雪花姐姐！"

张老根边走边笑眯眯地说："恩人啊恩人呢！一会儿到家里去坐坐嘛。上次到你家里去接你都不来，现在走到家门口了，一定要去玩哟！"

雪花高兴地说："好。肯定去。"

李金花："那你忙，等你忙空了我们接你去我家。"

雪花："好。"雪花悄悄拉着李金花说，"金花阿姨，怎么没看到那个王小二呢？"

李金花生气地："坐牢去了！判了两年！看嘛，那个张九妹就是他老婆。

她生了五个妹子了还想生。"说着指了指远处一个穿着蓝花布衣服面部有些苍白的瘦小女人。

雪花关心地问："张大哥手恢复得怎么样？"

李金花："还好吧。就是下雨天有点发损疼，现在不管天晴下雨都帮着那个张九妹担水劈柴。"

雪花好奇地问："为什么呀？"

李金花叹口气："看张九妹可怜嘛，小小个子担水还没得扁担长，王小二短命鬼坐牢不在家。怎么办嘛，乡里乡亲的，能帮就帮吧。"

雪花笑笑："这样啊，真好！"

38 李金花家 日 内

雪花坐在近门的床边。

大丫、二丫、三丫、小丫四姐妹围在雪花身边。几姐妹笑脸如花叽叽喳喳地说不停。

李金花感慨地说："雪花啊，看我现在生了四个女儿，没有儿子。别人都骂我是孤人，想想都悲泪哟！"

雪花笑笑："千万不要这么说，他们想骂让他们骂好了。你以后啊，还靠这几个女儿享福哟！"

李金花高兴地说："但愿你说的真会实现哟。"

雪花肯定地说："那是当然。看四个妹妹都长大了，小丫也长这么高了。"

李金花一脸激动地说："那是。我的几个小女儿喝水都长得又高又漂亮。"

雪花哈哈哈地笑起来："是啊。看我金花姐姐好会生哟！"

39 宝马乡乡政礼堂 日 内

孙干事穿着白短袖精悍地在给雪花颁奖。

主题歌曲响起——

《雪花之歌》

日出东方，万物生长
芸芸众生，朝夕奔忙
一群呵护健康的人啊
健康丢失在无私的路上
一群挽救生命的人啊
热血挥洒在奉献的路上
愿中华民族世代兴旺
大爱无疆山高水长

美丽雪花，迎风怒放
朝气蓬勃，神采飞扬
一群孕育生命的人啊
殷殷母爱情弥漫在产房
一群情系新生的人啊
负重前行在护民的路上
看伟大祖国繁荣富强
大爱无疆山高水长

第五集　年轻的女医生

1　红星区医院　1985 年夏　日　外

雪花在一个又一个病房进进出出。病人们东倒西歪地躺在病房里。

2　病房内　日　内

一个年轻产妇在给孩子喂奶。雪花在指导产妇喂奶的姿势。雪花叫产妇像端枪一样把孩子的头放在左手腕里，右手掌呈 C 字形把左边的乳房托起。然后亲自将产妇的乳头放进孩子的嘴里。小孩吸吮得津津有味。

3　妇产科门诊　日　内

雪花在给病人看病。

4　妇产科门诊外　日　外

门口，几个中年妇女探头探脑地看一下又缩了回去。

病人一："太年轻了，能看病吗？"

病人二："太小了，像个中学生，是来实习的吧。"

雪花冲她们笑笑："进来吧。"几个妇女慢吞吞地走进去。

5　雪花宿舍　日　内

雪花对着墙壁上的小镜子。雪花仔细地从镜子中观看着自己年轻而稚嫩的脸，喜怒忧愁的表情，依次闪现。

6　理发店　日　内

雪花在烫头发。

理发师傅专心地给雪花卷着头发。

雪花："师傅，头发怎么烫才能让我显得老一点、成熟一点。"

师傅笑笑："人家都想理发弄得年轻点，你还想弄老点。你这么年轻，怎么弄啊？"

雪花想想："你看着办吧。"

师傅笑笑皱皱眉："好呢！"

7　街上　日　外

满头卷卷头发略显成熟的雪花神采飞扬地走着。

8　医护办公室　日　内

头发蓬松卷曲的雪花一会儿看病历，一会儿查医嘱，一会儿写处方笺。

9　病房里　日　内

雪花在给婴儿查看肚脐，又关切地对产妇说："很好，你家宝宝肚脐收得很好，干燥无脓水。给宝宝洗澡的时候记着不要把水弄到小宝宝肚脐上。"她又轻轻地查看产妇的伤口，边看边说："不错，伤口长得很好，每天要多洗会阴部，洗的时候要从上向下清洗。最好每次大小便后都清洗一下。"

产妇高兴地点头道："好的，谢谢张医生！"

10　门诊诊断室　日　内

雪花正在给几个病人看病。

一个裤子血淋淋约30岁的妇女和一个穿着破蓝布衣服30多岁神色疲倦的男人走了进来。

男人神色惊慌地："医生医生，快先给我老婆看看吧。"

雪花写完处方交给刚看过病的病人，飞快地扶起流血妇女走进里面的检查室。

雪花一边检查一边问："什么名字？"

妇女说："周小花。"

雪花："流血多久了？"

周小花："两天了。"

雪花："月经啥时来的？"

周小花："两个多月没来了。"

雪花说时已看到了周小花流到阴道口的小胎儿。

门口，男人焦急地来回搓着手，不停地走来走去。

雪花对男人说："你老婆流产了，胎盘没出来，出血很多，要马上做清宫手术。"

男人着急地说："好，快做吧。"

雪花开了一张交费条交给男人说："去交费吧，我马上就去给小花做手术。"

男人面有难色地说："多少钱？"

雪花探头看看病人："钱不够？带了有多少钱？"

男人从包里摸了半天摸了2角钱出来："2角钱。"

雪花忙从包里拿了2元钱出来："来，借给你。快去缴费吧。"男人接过钱就跑。

11　收费室　日　内

男人在交费。

12　手术室　日　内

雪花在做手术。

13　乡村小路上　日　外

男人扶着周小花慢慢走着。

14　大路上　日　外

王大虎、王小二、王小三、张大富几个人布衣布裤捞衣扎袖光着脚板抬着李小兰飞快地跑着。

李金花撩起衣袖卷着裤腿，背着半背篓杂物和破旧衣服，满脸汗水气喘吁吁地跟着王二虎一伙人后面跑着。

15　红星区医生办公室外　1985年秋，夜　日　外

王小二、王小三、王大虎几人光着脚板，粗布衣裤满是灰尘。几个人一边将滑竿放到办公室门边，一边高叫："医生，救命啊！救命啊！"

雪花忙从屋里跑出来看到王小二几人忙说："什么病啊？快点进来检查。"又对王小二说，"快把病人抱到病床上躺着检查。"

李金花快步跑上来拉着雪花焦急地说："恩人啊恩人呢，快点救救我侄女啊！我侄女李小兰生娃儿生到生到喊不答应了。"

雪花惊愕地："金花阿姨，生娃儿？李小兰是你侄女？好好，我马上看看。"说时已拿起听诊器几步冲到李小兰身边。一看心里一凉：产妇面无人色，无呼吸。听诊器一听，生命体征全部消失。一摸无脉搏，再摸颈动脉一点都不跳动："李君，快，测血压。"李君飞快测着血压。

雪花明知没望仍然看着李君。

李君摇摇头："血压0/0。"再用手摸摸脉搏，"脉搏消失。"

雪花焦急地说："产妇呼吸心跳停止。"雪花反复用听诊器听产妇心跳，再看看腹部长长的疤痕，雪花努力在产妇的肚子上听胎心音。

雪花放下听诊器和胎心听筒抬头看向众人："谁是病人家属？"

王小四黑着脸跑过来："我是。"

雪花："她以往做过什么手术？"

王小四着急地说："去年剖了个儿子出来。"

雪花在人群中找到李金花，拉着李金花的手难过地说："金花阿姨，对不起，产妇已经没命了。"又转向呼喊救命的王小四说，"你老婆子宫破裂大出血，娃娃已掉入腹腔。大人娃娃呼吸心跳都已经停止，已经没救了。怎么不早点来啊？"

李金花和王小四一听："死了。"眼泪哗地流出来，哭天喊地。

王小四用破布衣袖边擦着不停涌出的眼泪边吼着："在家里只痛了一天，

不说话也只一餐饭功夫就来医院了。怎么人就没了啊？老天爷啊老天爷哟，我该怎么办哟？"

李金花更是抱着李小兰的尸体放声哭着："侄女儿啊侄女儿呢。你哪们就这么短命哟？这么短命哟！你让我怎么向你老母亲交代哟，怎么交代哟？说是交给我负责哟，我哪们负得起责任哟？老天爷耶！"

李金花哭着转身跑过来抱着雪花放声哭着："恩人啦恩人哟，你来救救我的侄女儿嘛！救救我的侄女哟！"

听着王小四和李金花撕心裂肺的哭声，雪花无可奈何地抱着拍着李金花："阿姨呀阿姨呢，你侄女来的时候就没命了，神仙也救不了啊。我怎么能把死人救活呀！你们早点来，哪怕还有一口气也有救头啊！"

李金花："恩人啊恩人呢，我们哪们知道她会死嘛？天老爷啊！"

雪花："剖宫产手术后至少要三年后才能怀孕，怀孕后要到医院来检查。生娃儿的时候一定要早点到医院来生。你们剖宫产术后不到一年就生娃娃，并且生娃娃时都痛了一天才来，那剖宫产的伤口怎么能不破啊？子宫破了娃儿都掉到腹腔了，产妇肚子里一肚子都是血，大人小孩子怎么能活得了啊？"

李金花："我们一天在家里，哪知道这些弯弯道道，只晓得怀娃娃瓜熟蒂落，到时候娃娃自己就生下来了。哪晓得会要了人命啊！"

雪花："现在晓得了，以后叫那些怀起娃娃的孕妇，怀孕后都到医院来检查嘛。剖宫产术后一定要等三年才能怀孕啊。"

李金花："现在晓得有什么用哟，我侄女的命算是救不回来了哟！"

16 雪花家 夜 内

睡在床上的雪花眼泪不断地流着，心痛万分地叫着："多么年轻的生命啊。多么傻的人啊！剖宫产才一年，怎么就又怀孕生孩子啊？怀了孩子都痛了一天了怎么不到医院啊？上帝啊，你睁开眼睛看看啊！为什么这么多的人不到医院来生孩子啊？为什么这么多的人生孩子生死了啊？姐妹们为什么这么傻呀？"

17 医生办公室 日 内

雪花红肿着眼睛在写病历。

18　红星区医院病房里　日　内

一个产妇安静地给一个胖胖的小婴儿喂奶。雪花亲切地摸着婴儿的小脸。产妇笑着点头。

19　江源县人民医院　1985 年秋　日　内

产科门诊墙面刷着洁白的涂料。

检查室内干净整洁。检查床是一张长条形木桌。上面铺有干净的床单。

两个大肚子孕妇在等着检查。

一个中等个子 20 多岁的大肚子绿衣女躺在检查床上。

肖雪很精神地在给绿衣孕妇检查。

肖雪一边检查一边说："孕期要多吃鸡鱼蛋等营养丰富的食物，每半个月都要来检查一次。"

绿衣孕妇点点头说："知道了。医生，谢谢！"

20　金水乡卫生院　日　外

医院墙壁由破旧凹凸不平的石头砌成，外墙面没有泥土更没有水泥石灰涂抹。

21　卫生院妇产科检查并手术室　日　内

内墙墙面石头突起。

门是陈旧的一块破木板，进门里面拉有一张烂得快碎了的白布帘子。帘子里面有一张断了一个脚的破木板做的产床兼检查台。

谭英（雪花小学同学）在叫雪花院里的红英做人流手术。

红英从一张脏得分不清颜色的踏脚凳上上到手术台上。红英一上手术台，手术台便不停地摇晃。红英害怕地抓着手术台边。谭英又认真地帮红英摆好手术位置。

谭英直接用刮丝做掉了红英肚子里的孩子，没用脚踏吸引器也没有电动吸引器。

22　金水乡手术室外　日　外

大肚子老羊雀（雪花家邻居）坐在那里看热闹。

谭英看看老羊雀说："老羊雀，怀孕几个月了？进来检查一下吧。"

老羊雀莫名其妙地答道："七个月了。检查。做啥子检查哟？骗钱哟？"

谭英着急地说："每个孕妇都要做孕期检查，哪儿能说是骗你的钱呢？不信问你雪花姐。"

老羊雀大声地说："我好好的，吃得走得跑得有啥好检查的。雪花姐那么远，叫我去问她，不要路费钱哟。我一天起早摸黑种点葱葱蒜苗卖两分钱要我来检查，我才没那么傻呢！我雪花姐也不会叫我检查的。"

23　红星区医院　日　外

水泥墙面刷着的石灰墙已成灰白。

24　妇产科手术室　日　内

墙面陈旧的石灰也是灰白的，还有一些或红或黑的斑点状物。

手术台由一整块木板做成。一个脚仍然缺角。踏脚凳是陈旧的木头二层梯子。

挨墙是一张黑色长条形木桌子。上面放着盛放碘酒、酒精等瓶瓶罐罐以及放器械的盒子，还有棉签空针之类的医用物品。

雪花在给一个小儿脚掉出来的产妇把小脚消毒又用无菌巾包好送进阴道再用无菌巾堵住阴道口，雪花把无菌巾反复折叠以加大力度。

产妇叫萝卜花，她痛一会儿，叫一会儿，歇一会儿。雪花也跟着用力堵一会儿又歇一会儿。萝卜花每次一叫唤一用力胎儿脚就往下掉。

雪花着急地说："萝卜花，别叫了，孩子的脚儿又掉出来了。我吃奶的力气用完了都堵不住你孩子的小脚儿了哟。"边说边弯着腰右手用劲地，用无菌巾将胎儿掉下来的脚又送回到阴道里面，用布堵着。萝卜花不叫的时候雪花就起身伸伸腰。

李君笑嘻嘻地问："雪花，宫口开大几个厘米。"

雪花无可奈何地说："8厘米。"

李君笑嘻嘻地说："那你慢慢堵着。还要两个多小时，我下班了，我去给你把饭煮好。你接生后回来吃哟！"

雪花笑眯眯地答道："好啊，谢谢哟！"

雪花又转头对萝卜花："萝卜花呢，萝卜花呀，为啥子怀起娃儿不到医院来检查一下嘛，你看你现在生得多艰难啊！"

萝卜花"哎哟哇哎哟哇"叫唤着说："从来没听说过怀起娃儿要检查，再说也没有钱上医院。我痛三天三夜只生了一个脚儿，又等了半天娃儿都生不出来。好不容易才找了点钱到医院啊！"

25 江源县医院妇产科医生办公室 日 内

医院墙面已是整体洁白的石灰墙。

王强和肖雪在办公室坐着写病历。

几个大男人抬着一个哎哟哎哟不停叫喊的大肚子女人，大叫着："医生，医生，快来救命啊！"

护士拿着血压计。

王强、肖雪拿着听诊器飞快跑到病人身边。

护士在测血压。

肖雪大声地问："谁是病人家属？"

一个30多岁的男人立即跑到肖雪身边："我是家属，我叫刘红军。"

肖雪："病人叫什么名字？家住哪里？多大年纪了？痛了几天了？"

刘红军："我老婆叫王东英，23岁，家住双河乡1大队3队。"

肖雪："怀孕几个月了，第几胎？"

刘红军："第一胎，怀孕十个月，痛了两天只生了一个脚儿出来。"

肖雪忙叫何花："快，一起将产妇送到产房。王强，快去叫潘主任！"

26 江源县医院 产房 日 内

外墙洁白干净。

墙面干净整洁洁白。钢架床做的产台。涂有颜色漂亮的踏脚凳。

王东英躺在产床上，双手拉着钢丝拉手。

肖雪在给产妇做检查。

护士已给王东英输上液体。

王强潘主任一起走到产房。潘主任在仔细给王东英边检查边说："胎心正常，骨盆大小正常，宫口开大8厘米，足先露。"潘主任果断将掉出来的胎儿脚部消毒后送回阴道内，又用一条方巾堵住产妇会阴部。完毕，果断地说："肖雪、何花轮流堵住会阴。直到宫口开全。"

肖雪立即换下潘主任，何花应声跑进产房。

27 产房门外　日　外

潘主任："刘红军，你老婆现宫口开大 8 厘米。脚儿已掉出来了，如果脐带也跟着掉出来孩子就很危险。为了安全起见，最好做剖宫产手术尽快取出胎儿。只是费用要高得多。"

刘红军："自己生多少钱？剖宫产多少钱啊？"

潘主任："自己生接生费 8 元钱，剖宫产手术费要 20 多元钱。"

刘红军急得眼泪都快流出来了："医生啊，要那么多钱，我老婆打死也不做剖宫产手术。请医生快想办法，让我老婆自己把孩子生出来吧。求求你了，医生！"

潘主任轻轻地拍拍刘红军的肩："小伙子别着急别着急！我们尽量让东英自己生孩子。你放心地等着啊。"

28 产房里　日　内

主任严厉地说："肖雪、何花打起十二分精神，认真守护好产妇和孩子！5 分钟听一次胎心！"

肖雪和何花同声答着："好！潘主任！"

29 江北医学院附院　日　内

产科，洁白的墙壁墙面整洁。室内地板平滑如镜。

手术台一律用钢筋铸造，铺着黑色的塑料泡沫床垫，垫子上面是绿色厚实的纤维垫，大气，漂亮。

杨冲叫着："张华，快点把张春梅的病历拿出来上去做手术。"

张华飞快地拿着病历："来了！来了！"说着跑到杨冲面前跟着杨冲推着张春梅到手术室。

护士接过病历："又是啥原因剖宫产？"

杨冲："臀位足先露难产，快点准备！"

护士着急地说："知道了！马上！"边说边接过病历将产妇推进了手术室。

30　红星镇医院手术室　日　内

简易的手术台上，萝卜花痛苦地躺着。

雪花一个人仍然在一会儿弯腰一会儿用力地堵胎儿的脚，一会儿又伸伸懒腰一会儿摇摇头转转脖子，一会儿又用左手拿起听筒听胎心。

雪花一边难受着一边给产妇萝卜花讲着："你为什么怀起娃儿不到医院来检查嘛？"

萝卜花痛苦地摇着头："检查啥子嘛？哪个说怀起娃儿要检查嘛！"

雪花："检查的项目多得很，胎心胎位体重血压，查血查尿查B超等等，查血可以查肝功肾功、血常规、血糖血脂，以及各种传染病、胎儿基因遗传病等等。"

31　江源县医院产房　日　内

王东英躺在产床上不停地叫着。

肖雪："东英啊！为啥怀起孩子不到医院检查啊？"

王东英："哪个说怀起娃儿要检查嘛？家里活路都做不完，哪个有时间来啰？再说哪个有钱来检查哟？"正说着又"哎哟哎哟"地叫起来。

32　红星镇医院雪花家　日　内

李君在认真做饭，屋头稀里哗啦锅儿碰锅铲，菜刀碰菜板。稀里哗啦的声音不断传来。

33　红星镇医院手术室　日　内

萝卜花一边痛得直叫唤，一边喘气不行地说："一天青菜萝卜做活路都搞不过来，好好的人检查啥子嘛？"

34　金沙村雪花老家院里　日　内

老羊雀家木板钉成的墙壁歪歪斜斜地涂有各种污迹。

刘妈准备的简易接生工具：一只土碗、一个瓷盆、一口铁锅、一张简易木床。

几块木板钉成的简易木床上，老羊雀不停地翻滚着，"哎哟哎哟"叫着"好痛啊好痛哟！"

刘妈屋里屋外地跑着叫着："老羊雀不叫了不叫了。别叫了，快生了，老羊雀！"

雪花娘帮着在大铁锅里烧开水。

刘妈给老羊雀不停地摸肚子。用开水帕子搭在老羊雀的肚子上。一会儿不烫了又换热水拧干重新搭在老羊雀肚子。

老羊雀不停地叫着。刘妈不停地搭着拧着。刘妈将土碗用毛巾包好放在老羊雀的会阴处，再脱掉布鞋，将右脚踩在土碗上，头枕着床头斜着眼睛假寐。

35　红星区医院手术室　日　内

雪花生气地说："查啥子查，查胎位胎心等等。你要是来查一次，也不会像现在这个样子。你看现在，你受苦你娃儿也受苦。看嘛，你娃儿脚儿的皮都破了。"

萝卜花呼地坐起来，弯腰想看小娃儿的脚。

雪花忙将萝卜花按下去说："看什么看嘛，现在这个样子，看也看不回去了。"

萝卜花"哇"地哭了。

雪花忙劝萝卜花："别哭，别哭，现在关键是好好听话。痛的时候别乱叫喊，保持体力，叫你爱人弄点肉丸子巧克力来吃。等会儿叫你用力的时候拿出吃奶的力气，像解大便一样拼命向下用劲。"

萝卜花："你说啥哟，那是神仙吃的哟，我们饭都吃不起，今天到医院来生孩子还是借了我们一个院子的钱才来的。"

雪花难过地说："这样啊！"

萝卜花："对啊。我现在可以使劲用力了吗。"

雪花："不可以。"

萝卜花："为啥子嘛？"

雪花："你现子宫颈口还没开全，你用力后宫颈会水肿。那样对你和娃儿都没得好处，再说你一用劲孩子的脚儿和身子很快就会跟着出来，而你孩子的头比身子大所以出不来。那样的话只要几分钟你孩子就没命了。要等到宫颈口开全后，你用劲娃儿才能生出来。"

萝卜花："那我哪儿知道啥时宫颈口开全，啥时用力最好呢？"说时萝卜花又痛得哇哇叫起来。

雪花笑眯眯地说："叫你用劲的时候你再使劲就是。"

萝卜花："好好，医生我知道，我听话，我不乱叫了。"

雪花："那就好。听话我先检查一下宫颈口开全没有？"边说边检查着。

萝卜花："哎哟，哎哟好痛啊！"

雪花着急地："不叫不叫，马上就好了。"当手抽出来的时候，雪花高兴地说："宫口已经开全。孩子快生了。"说话时已脱掉手套。推开门高声叫着："高红快来，孩子快生了。"边叫边对萝卜花说："张开嘴哈气、哈气，记住千万不要用劲。我给你准备好等会儿孩子生下来时用的药，一分钟就好。"说话时已吸好了药，重新消毒会阴并戴好了手套。

高红拿着空针飞快地跑进来："快生了吗？雪花。"

雪花："快生了，准备吸痰。"

高红："准备好了。"边说已将空针准备好拿在手上。

雪花："消毒会阴，侧切后右手保护会阴，左手牵引胎儿。"

"哇"的一声婴儿坠地的哭声让雪花高兴地笑了："生了，一个飞仙小女儿。"

36　江源县医院产房　日　内

何花，肖雪一左一右在保护会阴，潘主任在中间牵拉娩出胎儿。王强在潘主任身后使劲向后拉着潘主任背部的衣服。护士东奔西跑地忙碌着。

江源县医院产房外：刘红军探头向产房里张望。一声婴儿响亮的哭声传来。

潘主任抱着孩子交给笑得跳起来的刘红军。

37　江北市医院手术室　日　内

护士抱着孩子叫着："张春梅家属，孩子剖出来了。"

一个高个男人飞跑过去："孩子怎么样啊？"

护士高兴地笑着："好得很。就是小脚有点肿，已破皮了。"

高个男人："小脚哪里破了皮。"

护士："在脚板中间。"

38 金沙村雪花老家 日 内

老羊雀躺在床上拼命叫着、痛着、吼着！

刘妈屋里屋外地跑着忙着烧水送水查看产妇。

"哇"的一声婴儿哭声让刘妈高兴得笑起来："呀，生了个小羊雀。"话未说完突然老羊雀血流如注。刘妈在不停地叫着跑着："血崩！大出血，大出血了！"

雪花娘打眼一看，那血流水样飞快奔流着。雪花娘想帮不知如何下手，急得眼泪哗哗直流。

老羊雀已听不清人们在说什么。一张小脸越来越苍白，终于失去所有血液的老羊雀眼睛上翻看了人间最后一眼。

39 雪花家 夜 内

李君唱着歌儿在清洗收拾碗筷。雪花坐在床上看书。

40 红星区医院病房里 日 内

雪花在教萝卜花喂奶。

萝卜花一边喂奶，一边看着娃儿有些青紫、破皮的小脚板掉泪。

雪花笑眯眯地说："萝卜花，看嘛，心痛不嘛？该不该来检查嘛？"

萝卜花点点头："应该，应该！"

雪花："这阵子应该，应该。过不了三年又是青菜萝卜忙不完哟。"

萝卜花："不得哟。你看到嘛。"

雪花："我肯定看得到的。娃儿取名字没有？"

萝卜花忙说："取了小名叫跑得快，大名叫赵飞仙。"

雪花笑得直抖："取得好取得好。你女儿长了飞毛腿，生时脚先出。现在你记得怀孕要检查了啥！"

萝卜花忙说："记到了记到了！"像80岁老太婆一样，说着头一转嘴一撇："啰嗦！"

41 红星区医院产房 日 内

雪花在给产妇接生。

42　红星区医院手术室外　日　外

李君："红英家属，孩子生下来了。3500克，是个儿子。母子平安。"

一个30多岁的男人高兴地跳了起来，接过孩子大叫着："我有儿子了！我有儿子了！"男人快乐地叫着笑着命令着，"妈妈，快去弄鸡蛋给红英吃。"

43　金沙村　老羊雀家　日　外

哭声震天。老羊雀的尸体停在门板上，只有刚生下来的女儿小羊雀在哇哇大哭。

村里所有的人都围在院子里议论着。

刘妈满身血污双手带血一边流泪一边不停数着："老羊雀啊老羊雀，你死得好惨啊，你到大医院去找你雪花姐帮你接生，你生娃儿就不得死了哟。"哭声飞过山地飞过田野，飞过金沙村高高低低的沟沟坎坎，飞到了雪花医院的上空。

44　雪花家　日　内

睡着的雪花突然惊起。雪花四下张望。

45　红星区医院食堂　1985年夏　日　内

肖东和刘刚、雪花和雷军、李君和谭小东、高红和邱平，四对新人喜气洋洋、满脸幸福地在食堂弄成的礼堂里举行集体婚礼。

院长李明明在主持婚礼。

邱平的爸爸妈妈邱智权、周玲，刘刚的父母刘明、徐凤，肖东的父母肖华、钟玲和一群家属坐在台下。看着李院长春风如雨的激情主持，听着一个个新人恋爱经过的陈旧介绍，走过一串繁多的过程。

李院长激情飞扬地说："先生们女士们同事们朋友们，在今天这个阳光灿烂幸福美满的日子里，我们有幸迎来了江源县医院的几位老师和家长。他们是邱平的爸爸妈妈，县医院著名的内科专家马上就任的书记邱智权先生和夫人，县医院最年轻的护士长周玲。两位老师请上台就座。"

在热烈的掌声中李院长引导两位坐到邱平身边。李院长又如雨般温柔地叫道："下面有请刘刚的父母，我们江源县医院最优秀的内科专家刘明，妇产科专家徐玲上台就座。"刘明徐凤在一片热烈的掌声中走上礼台坐在刘刚身边。

李院长扶着他们坐下后看着台下的周华微笑着大声笑道："下面有请肖东的父母我们江源县医院最权威的外科专家肖华老师和夫人内科专家钟玲上台就座。"

所有人都被爱和激情感染。台上四对新人满面桃花，激情满满，台下肖雪王强何花钟丽肖军建明一大群同学，嘻嘻哈哈热情满满地拥挤在礼堂里。几个外地来的老同学零星地站在院里几处空地上。各成风景各诉离别之情。

肖雪、王强、肖军在各处不断地忙着帮着端茶递水。

何花笑眯眯地说："肖军、建明听说你们俩在保健院做 B 超是抓阄定的？"

肖军笑着点点头。

绝色美女青青长发飘飘，迷人的眼睛闪着星星，嘴角弯弯地说："说你们俩分房子也是抓阄定的？"

肖雪笑颜如花地飘过来："真是这样？"

建明剑眉一扬："当然。还告诉你们一个更好笑的。"

钟丽王强也跟过来："还有什么更好笑的？"

肖军笑嘻嘻地说："我们两人的女朋友名字完全是一样的。她们都叫宋平。"

建明笑笑："不过她们的工作是不一样的，我女朋友宋平是会计，肖军女朋友是护士。"

雪花好奇地问："那你们不会和我们一样也举行集体婚礼吧。"

建明肖军两人同声地说："那是肯定的。"

肖雪跑过去瞅着建明："那你们什么时候请客？"

建明肖军互相望着。

肖雪笑笑伸伸脖子："还没定？"

建明肖军点点头。

何花好笑地问："告诉你们，听说杨冲考上研究生了。"

雪花惊奇地说："这么能干啊。"大家都不由得感叹起来。

张华好奇地问："青青美女，听说你家林宁已经到江北医学院上班了，是吗？"

青青幸福地笑笑："是啊。我上班那年他就毕业分到医院了。"

张华羡慕地说："真好！青青啊，你家情书王子现在还写情书吗？"

青青看智障一样看着张华："有病啊？天天在一起，写什么情书？现在天天写的是病历。"

一群人轰地大笑起来。

何花笑笑："雪花你们一年病人多不多？手术怎样？"

雪花叹口气："病人很多，手术也多。我们这么个小医院，妇产科医生就两个人。一个上门诊，一个上住院部。只要有一人休息，另一个人就得门诊、住院部两头跑。在门诊收到病人马上到住院部处理，开好医嘱后又跑到门诊部看病人。不过好在门诊部离住院部不远，三四分钟就能走到。只是做手术要麻烦一些。因为手术好多时候也只有一个人做，助手是请外科医生帮忙。"

何花："你们医院这么麻烦啊？"

雪花："更麻烦的是这里现在还没有麻醉师，做剖宫产、宫外孕、卵巢手术都是自己打麻醉。"

何花："那怎么监护？"

雪花："什么监护哟，手术护士都没有，只有一个巡回护士。都是利多卡因局部注射加派替啶静滴强化麻醉。只能一边做手术一边叫着病人的名字，护士测血压数脉搏是几分钟都要做一次的。你们在县医院做手术多享福哟，护士麻醉助手样样不愁。"

何花高兴地说："那是！那是！"

46　街市鞋摊　日　外

雪花在坐着一边看书一边等着师傅换鞋跟。

鞋匠师傅拿着鞋子不停地比着量着剪刀剪着，锤子锤着。一边给雪花说着。

47　江源县人民医院手术室　日　内

何花、肖雪、王强在做手术。

48　医生办公室　日　内

钟丽在书写病历。

49　过道上　日　外

几个大男人抬着一个血淋淋的病人大叫着："医生，快来救命啊！快点来人啊！医生！"

钟丽飞快跑到病人身边检查。

护士在飞快地输液。

第六集　和病人一起怀孕的医生

1　红星区医院　医生办公室　1986 年春夏　日　内

大肚子的雪花在书写病历，高红也挺着大肚子在给病人测血压。

2　检查室　日　内

大肚子的雪花认真地给一个大肚子孕妇听胎心。摸胎位。

3　雪花家　日　内

已经搬到了结婚后的新房里。

大肚子雪花正在听《绿岛小夜曲》。优美的音乐在小小的木屋子里飘荡。

雪花一边翻着胎教手册，一边听着音乐优雅地在屋子里漫步。

4　山路上　日　内

几个男人抬着一个大肚子孕妇，急匆匆地来到医院。

一个小伙子不停在喊着："医生救命啊！医生救命啊！"

5　红星区医院　日　外

雪花大着肚子快速上前。病人抬进了医院。

雪花："病人叫什么名字？多少岁？哪里不好？"

张丽从抬着的凉椅上捧着大肚子一瘸一拐地走下来。

张丽面色疲惫地："我叫张丽，21 岁，怀胎十月。痛了三天，娃儿还没生下来。"说着又哎哟哎哟捧着肚子蹲在地上。一个约 23 岁的小伙子跟着蹲在地上。

雪花忙扶着张丽走进手术室。小伙子跟着到手术室。雪花忙将小伙子挡到手术室外后，快速关上门。

6　手术室里　日　内

雪花一看难过地："肩先露。"再反复摸着张丽的子宫轻轻按压后对着测血压的曾英护士长说："先兆子宫破裂，马上准备手术取出胎儿。"再用胎心听筒，左肩贴着产妇腹部认真地听胎心，听毕用软尺子在张丽肚子上比着子宫高度又从肚脐经腹转一圈后看了看腹围数据。又转头问曾英："生命体征如何？"

曾英一边取下血压计一边快速报告说："血压 100/70 毫米汞柱，呼吸 23次 / 分，脉搏 96 次 / 分，体温 37 度。"同时拿来了输液器和备皮刀。

雪花走到手术室门口对着小伙子："张丽家属，你孩子是肩膀在前面，你爱人子宫快破了，要马上手术，快签字吧！"

7　手术室外　日　外

正在门缝里探望的小伙子二话没说，接过雪花拿来的手术同意书，拿起笔想都没想画上了自己的名字刘强。

雪花着急的说："我还没说，你怎么就签字了。"

刘强："老婆都快没命了，还说什么呀？赶快放心做手术吧！"

雪花："你老婆现在子宫快破了，不做手术大人小孩都保不住。现在要马上做剖宫产取出小孩，你签字后马上就可以手术了。"

刘强："相信才到你们医院。已经签字了，还说什么呢？快点做吧！"

雪花难过地说："就是做手术孩子也有危险，你老婆一样可能有生命危险。"

刘强想想："那是没办法的事，只要你们尽力就行。医生，你就放心地做手术吧！"

雪花自信又自豪地走进手术室。

8 手术室里 日 内

大肚子雪花在认真地消毒。曾英老师在将小儿衣服一件一件地放好，器械护士李君大着肚子在一一清点器械。

9 手术室外 日 外

刘强搓着双手，不停地在手术室门外来回走着，时而又紧张地向门内张望。

10 手术室里 日 内

雪花和外科医生邱平正在做剖宫产手术。

雪花从张丽肚子取出了一个大胖小子。曾英高兴地给新生儿称体重，"3500克，真是个大胖小子！"边说边给娃娃穿衣服。

雪花仔细地检查着产妇的子宫。突然，雪花阳光般灿烂的脸上突然一紧："阔韧带和子宫后壁有大面积瘀血。少部分地方还有明显浸血。准备加包，止血钳。清除淤血，叫产妇家属签字。叫高红上台准备器械。"

曾英一边叫："高红，快点去上台帮忙手术。"看了看手上抱着的胖小子。一手拿起手术同意书到手术室外将新生儿交给门边的刘强说："祝贺，是个儿子，7斤。只是子宫破得有点宽，你快点签字好做修复手术。"

刘强抱起胖小子头也不回地说："不用签字，该怎么做就怎么做吧。放心，不管什么事，我们都不会怪罪你们的，你们就放心地做手术吧！"

曾英笑着应声："好呢！"边说边飞快地跑进手术室。

雪花："高红快拿加包，病人子宫破裂大面积出血。"

雪花果断地对兰医生说："先清除阔韧带里的血肿。"说时伸出右手向李君叫："分离剪。"

李君立即把早已准备好的分离剪刀放在了雪花手上。

雪花飞快地清除了一大盆深黑色的凝血块。迅速缝合止血。手术完美结束。

11 手术室外 日 外

刘强抱着孩子笑得合不拢嘴地走着。

12 病房里 日 内

刘强光着脚板抱着小儿子一边笑眯眯地走着摇着唱着："我们的生活充满阳光……"

13 手术室里 日 内

雪花仔细地检查着产妇伤口。

14 病房里 日 内

张丽安静地睡在病房里。儿子的头在被子里转来转去。很是悠闲。刘强在给小婴儿洗脸。

15 医生办公室里 日 内

雪花在写病历、开药，刘强站在雪花身边等着雪花写处方。
肖东在整理药瓶。

16 办公室外 日 外

王小三、王小四赤着脚板抬着一个大肚子女人冲进了医院大声喊着："医生，医生，救命啊救命啊！"
陈大菊背着一背篓衣服杂物气喘吁吁地到了医院。

17 办公室里 日 内

雪花飞快写完处方交给刘强："快去取药。"雪花一边说一边向外走。

18 办公室外 日 外

雪花着急地："啥事。谁是家属？"
王小三："我是家属，张医生，我老婆李小花来生娃儿。"20多岁撸起袖子高扎裤腿满脸焦急的王小三忙放下滑竿，扯了扯肩上快掉下来的衣服，又扯了扯裤管歪着头气喘吁吁地说着。边说边转着脖子："我老婆生娃儿痛得不得了，我请接生婆在家接了三天都生不下来。你帮着看看嘛！"说话时已将李小花扶下了滑竿。大肚子的李小花抱着肚子歪着嘴半弯着腰一脸痛苦。

雪花忙对李小花说："走，快到手术室。"说时大肚子的雪花扶着大肚子的李小花向手术室走去。边走边叫："肖东快来输液测血压。"

肖东应声拿着输液瓶抱着血压器冲了出来。

19　手术室里　日　内

雪花在李小花高高突起的肚子上比着量着听着，边做边叫肖东先输液再测血压。

肖东快速输好液体，一边测血压摸脉搏一边向雪花报告："血压 90/60 毫米汞柱，脉搏 83 次 / 分，呼吸 21 次 / 分。体温 36.5 度。"

雪花帮李小花脱去裤子。见阴道口充血水肿厉害。忙一边消毒一边问："李小花，你在家里接生婆咋样给你接生的呢？"

李小花："接生婆把大饭碗用布包着放在我下身屙尿那里，一直用脚踩到，说是那样就生得快些。"

肖东听了笑得直弯腰。

雪花却一点都笑不出来。"肩难产，先兆子宫破裂你现在要马上做剖宫产手术。"说时转向肖东，"快做术前准备。"

20　手术室外　日　外

王小三坐在门边抱着头。看不清他的脸。只见凌乱的头发间有几根时隐时现的手指头。雪花走出来，轻轻拉拉王小三的衣服说："快来签字，你老婆横位肩难产要马上做剖宫产手术。"

王小三跳了起来大声吼道："做手术？不！做手术后哪个做活路？家里还有那么多小麦没收呢。不做手术！"

雪花失望地说："不做手术，大人小孩都有生命危险！"

王小三生气地说："那么多人生娃儿都没做手术，我们家小花也不做。你就再想点别的法子吧。"

雪花："这不是地里种青菜萝卜想种那样你说了算。这是人命关天的事，你就听我们的吧。"

王小三难过地说："别的人都能生，我家小花为啥不能生啊？"

雪花难过地说："你家小花怀的娃儿胎位不正常，现在胎位是横位。别人的小娃儿头在下边屁股和脚在上面肩膀在中间，你家小花现在肚子里的孩子屁股脚儿在左边头在右边，肩膀在最下边。你说怎么生得出来。"

王小三偏着脖子生气地问："我儿就那么横？"

雪花肯定地说："就有那么横，你老婆现在子宫快破了。到时别说叫小花种小麦，你就是见也见不着了。"

王小三："为啥？"

雪花："给你说了这么多，孩子下不来，子宫又不停地收缩，孩子长久生不出来，只能把子宫冲破生到肚子里。"

王小三狠狠蹬脚："有那么怪，我就不信。看你怎么办？"

21 手术室里 日 内

李小花痛得在手术台上左右滚动。肖东着急地扶着她，怕小花从手术台上掉下来。

22 手术室外 日 内

雪花着急地说："快点签吧，久了大人小孩会没命的。"

王小三歪着头缩着脖子问："为啥呢？"

手术室里面肖东着急声音传来："雪花，快点，手术准备好了。"

雪花着急地说："王小三，快点签吧，等会来不及了。子宫破了会大出血，血流完大人小孩子都没了。王小三，千万不要像王小四一样，到时候大人小孩子都没有救！"

王小三歪着头伸长脖子问："为啥呢？我才不像我家小四呢，他家李小兰是人都没气了才到医院，哪个救得活嘛。我家李小花可是活蹦乱跳地来的，你看她现在还在叫痛呢！"

23 红星区医院手术室里 日 内

李小花在手术台上痛得不停地叫唤。

24 手术室外 日 外

雪花极有耐心地劝王小三："现在你家李小花在叫喊，等会儿没命了就叫不出来了。快点签字嘛。"

王小三歪着头昂起脖子问："为啥呢？"

雪花忍无可忍又不得不耐心地说道："人子宫的大小是有限的，里面装的东西也是有限的。当子宫不停地收缩，而里面的孩子不能顺利地从子宫宫颈里冲出来的话，孩子就会冲破子宫跑到肚子里去。而人的血也是有限的，当血流尽了，人的命也就没有了。"

王小三低着头缩起脖子问雪花："那现在小花的子宫破了吗？"

雪花："没有。"

王小三："那你说什么呢，不是没破吗。"

雪花着急地："你不做手术子宫肯定会破的。"说着吞了吞口水，雪花说得口干舌燥。

王小三忙从怀里拿出瓶汽水："来医生喝点水吧。"

雪花接过水喝了一口，说："谢谢。"又拿出手术同意书："快点签字吧。晚了真的来不及了。"

25　手术室里　日　内

李小花仍然在不停地翻动。肖东按着李小花，尽量不让李小花掉地上。

26　手术室外　日　外

又一群人抬着担架跑进了医院。

一个中年男人大声叫着："谁是医生，快点来，我老婆要生娃儿了。快点！"

雪花看看王小三，又看看从担架上走下来的大肚子妇女："做不做手术，你好好考虑嘛。"边说边走到大肚子身边。牵着产妇到了办公室。大肚子雪花在给刚来的大肚子产妇做检查。

雪花："宫口开了6厘米，过去生孩子没有？"

产妇："没有。第一胎。"

雪花："不要乱动，今天就要生出来。等会儿想解大便的时候叫我们。"

说罢又匆匆忙忙跑到王小三身边。

雪花："想好没有？再不做，手术台要让给刚才来的那个产妇了。"

王小三偷眼看看新来的产妇着急地说："拿来我签字，快点手术。"

雪花如释重负地走进手术室。

27　红星区医院手术室　日　内

李小花安静地睡在手术台上。

雪花和外科医生邱平在给李小花做剖宫产手术。

雪花主刀，邱平当助手，手术台面血迹斑斑。

没有麻醉师没有器械护士。

婴儿哇哇响亮的哭声飞过医院飞过村庄飞过高高低低陈旧的茅屋瓦房。

肖东在给刚手术取出来的新生儿穿衣服。

28　手术室外　日　外

肖东将剖出来的儿子交给等得着急的王小三，陈大菊、李金花两姐妹飞快跑去抢过小娃娃笑。

李金花接过小儿子笑笑问肖东："小花在里面怎么样嘛？"

肖东："很好。一会儿手术完了就出来。小花是你什么人嘛？"

李金花高兴地："好好！小花是我侄女。我来帮忙看看。"

手术室里地面到处是水渍浮物和少许血迹。

29　江源县医院手术室　日　内

墙面洁白一尘不染，产妇躺在手术台上。

王强在给产妇做剖宫产手术。

肖雪和另一个医生当助手共三个人在做手术。

何花在接生。新生儿响亮的哭声让何花的俏脸花一样美丽。

一个护士在给新生儿消毒脐带。

麻醉师在检查血压。

手术护士在递器械。

巡回护士在不停地查看东西。

手术室地面有少许血液和水迹。

30　江北医学院附院产科手术室　日　内

产妇躺在手术台上。

杨冲在主刀做剖宫产手术。

青青一助、张华二助、实习生三助，共四个人在忙碌着手术。

台上整洁无比看不到几处血迹。

护士在给新生儿吸痰。

助产士在接生。新生儿响亮的哭声让洁白的手术室光彩夺目。

麻醉师在查血压。

巡回护士在查看手术器械。

手术室地面清洁无比。

31　金水乡中村雪花老家　日　内

雪英忙着烧火煮饭。

雪红对着刚进门的小容笑，刘妈站在门口，红琼在门外向屋里的小容偷窥。

小容和几个女的坐在堂屋门边说笑。

雪花娘笑眯眯地屋里屋外跑着招呼客人和村里来看热闹的村民。

32　手术室外　1986 年夏　日　外

李金花将哭着的婴儿交给门外的王小三："是个儿子，7 斤 2 两。"

王小三高兴道："真是儿子？"

曾英笑着拍了一下王小三的肩膀："不信看一下嘛。你把医生肚子都急痛了，刚才叫你签字半天不签。要是雪花医生生孩子，接生的人都没有，现在全院只有雪花一个妇产科医生，看你良心过得去不！"

王小三、李金花着急地问："真的在痛了？雪花医生怀孕几个月了？"

曾英："几个月？看看嘛，10 个月了，手术台都挨不拢了。"

33　雪花家院里　日　外

雪花娘和刘妈在悄悄嘀咕："人看起来不错，老实，像过日子的。"

雪花娘："就是不知人家看不看得上。"

刘妈："雪花娘，你也别着急，那就看他们是不是一家人。"

雪花娘："也是。"

34　雪花老家屋里　日　内

媒婆李大姑眉飞色舞，一脸自豪地叼着旱烟袋挥手一指给雪花娘——介绍："这是小容，这是小容妈，这是小容的大姐大容，这是三姐三容，她们家六姐妹，她在家最小。这是小容的婶娘。"

又转身对小容说："这是雪红的娘，雪红有两个姐姐。大姐你们见过了现在灶屋煮饭，还有一个姐姐在大医院当医生。雪红家就是这个样子，你们可以四处走一走问一问。看满意不满意，满意就留下来吃顿饭，不满意就走。"

小容娘说："好，那我们就看看再说。"说着和一群人就在屋里四处走动着。小容和婶娘以及大姐大容、三姐三容在屋里一个个柜子、箱子、坛子、床都细细地摸着、叩着、听着、看着、审着。

大容："房子小了点，太旧了。"

三容："床也只两张。"

婶娘："柜子只有一个。"

35　红星区医院手术室　日　内

雪花正给产妇接生。

雪花："加油！用力！使劲！加油！"

36　雪花老家　日　内

小容娘摸摸柜子叩叩粮仓。空响。小容娘摇摇头："没几颗粮食，只有人看起来还是老实。"说着转头向小容，"就看你自己的意见了。"

小容不表态向外屋走去。

37　雪花家院里　日　外

媒婆李大姑对刘妈雪花娘说："小容人长得不是很漂亮，干活可是十里八乡都找不到的好手。"

雪花娘："我们没意见，就看人家姑娘家怎么看了。"

媒婆李大姑："那雪红同意了？"

雪花娘笑笑："同意了。"

媒婆李大姑豪爽地："那就行了。走！进屋！"

38　雪花家屋里　日　内

媒婆问小容："看中了没有？"小容低着头不说话。

媒婆说得唾沫乱飞："小容，你不要看雪红家现在只有这两间瓦房一间草房，可他姐在大医院里可是会救命的医生。跟了他别人可是会高看你一眼哟！"

39　红星区医院手术室　日　内

一声婴儿哇哇的哭声响亮地飞了出来。

雪花高兴地抱着刚生下的婴儿交给在门外等得心急如焚的一对母子："是个女孩。6 斤 2 两。母女平安。"

40　雪花老家　日　内

小容一家坐在雪花家的饭桌上，一家人高兴地吃着稀饭泡菜。

大容："你说雪红他姐在大医院里上班，那这么重要的事情，她怎么都不关心不回来一下呢？"

刘妈忙接着说："人家雪花可是大忙人。医院那么多病人，她怎么走得开，何况又大着肚子。人家人没回来，可东西早就带回来了。你们今天吃的糖、花生、瓜子，可都是他姐买的哟！"

41　红星区医院医护办公室　日　内

雪花在写病历开处方。

王小三低着头站在雪花身边："张医生，你现在没事吧，肚子还痛不痛？张医生，你给我娃儿起个名字嘛！"

另一个男家属着急地说："医生累了这么久还没吃饭，你就别麻烦医生了。"

雪花忙说："不痛了。没关系。想取个什么样的名字？"

王小三："取个和我不一样的就行了。"

雪花笑得不行："不缩着脖颈的？"

王小三："随便。"

雪花："那就叫王直吧。让孩子将来站有站姿坐有坐态玉树临风潇潇洒洒。"正说着。又一群人抬着病人进来了。

雪花忙从担架上把一个面色苍白的大肚子孕妇接下来。

雪花着急地问："病人叫什么名字？痛了多久了？"

张大娃："我叫张大娃，我婆娘叫杜小芳，今年 33 岁。怀了个娃儿昨天还痛得呼天叫地，娃儿还没生今天突然不痛了。就是人没精神，总打不起阳气，像个死人一样，脸白咔咔的。"

雪花听得一惊："她过去做过手术没有？"

张大娃："去年做了一个剖宫产。"

雪花心中一惊："那为什么今年又怀起娃儿了？"

张大娃："上个月去引产，指导站不引，叫我们到县医院。县医院说娃儿太大了引产也有危险，叫我们引产也必须做剖腹取胎，否则就有生命危险。"

雪花着急地说："知道了。"说时已叫肖东飞快地测血压。

肖东在忙着测血压脉搏，做完又飞快输好液体准备手术。

雪花轻轻一摸杜小芳的小腹，小芳便直叫："痛痛。"

雪花直摇头："子宫破裂。子宫形状不见了，胎心没听见。血压多少？"说时抬头问肖东？

肖东一边检查一边快速报告："血压 60/30 毫米汞柱，脉搏 110 次 / 分，呼吸 27 次 / 分，体温 38 度。"

雪花果断地下令："建立两组静脉通道，一组输液一组输血。"又飞快地叫，"张大娃，张大娃快点来签字！"

张大娃："为啥子？"

雪花："你老婆子宫破裂，肚里的孩子也死了。为了救大人的命，必须马上手术。现在做手术有危险，但是如果不做手术，要不了几个小时，你老婆肯定去见阎王。"

张大娃飞快地签字。

42 手术室里 日 内

雪花和邱平在做手术，雪花飞快地打开腹腔一看，子宫切口全层裂开，切口出血奔流不停。万幸子宫破裂口没有外延。胎儿浮在腹腔里。雪花快速取出胎儿胎盘。钳住子宫破口出血点。一把抢出腹中已死的胎儿丢进手术盆里交给护士送台下。飞快缝好子宫破裂伤口。血止住了。

雪花大大松了口气，又难过地站在手术台。大着的肚子顶着手术台很不舒服。

43　病房里　日　内

王小三看着王直笑眯眯地对李小花说："看我们王直长得多好看啊。"

隔床张大娃呆坐在杜小芳身边，杜小芳仍然在输血输液。

看着王小三、李小花和小王直一家高高兴兴的样子，张大娃和杜小芳肠子都悔青了。

张大娃黄牛样吼着："哎哟哎，那么不知道早点到医院来生娃儿哟。"

44　医护办公室里　日　内

雪花在忙着写病历。开医嘱。

张大娃在等着拿处方取药。一群人用滑竿抬着病人到了医院。

雪花忙放下病历去接病人。一边问："病人叫什么名字？哪里不好？"

"病人叫刘小月，上午还好好的，下午突然就不行了，说肚子痛，只痛了一会儿就说不出话了。"一个个子不高脸色黝黑的男人回答着把病人从滑竿上抱了下来。

雪花忙叫："肖东，快点测血压输液。"

肖东应声飞了出来。拿着血压器听诊器输液器。

雪花着急地："刘小月，你月经啥时来了的？"

刘小月有气无力地："40 天没来月经了，上午小腹像撕裂样疼痛。痛一阵就头昏眼花，眼睛一黑不知事了。"

雪花难过地："肖东，血压？"

肖东忙报告："血压 40/20 毫米汞柱。脉搏 120 次／分，呼吸 26 次／分，对光反射正常，体温 36 度。"

雪花："宫外孕破裂，失血性休克。快速输液建立两组静脉通道，一组输血一组输液马上查血查尿作 B 超。肖东快准备手术。"

肖东飞快地："好。"说着快速输液后抽血备皮导尿。

45　检验科　日　内

一个年轻女检验师在查尿查血。检验科报告单写着妊娠试验阳性，血常规血色素 5 克。

46 医生办公室 日 内

雪花拿着 B 超报告："子宫内无占位。左侧输卵管有 1.3 厘米占位内有血流信号。提示左侧输卵管妊娠。"

雪花对着肖东："宫外孕破裂大出血。接病人到手术室。马上手术。"病人家属帮忙着把刘小月抬进了手术室。雪花一边说一边飞跑向手术室。

47 手术室外 日 内

病人家属着急地来回踱步。

48 手术室里 日 内

雪花和邱平在做手术。雪花刚切开腹腔，便见一肚子血。

雪花着急地说："肖东快准备回收血。"

肖东马上用瓶子做了采血瓶。

雪花："过滤纱布、抗凝剂。"

肖东："好！"说着飞快弄好了采血瓶。

雪花飞快地将血从刘小月的肚子里用小铝盆装上又倒进采血瓶里。

雪花果断地说："快速输血。"

肖东："回收完了吗？"

雪花："没有，太多了，至少 3000 毫升。"一边回收一边输血。同时进行。

正做手术的大肚子雪花再次感到肚子痛起来了。心道："哎，宫缩来了！"

雪花皱眉不动声色地寻找输卵妊娠处，病人的出血点找到了，又飞快地钳住输卵管妊娠处切除病灶缝扎止血。血止住了。

雪花大大地松了口气。

又一阵宫缩出现。雪花不自觉地弯了腰。

肖东忙叫："雪花雪花，怎么了？"

雪花忙从阵痛中挺直了腰："没事，说着飞快地继续缝合伤口。"

雪花皱眉："病人血压多少？"

高红："血压 80/50。脉搏 100 次。呼吸 22 次。"

雪花着急地说："快速输液。紧急合血。"

49　病房里　日　内

刘小月静静地躺在病床上。脸色明显地红润起来。输液在继续。

50　医护办公室里　夏　日　内

雪花在开医嘱写处方。连续的阵痛让雪花不得不向李院长请假。

李院长："这么多病人你怎么能休假？"

雪花不好意思地说："李院长，我肚子好痛哟。医院就我一个妇产科医生。等会我生了，谁来给我接生呢？我还没学会给自己接生呢！"

李院长："兰医生呢？"

雪花："已经休假半个月了。"

李院长难过地说："那你快走吧。我打电话叫她马上回医院上班。"

51　病房里　日　内

雪花捧着肚子在一个个病房地看着，雪花看看李小花的伤口，点点头："很好！"又看看小王直，点点头："很好！"看到刘小月红润的脸，雪花笑了。

52　红星区汽车站　日　外

雪花弯着腰捧腹在等客车。

53　江源县医院产房　日　内

雪花在产床用劲。何花在给雪花接生。

54　江源县人民医院妇产科病房里　日　内

雪花全身无力地瘫在病床上。

只有刚出生的小女儿欣乔睡在病床上东张西望地找吃的。

第七集　王简出生

1　红星区医院。1987 年秋　日　外

雪花抱着胖胖的欣乔在病房门边走着。不时向里面的病人打招呼。

2　红星医院雪花诊室　日　外

雪花仔细地看着病人。门边一大群病人等着。

3　雪花家里　日　内

已经不是原来竹席做墙的家了，是结婚后另外分的妇产科手术室楼上二层的一个单间。

1 岁的欣乔独自一人在床上玩耍。

4　医护办公室　日　内

雪花在写病历。欣乔扶着椅子站在雪花身边。
高红和肖东在抄写医嘱。偶尔转头看着欣乔笑。
欣乔也机灵地冲她们笑着。

5　手术室里　日　内

雪花认真地做着手术。

6 手术室外 日 外

欣乔在哭，曾英忙叫病人家属帮忙抱着欣乔。

7 雪花家 夜 内

欣乔在哭。

雪花抱着欣乔边走边摇边唱摇蓝曲："摇啊摇啊摇哟，摇啊摇啊摇哟，摇啊摇到外婆桥……"轻柔的旋律在医院寂静的夜空四处飘荡。欣乔渐渐进入梦乡。

灯光下，雪花拿起一本《妇产科学》在看。

8 手术室里 夜 内

雪花和兰医生在做手术。

李院长拿着手电筒照着雪花给产妇做剖宫产。

9 手术室外 夜 外

病人家属一个小个子男人在焦急地等待。

10 雪花家 夜 内

欣乔一个人睡在床上，床边用高桌子挡着。欣乔一翻身倒向床边。欣乔睁开眼睛没看见妈妈便哇哇地哭起来。哭了半天见没有人管，便悄悄向床边爬。桌子挡着。她便从床和桌子的间隔处向外冲。

11 手术室里 夜 内

一个婴儿顺利地取出来。李院长高兴得孩子似的叫着："娃儿出来了！"一声响亮的婴儿哭声让忙了半天的雪花和高红李院长等一众人都笑了。

12 雪花家 夜 内

欣乔呼地一下从床上掉到地上。哇哇哇大声地哭着。哭累了的欣乔倒在地上睡着了。

13 手术室外 日 外

小个子男人接过李院长抱出来的新生儿："男孩还是女孩？"

李院长生气地说："男孩，5斤6两。"

小个子男人哈哈哈地笑得跳起来："天啊，终于生儿子了！"

14 医护办公室 夜 内

雪花在开医嘱写处方写病历。小个子男人高兴地转悠着笑着看着雪花写处方。

雪花写完处方笑着拿给他："这么高兴？"

小个子男人点点头："太高兴了！"说着拿起处方就跑。

15 雪花家 夜 内

欣乔仍然躺在地上，眼角有泪滴，脸上脏得像花猫一样。

雪花笑眯眯地给欣乔洗脸后，轻轻抱着欣乔睡着了。

16 红星区医院 日 内

夜空群星闪烁。地上灯火阑珊。

17 医护办公室 日 内

雪花认真地书写病历，欣乔在门外玩。

18 门诊诊断室 日 内

雪花在认真地给病人一个一个地看病、手术。门外一大群病人在等待。

19 红星区医院花园里 日 内

欣乔在地上趴着耍泥土。一个病人走过，拉她。她睁大眼睛看看，不是妈妈，也不是熟人，眨巴眨巴眼睛摇摇头爬走了。脸上身上全是泥沙，花猫样的小脸蛋上两只眼睛亮晶晶的。

20 门诊手术室 日 内

雪花正在做人流手术。

护士高红不耐烦地说："今天怎么这么多人做手术啊！人流都做了8个了。雪花你累不累？还有几个手术不做了，叫她们明天来。"

雪花："不行，再累也必须做完。病人一天忙家务活农活，上街来一趟不容易。还是做完吧！"

门口，一个病人探头探脑地："张医生在哪儿？"

高红："找她啥事？"

病人："她女儿在下面摔倒了，哭得凶得很。"

雪花笑眯眯地说："别管她，让她哭。下一个病人进来。"

一个30多岁的女人走了进来："该我了。"

雪花："好，躺上来吧。"

雪花笑眯眯做着手术。

高红不满地说："雪花，你怎么不叫欣乔她奶奶来帮着带一下嘛，一个人又上班又带孩子多累！"

雪花："她奶奶家开饭馆生意太好了，走不开。"

高红："那你妈呢？"

雪花："我妈？"雪花说着就笑了。

21 雪花老家 日 内

雪花娘在院坝砍猪草。刘妈坐在旁边。大肚子红琼用木条子在赶偷吃猪草的鸡。

刘妈："雪花她妈，你一天在家里砍猪草，就不去帮助雪花看看孩子？"

雪花娘："雪英出嫁了，家里就只有雪红一个人。我不在家，哪个姑娘敢上门？好不容易有个小容看上了，总得等他们结婚后再说吧！"

22 手术室 日 内

高红笑得不得了："你妈就在家等你弟弟结婚。"

雪花："就是。你们家秋灿好享福哟，从小就有婆婆爷爷带着。"

高红："那是。哎。那你弟娃儿朋友找好没有呢？"

雪花："看了一个，还没定下来。"

高红："那我帮他介绍一个，叫他快点结婚。你妈妈也好早点来带。"

雪花："那样最好。"

高红："那要等多久，还是先叫雷军他妈请人来帮着带一下。"

雪花："好吧。"

23 红星区医院花园里　日　内

欣乔一脸灰半脸泥。只有两只眼睛闪闪发亮。

24 红星区医院手术室　夜　内

雪花在给产妇接生。欣乔在手术室门边角落里的椅子里睡得正香。

新生儿出生时哇哇的哭声只让她嘴角扁了扁又睡着了。

25 医生办公室　日　内

雪花蓬松着头发在写病历。

李院长歪着头仔细地瞅着雪花："雪花妹崽把头发梳好点。"

雪花忙用手理了理头发笑笑："好！"

26 雪花家　日　内

雪花娘正和欣乔玩拍巴掌的游戏。

雪花娘很认真地念叨着："拍巴掌，买糖糖，唆花狗咬姨嬢。"

雪花娘说一句和欣乔掌对掌地拍一下。欣乔一边跟着一字不差地说着拍着一边咯咯地笑着。

27 3床病房里　日　内

雪花在给病人换药。

高红跑过来说："雪花，快点，来了个大出血病人。"

雪花飞快换好药就走。

28 红星区医院　1987 年秋　日　内

8 床病房里。

病人面色苍白地躺在病床上。

高红在测血压。

雪花忙问：“血压多少？病人叫啥名字？家住哪里？出血多久了？月经啥时来的？”

张九妹虚弱地：“我叫张九妹。家住宝马乡宝马村，早上娃儿就生出来了胎盘还没下来，血一直不停地流。我头好晕哟！”

高红急促地：“血压 60/40，脉搏 110 次 / 分，呼吸 25 次 / 分。”

雪花果断地快速输液输血，建立两组静脉通道。

肖雪快步跑入：“好！”

雪花：“张九妹家属在哪里？”

王小二飞快地跑进来：“我叫王小二，我就是张九妹的家属。”

雪花严肃地说：“张九妹现在出血很多，要立即手术取出胎盘，还要输血输液抗感染。病人随时有生命危险。快签字做手术。”

王小二飞快地签字。

29　手术室里　日　内

雪花飞快地用手剥离出了黏连严重的胎盘。又仔细地检查会阴宫颈有无裂伤。

“胎盘滞留，宫颈裂伤 3 厘米，会阴 2 度撕伤。”雪花边检查边缝合边说边指挥。

肖东在给病人输液输血，测血压。

雪花：“现在怎么样？”

肖东：“不好。血压 60/40，脉搏 100 次 / 分，呼吸 23 次 / 分。”

雪花：“加快输液。加压输血。”

肖东：“好！”说罢拿起血袋使劲挤压。

张九妹：“怀了九个生了六个。”

雪花吃惊地：“什么？”

张九妹：“真的，我老公说我生的全是妹儿，自己要回了一个带在身边。其他几个都送人了。”

30　手术室外　日　内

王小二在门口不停地走着。

31 手术室里 日 内

雪花："送到哪里去了？"

张九妹："不知道。"

雪花："那你这次生的是男娃还是女娃？"

张九妹："女娃。"

雪花："那你怎么办呢？"

张九妹："我妈生了九个都是女娃，我再生也还是女娃，我再也不生了。再叫我生，我就跟他离婚。"

肖雪气愤地说："对，再叫你生坚决跟他离婚。"

雪花："也不能那样说，给他做做思想工作嘛。血压怎样？"

高红："血压 80/60 毫米汞柱。脉搏 90 次／分，呼吸 21 次／分。尿量 400 毫升。"

32 雪花家 日 内

欣乔哭得死去活来。雪花娘不知如何哄她，只一个劲地走着摇着，欣乔哭得脸色苍白，雪花娘没得办法，忙抓起洗脸盆拿锅铲用力敲起来，"叮叮当当"的声音立即引起了欣乔的兴趣。她睁开眼睛如听音乐样头一点一点地笑了。累了的雪花娘没好气地笑了。

33 医护办公室 日 内

雪花在写病历开医嘱写处方。

王小二在等着拿药。

雪花语重心长地说："小二，听说张九妹已经生了六个孩子了！"

王小二："是生了六个，哪个叫她全生些妹崽生不出儿子呢？"

雪花："那你还要她生娃儿？"

王小二："不生哪们办嘛，院子里别人都骂我们是孤人、五保户。"

雪花："你生了这么多，怎么还是孤人呢？"

王小二："没有儿子嘛。"

雪花："女儿一样也是人。"

王小二梗着脖子："那不一样，男人能传宗接代。"

雪花好笑地问："没有女人谁给你生呢，离了女人哪个男人一个人有本事传宗接代。你家张九妹现在因出血太多有生命危险。现在你来得及时，命虽然保住了，但如果再生孩子的话就太危险了。孩子现在怎么样了？"

王小二："不知道，放在来时的路上，不知道有人捡走了没有？"

雪花惊异地说："什么？快回去看看孩子还在不在？"

王小二："看啥子看，反正又不要。"

雪花着急地说："快点回去。把孩子找回来好好带大，以后你两口子说不定就全靠她了。"

王小二冷笑着："靠她，一个小妹崽。"

雪花心急火燎地说："快，我和你一起去找。快点把娃娃找回来。"说着拉起王小二就跑。

34　山坡边　山路上　日　外

草丛里，一个用布包着的婴儿小嘴在一动一动地吸吮着空气。有蚂蚁在脸上爬着。

雪花和王小二一路小跑着。

35　病房里　日　内

张九妹静静地躺在床上输液。

36　山坡上　日　内

雪花王小二跑到了山坡上。

王小二指了指草地。

雪花一看，一个小小的婴儿正吸吮着自己的手指。雪花把一只只蚂蚁捉起扔开。叫着："王小二，快点，抱起走。"雪花命令着。

王小二硬着头皮抱起女儿像个犯人一样被雪花催着走向医院。

37　医护办公室里　日　内

曾英高红等几人在上班，30多岁的周小花走了进来。

曾英忙问："干什么的，找哪个？"

周小花："我叫周小花，是来找最爱笑那个医生的，叫啥名字不知道。"

高红："找她做啥子嘛？"

周小花："我还她的钱。"

曾英："啥子钱嘛？"

周小英："三年前我流产出血多得很，没钱做手术，是给我做手术那个医生借钱给我交的。"

高红："哟，肯定是雪花嘛。"

曾英："借了多少放到这里，她来了我们交给她就是了。"

周小花："那你记着交给她哟！"

曾英："放心吧！"

38 病房里 日 内

张九妹看见自己费了好大劲生出来的女儿。抬眼问王小二："不是说送人了吗，还没送人？"

雪花："叫他要回来了。"雪花给王小二使眼色。

王小二："要回来了。张医生说，你以后不能生孩子了。请张医生给取个名字吧。"

雪花毫不客气地说："好，就叫王简吧。"（简与捡同音）

张九妹高兴地说："好！"

39 雪花家 日 内

雪花娘抱着欣乔坐着看电视。

雪花快步走回家："妈，你怎么舍得来要一下呢。"

雪花娘："你弟弟要结婚了。你给准备一下嘛。"

雪花高兴地问："要得。好久嘛？"

雪花娘："春节。"

雪花："要等那么久？还有三个月呢！"

雪花娘："那没办法，人家女方定的嘛！"

雪花："那只好叫秀平来带几天了。"

雪花娘："你看着办哟！"

40 病房里 日 内

张九妹在给王简喂奶。王小二在旁边看着。玉米花在收拾东西。

雪花走进屋看到玉米花惊异地问："你怎么在这里？"

玉米花："张九妹是我侄女。她今天出院了，我来接她。"

雪花松了口气："这样哟，我还以为你又哪儿不舒服。"

玉米花："放心，我没事。你说的那些症状一个都没有。"

雪花高兴地说："那就好！"

41　红星区医院门边　日　外

玉米花扶着张九妹向门外走着。王小二抱着王简背着一背篓破衣服和杂七杂八的东西向雪花挥手。

雪花拉着玉米花的手依依不舍地看了看王简。雪花挥着手目送玉米花张九妹离开。

42　雪花家　日　内

15岁的秀平在给欣乔削苹果。

欣乔一个人在看书玩。

43　红星医院宿舍楼紧窄的过道　日　外

秀平在做饭。一锅骨头炖冬瓜汤香气满楼，秀平仔细地用勺子搅拌着品尝味道。高红、李君、肖东嗅着香气大呼："好香好香，我们尝尝哟。"说着几人你一碗我一碗瞬间把一锅冬瓜汤分完。

秀平忙拿出一个小碗："别分完了，给欣乔留点！"说着把锅底里仅盛的一点汤倒进小碗。

秀平鼓着腮扁着嘴红着眼睛坐在门边不说话。

雪花回家一看忙笑着问："秀平咋啦？为啥这样？"

秀平大声地说："骨头汤被她们吃完了。"

雪花听后笑得不得了："那有什么嘛，她们是这样的，没关系。我们吃点泡菜就行了。"

44　雪花家里　夜　外

楼上高红、李君、肖东和一群小孩子还有好些人都坐在雪花宿舍里的小床上看电视。

雪花站在门边笑着。

电视里正放着动听的音乐。

楼下曾英大声叫着："雪花，来病人了，快下来。"

雪花高声答道："来了！"说着飞一样跑了下去。

第八集　雪花初到江源县医院

1　红星区医院　1988 年春　日　外

雪花飞快地跑下去。

楼下站了一大群人。

2　医护办公室里　夜　外

曾英正在给一个面色苍白的大肚子产妇测血压。

雪花："怎么样，血压还好吧？"

曾英："不行，血压 60/30 毫米汞柱，脉搏 110 次 / 分，呼吸 25 次 / 分。怀孕十个月，痛了一天突然不痛了，病人只是叫头昏眼花心里慌。你说严重不严重？"

雪花："病人过去做过手术没有？"

曾英："一年前做过剖宫产。"

雪花心里直叫苦："天啊！子宫又破了，娃儿没救了。"雪花大声地："病人叫啥子名字？家属来了没有？"

一个个子精瘦约 25 岁的男人跑来说："我是家属王小五。老婆叫刘芳，今年 26 岁。宝马乡宝马村人。"

雪花抬眼一看："小五，快抱刘芳去检查室。"话还没说完，停电了。

检查台上雪花在检查，高红在抽血输液，肖东在备皮导尿。

3 手术室里 夜 内

李院长在帮着打电筒,雪花一边认真地做手术,一边难过地说:"为什么这么多人不听话,剖宫产手术才一年就生娃儿,这么多人怀起娃儿不到医院来检查。生娃儿时也不早点到医院来弄得子宫破裂。"说时泪珠已掉了下来。雪花忙闪向一边,让眼泪尽量掉在手术台外边。

手术室外。王小五红着眼睛不停地来回踱步。陈大菊低头弯腰坐在过道上红着眼睛流泪。

手术室内。雪花把取出的一个男死婴交给曾英。

手术室外。曾英将死男婴交给王小五难过地:"是个儿子。好可惜哟,下次千万不要这样了!"

4 医生办公室 日 内

王小五站在雪花对面,低着头不说话,只一个劲哭。

雪花不解地:"陈阿姨,小五哥,你们为什么这么不听话,你们那里那么多人都因为再次剖宫产母子双亡,那么多子宫破裂、娃娃死了的先例。叫你们剖宫产手术后要等三年才能怀孩子,足月的时候还没痛就到医院,在医院住院生孩子,你们怎么就记不住呢?"

王小五、陈大菊想说什么,想想又无力地走了出去。

王小五走到门边又回头说:"我们以为可以自己生。"

雪花:"看看嘛,有后悔的时候吗?"

王小五难过地甩甩头走出门去。

雪花流着泪在写病历。

曾英笑嘻嘻地说:"哪有病人不哭医生帮着哭的哟,这样的病人多得很,你一天哪们哭得过来?"

雪花:"这些病人一天究竟在做什么嘛?叫她们怀起娃儿来检查,她们不来。叫她们做了剖宫产要等三年才能怀娃儿,她们答应得快得很,结果呢才一年多点点就又来生了。你看嘛,人财两空,娃儿没得到,大人又受苦又费钱。还危险。"

曾英:"现在孕妇没有孕期要检查的意识,看以后会不会好些。听说你要调到县医院去了,是吧?"

雪花:"孩子没人带。只有到县城去跟她爸一起照看娃儿。"

曾英："邱平、高红、刘刚、肖东他们也要到县医院去了。"

雪花："真的？"

曾英："真的！听说调令已经下来了。县医院要邱平去当外科医生，刘刚还是上内科。"

雪花："真好！我们又可以一起上班了。"

曾英："你们倒好了，可是医院却麻烦了。医生都走得青黄不接了。"

5　江源县人民医院　1988 年春　日　内

手术室。邱平在给病人做手术。胡阿兵在作麻醉。

产房。雪花在给产妇接生。

年轻的产妇挣得满脸通红。

潘主任在旁边站着大声喊着："加油，加油。"

高红在给病人检查液体。

6　产房外　日　内

有男人老妇等待。

7　产房里　日　内

一阵婴儿哇哇地哭声传来。

8　产房外　日　内

男人探头望着。

潘主任抱着小孩对等了很久的男人说："生了个儿子，3300 克。好好带。把娃儿头偏起放，别让娃儿被吐出来的东西堵到了。"

男人高兴地连连说："好！好！放心，我们偏起放，好好守着孩子。"

9　江源县街上　日　外

潘主任和雪花走着。一个长着大龅牙的大肚子孕妇走过，潘主任忙走上去搭讪："妹儿呢，怀起娃儿检查过没有。没有就到医院来检查一下嘛！记着到县医院来生娃儿哟！"

大龅牙孕妇只是笑。

潘主任走过了。

大龅牙孕妇脸一黑："检查，哪个那么傻，一天吃多了没得事做，要到医院去检查。人好好的，吃得走得睡得。还没有那么傻的，把钱白白送给你。"

10 商场里 日 内

雪花和潘主任走着。大眼睛的漂亮孕妇大着肚子走着，潘主任走上去摸摸孕妇的肚子，笑眯眯地问："妹儿呢，你眼睛好漂亮！检查过没有，怀起娃儿到医院来检查一下嘛。生娃儿的时候到我们县医院来生哟！"

大眼睛孕妇只是笑。潘主任走过后。大眼睛孕妇笑嘻嘻地说："检查，那个那么傻，一天吃多了没得事做，要到医院去检查。哪个交钱？有那两分钱，还不如买个鸡蛋吃。"

11 小巷里 日 外

雪花和潘主任走着，一个文质彬彬戴着眼镜的大肚子孕妇走过。潘主任笑眯眯地站在那里等着。孕妇从那里走过时潘主任笑眯眯地上前摸摸孕妇的大肚子关切地问："妹儿呢，检查过没有，到我们医院来检查一下嘛，生孩子时一定要到医院来生娃儿哟！"

戴着眼镜的大肚子孕妇只是笑。潘主任走过后。戴着眼镜的大肚子孕妇不耐烦地说："我一天活蹦乱跳地还需要到医院去？几千年人人都在家里生的。我还读了几天书，还怕不知道怎么生？要你们来喊，烦死了！"

12 文化局大门边 日 内

雪花："潘老师，你为啥看到孕妇就叫她们来检查，到我们医院来生嘛？"

潘主任："雪花呢，你不晓得，这些孕妇一天只知道怀娃儿，不晓得也不舍得到医院来检查，生娃儿胎位不正常的多得很，大人小娃儿生死了的产妇也多得很。"

雪花："我们区乡怀起娃儿不检查的更多，想不到县城也是一样。真不知什么时候她们才知道怀起娃儿主动来医院检查哟！"

13 山路上 夜 外

两个大男人赤着双脚浑身是汗呼哧呼哧地抬着一个大肚子女人飞快地跑着。

14 江源县医院产房 日 内

雪花在认真地给一个产妇听胎心。

王医生在写病历

15 江源县医院大门口 日 外

两个大男人抬着一个大肚子女人飞快地跑了医院。

16 产房 日 内

高红指挥两个大男人抬起大肚子女人放到产床上。

雪花忙拿起听筒听胎心。高红在测血压。

何花在问病史："叫啥名字？住哪里？怀孕几个月了？痛了多久？"

胡丽花大着肚子痛得叫唤着说："我叫胡丽花，住怀口乡1大队4队。怀孕10个月，肚子痛了两天只生了个脚出来。你看嘛。"说着脱去了裤子，小孩儿脚儿已经掉了出来，小脚乌黑水肿。

雪花正想去堵，王医生忙叫："雪花，去把老主任叫来。"

17 江源县县城街上 夜 外

雪花一个人走着。

18 江源县文化局楼下 日 内

雪花大声叫着："潘主任，来了个生娃儿的，小娃儿脚儿掉下来了人还没生下来，王医生请你去看一下。"

潘主任大声地："知道了，等到，马上来了！"

19 江源县县城街道 夜 外

潘主任蓬着头发，着急忙慌地边走边扣着衣扣和雪花快快地冲进黑夜。

20 产房里 夜 内

潘主任一脸焦急仔细地检查着。

雪花："还是先堵到再说嘛。"

王医生在等潘主任的指示。

潘主任："宫口开大9厘米，还是堵到子宫开全再拉出来。现在剖宫产率控制得这么低，再说小娃儿脚都掉下来这么久了，剖宫产取出来一是容易感染，二是手术比较困难，三是病人没那么多钱。还是试产吧！"

王医生："好。雪花。"说着抬眼示意雪花快点用消毒巾将小娃儿的小脚儿消毒后送回阴道，再用消毒布堵住阴道口以防小孩子脚再掉下来。

21 产房外 日 外

一老一少两个大男人，孩子样蹲在地上稀里哗啦地掉珍珠。

破衣破裤光脚板男人红着眼睛着急地说："做手术要那么多钱咋办哟？"

22 产房里 日 内

雪花用布在堵小孩脚儿。她一会儿弯腰，一会儿伸伸懒腰。

潘主任边听胎心边对高红说："把液体打起。痛了两天了补充点能量。"

高红飞快地："好呢！"边说边走。转身便一针见血打好液体。

23 产房门边 日 内

随着一声小儿哇哇的哭声响起。

潘主任笑眯眯地抱起娃儿交给了正焦急地等着的年轻男人："儿子。3300克。"年轻男人笑着擦掉眼边的泪珠。一看孩子好好地高兴得眼泪更是滴成串。

24 产房里 日 内

雪花正在缝合伤口。

高红又带着产妇进来。

高红："宝马乡来的，会阴已经侧切了的，娃儿还没下来。快点看一下嘛。"

雪花："把人抬进来。"

高红大声叫道："米花家属，快点把玉米花抬进来！"

25　产房外　日　外

玉米花睡在滑竿上。张大富半蹲在地上。听到叫声忙站起来抱玉米花。

26　产房里　日　内

雪花惊奇地问："谁？"

高红："玉米花家属，快点把玉米花抬进来。"

张大富抱着玉米花走了进去。

雪花上前认真看了看："哟还真是你哟，玉米花，才几年又来生了？"

玉米花："就是，真是运气好，遇到张医生了。"

雪花："怎么回事？上次生得那么困难。这次又是怎么回事？"边说边仔细检查。

玉米花："不知道，痛了两天了还是生不出来。"

雪花："哎，怎么会阴剪一剪刀还要来嘛？"

玉米花："医生说是屁股，生不出来。叫我快点来县医院。"

雪花检查后表情严肃地说："胎位不正，可能要做剖宫产。"边说边叫："王老师，请快点来检查一下，手术！"

王老师呼地跑了过来："生不出来吗？检查怎么样？"

雪花："不是屁股是肩膀。是肩先露。生不下来，请你检查后决定。"

27　手术室里　日　内

王医生和何花正在给玉米花手术。

雪花在接生。

王医生："问家属要不要结扎。"

28　手术室外　日　外

张大富在门边着急地走来走去。

雪花抱起娃儿交给手术室外的张大富说："是个女儿。母女平安。"

雪花："结扎了嘛，以后不要再生娃儿了。"

男人："不忙结扎哟，以后不想生了再说！"

雪花："还想生娃儿啊？"

男人："不知道。"

29 手术室里 日 内

王医生站着等雪花的消息。

雪花进来大声地："王老师、何花，玉米花家属说不结扎。"

王医生："好！"

30 病房里 日 内

玉米花在给小女儿张小妹喂奶。

31 雪花老家院里 日 内

红琼痛得在床上乱滚。

刘妈大声地说："不要乱动。我来给你踩生。"说时拿布把碗包起。放在红琼的会阴处，用脚使劲地踩着。

雪花娘在帮着烧开水。

32 江北医学院附院产科手术室 日 内

杨冲、张华和青青在给产妇做剖宫产手术。

杨冲主刀，青青、张华做助手。婴儿响亮的哭声让杨冲放松了心情。

张华轻轻地说："杨冲啊，这是你在我们医院做的最后一台剖宫产手术了吧？"

青青："真是啊，你研究生毕业，明天就要到省院报到了。祝贺哟！听老师们说，你的主攻方向是试管婴儿。"

杨冲："是！我的导师是这么给我定的。"

33 江源县城大街上 日 外

潘主任笑眯眯地走着。

大龅牙大着肚子走过来，潘主任笑眯眯地说："叫你来检查，你咋不来。妹儿呢，生娃儿一定要到我们医院来生哟。"

大龅牙孕妇只是笑。

潘主任走过了。

大龅牙孕妇笑嘻嘻地说："检查，哪个那么傻，一天吃多了没得事做，要到医院去检查。人好好的，吃得走得穿得睡得。还没有那么傻的。把钱白白送给你。生娃儿哪里不能生嘛，还要到医院来。你以为我真是哈农包！"

34　雪花老家院子红琼家里　日　内

红琼正红着脸使劲地用力挣。

35　雪花老家院里　日　内

一声婴儿坠地哇哇地哭声震天响着。

"生了，生了，又生了个丫头！"刘妈爽朗的笑声传来。

36　红琼家里　日　内

刘妈将新生儿脐带从肚脐处比到新生儿膝盖处。用锈剪刀剪了几下只破了点皮没剪断，刘妈索性用牙咬断了脐带。再用力地把脐带打了两个结。

刘妈又很有见地用布包好新生儿脐带。然后给新生儿穿好衣服。

37　客车上　日　内

潘主任坐在车的前面。

刘青大着肚子走上车来。

潘主任忙起身让座，又亲切地拉着刘青的手说："刘青啊有空到医院来检查一下嘛。看娃儿正常不嘛。生娃儿一定要到我们医院来生哟，我是县医院的医生。"

刘青有礼貌地笑笑："好，知道了。"

潘主任刚一下车。刘青便笑眯眯地说："这个嘎婆哟，天天看到我就叫我到她们医院去生孩子。现在生娃儿有几个到医院生的嘛，自己在家里不是一样能生吗？骗子，就知道骗钱！"

38　雪花老家红琼家　日　内

红琼在床上流泪。刚生几天的小孩子口吐白沫，脚手抽筋。

39　江源县人民医院儿科　日　内

红琼抱着孩子坐在儿科的椅子上流泪。

医生："孩子得了破伤风，住院吧。"

红琼抱起娃儿就走："住院，得要多少钱啊！不行，回家！反正是个赔钱货。"

40　江源县人民医院妇产科　晨　日　内

王医生、潘主任、何花、雪花、王强、肖东、高红等医护人在交接班。

潘主任："同志们，我们的县医院是人民的医院。作为诊治妇女疾病的妇产科，保护妇女儿童的健康是我们的责任和义务。无论你承认不承认，从我们走进县医院的那一天开始，我们已经不再属于我们自己，而是属于全县人民的健康卫士。我们的责任，就是负责全县妇女儿童的健康。从受孕到胎儿娩出是一个漫长的过程，这个过程处理得正确与否不仅关系到孕产妇的健康，也关系到祖国的未来。很多的孕妇怀起娃儿从来都不到医院来检查，结果胎位不正常的孕妇很多，剖宫产率高，孕产妇和围产儿死亡率高。作为人民医院的妇产科医生，有权利也有义务对全体妇女做健康教育和宣传。对全体孕妇做系统的孕期保健和优生优育知识宣传教育，让所有的孕妇都有怀起娃儿要检查的意识。大家要不怕苦、不怕累，放下大医生的架子，人民的医院为人民。所有医生都要全心全意为人民服务，见到孕妇一定要多给她们讲孕期保健知识，让她们自觉到医院来生孩子。我们叫她们到医院来生孩子，看来很下贱很没面子，没骨气，很卑微，也很委屈。可在病人的生命面前，面子骨气委屈什么都不是，人民生命高于一切！"

41　雪花老家红琼家里　日　内

红琼坐在床上哭，门边放着已咽气的小孩。

刘妈坐在门边嘀咕："这个娃儿哪们这样短命哟。骗妈老汉的，活这么几天枉来人世走一圈哟！"

42　江源县妇产科医生办公室　日　内

仍在交班的一群人站着。

潘主任大声地说："同志们，为了妇女儿童的健康，为了降低孕产妇和围产儿死亡率，咱们要活着干，死了算！活着干，死了算。是我们的口号，也是我们行医的指南。大家记住了。查房。"说着带着一群医生向病房走去。

正走着，两个男人抬着大龅牙孕妇到了妇产科门口高喊："医生，快点救命啊！"

潘主任飞快跑向大龅牙，大声地问："家属，病人叫啥子名字？家住哪里？现在啥情况？"

一个抬担架的中年男人答道："病人叫大龅牙。"

潘主任严肃地说："说名字。"

中年男人："叫刘梅，外号大龅牙。就住在县城。生娃儿后大出血 3 个小时了。"

潘主任："为什么不早点来啊？"

男人哭着说："开始不想来，怕用钱，家里没钱啊！可大龅牙快死了！，救命啊，医生！"

潘主任着急地说："高红测血压，肖东输液，准备输血。"一群人飞跑着执行命令。

潘主任自己和一群医护人员帮着打好液体，把奄奄一息的大龅牙抬到产房。

潘主任大声地说："报告检查结果。"

高红："血压 30/20 毫米汞柱，脉搏 120 次 / 分，呼吸 25 次 / 分。"

潘主任："加速输血。快速输液静滴缩宫素。建立三组静脉通道。王强快到化验室合血，何花按压子宫，肖东输氧。"雪花打开产包准备检查。

43　江源县医院检验科　日　内

王强在守着拿血。检验科老师正分秒必争、专心致志地检查合血。

44　江源县医院妇产科　产房　日　内

潘主任正在给大龅牙检查："胎盘没下来，宫颈撕裂伤顶端摸不清。"血仍然流着，潘主任一把将胎盘剥离下来，高声叫着："雪花快递卵圆钳钳夹止血。"

雪花飞快地递上卵圆钳。潘主任闪电般钳住了出血点。血止住了。

潘主任："快点输血。子宫下段破裂准备手术。"

45　化验室　日　内

王强拿着血飞一样跑向妇产科。

46 医院里 日 内

王强拿着血飞跑着。

47 产房里 日 内

大龅牙正输着血。潘主任对肖雪肖东说情况好转后立即做剖腹探查手术。

潘主任对着高红："血压多少？"

高红高兴地说："血压升起来了，70/50 毫米汞柱，脉搏 110 次 / 分。呼吸 22 次 / 分。"

潘主任："已经输血多少？"

雪花："已输血 1800 毫升。输液 2000 毫升，现在病人血压 90/60 毫米汞柱，脉搏 100 次 / 分，呼吸 22 次 / 分。尿量 1000 毫升。病人神志清醒。"

潘主任："马上手术剖腹探查。"

48 手术室里 日 内

潘主任和王医生在给大龅牙做手术缝合损伤的子宫和阴道会阴。

大龅牙手上、鼻子上全都是管子，氧气管、输液管、尿管……

49 病房里 日 内

大龅牙在静静地躺着输液。高红在加液体。

潘主任："高红注意控制输液速度。现在起每分钟滴速不超过 60 滴。"

高红大声地说："知道了，执行。说着马上把液体调到 60 滴每分。"

50 县医院门口 日 外

雪花将抱着的孩子交给大龅牙。男人接过孩子扶着大龅牙和一群人笑着跟雪花地挥手。

51 江源县县城 日 外

一辆救护车风驰电掣地奔驶着。

第九集　请到医院生孩子

1　公路边医院大门处　日　内

救护车风驰电掣地开进了医院。

车上走下来的两个大男人抬着一个戴眼镜的大肚子孕妇向妇产科走去。王医生扶着担架。高红拿着氧气袋。

2　妇产科医生办公室　日　内

潘主任李医生等人正在写病历。

高个男人拼命地喊着："医生救命啊！救命啊！我老婆生娃儿肠子掉出来了！"

潘主任飞快地说："快抬到产房去。王医生，情况怎么样？"

王医生着急地说："准备手术。胎儿脐带掉出来了。"

潘主任："现在情况如何？"

王医生："产妇刘兰兰，23岁，宫缩很强。脐带脱出，开始胎心可以，胎心现在如何，不知道。"

3　产房里　日　内

潘主任在仔细地听胎心。

听胎心的潘主任脸上露出了笑容："胎心好，太好啦！雪花快点把胎儿脐带送回去再拿大纱布堵在宫颈口不让脐带再掉下来。"

雪花飞快地说："好，知道了。"边说边飞快地消毒外阴戴上手套。一把送回了脐带，快速用纱布堵住了宫颈口。"主任，脐带已经送回去。宫颈口已经堵好。"

潘主任"好。高红马上通知手术室，立即准备剖宫产手术。"

4 手术室里 日 内

潘主任王医生在做手术。雪花在接生。

5 手术室外 日 内

两个男人在焦急地来回踱步。

一个60多岁的老太婆急匆匆地背着衣服气喘吁吁地走来大声地："医生医生，娃儿保住没有？"

6 手术室里 日 内

"哇哇哇"一阵婴儿坠地的响亮哭声传来。

老太婆满是沟壑的脸上堆满笑容，双手交叠直拍胸口："上帝保佑！"

潘主任在飞快地做手术。雪花正在给新生儿结扎脐带。一屋人高兴地笑着。

潘主任边笑边说："小娃娃，哭啊，哭大声点。哭了我们大家都可以笑了。"

7 手术室外 日 外

雪花笑眯眯地："谁是刘兰兰家属？"

老太婆忙笑嘻嘻地跑上去："我是刘兰兰的奶奶。"又指着身边20多岁的男子，"他是刘兰兰当家的。"

雪花笑笑："生了个儿子，6斤3两，母子平安。"说着把小娃娃交给老太婆。

老太婆接过小娃娃高兴得不停地说着："谢谢，谢谢！"

男子笑眯眯地跑到老太婆身边："我看看我儿子。"

8 妇产科办公室里

肖东清脆的声音在清晨的医院里响起："1988 年 6 月 23 日夜班交班。全天共收治病人 7 人，其中妇科 3 人、产科 4 人，其中剖宫产 3 人、顺产 1 人。23 床刘眼睛，23 岁，脐带脱出行剖宫产手术，手术顺利。术中取出一男婴，体重 3150 克，阿氏评分 8 分。新生儿情况好。25 床周燕，24 岁，足月孕先兆子宫破裂。剖宫产手术顺利。术中顺利取出一男婴，体重 3200 克，阿氏评分 9 分。目前母子情况好。27 床肖英英，25 岁。足月孕，横位剖宫产手术顺利。术中顺利取出一女婴，体重 3000 克……"

潘主任王医张医生李医生何花肖雪王强高红等一大群人都在听着肖东交班。

潘主任："听听，这都是些什么？个个产妇胎位不正常。今年 3 月 10 日，在北京，我们的试管婴儿都已经出生了。而在我们的县城在我们的乡下，孕产妇们却人人都不愿到医院检查。生孩子的时候不到医院分娩呢？为什么？为什么？大家找找原因。大家记住了：从今天开始，我们中的任何一个人，无论在哪里，只要看到孕妇，你们都要叫她们到医院来检查，来生孩子。大家要一不怕苦，二不怕死，三不怕别人说三道四。要记住，见困难就上，见荣誉就让，活着干，死了算。加油吧同志们！"

9 江源县菜市上　日　内

何花在买菜，一个大肚子孕妇提着菜篮走过。

何花忙放下手中的菜拉着孕妇问道："几个月了？请到医院来检查来生孩子吧。"

孕妇摇摇头："莫名其妙！"

何花诚恳地说："我是县医院的医生，每月到医院来检查一下，生孩子的时候请到医院来生吧。"

孕妇斜眼看看，转身狠狠地睥一眼就走。

何花欲言又止："哎！"看着慢慢离去的孕妇，何花长长地叹了口气。

10 大街上　日　外

肖雪提着背包匆匆忙忙地赶路。一个孕妇迎面走来。

肖雪忙停下来笑眯眯地拉着孕妇："怀孕几个月了，检查过没有。到医院来检查一下嘛，请到医院来生孩子吧！"

孕妇莫名其妙地看着肖雪。

肖雪："我是县医院的肖雪医生，到医院来检查一下嘛，生孩子一定要到我们医院来生哟。"

孕妇不屑地头一甩嘴一哼，斜眼一笑走过。

11　餐厅里　日　内

肖青医生正在吃饭。

一个孕妇走了进来。

肖青医生忙迎了上去："来吃饭的吧。怀娃儿几个月了，检查过没有，我是县医院妇产科的肖青医生，到我们医院来检查一下嘛。请到我们医院来生孩子吧。"

孕妇不耐烦地说："走开，别人在等着我吃饭呢。"

肖青医生还想说什么，孕妇早已走远了。肖医生喃喃地说："在家里生孩子很危险的。"

12　雪花家里　日　内

雪花在屋子里不停地走着走着。一会儿踢脚，一会儿用拳叩叩头。累了的雪花坐在桌前双手托着下巴沉思着。桌上放着笔和纸。雪花拿起笔写一会儿放下，一会儿又拿起笔。时而看看时而又撕掉。雪花写了撕，撕了写。桌下丢了一大堆写过揉皱的纸。

雪花坐在桌前双手捧托着下巴沉思着："潘主任的想法是好的，但在街上拉着孕妇的做法不被孕产妇们接受，又收效不好，怎么才能让孕妇怀孕后来医院检查、生孩子时到医院住院分娩呢？雪花越想心情越沉重。怎样才能让她们生孩子时到医院住院分娩？"

怎样才能让全国人民都来关心重视孕妇孕期检查、住院生孩子呢？雪花一遍遍问自己。笔、笔，只有用笔写下自己的这些思想，让思想变成铅字，思想才能插上翅膀，飞到很远很远的地方。自己想让全中国、全世界妇女，都孕期检查、住院分娩的思想才能实现。而要让自己的思想变成现实，必须脚踏实地，从最基层做起，让最有力的数据支撑支持。自己也要尽最大努力提高写作能力，以新闻、诗歌、小说、剧本、散文等各种文体向全中国全世界宣传这一思想。

13　江源县医院病案室　日　内

雪花在查看病历。

雪花面前堆了高高的一大堆病历。认真看着病历的雪花沉思着。

14　雪花家里　日　内

雪花在桌上比画着写着：

1983 年 5 月 31 日至 1988 年 5 月 31 日江源县住院所有产科病历

一张大白纸上写着：

年龄：　　　　职业：　　　　孕次：　　　　产次：
流产及时间：　　　　　死胎及时间：
产程：　　　　　　　产时经过：
产时出血量：　　　　新生儿体重：
阿氏评分：　　　　　新生儿出生后 7 天内情况：

写完后雪花仔细地反复地看了好几遍，最后笑着拿着纸跑了。

15　商店里　日　内

雪花在买大白纸。

一个穿红花衣服的孕妇走了进来，雪花满眼激动地忙拉着孕妇的衣服关心地："怀孕几个月？我是江源县医院的妇产科医生，请到我们来检查，来生孩子吧！"

红花衣孕妇左右看看："哼，有病！"转身便走。

雪花满眼失望地拿着一大把白纸离开。

16　雪花家里　日　内

雪花用剪刀在裁白纸。每张白纸都裁成 16 开。雪花在将裁好的白纸装订成厚厚的几大本。

17 县医院病案室里 日 内

雪花一边看病历一边从一份份病历中抄写着表格上需要的数字。
高高的一堆堆病历变得越来越少。

18 江源县城 日 外

街道上。潘主任在拉着大肚子孕妇："请到医院来生孩子吧。"
大肚子女人在摇头。

小巷里。何花看到一个穿蓝花布裙子的大肚孕妇忙上前高兴地说："妹妹，怀孕多久了？我是县医院的医生，请到我们医院来检查生孩子吧！"

蓝花布裙孕妇眼一斜摇摇头一转身，"哼"的一声走了。

公园里。一个孕妇拉着一个小孩在看一个老大爷下棋。

正在公园拿书的雪花高兴上前拉着孕妇的衣服亲切地说："姐姐，怀孕几个月了？我是江源县医院的妇产科医生，请到我们医院来检查来生孩子吧！"

孕妇看看雪花："这么年轻，骗子哟。哪个说怀孕要检查，生孩子要到医院嘛。几千年老祖宗都能自己生，我还不能自己生吗？"

厕所里。一个穿黑花衣裤的大肚子正在洗手。

雪花进去一见，满眼放光："哟，妹妹，怀孕几个月呀？我是江源县医院的妇产科医生，请到我们医院来检查，来生孩子吧！"

孕妇眼一转，手上的水一甩："神经病！"

雪花头一低，满眼失落。

19 病案室中午 日 内

雪花满头大汗地边看边抄写着。

20 江源县手术室 日 内

潘主任王强在做剖宫产。雪花在接生。

21　病案室　日　内

雪花带着四位实习生在看病历。雪花在给几个学生讲解需要抄写的内容。几个学生不停地点头。

雪花将一大堆病历分成几组分发给学生们。

雪花自己看着写着，不时看看学生们抄写的内容有无错误和遗漏。

22　雪花家里　日　内

雪花在一页页仔细地研究大白本子上的内容。

23　产房里　日　内

雪花在给产妇接生。

潘主任在叫产妇"加油加油！"

24　雪花家里　日　内

桌上的纸上写着：1983 年 5 月 31 日至 1988 年 5 月 31 日，江源县人民医院共分娩 3365 例，新生儿死亡 186 例，围产儿死亡率为 18.09%，距离 WHO 世界卫生组织规定围产儿死亡率应在 5‰以下差了很多。

25　雪花老家　夏　日　内

两岁多的欣乔咯咯地笑着在院子里跑着赶鸡玩。大花小花跟在欣乔身后跑着。全身被蚊子咬得红肿着。欣乔被泥沙和汗水弄成大花脸。雪花娘满头满脸的汗，在院坝里翻晒谷子。

素芬挺着大肚子也在院子那头翻晒谷子。

雪花娘："素芬啊，又有几个月了？这回还是到医院去生娃儿吧！"

素芬："生了这么多娃，还到医院去生啥哟？我就是不生，娃儿自己也找得到路跑出来的。"

雪花娘："还是到你雪花姐那去生嘛！"

素芬："想就是想去哟，去开一下洋荤。70 多里路那么远又没有车子，又要那么多钱，去做啥子哟？还不知道肚子争不争气。要是再生个赔钱货哪们办哟？黑娃会哪们对我哟？"

说话时小花啪的一声摔在地上哭着对着素芬叫："妈妈，妈妈，痛痛！"

素芬大声地说："痛个屁，死妹崽！你跑啥子，大热天的，跑发痧了哪们办？快死到屋里去！"

欣乔和大花小花吓得呼地一下跑到雪花娘屋里去了。

26 江源县医院妇产科医生办公室　日　内

一高个男人飞跑着进来说："医生快去救救我娃儿！脚儿都生出来了，脑壳还没生出来。"

潘主任着急地："快点去把她抬进来嘛！产妇叫什么名字？"

高个男人："我叫李财富，产妇叫张素珍，32岁。"

潘主任："快把你老婆抬到产房去看看。王强雪花高红你们快带去。"

"好！"王强雪花高红几个人回答着。飞一样跑过去扶着产妇到产房。高红在准备输液。

王强刚进产房。李财富一拳打在王强头上。

潘主任忙过去："你干啥打医生啊？"

李财富霸道地："我老婆生娃儿，他一个男人进去干什么？"

潘主任着急地说："他是我们的医生。"

李财富发疯地："医生也不能进去！"

潘主任挥挥手："好！王强不进去，快去叫何花来。"

王强点点头退出："好吧。"

潘主任看看李财富说："时间紧，跟你说不清，救你老婆孩子的命要紧。"

李财富忙跟着雪花向产房跑去。

几个男人抬着一个昏迷不醒的大肚女人跑进来。

50岁穿着红衣的邓志英跑进来办公室说："医生，雪花，雪花！我媳妇王花花生娃儿生了个手儿出来。脚儿还没出来。人喊不答应了，你们快点来帮帮忙嘛。"

潘主任难过地叫着："产妇叫什么名字，家属进来。王强肖东把产妇弄到检查室去检查。"

一个青年焦急地快步跑来说："我叫张大虎，我婆娘叫王花花。24岁。金水乡金水村人。和雪花一个村的，请问她在不在？"

潘主任："她在里面接生，马上就出来了。"

张大虎："我想找她。"

潘主任对着产房叫："雪花，接生完了过来，你老家来人生孩子了。"说完对着张大虎说："你孩子手儿出来多久了？"

张大虎："10 个小时了。"

潘主任："这么久，在其他医院去过吗？"

张大虎："在乡卫生院去过，她们说接不下来，叫我们快点到县医院来。医生，请你快去看看花花嘛！"

27　产房　日　内

雪花边给李素珍小儿吸痰边答应着："知道了。"

28　产房外　日　外

李财富在不停地走来走去。

29　产房里　日　内

高红给刚出生的婴儿穿衣服，用油印盖脚板印。

30　产房外　日　外

高红叫着："张素珍家属，娃儿生下来了，儿子，3300 克。"

李财富高兴地说："我是家属，谢谢！"说着一把抢过高红手里的小儿子。

高红被扯得咧趄闪躲差点摔倒。

31　检查室外　日　内

潘主任严肃地："张大虎，你老婆花花现在子宫已经破裂，孩子已经死亡。花花腹腔里全是血，现有生命危险，必须马上剖宫产手术取出胎儿止血修复子宫。"

张大虎眼睛一红："这么严重啊！那快点做手术嘛！"

雪花接生完毕跑到潘主任身边。

张大虎一见忙叫着："雪花，我是张大虎，花花来生娃儿了。"

雪花惊喜地说："大虎哥，花花现在哪里？"又对着红衣妇女叫着："大舅娘，别着急！"

潘主任："在检查室作术前准备，子宫已经破裂，孩子已死，要马上手术。"

雪花脸色一变着急地说："大虎哥，快点手术吧！"

张大虎："那就快点做嘛。"

32 手术室里 日 内

潘主任和雪花在给王花花做手术。潘主任直摇头。子宫破得太厉害了。雪花看得直掉泪。

王花花一手吊着输血瓶一手吊着输液瓶。医生护士满脸焦虑直叹息。

33 手术室外 日 外

邓志英抱着已没气的男婴，不停地摇着哭着："我的孙儿啊我的孙儿哟，你真是好命苦哟！"

张大虎弯着腰双手捧着头。背一抽一抽不住地掉眼泪。

潘主任带着哭腔地对着张大虎说："为啥不早点来，娃儿没命了，花花又受这么多苦。还好，花花命算保住了。以后能不能生娃儿就要看她的造化了。子宫破得那么厉害，三年内坚决不能怀孕哟！你们为什么怀孕不到医院来检查，生孩子不早点来医院生嘛？"见张大虎眼睛红红的。又说："你现在着急难过有用吗？长点记性，记住三年内坚决不能怀孕。以后怀孕了一定要到医院来检查，足月时一定要早点到医院生孩子。"

张大虎红着眼睛连连点头："知道了。下次不会了。"

邓志英哭着哭着突然倒地不起。

34 妇产科治疗室 日 内

雪花、王医生和肖东等一大群人在给邓志英输液输氧测血压按人中，好半天终是悠悠醒转。

35 雪花家 日 内

雪花坐在桌边，在纸上写了撕，撕了写，地上废纸堆了一大堆。桌上的纸上仍然只有潦草几个字。

雪花难过地吼着："笔啊笔，怎么就不听我的话，我想写的文字怎么就不出来呢。急死人哟。"说着拿起笔便甩到地上，又用脚去使劲地踩了又踩。

36　江源县城　日　外

大街上：雪花漫无目的地走着。

一个穿红花衣的孕妇从对面走来。

雪花忙兴奋地上前拉着孕妇的手亲切地说："妹妹，怀孕几个月了？我是县医院的妇产科医生张雪花。请到我们来检查来生孩子吧。"

孕妇眼一转："哼，不去，查啥子查哟，骗子骗钱钱哟。"

……

穿过大街小巷，走过楼群超市，望过住宅、工厂。一天又一天。雪花心都麻木了，看到大肚子孕妇都有点犯怵了。

怎么办啊？

终于在一个阳光灿烂的春日，在3月的最后一天。在县广播局对面街间马路边的石墙上，一则小纸写的消息吸引了雪花的视野。广告，为了提高写作能力。北京广播学院面向社会招收一批新闻系学员。有爱好者到广播局报名。

37　江源县广播局　日　内

雪花在报名表上写着自己的名字。

38　江北市　日　内

雪花在报到。

39　江北市广播局教室里　日　内

雪花在认真听课。

40　江源县医院产房办公室

雪花在剪纱布。何花在将剪好的一张张纱布叠成小方块。

雪花边剪纱布边对何花说："何花，今天晚上我帮你上夜班行不行啊？23号夜班你帮我上。那天你休息。"

何花："雪花呢，不是我不换班，你这样不分白天黑夜地上班，人怎么受得了嘛？"

雪花："没关系的。我就帮着上个夜班嘛。"

何花没好气地："好好。你一个人上嘛，我走了。"

雪花高兴地："谢谢，谢谢。慢走不送。"

雪花一个人在剪纱布、叠纱布。

41　教室里　日　内

雪花在认真听讲。

42　雪花老家院子素芬家的猪圈边　日　内

素芬坐在猪圈旁边放着的一张凉板做的床上。素芬正在给刚出生的孩子喂奶。孩子吃不出奶水一个劲地哭着。刘妈悄悄地给素芬端来红糖煮的荷包鸡蛋。素芬一边吃蛋一边流泪。

刘妈嘟着嘴："这个死黑娃哟，怎么这么狠心嘛！生个妹崽，饭都不给你吃。把妹崽送了嘛，两娘母饿得可怜。"

素芬难过地："找得到人要就送吧。"

43　山路上　日　内

刘妈苦着脸抱着娃儿高一脚低一脚地走着。

44　街上厕所边　日　内

刘妈看看四周无人，放下娃儿便走。

45　山路上　日　外

刘妈边走边流着泪边回头望望。

46　街上厕所边　日　外

很多人在围观。有人在议论指点。但无人去抱小孩子。

47　产房里　日　内

雪花在给产妇接生。

48　雪花老家素芬家的猪屋边　日　内

素芬坐在猪圈旁边放着的一张凉板做的床上哭。

刘妈说："妹崽莫哭，送了个好人家哟，妹子以后就有福了哟。你不要难过了，好好养身子。"

49　街上厕所边　日　内

周围空空的，小孩子不见了。

50　雪花家里　夜　内

雪花在认真看书。

51　江北广播局教室里　日　内

雪花在认真听课。

52　雪花老家小河边　日

欣乔和大花、二花在河边玩着玩着，欣乔掉进河里了。

大花急得边哭边大声呼喊："救命啊！救命啊！"

第十集　新闻系学生

1　雪花老家　中午　小河边　日　内

欣乔和大花、二花在河边玩着玩着，欣乔掉进河里了。

大花急得边哭边大声呼叫："救命啊！救命啊！"

小花只急得"哇哇"地大哭。

欣乔在河里一起一沉地挣扎着。

孩子的哭喊声惊动了正在河边锄草的一哥。一哥飞身下河将欣乔救起来。

2　雪花家　日　内

雪花正写着《从186例围产儿死因看基层妇产科管理》，突然心里一痛，双手捂在胸口。

3　雪花老家河边　日　内

欣乔躺在河边的草地上，一哥正把欣乔一会儿倒转身子把在河里呛喝进去的水倒出来，一会儿又在欣乔背部使劲拍打。

终于，欣乔吐了一大口水后睁开了眼睛。雪花娘、一哥和闻讯看热闹的村民都长长松了口气。

4　江北市广播局教室

雪花在认真听课。

5　产房　日　内

雪花在接生。

6　雪花家里　日　内

雪花在认真看书。

雪花娘带着欣乔来了。

雪花喜出望外地叫着："妈，你来了。"又转向欣乔说："来，欣乔，妈妈抱抱。"

欣乔怯怯地往后退。

雪花难过地抱起欣乔："对不起，小女儿。妈妈没照顾好你。你都不亲热妈妈了。"

雪花娘："欣乔就放在你这里我不带走了，你自己看着吧。"

雪花："那怎么行啊？"

雪花娘："不行也得行，反正我不得带走了。要不出了什么事，我负不起责任。前几天，欣乔掉进河里，差点见不着你了。"

7　明江市　1990 年秋天

省妇产科管理学术会上。

雪花在宣读论文《从 186 例围产儿死因看基层妇产科管理》。

根据大量事实说明。在中国，要想真正保护妇女儿童的健康，降低孕产妇和围产儿死亡率，最关键的措施：一是提高住院待产分娩率，二是让孕产妇有孕期保健意识……

8　江源县医院妇产科办公室　1991 年 6 月　日　内

雪花坐在办公桌前。一张《健康报》放在办公桌上。

报纸上卫生部颁发的中国妇幼保健纲要：

降低孕产妇和围产儿死亡率的关键：提高住院待产分娩率。

几个大字分外醒目地映在雪花的眼前。雪花欣慰地笑了。

9 江源县幼儿园里 日 内

欣乔小手放在身前坐得规规矩矩地听刘老师讲课。

10 江源县手术室里 日 内

雪花在做手术。

11 幼儿园门边 日 内

欣乔独自坐在门边等着。身边的小朋友一个个都被爸爸妈妈爷爷奶奶接走了。

12 产房里 日 内

雪花在接生。

13 江源县幼儿园门边 日 外

欣乔站在门边等着。金晶、王琴和大多数小朋友都被接走了。欣乔眼睛含着泪水，不住地向着妈妈来接她的路上探看。

14 新闻系教室里 日 内

雪花在认真听课。

15 医院门诊部 日 内日 内

肖医生在给病人检查。
诊室内肖医生手捂着胸口脸色苍白。
诊室外妇科病人越来越多偶尔有一两个孕妇。
肖医生看看门外。
看似虚脱的肖医生又飞快上去给病人检查。

16　雪花家里　日　内

雪花在认真看书。

17　产房里　日　内

雪花在给产妇接生。

18　幼儿园门边　日　内

金晶和王琴向欣乔挥手再见。欣乔孤零零地望着医院的方向。

19　医院手术室里日　内

雪花在给产妇接生，潘主任和王医生在做手术。

20　幼儿园门边　日　外

欣乔孤零零地望着门外。

雪花飞一样快快跑到欣乔身边。

欣乔高兴地拉着雪花叫着："妈妈、妈妈。终于可以回家哟！"

21　雪花家里　日　内

雪花在看书，欣乔在画画。

22　新闻系教室里　日　内

雪花在认真听课。

23　雪花老家　地里　日　内

素芬又大着肚子在地里择菜。

刘妈跟着素芬嘀咕着："不知道这胎又生个啥子？要是再生个妹崽哪么办哟？"

24　幼儿园里　日　内

老师在教孩子们跳舞，欣乔优美的舞姿令老师同学惊叹不已。

刘老师："欣乔，跳得太好了！来给大家再跳一个。"

欣乔高兴地又跳起来。

25 大街上 日 外

潘主任在飞快地走着。对面走来一个孕妇。潘主任忙停下来叫着："妹儿怀孕几个月了？到医院来检查一下嘛，一定要到医院来生孩子哟！"大肚子孕妇头也不回地走了。潘主任还想跟着上去说，孕妇早已走远。潘主任看着远去的孕妇发呆："哎，不听话。"长长的叹息声传得很远很远。

26 江北市新闻系教室里 日 内

雪花在认真地做着笔记。

27 雪花老家院里 日 内

素芬大着肚子在担水。

红琼大着肚子背着一背篓草在细长的山路上走着。

28 江源县医院 日 内

一大群人站在医院里。有女人在伤心地哭。

雪花走近一看，一个浑身血水浸湿的女人躺在地上。呼吸早已停止。

一个50多岁的女人坐在旁边哭泣着。

何花在写着什么。

雪花走过去："怎么回事？"

何花："产妇在家生娃儿胎盘不出来失血太多，到医院的时候人已经死了。我们也不能做什么检查，真可怜！听说生了5个女儿，产妇一听这胎生的又是女儿，血哗啦啦放水样地流个不停，胎盘还没下来，人就没命了。现在6个小娃儿谁来养哟？"

29 雪花家里 日 内

雪花在看书写字。

欣乔在画画。画上有鲜艳的花朵，漂亮的房子，乖巧的小白兔，清清的小河。欣乔小脸上涂有红色的颜料。

30　小路上　日　内

雪花匆匆忙忙地走着。

31　雪花娘家　日　内

雪花坐在灶边烧火。雪花娘在下面条。

刘妈走过来坐在门口说："雪花回来了，你去看看素芬嘛。生了10多天了，伤口还没长好，一天床都下不了。"

雪花娘："那个黑娃一天饭都不给她吃，她伤口怎么长得起来嘛。"

刘妈："也是。已经三天没吃饭了。刚才我给她下了点面条，吃了精神多了。"

32　素芬家里　日　内

素芬坐在猪圈边用木板铺成的床上。

雪花拉开素芬又脏又旧的被子埋头仔细地看素芬会阴处的伤口。一股冲天臭气扑鼻而来，熏出雪花眼里的泪水。雪花紧咽住快吐出口的胃内物，转头强力镇静地紧吐几口浊气，再轻轻拉开素芬的裤子，见会阴处红肿的伤口已经开始流脓。雪花拿起纸用手轻轻一压，素芬便痛得直叫。伤口严重感染，要吃药才行。雪花忙拿出纸笔唰唰几笔处好方交给刘妈。

33　雪花乡下老家里　日　内

雪花在吃面。雪花娘和刘妈坐在那里看着，也不吃。

雪花吃完面起身说："妈，我走了，回去还要上班呢。"说话时人已经走到门外。

雪花娘没顾得收拾碗筷快速送雪花到了大路上。

刘妈也跟着送了出来。

雪花对着刘妈说："素芬伤口感染严重，要吃药才行哟。"说着拿出100元钱："麻烦刘妈帮着取好药，叫素芬按时吃。"刘妈流着泪点点头。

雪花："妈妈、刘妈快回去嘛。妈，有空到县里来玩嘛。刘妈你也来耍哟。"

雪花娘："你走嘛，有空我就来帮你带几天欣乔嘛。"

雪花高兴地说："好啊。妈，快回去吧。"

雪花娘看着雪花在自己视线里慢慢消失，泪水从眼里汩汩掉下。

刘妈："雪花也真是，每次回来坐一会儿就走，饭都没有好好吃一顿。次次回来都只吃几口面条就走，在家待的时间只有半小时最多一个小时。她一天都在忙什么嘛？"

雪花娘："她有她该做的事，让她忙去吧！"

34　公路上　日　外

雪花一个人匆匆忙忙地走着。

35　江源县人民医院产房里　日　内

雪花在给产妇接生。

36　产房外　日　内

几位家属坐在门边等待。

37　江北新闻系教室里　日　内

雪花在认真听课。

38　江源县民族小学　日　内

欣乔乖乖地坐着写字。

39　小路上　日　外

欣乔和向老师一起走着回家。

40　雪花家门口　日　内

向老师上6楼了。

欣乔敲敲家门没人应，便坐在门前的石梯上，把本子放在膝盖上写作业。

41　雪花家门口　日　外

写完作业的欣乔叹口气："哎，爸爸妈妈还没回来！"

进不了家门的欣乔坐在门边眼巴巴地望着爸爸妈妈回来的路。

吃完饭从楼上下来上街的向老师笑眯眯地问："欣乔还在等爸爸妈妈回来开门啊？"

欣乔乖巧地回答："哎，就是。向老师你上街啊？"

向老师点点头笑笑。

欣乔小声地说："向老师再见！"

42　医院手术室　日　内

雪花在做手术。

43　雪花家门口　日　外

进不了家门的欣乔仍然坐在门边眼巴巴地望着爸爸妈妈回来的路。

44　产房里　日　内

雪花在接生。

45　雪花家门口　日　内

进不了家门的欣乔仍然坐在门边，眼巴巴地望着爸爸妈妈回来的路。

上街又回来的向老师难过地说："欣乔还在等爸爸妈妈回来开门啊。你饿不饿啊，走，到老师家去吃饭，老师帮你做饭。"

欣乔坚决地说："不，等会儿爸爸妈妈回来看不到我会着急的。"

向老师同情地说："叫你妈妈拿把钥匙给你嘛。"

欣乔向往地说："妈妈说我太小了没那么高还开不开门。等我再长高点就可以拿钥匙给我了。"

向老师探寻地问："你妈妈在医院做啥子的嘛？"

欣乔皱皱眉头认真地说："我妈妈在医院是生娃儿的。"

向老师忍住笑问："生娃儿呀。你妈妈一天生几个娃儿嘛？"

欣乔歪着头说："妈妈说天天都要生几个。"

向老师笑得捧着肚子："那你妈妈怎么没把娃娃给你抱回来呀？"

欣乔睁大眼睛："妈妈说娃儿是别人的，给别人了。"

向老师笑眯眯地走了。

46　小路上　日　外

雪花一路飞跑着回家。

47　雪花家门边　日　外

欣乔看到妈妈回来了飞快地跑过去叫着："妈妈，妈妈。快开门！"

48　江北新闻系教室里　日　内

雪花在认真听课。

49　江源县小学校门边　日　外

雪花娘在小学校门边望着等着。

50　老师办公室　日　内

向老师在批改作业。

雪花娘小心翼翼地问老师："老师，欣乔字写得好不好啊？"

老师笑眯眯地："是欣乔的外婆啊？欣乔字写得很好！"

51　校门口　日　内

欣乔拉着外婆的手高兴地一路唱着跳着。

雪花娘眼睛都笑得眯成条线："欣乔今天在学校乖不乖？"

欣乔高兴地："乖，老师还表扬我了。"

雪花娘好奇地："表扬你什么呀？"

欣乔骄傲地："表扬我字写得好，歌唱得好。"

雪花娘眉眼弯弯地："欣乔要乖乖的，好好学习，不要让爸爸妈妈操心。"

欣乔自豪又期待地："我没要他们操心。他们老是忙，总是不在家。外婆，你不要走了嘛，天天都陪着我，好不好？"

雪花娘含着泪水点头说："好好，外婆不走了，外婆就在这天天看着欣乔长大。"

52　雪花家　　日　内

雪花娘在给欣乔洗手。

客厅里，欣乔在写字。

厨房里，雪花娘在做饭。

53　医院里　　日　内

雪花在给产妇接生。

54　雪花家　　日　内

雪花娘和欣乔坐在桌子边等着。桌上摆好了菜和碗筷。

雪花娘："欣乔你爸爸和妈妈每天都这么忙吗？"

欣乔："就是。爸爸天天不是开会就是出差。妈妈天天都是上班，下班回来不是看书就是写字。两人都不陪我。外婆，你说话要算数。以后真的不要走了，要在这里陪我。"

雪花娘："好。外婆说话算数，外婆真的不走了。你就乖乖地好好学习吧啊！"

欣乔拍着小手跳起来："好啊好啊！外婆不走了，外婆不走了。"

55　雪花家门前的路上　　日　内

欣乔背着书包放学回家，离家大约200米处，便边走边大声地叫着："外婆，外婆……"一直到家门口外婆听见答应着跑出来牵着她的小手为止。

56　江北市新闻系教室　　日　内

雪花和同学们认真地听着，一个略胖的中年男老师说："同学们，大家学习三年了，马上就要毕业了，毕业之前要组织大家实习。大部分的同学希望到北京，去看看首都，看看学校总部。根据同学们的意见到北京又分两路走，一路走水路经山峡到武汉再坐火车到北京；一路直接坐火车到北京。不到北京的就到江北市广播局实习。"

57　江北市　广播局　　日　内

雪花拿着介绍信在报到。

一个年轻帅气的小伙子带着雪花到了新闻部。在一个个子不高，但很英俊的小伙子面前停下来对雪花说："这是龙大记者。"又转身对小伙子说："这是来局里实习的张雪花。"

龙记者忙站起来说："我叫龙云，请坐吧！"

58 雪花家门前的路上 日 外

欣乔背着书包放学回家，蹦蹦跳跳地在离家约200米处便边走边大声地叫着："外婆，外婆……"一直叫着走到家门前，外婆听见后答应着笑眯眯地跑出来拉着她的小手。

59 江北市棉纺厂 夏 日 外

雪花和龙云老师及一大群记者跟在中央来江北市检查的女部长身后跑。女部长走路如风一般快。雪花跑步才能跟上。很多记者落下了。龙老师把录音机交给雪花说："给你一个任务。跟着部长，把她说的话全部都录进去。"

雪花笑笑忙点头说："好！"

几个记者跑来，其中一个记者拿了一张纸条给雪花说："这上面写了很多问题，你要一个个都问到同时把她的回答录下来给我们大家听。"

雪花笑着接过纸条点点头。想着日理万机的女部长到小小的江北市，这对江北丝绸的发展有着多么重大的影响啊！如此艰巨的任务，让雪花压力山大，不敢有丝毫的马虎。

雪花拿着录音机影子一样跟在女部长身后。同去采访的新闻班江北日报社的摄影记者陶大哥说："你像影子一样黏在部长身边，分都分不开，所有的照片上都有你的身影。人人都在打听，那个拿录音机的女子是哪家报社的记者？"

雪花笑笑。休息时很多记者都来听雪花的录音。

60 雪花家门前的小路上 日 外

欣乔背着书包放学回家的路上，在离家200米外的地方，又边走边大声地叫着："外婆，外婆……"一直叫着走到家门口，直到外婆听见后答应着跑出来，拉着她的小手为止。

认识的人看到她都和她打招呼："欣乔，又在叫外婆了啊！"

欣乔高兴地说："外婆在家等我呢。你有外婆吗？"

听见的人都笑了："当然有啦。"

欣乔睁大眼睛："那你外婆在家等你吗？"说笑的人反倒被她给问住了。

61　江北市 A 餐厅　日　内

很多人在吃饭。

雪花在不停地跑厕所。

62　江北市街上　日　内

称体重处。

雪花在秤上一称："哇，一天，体重轻了 8 斤！"雪花不觉叫了起来。

63　雪花家　日　内

雪花娘咳喘得出不了气。欣乔帮着外婆拍背顺气。

好半天雪花娘才缓过气来。吓得欣乔一个劲地叫着："外婆、外婆、外婆……"

欣乔一个人一边叫着外婆一边在哭。雪花娘咳喘不已。

雷军找来一个中年男人，请他把雪花娘送回乡下老家。

64　山路上　日　外

雷军和中年男人一起护送着咳喘着的雪花娘慢慢走着。

65　雪花老家　日　外

小容在院子里砍猪草。

雷军和中年男人一起护送着咳喘着的雪花娘到了雪花老家。

小容见了，忙放下手里的菜刀，起身扶着咳喘的雪花娘。

66　江北市广播局　日　内

雪花在认真写新闻。龙云老师在旁边细心地指点着修改稿件。

67 车站 日 外

等车的雪花手拿着笔记本坐在人来人往的候车室里埋头写着。

68 码头 日 内

雪花坐在地上写着。

69 雪花家 日 内

雪花坐在窗前飞笔疾书。

70 雪花老家 日 内

雪花娘躺在床上，仍然"吼吼吼"地咳喘着。小容把粗瓷碗装着的开水端到雪花娘床前。雪花娘顺着碗边喝了一口又咳嗽着喘气不停。

71 雪花乡下老家菜地 日 外

身体虚弱的雪花娘，咳喘着背着背篓吃力地走向菜地，刚到山边菜地雪花娘突然跌倒不起。过路的黑娃飞快地背着雪花娘，一路上边跑边吼叫着："小容！小容！快点快点回来，你妈跌倒了。"一边飞快地将雪花娘背到了雪花娘家。

正在河边菜地里摘菜的小容听到后，甩掉手中的青菜，急得脸青面黑地一路妈妈啊妈妈地哭着叫着跑回院子，从黑娃身上接过雪花娘。又和黑娃一起着急忙慌地扶着雪花娘进屋躺在床上。小容看着面色苍白嘴唇青紫的妈妈，眼泪四颗四颗遍洒着。一面跑到灶屋烧开水，一面不停叫着："哪们办啊哪们办哟？姐姐呀雪红哟快点回来哟。"刚到院子里的虎子哥听到后，跑到屋里看了眼躺在床上奄奄一息的雪花娘，扯起脚儿就往雪英家跑。

第十一集　雪花娘去世

1　雪英老家　日　内

雪英和小轩轩正在地里摘菜。

虎子哥飞快地跑到雪英家对面的公路上，出气不停地大声叫着："雪英！大姐！雪英！快点回你娘屋里去。你娘摔倒了。恼火得很，快点回去了。"

正摘菜的雪英和小轩轩听后把菜放到背篓里就飞快地跑向虎子哥身边。

雪英边跑边喊："虎子娃儿，哪们回事嘛？我妈哪们遭摔倒的嘛？"

虎子哥冻得通红的鼻子还冒着白烟，他甩甩汗水弯腰喘大气。半天才站直身子看着雪英。

雪英穿着满身泥土的蓝布衣裤蓬松着头发焦急地问："虎子娃。我娘哪们了嘛？"

虎子哥气喘吁吁地说："你娘本来就病了，又到地里去摘菜，刚到地里就摔倒了。小容正哭得停不下来。你快回去看看嘛！"

2　雪花老家　日　外

雪英、小容、小轩轩和刘妈等一大群人围在雪花娘的屋子里。

雪花娘痛得哎呀哎呀地叫着。

刘妈在帮着小容兑红糖开水。小容给雪花娘喂糖水后，雪花娘略略精神。

雪英难过地拉着娘的手："妈妈，你为啥子要去弄那么点菜嘛。现在起不到床哪们办嘛？"

小轩轩拉着外婆的手一个劲地叫着："外婆外婆……"

3 江源县医院妇产科　日　外

几个男人抬着产妇大叫着："医生医生救命啊！娃儿脚儿掉出来了。"

肖雪、何花忙飞快地跑出来接过产妇向产房推去。

4 产房里　日　内

雪花满头大汗在接生，肖雪在检查氧气管，何花在摸宫缩。

潘主任在一边"加油加油"地叫着。

5 小路上　日　外

雪花一边走路一边思考着。偶尔又停下来从包里拿出纸和笔边走边写着诗歌——《妹妹》。

6 雪花家　日　内

雪花一边切菜一边思考着。菜还没切完又从包里拿出纸和笔在厨房的菜桌上写着——《铺路石》。

7 山坡边　日　外

雪花坐在地上本子放在膝盖上写着——《小草》。

8 雪花乡下老家　日　内

雪花娘躺在床上呻吟着。小容在煎草药。满屋的药味。小容用小碗装好药汤端给雪花娘喝。雪花娘咳嗽着。

小容不停地叫着："妈妈，你慢点喝，慢点喝，莫呛到了！"喂完药又给雪花娘捶背。

雪花娘难过地："辛苦你了小容，雪花和雪红都不在家，雪英姐姐也忙。一家老小都靠你了。"

一把小骨头个子极小的小容难过地说："妈，你别说了，安心养病吧！"

说时忙叫："霄儿，快过来。"已经4岁仍个子小如2岁的霄儿慢悠悠地走过来。

小容难过地拉起霄儿的手："掌着药碗，好好看着婆婆喝药。"霄儿听话地眼睛都不眨地看着雪花娘把药喝完，又垫起小脚儿用衣袖擦了擦雪花娘嘴角的药汁。

9　雪花家　夜　内

雪花坐在床前写着——《秋说》。

10　门卫收发室　日　内

雪花拿起一大把信。

11　江源县医院妇产科　日　内

几个男人抬着产妇大叫着："医生医生，救命啊！娃儿手儿掉出来了。"

肖雪何花忙飞快地跑出来接过产妇向产房推去。

产房里何花在检查，边查边说："手先露。胎心好立即准备手术。高红快做术前准备。"

12　手术室　日　内

何花、王强在做手术。雪花在接生。

13　手术室外　日　外

几个家属着急地走来走去。一个老太婆弯着腰从门缝往里看。

"哇哇"一阵婴儿的哭声从产房传了出来。老太婆大大地松了口气。

14　雪花家　夜　内

雪花写着——《怎样保证孕妇足够的营养》。

15　饭店　日　内

潘主任、高红、王医生、肖医生、王强、何花、肖雪等妇产科人员都在会餐。只有雪花还没到。

16　公路上　日　外

雪花飞跑着。

17　饭店　日　内

潘主任、高红、王医生等人都快吃完了，雪花才气喘吁吁地跑进来。

潘主任："雪花快点来坐。"高红忙给雪花夹菜。

肖医生一边吃饭，一边时不时用手捂着胸口。

雪花看看高红说："谢谢！"说着坐下便吃，三两口吃完起身离去。别人还在边吃边坐着说话。

18　公路上　日　外

雪花一路飞跑着。

19　雪花家门口　日　内

雪花拿出钥匙在开门

20　雪花家　日　内

雪花进门直奔桌前，坐下拿起笔便写着：《怀孕后生病怎么办？》

21　雪花娘家　日　内

小容雪英在雪花娘床前坐着。雪花娘面色苍白嘴唇青紫，咳喘得上气不接下气。

刘妈站在门边；"你们也该叫雪花回来看看了！"

小容："雪花姐姐一天忙得很，懒得叫她！"

雪英姐："那么远，她一天回来做啥子嘛？不要她回来。"

22　江源县医院妇产科　日　内

几个男人抬着产妇大叫着："医生医生救命啊！救命啊！娃儿肠子掉出来了。"

王强、肖雪和雪花忙飞快地跑出来接过产妇向产房推去。

王强边走边着急地："谁是家属？产妇叫啥名字？家住哪里？孩子肠子掉出来多久了？"

刘成："我叫刘成，爱人郑丽，23 岁，家住江口镇 3 大队 5 队。孩子肠子掉出来 3 个小时了。"

23　产房里　日　内

王强在检查，何花记录着。王强边检查边报告："产妇宫口开大 3 厘米。胎儿横位难产，先兆子宫破裂。脐带脱出，胎心消失。高红快做术前准备。"

24　产房外　日　外

王强在给家属交代："孩子脐带脱垂时间太长。胎儿已经没救了。最重要的是产妇因为横位先兆子宫破裂。必须立即剖宫产让孩子早点出来才能保住产妇的生命。"

刘成"哇"地哭了："医生啊，救救我老婆和孩子啊！"

王强难过地说："孩子实在救不了，现在只有救你老婆的命了。"

刘成一拳挥向王强："叫你救人你就救。说啥子不行了！"

王强委屈地说："孩子在肚子里已经没有心跳了。怎么救？"

男子："管你怎么救？"

王强捂着头部表情痛苦："现在只能救大人，再耽误时间，你老婆子宫破了大出血随时没命。"

刘成头一歪："真有那么严重啊？"

王强点点头。

刘成："那快点做手术嘛！"

25　手术室　日　内

王强、何花、雪花在做手术。

26　手术室外　日　外

一大群家属在等待着。刘成弯着腰蹲在地上埋着头擤着鼻涕，擦着眼泪。

27　江北市新闻系教室　日　内

雪花从老师手里接过大红的毕业证。

28　雪花家　日　内

欣乔一个人在家自己做饭。

29　医院门口　日　内

王强在送刘成和郑丽出院。刘成表情不自然地："王医生，谢谢了！"

王强笑笑："不用谢。回家后好好保重，一定要等三年以后才能怀孕。怀孕后一定要做孕期检查，生的时候一痛就到医院来生孩子。"刘成和郑丽连连点头。

30　清晨　食店　日　内

欣乔背着书包一个人唱着歌儿到了小食店。食店老板娘一见欣乔便从碗柜中拿出一个白的瓷碗。做了一道米线。

老板娘："今天是自己给钱还是记账啊。"

欣乔："妈妈今天给我拿了钱，我自己给。"说着从包里拿出钱给了老板娘。

老板娘高兴地说："你慢点走哟。"

欣乔："知道了阿姨，我走了。"

31　雪花老家　日　内

雪花娘咳嗽着从床上下来上厕所时突然倒下。

小容哭叫着："妈妈呀！妈妈呀！"小霄儿也跑来哭着叫："婆婆啊！婆婆啊！"两娘母好不容易把雪花娘弄到了床上。听到哭声，刘妈也跑了过来。

刘妈说："小容啊，你妈这次摔得可真不轻啊！还是去把你雪英姐叫来吧！"

32　雪花家　夜　内

雪花坐在桌边写字，欣乔在写作业。

33　产房里　日　内

雪花在接生。

产妇睡在产床上一个劲叫痛。

雪花在不停地安慰产妇。

高红在旁边给产妇喂糖开水。

34　邮局里　日　内

雪花在邮信。

35　江源县医院妇产科　日　内

几个男人抬着产妇大叫着："医生，医生救命啊！娃儿脚儿掉出来了。"

肖雪、何花忙飞快地跑出来接过产妇向产房推去。

36　产房里　日　内

雪花在接生。肖雪何花在帮忙。

37　医院收发室　日　内

收发信件的老红军，戴着假肢走路一跛一跛的老红军在来回整理信件。其实老红军本名并不叫老红军。只因为他参加过红军二万五千里长征，也参加了大大小小近百场战争，受过无数次伤。最后腿都给炸断了只能截肢，从战场上下来回了老家，后来被安置到江源县医院收发室。因为他工作特别认真负责，几十年如一日从来没错发过一封信件。医院所有职工都特别尊敬他，人人都叫他老红军。他是雪花医学院同学肖军的父亲。

雪花一到收发室便笑眯眯地叫着："肖叔叔我的信呢？"

老红军慈祥地看着雪花指着桌上一大堆信件："这里，叔叔给你分出来了。"

雪花充满敬畏地看着老红军笑笑说："谢谢肖叔叔！"说着在桌上拿起一大摞信件。

老红军奇怪地说："雪花啊，你一个人为什么这么多信啊。全院300多人，你一个人的信都占了2/3以上。看你怎么忙得过来哟。"

雪花轻轻说："慢慢忙嘛。肖叔叔！一会儿就看完了。"边说边拿着信一封一封看着来信地址：北京、山东、河南、河北、湖南、湖北黑龙江等10多个省的杂志社报社的来信。

老红军笑笑："雪花，再找找看有没有拿掉的？"

雪花高兴地说："好！"边在桌上的信件中翻弄寻找边问老红军，"肖叔叔，肖军现在怎么样啊？"

老红军一脸骄傲地说："他呀，一天忙得脚儿不沾地。白天晚上都在跑。"

雪花奇怪地："他上B超室，晚上忙什么嘛？"

老红军一言难尽："晚上病人来了，电话一响就马上往保健院跑。"

雪花想想："呵，急诊啊。他和建明两个人上班，是该忙哟！"

老红军好奇地问："过去你和何花你们经常到家里来玩，现在咋不来玩了呢？"

雪花无可奈何地说："现在不是太忙了吗，有空一定来！"

38　老红军家（回忆）　日　内

医院陈旧罕小的木楼里，雪花和何花及何花的好姐妹春儿在客厅兼餐厅里坐着。

肖军和他哥肖涛在忙着倒茶水。

何花和春儿在屋子里四处张望。雪花坐着在看书。

肖涛满眼深情地看着春儿："今天就在我家吃了饭才走行吗？"

春儿笑笑："不了，我们看看一会儿还要到卫生局去报到。以后来吧！"

肖涛失望地说："好，以后一定要来哟。"

春儿羞涩地说："肯定来，放心吧！"

肖涛高兴地问："真的？"

春儿点点头轻声地说："真的！"

39　雪花老家　1993年春　日　内

雪花娘突然昏迷不醒。

40　雪花家　日　内

家义舅舅跑来说："雪花啊，你妈可能不行了。你快点回去吧！"

41 小路上 日 外

雪花一路飞跑着。

42 雪花家 日 内

雪花娘奄奄一息地躺在床上。

雪花一进家门见妈妈如此模样心痛得无以复加，满眼泪水夺眶而出的雪花立即从包里拿出准备好的液体给妈妈输液。输液完毕雪花便上床坐在床上抱着妈妈。

小容和雪英见雪花回来就到厨房煮饭。

渐渐地雪花感到妈妈没有了温度。但她仍紧紧地抱着妈妈，不愿相信妈妈在她回家不到半小时便离她而去了。雪花木然地坐着。

刘妈走进屋："雪花你可回来了！你妈妈一直在等你哟！"

雪花咬紧嘴唇木然地点点头。

刘妈到雪花身边一看："雪花啊，你妈不对哟，快把她放到床下来，等会儿久了可穿不起老衣了哟！"

雪花满脸忧伤绝望地说："让我再抱抱妈妈吧！"边说边紧紧地抱着雪花娘不松手。又在心里"妈妈啊妈妈啊"地叫喊着！"你为什么病得这么严重也不通知我，一个人就这么走了哟。妈妈！"正在做饭的雪英、小容、雪红听见叫声飞也似的跑过来叫着："妈妈！妈妈！"

雪英一脸灶灰着急地跑出来："妈妈怎么了？"

雪花绝望难过地说："妈妈走了！"

妈妈平静地走了。就在雪花的怀里。没有一丝抱怨，没有一声痛苦的呻吟。

雪花无声地捶打着头，痛苦了很久很久，无论白天黑夜无论上班下班，无论走着还是睡着，这是雪花终身无法原谅自己的痛。身为县医院医生的女儿，只要把妈妈接来输几天液就可以治好的病，竟然因自己拼命地上班和忘命地写作，而耽误了治疗顾妈妈的病痛，甚至忘记了自己新闻系实习回家时雷军曾经说过妈妈生病已经送回老家的事情，她不曾回家看过一次。

"妈妈妈妈！"雪花撕心裂肺的叫声令天地动容。霎时倾盆大雨铺天盖地倾泻而来。叫声雨声中依次闪现——

雪花在产房用劲给玉米花接生的身影

雪花在山路上和王小二找回王简的身影

雪花和潘主任在大街上拉着大肚子孕妇叫她们到医院来检查的身影

雪花在病案室收集资料的身影

雪花在广播局报名的身影

雪花在江北棉纺厂跟着女部长拼命奔跑的身影

雪花在小路上走着写字的身影

雪花在码头上写字的身影

雪花在收发室一大抱一大抱捧着信件的身影……

43　小路上　日　内

雪花木然在走着。

44　春天里　街上　日　内

雪花木然地走着。

45　阳光下　公路上　日　内

雪花木然地走着。

46　星夜里　日　内

雪花躺在床上难过地望着天花板。

47　医院绿化带　日

雪花又拿了一大堆信件。

48　江源县医院妇产科　日　内

雪花正上班。

一高一矮两个男人走进来："请问你是张雪花吧？"

雪花："是。"

中年略矮的男人介绍说："我姓杨他叫小伟，我们俩是县《农村科技报》的编辑。现在科技报需要稿子，请帮助写点吧。今天下午等着排版哟。"

雪花难过地想摇头，可想了半天还是轻轻地说："真的要？"

小伟："麻烦你写点吧。"

雪花："大概要多少字？"

小伟："两千多一点嘛。"

雪花点点头："好吧！"

49　雪花家　中午　内

雪花在飞快写着。

50　县医院妇产科办公室　日　内

雪花坐着看书。

小伟接过雪花的稿子笑着离开

51　开往北京的火车上　1993 年清明节　日　内

雪花坐在火车上面容凄绝。一边写一边默念着：《清明》，一杯水酒一枝竹 / 半缕清烟半遮雾 / 月儿掉泪清风残 / 夜半蝉鸣断 / 孤坟雾女 / 五指掘泥 / 娇儿慈母 / 百般辛苦 / 膝前欢笑 / 灯下关注 / 如今女成才 / 娘在土里埋 / 怎不雾湿泥土 / 怎不魂断天涯路。

欣乔在雪花身边跑来跑去地给雪花送开水。

欣乔小手捧着水杯递给雪花叫着："妈妈喝水。"

雪花难过无力地接过杯子喝着。

雪花对着欣乔："女儿乖，不乱走。"

欣乔高兴地说："放心吧妈妈，我不会乱走的。"

52　雪花老家山坡上小坟包前（回忆）　日　外

雪花和雪红、小容、雪英在燃烧纸钱。雪花紧闭嘴唇默默地看着母亲的坟头发呆。

53　北京　日　内

"93 东方新诗人作家笔会"字样挂在屋子前面正中央。

雪花和全国各地的诗友在开会交流。

雪花请诗友给她念诗。

54 雪花老家 日 内

黑娃看到《农村科技报》上醒目的大字写着《怎样知道腹中胎儿是否健康》。

55 江源县农村科技报编辑室 日 内

高个帅气的小伟在办公室坐着。

雪花拿着手稿交给青年。

小伟看后高兴地点点头："雪花,谢谢你。"

56 素芬家 日 内

黑娃在读《农村科技报》。报上大幅文字写着:

《怎样知道自己快生孩子了?》

素芬大着肚子在淘米。

黑娃:"雪花,任你怎么说,我也不得到医院来生娃儿。"说着便"嘿嘿"地笑起来。

57 玉米花家里 日 内

玉米花在看《农村科技报》。报上大幅文字写着:

《怎样才能让肚子里的宝宝聪明漂亮》

小懒虫在给玉米花送开水。

58 小路上 日 外

雪花一边走路一边思考着。偶尔又停下来从包里拿出纸和笔边走边写着——《超前优生法》。

59　雪花家　日　内

雪花一边切菜一边思考着。菜还没切完又从包里拿出纸和笔书写着——《当妈妈的最佳年龄》。

60　山坡边　日　外

雪花坐在地上本子放在膝盖上写着——《胎儿在母亲体内是怎样发育的？》。

61　江源县农村科技报编辑室　日　内

雪花在交稿子。

小伙子接过稿子看了看便笑起来说："雪花啊，因为你写的稿子，今年我们《农村科技报》的销量比往年多了两倍。以往我们是给他们做很多思想工作，他们才订一点；现在他们是主动订阅，每次报纸一送去就一抢而光了。"

雪花笑笑："真的？太好了。说明大家也有孕期保健的意识了。但愿孕期保健科学育儿的知识能慢慢走进他们的眼里心里，愿孕产妇们都能自觉地作孕期检查，都能到医院来生孩子。"

62　医生办公室　日　内

雪花规规矩矩地站着。

徐主任和王医生对雪花说："你一天还是不要写多了。院长说了如果再这样下去，会扣奖金的。如果在医院写的话，那会更严重的哟！"

雪花难过道："我从来没在医院写，上班时间我没写，并且写得再多也没有影响我上班接生。你们天天在路上拦着孕妇要她们检查，可她们不知道孕期检查的重要性，你拦着孕妇几句话也说不清楚，讲不明白。只有让系统的知识思想变成文字，才能长出翅膀飞向人间，飞到所有孕产妇的身边。让孕妇们自觉吸收消化，再自觉自愿地到医院检查分娩。"

门外有人叫："雪花有人要生娃儿了，快点来接生！"雪花看看两位，想走又不敢走。正不知如何是好，已经退休的潘主任跑来拉起雪花就走："快点，娃儿要生出来了，快去接生！"

第十二集　孕产妇必读

1　江源县产房里　日　内

30 岁的产妇李小花口吐白沫四肢抽搐。王小二、王小三、王小四和王二虎四个大男人使劲按都按不住。何花正在铺产包。

雪花飞快地跑去给李小花输氧。

潘主任大声叫着："产时子痫。高红快点给病人上开口器。肖东快点输液打安定针。"

何花大声地说："头都看见了。快生出来了，快来帮忙把产妇按倒。"

雪花飞一样跑去帮着分开产妇的大腿，飞快地戴上手套用剪刀切开会阴。孩子呼地冲了出来，"哇哇"地大声哭着。几个大男人松了口气。

雪花一边给新生儿处理脐带一边观察着。产妇仍然在抽搐，嘴唇已咬出了血。雪花看着潘主任。

潘主任大声地说："肖东，快！冬眠一号半量肌注。"

肖东："好呢，冬眠一号半量肌注。"肖东一边重复着医嘱，一边飞快地在吸药，给病人肌注推药。

病人很快安静下来。

潘主任对四个吓得目瞪口呆的男人说："好啦，你们可以出去了。"

四个大男人如释重负地退了出去。高红抱着一小团交给王小三："给，儿子，3300 克。"

王小三笑着接过小团子紧紧地抱在怀里，嘴里不时发出"呵呵哈哈"的傻笑声。

2　病房　日　内

李小花在给儿子哺乳。

王小三高兴地说："小花，儿子取名叫王金斗好不好？"

李小花："好是好，为什么取这个名字啊？"

王小三笑嘻嘻地说："你生儿子的时候抽得那么凶抖得那么高。几个大男人都按不住。"

李小花笑得不行："这样啊？好吧，让他一辈子都记得老娘生他的辛苦！"又对着怀里的儿子笑笑："好不好？"怀里的王金斗给力地扁了扁嘴。王小三和李小花看着都笑了。

3　雪花老家院里　日　内

素芬正咬紧牙关难受着。

刘妈坐在床边劝导素芬："不要怕，你都生了五个娃了。这个也不怕，一会儿就生了啊。我去弄点猪草。一会儿就回来。"

4　山坡上　日　外

刘妈在割青草。

5　素芬家里　1994 年　日　内

痛得直叫唤的素芬突然口吐白沫、四肢抽搐，牙齿直打架，很快舌头咬破了，牙齿咬掉了一颗。抽搐中，孩子掉了出来"哇哇哇"地大声哭着。

刘妈回来时，只见地上哭着的男婴、遍地的鲜血和一颗白得耀眼的牙齿。素芬已不省人事。

刘妈着急地叫着："黑娃黑娃！砍脑壳的！黑娃啊！你婆娘没得命了啊，快点回来呀！"

小容听见叫声也一边叫着"来人啊！来人啊！"一边飞快地跑到素芬家里。

一哥、虎子哥、小霄娃、大花、二花、三花等一大群人全都从外面跑了回来。黑娃花着一张脸扛着锄头，慢慢地走了回来。

黑娃："搞啥子名堂嘛，大惊小怪的，老子不相信生了那么多妹崽，还怕遭鬼拉走！"

刘妈："短命鬼嘞。快点来看一下嘛，娃儿给你生出来了，大人没命了。"

黑娃高兴地跑上去："真的生了个儿子？"

刘妈果断地说："快点去请医生来看一下哟！"

黑娃忙跑着到河对面叫来了村医长福娃。

长福娃背着药箱气喘吁吁一摸脉摇摇头："没救了。脉搏已经停了！"又看看牙齿怎么有两颗牙齿不见了，长福娃在地上找了半天没找到。

刘妈忙从地上拾起一颗牙齿递给长福医生。

长福医生看后摇头："还有一颗呢？"长福娃忙将素芬的嘴掰开，见一颗白色的牙齿卡在喉头。

长福娃用钳子夹出了牙齿摇摇头走了。一屋子人这才回过神来。素芬已经死了。

"哇哇"回过神的黑娃黄牛一样大声嚎哭起来。

刚出生的婴儿也饿得"哇哇"大哭。大花、二花、三花几个女儿"妈妈呀！妈妈呀！"地叫着哭着。

6 雪花家里 夜 内

雪花坐在桌前快笔书写着：

生孩子遇到意外情况怎么办？

1. 阴道流血是怎么回事？
2. 干生就生得慢吗？
3. 生孩子时抽搐怎么办？
4. 产后大出血怎么办？
5. 产后胎盘滞留怎么办？

小屋里，欣乔在写作业。

写完作业的欣乔给雪花送去了一杯水："妈妈喝水！"

雪花笑眯眯地说："谢谢。"

欣乔乖巧地答："不谢，妈妈！"

7 黑娃家　日　内

大花、二花、三花哭丧着脸。黑娃黑着张脸不出声。摇篮里的小儿子大声地哭泣着。

黑娃听到哭声烦躁不已，但又没办法，只好叫："大花，大花妹崽，快去弄米糊糊给你骨头弟弟吃。"

厨房里，大花带着二花和三花在灶屋里煮米糊糊。大花站在板凳上用锅铲在大铁锅里搅着。

8 玉米花家里　日　内

玉米花在看《农村科技报》，"生孩子时抽搐怎么办"几个大字分外醒目。

玉米花大声读着："生孩子时抽搐是指产妇生孩子前后或生孩子过程中，产妇突然出现四肢屈曲，牙关紧闭，口吐白沫，甚至昏迷等现象，人们习惯称其为抽筋，也就是抽搐。

"生孩子时抽搐的原因很多，主要有两点：一是子痫；二是产妇自身有癫痫等老毛病。

"子痫是因孕妇妊娠期间血压过高引起的产科急重症，是妊娠高血压综合征最严重的阶段。

"如果遇到子痫发作时，应立即用筷子撑开产妇牙齿，有条件的医院可使用压舌板开口器，以免抽搐时牙关紧闭咬伤舌头，咬掉牙齿。"

小懒虫咯咯地笑着："咬掉牙齿。那就成缺牙巴了哟！"

9 产房里　日　内

雪花在接生。高红在输液。王医生坐在旁边写病历。

产妇高一声低一声地叫着。

雪花笑眯眯地劝说着："不要叫，不要喊。来吃点巧克力。"说着一边给产妇喂吃的，一边跟产妇说："好好休息。痛的时候就如同排大便一样用力向下使劲，不痛的时候就做深呼吸，储备能量。"边说边做着示范。

产妇听话地："好，我试试看嘛！"

10 雪花家 日 内

11岁的欣乔自己在做饭。

11 江源县医院产房 日 内

雪花在接生，婴儿呼地一下冲出来。雪花高兴地笑着说："生了！生了！高红快点来吸痰。"高红呼地冲了过去。

12 产房外 日 内

几个坐立不安的人听到婴儿"哇哇"坠地的哭声一下跑到产房门外。贴着耳朵听着。

13 病房里 夜 内

雪花跟着王医生在查房。一个穿着青布长衫的老太婆站在床上，偏着头对着灯使劲地边跳边吹边嘀咕着："老子不相信吹了几十年的灯今天还遇到怪事了。这个灯怎么也吹不熄了。"说罢又跳起脚板对着电灯泡猛吹。

雪花和王医生见后笑得抖着跑出了病房。

14 雪花家 日 内

雪花在飞快地书写着。

15 医院收发室 日 内

老红军坐在收发室看报纸。见雪花到了忙笑着："雪花来啦，说着拿出一大堆信件交给雪花。"

雪花笑眯眯一边叫着"肖叔叔好！"，一边接过写有自己名字的信件。

雪花边走边拆开信件边大声地说着："谢谢肖叔叔！"

肖红军声音嘶哑地回答："不用谢！"

16 江北市书店 日 内

雪花在医学书类处下面到处找书。

雪花拿了一本看看放下，又拿了一本看看又放下。一本又一本，从这头走到那头。雪花不厌其烦地慢慢看着选着。终于，雪花的手里有了高高一堆书。

17　江北市　大街上　外

雪花捧着一大摞书在慢慢走着。

18　江北市车站　日　外

雪花坐着看书。

19　飞驶的汽车上　日　外

雪花坐在车里看书。

20　江源县汽车站　日　外

雪花抱着一抱书边走边看。

21　雪花家　夜　内

客厅，雪花仔细地看着新买的书。
睡房，雪花坐在床上书写着。

22　大街上　傍晚　外

情人们手牵手走着。

23　肖青医生家　夜　内

肖青面色蜡黄有些气喘地坐在沙发上看书，肖雪在厨房洗碗。
王强拿着药端着开水递给肖青："妈，吃药啦！"
肖青笑笑接过药："谢谢！"端着碗一口服下问道，"现在上班感觉怎么样？"
王强自信地说："还可以。就是有时遇到一些病人家属误会，弄得不开心。"
肖青："好好给他们解释。好好学习，做手术一定要仔细再仔细，病人再急再严重也不要慌。要认真做才行。"

王强："好的，谢谢妈妈！"

肖雪擦着手走到肖青身边："说什么呢？"

肖青语重心长地说："叫你们好好上班，认真上班。"

肖雪忧郁地说："那是当然！"又关心地说，"妈，你好好保重自己！我们肯定会好好上班的。你就放心吧，妈妈！"

24　江源县医院妇产科医生办公室　日　内

徐主任坐在办公桌前，雪花站在对面。

徐主任："雪花，刚才接到卫生局的通知，叫你明天和何花、肖雪到江东市去参加省卫六项目工作会议。"

25　江东市　省卫六项目工作会议室　日　内

雪花和何花肖雪坐在会议室的中间在开会。

主席台上，瘦高个戴金边眼镜精神抖擞的Ａ处长在慷慨陈词："随着社会的发展，人类的进步，一门崭新的生命科学已受到越来越多的人的关注。优生优育已成了全民族的使命，它关系到全民族素质的提高和国家的繁荣富强。我国卫生工作虽然取得了一定成绩，但各地区的发展还很不平衡，妇幼卫生工作面临的任务仍然十分艰巨。特别是在贫困边远地区，由于居住环境、经济基础、文化修养、自身素质等多种因素的影响，许多孕产妇孕期保健知识十分缺乏，很多产妇自己在家生孩子，孕期也不到医院检查，结果使孕产妇死亡率和婴儿死亡率大大超过目前国际卫生组织规定标准。

"为了搞好妇幼卫生工作。强化政府职责，动员全社会积极参与。国务院颁布了《九十年代中国儿童发展规划纲要》等重要文件，制定了《母婴保健法》，中国政府还向国际卫生组织请求经济援助，启动了'综合性妇幼卫生保健项目'也就是'卫六项目'，用以扶助边远贫困山区人民的妇幼保健事业。培训其基层妇幼卫生人员。并呼吁全社会都来关心保护妇女儿童的身体健康。今天来参加会议的都是来自各市、县级医院的技术人才，你们回去以后一定要把这项工作扎扎实实地开展下去。要把孕产妇和围产儿死亡率降低到最低限度。"

热烈的掌声经久不息。

26　江源县医院妇产科医生办公室　日　内

徐主任和王医生坐着一边写处方，一边对雪花说："雪花啊，县卫生局通知你和肖雪、何花从明天起到卫生局去上班，时间是三个月。说是搞全县卫六项目基础调查。这是关系到全县妇女儿童的大事，你一定要好好干！"

雪花："行。放心吧，主任！"

27　江源县卫生局　日　内

雪花、何花、肖雪等 20 多个从县、区、乡三级医院抽调来的医护人员组成的"卫六项目"调查组成员精神抖擞地站在院坝里。

何花在给大家做动员工作。

肖雪在给大家讲解要调查的内容。

雪花在将参加调查的人员分组。

局长指示："今天参加调查的人员全都要听雪花、肖雪、何花她们三人的指令，因为她们都是经过省项目组培训过的专业人员，具体行动要听从她们的指挥。为方便工作按参加人数共分三个小组，雪花、何花、肖雪三人任小组长各带一组人分头开展工作。"

28　江源县红星区宝马乡乡政府办公室　日　内

雪花和乡党委领导在交谈着。

雪花："陈书记，我们今天来就是为了调查近五年来全乡所有出生人口情况，但这不同于搞计划生育，我们只是了解孩子们的出生情况和生长情况，还请你指示各大小队干部配合支持这次活动。"

陈书记："好。只要对人民群众好的事，我们全力支持。我现在就通知各个大小队书记队长做好准备。你们就放心去吧！"

雪花高兴地说："谢谢你，陈书记！"

29　小路上　日　内

雪花、肖雪和何花三人各自领着一组人在一个又一个村走访着。

30　山路上　日　内

一个妇女抱着孩子走过，雪花忙上前询问："孩子多大了？"

妇女说："一岁了。"

雪花："在哪里生的呢？"

妇女："在家里生的。"

雪花："哪个接生的呢？"雪花边说边摸摸孩子的脑前囟门。

妇女："自己接的。"

31 陈大芬家小院 日 外

雪花坐在陈大菊家门前。

李书记在叫院里一群人自觉带小孩子过来检查。

队长到地里把玉米花、李小花、南瓜花、李金花等好多妇女一个个全叫了回来。

雪花看着玉米花、李金花、李小花等一群姐妹高兴地说："金花阿姨，玉米花、李小花、张九妹各位姐妹们大家好，今天我们来主要是调查5岁以下儿童的出生情况和生长情况，请大家配合。凡是有5岁以下儿童的家长请留下来，没有的就请便。"

李金花："恩人妹妹呢，你调查些什么嘛？"

雪花高兴地说："就是问大家这五年内队里生了多少个孩子？在医院生的还是在家里生的？"

李金花："生孩子差不多都是在家里接生的。这五年生的娃儿全生产队不知道有多少，我们院里最多只10多个吧。"正说着两个妇女带着一个女孩两个男孩走了过来。

雪花认真地记录着，偶尔用手摸摸小孩的头。

32 山沟里 日 外

几个妇女带着小孩在跑。其中一个穿着大红花衣服稍胖的中年妇女跑不动了，刚一停下来，一个年轻的女人拉起她又跑："快点，等会儿找到了要缴罚款的哟！"

33 院子里 日 内

雪花在给妇女们做思想工作："我们这次来不是搞计划生育，不是来收罚金的，是为了你们的健康做一项调查，目的是争取世界卫生组织的经费，支持我们的妇幼保健事业。"

34　村口村委会办公室　日　内

一大群妇女和孩子在等着。

雪花坐在屋里一边问一边摸小孩子囟门一边写着。

雪花问："孩子几岁了？"

妇女甲："两岁了。"

雪花："在哪里生的？"

妇女甲："在家里。"

雪花："谁接生的？"

妇女甲："接生婆刘阿婆。"

雪花："下一个。"

妇女乙走上来

雪花："孩子几岁了？"

妇女乙："三岁了。"

雪花："在哪里生的？"

妇女乙："在家里。"

雪花："谁接生的？"

妇女乙："接生婆刘阿婆。"

雪花："下一个。"

妇女丙带着一个约两岁的女孩走上来坐下。

雪花："孩子几岁了？在哪里生的？"

妇女丙："两岁了，在家里生的。"

雪花："哪个接生的？"

妇女丙："村里刘阿婆接的。"

雪花："下一个。"

妇女丁抱着一个不满周岁的孩子走上来。

雪花："孩子多大了，在哪出生的？"

妇女丁："孩子十个月大了。在家里出生的。"

雪花："哪个接生的？"

妇女丁："在家里。村里接生婆刘阿婆。"

一个个妇女一一上来，下去。

雪花在摇头。

雪花找到正在召集妇女的李书记说："能叫刘阿婆来一下吗？"

李书记："好的，我马上安排人去找来。"

调查仍在继续。

60多岁的刘阿婆素衣青衫急急忙忙跑上来："找我有事吗？哪个生娃儿了？"

雪花好奇地问："你就是刘阿婆？"

刘阿婆："是啊。"

雪花："这个村里很多小孩子都是你接生的吗？"

刘阿婆："是啊。"

雪花："那你用什么接生的，在哪里学的接生技术呢？"

刘阿婆："哪有什么技术？从没学过。只是别人孩子生下来后我帮着把脐带弄断就是了。"

雪花："那你是如何处理脐带的呢？"

刘阿婆："把脐带比到小孩子膝盖头用牙咬断把脐带打个结就行了。"

雪花："那产妇会阴的伤口是如何处理的呢？"

刘阿婆："会阴伤口我管它做啥子？再说我也不晓得哪们做，它自己长好就是了。"

雪花："那你们村有孩子生下来没命的吗？"

刘阿婆："当然有啊。年年都有那么几个，都是些脚儿先生出来的，还有就是在家生很久都生不下来才被生死的。"

雪花转头问大家："为什么不到医院去生孩子呢？怀孕后都要到医院去生孩子。"

一群妇女七嘴八舌地说着："不知道要到医院生孩子。""没有钱怎么到医院去生哟？""到医院去生费时费力又费钱，哪个那么傻？"

35 小屋里 日 内

谭英高红等一大医护人员在统计调查数据。

雪花做调查统计。

通过大量数据显示："在过去的几年里，95%以上的妇女是在家里生孩子的。"

36　雪花家　日　内

雪花在认真书写着。

37　重庆市　书店　日　内

雪花在仔细地挑选书。

在写有医学书的地方，雪花从高高的书架上一本又一本地挑选着。

38　北京　1995年5月　日　内

车来车往。

39　北京外滩　日　内

雪花慢慢走着。

40　文化部门前　日　内

门两边分别站着一个笔直挺立眼睛都不眨的哨兵。

雪花走到文化部门前。看着笔直挺立的哨兵，想着他们在雷打下来、雨落下来、虫子飞到眼睛里的时候会不会动一下？雪花内心震撼不已。

41　文化部里　日　内

雪花看着一间间屋子中陈旧的红木墙壁和暗红色的地板，想着墙外面四处耸立的高楼大厦眼泪哗地就流了下来。这是她母亲去世三年来第一次有了眼泪。

一间红木板铺成的老屋里，雪花和一群不同年龄性别来自全国各地的代表在填写名字报到。

42　北京文艺大会厅　日　内

"第二届社会转型与文学发展研讨会"字样挂在主席台中央。

台上坐着文化部各部门领导和文学大师。

雪花在前面第三排靠边的地方坐着认真听讲。

80多岁的林焕平抖着双手在给雪花签名。两人都大笑得合不拢嘴。

43 北京书店 日 内

雪花在一排排文学类书架上慢慢地找寻着。

在写有医学类书的地方雪花一本又一本地挑选着。

44 北京火车站 日 内

雪花在看书。

45 火车上 日 内

雪花在看书。

46 江源县火车站 日 内

雪花背着几大包书本艰难地行走着。

书包的带子突然断了一根，雪花手忙脚乱地把带子重新捆起来。

雪花两肩背着包，双手捧着书本慢慢地走着。

47 雪花家 日 内

雪花背着的书包放下便倒下了。

欣乔忙跑来叫着："妈妈，妈妈回来了。"

欣乔："妈妈给我买东西了吗？"

雪花有气无力地回答："对不起，妈妈忘记了。"

欣乔望又乖巧地说："没关系，妈妈。妈妈回来就好。"

48 菜市 日 内

雪花在买菜。何花也在买菜。雪花忙跟着何花一起。

在一个卖花生的摊位，雪花和何花两人都在选花生。雪花很快便称好了，何花却仔细地一颗一颗反复比较后才选择一颗，每一颗花生都要看花生的大小硬度和是否饱满，有时还用手使劲捏几下觉得很不错了才放进菜篮里，每颗花生都是她精心选出来的。雪花一看何花选的花生颗颗又大又满，想着自己每次买菜从不讲价钱也从不挑选，雪花内心感慨不已。雪花如梦初醒般地感到自己欠雷军的太多太多。

49 产房 日 内

雪花、肖雪在接生。王医生在一边叫产妇加油。

50 食店 日 内

欣乔在吃米线。女老板对着欣乔说着什么。欣乔背着书包一个人慢慢离开。

51 雪花家 夜 日 内

雪花在写着。

写累了雪花拿着笔睡着了。"滴铃铃"一阵电话声响起，雪花条件反射地打开接电话："什么，康书记，你媳妇要生孩子了？好好，我马上到！"边说边整理好衣服向门外跑去。

雷军睡眼蒙眬地问："干什么大半夜的？"

雪花着急地说："县委康书记媳妇快生孩子了，叫快点去医院。"说着已跑到了门外。

52 江源县医院产房门边 日 外

戴着口罩的雪花把包好的小孩交给康书记的爱人，一个瘦高面庞略黑的中年妇女说："生了个儿子，3300克，母子平安！"

康书记爱人接过孩子嘴角弯弯高兴地连说："谢谢！谢谢！"

53 江源县城春节 日 外

街上人们笑着跑着热闹着。很多人都去看舞狮队表演。

雷军拉着欣乔在街上挤在人群中看热闹。

雪花一个人在床上坐着认真地写着。

电话铃声响起。雪花接过电话："李局长有事吗？什么？你老婆在医院生孩子，要我给她接生？好，马上到！"

54 雪花家春节　日　内

雪花坐在床上看书写字。床边放着一堆写好的稿子。

55 江源县医院产房门外　日　内

雪花把包好的孩子笑着交给正着急走个不停的李局长夫人："生了个女儿。3200克，母女平安。"

局长夫人连说："谢谢！谢谢！"

雪花笑着摇摇头说："不谢。不用谢！"

56 江北医学院　日　内

雪花拿着书稿交给一瘦个子老先生说："赵老师，我是您的学生张雪花，这是我写的科普专著《孕产妇必读》，请帮忙审稿。"

赵老师笑笑接过书稿："好，我会好好看看的。"

57 江源市委书记办公室　日　内

雪花站在办公桌前："书记，我叫张雪花，是江源县医院的妇产科医生。我写了一本孕产妇必读的书，想请你给题词。"

书记："为什么要题词呢？"

雪花："因为现在很多孕妇怀起孩子根本就不知道要检查，生孩子也不去医院，使孕产妇和围产儿死亡率很高，请你题词是想请社会关注妇女儿童的健康，让孕妇重视自己的生命也重视儿童的健康……"

雪花还在给书记说着什么。

书记听后点点头挥笔便写，"全社会都来关心妇女儿童的健康"几个大字瞬间分外醒目地出现在纸上。

书记写完后转头问雪花："可以吗？"

雪花高兴地笑着说："太好了，谢谢你！"

58 江源县计生委主任办公室　日　内

雪花在请主任题词，雪花在不停地说着。

主任听后点点头挥笔写下了"加强孕产保健提高生育质量"。

雪花看后点点头笑笑走了。

59　江源县大街上　日　内

雪花急匆匆地走着。

一个帅气的中年男人走过来："张医生好，我是工商局的，住你姐姐家隔壁。听说你接生接得很好，我想请你帮我老婆接生，可以吗？"

雪花："可以啊，随时欢迎到我们医院来生孩子。"

正说着一个大肚子绿衣妹和一个40多岁的大姐走来拉着雪花的手热情地："张医生，我女儿杨二妹快生孩子了。听人说你接生很好。我们想请你帮忙接生，可以吗？"

雪花高兴地说："当然可以。随时欢迎你们到医院来生孩子。"

第十三集 肖雪骨折 肖青医生去世

1 印刷厂车间 1995 年 日 内

机器轰鸣。有工人在来回奔跑着。

一堆堆《孕产妇必读》整齐地放着。几个女职工在看《孕产妇必读》。

2 印刷厂 办公室 日 内

雪花在仔细校看大样。

3 大街上 日 内

一个孕妇拿着《孕产妇必读》在仔细看着。

4 医院里门诊部 日 内

肖医生在上班。很多大肚子孕妇在等着检查。

肖医生在给产妇一个个认真地讲着。

5 雪花家里 日 内

欣乔一个人在煮面条。

6　农村科技报编辑部办公室　日　内

小伟一个人在忙活着。

雪花拿着《孕产妇必读》给小伟："以后报纸需要稿子就从上面选吧，省得我每次跑来给送稿。"

小伟高兴地说："好啊！出书啦？祝贺你！谢谢你能把书给我们全部刊载！"

雪花笑眯眯地说："不用谢哟，也谢谢你！"

7　雪花乡下院里素芬家　日　内

大花在院子里砍猪草，二花和三花在帮着赶鸡。

小骨头在地上抓着猪草到处乱撒。

大花在叫着小骨头，让他不要调皮。

8　地里　日　内

小容大着肚子在摘四季豆。小霄儿在后面跟着。

黑娃在菜地里寻找看有没有两根四季豆好摘回家吃。

9　大街上　日　内

肖医生皱着眉头弯腰捧腹慢慢地走着。肖雪拉着肖医生眉头也深深地皱着。

一个大肚子孕妇走过来。

肖医生忙走上前："妹妹，怀起娃儿几个月了？检查过没有呀？我是县医院的肖医生，有空到医院来检查一下嘛！生孩子一定要到医院来生哟！"

孕妇看看肖医生，不相信地歪着头瞅瞅肖医生走了。

肖雪流着泪心痛地说："妈，你就休息几天吧！这些天你饭都吃不下，不去上班行吗？"

肖青医生："不行。那么多孕产妇都不到医院生孩子，每年那么多孕产妇和孩子死亡，我怎么休息得安心？"

肖雪苦着脸："这不有我吗？我放着清华不上，读了医学院专门回来陪你上妇产科，我一定会好好让孕产妇们都到医院来生孩子的。"

10　肖医生家　夜　内

肖雪牵着着肖医生的手打开门，肖雪扶着肖医生坐在沙发上。

肖医生喘息着顺手拿着一体妇产科治疗手册看着。

肖雪端着一杯水拿着药递给肖医生说："妈，快吃药。明天开始休息吧？"

肖医生难过地摸着腹部："那怎么行？这么多孕产妇难产死亡，我们作为医生，怎么能休息不管。能上一天是一天吧，能多救一个人也好啊。天天看着孕妇就叫她们来医院，总有一些人会听的吧！"

肖雪无奈地叹着气叫着："妈！"

王强匆匆忙忙跑回家看着肖医生叫了一声："妈，好点了吗？我出差送病人到重庆，妈好好保重！"说着看了眼肖雪挥挥手拿起一件衣服就跑。

肖雪望着王强离开的方向发呆。

11　雪花家　夜　外

雪花仍然在埋头写作。

欣乔在边唱边弹电子琴："一闪一闪亮晶晶，满天都是小星星……"优美的琴声清脆的歌声在小小的屋子里飘荡着。

12　县医院门诊部　日　内

肖青医生诊室里。

肖医生捧着胸口面色苍白地对坐在对面的病人说着什么。

突然肖医生倒在地上。病人惊叫："救命啊！肖医生倒下了！"

13　肖青医生诊室外　日　内

一大群病人也有几个大肚子孕妇和等着检查的病人蜂拥进来。抬的抬、扶的扶将肖医生放在检查台上平躺着。

有人跑着去叫其他诊室的医生。

14　外科病房里　日　内

肖医生面色苍白静静地躺着。肖雪流着眼泪拉着肖医生的手。液体在一滴滴地慢慢滴入肖医生血管里。

徐主任、王医生、何花、高红、雪花等妇产科医生护士全都紧张地看着肖医生。大家七嘴八舌地议论着："怎么就不去做手术呢？"

15　外科医生办公室　日　内

肖华主任徐主任和潘主任等一大群医生在商量讨论。

肖华主任："肖医生已经是肝癌晚期，肝功能受损很严重，腹水也很多。怎么你们平时就没注意到她生病了吗？"

徐主任："也怪我们平时没注意观察，只看到她一天捂着胸口，想不到已经这么严重了。"

16　外科病房里　日　内

肖医生面色苍白憔悴地在床上静静无力地躺着。

徐主任坐在她的身边："老肖，明天我陪你一起到重庆去检查一下怎么样？"

肖医生："主任呢，你就不用费这个心了，我的病情我知道，我只是不想麻烦大家。看看那么多老前辈得这个病的都治不好，我还浪费那么多时间干啥呢，好多孕产妇等着我们做工作呢。"

徐主任："现在时代不同了，医学也进步了很多，孕产妇再多你救得完吗？还是抽时间出去检查看看嘛！"

肖医生果断地说："不用了。能救一个是一个。家里有药，我会按时吃药的。你们放心去上班吧。"

17　雪花家　日　内

雪花在书桌上不停地写字。

雷军在客厅看电视。

欣乔在写作业。

18　肖青医生家　夜　内

肖雪在家里收拾着，王强在厨房煲汤。

王强："妈妈就这样输点液不去做手术吗？妈妈这么好的一个人，每天认认真真地上班下班，天天操心病人和孕产妇们的生命健康，每次叫孕产妇到医院检查生孩子，都会被孕产妇骂着骗子骗钱。好多年了，这样无休无止地挨骂受气又辛苦操劳，铁打的人也会倒下吧！机器也有停机的时候，她可是四十年如一日，从不停止啊！现在孕产妇们刚有点觉悟了，她自己倒弄得患了肝癌自己快没命了！"

肖雪难过地说："是啊，那都是太累太难过太操心引起的。"

王强："咱们现在有什么办法？叫她做手术，她不做，现在已是肝癌晚期，手术也没什么意义。只能弄点营养品，看她的信心能撑一天是一天吧。"边说边做好了饭和汤。

肖雪流着泪低声地说："我可怜的妈啊！我该怎么办啊？"

王强红着眼睛提着食盒拉着肖雪："走，快去给妈妈送点汤喝吧！"

19 内科病房里 夜 内

肖雪和王强提着饭盒和水果走进肖医生病房。

肖医生平静地躺在病床上，王琴拉着肖医生的手乖乖坐着。看到肖雪和王强进来忙跑到肖雪身边叫着："妈妈，爸爸，送什么好吃的？"

肖雪、王强忙说："肉丸子，青菜。"

王强看着肖青："饿了吧妈，来我喂你吃点肉丸！"说着扶着肖医生坐起来。

肖雪："妈，现在感觉怎么样了？"说着牵着王琴的手走到屋里沙发上坐下。

肖医生："感觉还不错，比前两天好多了，也有力气了，明天就可以出院上班吧。"

王强："妈，还是多休息两天吧。"

王琴忙说："爸爸，外婆说明天就出院，外面有好多病人等着外婆。"

肖医生高兴地说："对啊，我真的好多了，不用操心，我明天出院。你们好好工作吧，对病人一定要像亲人一样，要认真认真再认真，不要有一点差错。对孕产妇一定要耐心，一定要千方百计让她们到医院来检查，来住院生孩子。不要怕她们说我们是骗子，也不要怕丢面子，人的生命高于一切。"

肖雪难过地说："记住了，妈妈，你就放心吧！"

20　雪花老家　日　内

大肚子小容在床上痛得"哎哟哎哟"直叫。

刘妈又守在床边等着接生。

雪红在收拾衣服尿布等小儿用品。

小容不停地叫着"哎哟"。

雪红忙叫小容："莫再在这里叫了，快点起来到县医院去生，等会儿雪花姐姐要骂我了。"

小容披头散发从床上起来还没站稳，孩子呼地一下便冲出来了。

刘妈忙用身上的围裙把孩子接到叫着："雪红娃儿呢，这下有你忙的了，又生了一个儿子哟！"

雪红笑眯眯地说："要得哟，把衣服拿去穿起哟。"

刘妈笑眯眯地说："又不是没当过老汉，才生下来穿什么衣服嘛，用布包起来就是了。"

雪红："要得嘛，你说了算。"

21　雪花家门口　日　外

大花、二花、三花污花着脸睁大眼睛直往屋里瞅。

刘妈忙对着大花吼着："妹子家家的，看什么看，快，各人回去弄猪草喂猪。"

大花带着二花和三花一溜烟地跑了。

22　医院门诊部肖青医诊断室　日　内

肖青在里面认真地给病人看病。

门外几个病人和大肚子孕妇在等候。

肖青认真地笑眯眯地给孕妇检查听胎心。胎儿响亮的心音让甜美的笑容在肖青蜡黄的脸上显得分外凄美。

23　产房里　日　内

雪花在接生。产妇睡在产床上一个劲地叫着痛。

雪花耐心地不断安慰鼓励产妇："不要怕，不要叫，越怕越胀，越叫越痛。"

产妇："为什么会越叫越痛？"

雪花耐心地："怀孕时子宫已经很大，可以说大到极限了，宫缩的时候子宫收缩绷紧就胀痛。而它的四周都是你的肠管，你叫得越厉害，肠管就充气得越严重。肠管胀气会痛，肠管子宫互相挤压更是痛。所以呢，你要勇敢点，马上就要当妈妈了，孩子在肚子里也听得到你乱叫哟。不要让肚子里的孩子笑话你，也不要让肚子里的孩子听到你恐怖的声音害怕。"

产妇马上安静下来："孩子真的听得到我叫'哎哟'？"

雪花笑笑："当然。真的听得到。"

产妇咬紧牙关忍着。可不到一分钟产妇宫缩一开始就"哎哟哎哟"地叫起来。

雪花笑眯眯地说："再叫，你娃儿也要跟你学哟！快点，使劲。加紧用劲。使劲，加油加油！"

24 产房外 日 内

一个秀气文静的大肚子孕妇在产房外徘徊。肖东走过来。

孕妇忙走上去："请问雪花在里面吗？"

肖东："在，但要等一会儿。你叫什么名字，找她有事？"

金花："我叫金花，想请她帮我检查一下。"

肖东："门诊有医生上班。到门诊去检查嘛。"

金花："我看了她的《孕产妇必读》，我觉得很好，我还想要一本。"

肖东："那你在外面坐着等一会儿嘛。"

金花："要得。你去忙吧！"

25 产房里 日 内

雪花正用劲保护会阴，产妇拼了吃奶的力在用劲。

肖东飘进来："雪花，外面有个叫金花的孕妇在找你，说要请你帮她检查，还要一本你写的《孕产妇必读》。"

雪花："好。叫她等会儿，你现在快点准备吸痰。娃儿马上就要生出来了。"正说着，娃儿冲出阴道"哇哇"地大声哭了起来。

26 产房外 日 外

金花正坐着等待。

雪花手套都没脱便跑出来："请问谁在找我？"

坐着的孕妇忙站起来："是我。我叫金花，是红星区中学的老师，看了你写的《孕产妇必读》，觉得对我们孕妇来说有很大的帮助。我们学校有两个老师也怀孕了，不知在哪里可以买得到这本书，想请我给她们带两本回去，另外我也想来检查一下看看孩子正常不。"

雪花："进来吧。"说着将孕妇带到待产室对孕妇说，"先躺下。几个月了？"

"7 个月。"金花顺从地一边回答一边躺下。

雪花一边量宫高腹围摸胎位听胎心，一边问："《孕产妇必读》对你们有帮助没有？"

金花高兴地说："帮助可大了。以往我们都不知道怀起孩子要检查，怀娃儿时水肿、脚抽筋、恶心、呕吐等很多情况是怎么回事。看了你的书才知道得清楚明白。虽然关于妊娠方面的书很多，但像你这样写得这么详细又这么浅显易懂的还没有。我是把你写的书放在枕头上每天对着书本看。"

雪花："那就太好了。记着一定要按时检查。你现在怀孕 7 个月，按标准每半个月要检查一次。今天检查你孩子的胎心胎位都正常，但也不能马虎，要随时关注你肚子里的小宝宝是否正常。这可是一门大学问哟。什么时候有空还要到门诊去查血做 B 超。"

金花："好，我会随时来检查的，你就放心吧。"

雪花拿出两本书交给金花："把这两本书拿给你的同事吧。"

金花高兴地说："谢谢哟。"

雪花笑着摇摇头："不用谢。"

金花期盼地说："张医生，我生孩子的时候想请你帮我接生可以吗？"

雪花笑笑："可以。欢迎你到医院来生孩子！"

27 县医院门诊部 日 内

肖青医生诊断室。

肖青医生面色苍白地给病人检查着。

孕妇学校教室外。

雪花叫着："孕妇学校开课了。"

何花和肖雪在忙着安排桌子椅子。

肖雪在整理资料。

何花不停地擦桌子上的灰。

28 门诊部门外　日　外

几名孕妇在门外站着等着。

29 门诊部门里　日　内

一间可容纳 30 人的诊室改造成为孕妇学校的教室。

几个孕妇规规矩矩地坐着。

雪花："今天我们的孕妇学校正式开课了，你们几位是我们学校的第一批学员，在座各位要认真听讲，回去后多做宣传。现在很多孕妇还不知道怀孕要检查，不知道检查的重要性，今天我要给大家讲的是孕产期保健。"

红衣孕妇说："什么孕产期嘛？"

雪花："孕产期保健是指从怀孕开始到产后 42 天，对孕妇产妇和胎儿新生儿所进行的系统检查，监护和保健指导，分娩处理等。严格地说孕期保健应从怀孕前三个月开始，并且越早越好。由于各期都有应做的检查、宣教及处理的特殊内容，因此各期保健都不能忽视。……"

30 街上　日　外

肖雪、雪花忙忙碌碌地跑着。肖雪、雪花在一边问一边记录着。

产妇："你们现在的服务态度可真好！"

雪花："这叫产后访视。你在我们医院生的，我们就会对你负责。你觉得现在感觉如何？现在你生孩子已经 40 天了，下面流血干净了没有？"

产妇："早就干净了。孩子也很好，奶水也充足。我们太满意了！"

雪花："那你知道还有哪些姐妹现正怀着孩子又没有做产前检查的吗？"

产妇一："我表妹怀起娃儿六个月了，从来没检查过，她不相信怀起娃儿要检查。"

雪花："那她住哪里？"

产妇一："东街菜市口药店边。"

肖雪："叫啥名字？"

产妇一："叫刘家秀。"

31　东街药店边　日　外

肖雪和徐主任站在柜台前。

肖雪："老板，请问刘家秀在这住吧？"

老板："刘家秀，不认识。"

肖雪："那有没有见过怀娃儿的大肚子孕妇在周围出现呢？"

老板："呵，你说的家家哟。大家都叫她家家不知道她的名字。这周围只有她怀起娃儿的。"

徐主任："那她住哪里？"

老板用手指着前面不远的一扇红门："就是那里，你们去吧，她还没出门呢。"

红门边。何花和徐主任在敲门。

肖雪："请问有人吗？"没有回音。

徐主任："咋回事？不是说在家吗？家家你在家吗？"

肖雪："我们是县医院妇产科的肖雪医生，想请你到我们医院检查一下，看看你的孩子正常不正常。你出来一下嘛！"

徐主任："我们还办了孕妇学校，给你们讲怀孕期要注意的事情，你来听一下嘛，全是免费。"

肖雪："快点出来哟，我们还要回去看病人哟。"

药店老板也跑过来："家家你出来吧。说是县医院的医生，是叫你到医院去检查的。"

屋内仍然悄然无声。

肖雪："出来吧！家家，我们可是上门为你服务哟！"

徐主任："家家，快点出来嘛！真不出来吗？"徐主任贴在门上听了听，见屋内无响动，又说，"每周五下午三点到四点孕妇学校开课，请你一定要来哟！"

肖雪："家家，我们走了哟！"

32　产房　日　内

雪花在接生给病人不停地说着话。

高红在旁边给产妇喂巧克力。

33　小路上　日　外

徐主任和肖青医生急急忙忙地走着。

肖青医生："主任今天要走几家？"

徐主任："至少也要走四五家嘛！"

肖青医生："要不多走两家嘛？"

徐主任："不行你这个身子，本就该躺在病床上，你硬要来上班，还是少走点好。"

肖青医生面色蜡黄地说："我可以走，……"还没说完，便轰地倒在地上。

一群人争相将肖青医生扶到路边躺着。救护车飞驰而来。

34　外科病房里　日　内

肖医生面色萎黄无神地躺在病床上。消瘦的面容更加消瘦。身上到处是管子。肖雪在床边低头坐着。

只有床旁边的监护仪上的红线跳动着。

王强拉着王琴提着饭盒走入。

肖雪忙接过饭盒打开盒子给肖青喂饭。

小王琴拿着汤勺递给肖雪："妈妈来给外婆喂汤吧。爸爸煲了好久才好的鸡汤，可香了。"

肖雪接汤勺高兴地说："好，妈妈马上就喂外婆喝。"好不容易刚喂一口。

王琴抬眼望着肖青："好喝吗？外婆？"

肖青无力地点点头："好喝。"汤顺着嘴角下溢。

王强看看肖雪难过地低下头。

35　医生办公室　日　内

雪花、肖雪、王强、王医生、徐主任、李医生、高红、肖东、汤宁等医生护士在办公室坐着，大家表情严肃。

徐主任："外科的肖华主任说肖青医生可能不行了。也就是这两天的事情，大家要随传随到。"

36　门诊诊室孕妇学校课堂　日　内

肖雪在讲课，仍然是上次的几位孕妇在听课。家家没有来。徐主任在门外看。

何花跑出来："主任，家家没有来听课。"

37　东街药店旁边红门外　日　外

肖雪和徐主任在敲门。

肖雪："请问有人吗？"没有回音。

徐主任："家家你在家吗？"

肖雪："我们是县医院的医生，想请你到我们医院检查一下，看看你的孩子正常不。"

徐主任："家家呀，我们的孕妇学校，是专门给孕妇讲怀孕期间的保健知识，怀孕期的营养补充和孕期应注意的所有事项。你来听一下嘛，对你肯定有帮助的。全是免费的哟。"

肖雪："快点出来哟，我们还要回去看病人呢。"

药店老板也跑过来："家家你出来吧。都是县医院的医生，是叫你到医院去检查的。"

屋内仍然悄然无声。

肖雪："出来吧！家家，我们可是上门为你服务哟！"

徐主任："家家，到孕妇学校来听课嘛！"

肖雪："家家，我们走了哟！"

38　小巷里　日　外

肖雪和徐主任急匆匆地走着。

肖雪："主任今天又做几个产后访视呢？"

徐主任："今天不多，也就三四个！"

肖雪："那太好了，晚上我还要回去看妈妈怎么样了呢？"正说着啪的一声摔到地上。

徐主任想去拉她，可肖雪竟不能站起来。

肖雪痛得眼泪都出来了，又着急地说："遇到了哟。可能骨折了。"话一说完，肖雪想站起却怎么都使不起劲，整个右腿无力。伤处锥心的刺痛让肖雪无力站起。

徐主任忙打电话叫高红和王强过来。

39　大街上　日　外

王强飞一样奔跑着。

40　医院骨科病房里　日　内

肖雪直直地躺在床上，断掉的股骨头不容半点移位。

王强坐在床边削苹果。高红跑进病房拉着王强就跑，跑出病房高红忙说："王强你妈已经不行了，快去病房！"王强飞快跑向内科肖医生病房。

江文看着肖雪："怎么回事啊？咋不小心点哟，这下可有你受的，股骨颈骨折，准备安心养伤了。"

41　外科病房里　日　内

王强飞跑进病房。

肖青医生床边的心电图监护仪心电图显示为0。妇产科全体医护人员都正默默地站在肖青医生病床边。

王强流着泪拉着肖医生的手大叫着："妈妈！妈呀，妈妈！我怎么给肖雪交代呀！肖雪现在都不能来看你，怎么办啊怎么办哟？"

42　骨科　日　内

肖雪病房

肖雪难过地躺着，眼泪不停地流着。

43　户外墓地　日　外

写着肖青名字的公墓边。

王强和10多岁的女儿王琴跪着给肖青医生叩头。

王琴拿着王强给的一炷香对着肖医生遗像边拜边说："外婆，你安心走吧，我一定会听你的话，好好学习，长大了也当医生。"王强一把抱住王琴失声痛哭。

雪花、何花、高红、汤宁在上香。其他几个年轻男人在看着烟雾发呆。

主题歌曲响起——

《雪花之歌》

日出东方，万物生长
芸芸众生，朝夕奔忙
一群呵护健康的人啊
健康丢失在无私的路上
一群挽救生命的人啊
热血挥洒在奉献的路上
愿中华民族世代兴旺
大爱无疆山高水长

美丽雪花，迎风怒放
朝气蓬勃，神采飞扬
一群孕育生命的人啊
殷殷母爱情弥漫在产房
一群情系新生的人啊
负重前行在护民的路上
看伟大祖国繁荣富强
大爱无疆山高水长

44 医院门诊 日 内

一大群妇女在等着检查。
雪花飞快地检查着。

45 雪花家 日 内

雪花正着急地准备孕妇学校的教材。桌上的纸上写着怀孕后身体的变化。

46 妇产科医生办公室 日 内

徐主任、何花、雪花、王强、高红、肖红等一大群医护人员在开会。

徐主任认真地说："我们的肖青医生走了，肖雪医生右腿骨折不能上班。不论门诊还是住院部人员都很紧张，但是不管怎样门诊力量不能削弱，肖青医生走后她的诊室就由汤宁医生下去接替她吧。"

汤宁高兴地说："好，我明天就去，放心吧！"

第十四集　孕妇学校　小骨头死了

1　东街药店红门外　日　外

大肚子家家和药店老板正在收拾东西。

药店老板："上次医院两个医生来叫你到医院去检查，你怎么不开门呢？"

家家："你知道她们是医院的？不是搞计划生育来抓我到医院去引产的呀。"

老板："看她们样子不是。"

家家："那谁知道呢，总之还是小心些好。"

老板："那你就天天躲着不到医院去检查？"

家家："那有什么办法呢？妹儿她爸死活要我给他生个儿子。我不躲着还光明正大跑到大街上去晃啊晃地闪啊。"

老板："那你生娃儿的时候怎么办呢？"

家家："在家里生了就是啥。"

老板："哪个给你接生呢？"

家家："自己把娃儿接了就是啥。又不是没接过，我前头生的几个妹仔就是我自己接生的。那么笨哟，躲了十个月最后还送到医院去。傻儿。"

老板："还是到医院生要安全些哟。"

家家："哈哈，哈哈，兄弟你操啥子心哟！放心吧，大姐我命大着呢！"

2 产房 日 内

雪花、肖东在给李娇娇接生。

李娇娇小小的个子，大大的肚子，怎么用劲也没法让孩子生出来。

雪花："李娇娇你就听话，做剖宫产手术把孩子取出来吧。你骨盆太小孩子太大了并且胎位也不正常，是枕后位。"

李娇娇："那么多娃儿都是生的，我为什么就不能生嘛？"

雪花："你和别人的情况不同。"

李娇娇："啥子不同嘛，刚才生娃儿那个产妇还不是我一样高，娃儿也有那么大。她就生下来了，我怎么就不能生了？"

雪花："人家个子虽然和你一样娃儿也那么大，但是人家骨盆要大些，胎位也是正常的。你和她比什么嘛？"

李娇娇："比什么，我一到医院你就说娃儿头在下面胎位基本正常的嘛！"

雪花："我是说过，胎头在下去也就是胎儿是头位，而不是横位也不是臀位，那么胎位也就基本上正常。"

李娇娇："那基本正常也是正常啥。还有什么不能生的呢？"

雪花："生孩子有一个复杂的过程。必须通过骨盆的生理弯曲，经过下降、俯屈、仰伸、内旋转和外旋转几个过程。在生产过程中任何一个环节出了问题都要影响孩子的出生时间和生产方式。"

李娇娇："你说这些像说天书一样，懂不起。"

雪花："那简单给你说嘛。你的孩子现在头该低下的时候他头不低下，头该抬起来的时候他不抬起来，该他转过头的时候他不转，现在娃儿脸对着你的肚皮卡到那里已经几个小时没往下走一点。书上把这情况叫作持续性枕后位。"

李娇娇："那过去那么多人怎么又生出来了呢？"

雪花："过去人家那是胎位正常。所以有好多的人可以生下来，但也有很多人生下来孩子就没命了，大人也生得没命。就是侥幸生下来孩子的智力也会受到影响，不是哈儿就是白痴。"

李娇娇："真有那么严重啊？"

雪花："人命关天的事，医院医生会开玩笑吗？快点做吧。再不做手术子宫破了，到时候人财两空后悔莫及。"

3　手术室　日　内

李娇娇躺在手术台上。

王医生何花在做手术。高红都在忙碌着。雪花在接生。

李娇娇："医生我生的是男娃还是女娃呀？"

雪花："女儿。"

李娇娇："天呀！又是女娃呀！"哗地一下阴道流血如喷泉样冲了出来。

雪花："别着急，李娇娇。下次生个儿子就行了。别紧张！别紧张！"边说边使劲按压子宫，又着急地叫："高红快静推 20 单位缩宫素。加一组液体静滴缩宫素。"

高红："来了！"边说边打好了又一组液体。

雪花："李娇娇，别紧张！别紧张！"雪花不停地安慰鼓励着紧张过度引起的宫缩乏力出血的李娇娇。好一阵忙活，血终于止住了。

4　雪花家　日　内

雪花在看书，看后把书放下，拿起笔便写。

5　邮局　日　内

雪花在邮信。

一个大肚子孕妇看到雪花忙拉着雪花的手高兴地叫着："张医生，我叫刘春花，听说你接生接得很好，我看了你写的《孕产妇必读》，觉得写得也很好，每天都放在枕头边，天天看。懂得了好多好多哟。我生孩子的时候，能请你帮我接生吗？"

雪花高兴地说："当然能，欢迎你到医院来生孩子！"

6　雪花家　深夜　内

雪花一家睡得正香，一阵电话铃声响起。雪花接过电话，

刘春花焦急的声音响起："张医生，我肚子好痛，已经破水了，请你来医院帮我接生吧！"

雪花："到医院了吗？"

张春花："到了，住院了，医生说快生了，你快点来嘛！"

雪花："好好。别着急！"

7 产房 清晨 内

张春花在产床上使劲。雪花在给春花接生。

8 雪花家 晨 内

雷军在给欣乔梳头发,欣乔长长的头发弄得乱乱的,雷军梳了好半天才梳好。

欣乔痛得直叫:"爸爸,轻点梳,轻点梳嘛!"

雷军忙放下梳子,用红头绳高高地扎起了马尾辫。

欣乔对着镜子左看右看,然后笑眯眯地跟爸爸挥挥手走了。

雷军默默地收起梳子,放在抽屉里。

9 产房 日 内

产妇躺在产台上一个劲地叫着。

雪花很有耐心地给病人讲着,仍然在接生。肖东笑眯眯地给产妇喂巧克力。

雪花在给产妇伤口作肠线皮内缝合。

10 产房外 日 外

几个女人和来回不停踱步的男人在着急地等待着。

11 门诊部 日 内

何花在给病人检查。门外有几个大肚子孕妇在等待。

12 病房 日 内

肖雪仍然静静地睡在病床上。

王强坐在病床边给肖雪念书。

徐主任走进来:"肖雪好些了没有?"

王强忙站起来:"主任请坐!"

肖雪:"主任,我现在好多了。那个家家到医院来了没有嘛?"

主任:"哎,还没有哟。明天和雪花一起去看看。"

13　东街药店红门外　日　外

雪花和徐主任在门外等着。药店老板在旁边看着。

雪花大声地问："里面有人吗？"

主任："家家在家没有？在家就出来一下嘛！"

雪花："家家你躲到屋里做啥子嘛。我们的肖雪医生为了叫你到医院去检查把脚都摔断了，你就到医院去检查一下嘛！"

雪花边说边抬眼轻声问药店老板："她在不在家？"

药店老板点点头，不说话。

雪花大声地说："家家，现在国家讲的是优生优育，还没怀娃儿前三个月就要开始准备，怀娃儿三个月内要检查。三到七个月，每个月要检查一次；七到九个月，每半个月要检查一次；最后要生那个月，每周都要检查一次。你现在怀孕几个月了吗？"

主任："哎呀，这个家家，你就听不到话哟。我们来叫你也是为你好啥！"

雪花："家家，你不出来呀，不出来那你自己每天记着数胎动哟！一天早中晚数三次，一次一个小时。你自己睡着不动，仔细体会看娃儿动的次数，凡娃儿连续动的只算一次，正常情况下胎儿一小时动 3 到 12 次。娃儿动的次数太多太少，都说明娃儿有问题了，你一定要到医院来哟！"

主任："家家记住没有？"

雪花："家家，我们走了哟。你快点出来透一下气。屋里空气不好对娃儿不好啰！"

雪花和主任走到药店老板那里。

雪花对药店老板说："我们走后帮着劝一下，叫她到医院来检查一下嘛，在家生孩子真的太危险了。"

药店老板连连点头："好！你们慢慢走，我尽量给她做做工作。"

雪花："那就谢谢哟！"

14　门诊部孕妇学校里　日　内

春兰、小燕、小芳和张丽等七八个孕妇坐着。雪花在认真地讲课。

雪花："今天我们讲的内容是胎儿在母体内是怎样发育的？当男性的精子进入女性体内与正好成熟的卵子相遇并形成受精卵后，受精卵立即就开始细胞分裂。在沿着输卵管向子宫腔方向移动的同时，它分裂成为越来越多细胞的胚球，约在第三天分裂成为一个有 16 个细胞的实性细胞团，称桑椹胚。"

3 月孕的小燕睁大眼睛兴奋地问："是桑树上那个桑泡吗？"

雪花笑笑："真聪明！就是啊！"

小芳："刚刚怀上就有那么大了吗？"

雪花耐心地回答："当然没有，肉眼都看不见，只在显微镜下看着形状像。"

小燕长长喘口气："我说嘛！"七八个孕妇都笑了。

雪花笑笑："受精后大约第 4 天，卵子到达宫腔。它发育成有 100 个细胞的早期囊胚，肉眼看不见它。在以后的几天里，它就漂浮在子宫腔内。大约在受精 6 至 7 日后胚胎植入又软又厚的子宫内膜里，这时称为着床。"

小芳嘴快地："着床？啥意思？张医生，我孩子这么小就知道找床睡觉了？"

雪花看看小芳："这里的着床，是说妊娠最开始男性的精子和女性的卵子结合成受精卵，经过输卵管到达宫腔，找到了适合自己安睡的地方，挤出一个小窝把自己的身体安放进去，就如你说的床一样，睡稳了孕卵便在找到的床上分化发育生长。"

小燕惊奇地问："这么小的生命，就这么聪明啊？"

雪花平静地说："神奇吧？"

几个孕妇异口同声："是啊，真是太神奇了！"

雪花笑笑说："当受精卵牢固地贴附在子宫内膜上时，受孕便算完成。同时在这周里，三胚层也最终形成。三胚层是宝宝身体发育的基础，每一层都将形成身体的不同器官。最里面形成一条原始的管道，它以后发育成肺、肝脏、甲状腺、胰腺、泌尿系统和膀胱。中层将变成骨骼、肌肉、心脏、睾丸或卵巢、肾、脾、血管、血细胞和皮肤的真皮。最外面一层将形成皮肤、汗腺、乳头、毛发、指甲、牙釉质和眼的晶状体。"

小芳："这么神奇啊？早知道我怀孕了就哪都不去，就在家里悄悄等娃娃快快长！"

雪花："那倒没必要，只是注意这个时期是孩子发育最关键的时期，要尽量多吃营养丰富的食物。"

小芳如释重负："呵，这样啊！"

雪花认真地说："妊娠第四周，着床后的小生命已经真正成为妈妈身体的一部分。它长得非常迅速，胚胎的心脏尚未形成，但在心脏生成的部位有极轻微的搏动感。脊髓、大脑和神经的神经管道开始形成。同时早期供给胎儿营养的胎盘绒毛和脐带也在这时候开始工作了。在受精卵植入的位置上，羊膜绒毛形成，胚胎将通过羊膜绒毛从母体内吸取营养。

"在最初的这一个月里如果有微生物和病毒感染或环境污染比如生物性的如巨细胞病毒、疱疹病毒、病原体、单纯疱疹病毒、梅毒螺旋体弓形虫等；化学性的如工业'三废'农药，食品添加剂防腐剂中的致畸因子，抗病毒药抗癫痫药抗癌药等等，使用后都有可能使胎儿畸形。所以大家要多加注意。"

小芳紧张地说："那还是不出门地好！外面到处都有污染。我可宝贝我的孩子了！"

雪花看看小芳笑笑："妊娠第五到六周，胚胎长约 6 毫米，大约有苹果种子般大小。第七周胚胎长约 1.3 厘米，如小葡萄般大小。

"第八周胎儿长约 2.5 厘米，如草莓般大小。从这时起胚胎可称为胎儿，表示是幼小的一个人。主要内脏器官都已发育，面部已能辨认，鼻尖孔已经形成，口腔、舌头、内耳也在形成中。

"第十二周，此时胎儿长约 6.5 厘米，体重约 18 克。此时生长中的胎儿所有内脏器官都已经形成，且大部分器官已开始工作，因而大大减少了感染或药物造成损害的可能。"

小燕兴奋地问："医生，我怀孕 3 个月了，打 B 超是不是可以看到娃娃的五官了？"

雪花轻轻地说："目前 B 超还看不到，但是孩子的心跳、手儿和脚儿倒是看得到了，运气好时，还能看到孩子在子宫里面翻跟斗了。"

"真的吗？""有那么神？""不可能吧！"几个孕妇七嘴八舌地议论着。

雪花："这个不用怀疑！下面大家注意听：第十六周，此时胎儿身长约 16 厘米，体重 135 克。

"生长中的胎儿眉毛绒毛开始生长。胎儿能呼吸和吸吮手指头。胎儿性别已很明显。

"第二十周，此时胎儿身长约 25 厘米，体重 340 克。此时头发牙齿正在发育孕妇可以感觉到胎动，胎儿对外界的声音也有所反应。"

春兰摸摸肚子笑眯眯地问："医生，我怀孕快二十三周了，那我说的话，孩子能听到了吗？"

雪花肯定地说："当然，你说任何话孩子都能听到，所以啊你们一天不要乱说话哟，不然孩子可是会学的哟！"说毕笑笑又说："所以，现在你就要开始胎教了。每天要给孩子读书、念诗、讲故事。你想孩子干什么，你就可以多看看这方面的书，多给孩子念念也是可以的。人们所说的天才便是这样诞生的。你想你的孩子聪明的话，那就现在就开始胎教吧！"

小燕一脸兴奋地说："好啊，我回家就给孩子讲故事！"

雪花笑笑："好！下面接着讲——第二十四周，此时胎儿身长约 33 厘米，体重约 570 克。胎儿已会咳嗽打嗝。"

小芳举手看着雪花："张医生，我都二十五周了，怎么没听到孩子咳嗽打嗝呢？"

雪花细心地解释："孩子太小，声音肯定也很小，你的腹部肌肉脂肪那么多，孩子住子宫壁也那么厚，所以孩子就算是咳嗽打嗝，你听不到也是很正常的。"

小芳叹口气笑笑："我还以为我的孩子出问题了呢！"

雪花："不怕，只要胎动好就行！下面我们接着讲：

"第二十八周，此时胎儿身长约 37 厘米，体重约 900 克。胎儿已能感觉疼痛，味蕾正在形成。

"第三十二周，此时胎儿身长约 40.5 厘米，体重约 1600 克，胎儿已能区分光亮与黑暗。

"第三十六周，此时胎儿身长约 46 厘米，体重约 2600 克，胎儿已经入盆。准备娩出。

"第四十周，此时胎儿身长约 51 厘米，体重约 3400 克。此时胎儿已经随时可以产出。此期孕妇应尽可能地多休息，算好预产期，随时等待分娩。"

孕妇们认真地听着交谈着。

小燕小芳春兰高兴地说："张医生，谢谢你！你讲得真好，至少我们知道孩子在肚子里的情况了，不像以前一眼黑，什么都不知道！"

雪花高兴地说："最后，还要告诉大家一个好消息，我们产后会阴伤口肠线皮内缝合在临床已经非常成功。如果自己不做剖宫产，自己生孩子的话，产后只需要住两天院就可以出院了！"

小燕高兴地说："太好啦！我担心生孩子的时候没人照顾家里，这下好了。不管再忙，两天的时间，不论哪家都是可以抽出来的。"

小芳春兰高兴地围着雪花问着说着……

15　门诊激光手术室　日　内

潘主任在教汤宁做激光手术。汤宁认真地给一个尖锐湿疣病人做激光手术。烟雾很大，潘主任戴着口罩和帽子。

16　医院病房　日　内

肖雪安静地躺着。

17　肖雪家　日　内

王强在洗衣服。小女儿王琴在写作业。

王琴："爸爸，妈妈什么时候回来嘛？"

王强："琴琴乖，快点做作业，妈妈病好了就回来了。"

18　雪花乡下老家　日　外

小容在院坝砍猪草。

19　小容灶屋里（厨房）　日　内

霄儿在灶边烧火。

火很大，锅里的水沸腾着。

霄儿："妈妈，快点来下面，水烧开了。"

小容忙放下菜刀就往灶屋里跑。

小容从橱柜里拿起一把面往水里下丢下去。再用筷子和一和，一会儿面便好了。

雪红从外面担着水进来。

小容："快点来吃面了。"

雪红把水倒进水缸里，慢慢过来坐下，左右看看："明明娃儿到哪去了？"

小容："到三花她们家和小骨头耍去了。"

20 小河边 日 内

三花明明娃儿和小骨头在一边洒水一边奔跑着。

21 雪红家 日 内

雪红在吃面。

22 院子外 日 外

小容大声叫着："明明娃儿，快点回来吃饭了。"

23 小河边 日 外

明明听到叫声后马上就往家里跑。跑了几步又转头叫："小骨头，走回家去，吃饭了！"

小骨头："不回去。你有妈妈给你做饭，我没有妈妈，又没有哪个叫我吃饭，我不回去，你先走嘛！"

24 雪红家 日 内

雪红和明明娃在吃面。

25 院子里 日 外

刘妈在雪红门外探头看着。

雪红："刘妈，进来坐。"

刘妈："我来找小骨头，出去半天了还没回来。"

26 雪红家 日 内

明明大声说："小骨头在河边洗澡。他说他没有妈妈，没有人叫他吃饭，他不回来了。"

27　小河边　日　外

河边静静地空无一人。

28　山坡上　日　外

黑娃赤着双臂裤脚高高扎起在菜地锄草。

29　小河边　日　外

刘妈在到处找小骨头。

刘妈大声叫着："三花、小骨头，三花、小骨头。"声音传得很远很远，但无人回答。

30　雪红家　日　内

明明放下筷子跑到门边对雪红说："爸爸，我去看看小骨头回来没有。"

雪红："去嘛。"

31　小路上　日　外

黑娃黑着脸光着脚板肩扛锄头飞快地跑着。

32　河边　日　外

刘妈大声地喊："黑娃快点回来，你家三花和小骨头找不到了。"

听到叫声雪红和明明也跑到河边。

刘妈焦急地问："明明娃，你刚才和小骨头还有三花在哪里玩的？"

明明指着河中间那个缺口，就在那里。

黑娃听后扔掉锄头呼地一下跳进河里到处摸。不一会儿两个白白的小身子浮出了水面。

黑娃抱起小骨头哇的一声哭起来："天啊，天啊！我的儿啊！"

四周看热闹的人一下子涌了上来。大家把小儿身体翻来翻去，想把孩子喝进去的水倒出来。但不管如何施救，两具小小的尸体没有出现奇迹。

黑娃哭得死去活来，悲惨的声音传得很远很远。

33　雪红家　日　内

雪红："明天把明明娃送到雪英姐姐那去。"

小容："要得。把霄娃也送去算了。"

34　雪英家　红星区街上　日　内

明明小霄娃坐在沙发上。

雪英姐在厨房做饭。

雪红："姐姐，我们把明明和小霄娃放到你这里耍几天好吗？"

雪英："好！他们在这里耍就是。去忙你们的吧！空了把他们送到你雪花姐那去耍几天。"

雪红："她一天那么忙，哪个弄饭吃嘛？"

雪英："霄儿自己帮到煮饭就是啥。都这么大的人了，还没出过门，也该到你雪花姐那去长长见识，见见世面了。"

雪红："要得嘛！"

35　雪花家　日　内

遍地书稿。雪花在写字。

欣乔在写作业。

雷军在沙发坐着看电视。

雪花："雷军，雪英姐说过几天霄娃和明明要来耍几天，行不行？"

雷军："叫他们来就是嘛。"

欣乔高兴地："弟弟要来呀。哪天来嘛？叫他们早点来嘛！"

雪花："他们在大宝那玩几天再来。你要快点把作业做好。到时你可得好好地教弟弟读书唱歌弹琴画画。"

欣乔高兴地："要得哟！要得哟！"

36　邮局　日　外

雪花在邮信。

37　雪花家　日　内

雪花在写字。欣乔飞快地写着作业。

38　病房里　日　内

肖雪一个人躺在病床上看书。

39　雪花家　日　内

雪花在看书。

欣乔瞅着雪花："妈妈，霄霄弟弟啥时来嘛？"

雪花："不知道，可能要等两天。"

欣乔："叫他们早点来嘛。妈妈！"

雪花："好！妈妈明天就叫他们来。"

40　雪英家　日　内

小霄儿和明明正在看电视。

雪英："霄儿、明明看电视莫坐近了，那样对眼睛不好。明天到你们二保家要乖点，二保忙得很，霄娃你要帮着煮饭。不煮你们就吃不成饭。记住没有？"

明霄娃："记住了。明天我们就去给二保煮饭。"

第十五集　菊花之死

1　雪花家　日　内

欣乔在边弹电子琴边唱着："一闪一闪亮晶晶。满天都是小星星，挂在天空放光明……"

2　小路上　日　外

雪花埋头左手拿着本子，右手拿着笔边走边飞快地写着。

3　江源县医院妇产科检查室　日　内

雪花、菊花和高红在诊室里坐着。

菊花穿着黑花布衣服，面色苍白，头发稀少，眉尾处几根眉毛可怜兮兮地站着。

雪花高兴地问："菊花，怎么想到来看我？"

菊花难过又苦涩地说："我生孩子几年了，还没来月经。总是感到没力，做不了事。"

雪花着急地问："生孩子在哪里生的，出血多不多？"

菊花："在家里生了三天三夜。出了很多血。"

雪花着急地一把推开菊花的上衣，一看傻眼了：曾经高高耸立的前胸一马平川地出现在雪花眼帘。再看眉毛更是不说了，脱得只几根了。

菊花费力地说："走路也累得很。"

雪花心痛地说：“还是上来检查一下吧！”

菊花无力地看着雪花叫了一声：“姐！”便低头费劲地爬上检查台躺着。菊花裤子一脱。

雪花只一眼，泪水如打开的水龙头不停地往下流：“菊花呀，你现在多少岁啊？”

菊花肯定地说：“27岁。”

雪花查后摇头叹息着说：“你现在和80岁的老太婆一点区别没有。你都到什么地方治过呢？”

菊花有气无力地说：“在中医院王医生开的中药。”

雪花问：“吃中药后月经来了吗？”

菊花摇摇头：“没有。”

雪花着急地问：“这么多年都没来过月经？”

菊花奇怪地说：“王医生后来又开了点西药。天天吃又来了几次。那药很怪，吃了就来，不吃就不来。”

雪花了然：“当然，那是周期性疗法。完全是性激素的作用，你因为生孩子的时候出血太多又没有及时输血补上，使脑垂体坏死。女性功能大大减退，又怎么会有规律的月经？”

菊花叹息：“那个王医生也是这么说的，叫我天天都要按时吃药，不然的话，月经就不来。”

雪花关心地问：“你那孩子怎么样了？”

菊花带着哭腔：“二姐呀，我命苦哟，娃儿生下不到半岁就死了。”

雪花着急地问：“怎么死的？”

菊花难过地说：“生病死的。老是发烧咳嗽，打了半斤白酒都擦不退烧。”

雪花焦急地问：“为什么不到医院去看看嘛？”

菊花无奈地说：“不晓得要到医院去看，再说又哪有钱看病哟。”

雪花难过地说：“那今天还是取点药回去嘛。”

菊花点点头：“好吧。”

雪花关心地说：“菊花等会儿取药后去我家里吃了饭再回去嘛。”

菊花直摇头，“吃了饭我哪走得回去，70里路哟。我就是想来看看你，好多年没见你了，不知你咋样。现在我放心了，你过得这么好。我走了！”

雪花红着眼睛难过地说:"那你慢慢走哟。"边说边送菊花到了门口。

4 医院外 日 外

菊花孤零零地走着。

5 医院里产房办公室里 日 内

雪花红着眼睛坐着。

高红好奇地问:"她是你什么人啊?"

雪花难过地说:"一个小院里一起长大的小妹妹。小时候天天和我一起割草,听我讲故事,20岁就结婚,结婚不到一年就生娃儿。生的时候是在家里生的,说生了三天三夜当时出了很多血。好在命保住了。"

高红奇怪地问:"你哪们不叫她到医院来生嘛?"

雪花说:"我天天上班,我怎么知道她什么时候生娃儿?"

高红好奇地问:"那你怎么知道的呢?"

雪花无奈地说:"她生娃儿后都40天了才跑到我们医院来。那天你不在,当时来的时候比现在还严重。小小的个子,脸比白纸还白,眉毛脱了大半,乳房只有一张皮,比地板还平,外阴阴道又干又皱,阴毛也脱得一根不剩。"

高红美目鼓得溜圆:"有那么严重?"

雪花眉头紧锁:"真有那么严重。过去我只在书上看过席汉氏综合征这个病名,读书的时候老师讲过这个病,实习的时候也没看到过这个病。没想到现实中它会严重到这个程度。"

高红难过得眼睛红红的:"我也是今天才见到这个病。"

雪花红着眼睛:"但愿以后我们都不要看到这种病出现。"

6 雪花家 日 内

小霄儿和明明几个小孩子在开心地玩游戏。

雪花红着眼睛在写字。

7 金水乡街市 日 外

菊花在卖葱苗。

一个中年妇女走近看看又用手摸了摸，问菊花："怎么卖？"

菊花："你看着给吧！"

妇女着急地说："那怎么行？"

菊花："那一把1毛钱，行吧？"

妇女点点头："行！"

菊花将洗好捆成堆的葱苗拿出一把给妇女。

妇女马上高兴地走了。

菊花把1毛钱仔细地看看吹吹，又用力使劲甩了几下才小心翼翼地放进黑花布衣服荷包里。

刘妈走过来："菊花今天又卖了多少钱嘛？"

菊花高兴得说："有7毛钱了。"

刘妈也高兴地说："那还不错。你慢慢卖哟，我回去了。"

菊花高兴地说："要得，你慢慢走。"

8　南街药店红门外　日　外

雪花和徐主任在外面叩门。

药店老板看着她们笑着。

雪花："家家，今天你跟我们到医院去检查一次嘛。"

徐主任："家家，我们今天来请你是为你好哟，你看你都不知道怀起娃儿多久了，到时候怎么生嘛。"

雪花："家家呀，现在国家讲究的是优生优育，怀起娃儿不仅要检查，还要吃很多有营养的食物，比如精瘦肉、新鲜菜、豆腐、鱼、水果等有营养的东西。"

主任："吃东西也不能吃太多了，每样食物吃多少是要按标准的哟，可不要随便乱吃。"

雪花："家家，上次教给你数胎动的方法，你数了没有？"

屋内悄然无声。家家躲在红门后冷笑。

药店老板摇头说："算了嘛，她顽固得很。没得哪个劝得动。"

雪花和主任看着红门直摇头。

9　雪花家厨房里　日　内

小霄儿和明明在煮饭。

欣乔在洗菜。

小霄儿在洗浣。

客厅里沙发上雪花在写诗：《光明——给我视力颇佳却又失明（科盲）的妹妹》。

10　雪花家门外　日　外

高红穿着鲜艳的红花裙气喘吁吁地敲门。

欣乔飞快地跑去开门。开门见是高红忙叫："高阿姨，请进！"

高红："你妈妈在家吗？"

欣乔："在。看，在那里写字。"说着转头对雪花叫着："妈妈，高阿姨来了。"

雪花忙站起来："请进！"

高红展示着漂亮崭新的红花裙子，仰头甩发媚眼一扫："怎么样？好看不？"

雪花抬眼笑笑直点头。

高红探寻地问："又在写什么。"

雪花忧虑地对着桌上的小诗苦笑。

高红悄悄瞅一眼："看看，又是妹妹，妹妹？我看你这一辈子都走不出妹妹这个圈。今天科室组织大家到唐家大山去玩，你次次都不去，大家说你不合群。不合群，知道吗？主任叫你无论如何都要去。一会儿等你哟！"

雪花认真地说："不用，你们去吧，我还有事。"

高红焦急地说："等会儿走嘛，别这么不合群嘛！"

雪花："对不起我真的有事，哪儿有时间去玩嘛。"高红使劲地拉雪花走。雪花拼命躲着不出去。

高红着急地说："走嘛，等会主任要骂我，说我不能干。"

雪花无奈地说："谢谢你！你快点去嘛！大家难得等你。其实我也想去玩，可是我不能。"

高红摇摇头狠狠地离开了。

11　唐家大山草地　日　外

高红、肖红、王强、王医生、何花、徐主任等很多人都在绿茵茵的坡地上忙着铺地毯、安桌椅、泡开水、摆水果。

徐主任看看高红："雪花还是不来？"

高红嘟着嘴："又在写字。"

王强可惜地说："我们一年就这么两次郊游，不来多可惜呀！"

肖东了然地说："那个雪花，在红星区医院从来不参加什么游乐活动。每天除了上班看病人接生就只知道写写写。"

王强、肖雪、肖东和高红在玩纸牌。突然王强从地上跳起来就跑。

肖东忙问："王医生跑什么？"

王强着急地说："刚才钟丽打电话说有两个剖宫产，医院里忙不过来，叫我和何花赶回去帮忙。"

又转头对着何花叫着："何花快点回去了，剖宫产！"

何花懒洋洋地答："好！"说着站起来就飞跑。

12　医院里　日　外

王强和何花飞快地跑着。

13　手术室里　日　内

王强、何花在做手术，雪花在接生。

14　雪花家　夜　内

雪花拿起笔写着写着便睡着了。笔掉在地上。欣乔和霄儿在沙发上东倒西歪地睡着。

15　街上　日　外

雪花匆忙地走着。

一个中年男人走到雪花身前高兴地说："张医生，我和你老公雷书记一个单位的，我找你好久了，我媳妇生孩子了，请你帮忙接生好吗？"

雪花笑笑："好啊，我马上去。"又看了看中年男人说："走吧！"

16　产房里　日　内

雪花在接生。中年男人在产房外不停地踱步。

17 雪花家　日　内

小容满面倦容一脸悲伤地坐在沙发上。雪花倒了杯水给她。

小容接过杯子，把电扇调到大档，擦掉汗水："二姐，昨天菊花死了。"

雪花着急一惊站起来："怎么死的？"

小容弱弱地答："不知道，只晓得一天病恹恹的，说是到街上去卖葱苗。天太热，她倒在地下就没起来了。"

雪花面色剧变："天啊，好苦命的妹妹哟！"

18 雪花家卧室　日　内

雪花坐在床上流着泪写着——

伤逝

悲伤的午后
阳光歪斜着脖子窥探
菊花低矮的泥墙浴在金色里
菊花曾经亮丽的眉残缺瘦削
喧闹的虫类收起了歌唱
不知烦忧的小草绿茵茵地疯长

菊花拾起最后一道晚霞
打开层层套叠的心事
细数血汗下微皱的希望……

19 医院孕妇学校　日　内

张丽、小燕、小芳、春兰等 10 多个孕妇规规矩矩地坐着听雪花讲课。

雪花微笑着："大家好，很高兴大家能到我们的孕妇学校来，虽然学校是给你们办的，但你们能来，说明你们已经有了基本的保健知识。这很好！今天我给大家讲的内容是怀孕后身体变化中的第一点——怀孕后为什么腹部要长大？

"孕妇怀孕后最主要的变化就是腹部一天天长大。因为腹部有一个子宫，子宫就是胎儿生长发育的地方。正常情况下它只能装 5 毫升水。怀孕后随着胎儿的不断长大，子宫为了不使胎儿被挤压着也跟着一天天长大。到怀孕 10 个月的时候子宫腔的容量可以增加到 5000 毫升左右。子宫长大了腹部当然也就长大了。那么孩子是怎样长大的呢？"

张丽震惊地问："装这么多，那里面得有多大呀，孩子怎么办呀？"

雪花细心地答："孩子长，子宫也会长，不会住不下的！"

张丽好奇地问："那长得太大了，子宫装不下了怎么办啊？"

雪花镇定地答："装不下，孩子自然就该生下来了！"

张丽松了口气："这样啊！那我就放心了！"

雪花笑笑接着说："下面我们看看孩子在子宫里是怎么慢慢长大的。

"首先，怀孕 5 到 6 周时胚胎只有 0.6 厘米。

"7 周时 1.3 厘米。

"8 周时 2.5 厘米。

"12 周时 6.5 厘米，体重约 18 克。

"16 周时身长 16 厘米，体重 135 克。

"20 周时身长 25 厘米，体重 340 克。

"24 周时身长 33 厘米，体重 570 克。

"28 周时身长 37 厘米，体重 900 克。"

小燕焦虑地问："28 周才 900 克，那有些人 7 个月早产，生下来怎么带啊？"

雪花耐心地解释："现在很多医院都有温箱，可以给孩子输营养针，所以早产儿带活的机会还是很大的。当然，那是没办法的事。所以，大家一定要小心，不管走路还是干活，都要细心，走路左右看，干活轻一点，做事慢一点，一定要争取怀到 280 天才让孩子生下来。"

小燕不安地问："那得多小心啊？"

雪花鼓励地说："大家不要想那么，应该干什么干什么，不要有包袱，相信自己一定会让孩子足月健康地生下来。下面继续讲课。

"32 周时身长 40.5 厘米，体重 1600 克。

"36 周时身长 46 厘米，体重 2600 克。

"40 周时身长 51 厘米，体重 3400 克。当然不是每个宝宝发育都是一样重，特别是怀孕晚期，因为家庭环境、生活条件及个体差异，每个孩子的体重是不完全相同的。讲这些是要你们做到心中有数，要对宝宝的发育有个基本的了解，才能好好地和腹中的小宝宝沟通，进行良好的胎教，孕育一个健康聪明漂亮的宝宝。"

"上次我们已经讲了，3个月内胎儿各个器官已经基本发育完全。4个月时骨骼开始发育。5个月的时候宝宝对声音就有反应了，所以你们这些当妈妈的不要吵架，不要说难听的话，更不要生气，要怀着美好的心情，要多听动听的音乐，多看美丽的图画，多欣赏美妙的风景。"

小芳难过地问："我怀孕26周了，可家里没有收音机，怎么听音乐啊？"

雪花笑笑："给孩子讲故事也可以，念诗也可以！"

小芳一脸苦笑地说："可我家里没几本书，怎么办啊？"

雪花理解地说："你可以自己给孩子讲故事啊，把你从小到大听到好故事讲给孩子听也可以啊！好啦，最后说两句，宝宝每周的变化以后我们再慢慢讲。今天就到这里结束。大家有什么问的下面再说，记得按时到医院来检查。"

台下孕妇们兴奋地交谈着、议论着。

20　妇产科医生办公室

徐主任坐在桌子边。雪花站在桌子对面。

徐主任："雪花，通过院部研究决定，从下周开始，你就不再在产房接生。到病房当医生主管病人。当然，遇到难产还是要亲自接生。"

雪花："知道了。"

徐主任："当医生不像产房那么单纯，只接生，不写病历也很少做手术。当医生特别是值班医生是要对病房所有病人负责，也是对江源县全县人民负责。我知道虽然你在红星区医院也当过医生，做过很多手术，但那只是区上，病人要有限些。现在县医院病人多，病种复杂，病情瞬息万变。你要时时刻刻打起十二分精神，随时随地准备为了人民的健康奉献一切。我们的肖医生已经倒下了，但她走得光荣，虽然她没有英雄的称号，但她是我们的骄傲。人民不知道她，但我们会记住她。我们的老潘主任讲得好：'活着干，死了算。见困难就上，见荣誉就让！'这是我们的行为准则，也是我们的行动指南。"

雪花信心满满地说："放心吧，主任！我会努力的。"

徐主任歪着头："你在区医院是怎么值班的？"

雪花回忆："区医院绝大部分时间一个人上班。和刘刚他们不同，他们内科医生多，值班和县医院一样的。妇产科就不一样，差不多时候都只有一个人上班，除了离开红星区到县城休假，天天都算值班。"

徐主任："呵，还没问过他，你们那夜班费很多？"

雪花："不是很多。每天24小时都不能离开医院，晚上10点以后来病人才能算值班，给夜班费。晚上10点钟以前来病人再多也不算夜班。"

主任认真地："还记得医师誓言吗？"

雪花点点头大声道："健康所系，性命相托。我志愿献身医学，热爱祖国。忠于人民，恪守医德，尊师守纪，刻苦钻研，孜孜不倦，精益求精。全面发展。我决心竭尽全力除人类之病痛，助健康之完美。维护医术的圣洁和荣誉。救死扶伤，不辞艰辛执着追求，为祖国医学事业的发展和人类身心健康而奋斗终生。"

声音穿过医院，穿过河流山岗，穿过原野。

声音中再现肖医生昏倒在地的身影。

再现肖雪倒地脚摔断的身影。

再现雪花和王二狗在山坡上找回王简的身影。

再现雪花在北京书店买书的身影。

再现雪花在江北市书店买书的身影。

再现雪花在重庆书店买书的身影。

再现雪花在山沟里询问妇女摸小孩子头的身影。

再现雪花深夜写字的身影。

雪花在认真看着书本，少顷又拿起笔飞快地写着。

21　公路上　日　外

徐主任、王强等坐的大巴车里，突然车身一闪侧倒在公路边。

徐主任还没来得及反应便被摔倒在车里。头部撞到车椅子上立即有血流出，额头有一小伤口。王强忙扶起徐主任。

王强焦急地问："怎么样徐主任，徐主任？"

徐主任苦笑道："还好，就是有点头晕。"

22　医生办公室　日　内

雪花、王强、王医生、徐主任、高红、肖东在交班。

雪花："徐主任头还痛吗？"

徐主任笑笑："没多大问题，他们说有点脑震荡。"

雪花："那你还是休息两天再上班吧！"

徐主任："没问题。走吧，查房！"

23　妇科 3 病房里　日　内

夏英坐在病床上。

徐主任头上包着纱布和雪花在查房。雪花抱着病历本跟在徐主任后面。走到夏英床边。

徐主任探询地望着雪花："介绍一下病情吧。"

雪花："这床病人叫夏英 43 岁，子宫肌瘤。所有检查正常，今日手术。"

徐主任："好！今天你和钟丽跟我一起上台做这个子宫全切手术吧。"

雪花高兴地说："好啊，我马上去叫钟丽。"

徐主任："叫手术室接病人。"

24　手术室　日　内

徐主任和雪花、钟丽在手术台上

徐主任："雪花今天你主刀，这是你上住院部做的第一台子宫全切手术，我会亲自一步一步地教你，不要怕。"又转身对钟丽说："你当二助。"

钟丽："好！"说着去洗手间洗手。

雪花高兴地跟着钟丽到洗手间洗手消毒。

徐主任："我们现在是处理子宫动脉，这是子宫全切最重要的一个地方。看，就这样，先钳住子宫动脉。"边说边牵着雪花的手使劲一钳，"对，就这样，我做对侧，我们一人做一侧。"

雪花："好！记住了。"

25 手术室外 日 外

雪花用推车推着夏英。

26 3病房里 日 内

雪花守在夏英身边。高红在给病人输液。

27 医生办公室 日 内

王强何花王医生在写病历。

28 骨科肖雪病房里 日 内

肖雪仍然静静地躺在床上看书。

29 妇产科医生办公室 夜 内

雪花在办公室写病历。

高红满脸严肃地走进来："雪花告诉你一个不好的消息，3床夏英子宫全切病人没有尿，尿袋里还是上手术室排的那点尿。"

雪花着急地问："真的？"边说边飞快地跑到夏英病房，飞快地放掉尿袋里所有的尿，然后便一动不动地盯着导尿管。

雪花在不停地看尿袋一会儿又不停地看表。分针秒针，针针不停。随着分分秒秒推进，雪花心里越来越慌："夏姐怎么样？伤口痛不？"

夏英笑眯眯有气无力地："不痛，只是腰有点胀痛。"

"尿啊尿啊出来吧出来吧！"雪花心里千万遍地念着念着。雪花眼睛看花了，嗓子念沙了，尿液仍然一滴也没下来。雪花心中叫着："让我的血变成你的尿出来吧！出来吧！"

雪花看看尿袋仍然无尿。不停看表的雪花拿起电话。

30 徐主任家 夜 内

刘刚和肖东已经入睡。

徐主任拿起电话："什么，雪花，3床夏英子宫全切术后没有尿？好，我马上到科室来。"

31　妇产科办公室　夜　内

徐主任、邱平在分析病情。

雪花将徐主任拉到一边："病人输尿管可能……"

徐主任在打电话。请求江北医学院教授出诊。

32　公路上　日　外

一辆小车飞奔着，车里坐着一个中年男人

33　手术室　日　内

夏英躺在手术台上。

邱平和小车里的中年男人一起做手术。

34　病房里　夜　内

雪花坐在夏英床边，极其难过地拉着夏英的手，不停地叫着："夏姐！夏姐！"

夏英无力地笑着说："没什么，没关系。别着急！别着急！"

雪花流着泪难过地说："夏姐！夏姐！"

夏英笑眯眯地说："妹妹，别难过。没关系的。不就是多上了一次手术台吗？又不是哪个人生下来就会，也不是哪个人样样事都做得好，你别难过了。"

雪花紧紧拉着夏英的手。

夏英高兴地说："妹妹你快回家看看吧，你都守了我三天三夜了。再大的错姐也不会怪你了。你快回去吧。"

雪花难过地说："夏姐，我好难过啊！你好些了吗。饿了吗？肛门排气了吗？"

夏英笑着点点头："有点饿了。早排气了。"

雪花马上站起来："夏姐姐，你好好休息一会儿。"

35　雪花家　日　内

雪花在做饭。

36　病房　日　内

雪花提着饭盒端着香香的丸子汤放在夏英面前："快吃点吧，你也饿了几天了！"雪花在给夏英喂饭喂汤。夏英听话地吃着饭喝着汤。

37　雪花家　日　内

雪花在做饭。

38　江源县大街上　日　外

雪花提着饭盒急急忙忙地走着。

39　妇科 3 病房　日　内

夏英坐在床上吃饭。

雪花在给夏英喂汤。

40　妇科 3 病房　深夜　内

雪花神情焦虑地在查看夏英的伤口。

夏英躺在床上笑眯眯地看着雪花："妹妹你天天给我换药，都一个月了，伤口怎么还不好呀？"

雪花难过地说："我也不知怎么回事，所有的办法都用了，就是不见好转。要不我们用点别的办法行吗？"

夏英："只要病能早点好，用什么办法都行。"

雪花："好吧。"

41　雪花家　夜　内

雪花在煲汤。

42　江源县大街　日　外

雪花提着饭盒急急忙忙地走着。

43　妇科3病房　日　内

雪花在给夏英喂汤。

夏姐喝了一口满足地："真香！妹妹这是什么汤啊？"

雪花："夏姐姐，你慢慢喝完了我才告诉你。"边说不停地给夏英喂汤喂肉。

夏英直接抢起饭盒几大口便喝完了："这下可以告诉我了吧！"

雪花笑眯眯地说："这是胎盘汤，很营养。对伤口修复作用很大哟。"

夏英高兴地说："真的！那我们等着，看伤口长得快不快哟。"

雪花："好啊，夏姐姐！"

44　医生办公室　日　内

雪花在开处方。有病人在办公室进进出出。

45　妇科3病房　日　内

夏英躺在床上，雪花在给夏英换药。

雪花小心地撕开胶布，一拉开纱布高兴地跳起来："天啊，夏姐姐！不到三天，你的伤口全好了。"

夏英兴奋地："真的？"

雪花高兴地："真的好啦，夏姐姐！"

46　江源县大门口　日　内

夏英恋恋不舍地抱着雪花。

雪花眼里泪花闪闪地向夏英挥手。

第十六集　大丫手术

1　东街药店红门　日　内

家家痛得"哎哟哎哟"捧着肚子不停地叫唤。

2　红门外　日　内

药店老板在门外听着。

3　医院医生办公室　日　内

雪花坐着飞快地写着病历

4　药店旁边红门内　日　内

家家痛得直打滚。一个中年男人在旁边不停地走来走去。

男人："家家,到医院去生嘛!"

家家："你是个猪啊,这么久都躲过来了。眼看娃儿都生出来了,还到医院,不去!"说着又痛得"哎哟哎哟"直叫。

护士站。紧邻着医生办公室门外的吧台。

高红在给张大丫量血压。高红："雪花快出来收病人,来病人了!"

5　医生办公室　日　外

雪花："来了。"雪花边回答着边放下病历走向护士站。

雪花："病人叫什么名字？多大了？哪里人？哪里不舒服？"

张大丫："我叫张大丫，31岁，住宝马乡宝马村。我停经2个月，下面流血1个月了。"

雪花低着头一边问一边记录着："流血的时候小肚子痛不痛？"

张大丫："有时痛，有时不痛。"

雪花："流血多不多？"

张大丫："有时多有时少。"

雪花："多的时候一天用多少纸？少的时候用多少纸？"

张大丫："多的时候一天用两个小的卫生巾，少的时候一天用两张餐巾纸。"

雪花："出血前做重体力活没有？在哪里检查过没有？"

张大丫："在我们红星区医院看过，也打过B超没看到胎儿。"

雪花："那化验尿没有？"

张大丫："没有。"

雪花一边开检查单一边牵着张大丫的手到检查室去检查。

6　检查室　日　内

张大丫躺在检查台上。

雪花在做检查。

7　医生办公室　日　内

张大丫站在雪花面前。

雪花："经过目前检查考虑宫外孕可能性比较大。最后确诊还得等你做完检查。"

8　江源县医院妇产科　日　内

张大丫在化验室、B超室到处检查。

9　医生办公室　日　外

几个病人在围着雪花检查开药。

张大丫拿着几张检查报告走进来。

雪花抬眼问张大丫："怎么样，报告呢？"

张大丫把报告递给雪花。

雪花看后点点头："陈旧性宫外孕。最好马上手术。"

张大丫："我们区医院都没说我是宫外孕，我怎么可能做手术哟？"

雪花："不相信？最好我们再去做一个后穹隆穿刺看有没有血。"

张大丫："抽就抽。只要不做手术。"

雪花："抽到血后，一样要做手术才行。"

10　妇科检查室　日　内

张大丫躺在检查台上。

雪花拿着针在作后穹隆穿刺。

11　医生办公室　日　内

雪花拿着空针。空针内有血液。

12　手术室里　日　内

雪花和何花在给做张大丫手术。

13　手术室外　日　内

张老根和李金花一脸忧虑地坐在椅子上。

雪花拿着病历从手术室走出来。

张老根忙问："手术怎么样？张大妹儿还好吧？"

雪花："手术顺利。一切正常，放心吧！"正说着，何花和工人推着张丫大走了出来。

张老根和李金花忙跑上去。

李金花叫着："妹崽呀妹崽，有没有啥子？"

雪花瞅着李金花笑。

李金花和张老根推着推车走着进了病房。

14 医生办公室　日　内

雪花在开医嘱写处方。

15 6病房　日　内

张大丫睡在病床上。高红在加液体。

李金花坐在张大丫床边看着液体一滴一滴往下滴着。面色半忧半喜。

雪花笑着走进病房把处方交给李金花。

李金花看看处方看看雪花。这才一把抓住雪花："雪花？恩人啊恩人！你走了十几年也不给老大姐捎封信。以前在红星区医院还能常常看到你，你到县医院都十来年了，今天才把你老先生找到。看我现在多精神！"

雪花笑笑："阿姨，现在过得还好吧？"

李金花自豪地说："当然好哟，现在国家政策好。大家都到外面去打工挣钱，不像当年我们那阵子。家里穷得舔灰都没得，盐都买不起。现在好了，好多哟！大妹崽和大女婿都在深圳打工进厂做衣服，一人一年要挣一万块钱。"

雪花惊喜地："这么能干？"

李金花笑眯眯地点点头："有那么能干呢！这次是我满50岁，几姊妹全都跑回来给我做生。说要办生日宴会。"

雪花："孩子们这么能干啊。"

李金花骄傲地说："二丫和三丫过两天也要从广州回来了，到时候叫她们来看你。"

雪花点点头："好啊！到时候见。"边说边仔细检查着大丫的伤口。"你好好看着大丫，我查房去了。"正说着高红在外大叫着。

16 过道里　日　外

高红大声叫着："雪花快点来。产后大出血病人来了。搞快点。"

17 病房里　日　内

雪花："来了！"雪花一边高声答应着一边飞快地跑出来。

18　护士办站　日　内

肖东在飞快配药。高红正在给一个瘦小个子下身到处是血的中年妇女测血压。妇女面色苍白，看着快要倒下去的样子。

雪花飞快地跑来扶着病人抬眼问高红："血压多少？"

高红快速地："血压 50/30 毫米汞柱。脉搏 120 次 / 分。呼吸 25 次 / 分。"

雪花："快，建立两组静脉通道。送产房检查。快点输液，准备输血。"

肖东提着输液器飞快地跑来输液。大家推着病人跑。肖东一边跑一边加药。

雪花一边跑一边问病人一边拿起本子写着。

雪花："叫什么名字，怎么回事？"

跟着跑的中年男人急急地说："我叫罗成，病人是我老婆叫刘家秀。在家里生娃儿好半天胎盘没出来，出血一直止不住，所以才跑到医院来的。医生你救救她！"

雪花听到家秀的名字突然转头使劲盯着病人看。

罗成了然地说："她就是你们来叫了很多次都没到医院检查的家家。"

雪花深深叹了口气："家家哟！"又转头对高红喊道，"快点。抽血合血输液。"

19　过道上　日　内

雪花在一边走一边问："出血有多少？用了多少卫生纸？"

罗成："不知道。从早上一直流到现在，天都快黑了，6 斤卫生纸都用完了，裤子打湿了两条。被子也打湿了。"

20　产房　日　内

家家睡在产床上。

雪花飞快地戴上手套仔细检查。

雪花表情严肃地说："胎盘黏连。"边说边给产妇用手剥离胎盘。边剥胎盘边大声叫："肖东、高红快点，快点输液输血。静脉推注缩宫素 20 单位。"

21　护士站　日　内

肖东在飞快地配液体："好！马上来了。"

22　化验室　日　内

何花在等着合血。

23　医院过道　日　内

何花拿着血袋在奋力奔跑。

24　8病房里　日　内

家家两只手上都吊着吊瓶在输血输液。罗成坐在床边。

雪花从门外走进来："家家出血还多吗？"

罗成："不多了。"

雪花："真是命大，胎盘只剥离了一半，另一半胎盘黏连得太紧了。出血那么多，再晚点就没命了。雪花看看周围没见到孩子。孩子怎么样了？"

罗成："孩子还在家里放着呢！刚才我吓坏了，可家家她总不肯来医院，后来她都有点神志不清了，我才抱起她跑来的。要不她还是不得来医院。"

雪花："孩子有人带吧？"

罗成："没有。走得急，没想到带孩子来。"

雪花："那你快点回去把孩子带来处理脐带。"

罗成望着雪花面有难色。

雪花："还有什么事吗？"

罗成："家家在这里没人管，我不放心。"

雪花："没关系，你快去快回，你那离医院又不远，我们帮你守着就是。"

罗成："那谢谢了。说着起身就走。"

25　街上药店边　日　内

罗成抱着娃娃向医院跑着。

26　8病房里　日　内

家家睡在病床上。仍然面色苍白，输血输液仍在进行。

床旁坐着李金花。

27 6病房里日 内

张老根忧心忡忡地坐着。张大丫安静地躺在床上输液。

张老根看大丫醒了忙问："怎么样大丫头？"

张大丫有气无力地说："好多了。妈妈呢？"

张老根："到隔壁病房帮着你雪花姐姐守病人去了。"

张大丫皱眉好奇地问："雪花姐？哪个雪花姐哟？"

张老根高兴地说："就是给你做手术那个医生，她就是在红星车站救你妈妈那个姐姐。你三丫妹妹小时候一直叫她仙女姐姐那个。"

张大丫惊奇地说："是她哟，都认不出来了。我去看看她。"说着想起床。

张老根忙把她按到床上："不准动哟，你雪花姐交代过的，说是要平着睡6小时后才能起来，才能睡枕头。你现在就起来，怎么行呢？"

28 护士站 日 内

高红在准备液体。

过道上几个病人家属在不停地走来走去。

罗成抱着娃娃飞一样跑了进来，还没到办公室就大声叫着："医生，医生，娃娃抱来了。"

雪花忙从办公室走出来："走吧，到产房处理脐带。"

29 产房里 日 内

雪花高红在处理脐带。

雪花："脐带都肿了。弄一团破布捆着，等会儿记得打破伤风针。"

高红："知道了。"说着瞅了瞅接生台上的小娃娃："哎哟，是个仙女啊！"

雪花："现在马上肌注氨苄西林和维生素 K。"

高红："知道了。"说着飞一样跑去拿液体。

雪花对着罗成问道："孩子取名字了吗？"

罗成懒懒地说："没取。"

雪花："叫朵儿吧。躲了那么久，天天喊你们都不来检查。害得家家快没命了。"

罗成苦笑："朵儿，朵朵，好！就叫罗朵朵。"

30　8病房　日　内

家家安静地睡着，两只手上都吊着液体。家家脸上已有些许红润。李金花笑眯眯地坐在家家身边。罗成走进来。

李金花忙站起来："我是李金花，是雪花叫我来看护家家的，你是她爱人吧？"

罗成忙点点头："谢谢你李阿姨。"罗成看了看家家，又看看四处转着看着朵儿笑了。

李金花："你来了，我就走了哟，我也要去守我的病人了。"

罗成笑笑忙说："去吧，去吧。谢谢了，阿姨！"

31　肖雪家　日　内

屋子墙壁中间挂着微笑着的肖医生的遗像。

肖雪蓬松着头发躺在床上看书。

王琴在肖雪身边的一张小桌上写作业。

王强在厨房"叮叮咚咚"地切菜做饭。有锅碗撞击的"噼里啪啦"的炸响声。

肖雪着急地说："强强，声音别搞这么大嘛。琴琴在做作业呢。"

王强大声地说："知道了！"

王琴难过地说："妈妈，你啥时候才能站起来嘛？下周要开家长会了，你们哪个去？"

肖雪无奈地说："当然是你爸爸去了。"

王琴嘟着嘴："去年上半年说让爸爸去。他说要得，结果都走到教室门边了，徐主任婆婆打电话说有抢救病人，他转身就跑回医院了。去年下半年也是开家长会，他刚到学校门口徐主任婆婆打电话说要他马上到医院做剖宫产。他一下就跑到医院去给别人做手术了，学校的门都没进。老师说，如果这次谁的家长不去开会，就要被留到学校等家长去接。"

肖雪焦虑地说："这么严重啊？"

王琴难过地说："就这么严重。老师说，你们也太不重视我了。"

肖雪着急地说："琴琴，你是我们唯一的女儿，爸爸妈妈都很重视你，你看妈妈现在还站不起来，明天还是得你爸爸去。"

王强坚决地说："琴琴，爸爸明天一定去。"

王琴叹息着："不要光打雷不下雨。明天不去的话，我被扣到学校你们还要来取哟！"

32　8病房　日　内

家家安安静静地躺着。左手在输液。罗成用毛巾在给家家洗脸。

33　6病房　日　内

张大丫静静地躺着。左手在输液。李金花坐在床边。雪花笑着走了进去。

李金花忙走上去："恩人呢，你可来了！我家大丫想看你一眼，眼睛都望长了哟！"

张大丫高兴地叫着："雪花姐姐！"

雪花笑眯眯地问："哎，怎么样？感觉如何？"

张大丫："还可以。"

雪花揭开被单，仔细检查着大丫的伤口。

雪花高兴地说："很好！敷料干燥，伤口无渗血，阴道无流血流液，生命体征平稳。记住，肛门没排气之前硬的、粗糙的东西一点都不能吃，但可以喝点汤。"

张大丫自豪地说："昨天晚上已经排气了。"

雪花惊奇地说："这么能干，一天不到就排气了。"

张大丫笑嘻嘻地说："姐姐，是你太能干了，手术做得好嘛！"

雪花谦虚地说："那也是你的功劳。那你可以吃饭了。"

李金花惊喜地问："可以出院了吗？"

雪花着急地说："不能哟，手术才做一天多一点，只是排气了能吃饭，伤口还没有完全愈合，还要在医院输液抗感染治疗几天才能回去哟。"

李金花对着张老根说："那你先回去照顾家里，我在这里守到。"

34　8病房　日　内

家家一脸幸福地在给孩子喂奶。罗成半歪着身子帮着把娃儿捧着。

35　学校门口　日　外

王琴在焦急地等待着。

36　江源县医院医生办公室

雪花、王强、徐主任在写病历。

37　产房　日　内

肖春燕躺在产床上叫着"痛痛痛。"

何花在叫春燕"加油！加油！"

高红在旁边帮着准备小儿衣服。

38　护士站　日　内

肖东在给病人测血压。

39　产房　日　内

何花："高红快点，娃儿出来了。"高红忙拿起吸痰器抽痰。

40　医院过道里　日　外

雪花、王强慢慢走着。

王强："还有15分钟，今天一定要去给琴琴开家长会。要不然没法交代。"

雪花："我也是。几年没去开家长会了，欣乔意见大得很。今年一定要去，孩子今年上初中了。不去可不行啊！"

王强："欣乔她爸可以去嘛。"

雪花："她爸一天不是开会就是出差，比我忙多了。"

王强："那我们都不能缺席哟。"

两人边走边说刚到学校门边，王强和雪花的电话都响了起来。

王强和雪花拿起电话，脸色突然阴沉下来。

第十七集　王强哭了

1　江源县大街上　日　外

王强拿起电话听着听着拉起雪花就往医院跑。

边跑边说："快！不好了，刚才生娃儿那个产妇肖春燕羊水栓塞，徐主任叫我们快回去抢救。"

2　产房　日　外

徐主任、何花、高红、肖东和内科潘医生等很多医生护士都在奔跑着。

产妇睡在产床上。地上全是血。

3　化验室　日　内

化验室，几名医生正在各种仪器检测下紧张地工作着。

4　医院里　日　外

医院行道走廊全是奔跑的医生护士。

5　产房里　日　内

产妇睡在产床上。

肖东和高红站在产妇的左右两边只负责推药。两组液体飞一样跑进产妇体内。3个护士吸药，4个护士把已经吸好的药迅速地传递给肖东和高红。

徐主任潘医生神色严峻地一边观看着产妇的变化一边不停地指挥着："阿托品1毫克静脉缓慢推注，地米20毫克静脉缓慢推注。地米20毫克加入10％葡萄糖250毫升静脉滴注。氨茶碱250毫克加入10％葡萄糖20毫升内静脉缓慢静推。碳酸氢钠200毫升静滴。"

王医生和何花站在产台边，手上身上全是血。

何花着急地说："徐主任，血止不住。"

徐主任一边使劲在产妇腹部按压子宫一边不停地叫着："氨茶碱，快点输血。两只脚上也建立静脉通道。"

肖东："刚才检验科说要等会儿报告才到。"

王强和雪花满头大汗气喘吁吁地飞跑进来。

徐主任看着二人着急地说："快，先输代血浆，快快去拿血来，王强把子宫动脉捏住。"

王强忙戴上手套冲到产床边，手伸向产妇体内。

雪花一边使劲按压在腹部子宫位置，一边目不转睛地看着监护仪上跳动的生命体征。

6　过道里　日　外

两个男人光着脚板喘着粗气捧着两大箱血飞快地跑着。

7　产房里　日　内

鲜红的血潮水一样涌进产妇体内。

徐主任着急地冲着雪花："加压输血。"

"好！"雪花回答着立即冲上去不停地按压着血袋。

8　产房外　日　外

两个光膀子光脚板男人和一个身穿粗布衣服面色苍白的老太婆，焦急地来回走动着。

徐主任在给男人一一说着什么。男人更为紧张。

徐主任焦急地说："病人是羊水栓塞，随时有生命危险。为保命，把子宫切除吧。"

刘强着急地说："我老婆肖春燕才 23 岁，切除子宫后怎么行？"

徐主任着急地说："如果不切子宫，肖春燕随时可能没命了。"

老太婆激动地问："谁说没命啊，刚才还好好的，怎么能切子宫啊？切了今后还怎么生娃儿？不能切！"

徐主任激动地说："病人病情太凶险了，血止不住啊！"

老太婆着急地说："那你们快点想办法嘛。"

徐主任语重心长地说："把子宫切了吧，只有切子宫是最好的办法。再晚就来不及了。"

老太婆和刘强都摇头跑了。

9　产房内　日　内

徐主任着急地站在病人身边拉着病人的手摸着跳得弱弱的脉搏，雪花立即上去紧压着小腹子宫处。

血仍然如泉水涌出来。鲜血在不停地从春燕的手上脚上输入。血也在不停地从春燕的阴道流出。

10　医院过道里　日　外

运血的人不停地飞跑着。

11　检验科　日　内

检验师摇头："血快用完了。"

12　公路上　日　外

一辆运血车风一样飞跑着。

13　县医院　日　外

运血车上送下来一袋又一袋鲜血。

14　产房　日　内

一袋袋鲜血送进了产房。王强和雪花各自忙碌着。

15 学校门口 日 外

欣乔和王琴站在门口张望着。

王琴："欣乔姐姐，你也在等你爸爸吗？"

欣乔："不是。我在等我妈妈，今年我妈妈来开会。你在等你爸爸吗？王琴妹妹？"

王琴："是啊。"

欣乔："王琴妹妹，你妈妈好些了吗？"

王琴："好多了，可还是不能下地，每天都躺着，吃饭都要我送到床上去。"

欣乔："你家谁做饭啊？"

王琴："当然是我爸爸啦。我妈妈在床上都躺了八个月了，她怎么做饭啊？你们家谁做饭呢？"

欣乔："我自己做饭。爸爸经常不在家，妈妈一天不是上班就是写字。哪儿有时间做饭啊。"

王琴："那你小时候也是自己做饭。"

欣乔："小时候我太小做不成饭。我上小学六年，天天早上都是在转盘那个米粉店吃的米粉。妈妈把碗都放在那里，我每天直接去吃就是。"

王琴："天天只吃米粉，你不烦啊？"

欣乔："怎么不烦呢？吃得我都想吐了，没办法。"

王琴："欣乔姐姐，你真可怜。"

欣乔："那倒不是，我爸爸妈妈对我很好，只是他们太忙了没办法。"

王琴："哎，欣乔姐姐，今天我爸爸可能又要放我鸽子，不来开会了哟！"

欣乔："等会儿吧。也许走在路上了。"

王琴："也许不来了。"

欣乔："真没劲，以后我坚决不当医生。"

王琴："为什么？"

欣乔："当医生太忙了。"

王琴："再累我也要当医生，我外婆希望我好好学习长大后去当医生。一定要让那些在家里生娃娃的孕产妇全部都到医院来生。"

欣乔："我想陪我的娃娃，坚决不让我的娃娃像我一样天天盼着爸爸妈妈了。"

16　医院里　日　外

忙碌的人们仍然忙碌着。抽好血送化验室的，合血完毕送到产房的，血化验完毕送报告到产房的，跑着送药品的。协助抢救会诊的医生护士。各式各样的人员都在奔跑着。

17　产房里　日　内

雪花仍然在使劲挤压输血。王强从腹部按压产妇子宫。
徐主任眼睛红红地摇头。

18　妇产科医生办公室　日　内

徐主任唉声叹气又无力地坐在办公桌前看着刘强流泪。
23岁的刘强站在办公桌前低着头。眼里满含着泪水。
徐主任："刘强啊，真是对不起啊！你家春燕可能不行了。已经输血7000毫升，出血实在太多了。止不住啊。"
刘强着急地问："那现在做手术行吗？"
徐主任摇头："不行了！"
刘强："为什么？"
徐主任："你家春燕全身皮肤都出现皮下出血，可能手术台都没上，人就已经不在了。"
正说时何花飞跑过来："徐主任，春燕已经没有心跳了。"
徐主任起身跑向产房。

19　产房　日　内

徐主任摸摸春燕的手，看看春燕的脸，瞅瞅心电监护仪，使劲给春燕做胸外按摩。
雪花红着眼睛摇头："已经做过了。"
王强突然撕心裂肺地大声哭起来。
老太婆和刘强大叫了一声："春燕啊！"便一下子倒在地上。
一屋人又飞一样跑着抢救一老一少两个晕倒的人。

20 大街上 日 外

欣乔和王琴无精打采地在街上慢慢地走着。

21 肖雪家 日 内

肖医生忧虑微笑的遗像挂在屋里墙上正中。
肖雪仍然躺在床上看书。

22 8病房 日 内

家家睡在床上输液。罗成在洗尿片。

23 雪花家 日 内

雪花躺在沙发上一动不动地出神。
欣乔进来："妈妈，我等了一上午，怎么不来开家长会啊？"
雪花："对不起。妈妈很难受，你不要来烦我。"

24 肖雪家 日 内

王强红着眼睛躺在沙发上一动不动地出神。
肖雪叫他也不答应。
王琴跑回家，刚想问爸爸怎么不来学校开会，见王强一张紧绷着的脸，吓得直往妈妈屋里跑。
王琴："妈妈，爸爸怎么了嘛？"
肖雪摇头悄悄地说："别说话。你爸爸一定是遇到天大的事了。"
王琴乖乖地悄悄走到小桌边坐下写作业。

25 江源县县城大街 夜 外

歌厅里歌声如诉如泣。

26 肖雪家 夜 内

王琴写作业累了歪着头睡着了。
肖雪饿得肚子咕咕直叫，皱皱眉头大声地："王强究竟什么事嘛？快去做饭吧。"

王强孩子样大声哭起来："肖雪，今天一个23岁的产妇羊水栓塞死了。"

肖雪："羊水栓塞？"

王强："是啊。她在家痛了两天，羊水流了三天才来医院，胎盘全成了胎粪一样的黑色。出了好多血，输了7000毫升血都无济于事。那血就像水一样哗哗哗地流呀流，全院几十个人跑着送血都没有她流血的速度快。教科书上所有抢救羊水栓塞的方案都用过了，所有抢救应用的药也都用过了，可都没用。患者母亲和爱人坚决不同意切除子宫，可怜的春燕才刚23岁呀，就这么走了。就这么走了！"说话时眼泪不停地流着。

肖雪着急地说："强强，你不要着急嘛，急也没用啊。病人已经死了，你急也急不回来了。"

王强："可我是医生啊。看着那血，水一样流着却无能为力，看着那么年轻的生命在我面前分分秒秒地消失，我却无能为力。我拼命想抓住她，可她还是跑了，跑了！我好难过啊。天啊！我的病人啊！"

肖雪也难受地说："人已经死了，你就好好保重吧。羊水栓塞它发病急骤，病情凶险是令全世界医生都头痛的疾病，只要发生了这个病是没有几个人能保住命的。你也不要太自责了。好好睡一觉，咱不吃饭了。快睡吧，明天还有很多病人等你呢。"

王强难过地说："可是我太难过了！太难过了！"

27　大街上歌厅外　夜　外

"一个是浪苑仙葩，一个是美丽无霞啊，一个是水中月，一个是镜中花，一个是……"歌厅里不时飘来《枉凝梅》凄婉的歌声。

28　夜市小吃摊　夜　内

几个人围坐着边吃边喝酒猜拳。

29　何花家　夜　内

床上的何花辗转难眠。

金勇背着身子一脸不屑地说："干什么这么烦嘛。转去转来的累不累？还让不让人睡嘛。"

何花："我难过，睡不着。"

金勇："睡不着，也给我把眼睛闭着，不准动。"

何花："又不是死人，怎么会不动哟。越烦越想动。"

金勇："我明天还要上班做手术。你动来动去我睡不着。"

何花："没办法，你爱睡不睡，各管各，别管我。"

金勇："不管你，哪个想管你？十几年了，天天这么早起晚睡，半夜不让人睡觉，你还让不让人活嘛！再翻来翻去，到女儿金晶那屋去睡。"

何花披起睡衣走到客厅睡下了。

30　雪花家　深夜　内

雪花流着眼泪叹着气，眼里不断地闪现产妇大出血抢救场景。躺在床上的雪花不停地翻身。

31　肖雪家　夜　内

肖雪睁着眼睛望着天花板。王强双手捧着头掉眼泪。

32　家家病房里　夜　内

家家静静地躺着，罗成满脸忧虑地看着怀里的小女儿。

33　雪花家　夜　内

雪花飞快地书写着。

34　医院门诊孕妇学校　日　内

七八个孕妇整齐地坐着。雪花拿着书本坐在前面。

雪花："今天给大家讲的内容是：怎样知道自己快生孩子了？——算好预产期。"要真正清楚自己什么时候快生孩子了。首先要知道自己的预产期。预产期就是孩子大概出生的日期。具体算法是末次月经的月份数加 9 或者减 3，日数旧历加 14，新历加 7。比如张大妹末次月经是 1999 年 1 月 3 日，那么她的预产期就是 1999 年 10 月 10 日。指新历。如果是旧历的话预产期就是 1999 年 10 月 17 日。"一般说来预产期前后半个月生孩子都算足月妊娠。"

35 大街上 日 外

何花拉着大肚子孕妇讨好地说:"请到我们医院来检查,来生孩子吧!"

大肚子孕妇摇头。何花一走远。孕妇擤擤鼻涕眨眨眼:"哼,骗子!"

36 医院门诊孕妇学校 日 内

雪花在讲着:"二、见红。妊娠足月后,无外伤等原因,孕妇阴道自然排少许血性分泌物叫'见红'。它是分娩开始或即将开始的可靠征象。一般在'见红'48小时内发动分娩,最多一两天小宝宝就可来到人间。为什么见红就知道孕妇快生孩子了呢?因为孕妇阴道出现血性分泌物(见红)是由于子宫收缩,将下面的子宫颈管拉短变平。子宫颈管附近的胎膜与子宫壁分离时,其毛细血管破裂而有少量出血,这些血和宫颈分泌的原来阻塞在子宫颈管内的黏液栓子混在一起,从阴道流出,因为血的颜色鲜红显眼,因而人们称之为'见红'。"

37 大街上 日 外

何花望着孕妇远去的背影发呆。

38 江源县医院门诊孕妇学校 日 内

雪花在讲着:"三、分泌物增多。临近产期,孕妇们大多数感到阴道排出的脏东西比平时多了很多,天天换内裤都不好受。这种现象一般在孩子出生前两周比较明显,距产期越近,阴道分泌物越多,其原因在于妊娠末期,孕妇体内的雌激素分泌增加,在这些激素作用下,子宫颈管腺体及阴道的分泌物增加,分泌的这些液体流出阴道,下身脏东西便增加。"

39 肖雪家 日 内

肖雪静静地躺在床上。眼里充满泪水。

40 门诊孕妇学校 日 内

雪花在讲着:"四、下腹部常常作痛。临近预产期,当你觉得腹部常阵阵胀痛的时候,离你当妈妈的时间就不远了。因为,在产程正式发动之前,孕妇们都有一段时间长短不一的腹部胀痛。医学上称之为'假阵缩'。因为这时的腹痛都没有规律，什么时候痛，隔多长时间痛，一次痛持续多长时间都无规律，其痛也比较轻微，腹痛时腹部也不会变硬，孕妇只感到腹部有些不舒服。一般说来，这种'假阵缩'不会影响孕妇休息和生活。

"真临产是指孕妇腹部有规律地收缩。两次子宫收缩（腹痛）的间隔时间基本一致，大约5—6分钟，持续时间超过半分钟。随着时间的推移，宫缩间隔时间越来越短，持续时间越来越长。接近分娩时，子宫收缩更为频繁。可每1—3分钟痛一次，每次宫缩时间长达40—50秒，甚至1分钟以上。

"这时候，你的小宝宝马上就要来到人间了。姐妹们，你们一定要记住：当接近产期或者宫缩正式开始后，一定要尽快到医院住院分娩。否则后果难以想象。血的教训大家一定要吸取。

"最后欢迎大家到医院来生孩子。谢谢！"

41　激光手术室　日　内

潘主任拉着汤宁的手语重心长地说："小汤啊，我明天开始就不上班了，算是真正退休了，以后激光手术你就一个人自己做。有问题吗？"

汤宁兴奋地说："没问题，放心吧潘主任！"

潘主任："好，你一定要好好做手术。不要有负担，不要怕，认真做就好。你现手术基本上都能独自操作了。这些是激光手术的所有器材的说明，你好好保管好好做。"说着将激光手术的所有器械全部拿出来交给汤宁。

汤宁高兴地说："好，我一定好好做。"说着便认真地清点着器材等相关物品。

42　医院大门边　日　外

李金花和张大丫等几个人站着。

雪花从门边经过。

李金花忙拉起雪花："下班了。恩人呢，我等了你半天了。"说着一一指着面前的几个漂亮女子介绍说："看看这是二丫，这是三丫，这是小丫。她们全都回来了。"

雪花："她们现在哪里？都在干啥，回来玩多久呢？"

李金花："二丫和二女婿在广州打工，两人每年都要挣1万多块钱。三丫和三女婿也在广州进的玩具厂，每年要挣多少钱她们不给我说，我也不想问。小丫考起西南政法大学。通知书都发给她了，等几天要去上学了。"

雪花看着小丫高兴地说："真能干！"

大丫、二丫、三丫和小丫都拥上来叫着："雪花姐！雪花姐！雪花姐姐！"

李金花激动地说："走，雪花我们一起出去吃饭。"

雪花笑笑："谢谢了，阿姨，你们自己去吃吧。等会儿我还要加班。"

大丫、二丫、三丫、小丫高高低低地声音叫着："雪花姐！雪花姐！雪花姐走嘛，我们一起去吃饭嘛。"

雪花不好意思地说："不去了，有个产妇要做剖宫产，现在已经在做术前准备了。最多10分钟我就得上手术台。谢谢了！你们自己去吃啊。我走了。阿姨。"又对张大丫说，"你出院后还得注意多休息，不要太累，别忙着洗澡。腹部伤口还得护着点。"

张大丫："知道了，谢谢你，雪花姐姐。"

43　高红家　1998 年 12 月　日　内

高红在家里做饭。邱平在身边跟着洗菜。突然电话铃声响起。邱平接过电话神色紧张地拿起沙发上的衣服就跑，边跑边对高红说："高红，不好了华中山有一个煤矿发生瓦斯爆炸。很多工人被埋在矿里，生命时时处于危险中。上级要求我们医院外科医生到现场抢救。"

高红："那你快点去，注意安全！"

邱平："知道了。"说话时人已跑到门外。

44　公路上　夜　外

一辆辆大车小车飞快地奔跑着。

45　高红家　夜　外

高红在床上翻来覆去睡不着。

46　门诊激光手术室　日　内

汤宁在给一个尖锐湿疣男人做激光除疣手术。汤宁被烟雾包围着。汤宁的咳嗽声传出。

47　何花家　夜　内

何花在床上动来动去睡不着。

金勇刚刚睡着被何花一转身弄醒。何花装睡闭上眼。金勇看着闭着眼的何花，怒火无从发泄，只转身尽力平身静气休眠。

何花默数着"一二三四五六七八九十"，一遍一遍又一遍。刚刚入眠。嘀铃铃手机响起，惊醒了很难睡着金勇、何花。

何花打开手机，值班医生急促的声音传来："何主任，23床产妇产时大出血在产房抢救，请快来组织抢救。"何花蒙眬的眼睛立马睁起，边穿衣服边不停地说："知道了。来了！来了！"话未落音，人已跑出门外，只传来"呼"的一声关门音。

金勇半眯着眼睛地看着门出神。

48　江源县街道　夜　外

何花一个人飞快地奔跑着。

49　江源县医院产房　夜　内

何花冲进产房。

50　产房外　夜　外

一老一少两母子在门口焦急地走着看着。

何花拿着手术同意书叫男人签字。

男人飞快地签字后，何花进入手术室。

51　何花家　夜　内

金勇睡得香香的，梦里也笑出了声。

何花悄悄走进屋子。脱掉外衣一躺在床上。

金勇惊醒。起身一看四周仍然是无尽的黑夜。

何花抱歉地缩缩肩膀倒头便睡着，也不管金勇的怨言和怒火。

金勇大喊一声："离婚！"

第十八集　剧本丢失

1　雪花家　夜　内

雪花在不停地写着。

欣乔和雷军已入梦乡。

写字的雪花拿着笔睡着了。一阵电话声响起。

雪花接起电话："什么，李县长，你女儿快生孩子了要我帮她接生。好好，我马上去。"

2　江源县医院

大门边　深夜　外

静静地只偶尔有行人在匆匆走着。

李县长和夫人在焦急地张望着。雪花飞快地跑向医院。见雪花到了，县长夫人忙笑着拉着雪花就跑，边跑边说："女儿已经进产房了。"

雪花气喘不停地笑着说："好好！"

产房　夜　内

雪花肖东在接生。

产房外　夜　外

李县长一家人在焦急地等待。雪花抱着一个小不点交给县长夫人："儿子，3500克。母子平安。放心吧！"

李县长一家连说："谢谢！谢谢！"

雪花笑笑挥挥手。

3 江源县医院妇产科办公室产房 日 内

雪花在写病历。

王强、何花、王医生、徐主任在看病历。

夏姐带着一个小女孩提着小布包在门口向雪花招手。

雪花见是夏姐姐忙高兴地跑出去。

雪花："你好吗？夏姐姐！这是谁呀？"

夏英："这是我大孙女敏儿。"又拍拍敏儿的肩说，"快叫阿姨。"

敏儿笑眯眯地说："阿姨！"

雪花拍拍敏儿笑笑说："夏姐姐今天来有事吗？哪儿不舒服？"

夏英眨眨眼："没事，我一切都好，伤口不痛不痒。只是想来看看你，听说你要出国了，包了几个皮蛋，送给你带着到国外去吃。我怕你到国外吃不惯那里的饭菜。"

雪花高兴地说："谢谢姐姐！谢谢姐姐！"说着接过夏英姐姐手里的几个皮蛋。从包里拿出一百块钱给敏儿，"来，敏儿快过年了，阿姨给你发的压岁钱，好好学习哟！"

夏英推辞着。

雪花笑嘻嘻地说："夏姐姐要我做妹妹你就收下吧！这是给小敏儿的过年钱，用不着推辞啰！"

夏英："那你好好上班，我们走了。记住在国外要时时小心哟，走的时候别忘了把我的皮蛋带着哟！"

雪花感激地说："我会的。姐姐！敏儿，姐姐，你们慢走。"

夏姐姐笑着回头挥手。

4 护士站 日 内

肖东、高红在查对医嘱。高红不停地看表。

雪花关心地问："高红，邱平回来了吗？"

高红咬着嘴唇："没有。"

雪花劝慰着："你也不要太紧张了。"

高红担忧地说："没有，我只是有些担心矿里啥事都可能发生。刚才我到外科看了一下他们班都排好了，今天晚上回来值夜班。"

雪花："今天回来怎么就值班？"

高红："科室里人手不够，他走了两天没做手术。其他几人都累坏了。"

5　肖雪家　日　内

肖雪坐在床上，眼中有泪水。

王琴从门外进来，看见肖雪的眼里有泪忙问："妈妈，怎么啦？"

肖雪："没事，妈妈眼里进沙子了。"

王琴："妈妈，说假话要遭狼吃哟！你天天在床上躺着沙子从哪里来啊？"

肖雪难过地说："琴琴，妈妈想上班了。妈妈想看病人了。"

王琴："想看病人干什么呀？妈妈？"

肖雪："琴琴，妈妈是医生呀。妈妈怎么能不想看病人呢？"

王琴："等你好了有的是时间看病人。黄文叔叔说，用不了多久妈妈就可以站起来了。"

肖雪："可天天在家里睡着，妈妈心都睡痛了。"

王琴难过地说："妈妈，都快二年了，我也想你快点站起来。妈妈，不知你什么时候才能站起来啊？"

肖雪："琴琴，妈妈伤的这个部位太特别了。医生说起码还要等一个月。"

6　健身房　日　内

姑娘们穿着漂亮的衣服随着美妙的旋律翩翩起舞。

7　肖雪家　日　内

躺在床上的肖雪喃喃自语："我要是能站起来该多好啊！"

8　病房里　日　内

王强在给一个 20 多岁的病人换药。

病床上方床头牌上写着"23 床＃刘娜＃女＃ 23 岁＃宫外孕"。

王强："怎么样？能下床活动了吗？"

刘娜："很好，没问题。王医生，我伤口怎么样啊？"

王强："愈合得不错，过两天可以出院。"

同病房的病人都安静地躺着，笑看着王强细心地检查一个又一个病人。

9 县医院妇产科医生办公室 日 内

几个病人围在桌子边。王强在不停地写着说着。

10 医院大门外 日 外

雪花提着一个大布包向医院走去。

钟丽从医院里向外面走着，看见雪花，老远就叫着："雪花，快点到手术室。麻醉已经打好了，在等你去做手术。"

雪花加快脚步："哎，知道了。"边说边小跑着去科室。

11 医院医生办公室 日 内

王医生："雪花，快点上手术室。剖宫产麻醉已经打好了，快点去吧。"

雪花："哎，知道了。"边说边将布包挂在护士办公室门背后的挂钩上。

12 手术室 日 内

一个产妇静静地躺着。手上挂着输液器，液体正飞一样奔流着。

雪花认真地给产妇做剖宫产。

13 手术室外 日 外

一个老太婆和穿着胶鞋的小伙子焦急等待着。

护士抱着一个用蓝布包着的婴儿递出来给正焦急等着的老太婆："刘英家属快来，娃儿剖出来了。是个男娃，6斤3两。"

老太婆高兴地接过孩子搂进怀里。

小伙子嘴里叫着："儿子，儿子。"身子腾空跳起，飞快来到娃儿身边，瞅着小不点叫着笑着。

14　手术室里　日　内

雪花仍然在做手术。胡阿兵在做麻醉。护士在不停地忙碌着。

15　手术室办公室　夜　内

电话响起来。

值班小李忙接过电话："请问什么事？"

电话传来："叫雪花不要下来，马上接着做剖宫产。"

小李："知道了。"紧接着对着手术室里大喊："雪花，你手术完了不要下去，马上又有一台剖宫产。"

16　手术室里　夜　内

雪花高兴地说："好，叫他们送上来吧！"

17　妇产科护士站　夜　外

几个人围绕着办公桌站着。

高红在忙着准备输液。过道里，几个人在抬着一个大肚子孕妇上手术室。

18　手术室门边　夜　外

小李将产妇从手术室里送出来交给外面的工人。

又把在外面等着的大肚子孕妇和病历牌接了进去。

19　手术室里　夜　内

雪花在认真地做手术。胡阿兵在做麻醉。

20　手术室外　夜　外

家属焦急地等待着。

21　妇产科办公室　夜　内

王医生又在开手术通知

过道里，几个人在抬着一个大肚子孕妇去手术室。

22 护士站 夜 外

高红对着电话说着："手术室吗？叫雪花手术完了不要下来，马上又有一个剖宫产。"

23 手术室外 夜 外

小李将产妇从手术里送出来交给外面的工人。又把在外面等着的大肚子孕妇接进手术室。

24 手术室里 夜 内

雪花在认真地做手术。胡阿兵在不停地做麻醉。护士在不停地奔跑着。

25 手术室外 夜 外

有家属焦急地等待着。

26 妇产科护士站 夜 内

高红在给一产妇输液。输液完毕叫工人快点带产妇上手术室。同时打电话说："手术室吗？快点接病人。又有一个剖宫产上来了，叫雪花准备接台做手术。"

27 手术室 夜 内

雪花在认真做手术。胡阿兵在认真地看监护仪。小李在外面叫着："病人送进来了。"

雪花："手术还要等一会儿，把病人接到七手术间，先把麻醉打好。"

28 七手术间 夜 内

手术台上，产妇侧身弯腰躺着。胡阿兵在细心地置麻醉管。

29 妇产科医生办公室 夜 内

几个病人家属在进进出出地找医生。

高红在门边："医生在手术室做手术，有事等医生下来再说。"

30　七手术间　夜　内

雪花在认真做手术。婴儿"哇哇"的哭声清脆而响亮。刘洋在接生。

31　街上　夜　外

灯红酒绿。人来人往，歌厅歌声悠扬。

32　手术室　夜　内

雪花在做手术，胡阿兵在做麻醉。

33　护士站　夜　内

高红在打电话："手术室吗？还有两台剖宫产，叫雪花不要下来，等着接台。"

34　6手术间　夜　内

雪花在做手术。

35　7手术间　夜　内

雪花在做手术。胡阿兵在做麻醉。

36　医生办公室　夜　内

桌子边站着六七个等待拿处方取药的人。雪花不停地一边写一边把写好的处方交给等候者们。处方完毕，雪花又书写病历手术记录。

37　护士站　夜　内

高红拿着本子笔和血压器，一个又一个病房地走着，测着，数着，记录着。

38 病房里 夜 内

雪花在一个又一个病房里查看着病人。

39 街上 夜 外

路灯软软地照着。大街寂静无声。

40 江源县医院里 夜 外

四个大男人抬着一个大肚子孕妇急匆匆地向妇产科二层走着。

41 妇产科护士站 夜 外

高红在给大肚子产妇张娟娟测血压。四个男人各自拿着扁担，搂着被子，提着篮子，扛着竹椅或站或倚在护士台边喘气。

42 待产室 夜 内

雪花在仔细地检查。雪花一边检查一边问产妇："痛多久了。"

张娟娟："三天三夜。在家请了两个接生婆都接不下来，所以才到医院来的。"

雪花："必须马上手术。"一边叫，"高红，赶快输液输氧，准备手术。"又转头对张娟娟说："你现在胎儿枕后位胎头水肿，先兆子宫破裂。你生三天也生不下来的。再生，孩子和你都有生命危险。家属是谁？"

张娟娟看看雪花，又对着门外大声地叫着："李小雷，快进来！医生叫你。"穿着时尚十分帅气的李小雷走了进来。

雪花抬眼看看说："李小雷，请跟我到医生办公室签字。"

李小雷："我老婆啥情况，医生？"

雪花："你老婆现在子宫已经快破了，孩子也有宫内窘迫。大人小孩都有生命危险，必须马上剖腹手术取出胎儿。请你签字。"边说边将手术同意书交给李小雷。

李小雷："好的，医生。"说着飞快地签字，又焦急地说："医生，请快点手术吧！"

雪花点点头："好！"

43　手术室　夜　内

雪花打开腹腔，边做边说："子宫下部已呈青紫，有些地方还可见胎儿头发，子宫比纸还薄。"雪花警惕地说："胡阿兵，护士检查抢救药品。"

胡阿兵只一闪眼，护士打开抢救箱仔细检查药品。护士声音洪亮地说："抢救药品齐全。"

雪花："马上取出胎儿，准备接生。先吸10毫升碳酸氢钠放在接生台边。"

护士："10毫升碳酸氢钠准备完毕。"

雪花："准备一副更换手套。"说话时护士已将手套交给手术台上护士。"刘洋来了吗？孩子马上就要出来了。"

"来了！"随着声音刘洋跑了进来。

声音未停雪花已取出胎儿，抱着男婴放在接生台上。

雪花对助手急切地说："快进主刀位置，用卵圆钳钳住子宫切口。吸干净羊水，娩出胎盘。"雪花捧着娃娃下台抢救。又对护士说，"快。给孩子输氧。"边说边将婴儿吸痰管放进了婴儿口腔。"刘洋快吸痰。护士给孩子脐静脉推5毫升碳酸氢钠，2毫克地米。"

雪花飞快地说："产妇羊水重度污染。新生儿男，体重3000克，阿氏评分6分。孩子中度窒息。"边说边和护士一起给孩子推药。护士药一推完，孩子"哇"的一声哭了起来。

雪花笑着说："刘洋，准备断脐，孩子交给你了。"边说边脱掉手套，换上了台上刚准备好的更换手套。站在了助手位置。刘洋穿好婴儿抱着冲出手术室向住院儿科跑去，交给医生又折回。

雪花正在吸产妇子宫切口的血水。产妇突然呛咳一声，雪花警惕地转眼看了眼监护仪，血压飞升到180突然直线下降消失。从咳嗽声音开始升高到咳嗽声音消失仅3秒钟。

雪花果断地说："护士快速静推阿托品1毫克，胡阿兵地米10毫克静推。"

护士一边吸药一边说："阿托品1毫克静推完毕。"

胡阿兵："地米10毫克静推完毕。"

雪花："胡阿兵碳酸氢钠100毫升静脉滴注。护士建立两组静通道氨茶碱250毫克加10糖20毫升静滴。刘洋准备输液器。"

阿兵："碳酸氢钠100毫升静滴开始。"

护士："氨茶减250毫克加10糖20毫升已经开始静滴。"

雪花："刘洋给主任院长打电话叫他们快来抢救病人。给病人家属交代病情。"

雪花站在手术台上，一边飞快地交代病情同时快速缝合子宫切口。

刘洋走进手术室："雪花，电话已经打了，院长主任马上就来。"

胡阿兵："血压起来了。"

雪花闪了眼监护仪高兴地说："心率血压全都上来了。"

胡阿兵拉拉病人的手叫道："张娟娟，张娟娟！"

张娟娟："医生，干什么呢，手术做完了吗？"

雪花："护士清点器械，准备关腹。"

胡阿兵："手术马上就做完了。你好好休息吧！"

刘洋："主任院长来了！雪花！"主任院长走进手术室。

主任匆匆走入焦急地问："病人怎么样？"

胡阿兵："病人生命体征完全正常。已经好了。"

主任："哎呀！害得我们白担心一场，大惊小怪的。"

雪花："有备无患啊！病人羊水栓塞是肯定的，只不过两员大将吸药推药快，我医嘱刚说完药已经到位，从病情开始到用药到病人体内，不到一分钟时间。"

院长："有那么快吗？"

雪花："没那么快，病人就不是现在这样的情况哟！"

主任："病人好了那我们走啦。"雪花看看监护仪又叫了声张娟娟："给孩子取名字了吗？"

张娟娟："不知是男孩子还是女孩子，所以还没取呢。"

雪花："呀，那明天慢慢取吧。"

张娟娟："孩子还好吧？"

雪花："很好，放心吧！"

雪花看看院长主任："谢谢你们，放心走吧！"

刘洋："我也下去了。"

雪花点点头："走吧！"

护士："刚才真的是羊水栓塞吗？"

雪花："肯定是，只不过用药快病人羊水中的有形成分少、栓子小，加之用药快、病情轻，所以病人才会那么快就好了呀。"

护士："那你刚才叫我们用药的时候怎么不说呀？"

雪花："刚才说了怕你们紧张影响用药速度。"

护士："那你开始孩子还没取出来就叫我们吸好碳酸氢钠干啥？"

雪花："产妇先兆子宫破裂，胎儿宫内窘迫本来就有危险。先吸好药争取抢救时间。时间就是生命。对于新生儿窒息、羊水栓塞等急重症病人来说，时间是分秒必争。"

胡阿兵："你在乡里上班手术都是这么做的吗？"

雪花："是啊！在乡下的时候，干什么都是一个人。各种各样可能出现的后果都要先想到。

新生儿的抢救药品只是先吸好，产妇的缩宫素先吸好是必需的。其他的比如阿托品、地米也事先准备好，一发现苗头就用上，要不一个人怎么能长出几双手哟。"

44 手术室办公室 夜 内

雪花和护士脱掉手术衣走了出来。

胡阿兵从手术室里冲出来瘫倒在沙发上叫着："好累啊！就算死，我都不起来了。"话未落音几个男人抬着产妇在手术室门边大声叫着："医生快来接病人做手术。"

胡阿兵猛地跳起来："病人在哪里？快点进来。"边说边跑进过道，打开大门，推车呼地推到病人面前，接过病人推进了手术间。

雪花捂着嘴哈哈大笑起来。护士也跟着跑进了手术间。

护士见雪花笑得那么用劲："笑什么啊？胡阿兵从昨天早上8点上班到今天早上，现在是6点一直在做手术，昨天中午晚上饭都没吃一口。累得已经不行了。"

雪花："呀，你不说还忘记了，我也饿得不行了。走！那快点把手术做了，让他休息一会儿。"

45 洗手台边 夜 内

饿得满眼金花的雪花弯腰捂着胃部，稍事抬起头打开水龙头用双手捧起一捧水就喝。连续喝了两捧水后，又用冷水浸脸，又打起精神向医生办公室走去。

46 护士站 夜 内

高红大声地喊："雪花快点，有个生娃儿的出血多得很，叫你快点过去。"

47 医生办公室 夜 内

雪花放下病历飞快地跑向产房。

48 产房 夜 内

刘洋在接生，鲜血遍地都是。雪花忙戴上手套替换下刘洋。
雪花："高红缩宫素20单位静推。5糖500毫升加缩宫素20单位静滴。"
雪花一边检查一边沉着指挥："宫颈裂伤宫缩乏力。快，刘洋，按压子宫。缝针快点。"

49 产房外 夜 外

几个病人家属在叫着："医生，医生，快点来加液体。"

50 产房里 夜 内

雪花高兴地笑着："好了，产伤缝合完毕。"又按按子宫，"宫缩好。血终于止住了。"

51 病房里 夜 内

高红拿起药瓶在一个个病房跑着加液体。雪花在一个个病人身边问着写着。

52 医生办公室 夜 内

雪花飞快地写着病历。

53 卫生间 晨 外

雪花捧着肚子跑着。

54 医生办公室 晨 内

雪花和王医生、徐主任、何花、王强、高红、肖雪、肖东、刘洋都在站着交班。

高红："1999年12月31日夜班交班。全科病人57人。全天新收病人10人，出院6人。夜班新收病人9人，手术7人，分娩2人。23床张娟娟，23岁，40周孕枕后位先兆子宫破裂，剖宫产。术中剖出一活男婴，体重3500克，阿氏评分6分，经抢救转新生儿科观察。手术术中产妇出现血压消失心跳呼吸停止，考虑羊水栓塞，经积极抢救后产妇一般情况好，生命体征平稳。术后6小时放尿1100毫升。伤口无渗血。25床刘丽，26岁41周孕臀位剖宫产……交班完毕请值班医生补充。"

忙碌了一个通宵的雪花仍然十分精神地说："昨晚新收病人9人，其中产科8人，妇科1人。剖宫产7人，其中臀位4人，持续性枕后位2人，横位1人。宫外孕1人。所有手术病人手术顺利，新生儿一般情况好。21床白班子宫全切手术病人术后21小时尿量800毫升。请主管医生观察病情变化。今日增加输液量。其余全科病房病人安静。交班完毕。"

55 护士站 日 内

高红收拾好东西准备下班。

雪花经过护士站正好遇到提着包包下班的高红。

高红："雪花走，下班了我们一起走吧。"

雪花："昨晚收那么多手术病人，我病历还没写完呢！你先走吧！"

56 医生办公室 日 内

雪花在认真地写病历。

雪花写完病历脱下工作服挂在墙上。正想取包回家发现挂在门背后的布包不见了。

雪花忙给高红打电话："高红，我挂在门背后那个布包帮我收起来了吗？"

高红："没有。昨晚那么忙，我哪儿有时间管你的包啊？不知道啊。你慢慢找一下嘛！"

　　雪花又大声问道："有谁知道门背后的布包哪去了吗？"边说边在办公室值班室护士站洗手处找，到处找过都没找到布包。雪花伤心失望地离开医生办公室。

57　医院后门边　日　外

　　黄婆婆坐在门边戴着老视镜在看报纸。

　　雪花走到大门边叫着："黄婆婆好。"

　　黄婆婆戴着老视镜看着报纸笑眯眯地说："好好好。下班了？"

　　雪花难过地说："下班了。"

　　雪花边说边走，刚走不到200米，一阵电话铃声响起。雪花拿起电话："喂，哪个？"

　　虎子哥："是我，二姐，我是你老家院子里的张大虎，我姐姐红琼妹崽要生娃儿了，你快点来帮帮忙嘛。"

　　雪花："要得。你们现在哪儿虎子哥！"

　　虎子哥："就在你们医院的医生办公室。"

　　雪花高兴地："好，你们等到，我马上就来。"

58　医院办公室　日　内

　　大肚子红琼痛得弯腰捧腹地站在门边。

　　雪花飞一样跑进来。高红正在给弯腰捧腹的红琼测血压，等高红检查完毕，雪花忙拉起红琼就向产房走。

　　虎子哥："二姐，这是我姐夫长平。"说时指着瘦高个青年。接着说，"接生婆说娃儿手儿都掉出来了生不下来，要到医院来开刀。"雪花对着二人点头笑笑。

59　产房里　日　内

　　红琼躺在产床上。雪花在给红琼检查。

60　产房外　日　外

虎子哥和长平在焦急地走来走去。

雪花神色严峻地走出来："胎儿是横位难产，要马上做剖宫产手术。"
又对刚从产房出来的肖东说："快点准备手术。"

61　手术室　日　内

雪花在认真地手术。

62　手术室外　日　外

虎子哥和长平焦急地走来走去。不时从门缝里向里使劲瞅。

"哇哇哇"一阵婴儿响亮的哭声从手术室里传出来。虎子哥高兴地几步
冲上前。

63　过道里　日　外

雪花和几个工人抬着红琼到8病房。

64　汤宁家　夜　内

汤宁在流泪，面前的垃圾桶里装满卫生纸。

夏林苦着脸："哭什么嘛，医生说了，就是一个HPV感染引起的外阴癌，
手术做了就好，又不死人，怕什么？"

65　医院病理科　日　内

汤宁在问着检查人员。

66　汤宁家　夜　内

汤宁在床上翻来覆去不能入眠。

夏林看看汤宁，烦躁地转身慢慢地入睡。

第十九集　雪花出国　王强显身手

1　8病房里　日　内

雪花帮着把红琼平放在床上躺着，对一直笑着的长平说："红琼要6小时以后才能睡枕头，肛门排气以后才能吃饭。你要随时看看阴道出血量，每次换多少纸要记清楚。如果出血多、伤口痛等任何情况，要马上到医生护士办公室找医生。明天早晨上班的时候我才来检查。另外要注意，小孩头要侧着放。"

2　医生办公室　日　内

雪花脱掉工作服洗手离开。

虎子哥跑来："待会儿再走嘛。"

雪花："昨晚我上夜班，我还有点儿事，要先走了。"

3　医院里　日　外

雪花心事重重地走着。还没走出医院大门电话又响了。

雪花拿起电话："喂，请问哪位？"

李姣："是我。张医生，我是李姣。我怀孕两个月了，昨晚流了好多血。你来帮我看一下嘛。"

雪花："你找值班医生看一下。"

李姣："别的医生不知道我的病情，我是很久都没有怀起娃儿，你帮我通水还有做介入治疗才怀上娃儿的，你来帮着看一下嘛！"

雪花："那你到医生办公室等着吧。"

4　医生办公室　日　内

雪花带着李姣一起到检查室。

5　妇科检查室　日　内

雪花表情沉重："李姣，你来得太晚了，孩子已经掉到阴道里了，现在唯一的办法只有手术清宫了。"

李姣："没法保？"

雪花："孩子已经死亡掉到体外了。谁能保？"

李姣"哇"的一声哭了："我的儿啊，我好命苦啊。"

雪花："李姣啊，你不要这样子嘛！现在的关键是快点手术清宫才能止血，要不然你命都没有了还想什么孩子哟！"

6　妇科手术室　日　内

李姣躺在手术台上。雪花在做手术。

7　医院妇产科　日　外

雪花扶着李姣一起离开医院。雪花一边走一边劝李姣："不要着急，要好好保重身体。只要怀上一个娃儿了，说明输卵管已经通了。只要你按时吃药，记住一个月内不准过性生活，不要感染。下次很快就会怀上的。"

雪花正说着电话又响起。雪花拿起电话："喂，请问哪位？"

8　护士站外面　日　外

杨微微："是我，我是杨微微，张医生，我怀起娃儿40多天了不想生，你来帮我把娃儿做掉嘛！"

9　县医院小道上　日　外

雪花："你去找何花医生给你做嘛。"

10　护士站外面　日　外

杨微微："哎呀，张医生，我现在在住院部妇产科医生办公室门边等你。

上次我剖宫产就是你做的，我觉得你手术做得很好，专门从香港回来找你的。请你帮我做一下嘛！"

11　县医院大厅里　日　外

雪花边走边说："行，那你等会儿，我马上就来。"

12　县医院手术室　日　内

杨微微躺在手术台上，雪花在给杨微微做手术。

13　县医院办公室里　日　内

雪花把工作服挂在门背后离开

14　小路上　日　外

雪花走着走着，电话又响起，雪花听完电话，又转回县医院。

15　县医院手术室　日　内

雪花在给病人做手术。

16　妇产科医生办公室　日　内

雪花把工作服挂在门背后离开。

17　菜市　日　外

雪花拿起一把青菜，价都不问就叫卖菜的老头称重。
雪花："多少钱？"
老头："两元钱。"
雪花刚付了钱电话又响了。
雪花拿起电话听着听着转身又向县医院走去。
雪花把菜放在守门的黄婆婆处。

18　手术室里　日　内

雪花在做手术。

19　医生办公室　日　内

雪花把工作服挂在门背后离开医院。

20　县医院大门边　日　外

雪花拿着菜慢慢走着，电话又响起来。雪花边听电话边转身向医院走。

21　产房　日　内

雪花在接生。

22　县医院医生办公室　日　内

雪花脱下工作服挂在门背后离开。

23　县医院大门口　日　外

戴眼镜看报纸的黄婆婆心痛地说："雪花呀，你在干什么呀？下个班回家都走了3个多小时了，还没回到家呀！"

雪花："没办法，病人找到我看病做手术，只能来！黄婆婆，我走了！"

24　大街上　日　内

雪花有气无力地走着。

25　雪花家　日　内

有气无力的雪花回家把菜往地上一丢，便歪着头瘫倒在沙发上。

突然电话铃声又刺耳地响起。

雪花拿起电话："谁呀，做啥？"

电话里有声音传来："我是医务科的，病案室说你有两份病历没交来，现在快点拿去。他们在等你哟。"雪花艰难地起身。

26　病案室　日　内

雪花在交病历。

27 街上 日 外

雪花艰难地行走着。

28 雪花家 日 内

雪花无力地躺在沙发上。突然电话铃声又响了起来。

雪花拿起电话无力地说："哪位，啥事？"

29 护士站 日 内

肖东："雪花呢，你昨晚做剖宫产的25床那个小娃儿不吃奶哭得很厉害，家属闹得很凶。你快点来看一下嘛！"

雪花呼地跳起来就跑向医院走到25床。

30 县医院妇产科25床 日 内

雪花在仔细检查婴儿脐部，叫家属打开婴儿尿布，小婴儿尿布上全是粪便。雪花指挥家属给婴儿洗净屁股，又换了干净的尿布，婴儿马上安静下来。

雪花对家属高兴地说："小孩子应该没什么大问题，孩子排胎粪了，快给孩子喂奶！"雪花边说边给产妇清洗乳头。雪花抱起婴儿放在产妇身边，又把产妇的奶头放在婴儿嘴里，婴儿含着奶头不动。雪花便发出"吧哒吧哒"类似吃奶的吸吮声。

婴儿一听，也"吧哒吧哒"地吃起来。全屋的人都笑了。雪花面色苍白快倒下了，忙扶着床站起，走时轻声地说："小孩子如果再有什么情况，就抱到儿科医生那里去看一下。"

31 大街上 日 外

雪花艰难地走着。

一个中年妇女和一个穿着大红花裙子的大肚子孕妇拉着雪花高兴地说："张医生，听说你接生接得很好，我想生孩子的时候请你接生，好不好？"雪花累得不行，还没回答，中年妇女着急地说："张医生，求求你帮着我女儿接生吧，生下的孩子我们抱给你做干儿子吧。请你一定要帮着我女儿接生！"

雪花苦笑着有气无力地说："欢迎你到医院生孩子！到时我帮你接生就是，抱干儿子的事就算了。放心，只要你来，我一定给你接生。"

32　雪花家　日　内

雪花躺在沙发上。电话声又响了起来。雪花拿起电话："喂。哪位……"

雷军："是我，今天我出差不回家吃饭。"

雪花："知道了。"说罢，雪花两眼红红地睡在沙发上。

33　雪花家门外　日　外

雪英在敲门。

34　雪花家　日　内

躺在沙发上的雪花起身打开门见是雪英姐姐高兴地叫着："姐姐，快进来。"

雪英进来见雪花红红的眼睛问："怎么回事？"

雪花难过地说："我写的剧本昨晚上夜班给弄丢了。"

雪英："什么剧本啊？"

雪花："就是我一直写的那个《雪花天使》。本打算过一个月到欧洲的时候顺便带到北京去的，现在弄丢了。我好难过啊，姐姐！"

雪英："那你快去找啊。"

雪花："昨晚上夜班，做了7个剖宫产和1个宫外孕，今天上午又做了几台手术。现在我站都站不起了，到哪儿去找啊！等会儿吃了饭休息一下，下午再去找好了。"

雪英："写了多少了嘛？"

雪花："20多万字了，本来打算今天下夜班后拿去打印的。没想到昨晚太忙，没来得及放在值班室锁好，就到五层的手术室做手术了。结果今天早上忙空才发现布包不见了。姐姐，我突然觉得心里空得一点东西都没有了。"雪花说着泪水珍珠样往下掉。

雪英难过地说："雪花啊，别着急！慢慢找。"

正说时欣乔高高兴兴地跑回来见雪英忙叫："姨妈！"

雪英答应着和雪花忙起身到厨房做饭。

35　公安局　日　内

雪花在说着什么。公安局一个小伙子给雪花说着什么又指着外面。雪花点点头离开。

36 派出所 日 内

雪花在找值班人员说着写着。一个小伙子在本子上写着记录着。雪花心情沉重地离开。

37 雪英家 日 内

雪英坐在沙发上打电话："雪花啊,剧本找到了吗？"

38 雪花家 日 内

雪花正坐在沙发上发呆,听到电话声忙接过电话："姐姐呀！还没找到啊,下午到公安局和派出所去报案了,但愿能尽快找到！"

39 雪英家 日 内

雪英："雪花啊,你别着急。不管找到找不到,你都不要那么认真。回头重新写就是嘛！"

40 雪花家 日 内

雪花："姐姐呀！那是 20 万字呢,没底稿,我怎么写也写不出原来的样子了。哎……"

雪花神情伤感而失望。

41 江源县县城 2000 年春节大年初一 街上 日 外

到处是欢声笑语的人群。鞭炮声响个不停。一群舞龙耍狮子的队伍在热闹的街上潇洒表演。

雪花坐着一辆国产红旗车缓缓地穿过快乐的人群,向着火车站进发。

42 北京 火车站 夜 外

一个十分英俊的小伙子在不停地看表。

43　一列开往北京的火车上　夜　内

雪花无力地躺在硬卧的床上。偶尔拿起小包里夏英姐姐给的皮蛋看看想吃，又舍不得地放进包里。

44　江源县医院妇产科　夜　内

王强肖雪何花坐在医生办公室写病历。几个大男人抬着一个产妇奔跑着。

一男人大叫着："医生，救命救命啊，我老婆生孩子肚子掉出来了。快来人啊！"

王强、肖雪、何花、高红飞快地跑到门外接过产妇送到产房。

45　产房里　日　内

王强和高红一起检查着产妇，只见产妇子宫外翻。

王强看见皱着眉头。

高红大声地说："哎呀，是子宫脱出来了！上次雪花也遇见一个。"

王强："快，拿消毒液来冲洗消毒！"边说边打开产包穿上手术衣服。仔细地给产妇脱出在外的子宫消毒。

肖雪和何花见到如此大的子宫露在外面都感到非常惊奇。

何花："我来试试怎么弄回去。"边说边戴上手套，双手抱住子宫用力推。可怎么也推不回去。

肖雪自告奋勇地说："我来！"也用双手抱住子宫使劲按压子宫，同样子宫纹丝不动。

王强着急地说："行了，我来！"说话时再次消毒子宫。将右手握成拳头，放在子宫正中用力向阴道内一推便推了进去。

高红笑眯眯地说："上次雪花也是这样，一拳头就把外翻出来的子宫给推回去了。"

46　北京火车站　日　外

雪花下车后慢慢走着。

不停看表的帅小伙跟雪花在说着什么。

小伙子接过雪花的小包，笑着走到小车面前给雪花打开车门。

雪花点点头微笑着弯腰坐进车内。

小车开到靖王府门前停下。

47 靖王府小巷   日 外

小伙子带着雪花在一个又弯又细的小巷慢慢走着。

48 靖王府   日 内

雪花在屋里放下背包坐着，屋里几个男女高兴地簇拥着雪花和雪花说笑着。

49 北京燕翔酒店   日 内

雪花和来自全国各地的作家相遇。

50 北京 机场 日 外

人来人往，各种肤色，各类人物，各种风采的身影拉着行礼推着推车不停地奔忙着。

雪花在一个小文具摊前徘徊。左看右看，看看想想，想想看看，最后买了一支钢笔离开，快步走到飞罗马的检票口。

女话务员美妙的声音传来："旅客们请注意！旅客们请注意！飞往罗马的班机马上就要起飞了，请旅客们带上行李马上登机……"

51 雪花家   日 内

欣乔一个人在看书写字。

52 雪英家   日 内

雪英、雪红、轩轩、明明和小霄娃在一起吃饭。

53 江源区火车站   日 外

雪花背着一个大背包，手里又抱着一大摞书，很狼狈、极费劲地走着。

54　雪花家　日　内

欣乔跑来接到妈妈的背包和大包小包，打开那些包包一看，里面全是各种各样的书本，还有几个皮蛋。

欣乔失望地看着妈妈："你背那么多书，背都压弯了，包包绳子都断了。怎么把带出去的皮蛋又背回来了呀。给我买的礼物在哪里呀？"

雪花笑笑："那皮蛋是夏阿姨给妈妈的，妈妈走了几万里也舍不得吃，又给带回来了。妈妈给你买书包啦！"边说边得意地从背包里拿出一个十分精致的黑色小背包："来，看看，妈妈在巴黎给你买的书包，好看吗？"

欣乔高兴地接过书包仔细看着。看到几行外语。问："妈妈这是什么啊？"

雪花接过一看，不觉噗的一声笑了起来："哎呀，made in china，天啊！真是中国人啊，走到哪里都没改变中国人的爱好，娇小玲珑！在欧洲那么多国家，那么成千上万的书包样式里，竟然在巴黎选了好半天买回了中国人制造出口的小书包！"

因为剧本丢失压抑很久的愁绪因为这个小小的书包而突然消散。

满屋的欢笑声在飞扬。

55　医院妇科病房　日　内

汤宁一脸痛苦地躺在病床上。

雪花在查房："汤医生，咋回事？怎么不小心点？"说着揭开被子查看汤宁手术后裂开的伤口。

汤宁难过地说："哎！运气不好！不听话，遭罪了！"

雪花认真地说："这种外阴癌切除手术至少要休息一个月，你怎么10天不到就上班了呀？"

汤宁："病人需要治疗嘛！"

雪花："那也不行！现在你要好好休息。外阴伤口不能碰生水，不要洗澡，不要做剧烈运动。"

汤宁："好，记住了。"

正说着高红拿着针管走到汤宁床前："来，汤医生，打针。"

汤宁："什么针嘛？"

高红："干扰素。"

第二十集　钟丽发威

1　雪花家　日　内

雪花在看书。

欣乔把一颗又大又红的草莓给了一个白白胖胖的小女孩，自己吃了一颗又小又略白的草莓。

欣乔："明天我们一起到江北市去考江北高中嘛！"

白胖女孩："我不想去，去也考不上。"

欣乔："那我和王琴一起去。"

2　江北高中　日　外

欣乔和王琴在学校考试。雪花、雷军和王强、肖雪在江北高中大门边等着。

3　雪花家　日　内

欣乔在收拾东西准备出发。

雪花："一个人在江北读书一定要听老师的话，努力学习。"

欣乔："知道了，妈妈！你要记得按时吃饭，不要一天只知道上班写字。"

雪花笑笑："好！"

4　江北高中　日　外

欣乔和王琴在学校走着。

5　江源县医院妇产科　日　内

王强按着腹部在办公室写病历，面部黄染汗水长淌。

6　手术室　日　内

王强和何花在做手术。术毕，脱下帽子口罩的王强面色极差。

7　病房里　日　内

雪花、何花、王强、肖雪正在进进出出地查房。

8　门诊孕妇学校　日　内

雪花在讲课。

十几个孕妇认真听着。

雪花："姐妹们好。今天我给大家讲的内容是孕早期的营养指导。孕早期指末次月经到第 12 周末，共 3 个月左右的时间。是指胎儿从受精卵经分裂着床直至形成人体的时期。胎儿的细胞分化器官形成主要发生在孕早期。其中人体最重要的器官脑和神经系统的发育最为迅速，所有营养和膳食的安排对孕妇健康和胎儿发育都十分重要。

"孕早期胎儿的发育迅速。到 12 周身长可达 7 至 9 厘米。随着胎盘的形成，子宫的增大，约有半数的妇女在此时因雌激素的作用胃肠平滑肌张力降低、活动减弱，导致食物在胃内停留过久，常在清晨起床后或饭后发生恶心呕吐、食欲不振的现象，称为早孕反应。轻度呕吐于 12 周消失，严重的可造成脱水等严重后果，所以孕早期的营养应全面合理。具体应注意以下几点，以保证优质蛋白质的供给：一、多吃畜禽肉类、乳类、蛋类、鱼类及豆制品等。蛋白质每天至少摄入 40 克。相当于粮食 200 克、鸡蛋 2 个、瘦肉 50 克。才能维持母体的蛋白质平衡。

"二、适当的能量供给。胎儿所需的能量主要由胎盘以葡萄糖转运形式提供。所以孕早期每天须摄入 150 克以上的碳水化合物约合粮食 200 克。含碳水化合物的食物包括面粉、大米、玉米、小薯类、糖类等。

"三、充足的无机盐，微量元素和维生素供给。胚胎早期锌少可导致胎儿生长发育迟缓、骨骼和内脏畸形，还可使中枢神经细胞的有丝分裂和分化受干扰，导致中枢神经系统畸形，孕早期铜摄入不足，也可导致胎儿骨骼，内脏畸形。富含锌、铜、铁、钙、等矿物质有畜肉类、内脏、核桃、芝麻等乳类、豆类及海产品等含钙量丰富，要注意摄取。"

9 江北高中 日 内

欣乔和王琴在教室听课。

10 医生办公室 日 内

雪花、何花、肖雪、王强、王医生、徐主任和钟丽在开医嘱写处方。

11 医生办公室外 日 外

10多个病人家属在焦急地等着拿处方取药。几个孕妇在焦急地走着。

12 护士站 日 内

高红和肖冬在不停地忙碌着。

13 医生办公室 日 内

雪花、何花、王强、肖雪和钟丽每人拿着一大把处方起身走来。

14 病房 日 内

雪花、何花、王强、肖雪和钟丽每人拿着一大把处方在各个病房对着床号边叫名字边发处方。

15 医院过道 日 外

一个个病人家属拿着处方走着。

16 药房 日 内

拿着处方的病人家属排队等着取药。

17　医院过道里　日　内

几个男人抬着一个大肚子孕妇往妇产科办公室跑。

18　护士站　日　内

高红在给大肚子孕妇测血压。抬孕妇的几个男人站在护士站外面。

19　手术室　日　内

6、7、8三个手术间都躺着妇产科等待手术的病人。

20　护士站电话声响起　日　内

高红接过电话："喂，哪里？手术室，哟。知道了。"转身对着医生办公室："雪花、王医生、何花叫你们快点上去做手术。麻醉打好了。哪个医生值班快来收病人。"

雪花、何花、王强："知道了，马上就去。"雪花几个医生在办公室里边回答着边走了出来，向五层的手术室走去。

钟丽忙走到护士站："今天我值班。"说着拿起一张化验单走了出来，看看孕妇："痛多久了？"

孕妇："昨晚3点开始痛的，4点钟下面有水流出来。"

钟丽忙叫："高红快叫产房来人用推车把她送到产房去。"

21　产房办公室外　日　内

刘洋推着推车跑向护士站。

22　护士站　日　内

钟丽帮着刘洋推着产妇走向待产室。

23　待产室　日　内

钟丽在给产妇边检查边念着："宫高33厘米、腹围103厘米，胎心136次/分，骨盆外测量22、27、25、20厘米。宫口开大2厘米。高位－2，胎膜已破。羊水清亮。"

刘洋在飞快地记录着。

钟丽："用了多少个卫生巾？"又对着刘洋说，"马上做胎心监护。"

孕妇："1个小时1个。"

刘洋："好。"说着放下记录本，马上给产妇做胎心监护。

钟丽："羊水多不多。什么颜色？"

孕妇："不多，只浸湿了两条裤、6条卫生巾。没颜色。"

钟丽："就目前情况来说，可以试产。等会儿胎心监护报告出来再做处理。"又对孕妇说，"你现在关键是好好休息，因为胎膜已破，羊水已经流出来。你不能下床走动，也不要站立，只能卧床休息。不然，脐带脱出来，胎儿就有生命危险。"

孕妇点点头："知道了。"

24 医生办公室 日 内

钟丽在给产妇开化验B超检查单。一个20多岁的男人在等着。

钟丽把写好的一张单子交给男人。男人拿着单子离开。

25 孕妇学校 日 内

雪花在给10多个孕妇讲课。

雪花："姐妹们，每周一次的孕妇学校又和大家见面了。今天我讲的内容是孕中期的营养指导。妊娠13至27周为孕中期。"

1. 从孕中期开始，孕妇机体代谢加速，糖分利用增加，热量需要比孕早期明显增加，主食米饭、馒头，副食鱼、肉、鸡蛋、牛奶、酸奶、豆类、芝麻、花生、核桃等。

2. 此期胎儿及母体对蛋白质的需要快速增加，孕妇应摄入较多的蛋白质，动物蛋白和植物蛋白各占一半，如肉、鱼、蛋、奶及豆类产品。

3. 孕妇应保证每天适量脂肪摄入，以补充生理量需要，为分娩和产后哺乳做能量贮备。

4. 整个妊娠中期是贫血的好发期，因此要多吃含铁质丰富的动物血、精肉、肝、蛋、菜、水果和维生素C，以促进铁质的吸收。

5. 不偏食，防止矿物质及微量元素不足。做到荤素搭配合理营养。

26　妇产科医生办公室　日　内

钟丽在书写病历。

27　病房内　日　内

产妇安静地躺在病床上。王强和助理在给产妇伤口换药。男人抱着小娃娃走着唱着。

28　医生值班室　夜　内

深夜，钟丽只穿着内裤躺在床上看书。

29　医生值班室外　夜　外

高红大声急促地叫喊着："钟丽快点！产后大出血！"

30　医生值班室里　夜　内

听到叫声钟丽来不及穿衣服爬起来，拿起床边的工作服边走边穿。胸前两个凤凰左右飞跳着。

31　医生值班室外　夜　外

高红和病人家属见钟丽跑出来的那个样子，惊讶不已。好一会儿，回过神来的高红见钟丽已带着病人进了产房。

32　产房　夜　内

钟丽在给产妇检查手术。刘洋在一边拿着纱布止血。

33　过道里　夜　外

钟丽推着病人走出来。

34　医院大门边　夜　外

钟丽与已经痊愈出院的病人挥手告别。

35 雪花家　夜　内

雪花在桌边写剧本。

写累了的雪花躺在床边睡着了。

36 妇产科门诊孕妇学校　日　内

十几个孕妇坐着。雪花在讲课

雪花："姐妹们请注意。今天我给大家讲的内容是。孕晚期的营养补充。孕晚期指的是从妊娠 28 周至 40 周，直到孩子出生的时期。孕晚期胎儿生长发育速度最快，表现为细胞体积快速增大，大脑增长到达高峰，所以营养摄取非常重要，不然对胎儿脑的发育影响最大。孕晚期营养的需求。1. 蛋白质；2. 热能；3. 钙；4. 铁；5. 维生素。所以呢，此期营养一要多吃优质动物和大豆蛋白；二要摄取适量的必需脂肪酸；三要摄取多吃富含钙的食物如虾、紫菜、牛奶、海带、豆类、骨头汤之类；同时，多去户外晒太阳。四要适量吃些动物肝脏；五要注意植物油摄入；六要注意脂肪和碳水化合物不宜摄入过多。七要避免过量摄盐。以减轻水肿和心脏负担。"

37 钟丽家　夜　内

钟丽在客厅看电视。儿子石强在里屋写作业。钟丽拿起电话："喂，哪位？"

38 水天一色茶楼　夜　内

石头："我是石头，你老公的声音都听不出来了。今天晚上我有事不回家，你自己早点睡。"边说边坐在麻将桌边。

几个朋友也笑嘻嘻地一起坐下。

石头看着几个朋友心情复杂地："哎，病人天天找我扯筋，难得一周一天的休息，说什么也要放松一下。"说着点开电脑，开始吧！今晚一定要把腋臭手术的新方案好好研究研究。

39 钟丽家　夜　内

钟丽叹口气："又要加班吗？哪儿有那么多事？"钟丽生气地放下电话。

40　雪花家　夜　内

雪花坐在桌边写着。

41　医院小会议室　晨　内

石头几个人仍然在全神贯注地研究着。

42　大街上　晨　外

钟丽拿着两把菜刀在医院一个又一个办公室寻找。

43　医院小会议室　日　内

石头等几人仍然在打研究着。

钟丽拿起菜刀跑进来大声叫着："石头娃儿，给老子站到！半夜半夜不回家，看你一天回不回家。"石头看见刀，飞快跑出去。钟丽拿起菜刀一下向石头砍去。两把菜刀同时飞出，石头跑得兔子一样飞快。幸好完好无伤。

44　医院医生办公室　日　内

雪花、钟丽、肖雪、王强站在办公桌前。

徐主任："大家上班比较忙，但是还得提醒大家，不管多忙，都要把自己的本职工作做好。尽量不要让病人投诉，不要让病人不满意。"

45　钟丽家　日　内

钟丽一个人在镜子面前仔细看着自己：年轻的脸憔悴不已，头发间几根白发跳出来。

石头在里屋躺着不出来。

钟丽骂骂咧咧地说："看你躺尸躺好久？马上上班了。"说着拉开门走出去。

46　门诊孕妇学校　日　内

20多个孕妇坐着。钟丽在给孕妇们讲课。

钟丽："姐妹们。今天孕妇学校给你讲的内容是产褥期的营养指导。"

"分娩后，由于体力的巨大消耗，生殖器官的逐渐恢复，乳汁分泌等因，素产妇需要额外补充营养。一般说来，产妇饮食的主要营养素有蛋白质、脂肪、碳水化合物、矿水化合物、矿物质、维生素和水等。为保证产后能够摄取足够的营养素，产妇饮食中注意：食谱要广，荤素搭配要得当，粗细要合理，烹调要得当，一般每日可进食主食400克至500克、鸡蛋2个，或豆制品100克至200克、瘦肉或鱼100克至200克、牛奶或豆浆250毫克，植物油50克、菜500克、水果1至2个。每周吃1次猪肝。骨头汤，鱼汤。蔬菜汤可每日两次，有利于增加奶量。每日可有5至6餐，产妇应尽量不忌口，但对生冷、油腻、辛辣等刺激性强和过硬不易消化的食品应尽量不吃。哺乳期酒要绝对禁忌。由于妊娠期孕妇胃酸会减少胃肠平滑肌功能下降，导致开头几天会有食欲欠佳现象，所以产后开食时产妇最好先吃一些清淡易消化的营养食物，如各种炖汤。挂面、鸡蛋、小米稀饭等等。产后3天后产妇可吃各种肉类、鱼类、蔬菜、水果类，其中肉类以炖肉、炖汤最好，还可加些利于补养气血和消化的小米粥、红枣莲子粥、红豆粥等。天天换样，很有利于产妇增加营养，恢复体力。另外牛奶、豆浆等也是产妇产后必备的饮品。水果最好加热后服用。"

47　江源县医院里　日　内

　　一个三轮车司机拉着一名呻吟不止的孕妇直往妇产科跑。

第二十一集　云南妹悠悠生孩子

1　江源县医院里　日　内

一个三轮车司机拉着一名呻吟不止的孕妇向医院奔跑。

在院坝中央。司机停住伸手向产妇要钱。

孕妇艰难地走下车一个劲摇头说："一分钱都没有。"

司机着急地说："快点儿，我还要拉生意呢，别扯皮。"

孕妇痛苦地说："我真的没有钱。"说着捧着肚子又"哎哟哎哟"地叫起来。

三轮车旁边很快围了一大圈看热闹的人。

一个老头问："你是哪里人？"

孕妇一个劲摇头。

一个中年妇女："你亲人在哪里？"

孕妇一个劲摇头又弯腰捧腹地大声叫喊着。

孕妇只知道摇头叫喊："哎哟啊，哎哟啊，哎哟啊！"

三轮车司机无奈地摇头离开了。

2　收费室　日　内

刁姐听到叫喊声，忙跑出去扶起孕妇。

3 医院院坝里 日 外

高红正从院里走过听到孕妇的叫喊，忙跑过来帮着刁姐扶起孕妇。

高红轻声地说："妹妹，你是哪里人？多少岁？"

悠悠难过地说："我叫悠悠，24岁，云南人。我爱人叫程平，在云南有生意延误了，现暂时还回不来。叫我先回云南老家，走到路上突然腹痛发作又折回四川。由于事情紧急，没带什么钱，除掉车费，现已身无分文。"

刁姐好心地问："你生娃儿用的东西呢？"

悠悠摇头。刁姐没办法只好查看着悠悠的小包，除了两件换洗衣服，没有一件婴儿用品。

高红和刁姐扶起孕妇相视无言。两人各从包里拿出所有的钱，高红把钱分成两部分。一部分由刁姐到收费室办住院手续。

4 收费室 日 内

刁姐在给悠悠办住院手续。

5 医院过道 日 外

高红将几十元钱放进包里扶着悠悠走向妇产科，边走边叫着："生娃儿的来了，快来接病人。"

6 妇产科医生办公室 日 内

雪花在写病历。听到叫声忙跑出来。

7 产房 日 内

悠悠睡在产床上。雪花在接生。高红在准备吸痰。

8 街上 日 外

刁姐在买卫生纸、小儿尿布、婴儿被和婴儿内外衣，以及棉衣棉裤。

9 肖雪家里 日 内

刁姐笑眯眯地在向肖雪要婴儿尿布和单裙棉裙。肖雪忙着翻箱倒柜地找着旧的小儿衣服。

10　7病房　日　内

悠悠睡在病房里。刁姐在给新生儿穿衣服。刁姐把穿好衣服的婴儿交给产妇。小婴儿头不停地转动着，小嘴不停地吸吮着。雪花在教产妇喂奶。高红拉起邻床两个男家属向外面走。

11　病房外　日　外

高红在给两个男人说着什么，男人听后点点头离去。高红又走进病房。

12　小路上　日　外

两个男人在不停地走着。

13　农家小院　日　外

两个男人在不停地说着什么。一个女人出来直摇头。两个男人无奈地离开。

14　7病房　日　内

悠悠睡在病床上。雪花端着两碗饭菜进来递给悠悠。悠悠嘴里吃着饭菜，眼里流着泪。

雪花着急地问："你爱人叫什么名字？住哪里？"

悠悠迷茫地说："爱人叫程平，不知道他住哪里，只知道他有一个好朋友叫金海，他可能知道程平住哪里。"

雪花惊喜地说："那金海住哪里呢？"

悠悠肯定地说："定沿乡2村3组。"

雪花疑惑地问："你爱人是干什么的呢？"

悠悠自信地说："做水果生意的。"

15　乡村公路　日　外

刁姐和肖师傅开着救护车跑着。

16　定沿乡　日　外

刁姐和肖师傅双手揣在大衣荷包里慢慢走着，风吹得刁姐直发抖。

17　户农家小院　日　外

老头、老太婆穿着破棉袄在院里喂鸡。

刁姐和肖师傅抖抖擞擞走上去牙打着战。

刁姐焦急地说："老太爷，请问金海在这里住吗？"

老太爷直摇头："没有这个人。不在这里。"刁姐摇头离开了。

18　大路上　日　外

一个担着水桶的老太婆走过来。

刁姐走上去："太婆，请问金海在这里住吗？"

老太婆："没有，不知道这个人。"

19　小路上　日　外

刁姐和肖师傅慢慢走着，一个20多岁的小伙子走了过来。

刁姐忙走上去："请问，你知道金海在哪里住吗？"

小伙子："不知道，但他和小李是好朋友。"

刁姐："那小李在哪里？"

小伙子："就在前面那个小院里。"刁姐高兴地走向小院。

20　小院　日　外

刁姐在问一个高个子的中年妇女："请问，小李在这里住吗？"

妇女热心地说："他刚到街上去了。"

刁姐和肖师傅说："我们等小李回来。"

妇女好心地说："小李说上街后要到他朋友家去玩。"

21　小路上　日　外

刁姐和肖师傅慢慢走着。

22　病房里　日　内

悠悠睡在产床上。雪花提着饭盒走进来。

雪花扶悠悠坐起，又拿面巾给悠悠擦了把脸，再将饭盒递到悠悠手里。悠悠边吃饭边流泪。

23　街上车水马龙，春节　日　外

刁姐和肖师傅在小路上不停地走着。见到人就拉着问。

24　农家小院　日　外

高个中年妇女在院里喂鸡。

刁姐："大姐，请问小李回来了吗？"

中年妇女看看刁姐："回来了？"说着向里屋叫道，"小李，有人找你，快点出来！"

屋里走出一个穿着牛崽服帅气阳刚的小伙子："我是小李，请问哪位找我？"

刁姐忙走上去："请问你认识金海和程平吗？"

小李看看刁姐又瞅瞅一起来的肖师傅，歪着头："你们是他什么人？"

刁姐着急地说："不是他什么人，只是帮一个病人来找她的丈夫。病人叫悠悠，她的丈夫叫程平。悠悠生孩子几天了都没人管，叫他过去接她们母子回来。"

小李惊异地问："什么，搞错没有哟？程平已经结婚，娃儿都两岁了。和我一起回来才几天，我怎么不知道他老婆生娃儿的事呢？再说昨天他老婆还上街买海带呢！"

刁姐着急地说："那你带我们去找他嘛。"

小李不安地说："我不知道他住哪里，只有金海去过他家。他知道。"

刁姐焦急地问："那你知道金海住哪里吗？"

小李肯定地说："知道，但金海不在家，昨天已经到云南去了。"

刁姐惊喜地说："那你想办法找找他嘛。"

小李歪着头想了半天，突然叫道："呀，有一个人也许能找到他。"说着跑到院子边不停地打电话说了半天。走回来，"找到了，但我不想去。去了也只有遭骂的。"

刁姐着急地说："走嘛，请你嘛。人家云南那个小妹好可怜哟。天天在医院睡着，一个护理人员都没有。大人小孩子都没有吃的，好可怜哟！"

小李极不情愿地说："那走嘛。"

25　程平家院子外　日　外

小李走到院子外面指着院子说："看，这就是程平的家，你们自己去嘛，我走了。"

26　程平家　日　内

穿着蓝色羽绒服的程平在院里扫地。一个20多岁穿着红色羽绒服的女人站在那里剥瓜子。

刁姐朝着程平走去："请问你是程平吗？"

程平不说话看看刁姐又看看肖师傅摇头："不是。"

刁姐："真的不是？那你认识云南那个悠悠吗？"

程平眼神躲闪："不知道！不认识这个人。"

27　县医院妇产科　日　内

高红拿着60元钱给一个约50多岁穿着红花衣服正扫地刘大姐。

高红："刘大姐，请你每天给妇产科7病房那个云南妹送点吃的，她在这里一个亲人都没有，好可怜哟。我们一天上班很忙，怕有时忙不过来所以请你帮帮忙。"

刘大姐接过钱放进衣服荷包里："好，你放心吧。"

高红带着刘大姐到了7病房。

28　7病房　日　内

高红给刘大姐指着悠悠说："就是她，记住了。"

刘大姐看看悠悠点点头："记住了。"

29　产房　日　内

雪花在给一个产妇听胎心。产妇睡在产床上，肖东在给婴儿准备衣服。

30　产房外　日　外

一个穿绿衣的老太婆拿着 200 元钱悄悄塞给雪花："医生，收下吧。等会儿给我媳妇接生接好点嘛！"

雪花推开老太婆拿钱的手笑眯眯地说："放心吧，我肯定会好好接生。你不要担心嘛！"

绿衣老太婆又不放心地使劲将钱拿给雪花。

雪花使劲地挣脱出去把钱还给了老太婆，又笑眯眯地说："放心吧。阿姨！我接生去了。你就安心等着当奶奶吧。"

31　*产房里　日　内*

产妇睡在产床台上不停地叫喊。

雪花握紧双手不停地鼓励产妇："加油！加油！"

产妇愁眉苦脸地喊："哎哟哎哟好痛好痛啊。"说着说着又"哎哟哎哟"地叫起来。

雪花鼓励地说："勇敢点小妹！你是干什么的呀？"

产妇气喘吁吁地说："我是教师。"

雪花笑笑："在哪个学校？"

教师自豪地说："城关小学。"

雪花欣赏地说："不错啊，在那么好的学校上班啊，离县医院很近嘛！"

教师苦笑："是很近，也很好。哎哟！哎哟！"话未说完痛得又叫起来。

雪花着急地说："不要叫了，勇敢点。老师！"正说着，产妇又一阵宫缩来了。

雪花忙叫："来，加油，加油！使劲向下挣，像解大便一样，挣！挣！挣！使劲，加油！"

教师憋着劲用力向下，阵痛过后不停地喘气。

雪花高兴地说："就是这样，别着急慢慢来，痛的时候使劲向下用力，不痛的时候就做深呼吸好好休息。来，像我一样慢慢吸气，再慢慢呼气。来，跟我做。"说着大大地吸一口气，又慢慢吐出来。

教师认真地跟着大大吸了一口气，还未吐出来，宫缩来了又"哎哟哎哟"地叫起来。

雪花焦急地喊："停停停，别叫，快点加油，看到很多头发了，向下使劲，挣，挣，挣。再叫，你娃儿听到以后跟你学。"

教师听话地随着雪花的指挥，向下用力地挣。

雪花如释重负："好好好，来，喝点牛奶。"说着一边给教师喂牛奶，一边给教师讲分娩知识。

32 产房外 日 外

绿衣老太婆着急地不停走着，不时弯腰低头使劲地从门缝里往屋里瞅。

一阵嘹亮的婴儿哭声传来，绿衣老太婆伸直腰杆笑了。

33 7病房 日 内

悠悠捂着头睡着。

小婴儿睡在悠悠身边，小嘴不停地吸吮着。

红衣老太婆在给悠悠送饭。

红衣老太婆："悠悠啊，快起来吃饭了。"

34 产房外 日 外

绿衣老太婆眉开眼笑紧紧抱着孩子，不错眼地看着。

35 7病房 日 内

悠悠睡在床上蒙着被子哭，抽动的身子和压抑的哭声从被子里隐隐传出。

教师躺在邻床给孩子喂奶。

雪花匆匆走到悠悠床边轻轻揭起被子叫着："悠悠。"

悠悠瓮声瓮气地答："唉！"红着眼睛从被子里伸出头。

雪花语重心长地说："悠悠啊，你要坚强。不要这样，我们还会去帮你找的。"

教师好心地说："她每天都捂在被子里，送饭那个大姐每天只给她送一餐饭。"

雪花探寻地说："那麻烦你，请你妈妈给你送饭的时候多送一点好吗？我去帮她找她的爱人。我们俩分工合作。"说着拿出200元钱交给教师。

教师接过钱连连点头："好，放心吧！"教师起床将200元钱交到悠悠手上，悠悠眼泪泉涌。

36　大街　日　外

正月初一。街上人来人往，车水马龙。

37　雪花家　日　内

雪花在不停地打电话。

雪花焦急地问："请问是县委值班室吗？请帮我找一个叫程平的人，叫他到县医院妇产科来。"

雪花："好好！我待会儿再给你们打。"

雪花："请问刚才打电话找的那个人找到了吗？正在找？好。"

雪花："请问找到程平没有？"

雪花坐在沙发上看书，电话响了起来。

雪花拿起电话："县委办公室。好，人找到了？在哪里？在定沿乡5村6组？好，知道了。谢谢！"

38　病房　日　内

绿衣老太婆端着两碗饭，一碗给了教师，一碗给了悠悠。

悠悠感激地接过饭碗，眼泪滴落到了碗里。

老太婆边洗小娃边说："别这样，小妹不要伤心，快点吃饭。哭多了，落下月子病就不好了。"

悠悠眼泪和饭一起吞着说："谢谢啊。你们都是我的大恩人啊。"

教师怜惜地说："你要好好吸取教训，以后再也不要被人骗了。"

悠悠眼睛瞪得很大，望着老师出神。

房外雪花匆匆忙忙地走着。

39　病房　日　内

雪花拿着一张纸交给了悠悠："这，就是程平的地址，县委出动了很多人才找到的。"

40　小路上　日　外

正月初二，雪。

产后两天的悠悠用衣服包着头一个人孤独地走着。路又窄又滑，天寒地冻。好几次，虚弱的悠悠差点摔倒。

41　程平家院子里　日　外

悠悠站在院子里，看见程平正坐在桌子前和一个20多岁穿红羽绒服的女人玩纸牌。

程平看见悠悠想躲开，被穿红羽绒服的女人揪住了耳朵。

悠悠流着泪："我把孩子生下来了，在县医院里放着，看你去不去领回来。"

程平躲闪着："这是我老婆翠兰。我不认识你，你走吧！"

悠悠恨恨地说："可我认识你，在云南，你天天睡在我家，吃在我家。你化成灰我都认识，怎么今天不认识我了？"

翠兰啪的一巴掌打在程平脸上："你个不要脸的臭男人，背着我在外面做些伤天害理的事。还敢骗老娘说生意忙得很。你敢跟她去，老娘跟你没完。"边说边使劲地打程平。

桌边一个2岁多的小女孩吓得抱着头哇哇大哭。

悠悠孤独地站在雪花飞舞的院坝里，饥饿寒冷让她身体冰凉颤抖，心理上受的沉重伤痛让她无法呼吸。她双眼发黑快要倒下去了，突然眼前出现了雪花给她送饭的脸，刁姐给孩子穿衣服的样子。耳边，仿佛回响着婴儿"哇哇"地啼哭的声音。快要倒下去的身体又硬生生地挺了起来。

悠悠深一脚浅一脚地向外走去，身后凄厉的哭闹声打骂声渐渐远去。

42　小路上　日　外

雪花飞扬，悠悠深一脚浅一脚地走着。

43　病房　日　内

悠悠躺在床上蒙着被子放声大哭，孩子也跟着"哇哇"大声哭着。

44　医生办公室　日　内

雪花、徐主任、高红在桌前商议。雪花给徐主任讲着什么。

徐主任："找定沿乡书记去找程平，不管怎样叫他把人领回去。该怎么处理以后再说。"

徐主任边说边拿起电话："书记啊，有点事情想麻烦你……"

45　病房　日　内

悠悠睡在床上，程平低着头坐在床边。

46　县医院院坝里　日　外

悠悠在到处寻找，逢人便问："入院那天最先救她的那个大姐呢？我要好好谢谢她。"

收费室里，刁姐忙躲在门背后，又叫一起上班的小雪："你快出去，叫她快点回去。天这么冷，生孩子才几天，别感冒了。"又对小雪耳语着。

47　医院院坝里　日　外

很多人围着悠悠七嘴八舌地议论着。

小雪走进人群拉起悠悠："悠悠啊，姐姐叫你别找了，她让我转告你，不要你谢什么，只希望你以后眼睛擦亮点，别再上当受骗就行了。"

悠悠可怜地问："我的恩人叫啥名字嘛？"

小雪不安地说："姐姐叫我不要告诉你的。"

悠悠焦急地说："你就告诉我吧！"

小雪不情愿地答："这些事情太平常了，没有什么的。你别放在心上，你记住姐姐的话就行了。"

48　县医院巷道里　日　外

悠悠拉着一个穿白大褂的医生询问："我恩人叫什么名字啊？"

医生摇摇头笑道："这没什么，你不要老是挂在嘴上。"

悠悠又四处问了许多人，没有一个人告诉她大姐的名字。

49 病房 日 内

悠悠怀着感激之情向邻床的老师弯腰敬礼："谢谢你！谢谢！"

50 医生办公室 日 内

悠悠抓着一个个医生的手，心里无限的感激从滚滚的泪水中流了出来，嘴里喃喃地不停说着："感谢县委、县政府，感谢县医院为我奔走操劳的大姐阿姨。更要感谢那位不知名的大姐。没有县医院，就没有我们母女的今天。没有你们的好心帮助我们不可能活在这个世界上，是你们给了我活下去的勇气和信心。谢谢你们！谢谢了！"

第二十二集　青青的烦恼

1　江北医学院　外科　日　内

雪花和雷军带着雷军母亲坐在医生办公室外。

青青在办公室里和医生不停地说着。

高大美艳的雷妈妈颈部肿瘤使劲地膨胀着把颈部挣大。转头很困难。

雷军在签字做活检。

2　手术室里　日　内

雷妈妈静静地躺在手术台上。

医生在给雷妈妈取活检。

青青拉着雪花的手语重心长地说："雪花啊，你妈妈的情况不容乐观。刚才林医生说甲状腺恶性肿瘤的可能性很大。活检报告出来可能还做一个大手术。"

雪花："这么严重啊！"

青青："有这么严重哟，还要看分型怎么样？"

雪花："谢谢你，青青！"

青青："不谢不谢！"

3　青青家　日　内

雪花坐在客厅里满面忧愁地看着青青。

青青轻轻地说："也不要太着急，急也没用。"

青青费心劝着陪着雪花说话。

林宁在厨房弄得轰隆轰隆地切菜炒菜弄汤。

雪花起身，一会儿看向窗外远处，一会儿又低头看着楼下。

青青住在附院家属院近街边的三层，一眼望去，医学院附院病房近在眼前。

雪花眼睛红红的看着。

戴着眼镜文质彬彬的林宁端着饭菜弄好碗筷叫着："美女们，开饭了。"

雪花笑笑："难得哟，你这双巧夺天工的手做这些粗茶淡饭是不是太浪费了。"

青青看看林宁："是有点，可他乐意。是吧？"

林宁点点头："是啊，我乐意，都十多年了。看看我们的孩子都这么大了。"说着拉着快 10 岁的林倩坐到餐桌边。

长得和林宁九分相似的林倩睁着大大的眼睛盯着雪花："雪花阿姨，你都好久没到我家来了。"

雪花惊奇地问："倩倩还记得阿姨啊？"

林倩高兴地说："当然，妈妈经常念着你啊。"

雪花好奇地问："真的吗？"说时看着青青。

青青："当然！"

雪花真诚地说："谢谢！"雪花看着青青。

4 雷军家 夜 内

雪军妈妈躺在床上大张着嘴大口出气。

雷军看着妈妈出气费劲的样子着急地望着雪花："怎么办？"

雪花一边帮着雷军妈妈顺气，一边说："医生说妈妈的癌症分型很不好，取活检手术癌细胞已经转移，术后才几天妈妈颈上的肿瘤已经长大了两倍，做手术不知道会是怎样的后果。她这种甲状腺癌分型不好，恶性程度太高了，没几个人能活出来。做手术效果也不是很好。做不做手术看你们商量着办吧。"

雷军看着呼吸困难的母亲泪流满面。

5　江北医学院心外科病房　日　内

林宁在给一年轻漂亮的气质美女方华检查。

方华躺在床上，想着医生曾经给自己的忠告："不运动，不动情，不度刺激。否则死！"

走了好远的路，打听了好多的人。

方华终于听到了一个让方华万分高兴的消息：江北医学院来了一位专门救治心脏病人的外科医生。方华千方百计找到了医生的名字。

当林宁年轻帅气如天神般站在方华面前时，方华感到万物都消失不见，唯有林宁玉树临风如王子，又如救世主一样站在方华面前。

方华静静地看着林宁，如看着上帝般充满渴望和生的希望。一动就不能呼吸的痛苦和及将消失的生命的恐怖，仿佛从没出现。方华笑了，在生的希望面前。

手术前的一天，林宁自然地拉开方华的上衣，再拿着听诊器听心音数心数。又拿着尺子量着乳房与锁骨及周围的距离。林宁的手不自觉地触及到了方华的乳房乳头。美女身子不觉轻轻战栗。

青青正好找林宁拿东西。一见上身全裸的美女和美女的轻动与满眼痴迷。怒火熊熊燃烧，几步上前一巴掌挥过去。

林宁梦而不知天，只觉十分委屈。这是为美女明日做心脏二尖瓣换瓣手术的划线定位，如果定位不对，稍有差错，手术后果不堪设想。

其实林宁才进修回来，全院都指望着他一个人带动大家开展新手术。手术也才刚开始几例。虽然学得很好，但林宁压力仍然很大。心脏嘛，稍有不慎，心跳一停，命便没了。为了让每台手术都成功，林宁费了好多的心思。每一个人，每一个部位都不全相同，所以术前对病人身体的研究和手术切口位置的选择定位就显得特别重要。所以才有了刚才的一幕。

青青一巴掌打出只觉解气，却不知给林宁宁静的心已投下惊涛骇浪。

青青只觉天旋地转衣服一甩，鞋一丢，倒头便睡在床上蒙着被子放声哭泣。几麻袋情书织起的爱情搅成碎片纷纷飘飞。

林宁委屈巴巴地跑回家，闷闷不乐地躺在床上。想不通，那醋意从何而来？心脏外科医生不看心脏，手术怎么做得下去。要看心脏又怎么避开乳房？真想哭！青青啊，青青，我该怎么办？

青青看着身边长长躺着的林宁，气不打一处来，扯起被子就甩。

林宁抱着青青难过地说："青青，老婆老婆别生气嘛，医生面前哪儿有性别，我都不知道那是什么？你怎么看到的只是性器官？我看到的只是跳动的心脏和心脏瓣膜在热血奔流时哪处流哪处不流？哪处有返流？千方百计要看的是哪处瓣膜才是最致命的需要手术解决的问题。"

青青长发一甩："宁哥哥，可当我看到你看着摸着别的女人胸的时候，还是会情不自静地想到那些只能和我做的秘密的事情。"

林宁百口变辩举着双手："老婆啊老婆，你千万不要想那么多，现向老婆大人保证：坚决不会做让老婆担心的事情。那该做的检查该做的手术是必须要做的呀！请老婆大人一定要见谅。不然那些护士给男病人导尿的时候，如果护士老公看到了就该和护士离婚了吗？"

青青想说还没说出口却顿住了：是啊，那可是比这个检查胸还要失体统的事啊！

林宁抓住机会继续说："还有那么多的妇产科男医生，天天检查女病人，如果男医生的老婆看到自己的丈夫，天天看天天摸那些漂亮得不得了的女病人。照你这样，那些妇产科医生就全部该离婚，人人都该打光棍了。可事实上有几个妇产科医生是打光棍的？老婆啊要理解理解啊！"

青青满心酸涩却又无力撼天，只在心里默默叹息："天啊，那些妇产科和心外科男医生的老婆如果不是圣母玛丽亚，那要做出多大的牺牲啊！如果不是有那几麻袋情书织成的情网，青青爱情的大树是不是就要枯萎了？"

虽然这时候青青在林宁强大的情网中把酸酸的失落全部丢下了，可方华眼里的火苗总是在青青的眼里闪烁着、跳动着，时不时地让青青心痛、心慌。

6　江北医院学院心外科病房　日　内

林宁在给方华做最后的术前讲解和术前手术切口定位。林宁摸着方华胸部的时候，方华看上帝样的眼睛里仍然闪烁着让人心悸的光芒。林宁想告诫一下方华，可想着长时间的手术让方华害怕，又不忍心说方华的眼神。再说，人家又没说什么，你只臆测人家的心里怎么能说出来呢？

林宁拍拍方华的手："勇敢点，马上就要手术了。不要怕，相信我！"林宁信誓旦旦的话让方华幸福得快要跳起来。

当然，这只是方华心里的秘密。她还没能力用劲跳动，只一跳她怕就会丢了命，所以清醒的方华便什么都不说地等待着。

7　青青家　日　内

林宁更努力地做着各种大大小小的家务。更别说买菜、炒菜、洗碗等等各种杂务。

青青想帮忙，可看着双手突起在关节的粗大结节和难以弯曲的五指，青青投降了。刚拿起菜想洗，林宁一把夺下青菜几下洗掉心疼地叫着："青青别动别动！"

煎炒蒸煮洗扫的家务，和着研究看书微笑的简单重复，成了这个专家和美女组成的家庭日常生活交响曲。

几麻袋情书织成的情网罩着这个酸酸甜甜又快乐飘摇的家的苦乐岁月。

8　青青家　夜　内

青青坐在沙发上看林倩做作业。

林宁的电话突然响了，青青拿起电话交给洗碗的林宁。林宁打开手机传来方华心碎又动人的哭声："神医哥哥，我是方华，你给我做手术现在感觉很好，可是我晚上总是睡不着觉，怎么办啊？"

林宁："这个自己好好调理就行了。"

方华小声地说："可是我想你！"

林宁气急："这个我管不了，你最好别有这种想法，我结婚了，孩子都10岁了。"

方华："我不管，我就是想你！"

青青看着林宁一张脸黑得如龙卷风到来。

林宁挂掉电话却挂不断青青的胡思乱想。

林宁着急地说："青青，我和方华没什么的。给她做手术，你是看见的。她就是我的病人，病人要胡思乱想，我也没有办法。"

青青眼睛红红的问："病人那么多，怎么没给你打这种电话？"

林宁："病人这么多，一些人有这种乱七八糟的思想我怎么管得了？"

青青伤心地说："你慢慢去管你的那些妹妹吧！明天别上班，我们离婚吧！"

林宁如五雷轰顶，立马晕了："怎么可能？"

青青眼睛红红的说："马上给主任请假吧，明天上午就去。"

林宁气急抱着青青："求求你青青，别这样，我真的什么也没有做！"

青青："管你有没有做什么，让病人有这么严重的后果，不是一个正常医生该做的。"

林宁："相信我吧，亲爱的，我真的什么都没做。

青青："做没做，不是你说了算。看看病人那楚楚可怜的声音就知道情有多深。"

林宁："可那跟我有什么关系啊？求求你青青，别离婚吧！"

青青："明天就去，没什么可说的！"

林宁拿起茶几上的水果刀向着自己的腹部一刀刺入。

青青看了眼林宁腹部没入一半的水果刀转身把自己关在屋里。任林宁怎么求也无济于事。

9 大街上 夜 外

林宁抱着手术缝合包面色苍白地走着。

10 青青家 夜 内

林宁忍着剧痛艰难地打开缝合包，对着镜子，一层层缝合着腹部的伤口。血止住了，林宁苍白的脸渐渐有了血色。累着的林宁倒在沙发上睡着了。

11 雪花家 夜 内

雪花在看书写字。

雷军看着妈妈艰难地呼吸。雪花拿着药递到雷军妈妈手上，服下后，又喂了几口水。

两人看着艰难呼吸的老人不住地叹气。

12 雷军乡村家 山坡上 日 外

一座新坟前，雷军、雪花、欣乔站着加土烧纸。

13　雪花家　夜　内

雪花正收拾完书本正准备睡觉，电话铃声响起，雪花忙接过电话："青青，这么晚怎么打电话？有事吗？林宁好吗？"

青青高兴地说："好，很好。雪花，林宁考上留美研究生了，过几天就要出国。"

雪花："真的，太好了！我有什么能帮你的吗？"

青青："就是想问问你，你们那有什么土特产，好带去美国那边，最好能挣钱的。"

雪花皱眉想了想说："我们这里有一种丝帕，有我们这里的书画家写的书画作品，这些很轻便，如果要的话，我帮你拿点。"

青青果断地说："好。那你帮我准备点吧！"

雪花："好。"

14　江北医学院心外科　日　内

林宁正专心地给病人换药，又不停地叮嘱："现在伤口还未完全恢复，一定要保重，注意休息。"

15　青青家　夜　内

青青在给林宁准备衣服等出国用品。雪花带来的手帕放在显眼的位置。

青青深情地看着林宁："本不打算原谅你，用到刺入腹部那次，我不相信你都难，算我错怪你了。你好好准备一下，不要有任何负担，好好学习。"

林宁高兴地一把抱起青青深深地吻着。

16　北京机场　日　外

林宁拉着行李箱向登机口走去。

17　青青家　夜　内

青青坐在沙发上发呆。

林倩拿着作业本给青青："妈妈，爸爸走了，你帮我检查一下作业吧。"

青青："好！"说着青青仔细地检查着林倩的作业。刚查完作业电话铃声响起。

青青接过电话："张华，有啥好事？"

张华："哪儿有什么吗？我和李强离婚了。"

青青惊奇地问："为什么？"

张华："不为什么。合不来。"

青青："怎么可能？看你们两处得不错都嘛。"

张华："那只是表象，他骨子里对我们的职业还是抵触的。"

青青："有什么不能接受的啊？"

张华："他一天搞研究需要安静，晚上也需要清静的睡眠。"

青青："让他睡就是啥。"

张华："可我们的职业怎么可能安静入睡。"

青青："闭上眼睛不就睡着了。"

张华："哪儿那么简单。很多的时候，晚上常常加班，遇到抢救病人半夜也要参加。"

青青："那也没多大影响啊！"

张华："怎么会没影响，起床、开门、关门，回来后开门、关门、上床窸窸窣窣怎会不发出声音。我家那位特别易醒，走时常常弄醒，好不容易睡着，我一回家又把他弄醒。我们这里的病人多，差不多晚上都要被叫出来。"

青青："晚上不去就行了吧。"

张华："我现在当了主任，每次遇到难一点的抢救病人，医生们都会叫上我。你说那该有多少个不眠的夜晚？"

青青："那该怎么办啊？"

张华："要么不当主任，要么不要家庭直接离婚。二选一。"

青青："那你选什么？"

张华："想了很久，都想不好！"

青青："要不你回来吧，不当主任了。"

张华："那怎么行，我自己要去的，领导那么相信我，把妇产科的担子交给我，我怎么能走。

青青："那就不离吧。"

张华："怎么可能，我不离也只能被动接受离婚的诉求。"

青青："你甘心吗？"

张华："不甘心，又怎么办？总不能为了自己的前途，影响爱人一生的前途和幸福吧！"

　　青青："那就让时间来决定吧。"

18　江北医学院妇产科医生办公室　日　内

　　青青在写病历，一个年轻帅气的小伙子拿着一封国外邮件笑眯眯地送到青青手上。

　　青青接过一看美国林宁立即笑逐颜开，双手捧着悄悄把信收在包里。

　　其他医生都笑了。

19　青青家　夜　内

　　林倩在做作业。20 岁的保姆莎莎在厨房收拾碗筷。

　　青青躲在卧室看着林宁的信：

　　亲爱的青青，离开你已经 313 天零 17 小时 29 分钟了，距离两年的时间还有好长好长！我每天在床头的日历上书写着，在心里的最深处记忆着。我渴望每一个太阳早点升起，每一个夜晚尽快到来。我数着星星和月亮，期盼着我心中最可爱的姑娘——我最爱的爱人青青，盼望能早日回到你的身旁。在这斯坦福郊外的村庄，我抚摸着一株株小草和花朵，似乎那便是你和我。在浩瀚的大海大洋间我们显得是多么渺小。在遥远的海的那一边，我亲爱的青青你可有把我想念？什么时候，我们能长上飞天的翅膀，瞬间飞过大海大洋，万里距离只在眨眼间，只要一想就能手牵手，心相连。咱们的女儿好吗？我在这边一切都好，工作和学习你不用操心，相信我会把所有的本领和我最热烈的爱一起带回。

　　　　　　　　　　　　　　想你的林宁 1998 年 8 月 23 日斯坦福郊外

　　青青流着泪抱着信，头深深地埋着。

　　莎莎轻轻走到青青身边："青姨要喝水吗？"

　　青青抬眼看着双眼灵动年轻漂亮的莎莎："不用，去忙你的吧。"

　　莎莎嫣然一笑："好！"说着飘逸而去。

20 雪花家 夜 内

雪花坐在窗下写着剧本。

突然电话响起，雪花拿起电话："青青别哭，别哭，啥事啊？"

青青带着哭腔："雪花，我要离婚了。"

雪花惊奇地问："怎么可能？"

青青："真的，林宁和那个保姆莎莎搞在一起了。"

雪花："怎么可能？"

青青："虽然没看到他们在一起，但看到他们在一个房间。"

雪花："哎呀，青青，你本来只有两间屋，保姆要打扫房间，怎么可能不在一个屋子？"

青青："那也不能那么久吧？"

雪花："林宁怎么说嘛？"

青青："林宁说在教莎莎怎么写信。"

雪花："那对了嘛。"

青青："可关门那么久写什么？"

雪花："她不是农村来的吗？虽然很漂亮，但还是小芳嘛，总有不会的。再说林宁写信那么深情，肯定是莎莎不会写，所以时间要久一点嘛。"

青青："不可以，谁能受得了啊？"

雪花："不要老是让自己难受。后来林宁有说其他的吗？"

青青哭着说："他坚决不承认，说真的只是教莎莎写信。"我只说了两句："他直接从3楼跳到楼下，右手都骨折了。"

雪花大惊："那怎么得了？那他其他有没有哪里摔倒？有没有生命危险？"

青青："那倒没有，只有脑震荡，右上肢骨折。"

雪花遗憾地："好可惜啊，好不容易到美国留学2年，本事学到了，右手却断了，心脏手术那么高难度的动作，断掉的手怎么能胜任？"

青青："现在他在休息！心脏手术想都不用想了。本来还说要提院长的，现在更是笑话。"

雪花："那可真是可惜了。"

21　江北医学院骨科病房　日　内

林宁平平地躺着。右手上吊着绷带。

林宁剑眉紧锁，双眼无神，一脸忧愁。看着吊着的右手，眼睛都不动一下。

22　雪花家　夜　内

雪花在看书，电话铃声急急响起。雪花起身拿起电话："什么？林宁，有事吗？"

林宁："大事。青青给你说了吧，雪花啊，我真是冤枉啊。我和莎莎真的只是在教她写信。"

雪花："说你关门在里面很久没出来嘛。"

林宁："那是莎莎太笨了，教半天她都不会。我又太累太困，所以讲得也慢，所以时间拖得久些。"

雪花："那你们关门干什么呀？"

林宁："那是风把门带上了，又没锁。哪儿有那么侮辱人的嘛。她一天都想东想西。啥事都要怀疑一番。让我都不敢和异性说话了。"

雪花："真有那么严重？"

林宁："嗯。"

雪花："那最后怎么办啊？"

林宁："走一步看一步。不到最后，不想离婚。"

雪花："哎！林宁你不要想那么多，安心治病，一切都会好起来的。"

第二十三集　惊心动魄的手术

1　公路上　日　外

一辆四轮车飞快地奔跑着。

2　江源县医院里　日　内

灯火通明。四轮车开进了住院部停车场，几个男人从车里抬出一个身着粗布衣服面色苍白呼吸微弱的中年妇女，几人用手抓举捧抬着飞快地向妇产科住院部冲去。

3　妇产科医生办公室　日　内

何花、雪花、高红正在整理病历。

"医生，医生，快来救命啊，病人快不行了。"一个男人急促的呼救声传来。

何花、雪花、高红飞快地跑出来。

雪花着急地说："高红快测血压。"

高红拿着血压器边测血压边报告："血压 50/30，脉搏摸不清。心音微弱。"

何花："快输血输液输氧。"何花边说边给病人检查。

高红"哗"地撕开输液器快速消毒，瞬间输好液体、氧气。

何花掀开病人衣服，见病人腹部高高突起。手刚放在病人腹部，病人就

"哎哟哎哟"地叫起来。

何花转头向病人家属："病人叫什么名字？她是怎么回事？"

一个叼着烟的中年男人忙从包里拿出一张纸："给，这是我老婆的病情介绍。"

何花接过病情介绍神情立即紧张起来。

何花念着："肖玲，36岁，8月孕横位引产。胎儿一只手掉出来，切除一只手后，胎儿仍然拉不出来。行内倒转术，把胎儿拉了出来，手术很困难。胎儿虽然被拉出来了但在病人的阴道里却摸到了肠管和一团网膜。考虑子宫破裂。遂急转院。"

雪花大声叫道："高红快来抬肖玲到检查室检查。"

4　妇科检查室　日　内

何花神情紧张地检查着。当手一伸进阴道，脸色便立即变得苍白。

5　医生办公室　日　内

何花神情严肃地对肖玲家属说："病人子宫破裂。失血性休克病情危急。要马上住院手术。"边说边开好了一大摞检查单交给病人家属说："快去缴费办住院手续。"

何花转身一看，送病人的人都跑光了，只剩下病人的丈夫：一个40多岁老实巴交的乡下汉子有气无力地站在那里。

何花着急地说："你老婆很危险。快去办住院手续！"

那个看似老实巴交的家属冷笑一声："你还真幼稚，人好好的根本就没有什么，哪儿有什么危险？就是有危险，到了你们这么大的医院，保险哟！"

何花恳切地说："你老婆真的非常危险。快去办住院手续！"

病人家属："刚才在区医院把钱都用完了，没有钱！"

何花难过地问："没钱？怎么办？"

雪花着急地说："快点请示业务院长刘院长、徐主任。"

6　徐主任家　夜　内

刘明、刘刚、肖东均已进入梦乡。

徐主任迷迷糊糊已入梦乡。一阵电话铃声急促地响起来。刘刚正想起床接电话。

徐主任飞身起来拿起电话："什么？好好。马上就来。"见徐主任离开。刘刚叫了声："妈，慢点走，倒头便睡。"

7 刘院长家 夜 内

刘院长坐在床边看书，一阵电话铃声响起。

刘院长拿起电话听着神色冷峻地放下电话飞身便向外跑。

8 妇产科检查室 夜 内

刘院长、徐主任、何花、雪花表情沉重地看着肖玲。何花在给院长和主任说着什么。

刘院长："立即手术，时间就是生命。要不惜一切代价抢救，一切费用先记着。"又转头对徐主任说，"徐主任，病情危重，你马上上台亲自手术。"

徐主任："好。"说罢对何花雪花，"准备手术。"

何花："手术早就准备好了。"

徐主任："快进手术室。"

雪花、何花飞快地跑去叫病人家属一起将肖玲护送到了手术室。

9 手术室里 夜 内

肖玲安静地躺在手术台上。刘院长站在手术室里。

徐主任、雪花、何花在紧张的手术中。

徐主任打开腹膜一看。两眼瞪得眼球都快爆了，徐主任一边做手术一边报告："腹膜全部变成紫蓝色，腹腔全是积血。快，吸血！"

雪花忙放入吸管。

徐主任对着台下护士："准备输血。"

10 化验室 夜 内

化验师在认真合血。

11　药房　夜　内

药剂师在飞快地取药。高红在药房和化验室之间不停地跑着。

12　手术室　夜　内

刘院长焦急地站在手术台边。

徐主任报告着："子宫骶韧带主韧带阔韧带全部断裂。双侧输卵管和卵巢高度水肿，子宫下段右侧子宫动脉和子宫肌肉全部断裂，阴道壁有一道5厘米的裂口。子宫就像一个断了线的气球漂浮在腹腔里，腹腔与阴道全部相通。所有的断面裂口鲜血像小溪一样一个劲向外奔流。"

雪花快速吸着腹腔积血。

徐主任："这是一起罕见的人为外伤性创伤。雪花快吸血。"雪花放入吸管不停地快速吸着腹腔内积液积血。"何花快暴露清楚点。"

何花："好！"

徐主任："处理子宫动脉。止血钳。"

护士递上。

徐主任："修复子宫、修复主韧带、修复圆韧带、修复所有韧带。修补阴道、重建盆底。"

13　手术室外　夜　外

刘院长不停地电话指挥着："化验室，药房，快！合血，送血，输血又合血送血送药。病员累计失血5000毫升。术中输血4000毫升。"

14　手术室里　夜　内

徐主任："病人血压多少？"

护士："血压80/50毫米汞柱，心率110次/分，呼吸23次/分。

徐主任大大松了口气"好！继续加油！"

15　手术室外　夜　外

病人家属坐在那里安静地睡觉。

16 手术室里 夜 内

徐主任缝好了最后一针线。坐了下来。

徐主任："血压？"

护士："血压 90/60 汞柱，心率 100 次／分，呼吸 22 次／分。"

徐主任对护士："去报告刘院长，手术顺利，病人脱离危险。"

17 手术室办公室 夜 内

刘院长焦急地来回走着。

护士走出来："刘院长，徐主任让我向你报告，手术结束，病人已脱离生命危险。请你放心！"

刘院长长长地舒了口气："好。"说完微笑着离开。

18 手术室里 夜 内

徐主任起身离开。

肖玲睁开眼睛一看："哟！在哪里哟，屋里好白啊。哎哟，好久没这么美美地睡觉了，真舒服！"

累了一个通宵的几个医生护士大家你看我看你，想笑又笑不出来。

雪花："肖玲啊，你到鬼门关走过一趟了。"

19 手术室外 夜 外

徐主任和雪花、何花几个人将病人抬到门边。叫病人家属抬病人到病房。

病人家属叼着烟对已经 50 多岁的徐主任说："把病人给我抬下去！我累了，抽支烟才下去。"

徐主任虽然精疲力竭，但还是听话地帮着把病人从 7 层抬到 1 层。

20 妇产科楼梯上 夜 外

徐主任、何花和雪花几个女人抬着病人艰难地走着。

21 病房里 日 内

肖玲静静地躺在病床上。床边坐着叼着烟的男人。

22 医生办公室 日 内

雪花、何花、徐主任、高红、肖东等一群医生护士在交班。

徐主任沉重地说："作为县级医院的妇产科医生，我们在注重每个医生自己医疗水平提高的同时，还要时时关注各个区乡医院医生的技术水平。要以精湛的医术服务人民，我们自己的医生要送出去学习，区乡的医生我们要请进来培养。目的只有一个，为了全县人民的健康。"

23 雪花家 日 内

雪花坐在沙发上发呆。

24 医院业务院长办公室 日 内

雪花拿着进修表交给刘院长说："刘院长请帮我签个字，我要去进修。"

刘院长微笑着："好！"说着在表上写上了"同意进修几个字"。

雪花："进修啊进修，进修后可能就是夫离子散的时候。"

刘院长："没有那么严重"。

雪花："哎！"叹了口气慢慢走出。

25 南医附二院 日 内

许多人在不停地忙碌着。一个30岁左右的女人面前雪花提着行李在问着什么。

26 南医附二院妇产科医生办公室 日 内

雪花在写病历。几个医生在交谈着。

27 附二院产房 日 内

雪花在接生，两位老师在一旁点头称赞。

28 附二院产科病房 日 内

高大帅气阳刚的刘主任领着一大群医生和学生在查房。雪花紧紧跟在刘主任身边，雪花认真地听着记录着。

29 8病房 日 内

36岁的高青坐在靠窗的床上，一个劲地在两条小腿肚上抓痒，"哗哗"的响声像打鼓一样响亮。同病房的病人只看着她笑，十几个医生护士站在她面前也阻止不了她抓痒的动作。她抓痒的声音如江河奔流声声不息。

刘主任站在高青面前对雪花说："她是我们医院住院最久的一个病人，也是一个非常特殊的病人。现在她怀孕26周，妊娠胆汁淤积综合征比较严重，有兴趣的下来自己去多了解一下。"

30 医生办公室 日 内

刘主任在给大家说着什么。

31 8病房 日 内

高青坐在床上。雪花拿着本子笔在边说边记录着。

雪花："高青，什么时候到医院来的呢？"

高青："8个月前。"

雪花："那么久？"

高青："哎，这还不是要怪我老公，以前我每年都要怀2个娃儿，但每次怀孕到6个月时孩子就自然流产了。三年前开始，我便一个孩子也没怀上了。"

雪花："那你到医院检查过吗？"

高青："检查过了。说是输卵管不通。"

雪花："做手术没有？"

高青："做过了，但没用。"

雪花："本来复孕术成功率也不是很高。一次二次不怀孕是很正常的。"

高青："可我老公他等不了嘛！他非常想要孩子，就叫我来做试管婴儿。"

雪花："那你什么时候做的试管婴儿呢？"

高青："已经准备了很久。这次做试管婴儿前2个月我就住进医院，试管婴儿成功着床后又害怕流产，所以便天天住在这里。现在孩子已经超过6个月了，本想出院，可全身痒得不得了，天天抓痒把皮肤都抓破了，还是痒。只要没睡着手自然就抓起来了，医生说这种病叫着ICP。"

雪花："对，叫 ICP，也就是人们常说的妊娠胆汁淤积综合征。这是一种对胎儿和新生儿都有很高危险的疾病。"

高青："哎哟，我的妈哟！天天在这住着，也不能下床去走一走，真是慌得很。幸好有肚子里的小宝宝陪着，我还是很高兴的。"

雪花："那你一天都干什么呢？"

高青："每天除了吃药就是抓痒。不过现在好多了，医生说孩子能听到我说话了，所以我每天的主要任务就是胎教。每天除了自己听音乐就是给孩子唱歌讲故事念诗。事还真不少。"

雪花："你这是受苦，但也是一种幸福啊！在乡村还有很多妇女姐妹不知道怀孕要到医院检查，生孩子也不知道要到医院。不少人舍不得花钱，自己在家生孩子，好多产妇生得连命都没了。你看你天天住在医院里，这么多医生护士保护着你，虽然苦，但也是幸福。"

高青："是啊。现在虽然我天天在医院，没有一点自由，但医生护士们对我都很好。我真的感到很幸福。"

雪花："那你一定要好好珍惜。"

高青含笑点点头："会的，那是当然。"

32　产科医生办公室　日　内

雪花在交班。刘主任在说着什么。

33　病房　日　内

雪花跟着老师查房。

34　行道　日　外

雪花和老师一组人走着。

高青"哗哗哗"抓痒的声音传得很远，以致雪花跟着老师查房到一层都能听见。一屋子人查房也挡不住高青"哗哗"抓痒的动作和声音。

35　附二院手术室外　日　外

雪花想进去看手术，被护士拦在门外。

护士："已经进去 6 个人了，加上手术 4 个人、护士 2 个人，已经超过手术室规定人数，不能进。"

　　雪花："今天的宫颈癌广切术我太想看了，让我进去吧。"

　　护士："真不能。明天你早点来吧。明天有阴式子宫切除术。阴道成形术。"

　　雪花："好吧！"说着无可奈何地走了。

36　病房　日　内

雪花在一个又一个病房查房，做胎心监护。雪花在给病人换药。

一个女病人在拉着雪花说着什么。

37　南医附二院手术室　日　内

雪花站在高凳子上和几个人紧挤着看手术。

38　南庆市　日　外

国庆节。

街上人来人往车水马龙。

39　餐厅　日　内

雪花和附二院老师一起进餐。

40　成庆公路上　日　外

一辆写着"南庆—成都"的大巴车上。雪花坐在靠窗的位置。

汽车在公路上风驰电掣地奔驰着。

41　西华附二院　日　内

雪花飞快地走着。

西华附二院妇科门外墙壁上的住院病人一览表上：病人总数81人。

雪花在看着统计着写着。

宫颈癌9人、子宫内膜癌6人、卵巢癌7人、外阴癌5人、输卵管癌2人、绒癌3人、子宫肌瘤9人……

42　江源县医院业务院长办公室　日　内

雪花站在桌边。

刘院长在写字，"同意进修"。

雪花对刘院长点点头离开。

43　西华附二院　日　内

雪花急急忙忙地走着。

第二十四集　在西华

1　附二院妇科　初夏　晨

雪花跟着罗老师王老师跑着到一个又一个病房查房。

2　附二院手术室　日　内

8个手术间都躺着等待手术的病人。医生在手术间紧张地手术。

过道里的几辆推车上，麻醉师在弯腰给病人打麻醉。

3　1手术间　日　内

一个手术结束的病人被推了出来，手术室外面推车上已经麻醉好的病人马上就推进了手术室。门外又一个病人用推车送了进来。麻醉师又开始麻醉。

8个手术间、几十个医生、8个麻醉师、几十台手术在有条不紊地进行着。

4　3手术间　日　内

墙上挂钟显示时间上午 9:00

罗老师在做手术。

雪花、王老师、小青在手术台上忙着。

手术室里无一人参观。每个人都在不停地牵拉、切割、止血、结扎、缝合，忙碌着手术。没有喧哗，没人走动。

5　墙上挂钟显示时间　12:00

罗老师仍然在做手术。雪花、王老师、小青都在手术台上。手术室里无一人参观。

6　3手术间　日　内

墙上挂钟显示：16:00

罗老师主刀。雪花、王老师、小青都在助手位手术。手术室只有麻醉和护士，其他无一人参观。

7　病房　17:20　内

雪花在病房换药。

罗老师："雪花，给22床、25床、27床子宫内膜癌，以及7床、8床、10床宫颈癌病人打腹腔化疗，给手术3天的病人全部换药。"

雪花："好，知道了。"雪花边回答边跑着。

8　附二院门诊挂号室门外　夜　外

一群男女老少在挂号室门外的地上坐着排队。一个穿着深绿色衣服的中年妇女和一个穿红衣服约20岁的女人用报纸放在地上铺好，紧挨着坐在上面依次排好队。一个40多岁的女人带着一个10岁的女孩子从门外走进，看了看坐着排队的人群，跟紧挨着红衣女子坐下。

红衣女子："大姐，你这么早来，挂谁的号呢？"

绿衣妇女："我来找彭教授。你呢？你挂谁的号？"

红衣女子："我找罗教授。"

绿衣妇女："你这么年轻来看什么病啊？"

红衣女子："我真是命苦哟，16岁就跟着姐姐们跑到深圳，在理发店上班。上次检查说是我感染了HPV，外阴有癌变。做了手术。现在是来复查的。你呢？"

绿衣妇女："我啊，我都不知道说什么好了。八年前我在家生了个儿子，生孩子时流了很多血，产后月经没再来。后来在我们云南看了很多次，怎么吃药月经都没来。没想到四年前突然又怀上小孩，小孩生下后到现在已经四年，月经却再也没来了。听人说彭教授看病很行，所以就来了。等着明天早晨8点钟挂号。"

9　附二院医生办公室　夜　内

雪花在写病历。

10　女进修生宿舍　夜　内

两个室友已经入睡。

雪花悄悄走入，又轻轻地拿着面巾牙刷轻轻走出。

11　洗漱间　夜　内

雪花在洗脸。

12　女进修生宿舍　夜　内

雪花轻轻爬上进门第一张床的上铺。

奔跑了一天的雪花躺在床上长长地舒了口气。雪花第一次感到床是世界上最好的东西。多么的舒服啊！全身心地放松，全身的筋骨因此而得到休息。

13　女进修生宿舍　日　内

雪花在匆匆忙忙地梳头。雪花匆匆忙忙地出门。

14　附二院走道　日　外

雪花匆匆忙忙地走着。

15　路边的小食摊边　日　外

雪花朝摊主笑笑放下5元钱，拿起一根油条、一袋豆浆，边吃边走向妇科大楼。

16　妇科医生办公室　日　内

雪花把从病历柜中抽出来的一个个病历牌放在桌上，不一会儿桌上的病历牌就堆得像小山一样。雪花抱着高高一堆病历牌放在自己的座位上。雪花拿起医嘱本又对着一个个病历牌开医嘱写处方。

17　妇科医生办公室　日　内

雪花桌子上的病历牌越来越少。最后只有一个的时候，罗老师、王老师来了。办公室里几十个医生护士都来了。有人在叫："大家注意了，交班了。"

值班实习生用流利的英语在交班。

雪花听得十分吃力。

18　门诊挂号室　日　内

昨晚坐着排队的人全都十分精神地站着排着队挂号，红衣女和绿衣妇女站在队列的中间。带小女孩子的妇女排在绿衣女后面。

19　病房　日　内

雪花、罗老师、王老师在一个个病房查房。

20　3手术室　日　内

雪花、罗老师、王老师在做手术。

21　医院行道　日　内

罗老师匆匆忙忙地走着。

22　妇科门诊6诊断室　日　内

罗老师在给一个妇女看病，雪花在写检查单。

雪花在写处方。

红衣女子躺在检查台上。

罗老师在给红衣女子检查。

10 岁小女孩站在那里等着。

雪花拉过小女孩："什么名字？"

小女孩："倩儿。"

雪花："倩儿，哪里不舒服啊？"

青青："下面很痒。"

雪花："多久了？"

青青："六年了。"

雪花："那你现在几岁？"

青青："10 岁了，阿姨。"

雪花："在哪里看过病没有？"

青青："就在这里擦了三年的药，病好了，就没再擦药。不到一年病又复发了。"

雪花："医生说是什么病啊？"

青青："医生说是外阴白斑，天天都叫我擦药。"

雪花："那你今天来干什么呢？"

青青："来请医生伯伯看看怎么办？"

23　妇科门诊 6 诊室　日　内

罗老师在看病。雪花在跟着罗老师不停地跑着。

24　走道　夜　外

雪花在一边看一边记录墙壁上写的有医学内容的墙报。

25　女进修生宿舍　夜　内

雪花和同屋的姐妹在抄写小星进修学习时候的笔记。

雪花："你这是哪家医院的治疗方案哟？"

小星："北京中日友好医院。"

雪花："你才到北京进修学习过，为什么还跑到西华来进修呢？"

小星："西华是全世界最大的医院。到西华进修是我一生的梦想，我当然想来看一看学一学。"

雪花："是啊，只要是医生，谁不想到西华学习啊！"

26　手术室　日　内

雪花在做手术。罗老师、王老师、小青都在手术台上。

手术完毕雪花脱下手术衣服，和王老师又去洗手间洗手准备下一台手术。

27　洗手间　日　内

雪花和王老师在用碘伏洗手

王老师一边洗手一边笑着问雪花："怎么样，在西华进修了这么些天，感觉如何？"

雪花想都没想脱口说道："你们都不是人。"

王老师吃惊地："为啥呢？"

雪花："人都要吃饭。你们一天饭都不吃，只知道上班做手术看病人。"

28　手术室休息间　日　内

罗老师、王老师、小青、雪花在吃饭。

王老师："现在怎么样？还是人吗？"

雪花边吃饭边笑着点头说："这还有点像。老师啊，你们一天多累啊，那么多病人那么多手术，你们一天忙得饭都顾不上吃怎么行啊？你看罗老师多瘦啊。脸上一点肉都看不见，我都不忍心看他，你知道做学生的心里多难受吗？"

王老师："有那么严重吗？"

雪花："肯定。你看我到你们医院这才20多天，体重就降了30多斤。你们天天在这个环境里怎么得了。你们的技术那么好，全国各地的病人都跑到这里来，你们不好好保重身体怎么行啊？"

29　附二院妇科医生办公室　日　内

雪花在仔细地看病历。

30　女进修生宿舍　夜　内

雪花躺在床上双眼望着天花板，上午和王老师的对话时的情形又浮现在眼前。

雪花对着天花板呢喃："老师啊老师，但愿你们以后再也不要让我操心。

不论什么时候，不论有多忙都要记得吃饭。千万不要整天饿着肚子去拼命工作啊！"

31　医生办公室　日　内

雪花在写病历。

32　产科病房　日　内

雪花跟着任教授和阳总，还有一个阳光灿烂的研究生男孩以及两个实习生，在一个个病房查房。

一个孕妇高兴地说："任院长，当你的病人可真好啊。看看嘛，从教授到进修实习医生全都是清一色的笑星。真是微笑医疗组！"

33　产房　日　内

雪花在准备小儿衣服。任院长在给产妇接生。阳总在当助手。

34　医生办公室　日　内

雪花、阳总和阳光男孩子在写病历

35　8病房　日　内

李梅睡在病房上。双眼红红的。刘教授带着一群医生走进了病房。李梅呼地坐了起来："医生怎么办啊？"

刘教授关切地："小梅啊，别紧张，我们会天天关注孩子的健康的，你就放心吧。"

刘教授亲自给小梅听胎心。李梅神情慢慢放松，听到胎心脸上呈现温柔的笑容。

36　产科医生办公室　日　内

雪花、阳总、阳光男孩等很多医生护士在各自忙碌着。

阳总："雪花，待会儿8床那个李梅要做手术，你去看吗？"

雪花："有什么特别的吗？"

阳总："8床孕妇怀有双胞胎，但其中一个孩子40天前就已经死了，刚才李梅查血发现有凝血时间延长、血块收缩不良等危险信号，刘教授决定马上手术取出胎儿。"

雪花："现在就做吗？"

阳总："是啊，产妇已经送进手术室了。"

雪花："谢谢，我马上到手术室。"

37　手术室　日　内

李梅躺在手术台上。刘教授在手术台上做手术。雪花站在手术台边认真观看着。

"哇哇哇"一阵婴儿洪亮的哭声传得很远很远。李梅也由衷地笑了。笑声哭声中第二个婴儿，一个已经完全变形的死婴被取出软软地瘫倒在铝盆里。

雪花忙跑过去看，只见死婴身上皮肤全部脱落，在母腹中，已经死去40天的婴儿肌肉淡红，尚未腐烂。雪花仔细地看着。

38　产科病房　日　内

李梅高兴地抱着小婴儿，喃喃地对着怀里一个劲吸吮的小婴儿说："你是刘教授和妈妈创下的奇迹。孩子啊，长大后，你要永远记住，是刘教授救了你，是西华救了你！"

39　附二院走道里　夜　外

几个大男人抬着一个面色苍白的大肚子女人飞一样跑着。

40　急诊室　夜　内

几个大男人焦急地在等着医生结论。

医生边检查边神色焦虑地说："这么严重，怎么现在才来啊？"医生说时已拿起了电话。

41　产科医生办公室　夜　内

雪花和阳总坐在办公室里写病历。一阵电话铃声响起。

阳总接过电话神色立即变得非常紧张，对雪花说："快去急诊室接病人！快！"

雪花飞快地向急诊室跑去。阳总自己指挥产房助产士和护士准备液体抢救。

42 医院走道里 夜 外

雪花和几个大男人用推车推着大肚子孕妇飞快地向产科住院部跑去。

雪花边跑边看入院单：李容 30 岁，双流县米水村人。门诊诊断：1.$G_3P_239^{+3}$ 周孕死胎临产；2. 胎盘早剥？ 3. 前置胎盘？ 4. 溶血性贫血（中度 HB65 克）；5. 失血性休克（代偿期）。

43 产科检查室 夜 内

李容躺在检查床上。手上挂着两组输液瓶。阳总和两位助产士在仔细检查着说着。

雪花拿着纸和笔在记录着。

44 产科医生办公室 夜 内

阳总在打电话。

阳总："任院长，有一个胎盘早剥失血性休克病人，请你马上到医院来指挥抢救。"

电话里传来任院长焦急的声音："立即合血。做好术前准备和抢救措施，立即手术。马上向病员家属交代病情的严重性。"

阳总："好，已经合血 1000 毫升。建立静脉双通道。"

45 检查室外 夜 外

阳总叫病人家属到医生办公室。

46 产科医生办公室 夜 内

病人家属着急地站着。阳总在给家属交代病情的危险性。

阳总："你爱人因为死胎胎盘早剥失血过多，病情严重。胎盘早剥很有可能引起子宫胎盘卒中及 DIC 可能。会直接危害病人生命，现在必须马上输血手术，否则后果不堪设想。"

47　检查室　夜　内

李容躺在检查床上。两组液体飞一样直往李容体内跑着。

一个护士在备皮做术前准备。雪花在问病史。

雪花："什么时候开始腹痛的？这两天有没有做重的体力劳动？胎儿有没有特别的反应？"

李容："入院前两天，孩子没以前动得好，前天一天胎动只有 4 次，昨天 1 天胎动只有 1 次，今天孩子 1 次都没动，上午 9 点我和母亲去买菜，回家包好饺子，大概 11 点 30 分出现右下腹胀痛。12 点又骑着自行车到距家 3 公里外的母亲家叫爱人回家吃饭，骑车时仍然感到下腹胀痛。下午 4 点钟腹痛加重，坐三轮车到李阳医院检查，5 点钟时李阳医院 B 超检查提示死胎。今天晚上 10 点多钟出现阴道出血，以后就血流不止，感到头昏无力大汗淋漓。所以就跑到西华来了。"

48　街道　夜　外

灯红酒绿，街上车来车往。任院长开着小车在飞跑着。

49　手术室　夜　内

任院长和阳总雪花在紧急手术中。李容躺在手术台上。鲜血和液体同时向李梅身上流着。

任院长边做手术边说："血性腹水子宫浆膜蓝染，子宫前壁卒中后壁广泛凝血青紫，子宫极软如袋状。腹腔积血 3000 毫升宫腔积血 500 毫升，清除宫腔积血，立即查凝血功能全套。"

任院长又对着护士："热水纱布压拍，按摩子宫。"任院长使劲按摩子宫。子宫收缩有力，出血明显减少。任院长决定："保留子宫。缝合子宫。缝线。"护士立即递上。

任院长看着阳总："动态监测血液图和血象。"

阳总忙点头："好！"

50　医院走道　夜　外

一个男人拿着化验单在不停地跑着。

51 检验室 夜 内

检验人员在紧急地检查合血。

52 手术室 夜 内

手术进行中。鲜血和液体仍然在不停地向李梅身上流着。任院长阳总雪花仍然在手术台上。

一个护士拿起化验报告单念道："FDP：10ug/ml，阳性（>5ug/ml），D2聚体阳性，（>0.5ug/ml）APTT44.4秒，因血不凝。PT及纤维蛋白原未能测出。结果：DIC。"

任院长："术中失血约1200毫升累计失血3400毫升，病员出现DIC病情严重。要动态监护凝血图和血象，请血液科会诊同时立即向病员家属交代。"

53 手术室门外 夜 外

病人家属站在门边。阳总在给病人家属交代："现在你爱人出现了DIC，就是一种血液不凝的凝血性疾病，叫弥散性血管内凝血。病情非常危险，为了抢救生命可能进行子宫切除术，但由于病人凝血功能障碍，行子宫切除术后仍可能由于术中术后大出血而危及病人生命。"阳总看着病人家属，"怎么办？"

病人家属拿起笔就在病历上写下了："已了解病人的病情危险性，同意和理解医生的处理和决定。"阳总用手拿着纸在写着什么。

54 医院走道里 夜 外

一个男人拿着纸在飞跑着。

55 化验室 夜 内

男人拿起纸交给检验师。

56 手术室 夜 内

手术已经结束。

任院长坐在病人身边。仔细地观察着病人皮肤上有无出血点。

57　产科病房　夜　内

李容睡在病床上。

鲜血和液体仍然在不停地向李容身上流着。

雪花站在李容身边，双手紧压着李容的小腹部，并轻轻按摩着子宫以加强子宫收缩，减少出血。

58　产科医生办公室　夜　内

任院长阳总在和血液科医生会诊。

59　产科病房　夜　内

李容仍然在安静地躺着。雪花仍然在按摩子宫。阳总跑进来在病人家属身上轻轻拍了一下，示意跟着她走。病人家属一个中年男人便立即起身跟着阳总走了出去。

60　产科医生办公室　夜　内

任院长严肃地对病人家属说："现在你爱人出现了 DIC，也就是弥散性血管内凝血。病情非常危险，虽然手术已经结束，子宫也保住了。我们也请血液科医生会诊，共同商讨治疗计划，希望你能配合我们的治疗。病人仍然十分危险，还需要大量输凝血因子、冰冻血浆、红细胞悬液和鲜血直到出血停止。"

病人家属连连点头："谢谢医生！你就放心治疗吧。"

61　病房里　夜　内

李容睡在病床上，一只手输液，一只输血。雪花仍然双手紧按着李容腹部。

62　医院走道上　夜　外

出院的李容和爱人笑眯眯地边走边跟雪花挥手。

第二十五集　院长的生日

1　西华附二院外的公路上　日　外

一辆出租车开了过来。李容和爱人飞快地坐进了出租车。

2　餐厅　日　内

阳总、阳光男孩、刘教授等许多人坐在餐桌边等着。

阳总："大家注意了，今天是任院长的 40 岁生日，等会儿大家要让任院长多喝杯酒，平时他太辛苦了，很少时间休息，上班时间就在院长办公室处理医院事务，下班时间又要做手术，他的手术都安排在早上 8 点以前，中午 12 点到 2 点 30 和下午 6 点之后，这么多年他有多累啊。今天大家也要和他一起放松放松。你们说好不好？"

阳光男孩和刘教授大声地说："好！"

阳总："大家记住了，等会儿任院长来了，一定要多敬他一杯酒哟！"

3　餐厅　日　内

阳总："怎么还不来啊，今天可是他的生日，主人不到场，客人怎么好开动啊？"

阳光男孩："阳总，你还是给任院长打电话，问一下是怎么回事再说吧。"

阳总："好啊，边说边拿起电话。"

4 医院产科产房 日 内

一个浑身是血的产妇躺在产台上，许多护士在输液输血不停地跑着。

任院长在手术台上边做手术边不停地指挥抢救。

5 餐厅 日 内

阳总无可奈何地对大家摇头："任院长叫大家先吃，他正在组织抢救一个大出血的产妇。"

6 手术室 日 内

任院长在做手术。

7 西华附二院产科病房5病房 日 内

36岁的姜梅躺在床上沉思着。任院长阳总雪花等微笑医疗组一行人从门外走入。

姜梅："任院长，快来给我检查，看看小宝宝怎么样了？"

任院长笑眯眯地说："好好好，马上就来！"

姜梅："任院长，我这个孩子究竟保得住不？"

任院长："你不要太担心，好好休息。每天早中晚各用一个小时数胎动，一次也不能少。如果发现有问题马上就叫我们。"

姜梅："虽然胎动很好，但是我还是好害怕哟。孩子明天8个月了，我真是好担心啊。"

任院长："要坚强点、勇敢点，相信我们吧。我们已经定了完整的治疗方案。在妊娠的最后2个月，我们将每天听8次胎心，做6次胎心监护，你自己要坚持每天早中晚各用1小时数胎动。每次的胎动数要记录好。每天早晨交班时我们要来检查。另外我们还将给你用营养胎儿和扩张血管的药，你就安心地养胎，让我们一起努力吧。"

姜梅："任院长，我还是好害怕啊！"

任院长笑眯眯地点点头："理解，放心吧！任何时候只要孩子有危险信号，我们马上手术把孩子取出来。"

姜梅："好吧。"姜梅仍然很不放心地看着任院长。

8 医生办公室　日　内

雪花在写病历。

9 5病房　日　内

雪花站在姜梅床边。姜梅焦虑的心情写在脸上。

雪花用多普勒检查胎心。胎儿"咚哒咚哒"的心跳声让姜梅紧锁的眉头立即舒展。笑容在洁白的脸上灿烂盛开。

雪花边听着边记录着："胎心136次／分。心音强而有力。"

雪花收起多普勒给姜梅说："胎心很好，你就放心吧。"

姜梅："说是那么说，可前几次的教训实在是太可怕了。"

雪花不解地问："怎么回事呢？"

姜梅："医生，你不知道，我和老公结婚十四年，到今天还一个孩子都没有？"

雪花："为啥呢？"

姜梅还没说话泪水便已流了出来。

雪花忙叫着："别这样，别激动，对小孩子不好。"

姜梅难过地说："十二年前我第一次怀孕时，我和老公高兴得不得了，我们天天盼着孩子出生，还给孩子取好了名字。可就在我怀孕7个月的一天。我突然感到肚子里的孩子不动了。到医院去打B超，医生说孩子已经死了。当时我们俩半年都没缓过气来。更不幸的是1991年、1993年、1997年，同样每次娃儿怀到7个月时孩子都会突然死亡。"

雪花："娃儿为什么会在7个月时死亡，你检查过没有？"

姜梅："为了寻找孩子的死因。1997年我们第4个孩子死亡后，我们把孩子拿到西华第二医院进行检查。结果发现，胎儿是因为脐动脉重度狭窄，循环障碍导致胎儿缺氧，双肺吸入羊水最终因呼吸衰竭死亡。至于为何总是在7个月时胎死腹中，医生说是因为此时胎儿快速成长无法忍受体内缺氧的状态而死。"

顿了会儿姜梅又说："去年怀上孩子后，我天天担心，快到7个月时我们就到西华医院来了。现在已经住院1个月了，但愿事事如意。"

雪花："你不要太担心了，天天住在医院，有什么事马上告诉医生。医生会随时处理的，你就放心吧。医生每天除了听8次胎心，还要做6次胎心监护，你自己还可以随时数胎动。你怕什么呢？"

姜梅："说不怕那是不可能的，每天晚上我都不能睡觉。一闭上眼睛，仿佛就看见前4次生下的死胎。我好担心这个孩子也遇到同样的命运啊！"

10　产科医生办公室　日　内

阳总、阳光男孩、雪花在听任院长讲解着。

任院长："关于姜梅这个孕妇，我们要明白最关键的一点就是前4次胎儿的死因就是：胎儿脐动脉重度狭窄，循环障碍导致胎儿缺氧，双肺吸入羊水最终因呼吸衰竭死亡。至于为何总是在7个月时胎死腹中，是因为此时胎儿快速成长无法忍受体内缺氧的状态而死。这是这个孕妇我们要掌握的关键。目前我们的治疗方案：一是用扩血管药扩张血管，同时用氨基酸营养胎儿；二是严密观察胎心每天按时听胎心、数胎动，做胎心监护；三是多安慰孕妇给孕妇做心理治疗；四是利用胎教原理让孕妇战胜心理恐慌。大家要多关心她，启发她，要多利用胎教的作用让孩子顺利怀孕到足月。前4次不幸的早产死胎史，让她的精神和心理上都产生了巨大的阴影。我们要一起努力让她渡过难关。"

11　5病房　日　内

姜梅仍然焦虑重重地躺在病床上。

微笑医疗组一行几个人慢慢走了进来。

姜梅着急地说："任院长，我怎么办啊。每天都睡不着觉。"

任院长："你一定要坚强点、勇敢点，一天不要想那么多。要坚强坚强再坚强，想想你可爱的孩子，想想这个世界上只有你，才能够真正让他可以安全来到人间。只有你才能真正给他生命。不论我们怎样帮助，怎样给你做心理治疗，但真正起作用让他顺利来到人间的人只有你。只有你，知道吗？只有你，才是给他生命的人。"

姜梅："任院长，你说的道理我都懂，但我就是每天都要胡思乱想，天天害怕，时时担心孩子会出现意外。"

任院长："那就看你的意志和毅力了。"

姜梅："我认为自己很坚强，也很勇敢。就是太担心。"

任院长："不要担心。担心是没有任何作用的，它只有害处，只会让危险更接近你。只有坚强自信勇敢面对，胜利才会属于你。"

　　姜梅："但愿我的孩子在你的指导下顺利来到这个世界。"

　　任院长："要达到这个目的，你就要按照我说的做，不担心不害怕，要勇敢，要坚强。每天听听优美的轻音乐，给孩子念念优美动听的抒情小诗。还要认真感觉胎动。"

　　姜梅："我的孩子他能听到吗？"

　　任院长："当然能听到，肚子里的胎儿5个多月就可以听到外界的声音，你说的话他都能听到哟。你要时时注意自己的言行。"

　　姜梅："那我就天天和我的小孩子说话行吗？"

　　任院长："那就太好了。你也不会那么紧张害怕了。有你肚子里的孩子和你一起努力，相信明天会更好。我们医生也会按时听胎心，随时看护你的孩子，还会用一些营养胎儿的药和扩血管的药，相信你的孩子会闯过这一关的。你自己随时感觉胎动就行了。"

　　姜梅："好，我知道了。你就放心吧。任院长。"

　　任院长高兴地笑了："但愿你天天都有好心情。"

12　医生办公室　日　内

阳总、阳光男孩、雪花在听任院长讲着什么。

13　5病房　日　内

姜梅在病床上躺着。

床头柜上的收音机在放着优美的音乐。

雪花走进病房。姜梅点点头笑笑。雪花轻轻地走到床边给她听胎心。姜梅关掉音乐，雪花一边记录胎心一边问："怎么样？感觉如何？"

　　姜梅："还可以。这两天心情好多了，我感觉孩子都可以和我说话了。每当我听音乐的时候，孩子乖乖地睡，音乐一停，孩子就用脚踢我。当音乐一放，孩子又听话地不动得那么厉害。"

　　雪花："那你就坚持每天按时给孩子放音乐，培养一下孩子的音乐天赋。"

　　姜梅："孩子胎心如何？"

　　雪花："很好。心音很强，胎心次数也正常。"

姜梅："那就太好了。谢谢你们。"

雪花边走边问姜梅："昨天的胎动记录在哪里？"

姜梅高兴地拿出记录纸给雪花。

14　产科医生办公室　日　内

雪花将胎心记录和胎动记录一起交给任院长。

任院长仔细看着记录，笑容在脸上绽放。

15　手术室　日　内

雪花、任院长、阳总、阳光男孩在做手术。

16　5病房　日　内

姜梅睡在病床上听音乐

17　医生办公室　日　内

雪花在写病历。

18　病房　日　内

雪花、阳总、任院长还有阳光男孩在查房。

19　5病房　日　内

姜梅在念诗，往日脸上的愁容不见了。一种母性的光芒轻轻地洒在姜梅洁白的脸上。

"当你在众神的面前舞蹈，你使得新奇的韵律轨道弥漫于太空。大地因此颤抖，绿叶青草和秋天的原野起伏摇曳。大海汹涌地响起一片韵律的浪涛，繁星撒入太空，那是断线的珍珠从你胸前跳跃的项圈上脱落，因为突如其来的骚动，人们心潮澎湃。"

雪花从门外走到姜梅面前听胎心。当胎心监护仪放在姜梅的腹部胎心一响。孩子响亮的心跳声如美妙的音乐。

姜梅开心地笑了："孩子，妈妈听到你的心跳了。孩子，妈妈爱你！"

20 过道 日 外

雪花走着。

21 手术室 日 内

雪花、任院长、阳总在做手术。

22 手术室外 日 外

坐着一排排等待剖宫产术后出来的产妇家属。

23 产科门诊诊断室 日 内

任院长在给一个个孕妇检查。雪花在做记录。

24 产科5病房 日 内

雪花轻轻走进去。

姜梅坐在床上双眼紧闭着在听音乐。

雪花轻轻地说："做得好，就这样。好好听听美妙的音乐，再发挥想象力。慢慢地吸气。"

姜梅听话地长长地轻轻地吸了一口气。

雪花："好。现在你可以暗示自己，要保持内心的愉悦，脸上保持动人的微笑。想象春天里遍地花开的原野，辽阔的草原，清清的泉水，蓝蓝的天空，遍地的花香，可爱的小孩。"

姜梅："太好了，我好像看到我的孩子了。"

雪花："是啊，就这样。好好孕育你的小宝宝，将来他一定会很聪明很乖很听话的。"

姜梅："以后我再也不会害怕了，我会天天陪着我肚子里的孩子，和他一起听音乐读诗歌。"

雪花："你还可以用你的双手轻轻地抚摸着腹部，让你的孩子时时感觉到你的爱抚你的存在。"

雪花边说边将多普胎心仪放在姜梅小肚子上，胎儿"咚嗒咚嗒"的心跳声又响起来了。姜梅陶醉在胎儿响亮的心音中。

25 医生办公室 日 内

雪花、阳总、阳光男孩在一起开处方写病历。

26 手术室 日 内

产妇睡在手术台上，刘教授打开腹腔一看惊呆了。天啊！产妇子宫表面满布着拇指一样粗的血管，刘教授在子宫表面，到处都找不到可以打开子宫取出胎儿没有血管的地方。怎么办？

刘教授果断命令产科所有医生全部到位，立即交叉合血8000毫升，建立多组静脉通道。

护士在不停地给一个个医生打电话．

27 化验室 日 内

立即调动所有化验师同时出动。

化验师们在紧急合血。

血库存血不够，到附近血库调血。一定要做好充分准备。

28 手术室 日 内

刘教授、任院长等一大批教授在紧急会诊。

刘教授："一定要等所有血都准备好后才开始手术。至少合血10000毫升。"

任院长："好，这是一台比速度和时间的生命之战的手术！如果产妇流出来的血比输进产妇体内的血多，产妇就有生命危险。如果产妇流出来的血比给产妇输的血少，产妇就相对安全。现在子宫上全是拇指那么粗的血管。每根血管每秒钟的出血量是多少，子宫下端切口处纵横交错的血管几十上百条，要切开等于打开了几十上百个水龙头，每秒钟的出血量是多少。那么我们要建立多少条通道以怎样的速度才能不使产妇在短时间内血液流尽。"

刘教授："对，一定要想一个万全之策，大家都想想，但现在关键是尽快合血。"

29 医院走道 日 外

几个人在不停奔跑着。

30 公路上 日 外

血站的车在飞快地奔驰着。

31 化验室 日 内

化验师们在紧急地合血配血。

32 手术室 日 内

产妇仍然躺在手术台上。

刘教授、任院长等专家组成员紧急会诊。

33 手术室外 日 外

产妇家属一个30多岁的男人站在门边。刘教授在给他交代病情。

刘教授："你爱人子宫与常人不一样，她的子宫表面全部长着拇指般粗的大血管，并且盘根错节不能分开，这样的情况在全世界都是罕见的。要取出子宫里的胎儿必须切开子宫，而要切开子宫必将引起不可估量的出血。虽然我们已经准备了10000毫升血，但究竟出血快还是输进去的血快就是产妇能否存活的关键。经过我们产科专家组全体专家讨论，目前已经有了完整的方案。但必须得到你的同意。你爱人的情况实在太特殊了，随时有生命危险，有任何意外请你一定要理解。我们一定会全力抢救。"

病人家属："那什么时候手术呢？"

刘教授："要等到10000毫升血全部合好放在手术室内才能手术。"

病人家属："医生，请你一定要保住我老婆和孩子啊！"

刘教授："我们全院医生一定尽全力保护她们的。"

34 公路上 日 外

血站的车仍然在奔驰着。

35 医院走道 日 外

一个又一个人拿着血袋在奔跑着。

36　手术室　日　内

任院长刘教授等一大群专家组在紧张的手术台上。

手术前刘教授再三强调，检查合血输血，建立多组静脉通道建立完毕。立即准备手术。

刘教授大声地说："全体准备，手术开始！"

当刘教授手术刀一下去，一股股鲜血如剑一样冲上了天花板。几十个医护人员同时将血挤进了产妇体内。送血的换血袋的一个又一个飞速传递着。努力跑着，跑着，终于在失血12000毫升输血12000毫升后，血止住了，产妇孩子都得救了。手术室里的专家教授全都跳跃欢呼起来。

37　手术室外　日　外

产妇家属紧张得一直在手术室外不停地走来走去。

听到手术室里的欢呼声，产妇家属跳起来直往手术室里瞅。

38　手术室外　日　外

刘教授高兴地对产妇家属说："太好了，产妇得救了。"

家属高兴得跳起来，直呼："谢谢医生！谢谢医生！"

39　产科　5病房　日　内

姜梅仍然在听音乐。

40　手术室　日　内

姜梅躺在手术台上。

任院长、阳总、阳光男孩、雪花在给姜梅做手术。

一声婴儿响亮的哭声冲破手术室，冲向远远的公路、房屋。听着婴儿响亮的哭声，姜梅高兴得流出了眼泪。

任院长也开心地笑了。

41　西华门诊妇科诊断室　日　内

雪花坐在诊断室里。

一个穿着打扮超前的美妇拿着门诊病历本走进来。

雪花接过病历本一看：张美英，48 岁，设计师。"请问啥事？哪儿不舒服？"

张美英："请问我月经停了有什么办法让它再来？"

雪花："这个，办法有很多，具体要根据每个人的情况来定。"

张美英："那你这叫什么治疗？"

雪花："叫 HRT 也就是激素替代治疗。"

张美英："那你给我开点药吧。"

雪花："这个可不能随便开，开药前要做 B 超检查子宫内膜厚度，有无子宫肌瘤、乳腺增生等。有子宫肌瘤、乳腺增生、癌症家族史的都不能用激素替代治疗。"

张美英："我是想等来月经后好生个孩子。"

雪花着急地问："什么？月经停了多久了？"

张美英："差不多半年了。"

雪花："过去那么多年你怎么不要孩子，现在都停经了怎么想要孩子啊？"

张美英："过去一心只想着事业，没想要孩子。"

雪花："那你是干什么的？在哪里工作呢？"

张美英："我和我老公都是搞设计开发的。从大学毕业到今年，一直在英国工作。因为忙，根本没时间要孩子，现在回来了，想要孩子了，月经又不来了，我很着急。很想生个孩子，你帮帮忙吧。"

雪花难过地说："我也不知道怎么给你说，一般说来，停经后卵巢已不再排卵，所以要生孩子是需要努力的，如果只想来月经倒是非常轻松的事情。就是让月经来到 60 岁都可以，只要你愿意。但是要想生孩子，那就要用非常办法了。我是在这里进修的进修医生，明天进修结束我就要回老家了。要不你去找找我的老师们，他们有很多好办法的。再不济还可以做试管婴儿。"

张美英神情悲伤默默地走了。

第二十六集　雪花与何花起冲突

1　江源县医院　日　内

雪花急急忙忙地走着。

2　江源县医院妇产科医生办公室　日　内

雪花、徐主任、肖雪、王强、何花、钟丽在交班。

徐主任："雪花进修回来了。目前产科病人比以前也多了很多，说明孕妇孕期保健知识有了很大提高。但是孕妇学校还是不能丢，要加大力度在孕育知识上狠下功夫。要为孕妇们孕育优秀后代，为祖国未来高素质的下一代努力奋斗。"

3　门诊孕妇学校　日　内

雪花在讲课。20 多个孕妇规规矩矩地坐着。

雪花很精神地站在台前："姐妹们好，今天我给大家讲的内容是：孕产期的用药知识。"

4　江源县医院走道　日　外

雪花和一袭白衣风度翩翩的邱平一起走着。

何花、肖红、刘刚等一群人走过来七嘴八舌地说："呀，邱平，才买的新衣服吧？好帅啊！"

邱平自豪地说："是啊，花了半个月工资哟。给老婆打了五次报告才批的。"

5 江源县医院住院大楼大坝的露天停车场 日 外

一个 20 多岁的青年鲜血淋淋地躺在地上。

一群病人和病人家属团团围住了青年。

6 江源县医院走道 日 外

雪花何花和邱平一起边走边说着。

雪花："邱平，听说你们科有个病人双足内翻畸形，做手术没钱是你们科室集体帮着交的。"

邱平不以为然："对。对。那有什么嘛！那病人很可怜，再说那些钱是全院包括院长在内全院所有好心人一起捐赠的，你进修学习去了所以不知道。"

雪花了然地说："这样啊，那就是集体大救援哟！"

邱平语重心长地说："他一个亲人都没有，吃喝拉撒都得靠自己，又不能走路还下地干活，多凄苦啊。"

何花冲邱平笑笑："那么大个男人还有这么细的心思。真难得啊！"

几人一边走一边说着不觉到了住院大楼处。

7 江源县医院住院大楼处 日 外

一大群人在七嘴八舌地说着。

绿衣女边退边说："哎哟，好多血呀！"

蓝布衣裤老头走近两步大声地说："流这么多血，等会儿流死了还找不到那个扯筋呢。"

短衣短裤拿着刀的光头男人杵在那里大声地说："哪个都莫想扯皮，他自己找我扯皮，砍他两刀还跑到医院。跑到医院我就怕了吗？哼！"

蓝衣黑裤的老太婆悲天怜人地说："人都这样了，还是先找医生看看再说吧。"

拿刀男人向前一挺、眼睛一横："那个送去那个就给钱，我是一分钱都不会出的。"

雪花急急忙忙跟着邱平一起向前跑去。

邱平冲进人群看到鲜血淋漓的青年立即弯腰抱起飞一样跑向手术室。邱平那洁白的新衣服与鲜红的血液灰尘混合在一起显得格外醒目。

雪花呆呆地看着还没回过神。邱平抱着青年已没有了踪影。何花拉拉雪花示意可以走了。

一群看客惊异半天各自四散。

8　手术室　日　内

鲜血淋淋的青年躺在手术台上。

邱平在给青年做缝合手术。

几个护士在跑着给青年输液输血。

一个护士抽了一管血拿起就跑。

9　医院走道上　日　外

拿着采血管的护士在奔跑着。

10　化验室　日　内

拿着血袋的检验师把血袋交给护士。

11　妇产科医生办公室　日　内

王强在写病历。

钟丽在整理病历资料。

雪花在给张春花开处方。

王小四在那里站着等。

王小四："张医生，我老婆什么时候可以出院呢？"

雪花："再输三天液就可以出院了。"

王小四："张医生，我想回去了，家里的鸡和猪没有人喂。"

雪花："昨天张春花才作了剖宫产，今天怎么可能回家。再说春花还没排气，饭都没法吃，40多岁，还是高龄产妇。恢复得要慢些，你回家怎么办呢？"

王小四："40岁还算年轻怕啥子嘛！只要小孩子出来了，还有什么好观察的嘛。"

雪花抬头看了看王小四："孩子生下来了，还是有很多要观察的。如春花的腹部伤口、子宫复旧、乳汁分泌、新生儿吸吮、产妇体温等等很多情况，都是必须仔细观察认真处理的。"

王小四："可我家里的鸡和猪真没有人喂啊。"

雪花难过地说："你老婆孩子还没有你家的鸡和猪重要吗？你请王小二、王小三他们帮着你喂两天嘛？"

王小四："他们早就跑到广东打工挣大钱去了。哪个还在家里哟。"

雪花："陈大菊是你妈妈，王大虎是你爸爸对吧？"

王小四："是啊。张医生你记性还好哟。还记得我爸妈哟。"

雪花："你爸妈不记得，你家小一哥哥、小兰姐姐的惨剧谁不记得。你怎么现在才生孩子啊？叫你爸妈帮忙看着就是啥。"

王小四："张医生呢，说起就不好听哟。因为小兰和王小一的死，我是伤透了心。老婆李小兰生娃儿子宫破裂母子双亡后，我便死心不想再结婚了。可后来，大儿子在河边耍水淹死后，别人说我没儿没女是孤人。现在都42岁了才又找了个二婚嫂春花想着结婚后生个儿子。哪晓得又怀个横位手儿先出来，只能做剖宫产。哎！命苦哟。"

雪花难过地问："那你爸妈呢？"

王小四长长叹口气："张医生呢，我老妈因为小兰和王小一的死，天天哭，眼睛瞎了十多年了。她自己弄点吃的都恼火，哪有能力照顾我们哟。"

雪花："那你爸爸呢？"

王小四："我爸更莫说了哟。还是因为王小兰和王小一的死，天天怄气吃不下饭，天天腹痛腹胀，得了肝病，医生说是肝癌。小一小兰死后不到五年我爸也死了。"

雪花："那李金花和玉米花呢，她们离你们家那么近，请她们帮着喂两天鸡和猪啥。"

王小四："玉米花到广东打工挣钱去了。李金花到红星区给大丫带娃儿去了。家里周边的人大都不在家，凡是能跑能跳的人，都在外面打工挣钱去了。只有老弱病，谁能帮助我。"

雪花："那你自己看着办吧。"

王小四："实在没办法，也只好麻烦我老妈妈瞎起眼睛看着了。"

12　病房里　日　内

王小四在给春花洗脸。小孩子在不停地哭。雪花走进去，抱过孩子，打开尿布，里面全是粪便。

雪花笑着叫说："小四，快点，过来给你儿子洗屁股。"

王小四忙放下面巾，叫着"大年大年"飞跑过来。

雪花笑眯眯地说："怎么就取名大年哟？"

王小四鼓起眼睛："你说春花年龄大都嘛。"

雪花呵呵地笑着："好好，王大年，大年，挺好的。"边说边帮着王小四一起给大年洗屁股，擦干净后又帮着弄尿布穿衣服。

13　大街上　日　外

雪花和钟丽一起走着回家。

钟丽两眼红红地拉着雪花："雪花啊，我那个短命鬼儿石头娃儿，昨天一晚上都没回来，你说我咋办哟？"

雪花歪着头不可思议地看着钟丽："叫他回来就行了啥。"

钟丽难过地说："他有那么听话，我一天就不会失眠了。"

雪花叹口气："他不听话，说到他听为止嘛！你不要想那么多，活得开心点，好好上班就行。"

14　雪花家　日　内

雪花在看书。

雷军在看电视。

雪花深思熟虑地说："我们离婚的事还是不告诉欣乔好吗？"

雷军想想："行。"

雪花皱着眉头："等她考上大学再告诉她吧。"

雷军想都不想："行。"

雪花难过地说："那明天我们去把手续办了吧。"

雷军转过眼去："好！"

雪花满是关心地说："以后你要好好照顾自己，要学会存钱，不要把银行放在荷包里。也不要只顾工作不顾家。"

雷军擦擦眼睛："知道了。离婚后，我们还是好朋友？"

雪花坦然地说："当然。"

15　民政局大门外　日　外

雪花和雷军肩并肩走着。

16　大街上　日　外

雪花和雷军各自走着。

一阵电话铃声响起。

雪花拿起电话："什么？交病历，现在？"

雪花匆匆忙忙地向医院走去。

17　妇产科医生办公室　日　内

雪花急匆匆走入没好气地说："干啥子嘛？这时候交，明天交不行吗？"

何花斜着眼睛："不行。"

雪花拿起病历看了两眼，怎么也不能集中精神看和写，雪花烦躁地说："不行也行，我走了。"

何花十分霸道地用手拦住雪花："你敢！快点交出来！"

雪花难过地高声叫道："不交，不交，就是不交！"

何花走上前："交不交？"

雪花奋力想往外走："交个屁。不想交，明天交。"

何花激动地说："不得行！"

雪花震怒地喊："什么？"

何花"啪"的一巴掌打在雪花的脸上。

雪花转过头一拳挥出。

一大群医生护士上来拉开了争吵着的两人。

18　院长办公室　日　内

雪花站在桌前。

院长坐在桌边。

院长："说嘛。为什么和何主任吵架？"

雪花难过地说："心情不好，哪儿有吵架？她非要我马上交病历，我实在交不出。没办法。"

院长皱着眉头："心情不好，为什么心情不好？"

雪花想说"我刚才离婚了"，可话到嘴边又停住了。只有两行泪珠在脸上悄悄滑过。雪花转过头，擦掉眼泪，嘴硬地说："就那么了不起吗？她叫我马上交，我就马上交？可我实在写不出来，现在我字都看不清写不了，病历有错的地方怎么办？"

院长语重心长地："叫你交，你就快点写好就交嘛。"

雪花："院长。我……"

19　雪英家　日　内

雪花坐在沙发上红着眼睛流泪。

雪英坐在旁边不断地递纸。

雪花难过地说："姐，我离婚了。"

雪英惊讶地问："什么？"

雪花无可奈何地说："太忙太累了，他忙我也忙。只想找个人给我煮饭就行了，我叫雷军也找个人给他煮饭就是。"

雪英生气地说："忙忙，忙，你一天在忙什么嘛？欣乔怎么办嘛？"

雪花难受地说："忙的太多了，每天上班忙，下班还是忙，好多时候下夜班累得路都走不动了还是要去买菜做饭。欣乔那么大了，她自己能照顾自己了。"

雪英指责地问："你们院长知道吗？"

雪花低着头："不知道。"

雷英："你们主任知道吗？"

雪花头低得更低了："不知道。"

20　妇产科医生办公室　日　内

何花、雪花、王刚、肖雪、高红、肖东都在交班。

21　病房　日　内

雪花在一个又一个病房查房。

22　医生办公室　日　内

雪花、何花、王强、肖雪坐在办公室写病历。

一个30多岁叫杨珍的女人笑嘻嘻地走进办公室："医生，我40天没来月经了，想来看看是怎么回事？"

雪花、何花、肖雪几位医生不约而同地问："什么？"

杨珍几根头发稀稀拉拉地站在头上仍然笑嘻嘻地说："40天没来月经了。是怎么回事啊？"

肖雪着急地立即上去给杨珍开化验单。

杨珍不解地问："检查什么呢？"

肖雪看看杨珍："看尿有没有问题。"

23　医院走道里　日　外

杨珍慢慢走着去化验室。

24　化验室　日　内

化验师在给杨珍化验。

25　医院走道　日　外

杨珍拿着化验单。

杨珍笑嘻嘻地念着："HCG 阳性。"

26　医生办公室　日　内

雪花、何花几个面色苍白地站着。

王强皱着眉头："停经40多天，绒癌复发了。"

肖雪着急地说："是啊，前4次化疗用了1万元钱，不知道这次怎么办好啊。"

正说着杨珍高高兴兴地走了进来："检查结果阳性。"

杨珍好奇地说："肖医生，检查结果阳性是什么意思啊？"

肖雪目光躲闪："你的病又复发了，还要来化疗。家里还有钱吗？"

杨珍笑容瞬间消失："没有。"她阳光灿烂的脸上立即阴云密布。

肖雪焦虑地问："那怎么办啊？"

杨珍大大叹了口气："没办法，只有回家等死了。我男人说，家里再也拿不出一分来治疗了。"说话时眼泪已下雨样地流了出来。

何花关心地说："你先回家吧！"

雪花拍拍杨珍的肩膀："别着急啊！回家和你爱人好好商量一下吧，慢慢走啊。"

27　大道上　日　外

杨珍慢慢地走着，一边走一边流泪。

28　医生办公室　日　内

何花、雪花、肖雪、王强几位医生不再说笑，一股沉重的气息弥漫在办公室。

29　何花家　夜　内

何花坐在沙发上沉思着。

30　医生办公室　晨　内

何花、雪花、王强、肖雪、高红、肖东等一大批医生护士在交班。

高红："交班完毕。"

何花："今天，我们大家一起来商量一件事。杨珍水仙乡那个绒癌病人，大家都认识吧？"

一屋人高高低低地回答着："认识，认识。"

何花认真地说："在过去的一年里，她先后在我们医院做了4次化疗。虽然这和绒癌标准的化疗次数相差很远，但是病人因为家里实在拿不出钱，医学也因此显得苍白无力。昨天她到我们医院来检查了。检查结果是阳性，也就是说，她的绒癌又复发了。"

人们仍七嘴八舌地说："哎哟好，可怜哟！怎么又复发了呢？"

何花高声地说："昨天叫她来化疗，她说家里的钱已经用光了，家里再也不会拿一分钱给她治疗了。怎么办？大家想想？"

又是一阵七嘴八舌的声音。

何花鼓励地说："昨晚我想了一晚上。我想我们大家都献出点爱心。每人拿出一点钱，给她把治疗费交了，怎么样？"

雪花、肖雪、王强、高红一众人齐声叫道："好好好。"

何花第一个拿出了200元钱，雪花跟着拿出了200元钱，王强、肖雪、高红、肖东纷纷从包里拿出了一张张面值大小新旧不同的人民币。

高红在主动记录。高红拿着一把钱抬眼问何花："怎么办何主任？"

31　杨珍家　日　内

杨珍坐在屋里哭泣着。一对小儿女也跟着妈妈大声地哭着。

杨珍拉起身边约7岁的大女儿："女儿啊，以后，你要好好听爸爸的话，要多做家务活，要多让着弟弟，不要淘气，不要和弟弟打架。"

大女儿哭着摇着杨珍的双手："妈妈，女儿一定听妈妈的话。你不哭嘛。你不要哭嘛！妈妈，女儿再也不让你生气了。"

3岁的小儿子也乖巧地拉着杨珍的手流着泪："妈妈不哭，妈妈不哭嘛！"

32　小路上　日　外

一中年男人急急忙忙地走着。

33　大路边　日　外

几个村民在路边站着说着。中年男人上前说着什么。人群中几个人在摇头。

34　小院外　日　外

一群人在不停地说着。

中年男人走近向一个中年女人说着什么。

中年女人用手指着前面的小院。

35　杨珍家门口　日　外

中年男人站在门外叫着："杨珍在家吗？"

杨珍和一对哭着的儿女忙走出来。

杨珍见是一个陌生人："找我有事吗？"

中年男人："你就是杨珍对吧？"

杨珍警惕地："对，有事吗？"

中年男人从包里拿出一沓钱，这是县医院妇产科何主任叫我给你送来的治疗费，她们让我来接你到县医院治病。

杨珍一把擦掉了脸上的泪水，激动地说："何主任真的让你来接我到医院去？"

中年男人："真的。我是县医院开救护车的周师傅，你收拾一下就走吧。"

36　病房里　日　内

杨珍睡在病床上。

高红在给她输液。肖雪在给她检查。

37　医生办公室　日　内

何花、雪花、王强、肖雪几位医生表情严肃地坐着。

何花："病人现在的情况，只有做手术，切除子宫。或许可延长病人的性命。"

肖雪："该做就做。"

雪花："要做就早点做嘛。"

38　手术室　日　内

肖雪、何花、雪花在做手术。

39　病房里　日　内

杨珍躺在病房里。手上挂着输液瓶。

40　杨珍家小院　日　外

杨珍和一对小儿女笑眯眯地在院里喂鸡。小儿子拿着小篾条对着正吃食的鸡使劲一挥，一群小鸡便呼地飞跑了。杨珍拿着扫把去打小儿子。小儿子笑嘻嘻地奔跑着。

第二十七集　非典一线

1　医生办公室　日　内

2003 年春。

雪花在写病历。

2　病房　日　内

雪花在一个又一个病房进进出出。

3　手术室　日　内

雪花在做手术。

4　街上　日　外

雪花急急忙忙地走着。

5　雪花家　日　内

雪花坐在电脑桌边双眼入神地看着心急如焚地念着。

（电脑屏上显示着一行行触目惊心的消息）：2002 年 11 月 16 日中国发现第一例非典型肺炎（SARS）的病例。

6　医生办公室　日　内

雪花、肖雪、何花、高红、肖东等一大群医生护士在办公桌前十分严肃地站着

何花十分严肃地说："同志们，告诉大家一个不好的消息。入春以来在A、B两地接连发现的非典型性肺炎使全球各国十分紧张。SARS 也就是非典型性肺炎是指目前病原体尚不明确，在我国部分地区发生的，通过近距离空气飞沫传播的呼吸道传染病，临床表现为发热体温超过 38℃、咳嗽、呼吸加速、气促或有呼吸窘迫综合征。目前全国各地处于高度紧张状态。昨天晚上医院召开了各科室主任和护士长紧急会议。会上院长宣布：'从今天开始，各科室主任护士长带头参加各科室人员都要参加县卫生局统一指挥的抗击非典大队。参加人员要服从安排。主要任务是到各个车站、码头、各个公路口轮流值班，每个上下车的乘客都要检查体温，凡是体温高的全部要进入医院观察。'这是一个重大而艰巨的任务。我们不论在医院还是到外面去抗非典，大家都要打起十二分的精神。要随时随地观察过往的和住院的每一个病人。只要发现体温增高的就一定要严加注意。并向指挥中心报告。"

7　江源县卫生局指挥中心　日　外

何花、高红、肖雪、刘刚等人全副武装地在紧急集合。

8　公路上　日　外

十几辆救护车在飞跑着。何花和高红坐在车里。

9　十字路口　日　外

一辆客车开来。交警上前拦住了开着的客车。何花、高红等一群人快速上前。车上，何花和高红在给一个个客人检测体温。

一个客人不耐烦地说："从重庆到这里 100 多里路程一路都检查好几次了。"

何花耐心地说："不要着急，这也是为大家好。这么热的天，谁想跑到这里来麻烦你们呢。"

客人不再争吵。何花高红仍然在依次一个个检测并记录着体温。

10　县院病房里　日　内

雪花在查房。

11　手术室　日　内

雪花、肖雪在做手术。

12　江北高中　日　外

欣乔在学校跑着追一个男生。男生飞快地跑着。跑到男厕所，一群学生在后面叫着吼着。

欣乔跑到旁边大声吼着："看你还敢不敢欺负女生，有本事就快点出来！"

男生躲在厕所里半天都不敢出来。

13　江北高中宿舍里　夜　内

欣乔躺在床上望着天花板。亚南在屋里唱歌。王琴在床上看书。

14　教室里　日　内

欣乔在认真听课。

15　雪花家　夜　内

雪花在房间看书。雷军坐在沙发上看电视。

欣乔："妈妈这么多年你怎么老是和我一起睡，不跟爸爸一起睡啊？"

雪花："妈妈怕你害怕所以来陪你啊。"

16　医生办公室　日　内

雪花、肖雪、王强在写病历。一个个病人不停地进来又出去。雪花和王强在给病人们说着什么。

17　公路上　日　外

一辆大客车停着，满满的一车人在大声地吵闹着。刘刚、邱平、高红、何花口罩帽子全副武装地在给车上的客人发体温表。一辆小车开来，刘院长和几个全身防护装备的人从车上走来。

何花忙走上去。

刘院长："怎么样，有情况没有？"

何花："没发现发热的病人。只有肖东、高红因为全身防护装备透不过气来，中暑了。"

刘院长："赶快叫她们回去。另外叫人过来换岗。"

何花："好吧。"

18　雪花家　夜　内

雪花雷军坐着在看电视。

电视上正在播放着众志成城抗击非典的消息。白衣战士奋战在第一线。

19　医生办公室　日　内

雪花在写病历。

20　手术室　日　内

雪花在做手术。

21　雪花家　夜　内

雪花坐在沙发上看抗非典的电视新闻。

22　肖雪家　夜　内

王强面色蜡黄表情痛苦双手捧着腹部坐在沙发上看抗非典的电视新闻：从 4 月 21 日开始。将原来每 5 天公布一次疫情，改为每天公布一次疫情。

23　雪花家　夜　内

雪花仍然坐在沙发上看新闻：县以下，县乡村发生疑似病例必须立即报告省市防疫站。经过市、县两级专家会诊方可确诊。

24　小旅社　日　内

何花躺在床上盯着电视看着：目前已组织 12 个国家的专家研究治疗和抗非典药物，寻找对付非典的办法。

25　公路上　日　外

一辆客车停着。

何花全身防护装备地在查体温。一个小女孩吓得哭着："妈妈！妈妈！"

年轻妈妈忙一边给小女孩放好体温表一边用手紧紧抱着小女孩。

何花对着忙对小孩说："别哭。"

26　雪花家　日　内

雪花坐在沙发上看电视。

27　肖雪家　夜　内

王强捧着腹部坐在沙发上看电视新闻——防非典，B 省停课 3 个多星期后，B 省中三及以上的学生开始复课。

28　小旅社　日　内

何花躺在床上，脸上微微有些发红。但仍盯着电视看抗非典新闻。

29　公路上　日　外

一辆小车飞快地奔跑着。车内十分疲惫的刘院长坐在汽车里听着收音机里的抗非典新闻。

30　雪花家　日　内

雪花坐在沙发上看电视：A 市对非典疫情重点区域实行防控。A 市教委研究决定，全市各中小学可暂放假两周。

31　肖雪家　日　内

王强捧着腹部弯着腰坐在沙发上看电视。"全国取消五一长假"。

32　雪花家　日　内

雪花和雷军坐在沙发上看电视。

雷军："我们离婚的事我已经给欣乔说了。"

雪花着急地说："什么？"

雷军坦然地说："我觉得没有什么。欣乔也没说什么。"

雪花生气又无可奈何地说："随便你。"

33　病房　日　内

雪花在一个又一个病房查房。

34　公路上　日　外

雪花飞快地走着。

手机响起，雪花拿起手机："喂，哪位？呵，大姐！正想给你打电话，你现在怎么样？A市非典闹得那么厉害。你们怎么办啊？现在都不出门啊？那吃饭怎么办啊？什么？用绳子吊起来拉到楼上去。这么严重啊！大姐，你们全家都要好好保重哟！家里你不要担心，现在四川还没发现非典。我们查得很严，每个从外面回来的人都要检查体温。发现体温高的，都要隔离治疗。你就放心吧。好好保重哟。"

35　手术室　日　内

雪花在做手术。

36　医生办公室　日　内

雪花在不停地写着处方，一个个病人不停地来又不停地拿着处方到药房取药。

37　病房　日　内

雪花在一个个病房查房换药。检查每一个病人雪花都要摸摸额头。看看伤口，再仔细问讯。

38　医生办公室和厕所之间　日　外

雪花在不停地跑着。

肖东关切地问："雪花，干啥呀，跑这么多趟了。"

雪花虚弱地说："闹肚子。"

39　手术室　日　内

雪花在做手术。一下手术台。雪花又向厕所跑去。

40　菜市　日　外

雪花在一个又一个菜摊前看看菜拿起称好付了钱就走，也不选择。

41　雪花家　日　内

雪花一边弄菜，一边看电视新闻

万众一心抗"非典"。热线电话铃声在不停地响着。

42　公路上　日　外

一辆客车停着。李君、何花在车上检测体温。

43　车站入口　日　外

一辆车开进。刘刚、肖东忙跟着跑入。车停下后，旅客想下车，被警察拦住。

刘刚、肖东忙上车给客人检测体温。

44　车站　日　内

高红、邱平、黄文、江敏在车站停车处四处查看，在每辆快要开出的车上忙碌着。

高红、邱平在给每一个客人检测体温。黄文江敏在一个个记录。

45　雪花家　日　内

雪花坐在沙发上一边择菜一边看电视。川台正在播放非典相关消息

46　街上　日　外

雪花飞快地跑着。

47　医院里　日　内

雪花在急急忙忙地走着。
雪花在一个个病房给病人检查。

48　车站　日　内

高红、邱平在仔细检查过往的每一位客人。一辆小车开来停下，邱书记刘院长和几个领导全副武装地走到邱平高红身边。

刘院长关心地问："怎么样？有没有发热病人。"

邱平认真地说："还没发现。"

刘院长真切地问："同事们都好吗？"

邱平笑笑："没事，大家都还挺得住。"

邱书记走到邱平、高红身边关心地问："你们还好吧？"

高红焦急地说："爸，好是好，就是太热了。"

邱平笑笑："放心吧，爸！我们一定不会给你丢脸的。"

邱书记严肃地说："一定要认真查好每一个人，不要让一例发热病人进入江源县。否则拿你们是问。"

高红邱平严肃地说："是！"

刘院长语重心长地说："没办法，大家一定要坚持住！打起十二分精神，给广东等地打工回来的朋友们好好检查，要将非典患者早期发现。尽早治疗，保护好全县人民的身体健康。"

邱平捧着腹部汗流满面地说："知道了。"

49　公路上　日　外

一辆客车停着。高红在给一个个客人检测体温。

50　江北高中　教室里　日　内

欣乔在教室里坐着听课。老师在黑板上写字。欣乔在一边听课一边翻课桌子盒里的东西。镜头闪入，桌子盒里面堆放着方便面、糖果等一大堆小吃。

51 江北高中 教室外面 日 外

欣乔用纸盒子装着糖果四处销售。一个学生上去看看后又离开，欣乔又去拿方便面到另外一楼销售。

欣乔边走边不停地叫着："同学们快来买方便面，又多又便宜。"有几个同学上前各自拿了一盒。

52 江北高中教室里 日 内

欣乔边上课边悄悄地在桌子下面数钱。几张皱巴巴的纸币可怜地躺在欣乔手里。

老师看着。欣乔一点不知，仍然在看着几毛钱发呆。

老师慢慢走到桌边。欣乔忙放下钱抬起头脸红地看着老师。

老师："在干什么？欣乔。"

欣乔低下头不说话。老师拉开的抽屉。看见里面大堆的食品。

老师好奇地问："欣乔，怎么回事？"

欣乔两眼红红地不说话。

老师面对欣乔坐着。欣乔站在桌前。

老师面色严肃地说："欣乔，怎么回事不说话？"

老师生气地问："为什么桌子盒里放那么多方便面？你在做生意吗？"

欣乔双眼红红地仍然不说话。

老师气急大声地问："马上就要高考了。你每天都在做这种生意吗？"

欣乔仍然不说话。

老师着急了："你爸爸妈妈没给你拿生活费吗？"

欣乔低下了头。

老师焦急地问："为什么？有什么事吗？"

欣乔摇摇头："妈妈太忙了，哪儿有时间管我。"

老师关心的问："为什么？"

欣乔难过地说："妈妈平时都忙，现在非典这么严重。妈妈单位很多人都抽调出去抗非典，妈妈上班就更忙了。"看到老师探寻的眼睛，声音低低地说："妈妈结婚了，和一个没工作的叔叔。叔叔还给我带来了一个妹妹一个弟弟。我不想给妈妈增加负担。"

老师着急地问："你没向你妈妈要生活费，就自己挣钱吃饭吗？"欣乔点点头。

老师生气地问："那你爸爸呢？没给你拿钱吗？"

欣乔红着脸："他以为妈妈给了我生活费。"

53　医院里手术室　日　内

雪花在做手术。

54　江北高中校园里　日　外

欣乔在捡地上的汽水瓶子。

55　街上垃圾站　日　外

欣乔在卖报纸和汽水瓶。接过两张人民币。

56　大街上　日　外

欣乔买了个馒头就走。

欣乔一边吃着馒头一边东张西望找废品。远远地看见一个汽水瓶就笑眯眯地跑去拾起。

第二十八集　杨微小鱼儿

1　医院里　日　内

雪花急急忙忙地走着。高红在不远处向雪花招手，雪花忙飞快跑去。

高红笑眯眯地说："雪花，给你说件事。"

雪花好奇地问："啥事？"

高红神秘地说："听江北来的人说，你家欣乔好像差点什么。"

雪花着急地问："差什么？"

高红微笑不语。

雪花焦急地问："差什么嘛？"

高红笑着摇头。

雪花着急地问："快点说嘛，欣乔究竟差什么？"

高红慢悠悠地说："钱。"

雪花惊讶地说："什么？"

2　江北高中　日　外

雪花急急忙忙地走着。

3　教室里　日　内

欣乔在听课。

4　教室外　日　外

雪花靠在教室外的墙壁边等着欣乔。一阵下课铃声响过之后，欣乔从教室里跑了出来。

5　江北高中走道　日　外

雪花牵着欣乔的手走着。雪花在给欣乔拿钱，欣乔推脱着。雪花将钱放在包里。

6　街边小吃店　日　外

雪花和欣乔在和许多学生一起挤着排队等着买饭。

7　公路上　日　内

一辆客车上。
雪花坐在靠窗的位置表情十分痛苦。

8　县医院医生办公室　日　内

雪花坐在办公室里写病历。

9　医院大门边　日　外

一辆电动三轮车飞快地开进来。一个下身全是鲜血的女孩子面色苍白地躺在三轮车上。一个40多岁的男人抱着女孩子冲下来。

10　妇产科护士站　日　内

高红在配液体。40多岁的男子抱着下身全是鲜血的女孩子跑进来。
男子放下女孩大叫着："医生啊，快点来救命啊。"
高红忙一边叫"雪花快点来看病人"，一边飞快地拿起血压器听诊器测血压。数呼吸脉搏。
雪花急匆匆地跑着："来了！"边说边飞快地跑出来。雪花看见面色苍白的小女孩，忙问："怎么回事？流这么多血？"
女孩子略略清醒："下身痒，抓一把就流血了。"

雪花着急地问："叫什么名字。"

女孩子奄奄一息："叫杨微，16岁。"

雪花飞快地一边写化验单入院证，一边问："高红，生命体征？"

高红简短地说："血压80/50毫米汞柱，心率98次/分，呼吸22次/分。"

雪花果断地说："肖东快速输液。在输液前提下做妇科检查。"

高红飞跑着推来了推车。40岁男人忙把杨微抱到推车上。

11 妇科检查室 日 内

杨微躺在检查台上夹紧双腿半天不动。

雪花着急地说："杨微，把腿分开好吗？"

杨微一动不动。听任鲜血一个劲往下流着。

雪花大声地说："杨微还想不想活命，想活命就快点把腿分开。边说边和高红、肖东三人使劲给杨微脱裤子。杨微使劲挣扎着。雪花、高红、肖东三个累得不停地喘气。"

雪花语重心长地说："杨微呢，听话，快点脱啊。等会儿血越出越多，再出血你就没命了。"

杨微还在挣扎着，不过力气小了很多。

雪花双手不停地按摩着杨微的双膝，又不失时机地鼓励着："对了，乖一点，好好配合，一会儿就检查好了。"杨微不再挣扎。高红、肖东轻松地脱掉了杨微的裤子。雪花分开杨微的两腿不觉大吃一惊。鲜血不是外阴流出来的，而是从阴道口内流出来的，更让雪花高红吃惊的是阴道口有一根脐带样的东西掉着，且脐带上还不停地流着血。阴道口还有一度撕伤，伤口还在不断流血。

雪花歪着脑袋问杨微："怎么回事？你生孩子了吗？"

杨微慌忙地说："没有。真的，就是外阴痒，用手抓了几下就流血了。"

雪花看看外阴撕开的伤口和大腿腹部的妊娠纹。雪花、高红、肖东都摇头："没生孩子可能吗？"

杨微坚决否定："真的没有生孩子。真的，我还是一个姑娘呢。"

雪花不高兴地说："你外阴伤口、阴道口，阴道里的脐带都还在不停地流着血，让我们怎么办？"

杨微认真地说："医生，我真的没有生孩子。"

雪花叹息着："你承认还要家属签字我们才能给你做胎盘剥离和外阴缝合手术。你现血流得这么凶。再不做，就有生命危险了。"杨微不语。

雪花忙叫："高红，快去叫家属！"

12　检查室外　日　外

40岁男人焦躁不安地不停地走着。高红走出来给40岁男人不停地说着。40岁男人着急地点点头。

高红走回检查室。

13　检查室　日　内

雪花双手给杨微堵着伤口。

雪花着急地问："杨微，外面和你一起来的那个男人是谁？"

杨微难过地说："是我大伯。"

雪花果断地问："杨微，你要马上做手术，叫他签字好吗？"

杨微犹豫不决地说："不做手术不行吗？"

雪花急迫地说："不行。"

杨微难过地问："我自己签行吗？"

雪花果断地说："不行。因为你只有16岁，叫你大伯签字吧。"

14　手术室外　日　内

高红拿着手术同意书。

40岁男人在签字。

15　手术室　日　内

雪花在做手术。

雪花把胎盘放在手术台上，用口袋装好，拿给杨微看看说："看，这就是胎盘，还要拿去检查化验吗？"

杨微摇头："不。"

16　病房里　日　内

杨微躺在病床上。血止住了，脸上已有些许红润。

40 岁男人坐在床边。心事重重地看着杨微。

17　医生办公室　日　内

雪花在写病历。

18　杨微病房里　日　内

杨微静静地躺着，手上吊着输液器。雪花心事重重地看着杨微。

雪花小心地："杨微，不好意思，我要写病历也想知道你的故事。你能告诉我吗？"

杨微慢慢地说："我爸爸姓余。现在重庆打工。妈妈一个人在家不好玩，也和爸爸一起到重庆打工去了。"

雪花仔细地问："去多久了？"

杨微回忆道："很多年了。我不到 3 岁妈妈就走了。"

雪花可怜地说："那你一个人在家吗？"

杨微快速地说："不，还有一个 70 多岁的婆婆和离家不远的大伯。"

雪花认真地问："你家住的什么房子呢？"

杨微小声地说："家里有五间新修的瓦房。房屋每间屋子高处都留有窗子。"

19　杨微家小院　夜　内

杨微独自一人睡在床上。

20　杨微家小院里墙壁上　夜　外

一个黑影在墙壁上在爬行着。黑影在窗口向杨微家屋内窥视着。

21　杨微家小床上　夜　内

杨微安然入睡。全然不知身外有危险。

22　杨大伯家　夜　内

杨大伯提着猪食起身出门。

23　杨微家猪圈里　夜　内

小猪在不停地走着。

24　杨大伯家　夜　外

杨大伯提着猪食走出来到猪圈去喂猪。

25　杨微家墙壁上　夜　外

黑影仍然一动不动地在向杨微家里屋窥视。

杨大伯看见黑影便大叫："贼啊，贼啊。"刚一叫，灯便被风吹熄了。

黑影闻听后"吧嗒"一声跳下围着大伯家的院子跑了一圈后便消失了。不见人像只见黑影，但留下一双鞋子。

杨大伯望着一双鞋子发呆。

26　杨微家　晨　外

杨微背着书包出门，看见院子里的鞋子，问婆婆："昨晚谁来我们家了？"

70多岁的婆婆，忙走出来："不知道，没见谁来啊。"

杨微好奇地问："那鞋是谁的呀？"

肖婆婆装聋作哑地说："不知道哟。管它呢。快去上学哟。"

杨微疑虑地说："知道了。"

27　小路上　日　外

杨微一边唱歌一边走着。

28　教室里　日　内

杨微在认真听课。

29　小路上　日　外

杨微欢快地向家里跑去。

30 杨微家 夜 内

杨微静静地躺在床上。已入梦乡的杨微不停地翻身。

31 杨微家墙壁上 日 外

一个黑影又在墙上吊着从窗子偷看入睡的杨微。

32 杨大伯家 夜 外

杨大伯提着猪食去喂猪撞见杨微家墙壁上的黑影便大声叫着："捉贼啊！捉贼啊。"

黑影一听便飞一样跑了。

33 杨微家 夜 内

杨微和婆婆吓得忙把家里的存折全放在杨微妈妈睡房里。

34 小路上 日 外

杨微急急忙忙地走着。

穿着牛仔衣裤16岁的帅小伙子走上来："喂，杨微啊。你知道偷你们家那小偷是谁吗？"

杨微茫然地："不知道。"

小伙子自豪地说："是我，知道吗？我叫小鱼儿，就在你们家不远的王村。我现在江中校读高中。我爸爸妈妈不在家。一个人在家没意思。你几岁？"

杨微认真地说："我今年14岁了。你偷我们家东西还敢给我说。"

小鱼儿着急地说："我可没偷你们家东西。"

杨微认真地说："那你来干什么？"小鱼儿张开双臂想抱住杨微，可杨微机灵地躲开了。

小鱼儿："我是想看你，我在墙壁上看你睡觉。可你没醒。"

杨微焦急地说："哪个要你半夜来看我睡觉啊。"

35 杨微家 日 外

杨微在院子里喂鸡。小鱼儿自己一个人跑到院子里把鞋子拿走。走时看着杨微直做小动作。

杨微看着他走。心里有些怕又有些莫名的心悸。

36　小路　日　外

小鱼儿拿着鞋子依依不舍地离开。一路上不停地回头。

37　杨微家　夜　内

杨微睡得很香。

38　杨微家墙壁上　夜　外

小鱼儿又靠在墙上对着杨微直摇破响杆。一会儿又叫着："杨微！杨微！"

39　杨微家　夜　内

杨微听见小鱼儿在墙上叫着自己的名字又不停地摇着响杆。吓得躲到被窝里。

40　杨大伯家　夜　外

杨大伯听到声音后即跑出来边叫着："捉小偷啊！捉小偷啊！"

小鱼儿看见大伯跑出来后，"呼"地从墙壁上跳下来跑了出去，只留下一团黑影。

41　杨微家　夜　内

杨微躺在被子里吓得直哆嗦。

杨大伯："小微小微不害怕！大伯在这里呢，小微，没啥事吧？"

杨微躲在被子里小声地说："没事大伯，你快回去休息吧。"

42　杨微家院子里　夜　外

杨大伯站着叫着："小微啊，有事你就叫我啊，不要害怕哟！"

杨微远远的声音传来："大伯，你走吧。我不害怕。"

43 杨微家 夜 内

杨微已经入睡。

小鱼儿跑到杨微家院里，小鱼儿悄悄地叫着："杨微，杨微，把录音机借给我用一下吧。"

隔墙壁老奶奶不停地发出很响的声音。

杨微心想："他半夜借必定半夜来还。"于是也没借给他。

杨微说："录音机已经坏了，没法用。你还是快点走吧。"小鱼儿塞塞窜窜地走了。

44 学校里 日 内

杨微在认真听课。

45 小路上 日 外

杨微在急急忙忙地走着。小鱼儿飞快地跟着杨微跑。

46 杨微家 日 内

杨微躺在床上出神。大门没关。小鱼儿悄悄地跑到杨微门外轻轻进入。

47 山坡上 日 外

肖婆婆在不停地挖地。

48 重庆市 日 内

杨微爸和杨微妈等一大群人正在餐厅里玩麻将。

49 杨微家 日 内

杨微和小鱼儿全身赤裸地在被子里不停起起伏伏地摇摆呻吟。

50 山坡上 日 外

肖婆婆背着一大背篓草向家走着。

51 杨微家 日 内

杨微和小鱼儿正急急忙忙地穿着衣服。

52 小路上 日 外

小鱼儿急急忙忙地走着。

53 杨微家 夜 内

杨微躺在床上，门没关严实。小鱼儿轻手轻脚地悄悄走到杨微身边躺下，杨微一把抱住小鱼儿，两人忙不停地脱衣服。

54 小路上 日 外

背着书包的杨微肚子明显大起来。

55 杨微家 日 内

杨微和肖婆婆坐在桌边吃饭。

杨微："婆婆，明天我不读书了，我要到成都挣大钱去了。"

肖婆婆："你爸爸妈妈都不在家，你不读书，一个妹子家出去干啥？"

杨微："和队上几个小姐妹一起去，大队里所有成年人都到外地打工挣钱去了跟她们一起肯定没事的。保证没什么。"

56 车间 日 内

杨微在电脑下给牛仔裤绣花。一个约40岁的男人在四处走动着观看着杨微认真地工作着，见男人到来忙叫着："高老板好。"

高老板点点头："好。"

57 车间深夜 夜 内

杨微仍然在电脑下给牛仔裤绣花。

杨微和姐妹几个一起下班回家。

58 高老板家 日 内

40多岁的高老板和一个30多岁的女人一起坐着。

高老板低声地问："老婆，家里还有多少钱啊？"

老板娘气愤地说："再多也不告诉你。你这个没良心的，一天只知道往小妖精那里跑。"

高老板着急地说："莫说这些难听的话。小琴明天还要进货呢，你们两姐妹要精心合作。"

老板娘讽刺地说："是啊。真要好好听你的话呀！"

59 小琴家 日 内

高老板和小琴坐在沙发边亲热着。

高老板电话突然响起。高老板放开怀里的小琴，接听电话。电话里传来老板娘的声音。

高老板："什么？回来吃饭啊？好好，马上就回来。"

小琴听到后从老板手里拿起电话"啪"的一声便丢在地下。老板一边给小琴赔不是，一边双手紧紧抱着小琴不停地亲热着。

小琴仍然不依不饶地说："马上和她离婚！明天就和我一起办结婚证，否则老娘再不理你了。"

60 老板娘家 日 内

高老板给老板娘说着好话："明天我们就去离婚嘛。行不？"

老板娘难过地说："不行，不管你说齐天也不会跟你离婚。"

高老板小声地说："我把家里所有的钱都给你，我们离婚吧。"

老板娘大声地说："不行。因为老娘还不识货，不知道布料的好坏。所以你想跑也跑不了。"

61 机床边 日 内

杨微悄悄地流着眼泪。几个小妹过来劝："杨微不要哭、不要怕。"杨微点点头。

可小小的个子仍然让人不放心。

62　街上　日　外

杨微和几个小女孩子一起走着，耳语着。

63　机床边　夜很深　内

杨微和几个小女孩子不停地忙碌着。杨微看着忙碌着。杨微故意将针歪着放。嘴里不停说着："看你好狠。看你天天让我们工作到深夜2点，天天要我们不休息。"只要针断掉。又不停地按回车键，那已经绣好花的裙子又重新绣了一朵花。结果，老板只好叫人拆了，要拆就要坐下。那一坐下就是一个小时。杨微和姐妹们就可以休息一下。那样的话，老板就会骂人不说，还要扣掉大家的工资。所有的姐妹都受不了，大家便都不干跑回家。

64　杨微家　夜　内

杨微大着肚子弯着腰脸色苍白地在床上不停地叫痛。

65　杨微大队诊疗室　夜　内

杨微双手抱着肚子痛得直不起腰。医生在给杨微检查。

村医生："杨微你是感冒了？"

杨微捧着肚子："我肚子好痛啊！"

村医生在给杨微输液。杨微仍然痛得不行，一声声叫着："医生、医生我好痛好痛啊。"

村医生："可能是患了肠胃炎了，还是继续输液吧。"液体已经输完可杨微仍然痛得直叫唤。

杨微在小路上艰难地走着。

66　杨微家　日　内

杨微捧着肚子仍然痛得直叫唤。

67　小路上　日　外

杨微慢慢走着

68 村医生处 日 内

杨微又在看病。医生在给杨微开处方。

杨微着急地问："医生，你已经给我输了三天液了，怎么还不好转，反而更痛了？"

医生难解地说："你得胃肠炎太严重。还是得治疗才行。"

杨微摇头，仍然痛得脸色苍白拿着药离开。

69 杨微家 日 内

连续几天杨微吃药都不见效。每天弯腰捧腹肚子越来越痛了。

70 小路上 日 外

杨微一个人在小路上不停地走着。时而弯腰时而捧腹，刚走到公路边下身突然掉了个东西出来。杨微一见是一个1尺多长白嫩嫩的小娃娃，那娃娃肚脐上还有一根长长的带子。杨微四顾无人看见，便将小娃娃提起就扔到沟里。刚一摔下，那娃儿就"哇哇"大声地哭了起来，杨微又跑去将娃儿丢到旁边长有深草的草堆里。因为沟里人能看见，深草堆里就看不见。哪知娃儿哭得更大声。

71 深草边 日 外

两个男人走来。一个是杨微的大伯，一个是背背篓的男人。

杨微一见大伯便昏倒在路边了。

背背篓男人："哟，那里好像有娃儿哭哟。"

杨大伯："哪有娃儿哭呢？是猪在叫呢！"

背背篓男人："哟，是猪在叫啊，说完便走了。"

杨大伯看见倒在地上的杨微，忙包了一个过路的三轮车把杨微送到了县医院。

72 江源县医院 病房里 日 内

雪花接待了杨微并积极抢救。

雪花站在杨微身边。

雪花着急地问："那小伙子能上大学吗？"

杨微茫然地答："不知道！"

雪花探询地问："那小伙子大学毕业会和你结婚吗？"

杨微摇头："不可能。"

雪花抬眼："为什么？"

杨微低着头："那小伙子家里很有钱，他爸爸妈妈曾经是做生意的。他爸爸出车祸死了，他妈又出嫁。他妈和那男人都在深圳打工，但由于关系不怎么好，不在一起住。他妈妈现在为百万富翁做饭，常常乱报菜钱，多出的钱就给小鱼儿。于是小鱼儿便有了很多钱，常常自己出去租房子住。和一个妹妹经常混在一起，你想我怎么会跟他结婚嘛。"

雪花不解地问："那你为什么还和他在一起？"

杨微无奈地说："你看见的嘛，他就是那么凶嘛。"

73　病房外　日　外

一个40多岁的女人走了进来。

74　病房里　日　内

杨微躺在床上输液。一个40岁穿着时尚的女人走进来坐在杨微床边。

杨微高兴地说："妈妈，你终于来了。"边叫边失声哭起来。女人拉着杨微的手，杨微也紧紧地拉着女人的手不放。

雪花更侠情

原野 著

（下册）

团结出版社

内容简介

  这是一部描写中国川东地区20世纪80年代至21世纪初，以雪花、何花为代表的一群妇产科医生为了妇女儿童的生命和身体健康不懈奋斗的电视剧文学剧本。展示了贫穷、无知、愚昧给孕产妇和围产儿带来的不同程度的伤害，再现了医护人员无私奉献、无畏牺牲的精神。真实记录了中国医生在"非典""汶川大地震"等大灾大难面前无私奉献和中国人民在大灾大难面前的空前团结与倾情奉献。

医学顾问　熊庆　胡兴文　宦文辉
文学顾问　韩寒　高其友　童光辉

目　录

第二十九集　欣乔高考前外出

1　江北高中学校操坝　日　外

2004 年 5 月

欣乔和王琴在打球。

2　宿舍　日　内

欣乔在做饭。亚男躺在床上。欣乔做好饭叫亚男起来吃饭。

亚男呼地一下起来，吃完饭倒头又睡。

3　教室里　日　内

欣乔在听课。

4　宿舍　日　内

亚男又躺在床上看书。欣乔在米口袋里打米做饭，米口袋子里只剩一把米粒，欣乔把那点米洗好倒进锅里，打开电源做饭。米饭的香气诱人，嘴里直流口水。欣乔把饭分为两碗，一个碗多，一个碗少。欣乔又把饭少的那碗的饭又倒了一些放到饭多的碗里。自己端起饭少的那碗饭先吃。

欣乔边吃饭边将喊："亚男，起来吃饭了！"

亚男起床接过饭碗看了一眼："这么点饭怎么够吃呢？"

欣乔："不够啊，吃我的吧！"边说边将碗里仅有的一点饭全倒给了亚男。

亚男嘴里"叽里咕噜"不满意地边吃边抱怨："这么点，吃都吃不够。明天不在你这里吃了。"

欣乔拿碗到阳台上的水瓶里倒了满碗开水喝着。

5 江北高中走道 日 外

王琴和几个学生在交头议论着。王琴拉着几个同学小声地说："告诉你们一个天大的秘密。"

几个学生围过来七嘴八舌好奇地："什么吗？什么秘密嘛？快点告诉我们嘛！"

王琴看看四周无人，神秘地说："欣乔她妈妈嫁了个农民。"

几个学生轰地叫起来："真的。欣乔她妈妈真的嫁了个农民？"王琴还在叽叽喳喳地不停说着。

6 宿舍 日 内

欣乔看看面袋、米口袋全都空空的，再翻翻口袋也全都空空的，没米没面没钱的欣乔只好睡在床上望着天花板出神。饿极了的欣乔在阳台上的水龙头边接起凉水喝起来。喝完自来水摸摸肚子好像不饿了，便拿起书本翻看。

7 雪花家 日 内

雪花在水龙头下洗菜。年轻帅气的小明在做饭。

一双漂亮的小儿女在客厅饭厅睡房一体的屋里的饭桌上写作业。小明十分娴熟在炒菜。清苦的生活没使雪花和小明失去精神上的快乐，两人快乐的笑声在小屋里回荡着。

"菜好了，快来帮着盛饭哟！"小明清脆地叫着。

雪花忙叫："小帆、皓儿快收起作业吃饭了。"小帆和皓儿听话地收起作业到厨房帮着盛饭。

饭桌边雪花刚拿起筷子，电话便响了。雪花拿起电话："什么？大出血？马上手术？好好，马上到！"说完起身就走。

小明难过地说："吃了饭再去吧！"

雪花着急地答："你们先吃吧，不要管我。急诊大出血，哪儿能等？全科人都去参加抢救了。"说时人已跑出去。

8　江北高中校园里　日　内

欣乔静静地坐在跑道边的角落里流泪。远远地，一群群学生指点着在说着什么。

9　江北高中教室行道里　日　外

全是低声说话的人："知道吗？欣乔她妈妈嫁了个农民。"王琴走到哪里都有一群人紧拥着。

王琴不停地给一个个学生说着："欣乔她妈妈嫁了个农民。"

10　教室里　日　内

王琴兴奋地坐着。欣乔的座位空着。

老师："欣乔哪儿去了？"

学生们大家你看我我看你："不知道。"

11　宿舍　日　内

欣乔躺在床上哭泣着。

12　江北高中过道上　日　外

欣乔拉住一个女生的手："借点钱给我吧！"女生想走，欣乔拉着不放："借点吧，就 50 块钱。"女生把钱拿给欣乔后走了。又一个女生走来。欣乔又上前拉住女生的手："借点钱给我吧！"女生看着欣乔从包里拿了 50 元钱给欣乔。

13　江源县医院医生办公室　日　内

雪花坐着在写病历。手机响了。雪花拿起电话吃惊地说："什么？你要去九寨沟。"

欣乔难过地说："是的，妈妈，我不想读书了。"

雪花惊讶地问："为什么？"

欣乔无力地说："同学们都在议论我，王琴她妈跟她说了很多你和叔叔的事。她在学校到处去说，弄得我不敢上学了。我想出去玩。"

雪花心痛地说："傻女儿，别人说什么你不要去管它。妈妈自己都不怕，你怕什么嘛！农民有什么不好嘛，农民是这个世界上最伟大的人。没有农民吃什么？农民用他们的汗水换来粮食米面和油料，供给城里人吃的穿的喝的。农民有什么不好？再说妈妈才是真正的农民。虽然现在妈妈是医生，但是妈妈从小就在农村长大，几岁就开始割草种庄稼，10岁就能栽秧打谷。你小明叔叔虽然出生在农村，但他从没干过农活。14岁就一个人全国各地地跑，自己挣钱养活自己，多能干啊！叔叔虽然没有大学文凭，但叔叔丰富的人生经历是任何一个大学生都没有的，他就是妈妈的大学。和叔叔比起来，妈妈才是真正的农民。所以啊。你不要怕同学说什么，不要管他们！"

欣乔愁眉苦脸地说："可是妈妈，我已经和旅行社签约了。"

雪花心乱如麻："可下个月你就要参加高考了。"

欣乔心慌意乱地说："妈妈我看不进书，还是让我到九寨沟去了回来再说吧！"

雪花无可奈何地说："那你要好好保重啊。"

欣乔依依不舍地说："知道了，妈妈！"

14　江源县医院　日　内

雪花急急忙忙地走着。

15　妇产科医生办公室　日　内

雪花在写病历。何花在一旁看着。

16　公路上　日　外

一辆汽车飞快地跑着。车上一个面色苍白约30多岁的女人"哎哟哎哟"不停地叫着。

17　医生办公室　日　内

雪花仍然在写病历。高红和何花坐在雪花旁边。

何花着急地说："雪花你教教我，离婚协议书怎么写嘛？"

雪花惊奇地问："干什么，你想离婚？"

高红看看何花："就是，你给她讲讲吧。"

18　护士办公室　日　内

高红在给面色苍白的女人测血压，80/50 米汞柱，心率 120 次 / 分，呼吸 25 次 / 分。

高红边测血压边叫着："雪花，来生孩子的病人了，快出来收病人哟。"

"来了！送到待产室去。"雪花答应着跑了出来。

19　待产室　日　内

面色苍白的女人躺在待产床上。雪花一摸产妇肚子大吃一惊："胎盘早剥。快合血、输液、打 B 超。"高红飞快地输液。

雪花："病人叫什么名字？"

产妇费力地说："杨英。"

雪花："多少岁了？"

杨英："36 岁。"

雪花："肚子痛了多久了？"

杨英："昨天开始痛的，出了好多血。到我们当地医院生孩子，说出血多了。输了几瓶液体还是止不住血，所以就来了。"

雪花果断地说："快点输液输血，马上手术。"

20　手术室　日　内

雪花在做手术。

21　江北高中校园　日　外

雪花和欣乔并肩走着。

欣乔："妈妈我有一个叫平平的同学怀孕了，可她不敢给她妈妈说。那男孩子不给她拿钱，她自己也没有钱。我想帮她拿钱做手术，但不知道手术怎么做，我们大家都很害怕，你说怎么办嘛？"

雪花："还能怎么办。再怕也只有早点做手术哟。"

欣乔："那你带我们一起去嘛。"

雪花："走吧。"

22 江北地区医院妇产科 日 内

雪花和欣乔带着平平坐在门外等着。

23 江北地区医院收费室 日 内

欣乔在帮着交费。

24 菜市 日 外

欣乔和雪花在买鸡和菜。

25 宿舍 日 内

欣乔和雪花在给小女生平平煮鸡汤。平平躺在床上。欣乔端鸡汤给平平喝。平平虚弱地坐在床上。欣乔看着平平吃完鸡汤鸡肉收起碗筷后，又端来开水和药让平平吃药。雪花在一旁舒心地看着欣乔助人为乐的可爱模样。

26 江北高中校园 日 外

雪花和欣乔走着。

雪花关心地问："妈妈回家了。你还有钱吗？"

欣乔飞快地说："还有 20 元钱。"

雪花看着欣乔："上次才给你 500 元钱，咋就没钱了？"

欣乔："昨天平平做手术是我给她交的手术费和药费。所以现在没钱了。"

雪花摇摇头从包上里拿出几百元钱给欣乔。

27 江北高中校门外日 外

门口墙上贴着大红色的高考标语。校门口站得密密麻麻的全是焦急等待的家长。

28 江北高中教室 日 内

欣乔、平平还有王琴等人在考试。

29　江源县县医院妇产科　日　内

雪花、肖雪、王强在病房不停地进进出出。

30　雪花家　日　内

雪花在电视机下看着高考招生消息。小明在做饭，小帆和皓儿乖巧地在做作业。

31　餐厅里　日　内

雪花、雪英、雪红和小明、小帆、皓儿、肖东、肖雪、何花等一大群人坐在桌边举杯祝贺。

雪英高兴地说："祝贺欣乔考上大学。"

欣乔拿起杯子高兴地对着雪英说："谢谢大姨！"又拿起杯子转身对屋子里所有的来客认真地说，"谢谢各位阿姨、叔叔！谢谢舅妈、舅舅，弟弟妹妹。谢谢了！"说罢一饮而尽。

雪花坐在一边小心地陪着欣乔吃着喝着。

32　雪花家　日　内

欣乔在收拾东西。雪花悄悄地跟在欣乔身后。

33　公路上　日　外

一辆小车飞跑着。欣乔坐在小车里悄悄地流泪。

34　成都市一大学校园　日　外

欣乔在学校飞快地走着。

35　大学教室里　日　内

欣乔在认真听课。

36　大学校园里　日　外

欣乔在四处拾地上的瓶子。

37 垃圾站 日 外

欣乔提着一大包汽水瓶子在卖。

38 大学教室里 日 内

欣乔在认真看书。

39 大学学生会办公室 日 内

欣乔和几名学生干部在开会。

欣乔："同学们，国庆节马上就要到了。老师叫我们准备节目。今天请大家来一起讨论一下究竟出什么节目才能和高一级的师哥师姐们比试比试。"

一个眉清目秀的小伙子站起来："欣乔，你是学生会主席，又是班主任助理，你考虑考虑出什么节目？我们跟着表演就是了。"

"对对对，还是你自己先去好好想想吧。"大家七嘴八舌地说着、议论着。

40 女大学生宿舍 夜 内

欣乔躺在床上认真地思考着。

41 操场上 日 外

欣乔和几个同学在排练节目。

42 成都城市公交车上 日 内

欣乔在不停地换车，坐车。

43 成都各个大学 日 外

欣乔在一个又一个大学进进出出。欣乔和不同的人不停地说着。

44 大学校园 日 外

欣乔带着几十个同学一起到各个学校去化妆。

45　大学生宿舍　日　内

欣乔在认真地看书、做模型。

46　雪花家　日　内

小明在做饭。皓儿在做作业。雪花在帮着择菜。

小明看看雪花："小帆初中马上就要毕业了，怎么办好呢？"

雪花想都不想："让她继续读高中就是嘛。"

小明欲言又止："她不想上高中了。"

雪花为难地："那怎么办？实在不行就读卫校学护理专业。"

小明商量地："那读哪个学校好些呢？"

雪花果断地："江北卫校。"

小明想想："听你的，你安排吧！"

47　江北卫校　日　外

小明和雪花带着小帆在报名。

48　江北卫校教室里　日　内

小帆坐在前排认真地听老师讲课。

49　成都大学校园学生艺术品陈列室　日　内

一幅生动的手模图样放在十分显眼的位置。图样作者清晰地显现着"欣乔"的名字。

50　江源县医院医生办公室　日　内

2006 年

一排排崭新的电脑放在办公桌上。雪花坐在电脑边认真地书写着病历。

钟丽神色焦虑地坐在电脑桌边发呆。医院要求全部用电脑办公。

雪花："怎么啦，钟丽，想什么呢？"

钟丽摇摇头。认真又力不从心地用电脑打着病历。她一边打字一边问雪花一个个字用五笔输入法如何拆字根。雪花耐心地给钟丽讲着。

51 公路上 日 外

雪花和钟丽一起走着。钟丽无精打采的样子让雪花不放心地问："有事吗钟丽？"

钟丽伤心道："我家那个石头，天天被病人打。"

雪花吃惊地问："为什么？"

钟丽哭丧着脸："前天他给病人检查突然停电，病人说他故意整他，起身一拳把石头左边脸打肿了。昨天他给病人做手术，病人说他手重弄痛了，麻醉药打少了。又一拳头，右边脸也肿了。今天上午他给一女病人做腋臭手术，男家属看见石头在拉开女病人的上衣消毒，上去就是一阵拳打脚踢，现在还躺在医院输液。"

雪花苦笑着："他现在怎么样？"

钟丽一言难尽地说："哎，就那样，痛吧！好多事真是不想提了，不知啥原因，我俩像倒了八辈子霉。这几年我也老遇到扯皮的人，做个会阴修补，一个本来脚就跛的人怪我手术时间长了，脚被弄成跛子还打官司。胡阿兵麻醉师也跟着我一起坐到了被告席。一个胎盘残留清宫病人也说没清干净，要打官司。哎，我感到自己都要崩溃了。现在每天晚上都睡不着觉，在家里走来走去。电脑也不会用，病人又多，我一天都不知道做什么了。"

雪花鼓励地说："不要那么悲观嘛，一切都会好起来的。"

钟丽难过地说："不想那么多，怎么可能呢？家里事事不顺，孩子还在读书。"

钟丽坐在沙发上掉眼泪。石头脸上肿着，手上包着纱布在倒开水吃药。

52 雪花家 日 内

雪花坐在沙发上看电视。

小明在厨房做饭。

雪花手机铃响，雪花打开手机笑眯眯地说："什么？小蒙邀请我们84级医学校所有同学到成都去参加同学会？"

53 成都龙泉 日 外

雪花、肖雪、何花、王强、刘刚、黄文、肖军、邱平、石头一起走着，李俊牵着张华的手跟着杨玲玲、李平等几十个同学在龙泉山上高兴地游玩着。

54　龙泉小蒙医院里　日　内

妇科、产科、内科、外科、皮肤科、性病科，放射科、胃镜室、CT室、腹腔镜手术室，各种先进的设备一流设施应有尽有，比雪花所在的县医院设备还要高级很多。

雪花、肖雪、何花看后震惊得相互看着半天说不出话来。

王强竖起大拇指对着小蒙说："老蒙，太棒了，了不起！"

小蒙也毫不客气地说："去年有几个人出了2000多万买我家医院这块牌子，但我没卖。"

55　过道上　日　外

小蒙和雪花站着。

雪花微笑着说："想不到几年不见，你有这样大的发展，真的很不错！"

小蒙信心满满地说："到我这里来嘛，现妇产科医生紧缺。你来的话，我给你现在工资的5倍。"

雪花笑着摇摇头。

小蒙期待地说："只要想来，随时欢迎。"

雪花高兴地说："谢谢你！"

56　雪花家　日　内

雪花回家刚躺在床上。电话铃声就响。雪花疲倦地拿起电话："什么？钟丽上吊自杀了？要我现在马上和你们一起到殡仪馆。"雪花飞快起床就跑。

57　公墓边　日　外

刘院长、雪花、肖雪、何花、王强等人在钟丽的墓边低头站着。墓碑上钟丽的笑容显得格外醒目。

钟丽拼命抢救病人的身影一一闪现在雪花眼前。

肖雪难过地靠在王强身边。

刘院长默默地站着。

何花看着钟丽的头像，把双手紧紧地放在胸前，对着钟丽深深地点了点头。

雪花默默地看着钟丽的头像。

邱书记、邱平、高红站在钟丽的遗像前久久不语。

58 医生办公室 日 内

雪花站在钟丽的办公桌前看着钟丽工作用的电脑发呆。

59 病房里 日 内

雪花在查房。

60 石头家 日 内

石头头低垂着抱着钟丽的照片坐在沙发上发呆。整个屋子显得空荡荡的。

第三十集　中医院被烧　小平离职

1　雪花家　日　内

雪花在认真地看书写字。小明在厨房做饭。小儿子在桌前写作业。

2　江源县医院医生办公室　日　内

雪花坐在电脑桌前写病历。

何花急急忙忙走进来见雪花在写病历，忙问："雪花、肖雪、王强、高红、肖东他们哪儿去了？"

雪花随意地说："在病房。"

何花着急地说："雪花快别写病历了，快去叫肖雪王强高红肖东来开会。"

雪花好奇地问："有什么好事吗？"

何花心有余悸地说："出大事了！"正说着肖雪、肖东、高红、王强等一群人飞快走到了医生办公室。

何花看看同事们心情沉重地说："今天叫大家来开一个紧急会议，是因为江源县中医院出大事了。也许大家已经听说了，昨晚一个小男孩误服农药，因为男孩家长在外地打工，家里只有婆婆爷爷，送去医院的时间晚了，抢救不成功孩子死了。本来孩子爷爷都要把孩子抱回家了，可遇到医闹挑唆，在医院闹个不停。刚才院领导召集科主任护士长开会，紧急传达了会议精神。院长反复强调，大家一定要吸取教训，对病人要热情周到，要仔细认真地看病，不得有半点马虎。要认真细致地做好本职工作，时时坚守岗位。应开的检查一样不能少，应开的药物一样不能少，应给病人做的交代一句也不能少。任何时候，也不要只想着给病人节约钱就把应做的检查简单化。一旦有任何一点意外，病人是不会领你的恩情的，也不会说你的好话。昨晚江源县中医院的事件，已经引起了全社会的关注。

3　江源县医院医务科办公室　日　内

雪花坐在办公桌前。

科长严肃地说：“徐主任已经退休不再上门诊了。门诊力量亟待加强。医院决定从明天开始派你到门诊部上班，住院部的工作就交给其他医生好了。当然，上门诊以前，你可以休息几天。”

雪花难过地问：“科长，为什么叫我上门诊呢？”

科长应付地说：“那是院长决定的事情，我们只是宣布而已。”

雪花争辩着：“不可以改变吗？”

4　雪花家　日　内

雪花躺在床上看电视，眼泪哗哗地流。小明从门外走进来。

雪花忙擦掉眼泪笑眯眯地叫着：“小明回来了。”

小明精神地问：“回来了。电视好看吗？”

雪花笑眯眯地说：“好看。回来有事吗？”

小明无奈地说：“我驾驶证拿掉了，回来拿驾驶证。”边说边拿起证件就走。门一关，雪花又开始哗哗地掉眼泪。

5　公路上　日　外

小明开着车、唱着歌飞快地跑着。

6　雪花家　日　内

雪花眼泪哗哗地流着。

7　江源县县医院妇产科　日　内

何花在病房里不停地走着。

8 雪花家 日 内

雪花躺在床上眼泪不停地流着。小明一进门雪花又马上擦掉眼泪。笑眯眯地和小明说笑着。

9 公路上 日 外

小明愉快地驾着车奔驰着。

10 雪花家 日 内

雪花一个人眼泪汪汪地坐在沙发上哭泣。手机铃声响起。雪花拿起手机："喂，谁呀，小平，你好。有事吗？什么？和我一起开医院？在哪里？在锦里市，那里能开起来吗？"

11 江源县小平家 日 内

瘦高个的小平坐在沙发上拿着手机面带微笑地说："没问题。我已经考察过了。锦里市共有人口13万人。目前只有一个市医院，再就是一个中医院一个保健院和一个煤矿医院。"

12 雪花家 日 内

雪花淡定地问："有私人医院吗？"

13 小平家 日 内

小平肯定地说："目前有两家小型医院，每家医院大概只有2到3名医生，但实力不行。"

14 雪花家 日 内

雪花好奇地问："他们开展手术没有？"

15 小平家 日 内

小平认真地说："还没有。这里有一家医院有手术室的所有设备，也有心电图、B超、X光机等检查设备。因为他们请不到外科医生，所以医院手术一直没开展起来，他们要把医院整体包出来。所以如果你也能来的话，我们联合起来把外科和妇产科都开展起来，那就有点规模了，我们也和小蒙的医院比试比试。"

16 雪花家 日 内

雪花擦掉眼泪："好！让我想想看看。"

17 大街上 日 外

雪花认真地在一个个商店门前仔细地打量着。心想在这里开个小门诊也不错吧？

18 一个大的空房前 日 内

走着的雪花停下认真观看着。心想在这里开一家有规模的医院也许不错。

19 博爱医院大门前 日 外

雪花停下观看。一个帅气的小伙子跑出来："哟老同学，今天怎么有空到我这里来看看呢？"

雪花高兴地说："石头院长啊，我想看看你们医院是怎么开的。"

石头院长兴奋地说："你慢慢看嘛。要不你干脆到我们医院来上班，我一次性给你10万元。你给我上几年班吧。"

雪花笑笑说："好啊。"又玩笑地说："我不在你这里上班，你能告诉我你们医院的经营情况吗？"

石头院长神情复杂地说："这个啊。要保密哟。除非你真的想到我们医院来上班，否则我不会告诉你。"边说边带雪花到院长办公室坐下。

20 博爱医院办公室 日 内

雪花跟着石头院长走到院长办公室仔细审视着办公室墙壁上一个个本子，心想开医院还真麻烦，但脸上仍然笑眯眯："石头院长，这是老同学说的话吗？也许我真会到你的医院来上班哟。"

石头院长高兴地说："那随时欢迎！"石头泡好茶递给雪花。

雪花接过茶杯歪着头："老同学，我真想知道你们医院的经营情况。"

石头院长一边擦桌上的一点灰尘，一边笑眯眯地问："你也想出来开医院吗？"

雪花跃跃欲试地说："有点想法。"

石头院长放下手里的擦纸严肃地说："现在开医院，收入还是可以，但就是现在医疗纠纷太多，病人真是不论什么时候，只要有一点不对头的就找你打官司、找麻烦，让你不能睡安稳觉。不是我说泄气的话，想当初在中医院上班天天被病人欺负，之后钟丽走了我也不想在医院上班了，一气之下辞职了。辞职后打过工、经过商，钱是不少，可还是睡不着觉。总觉得少了什么，好半天才想起是少了病人，所以才开了这家医院。我觉得你最好还是不要辞职，不要开医院。"

正说着雪花手机响起。雪花拿起电话不好意思地看着石头指了指电话："小平，啥事？"

21　小平家　日　内

小平站在阳台上看着窗外远远近近的楼房对着手机说："出来吧，雪花，我们一起开医院嘛！"

22　博爱医院办公室　日　内

雪花站起来走到窗边。

窗外车水马龙。雪花对着电话："那你考察得怎么样啊？小平。"

23　小平家　日　内

小平拿着手机恳切地说："雪花，我在锦里已经考察过了，真的不错！"

24　博爱医院办公室　日　内

雪花拿着电话关心地问："啥不错？"

25　小平家　日　内

小平坐在沙发上满脸兴奋地说："医院很大，占地3000平方米，有四层楼，手术室和所有检查仪器齐全，只等你来，我们就可开工啦！"

26 博爱医院办公室　日　内

雪花看看石头对着手机说："我现还有点事情，具体怎么办，等空了再说吧！"说罢不好意思地对石头摇摇头。又不解地看着石头，"为什么不离开医院？"

石头院长为难地说："现在的病人厉害得很。病人们本来病情严重才来医院。可只要病人死了，不论什么原因你都得赔钱。遇到讲道理的还好，可遇到不讲理的，就是癌症病人死在你的医院，你都要赔钱。"

雪花理解地说："你说的这些我当然知道。我天天在医院，每天面对那么多病人，你说的这些我见得太多了。你在你自己开的医院当医生还好，在公立医院当医生就更难了。病人来的时候呢？你叫快了说你抢病人，叫慢了说你态度不好，给病人药开多了要受院长批评，药开少了治不了病，病人又说你没本事。检查开少了院长要骂，检查开多了病人要骂。得时时注意病人心情，处处观察病人病情，稍不注意可能法不徇情。在这重重包围的情况下，可以说是举步维艰的年代，谁还想当医生呢？可是如果所有的人都不当医生。那要是人们生病了怎么办呢？如果全世界所有的医生停业一天，你想过会有什么后果吗？"

石头院长震惊地说："绝对无法想象，但那是不可能发生的事情。"

雪花理解地说："当然，凡是有良知的医生，怎么会明知病人有病而去休息的呢？面对死亡，如果可以选择，医生宁愿自己死也不会让病人有丝毫的损害。他们一定会把生的权利让给病人，把死的危险留给自己。比如非典时的叶欣、邓练贤等优秀的医务人员。"

石头院长兴奋地说："是啊，非典时有多少优秀的医务人员为了抢救病人的生命而光荣牺牲啊。"

正说着一个 30 多岁的男医生拿着一张纸条条递给石头说："院长不好意思打扰了，这是上个月的出差费，请帮我签字！"

石头接过条子看了看，随手拿起笔便签了名字。

男医生拿着条子笑嘻嘻地走了。

雪花看子看石头："出差费，什么意思？你们的医生也要出差吗？"

石头笑笑："当然有出差，病人少了到乡下去宣传收病人，危重病人转院到江北、重庆等医院，转病人都算出差。"

雪花笑笑："这样啊，我以为自己开医院，就不用愁这些了呢！"

石头苦笑："自己开医院事情多得很，哪儿那么简单哟！"

雪花叹口气难过地说："这么难啊！不辞职在医院，说到优秀只会让人更伤感，那么多的医务人员，多少先辈们，多少同事们，从意气风发的青年到英俊潇洒的中年，再到白发苍苍的老年，不管烈日炎炎，不管地冻天寒，日复一日，年复一年，一代又一代，没有节假日，没有星期天。心中牵挂的是人民的身体健康，眼里进进出出的是病中痛苦的黎民百姓。许多人在他们几十年不变的工作中，没有获得过一次先进个人的奖励。为病人、为医院，他们任劳任怨、默默无闻、勤勤恳恳，病人们痊愈后快乐的笑声就是给他们最高的奖品。他们就只是一个普普通通的医生。"

石头院长理解地说："是啊，医院那么多为病人奔忙着、工作着的医护人员。每个医院每年评选的优秀医务工作者人数不到总人数的3%，你说难道没评优秀的人就不优秀，这合理吗？"

雪花："是啊。这么多的不是优秀医务工作者的医生们，又有哪一个医生会因为危险而放弃抢救病人的生命？可有谁能记住这些？又有谁会因为这些而不找医生的麻烦，让医生平静安心地当医生呢？"

石头院长："在医院当医生这么难啊？"

雪花满含深意地看着石头院长："难不难，你怕是忘记你当医生时脸上头上的包和伤疤了哟？"突然电话响起，雪花看看石头打开手机："小明啊，啥事？"

27　公路上　日　外

小明开着车飞驰着，手里拿着手机："我现在有事回乡下一趟，等会儿到了给你打电话。"

28　博爱医院医生办公室　日　内

雪花关上手机看着石头："不好意思！"

石头院长摇摇头："报告行踪的吗？"

雪花笑笑："可能有事吧！"

石头了然一笑："不错，有点觉悟！"

石头叹了口气："是啊！过去的伤痛谁能忘记啊。想当年病人今天骂明天打，上午打左边脸，下午打右边脸，弄得都没脸见人，钟丽看见又心疼又气愤。

她的病人自己炎症太严重，胎盘黏连得扯都扯不掉的残留，清宫后只剩头发丝丝那么一点，也要和她打官司。做个会阴修复手术病人脚搁在脚架上久了脚跛了，硬说是手术造成的，天天找她麻烦，其实她本身走路都一点跛脚。一个常规的阴道检查说手重了弄痛了，硬说是态度不好，其实也是因为炎症太重引起的。弄得她天天睡不着觉，搞得她都抑郁自杀了。想起都悲泪哟。现在好就好在我是院长，没有人再找我麻烦批评我了。以后我一定会好好地对待我的员工。作为院长，为了医生，更为了病人，我一定要好好保护我的医生。不再在承受着社会上许压力的医生们身上加压，而要为医生创造一切条件，让医生专心工作，让医生只为病人着想，只想如何给病人用最先进的技术，让病人用最少的钱承受最小的痛苦，在最短的时间里康复。而不是让医生随时随地去小心防患那些无时无处不在的投诉和伤害。"

雪花："如果全国所有的院长都如你说的那样做的话，中国的医学将发展成世界上最权威的医学，中国的医生将是世界上最幸福的医生，中国的病人也将是世界上最幸福的病人。"

石头院长："为什么呢？有那么好吗？"

雪花："真有那么好。想想看，中国人多聪明啊。中国所有的医生，所有的医学学士、硕士、博士等医学专家如果放下包袱轻装上阵，那将有多少发明创造和高科技医疗技术用于临床，用于病人，那将有多少病人会因此而重获新生啊。而所有的中国医生一旦放下身上无穷的绳索轻装上阵只想如何治病，而不想如何防止医疗纠纷，只想做一个好医生而不怕身前身后的刀光剑影，那是多么幸福的事啊。而中国的病人也将因此而减少许多不必要的费用，在最短的时间最大限度地减轻痛苦。"

石头院长："为什么呢？"

29　小明老家　日　内

小明妈妈双手捧着肚子直叫："痛、痛……"

小明着急地问："怎么回事？痛多久了？"

30　博爱医院办公室　日　内

雪花拿起电话："那快点带妈妈到医院来吧！"又对着石头，"因为病人不论什么都要打官司，有没有错都要找医院赔偿，所以医院要让医生开的检查，如果只做必要的检查，那费用会减少多少呢？所以病人们如果能温和一些，医生也不会因为一小部分人的一些官司，而让所有的病人在看病时，把相关疾病都做拉网式的多角度的检查，以便必要时在法庭上有理有据。"

　　石头："是啊，现在的检查是多了一些，但那也是被病人们逼出来的。为了减少赔偿。我作为一个医院院长，特别是一个私立医院的院长，更是在这方面小心翼翼，随时随地嘱咐医生，头脑里任何时候都要绷紧一根弦：病人是上帝是衣食父母，可能随时成为你的朋友或敌人。病人们因病痛到医院来的时候一手拿着钱，一手拿着绳索。医生们面对病人眼里看着，头脑想着，手上做着，脚在走着。给病人看病治病手术的时候，生怕哪一个环节、哪一句话稍有不慎，便引来病人的投诉和官司，所以现在好多的医生话都不敢多说。"

　　雪花："是啊，过去当医生当得好幸福，现在当医生当得很郁闷很痛苦。"

　　石头："为什么？"

31　公路上　日　外

小明开着飞快地跑着。

32　博爱医院办公室　日　内

　　雪花："想当年才毕业出来那些年，虽然技术没现在好。但病人们随时随地相信你，做手术二话不说，字都可以不签。让你放心地该怎么做就怎么做。你想那是多好的事啊。医生在没有包袱全身心放松的情况下做手术，是多么快乐而又高效啊。"

　　石头："要是所有的病人能多一些理解，少一些抱怨，医生们该多幸福啊。"

　　雪花："是啊，过去医生做手术，心是放着的。现在医生做手术啊，心是提着的，头脑里随时都绷着一根弦。面对病人话都不敢大声说。你说这算什么事？"

　　石头："你到我这个医院来啊，病人说你，只要我不批评你就得了。"

　　雪花："那当然好。究竟是自己开医院，还是到你这里上班，或是回县医院上班，我还得认真想想。"

　　石头："想什么啊。你到南医、西华都进修学习了那么久，医院领导还把你放到门诊上班，你就心甘情愿地丢下手术刀，在门诊当一辈子小医生直到老死为止吗？"

雪花："你怎么知道我在上门诊？"

石头："我怎么不知道，你那么出名，那么多领导干部的儿子、孙子都是请你接生的。听说还有人为了请你接生把生下的小孩子抱给你当干儿子、干女儿，你说是不是嘛？你上门诊这么大的事都不知道，我还开什么私人医院哟。"

雪花："那是大家信任嘛。谁想收干儿子、干女儿？老同学，说真的，我心里真是一百个不愿意。上门诊我更是一千个不愿意。想想看，为了病人为了做手术，我放弃了多少好单位、好工作、好职位。"正说着，电话又响了雪花拿着电话边走边和石头挥手。

雪花打手机："怎么样，妈妈来了吗？"

小明笑笑："没事了，妈妈是吃了点冷饭，有点拉肚子，刚刚拉完已经不痛了，她不到医院去，我也回来了，你快回来吧！"

33　镜头闪放江北市　1991 年回忆　日　内

雪花跟着部长在棉纺到处奔跑的身影，雪花在电视台不停写着的身影。

老师："雪花想到电台当记者吗？"

雪花摇摇头。

34　镜头闪放江源时报编辑部　1997 年　日　内

一个中年男人十分诚恳地说："现在去找找宣传部部长，你到我们副刊当编辑好吗？"

雪花想了想看着中年男人，摇摇头笑笑离开了。

35　雪花家回忆　日　内

雷军对雪花说："雪花，书记叫你不当医生到妇联去做县妇联主任好吗？"

雪花摇摇头："不去。我就想当医生。"

雷军："为什么？"

雪花："离开医院，没有病人我活不了。"

36　江源县医院业务院长办公室回忆　日　内

业务院长坐在办公桌边："雪花，院长叫你到医务科来。现在医院还没有医务科，你来主持成立医务科行吗？"

雪花摇摇头。

业务院长："你好好考虑一下嘛！"

雪花摇摇头："用不着考虑。真不去。"

37　走道上　日　内

回忆。

业务院长对雪花说："雪花，院长叫你到信息宣传科，现在信息宣传科还没有人。你去主持成立起来。"

雪花："不去。我只想当医生。"

38　成都西华妇产科医院回忆　日　内

雪花在西华进修时拼命奔跑的身影。

——闪现在人们面前。

39　江源县博爱医院　日　内

雪花一边不停地走着一边跟石头说着："为了病人去进修家都没了。到头来，还被放到门诊，你想我有多难过啊。老同学，说真的。我连死的心都有了。"

石头："你千万不要那么想，人活着比什么都强。曾经听你说起那么有理想有抱负，如今怎么如此让人伤心。你出那么多书，那些书是怎么写出来的啊？那得费多少心血啊！"

雪花："想当年，那么的狂热和拼命，现在一遇到想不通的事就钻牛角尖，想想还真的有点可笑啊！"

石头："还是不要想那么多，想想到我们医院来的事吧。"

雪花起身离开边走边说："看看再说吧！"说话时已走出了石头的院长办公室。

石头望着远去的雪花摇摇头："当医生真难啊！"

40　江源县西湖医院　日　内

雪花悄悄地在门边观看着。

一个40多岁头发花白的男子悄悄走到雪花身边笑眯眯地问："看什么呢？"

雪花警觉地转过身立即笑嘻嘻地说："呀，是你啊，小武，我还以为找不到你呢！"

小武："为啥找不到我呢？"

雪花："听说你们医院病人多得很，你那么忙我怎么找得到你。"

小武："这不是找到了吗？有事？"

雪花："有点事。"

小武："啥事？我能帮你吗？"

雪花："当然能。我想了解一下，如果开医院只要手术室里的设备，大概要多少资金可以启动？"

小武："要不了多少钱，几万块钱就可以了。怎么，你也想和我一样离开医院自己开医院？"

雪花："有点想法，不知能否行得通。正想到你这里来取点经呢。当初你为什么放着县医院的医生不当而要自己开医院呢？"

41　雪花家　日　内

小明在洗菜煮饭。

42　江源县西湖医院　日　内

小武："哎呀，你又不是不知道。当时一点小事病人找到我扯皮，院长又不停地批评我、处分我，还扣那么多钱。想想看，我一天累得死去活来，外科手术天天做得家都不能回。孩子也不能管，妻子也不能陪伴，一天除了手术还是手术。一次就因为一个阑尾炎手术病人伤口感染，病人老是找我打官司。院长也不停地批评我。雪花你想想，阑尾炎本来就是感染伤口，伤口感染是非常正常的事情，病人来吵理解倒也罢了，可院长也不断地找我麻烦，要我赔偿，弄得我精疲力竭。肖华老主任没退休的时候，还要为我们发声处处帮着我们医生说两句公道话，而新主任腰杆不硬，我们有错没错只要病人医生全是错，唉，伤心透了！便干脆辞职不干，自己和别人一起搭伙开了这家西华医院。你怎么也想出来了呢？"

雪花："院长找你是因为病人找他闹，他不找你没法给病人交代，可他扣奖金你又受不了。现在院长让我上门诊，我实在想不通，科室钟丽死了，王强当院长了。会做手术的医生就只有肖雪、何花几个人，可院长就是不让我上住院部，这让我太难过了。我想辞职不干了，但就是不知道给别人打工好呢还是自己开医院好。我想到你这里看看也听听你的意见。"

小武："如果出来的话，给人打工是不行的。给人打工你和老板关系再好，老板仍然随时可以解聘你不要你。那样的话，到时候就很麻烦。对于你来说，还是自己开医院好些。"

雪花："现在医疗纠纷这么多，你们这里有这些麻烦吗？"

43　雪花家　日　内

小明一边炒菜，一边打电话。

44　江源县西湖医院　日　内

雪花打开手机："炒菜了呀！"说着看看时间，快 12 点了，"好好，马上回来了！"

小武："叫你回去了吗？"

雪花笑笑："嗯！"

小武："自己开医院，麻烦是少不了的，关键是如何减少和防患。"

雪花："你是说，你这还是一方净土。没有医疗纠纷？"

小武："怎么可能？只是病人找我扯皮，没有院长骂我。因为我自己就是院长，所以总少了一点压力。"

雪花笑笑："那可真值得庆贺。"

小武苦笑："没什么好庆贺的。病人的剑随时在你脖子上比着的，你就等着受死吧。"

雪花："看到爱扯皮的病人不收就是嘛。"

小武好笑地说："那怎么可能。"

雪花："哎呀，好烦啊，不说了，越说越难过。好，走啦！"正说着电话铃声响起，雪花拿起手机："谁呀？呀！小平！你现在哪里？"雪花边说边跟小武挥挥手离开。

45 锦里 大街上 日 外

小平："我在锦里呢。你快来看看吧，真的很不错哟。我们一起开医院吧。"

46 江源县大街上 日 外

雪花边走着边大声地问："小平，要出多少钱啊？"

47 锦里 大街上 日 外

小平："先不说钱的事，你拿出点时间我们去实地考察一下嘛。老板是浙江的，说是做不走，想包出来。只收管理费，其他费用不管，我们做多少自己分就是。"

48 江源县大街上 日 外

雪花高兴地说："那不是很合算。"

49 锦里 大街上 日 外

小平呵呵地笑笑："还真不错，你快点来吧。"

50 江源县大街上 日 外

雪花："好啊！"

51 公路上 日 外

一辆车飞快地奔跑着。小明驾着车，雪花高兴地坐在小明身边。

小明边开车边问："小平是干什么的呀？"

雪花："小平是我读医学校的同学，江源县中医院的外科医生。上次因为小孩子吃农药死亡事件以后，中医院生意很差，中医院很多医生失业到私家医院当医生。小平也是因为这件事辞职准备到锦里市里去发展，不知道现在情况怎么样，他想和我一起合作自己开医院，你等会儿仔细帮着看看小平准备接手的那家医院究竟怎么样？也看看有没有必要和他一起合作。"

小明："好！你就放心地休息一下吧。等会儿再说好了。"

52　锦里红花医院　日　内

雪花、小平、小明边走边看着医院的一片草地和院子。

小平："叫医院老板来吗？"

雪花："等会儿我们先看看再说吧。"小明带头走到医院的门诊大楼。仔细看着整齐堆放的各式药品。又到三层住院部看到两个20多岁的青年男女专心地忙着。男孩子在认真写病历，女子在弄输液器准备输液。

小平走到小女子身边笑眯眯地问："你们院长呢？"

小女子忙站起来："看病吗？"

小平："不看！"

小女子："找院长有事吗？"

小平："有点。叫他来好吗？"

小女子忙说："好！"边说边拿起电话。

53　公路上　日　外

一个光头男人快步飞跑着。

54　锦里红花医院　日　内

光头男人在门诊部东找西看。

55　二楼　日　内

小平和光头男人相遇。

小平："呀，院长，你来了。"

光头男人热情问道："你们来多久了？"

小平："没多久，刚到一会儿。介绍一下……"说着指着雪花说，"这是江源县医院的妇产科医生。我们想看看你的医院，看看有没有必要合作一下。"

光头男人高兴地说："欢迎！"小明悄悄地走到门边看车去了。

56　红花医院一间诊断室里　日　内

小明、小平、雪花和光头男人在不停地说着讨论着。

57 公路上 日 外

小明开着车飞快地奔跑着，雪花和小平坐在车里不停地说着。

雪花："小平，你们医院那件事最后怎么处理的呢？"

小平："别说了，大家真都不知说什么好。好好的医生，好好的医院。那孩子自己吃那么多农药，那老太婆老太爷自己没早点发现，送医那么晚。医生在吃饭，病人一到，护士马上打电话给医生就跑回来，时间就只差了那么几分钟。这怎么能怪医生，说医生不在，抢救不及时呢？说真的，就是神仙下凡也救不了那孩子啊。那病人家属怎么就不想想孩子为什么吃药，为什么自己不早点发现，不早点送到医院。如果病人能早来2个小时，医生就是晚到1小时孩子也不会出事啊。"

雪花："病人家属怎么说？"

小平："病人家属自己也知道自己有过错，本来病人家属自己就要回去了，是那些想发财的医闹组织策划的。毕竟病人来的时候医生不在现场，这确实有错，但再错不至于弄到这个地步吧！"

雪花："那最后是怎么处理的呢？"

小平："没有最后，现在卫生局局长、医院院长都下台了，我们很多医生也跟着失业了。不管你有没有错，有多大的错，只要病人一闹，没事也有事。哎，开医院好难啊，当医生也真难啊！我们医院好多医生想到那晚现场的场景就害怕，很多医生都害怕当医生了。"

雪花："这样下去医生不好当，可病人未毕就好受。再高尚的医生，为了保护自己、保护医院，应开的检查一样不会少，费用是一点也不会少的。最后的结果，只能是增加病人的负担。为什么大家不能温和一些，多一些理解，少一些暴力，多一些和谐，而硬要医生一天胆战心惊地给你治病呢？"

58 雪花家 日 内

雪花坐在沙发上发呆。

小明笑眯眯地看着雪花："怎么样？想当院长了吗？"

雪花："小明，你说怎么办好呢？到底去不去锦里呢？"

小明："随便你好了，只要你干得开心就好。"

雪花："现在当医生真还没有开心的时候，过去当医生多好，可以说没有不开心的时候。只有随时随地为病人着想为病人担忧，随时随地想着用什么办法才能让病人用最少的钱和最少的时间治好疾病，想着如何发明创造新技术、新方法让病人更快更好地好起来。还从来没想过自己。"

小明："现在想到自己了。"

雪花："是啊，不想都不行啊！现在随时随地都想着自己，想着什么时候不被病人误会，不被病人投诉，不和病人打官司。"

小明："过去怎么样呢？"

雪花："想当年好多孕妇不知道怀起娃儿要检查，产妇们生孩子时掉个手儿脚儿才到医院来。我们医生看见大肚子就拉着孕妇说要到医院去检查，天天不知白天黑夜地想着叫孕妇们到医院来生孩子。现在一个个病人睡醒了、觉悟了，知道怀孕后到医院检查了，也知道优生优育了。但医生的日子也跟着难过，也度日如年了。院长时时叮嘱我们要夹着尾巴做人，这究竟是为了什么啊？上帝，请睁开你的眼睛看看。医生怎样做才是好医生？病人们怎么才能花最少的钱最快的治好病啊？"

小明："别这么婆婆妈妈的，还是好好想想是在医院上门诊还是出去自己开医院吧！"

雪花："让我再想想看嘛。"

59　江源县医院妇产科门诊部　日　内

雪花一个人眼睛红红地坐在诊室里。

60　门诊激光手术室　日　内

汤宁在做手术，烟雾弥漫，雾中汤宁的咳嗽声不断传出。

第三十一集　初到门诊部

1　江源县医院门诊部办公室　日　内

门诊办公室

高红、李主任、外科唐福医生、林源医生、内科谢河医生、刘明医生、中医科曾刚医生、李强医生和妇产科汤宁、雪花几个人站在办公桌前。

李主任高兴地说："张医生，欢迎你到门诊部。"

雪花苦笑着说："谢谢！"

李主任："不管怎样，我们现在都是门诊部的同事了。门诊是医院的脸，不要小看门诊，我们内科的谢医生、刘明医生，外科的唐医生和我，还有中医科的李强医生和曾刚医生，妇科的汤宁医生都在门诊很多年了。为了医院，从今天开始我们一起努力吧！"

高红高兴地说："欢迎你！我们又可以在一起上班了。"

李主任兴奋地说："好，上班时间到了。大家各就各位准备新一天的战斗吧。"

外科　唐福医生诊断室

几个病人在门外等着，几个病人在诊断室里坐着唐福医生在不停地给病人检查开处方。

手术室唐福医生在认真地给小女孩缝合伤口。

李主任在诊断室坐着。病人在不停地进进出出。

李主任在手术室和诊断室不停地来回奔跑着。

中医科曾刚医生诊室

一大群人在屋里坐着。曾医生在不停地讲着说着。一个 30 多岁的中年妇女提着一包中药在吵闹着。

曾刚摸摸喉部吞咽着口水眼睛微眯，难受地哽咽着，又找来开水大大喝了一口，方喘过气，对着中年妇女轻言细语地说着："你的病情需要这些药，好多中药都有些苦，你就多忍忍吧。"

中年妇女撒野地说："我从来不吃苦东西。那么苦的药怎么吃？"

曾刚好脾气地说："那你药煎好后加点糖块就行了嘛。"

中年妇女恨恨地说："哟，加糖？"说着很着离开了诊室。

内科　刘明医生处

一群病人在诊断室里围坐着。刘明医生在不停地问着说着。

妇科汤宁医生诊断室

病人不停地进进出出，汤宁在阴道镜检查室、手术室来回跑着。

雪花诊断室

雪花一个人眼睛红红地坐在诊室里。

一个穿着红色衣服的老太婆急急忙忙地走到雪花面前："是妇产科吗？"

雪花忙擦掉眼泪："是。看病吗？"

红衣老太婆："不是我看病，是我孙女看病。刚才我去找了院长，问他究竟能不能治好我孙女的病。我孙女流血三个月，到处吃药打针，还在双花医学院去住院治了半个月，流血都止不住。院长叫我到门诊来，你说我孙女还有没有救嘛？"

雪花着急地问："你孙女来了吗？"

红衣老太婆："来了。但没上来，我叫她在下面大厅等着，她走路死啾啾地没力气。先问好了才叫她上来。"

雪花焦急地说："没有哪个敢保证能治好，但走到医院了还是上来看看吧。"

红衣老太婆："你就开点药嘛。"

雪花认真地说："人命关天的事，她没来，我没看一眼，她的情况我一点不知道，怎么敢开药？"

红衣老太婆："你有把握吗？"

雪花："有没有把握，看了再说吧。"

红衣老太婆："那好吧，反正来都来了，叫她上来试试吧。"边说边走开了。

雪花望着红衣老太婆远去的背影，突然神色严峻起来。

没多大会儿，红衣老太婆领着一个 10 来岁的小女孩走进诊室。

雪花看着小女孩纸一样苍白的脸："叫什么名字？"

小女孩："叶娇。"

雪花："多大了？"

叶娇："15 岁。"

雪花："流血多久了？"

叶娇："三个多月。"

雪花："一直没停止天天都流吗？"

叶娇："不是，前两个月有时要停几天流几天再停几天，这个月就天天不停地流。"

雪花："一天流多少血，每天用几个卫生巾？"

叶娇："大概也就三四个吧。"

雪花："这么多啊？"

叶娇："嗯。"

雪花："把你在双花医学院住院的资料拿来我看一下。"

叶娇："没有了，医院收了，只有出院证明。"边说边拿出了一张皱皱的纸。

雪花拿起看了看，开了张化验单给红衣老太婆："去化验一下血常规，看看贫血情况再说吧。"

红衣老太婆："好吧！"说着牵着叶娇便走。

几位妇女站在门外等红衣老太婆走后，便一起走进来："给我们也看看吧！"

雪花："慢点！慢点！一个一个来。"

2　走道上　日　外

红衣老太婆拉着叶娇慢慢走着。

3　化验室　日　内

叶娇在化验室外排队化验。

4　妇科门诊诊断室　日　内

雪花身边有一大群病人等着。

一个 60 多岁的老太婆坐在雪花身边不停地说着。

雪花："哪儿不舒服？"

老太婆："白带多，外阴痒。"

雪花："这种情况有多久了？"

老太婆："二十多年了。"

雪花："婆婆，你叫什么名字？"

老太婆："我叫刘秀英。"

雪花："多少岁了？"

刘家英："67 岁。"

雪花："一直没看吗？"

刘秀英："看了二十年，也吃了二十年的药。可就是好不了。听人说县医院门诊来了一个好医生，所以我们就跑来了。你帮着看看开点药吧！"

雪花："好。"

妇科检查室。

刘秀英躺在床上。雪花在仔细检查。

5　医院过道里　日　外

刘秀英拿着处方急匆匆地走着。

6　医院药房　日　内

刘秀英在排队取药。

7　医院过道里　日　外

红衣老太婆带着叶娇慢慢地走着。

8　门诊妇科诊室　日　内

雪花拿着化验单在一边看一边开药。红衣老太婆和叶娇坐在雪花对面紧张地看着雪花开药。

雪花开好处方交给红衣老太婆："到药房去取药吧。取了药拿回来我给你说怎么吃。"

9　药房　日　内

红衣老太婆在排着长队取药。叶娇坐在药房外的长椅上等着。

10　妇产科门诊诊断室　日　内

雪花身边一大群人挤着，一个约40岁穿着花布衣服的中年女人带着一个10来岁的小女孩走进诊室。

雪花："谁看病？"

中年女人指着小女孩："她看。"

雪花："孩子叫什么名字？哪里不好？多大了？"

中年妇女："刘青妹，12岁。月经来了十多天都不干净。"

雪花："一天血有多少？用几个卫生巾？"

中年妇女："只用一个卫生巾。"

雪花："那最好检查化验一下。"

11　化验室　日　内

中年妇女带着刘青妹在排队。

12　门诊妇产科诊断室　日　内

中年妇女拿着化验单给雪花。

雪花看后眼睛睁得大大地盯了一眼刘青妹："读几年级了？"

刘青妹："初中一年级。"

雪花惊奇地说："一年级啊。"说着将中年妇女拉到一边悄悄说，"你女儿怀孕了。"

中年妇女脸色苍白："不可能哟。她才12岁，怎么可能怀孕啊？"

雪花："化验检查一般是很准的，要不你再去打一个B超看一下嘛！"

B 超室

中年妇女带着刘青妹在排队等着。

13 门诊妇产科诊断室 日 内

雪花接过中年妇女的 B 超单，指着那黑黑的一团影像说："看，这就是孕囊。诊断早孕。"

中年妇女流着泪："怎么办啊？"

雪花："这么小的孩子最好用药物流产。"

中年妇女："你看着办吧。"

雪花焦虑地想："这么小的孩子假如药物流产不全怎么做清宫手术哟？"

14 雪花家 日 内

雪花坐在沙发上看书。小明在厨房做饭。

小明一边切菜一边问雪花："想好了吗？"

雪花苦涩地说："看样子去不成锦里开医院了。"

小明奇怪地问："你不是想好要去的么？怎么又不去了？先别急着下结论，等考虑好了再说。"

15 江源县医院门诊妇产科 日 内

妇产科 雪花诊断室

雪花坐在诊室里。一大群病人或站或坐在等着。雪花在检查室手术室间不停地跑着忙着。

外科 唐福医生诊断室

张老根等一群病人在门外等着，几个病人在诊断室里坐着。

唐医生在不停地给病人检查开处方。

张老根坐在唐医生对面苦着脸："唐医生，我腰又痛了。"

唐福医生："吃药好了几天。现在又痛吗？"

张老根："嗯。"

唐福医生："照 CT 看看吧。"

张老根："好吧。"

内科　刘明医生处

张大富和一群人在诊断室里围坐着。

张大富坐在刘明医生对面。

张大富："刘医生，我总是感觉心累走路费劲。"

刘明医生笑笑拿出血压计和听诊器，先测了血压又听了心肺，再慢慢坐下拉过张大富的左手摸着脉："减减肥吧，血压高心脏也有点问题了。降血糖的药吃了吗？"

张大富："天天吃着呢，每天一颗降血压的，两颗降血糖的药。"

刘明："少吃点肥肉、动物内脏，少吃含糖量高的食物。"

张大富："你和你儿子说是一样哟，都不要我吃好的吗？"

刘明："这是没得办法的事嘛。管不住自己的嘴、迈不动自己的腿，只能自己受罪。你自己看着办吧！"

张大富："呵呵，我自己管自己吧！"说着伸出手。

刘明笑笑："把处方交给张大富。"

妇产科　雪花诊断室

雪花坐在诊断室里边写字边和病人说着话。刘青妹和她母亲坐在办公室对面。

雪花："刘青妹药物流产只流血胎儿没掉下来，目前还有心跳。"

中年妇女着急地说："怎么办啊？"

雪花："没办法只有手术做人工流产。"

16　门诊手术室　日　内

仅仅只有 12 岁的刘青妹躺在手术台上。

雪花双手略略有些抖动。二十多年来，雪花第一次给这么小的小女孩子做人工流产。雪花心如刀割般疼痛。窥阴器扩开幼小的阴道，一看更是让雪花叫天：小小的人儿，小小的宫颈根本不够宫颈钳大，怎么钳住宫颈终止妊娠？轻轻一钳可以将宫颈前后左右全钳完。那么扩宫棒又怎么扩开宫口？看着小小的刘青妹，雪花眼泪不由自主地流下来。泪眼蒙蒙的雪花好不容易平静下来，在 B 超导视下雪花抖动着双手丢掉宫颈钳，直接用扩宫棒轻轻扩宫，再用吸管轻轻吸尽宫内组织。艰难地给刘青妹做完了手术。

小小的刘青妹静静地躺在手术台上，一声没吭，一动不动地听任雪花手术。

17　留观室　日　内

雪花默默地坐在刘青妹身边，眼里是无限的酸楚和深深的无奈。

躺在留观床上的刘青妹左右不停地转动着头部。中年妇女苦着脸守在刘青妹身边。

18　门诊诊断室　日　内

雪花对中年妇女说："你们一天都不管孩子吗。这么小的孩子怀起娃儿都不知道？"

中年妇女："我和她爸爸都在外地打工，这次是她外婆打电话说孩子病了，我才回来的。想不到事情有这么严重。"

雪花："哎，这么小的孩子怎么教啊？"

19　留观室　日　内

刘青妹静静地躺着。雪花在刘青妹面前不停地说着："不要吃太冷的、太麻的和太辣的东西。一个月内坚决不能同房。最好没结婚前都不准同房。"

刘青妹似懂非懂地点点头。雪花摇摇头离开。

20　门诊诊断室　日　内

雪花坐在诊断室里整理桌上清洁。

红衣老太婆笑眯眯地带着叶娇兴冲冲地走到雪花面前拉着雪花："哎呀，我的好医生呢，你开的药好灵哟！我家孙女吃了两天血就止住了。现在你开的药吃完了，我们想来再取点药。"

雪花笑着说："行！稍等！"边说边将手上的清洁巾丢在一边，写好处方。

红衣老太婆笑眯眯地接过处方高兴地说："想不到还有这么好的医生。我真是来对地方了，以后我给你多介绍点病人来。你天天都上班吗？"

雪花："每周六不上班。"

红衣老太婆："那我记住了。"

正说着67岁的刘秀英兴冲冲地走到雪花身边高兴地说："医生，你开的啥子神药嘛？我治了二十多年都没好的病，用你开的药吃了几天病就好了。我还想来开点药稳一下。"

雪花静静地问："真好了？"

刘秀英兴奋地说："全好了，谢谢你医生！"

雪花真诚地说："不用谢！"

21 大街上 日 外

雪花急急忙忙地走着，手机响起。雪花打开手机："小平哟！什么，你现在锦里市红花医院？"

22 锦里市红花医院 日 内

小平拿着手机边走边和雪花通话。

小平："我在这边看医院的账目，你也过来看一下嘛。"

23 大街上 日 外

雪花想了想："小平，我可能来不了。"

24 锦里红花医院 日 内

小平："为什么？"

25 江源县城大街上 日 外

雪花："我上了几天门诊发现这里还有很多病人需要我。"

26 红花医院 日 内

小平一边看账本一边说："雪花啊，你好好想想吧。你在医院上一年班多少钱，自己开医院一年至少也要挣几十万元。"

27 江源县大街上 日 外

雪花边走边说："小平，你说的这些我何尝不知道啊。我在外面开医院一年至少当我在医院上十年的班，可我是国家培养出来的医生啊。从小学到大学全是国家帮我交的学费，我怎么能因一点委屈就不要工作，离开医院去自己挣钱呢？开始我想出去自己开医院，是以为上门诊和清洁工一样没什么用。上了几天门诊我才知道，作为医生上门诊也有用，并且也有那么多病人需要我。如果说住院部是医生抢救病人生命的战场，那么门诊部则是治疗疾病保证病人健康幸福的保障。就像清洁工一样，在日常生活中作用很大。如果没有清洁工，城市乡村室内室外那不是垃圾遍地，把人都可以堆起来吧？是不是连走路下脚的地方都没有了吗？那么门诊医生也一样，虽然看似简单得风轻云淡，但是几天上门诊下来，感想多多，正是这简单又平平淡淡的门诊，才是真正解决人们身体中的痛苦烦恼的所在。怪不得一到门诊部李主任就说，不要小看门诊，门诊医生不仅有作用，而且作用还很大。想想看生活中看似小痛小病，如果全省全国甚至全世界都治不好的疾病，到你这里看一次几天就治好了，是不是完成了医生的职责、履行了医师的誓言？真如门诊李主任说的医生是医院的脸。如果一个简单的疾病都治不好，是不是应该吐一叭口水淹死算了。所以，现在我不想离开医院了。你自己小心开医院吧！"

28　红花医院　日　内

小平停下手中查看的账本："雪花，你再认真想想吧。那些病人可是很麻烦的哟。你忘记了当医生的痛苦和忧愁了吗？"

29　江源县大街上　日　内

雪花仍然在飞快地走着："当然没有忘记。但你还记得当年做医生的快乐了吗？想当年，虽然穷一点，人民生活水平低一点，可人民淳朴厚道老实。做手术让你做就是，字都可以不签，对医生是礼貌有加。医生一心只想到病人，你知道那是多么幸福的事情啊。"

30　锦里市红花医院　日　内

小平低声地说："你再想想看嘛。"

31　雪花家　日　内

雪花走到门边，边开门边说："谢谢你的好意，我可能跑不出医院，要继续在医院上班了。"

32　锦里红花医院　日　内

小平生气地说："不来算了。那就祝贺你了。终于又要回去等着受苦了，说不定什么时候一些莫须有的烦忧又要跑到你身上了哟。"

33 雪花家 日 内

雪花坐在沙发上："管它啥子罪名哟，有什么办法呢，谁叫我们是医生，谁叫我们当初选择的医学这个专业呢。谁让我这么痴，听不得病人一句信任的话。有时候，病人一句话便可改变我们的一生。"

34 江源县医院妇产科门诊 日 内

雪花坐在诊室里。

一大群病人或站或坐在等着。雪花在检查室手术室间不停地跑着忙着。

外科 唐福医生诊断室

几个病人在门外等着，一些病人在诊断室里坐着。唐医生一会儿忙着给病人检查开处方，一会儿又往手术室跑。

诊室外唐福医生爱人李老师和保姆在坐着说话。

李主任诊断室

李主任坐在办公室里。有病人在不停地进出。李主任一会儿手术室一会儿诊断室地跑着。

中医科曾刚医生诊室

一大群人在屋里坐着。曾医生在不停地讲着说着。一个病人拿着药大着声音说着。曾刚医生摸摸脖子强咽下口水，又给病人不停解释着。

内科 刘明医生处

同样一群人在诊断室里围坐着。刘医生捧着小腹紧皱眉头在不停地问着回答着。

妇产科诊断室

雪花坐在诊室里忙碌着。

一个个病人在诊室里进进出出。雪花认真地接待着一个又一个病人。

第三十二集　玉米花入住江源县

1　雪花家新家　日　内

2006 年

雪花认真地说："我想好了还是继续在医院上班。"

小明看看雪花："你已经说了好多遍了。你想在医院上班就在医院上班吧，但是你要想清楚，好不容易有这个想法，好不容易有这样的机会，失去了你看可不可惜！"

雪花："说真的不是有点可惜。而是非常可惜。但是我决定了，坚决不离开医院了。"

小明："你再想想看嘛。"

2　江源县医院妇产科门诊　日　内

雪花坐在诊室里。

几个病人在诊室里等着看病。雪花满脸笑容地对着病人说着什么。

刘青妹母亲急匆匆跑到雪花面前："医生，刘青妹到你这里来过没有？"

雪花着急地问："没有，有事吗？"

刘青妹母亲："刘青妹出去几天，到处都找不到了。"

雪花焦急地说："你好好说嘛！不要骂她，她那么小的孩子，懂什么啊？"

刘青妹母亲："知道了。"边说边急匆匆地走了。

3 医院门诊部雪花坐在诊室里 日 内

几个病人在雪花身边等着诊治。雪花一边问着一边不停地写处方、检查单。

一个20多岁穿着时尚的大肚子孕妇在不停地问着雪花："医生，我现在怀孕6个多月了，现在要注意些什么呢？"

雪花认真地说："6个月孕已是孕中期。现在开始，胎儿就进入了快速生长发育期，胎儿的各个器官已经发育成熟，听力已经完善，你们说的话，孩子也会听见。所以从现在开始，你们说话要注意点，随时注意胎教，与胎儿生长发育相适应。母体的子宫乳腺等生殖器官也逐渐发育，并且母体还需要为产后泌乳储备能量以及营养。因此要随时注意营养补充，每天要适当地做些运动，每天吃的食物也要讲究。油每天20—25克、盐6克、奶类及奶品250—500克、大豆类及坚果60克、鱼鸡蛋肉类含动物内脏200—250克，其中鱼类蛋类各50克、蔬菜类300—500克，绿色蔬菜占三分之二。"

孕妇："那我还需要做些什么检查呢？"

雪花："现在最关键的检查一是彩超，特别是三维彩色看胎儿有无器官异常；二是妊娠糖尿病检查，妊娠糖尿病是常见的妊娠并发症，对胎儿和孕妇的健康非常有害，因此建议在怀孕24—28周期间必查；三是等到32周时做超声心动图，检查胎儿的心脏是否正常，这项检查主要面对有家族心脏病史，曾经孕育过心脏病婴儿以及在孕期服用过药物的孕妇。"

孕妇："那我现在脚有些抽筋。怎么办好呢？"

雪花："那是缺钙了，要补充点钙片。多喝骨头汤，多喝点牛奶等食物。"

孕妇："那你给我开点钙片行吗？"

雪花："当然行。"边说边拿起处方和检查单写好交给孕妇。

孕妇接过交费单："谢谢了，我下次什么时候再来检查？"

雪花："一个月后再来检查好了。如果有异常情况，比如阴道流水、流血、腹痛等，要随时来医院检查。等会儿检查完毕和取药后把报告和药都拿来我看看。"

孕妇："好，我知道了，谢谢医生。我走了。"

雪花："快去检查取药。我们有孕妇学校，可以系统地讲孕期保健知识。到时你来参加吧。"

孕妇："好啊，什么时候？"

雪花："每周星期三下午。"

孕妇："好了，谢谢你医生！"

又一个孕妇走进来："医生，我怀起娃儿才 2 个月，怎么做好呢？"

雪花："你吃叶酸了吗？"

孕妇："没有。"

雪花："等会去领点叶酸吃。还要做彩超查血等等。"

孕妇："吃叶酸有什么用呢？"

雪花："吃叶酸是为了预防新生儿神经管畸形。"

孕妇："那啥时候吃好些呢？"

雪花："一般是从怀孕前 3 个月到怀孕的最初 3 个月内吃。你现在已经怀孕 2 个月了，还得赶快吃才行。"

孕妇："那一天吃多少呢？"

雪花："按标准服用。每天 400 微克，每天最多不能超过 1000 微克。在美国，一般怀孕前每天补充 400 微克，孕后每天增加到 600 微克。"

孕妇："知道了。医生，我还可以做些什么检查呢？"

雪花："你今天是怀孕后的第一次检查吗？"

孕妇："是啊。"

雪花："第一次检查比较多一点，首先要打 B 超，确定孩子在宫内还是宫外，其次看孩子是否正常。另外还要检查你的心脏功能，血压、体重，做尿液化验、血液检查。血液检查主要查肝功能、肾功、血型、血色素、乙肝表面抗原、早胎蛋白、梅毒血清以及有无风疹病毒、血清巨细胞病毒感染、艾滋病检查，有无地中海贫血等等。妇科检查则主要查子宫大小、宫颈涂片情况、白带常规，以免漏诊宫颈癌。"

孕妇："那你先给我开个 B 超单嘛。"

雪花："行啊。一起开了吧。"说话时已开好了 B 超化验等检查单交给了年轻孕妇。

4　医院妇产科门诊　日　内

雪花坐在诊室里。

里里外外坐了许多人。雪花被包围在中间。一个面色苍白的中年妇女坐在门边，雪花忙带她到检查室检查。

5 检查室 日 内

中年妇女躺在检查台上。雪花轻轻一按，中年妇女便痛得大声地叫起来。

雪花从子宫中央向两侧附件一步一步轻轻地按压着。每按压一下，中年妇女便大声地叫一下。

雪花："下腹痛了多久了？"

中年妇女："有两天了。"

雪花："你现在患了盆腔炎，需做彩超验血等检查，最好还要输液治疗。"

6 妇产科门诊诊断室 日 内

中年妇女："那怎么行啊？我家里还有 4 头猪、30 只鸡、20 只鸭、1 条狗和 3 只猫。"

雪花："家里还有几口人呢？"

中年妇女："还有一个 80 岁的母亲，一个 8 岁女儿和一个 2 岁的儿子。"

雪花："你爱人呢？"

中年妇女："在广东打工挣钱去了。"

雪花："可能输液要好些。"

中年妇女："我真的没法住院输液。"

雪花："那你到你们当地去输液行吗？"

中年妇女："我们那里没有哪个会给我们输液了。"

雪花："为啥呢？"

中年妇女："上个月，我们那个乡有一个药店出了点事。"

雪花："啥事？"

中年妇女："一个 1 岁多的小男孩子身上长疹子，到药店取药后，孩子服药后死亡。家属找到医院要求赔偿，结果赔了 3 万元，事实上那孩子是服药时窒息被药和水呛死的。所以现在那条街上大大小小的私人医院和诊所都不给我们输液了。"

雪花："那你到乡卫生院去住院输液嘛。"

中年妇女："到医院输液也必须住到医院，不准离开医院，否则不给报账。"

雪花："为啥呢？"

中年妇女："因为院长怕病人离开医院后出什么问题，找医院扯皮。院长说他怕得很，到时病人厉害起来院长他的日子不好过。所以他要先把好关，住院病人就必须得住院，否则院长他就睡不着觉。"

雪花："是啊，现在医生难当，院长更难当。他们要管全院职工的生活吃饭问题，也要管全院医生的医疗质量服务态度，还得处理很多与医院相关的问题。你不输液到时你痛得出了问题一样要找我的麻烦。"

中年妇女："我找不找你的麻烦，现在还不知道，到时候再说。我走到你这里，你就得给我认真看病治病。"

雪花："那我只有给你开一张住院单了。"边说边写好了住院单。

中年妇女着急地说："我真不能住院。"

雪花："你现在病情这么严重，不住院输液病情会更严重的。"

中年妇女眼泪都流出来了："我住院了家里的老妈妈小娃娃，还有那么多鸡猪狗猫怎么办啊？"

雪花："你还是管好你自己嘛。"

中年妇女："你还是给我开点药让我回去吃吧！"

雪花想了很久最后，写了一张入院单、一张口服药的处方和一张输液的处方。然后交给中年妇女，一边说："这是吃的药，这是输液的药。如果有任何意外情况或者病情加重的话要马上到医院。"又拿起写有雪花电话的小纸片给中年妇女说，"这是我的电话，有事随时打电话。"

中年妇女点点头弯腰捧腹地拿着处方走了。雪花望着中年妇女远去的背影发呆。诊室里又一群病人在雪花面前诉说着。雪花不停地在诊断室和检查室之间来回跑着。

7　大街上　日　外

雪花心事重重地在人来人往的大街上慢慢地走着。

8　菜市　日　外

雪花在一个卖葱的菜摊前拿起一把葱装进菜袋子叫菜农称重。

雪花："多少钱一两？"

菜农："两元钱。"

雪花心想难得有点时间砍砍价："不能少点吗？"

菜农："不能再少了，看看别人的还是二元五角钱一两呢。"

正说着一个50多岁的妇女拿起葱子二话没说就叫菜农："称一称吧。"

菜农高兴地给妇女称好了葱花。雪花转头看那妇女只觉有些眼熟。

那妇女见雪花看她也仔细地看着雪花，突然那妇女高兴地叫着："张医生！"

雪花也高兴地叫着："你是玉米花？"

玉米花："是啊。你今天不上班吗？"

雪花："刚下班呢！"

玉米花："好多年不见你了，知道你在县医院，就是没来找你。"

雪花诧异地说："玉米花你怎么在这里买菜呢？"

玉米花："我现在住在县城的商品房，到县城已经有几个月了。"

雪花："那一年你在街上卖葱我看见了。那时葱只要两分钱一两。现在都要二元钱一两了。"

玉米花："卖葱也不容易。所以，我买葱从不说价，也知道价钱。"

雪花心想我也从不说价今天是例外："你怎么这么能干。还在县城买了房子。"

玉米花："张医生呢，你不知道。现在国家政策好，很多农民都到外地打工挣钱。很多人都像我家一样，在县城买了房子。王小二、小三、小四、刘南花等等。我们村里好多人都到城里来住了，农村好多新楼房都没人住了。"

雪花："那你一天干什么呢？"

玉米花："天天上街买菜，准备带孩子。"

雪花："孩子？"

玉米花："就是小懒虫想生儿子了。"

雪花："小懒虫结婚了？"

玉米花："小懒虫和媳妇跟张大富都在广州打工，很多农民都不种庄稼了。"

雪花："你还真有福气啊。"

玉米花嘚瑟地翘起下巴："哪是我有福气哟，是国家的政策好。搞改革开放，农民富起来了！"

雪花边选菜边和玉米花不停地说着选着。雪花买了几把菜走了。

9 雪花家　日　内

雪花坐在沙发上看书。

10　县医院妇产科门诊诊断室　日　内

雪花在写字,一个红衣女坐在雪花的对面。雪花在给红衣女开处方。

红衣女拿起处方离开。又一个高个漂亮的青年妇女大着肚子走到雪花身边。

雪花立即问道:"检查吗?"

青年妇女:"想检查。"

雪花:"几个月没来月经?"

青年妇女:"怀孕已经有四个多月。"

雪花:"为啥现在才来检查呢?"

青年妇女:"我到部队去了几个月。"

雪花:"为啥呢?"

青年妇女:"我和老公结婚两年都没怀孩子,婆子妈带我到医院检查后说是有结核不容易怀孩子。我不相信,跑到爱人的部队去玩了两个月,想不到还怀上了。这不,看我公公婆婆高兴得合不拢嘴。啥事都不让我干,今天还带我到医院来检查。说现在优生优育,要按时到医院检查。医生,你说我现在要做些啥检查要注意些啥呢?"

雪花:"四个月的胎儿身长已长到差不多16厘米,体重约100克,已经可以区别性别。这个时候要注意营养物质的补充。注意补充钙、蛋白质,增加蛋、奶、海产品、豆类、鱼类、绿色蔬菜及骨头汤等食品,要检查彩超、查血、查尿,还要作唐氏检查,看看胎儿智力。"雪花写好检查单交给孕妇。

11　雪花家　日　内

雪花仍然在窗前不停地写着。小明在厨房切菜。皓儿在自己的小屋里写作业。

12　高红家　日　内

近60多岁身材中等、英俊帅气,充满上位者气质的邱书记坐在沙发上看报纸。

高红在厨房里做饭。邱平在帮着洗菜。

周玲坐在沙发上织毛衣,她织了一圈又一圈,织到近一半的时候又全部拆掉重新织着。

邱书记看看周玲又看看高红："带你妈去洗洗澡吧！"

高红："我还要做饭呢，爸。"

邱书记："叫邱平做吧，带你妈忙去吧。"

高红笑着点点头："好！"说着拉着周玲向厕所走去。

邱平在厨房切得"乒乒乓乓"，锅里烧得"吱吱"直响。

高红带着洗好头洗好澡的周玲到沙发上吹头发。

邱平端着饭菜叫着："爸爸妈妈，吃饭哟！"

邱书记笑着拉着周玲坐到上位，邱平擦擦手牵着高红坐在邱书记身边。

高红用公筷飞快地给邱书记和周玲搛菜，又用汤勺给周玲喂汤。周玲孩子样地笑着也不说话。喂完又马上用帕子擦干净周玲的脸和手。

高红边洗边擦边说："妈妈，你先休息一会儿。我去洗碗，一会儿带你睡觉。"

周玲点点头："睡觉，睡觉！"

高红正高兴，周玲突然出气不停地喘着，一会儿就滑到地上了。

邱书记着急地说："快，你妈哮喘发作了，快点送医院！"

邱平忙不停打 120 急救。

医院内科

周玲躺在床上输液。

一群医护人员在不停地讨论着。

高红："邱平你回去陪爸休息吧，我来陪妈妈就行了。"

邱平："你先回去带邱灿睡觉。"

高红心疼地说："你昨晚值班一晚上都没休息吧。先回去吧。邱灿还在等着你呢。"

邱平："没事，放心吧，等会儿吃了饭再睡觉。"

高红："那也行。"

邱平："老婆，我马上回家叫邱灿吃饭了。你好好看着妈妈！"

高红："知道了。"

13 医院妇产科门诊　日　内

雪花坐在诊室里看病人。

穿绿色大衣的红英走到雪花诊室。

红英："医生，我做了两次卵巢肿瘤手术了，现在又长起一个小肿瘤。"

雪花低着头也不抬地："叫什么名字？"

红英："我叫红英，今年 37 岁了。"

雪花："你什么时候做的手术？在哪家医院做的？"

红英："前年和去年做的手术，两次都是我哥哥在重庆大医院给我做的。"

雪花："手术后诊断是什么病？"

红英："病检说是卵巢巧克力囊肿。"

雪花："那你术后吃药没有？"

红英："没吃。什么药？"

雪花："丹莪妇康煎膏。"

红英："要吃多久？"

雪花："要吃半年。"

红英："怎么吃？"

雪花："每天吃两次，每次吃两勺。每月月经第 12 到 15 天开始吃。月经来时就停下来。"

红英："其他没什么药了吗？"

雪花："不是，还有西药，比如丹那唑也可以吃，但是那些药是激素类药物对肝脏损害比较大。吃药期间每月都得查肝功能。"

红英："那个丹莪妇康煎膏，是什么药呢？"

雪花："它是一种纯中成药，对肝脏功能没有任何影响。"

红英："那你还是帮我开点丹莪妇康煎膏。"

雪花："可现在我们医院还没有这种药。"

红英："什么时候有啊？"

雪花："不知道，我曾经请示业务院长，请医院去进点这个药，可目前还没有进回来。每次病人要时，就叫她们到成都西华附二院去买。有时是我帮她们买的，有时是病人们自己去买的。"

红英："你熟悉，你去帮着我们拿点药嘛。"

雪花："我不敢给你买，别人要说我卖药，领导要批评我。"

红英："我们不说，没人知道就是了嘛。"

雪花："我真不敢哟，我进修之前我们医院很多病人都和你这种情况一样的，做手术后不知道要吃药，等到半年一年后又出现肿瘤了便又做手术。

现在已经有很多病人不用做手术直接吃药就可以了。"

红英："那医生，谢谢你了！"

雪花："不用谢！记住吃药就行了。"边说边写下了药的名字交给红英。

14　江源县医院内科　日　内

周玲玲护士长在静静地躺着输液。

高红在看着液体。

邱书记默默地看着周玲护士长。眼里有泪光闪动。

15　雪花家　夜　内

雪花在看书。

小明在看电视新闻联播。来自世博会的最新消息，英国政府正式确认参加 2010 年中国上海世博会，截至 8 月 11 日，已确认参加世博会的国家和国际组织已达到 62 个。

英国首相布莱尔亲自致函总理温家宝，确认英国参加 2010 年上海世博会。

英国是世博会的家乡。1851 年第一届世博会在伦敦举行，从此开创了世博会历史。布莱尔表示："英国将展示英国可持续发展原则为基础，在动态的知识性经济价值上建立起来的创造性。多元性和革新性。"

"小明！"雪花在寝室大声叫着。

小明一边放下遥控板，一边起身跑到雪花身边。

16　雪花家寝室　日　内

雪花："小明，有啥新闻这么起劲？"

小明："全世界都在说中国真的了不起。"

雪花："就这个？"

小明："布莱尔宣布参加 2010 年中国世博会。"

雪花："还有什么呢？"

小明："太多了，你叫我干什么呢？"

雪花："请你帮我整理一下资料。"

小明："放在那里就是了。我等会儿再来吧。"说完又跑到客厅看新闻。

17　县医院内科刘明诊室　日　内

刘明坐在诊断室里给几个病人看病。

刘明时不时摸着腹部皱皱眉头。

一哥坐在刘明对面不停地咳嗽，伴有不时的喘息。

珍姨和小龙站在一哥身边焦急地看着刘明说："刘主任，我爸咳嗽很久了，在乡医院吃药输液都没效果，想请您老看看是怎么回事！"

刘明看看一哥，看看小龙认真地听听肺部和心脏，面色沉重地说："可能要做 CT 和血液化验检查。"

小龙："应该做什么检查就做吧。"

刘明忙不停地开了一串检查单。

18　医院 CT 室　日　内

珍姨和小龙带着一哥在作检查。

检查完毕几个放射科医师在会诊出报告。

珍姨和小龙拿着报告心事重重地和一哥离开。

19　雪花诊断室里　日　内

雪花心事重重地坐在诊断室里。

病人们一个个不停地进来又不停地出去。雪花不停地看着写着。

小龙和珍姨拿着报告给雪花看。

雪花看后面色急变着急地说："怎么这么严重才来啊？已经这么大肿块了，要做手术才行。"

20　内科刘明诊室　日　内

雪花带着小龙珍姨把一哥的报告给刘明医生看。

刘明医生看看雪花看看一哥："是你什么人啊？"

雪花难过地："我一哥。"

刘明："最好早点手术。"

21　手术室　日　内

邱平在给一哥做手术。

室外小龙珍姨雪花满心焦虑地走着。

22 大街上 日 外

雪花满怀心事地走着。

23 外科病房 日 内

一哥躺在床上输液。身上插满各种管子。

珍姨和小龙一脸沉重地坐在病床边看着一哥，看着液体，听着监护仪滴滴的叫声。

雪花悄无声息地走进病房，看了看监护仪上的各种数据，又看看一哥苍白的脸，想着小时候一哥吹奏的动人的笛音，不禁潸然泪下。

小龙看到雪花忙站起请雪花坐下。

雪花摇摇头："和妈妈换着守吧，我下去上班了。"

24 雪花诊室里 日 内

雪花在病人的包围中忙碌着。

玉米花、李金花二人在作妇科常规检查。

25 雪花家餐厅 日 内

饭桌上一会儿就摆上了丰盛的饭菜。

小明边弄菜边大声叫着："雪花，快来吃饭了！"

雪花："来了！"答应着慢慢走到餐桌前。

小明不停地给雪花布菜。

雪花心疼地说："别弄了，自己快吃嘛。"

小明看看雪花探寻地问："今天有什么事吗？怎么回来就不高兴呢？"

雪花闷闷不乐地说："没什么。"

小明："看你的脸色像没事吗？"

雪花："你觉得有事的吗？"

小明："肯定有事。老实交代，啥事？"

雪花难过地说："老家院里的一哥肺癌做手术了，已经转移。术后效果不会太好。可能没几个月活头了。"

小明："那怎么办呢？"

雪花："就看他的意志了。"

26　雪花乡下老家一哥家　日　内

一哥躺在床上，珍姨在给一哥喂药。

小龙在床边站着打电话。接过电话的小龙遗憾地看着珍姨说："妈，单位实在太忙，我晚上下班再过来。"

珍姨："太累了，你忙去吧。"

小龙："我还是回来吧，不然把爸接到江源县城去吧。我下班后，也方便照顾。"

珍姨甩甩头："算了，看样子，你爸也没几天了。"

小龙转过头去眼泪不停地流着。

27　刘明诊断室　日　内

一群病人包围着刘明。

刘明困难地说着、听着、写着、检查着，时不时摸着腹部。

28　雪花老家一哥家　日　内

小龙在一哥的遗像前站着流泪。虎子哥和红琼一群人在外面劝说安抚着珍姨。

29　雪花乡村山坡上　日　内

一哥插满鲜花的新坟在雪花母亲的墓碑旁，远处是菊花、老羊雀、志桂舅舅、刘妈的墓碑，鸟儿和风在墓地流连。

30　江源县妇产科门诊雪花诊断室　日　内

雪花在认真地查看病人。

一个70多岁的老太婆和一对中年男女在门边观看。

雪花抬眼见老太婆："请问是看妇科吗？"

中年妇女："是啊。"

雪花："进来吧，老太婆进来坐下。"

雪花："哪里不舒服？"

老太婆："下身很痛，小肚子也很痛，下身总是放水。"

雪花："那检查一下嘛？"

中年男人："好，检查嘛！我们专门从外地回来，看看老妈妈究竟是啥病。检查清楚了我们也放心。"

雪花笑笑："好啊。"边说边快速开好检查单。

31 收费室 日 内

中年男人拿着检查单交费。

32 检查室 日 内

雪花在给老太婆检查。

33 化验室 日 内

中年男人在等化验结果。

34 医院过道上 日 内

老太婆和中年妇女站着，中年男人急匆匆走着。

35 雪花诊断室 日 内

雪花在给老太婆开药。

中年妇女："医生，给我妈妈多开几天的药。"

雪花："为啥？"

中年妇女："我们家离这里很远，老妈妈一个人在家到医院来不容易。我们夫妻俩很快要回广东上班了，家里就老妈妈一个人。"

雪花为难地说："好吧！"

第三十三集　学习华益慰

1　雪花家　日　内

雪花在看书，小明在看电视。

2　县医院门诊雪花诊断室　日　内

雪花坐在诊断室里看病，几个病人站在雪花身边等着看病。

一个20多岁的青年女子走到雪花面前大声地说："给我开张B超单。我要看看孩子。"

雪花："叫什么名字？多大了？"

青年女子大声地说："我叫刘华，27岁。"

雪花："你停经多久了？"

刘华："停经45天了。"

雪花："有什么不舒服吗？"

刘华："没有，就是有点流血。"

雪花："流血有多少？"

刘华："不多，就用了两张纸。"

雪花立即写好B超单，交给刘华。

3　收费处　日　内

刘华在缴费。

4 B超室 日 内

刘华在检查。

5 雪花诊断室 日 内

雪花拿着B超单望着刘华难过地问："你现在住在哪里？"

刘华："县城。"

雪花："知道你患的是什么病吗？"

刘华："不知道。"

雪花："你现在是宫外孕，孩子不在子宫里，而是怀到输卵管里了。"

刘华："那孩子还能要吗。"

雪花："肯定不能要。孩子再长一点点输卵管就破了，还怎么要啊？"

刘华带着哭腔："那怎么办？四年前我已经有过一次宫外孕，再怀不上孩子，婆妈又要说我。"

雪花："那也是没办法的事情。"

刘华："求求你医生，我还要怀孩子，怎么办好呢？"

雪花："现在你肚子里的孩子还不到两厘米。还可以打甲氨蝶呤保守治疗。"

刘华："这有什么好处呢？"

雪花："这样就可以不做手术，直接打几针就好了。"

刘华："这么简单啊？"

雪花："就这么简单。"

刘华："我上次来就是做的开腹手术。"

雪花："那时我还没去进修，还不知道保守治疗这么有效。"

刘华："害得我那年痛了那么久，伤口也感染了。住了半个月医院，用了几千块钱。"

雪花："现在你可能不用开刀做手术就可以了。"

刘华："那可要谢谢你了。"

雪花："那没什么好谢的。你记住，任何时候，只要下腹痛、心里慌，有任何不舒服都要立即到医院准备手术治疗。"

刘华："那保守也不保险啊？"

雪花："当然，任何事情都有意外。一般说没什么。总之保守治疗成功率还是很高的，你就放心吧！你最好马上住院做保守治疗，有情况我们会马上手术，这样你就不用担心了。"

6　急诊室　日　内

雪花站在一边认真观察着。

7　大街上　日　内

雪花慢慢地走着。

8　雪花家　日　内

雪花在查资料。

9　县医院门诊雪花诊断室　日　内

雪花在认真地看病。

刘华走过来慌慌张张地说："医生，我下身在流血了。"

雪花："多不多？"

刘华："不多。像月经血一样。"

雪花："打了几针了？"

刘华："打了三针了。"

雪花："流血时下腹痛不痛？"

刘华："不痛。"

雪花："那就好，说明成功了。请医生给你作一次 B 超看一看孕囊变小没有？看一看孕囊周边还有没有血流信号，查一下血 HCG 看一看降了多少。"

刘华："好！"

B 超室。刘华躺在检查台上。

雪花诊断室。

雪花拿着 B 超单高兴地："成功了！孕囊小了很多，孕囊周边的血流信号也没有了。查血报告明天才能看到。"

刘华："真的？那我现在怎么办？"

雪花："好好休息。注意不要吃太冷的、太凉的、太辣的食物。一个月内不能过性生活。具体到住院部你的主管医生那去吧，她会给你具体交代的。"

刘华高兴地说："谢谢你医生！"

10 刘刚诊室 日 内

刘刚在张大富等一群病人的包围中不停地看着病人。

张大富难过地说："刘医生，快点来帮我开点药，我拉肚子肚子好痛哟！"

刘刚笑笑："好，怎么总是不听话嘛？昨天吃的什么？"

张大富："红烧鸡、红烧牛肉、炖猪脚。没吃好多，每样只吃了五块。"

刘刚看看愠怒地说："五块少吗？你现在能吃这么多吗？本就是三高的人，胆囊也切除了，谁来帮你消化？不拉肚子才怪。"说着拉着张大富肥胖的身体躺在检查床上认真仔细地慢慢从上腹到下腹，从左到右轻轻地压着问着移动着。边摸边问："痛不痛？"

张大富忙不停地说："压着放了都不痛，压着还舒服些。"

刘刚洗洗手："还不错，吃点药吧。"边说边写好处方交给张大富。

11 大街上 日 外

雪花慢慢地走着心神不宁的样子也不管路在哪里。只知道往路上不停地走着。一辆大车开过卷起一路灰尘，差点将雪花刮走。大风过后，雪花擦擦眼睛，摇摇头继续向前走去。

12 小路上 日 外

雪花不停地走着，眼里有泪花闪现。一个青年妇女跟雪花打招呼，雪花点点头忙离开。

13 雪花家 日 内

雪花坐在床上流泪。小明从外面走进来。

雪花忙擦掉眼泪笑着说："回来了。"

小明："回来了。做饭了吗？"

雪花："没有。"

小明："为什么？"

雪花："不为什么，心里难受。"

小明："咋就难过了呢？"

雪花："老家院里的一哥、加桂都死了。"

小明："要回去告别吗？"

雪花："已经死好很久了，今天在路上遇到院里的虎子哥才知道的。"

小明："那你也不用那么着急啊，人都要走那条路的，一哥和加桂哥都是 70 多岁的人了。"

雪花："可就是有点伤感，想着要不是一哥、加桂哥当年救欣乔，怎么有欣乔的今天。"

小明："这样啊？"

雪花："嗯！"

雪花："小明，我好难受啊！"

小明："你难受也没办法。好好休息一下吧。睡一觉就好啦！"

14　刘院长家　夜　内

刘院长坐在沙发上边说电话边不停地用手从额头到后颈反复不停地搓着、麻着、撸着，稀稀拉拉几根头发。仅有的几根头发在一遍遍不停地撸动中摇摇欲飞。

15　医院外科大楼　日　外

一群衣着、情绪各异的男女老少挤在医生办公室外。

16　医院走道上　日　外

刘院长急急忙忙地向外科大楼走去，仅有的几根头发随风飘起。

17　医院门诊大楼外日　外

一群人在不停地议论着："怎么就那么想不通哟？和家人吵架还跳楼干啥呀？手术都做了，那么多苦都受了，还跳楼自杀，真是太傻了！"

18　江源县医院门诊妇产科　日　内

雪花坐在诊室里。一大群病人或站或坐在等着。雪花在检查室手术室间不停地跑着忙着

外科。唐福医生诊断室。

几个病人在门外等着，几个病人在诊断室里坐着。唐医生在不停地给病人检查开处方。

60多岁的王姨陪着唐医生的爱人李老师在远处等着。

19 内科 刘明医生处 日 内

一群病人在诊断室里围坐着。刘明医生在不停地问着说着。偶尔皱紧眉头按着小腹。

雪花诊断室。

高红带着一个20多岁的女病人走到雪花身边："帮着看个病嘛。"

雪花："啥情况？"

高红："她怀孕40天了，想做人工流产。"

雪花点点头："好吧。做彩超、心电图、查血，等所有检查完了后，把报告给我看看。"说时已拿过挂号本开好各种申请单。

20 医院过道里 日 外

雪花和高红并肩走着。

高红："雪花啊，邱平昨天倒霉惨了。"

雪花："为啥呀？"

高红："你还不知道吧。昨晚外科有个手术病人和他们家人吵架后想不通跳楼自杀了。他们家请了好多人到医院闹事，要医院赔钱。"

雪花："他们自己吵架，自己跳楼，难道我们还时时处处给每个病人都找个医生24小时守护吗？"

高红："病人家属们不这么想，他们说只要在医院死了，医院就要负责任。"

雪花："那邱平昨晚夜班吗？"

高红："就是，当时他们还在给一个阑尾炎病人做手术，护士听到声音跑去时病人已经死了。"

雪花："病人为啥吵架？"

高红："不清楚。只知道病人病都好了都快出院了，想不到出了这样的事情。幸好，我爸退休了，不然又得通宵不眠，更没人照顾妈妈了。"

雪花："你妈老年痴呆还是那么严重啊。"

高红："那是当然，已经越来越严重了，对全家人一个都不认识了，每天只知道在家织毛衣输液。"

外科大楼外。

邱平、刘院长和几位领导一晚上都没睡。一直被病人家属包围着。

邱平捧着腹部表情痛苦。

雪花："病人家属也不想想自己的责任，他们自己不吵架，病人也不会跳楼，病人家属怎么就不找和病人吵架的人偿命，找医院要钱干什么呢？究竟是谁的责任？究竟由谁来赔钱？"

21　大街上　日　外

雪花急急忙忙地往回家的路上走着。

22　雪花家　日　内

雪花在厨房洗菜，小明在切肉。雪花转身见锅里的水已开，忙叫小明："快点，锅里水开了。"

小明一边和盐一边不紧不慢地说："别慌，马上就好。"

雪花："快点哟，会议马上就要开了。"

小明："几点嘛？"

雪花："七点半。"

小明："那你快点先吃吧！"

23　刘院长家　夜　内

刘院长仍然坐在沙发上，双眉头紧锁，手仍然在不停地从额头到后颈地麻着撸着几根奈毛。

24　医院会议室　夜　内

雪花、高红、邱平、何花、肖雪、李主任、唐医生、田医生等人坐得整整齐齐，听刘院长给大家讲话。

刘院长："今天组织大家开会，是学习上级有关文件，主要是学习老军医华益慰的感人事迹。华益慰，1933 年出生于天津的一个医学世家。著名医学专家，北京军区总医院主任医师。他先后参加支援西藏医疗队、辽宁海城抗震救灾、唐山大地震救灾等重大任务。他曾是中华医学会外科分会第十二届委员、第十三届常委,还曾担任全军医学科学技术委员会普外科专业组成员,是北京军区医学科学技术委员会常委、普外专业组主任委员、第三军医大学教学医院兼职教授,北京医科大学口腔医学院临床研究生导师,中华医学会北京分会外科学会委员。……"

25 西华附二院妇科医生办公室 夜 内

罗老师、王医生等一大群医护人员精神地站在办公桌前。

阳总大声地读着:"就在 1960 年,华益慰刚工作没多久,他便做出了一个重要选择,参加支援西藏医疗队。当时,军队组织了医疗队,名单上没有他。但他再三申请终于获得组织批准,为此他将婚期推迟了一年。他在给父母的信中这样写道,我怀着极度兴奋的心情向你们报告一个好消息,我已被批准成为支援西藏手术医疗队的一员,任务既艰巨又光荣。在执行这次任务中,华益慰被评为积极分子,通过这次锻炼,华益慰真正懂得了什么叫吃大苦、耐大劳,什么叫军人,什么叫战士。从中真正体会到了军人的荣誉与职责,为国家所担负起的神圣使命……"

26 夜市 夜 外

一群群男女老少在喝酒划拳。

27 省妇幼保健院会议室 夜 内

一群穿着洁白工作服的医护人员坐着听讲。

任院长坐在台上严肃地说:"1975 年的海城大地震和 1976 年的唐山大地震,华益慰义无反顾地奔赴抗震救灾第一线,特别是在参加唐山大地震救灾半年多时间里,正值爱人病重,妻儿无人照料,困难重重,但他没向组织提过任何要求。

"华益慰是我国培养出来的第一批八年制大学生,又传承了医家心脉。早在 20 世纪 70 年代就在普外科离子界享有盛誉。很多人都知道,华益慰是心细的专家,行家称他的手术像是绣花,像在做艺术,手术精巧细腻,患者称他手术高超,美观无疤痕,愈合快。

"华益慰从医半个世纪以来,一直就是这样做,他扎根在临床一线,用手中的刀，为千百名患者解除病痛。在他眼里，患者就是亲人。没有高低之分……"

28 江源县医院会议室 夜 内

高红、雪花、何花、肖雪仍然坐着听刘院长讲话：

"华老正端着饭碗，一看这位农民朋友的情形，立即安排他检查，并很快做了手术。几天后，患者稍感好转便要求出院，怕花不起这个钱啊。看到患者将手中的钱反复点了又点，一张一张数了又数，华益慰知道，农民挣点钱不容易，不到万不得已，他们是不肯上医院的。"

29 卫校教室里 夜 内

小帆穿着漂亮的新衣服和一群医学生正坐在教室里听台上老师讲着。

讲台上一个穿着黑色连衣裙约30岁的女老师拿着讲稿说："女孩在20岁那年，整整吐了一脸盆血，命若游丝。母亲横下一条心，说啥也要到北京的大医院去。可是，很多村民说，到了北京，不带上一书包钱，根本做不了手术。她母亲说，那我就到解放军的医院。解放军最爱老百姓，或许能少点钱。于是，她带着女儿来到北京找到北京军区总医院。经过检查，有些医生感到情况棘手，认为如果收治风险太大，倾向于保守治疗。她不甘心，又找到了华益慰。

"华主任小心翼翼，像绣花般手持刀剪，一毫米一毫米地剥离，手术一直进行到下午4点30分。术中华益慰精打细算，没有用一两万元的缝合器，而是用手一针一针地整整缝了9个小时。而华益慰的腰骨那时就已经只陈旧性骨折，手术后华益慰腰痛得都直不起来了，豆大的汗水哗哗直下，有的更浸入了眼睛里。现在女孩的病完全好了，已经结婚生子，一家人感激不已。而华益慰只是挥挥手，说这是应该的。"

小帆和几个女生先哭了，接着更多的学生哭着，大声叫着："向华益慰学习！向华益慰致敬！……"

30 雪花家小屋 夜 内

欣乔在灯下认真地看书。

31 江源县医院会议室 夜 内

高红、雪花、肖雪、李主任、曾医生仍然坐着听刘院长讲话。刘院长坐在讲台上难过地说："退休本来在家的华益慰不顾自己患有颈椎病、腰椎病和高血压,依然坚持为患者看病、做手术,年过七旬还坚持每年做100多台手术。他专门准备了一把高凳子。实在坚持不住了就坐着做手术,直到2006年7月25日。华益慰被初步诊断为胃癌,他仍然平静地走进手术室,为预约好的病人成功地做了手术。那是他从医五十六年最后做的一台手术。

"2006年8月12日18时36分,华益慰病逝,在遗嘱中华益慰讲道:'我愿以我父母曾经的方式作身后安排,不发讣告,不做遗体告别,不留骨灰,自愿作遗体解剖,此事希望委托华教授安排。对疾病的诊断和医学有研究的有价值的标本可以保留……'"

32 大街上 夜 外

灯红酒绿。歌厅里如醉如泣的歌声远远近近,四处飞扬着。一个个穿着时尚的男男女女,嬉笑牵手搂腰,潇洒地漫步着。

33 江源县医院会议室 夜 内

高红、雪花、肖东、肖雪仍然坐着听刘院长讲话:"今天大家听了华益慰的事迹有些什么感想呢?我希望大家在以后的工作中一定要心甜一点,要多为农民朋友们考虑,随时随地为病人着想。下去以后,全院每个人都要写一篇心得体会。"

34 雪花家 夜 内

雪花悄悄开门。

小明坐在沙发上看见雪花进来忙起身上前:"开啥会嘛,是不是刘院长又叫你们心甜一点。"

雪花:"开会当然是叫我们心甜一点,但是今天开会还有一个重要内容。"

小明:"啥内容啊。"

雪花:"中国出了个华益慰,中国人的白求恩,2006年感动中国人物。"

小明:"啥人物?"

雪花:"解放军北京总医院的华益慰教授,他是我们每个医务人员学习的榜样。"

小明："真那么感人吗？"

雪花："当然。他做的也是我们每个医务人员都做的事，但他和他的父母以及医学世家的岳父岳母的遗体也全都捐献给了国家。这是很多医务人员都难以做到的。"

小明："那可真是好样的。"

雪花："当然是好样的。华益慰医生的崇高思想和先进事迹，集中反映了中华民族的传统美德和共产党人的高尚情操。是军队精神文明建设的宝贵财富，是保持共产党员先进性以及践行社会主义荣辱观的生动教材。"

小明："那全中国的医生都得向他学习哟。"

雪花："当然。华益慰当然是全中国医生学习的好榜样，可多少医生为了病人命都丢了，可仍然默默无闻地过去了。有谁来称赞谁来哭泣。病人还不是一样天天找医生的麻烦。"

小明："那你还在医院上班吗？"

雪花："我想好了，还是继续在医院上班。"

小明："你已经说了好多遍了，你想在医院上班就在医院上班吧。但是你要想好，好不容易有这个想法，好不容易有这样的机会，失去了你看可惜不可惜。"

雪花："说真的，不是有点可惜，而是非常可惜。但门诊医生一样有存在的价值，所以我决定了，坚决不离开医院。"

小明："好，一切你自己做主。"

雪花："谢谢你，小明！"

第三十四集 欣乔回家 小帆相亲

1 雪花家 日 内

小明：“雪花啊，你真决定不出来开医院了吗？”

雪花：“当然，不能让我再动摇了。”

小明：“好！”

2 江源县医院门诊 日 内

外科 唐医生诊断室

几个病人在门外等着，几个病人在诊断室里坐着。唐医生在不停地给病人检查开处方。

李主任在外科诊断室和手术室间不停地奔跑着。

中医科 日 内

曾医生诊室一大群人在屋里坐着。曾医生在不停地讲着说着。

50多岁光头肥胖的王小二提着一包中药，使劲往桌上一甩，怒骂着：“又给老子开这个中药，苦都苦死了。怎么喝？”

曾医生摸着咽部强咽咽口水：“老哥，你这病不用这些药真的不行，虽然药有点苦，但是效果好，再说你有糖尿病，也不能加糖类的东西缓解苦味。你就勇敢点吧！”

王小二鼓着眼睛歪着嘴：“勇敢个屁。说罢转身就走。”

医院办公室　日　内

王小二在拍桌子、打巴掌不停地说着吼着。

曾医生诊室　日　内

一群人在诊断室里坐着。曾医生在不停地问着说着，时不时用手摸摸咽喉部，偶尔喝口水。

办公室李主任从门外走进来拉走了曾医生。

院长办公室　日　内

刘院长坐在办公桌前，曾医生站在办公桌边。两人在不停地说着。

曾医生家　夜　内

曾医生坐在椅子上黯然失神。偶尔轻轻咳嗽。

妇科汤宁医生诊断室　夜　内

有病人不停地进进出出，汤宁医生在诊断室手术室检查室间不停奔跑着。

激光手术室　夜　内

汤宁在做手术，烟雾弥漫。汤宁从雾里走出。

注射室　夜　内

高红在给汤宁打干扰素。

雪花诊断室　夜　内

一个 70 多岁的老太婆在诊断室里坐着。

雪花笑眯眯地看着刘婆婆："现在好些了吗？"

刘婆婆："上次吃了你开的药，好了几个月，可现在又开始出血了。"

雪花："你的儿女还没回来吗？"

刘婆婆："没有。"

雪花："他们什么时候回来？"

刘婆婆："他们那么忙，哪儿会回来哟！"

雪花："最好让他们回来一趟吧。"

刘婆婆："莫想他们回来了。"

雪花："告诉我他们的电话号码吧！"

刘婆婆："不知道他们的电话号码。"

雪花："那你有亲人在江源县吗？"

刘婆婆："没有。"

雪花："上次打彩超的报告单带来了吗？"

刘婆婆："没有。"

雪花："那带钱来了吗。"

刘婆婆："带了几十元钱。"

雪花："那还是取点药吧。"

3 药房 夜 内

刘婆婆在取药。

4 雪花家 夜 内

雪花在看书，小明在厨房做饭。

皓儿在桌边做作业。

雪花："欣乔马上就要毕业了。不知她是不是回家来找工作。"

小明："你去好好跟她商量一下嘛！"

雪花："不知她听不听话。"

小明："你也要试试看才知道。"

雪花："好吧，那我给她打电话问一下。"

5 成都大街上 夜 外

欣乔在急急忙忙地走着。一阵急促的手机铃声响起。欣乔忙拿起手机："妈妈哟，什么事？"

6 雪花家 夜 内

雪花坐在沙发上拿起手机大声地说："你毕业后回老家来找工作吗？"

欣乔的声音传来："不，我想在成都发展，爸爸叫我不要回来。"

雪花："你在成都干什么呢？还是回来吧。过几天，我们要搬新家了，你不回来。那好吧！"雪花失望地摊摊手。小明在旁边关注地看着雪花。

雪花对着小明摇摇头："欣乔说不回来。要在成都发展。"

小明："那就随她吧！"

7　成都一化妆店　日　内

欣乔在给一个十分漂亮清秀的小妹化妆。又一个小妹跑上来要欣乔化妆。
欣乔开心地牵着小妹的手坐在化妆台上给小妹化妆。

8　雪花家　日　内

小明在做饭。小儿子在写作业。雪花在厨房帮着择菜。

雪花："小明，公务员考试在报名了。我叫欣乔回来考公务员，行吗？"

小明："去年叫她回来考试，她不回来。现在想通了吗。"

雪花："几天前我问过她，她说可以考虑。"

坐在沙发上的小明高兴地说："行啊，只要她同意考试就好。"

雪花："明天叫她回来报名。"

小明："随便你。你安排就是。"

9　公路上　日　外

一辆客车飞快地奔跑着，欣乔坐在车里默默地望着远方。

10　雪花家新家　日　内

雪花："我想好了，还是继续在医院上班。"

小明："一切你自己做主。"

11　雪花家新家　日　内

欣乔在门边敲门。

雪花飞快地打开门见是欣乔高兴地叫了起来："幺儿呢，回来了。"

欣乔笑眯眯："回来了。妈妈。"又对着小明叫了声"叔叔"。

小明笑着点点头，帮着欣乔将大包小包的东西提进家门。

雪花："上来吧，这是你的房间。"边说边将欣乔带到二层的一间粉紫色墙面的房间。雪花高兴地牵着欣乔的手："坐吧。"

欣乔高兴地一边坐下一边笑眯眯地说："妈妈我回来了。"

雪花："回来就好了。妈妈就可以天天看见你了。"

欣乔："我也可以天天看到你了，妈妈。"边说边笑着放下手中的提包。

小明提着大包大包的东西放在房间里一边抬眼问雪花："东西怎么放啊？

雪花？"

雪花："就放在那里，让欣乔自己整理就是。"

12 书店里 日 内

雪花和欣乔在书店买书。

欣乔在一排放着公务员考试基础知识的书架面前仔细翻看着。找了好几遍，最后选择了《行政职业能力测验》和《申论》两本书及几本练习册。

雪花和欣乔在收费处交费。

13 街上 日 外

雪花和欣乔牵手走着。

14 雪花家 日 内

雪花和欣乔坐在床上。欣乔的床上到处都堆着书，欣乔仔细地看着书。雪花在一旁也陪着看公务员考试书。

15 雪花家 夜 内

欣乔一个人在家拿一本申论大声地读着。申论要求应试者从一大堆反映日常问题的现实材料中去发现问题并解决问题，全面考察应试者搜集和处理各类日常信息的素质与潜能，充分体现了信息时代的特征，也适应了公务员实际工作的需要。

雪花悄悄地走到欣乔身边。欣乔全神注地读书，并没看到走到身边的雪花。雪花忙退出房间，拿起杯子接好水给欣乔送去。

欣乔停住声音看看妈妈，笑着说："今天只看了一小部分。明天的任务更重了。"

雪花："别着急，慢慢看啊。越急越看不懂。"

欣乔："那就好，我慢慢来好了，妈妈你也别着急。"

雪花："妈妈不着急，只要你回来就行了。这是生你养你的家乡，回来也好为家乡的繁荣发展作出一份贡献。"

欣乔笑笑："知道了妈妈。"边说边拿起书，"要为家乡作贡献还得有资格才行，现在就让我为此而努力吧！"

雪花："好啊，这才是我的好女儿。今年一定要争取考上哟！你看你小帆妹妹都参加工作了，你也要努力才行。"

欣乔又拿起书本继续念着："一、缓解和消除贫困仍然是中国今后一项长期的历史任务。为加快解决在一定程度和特定地区仍然存在的贫困问题……"雪花悄悄地出去把门关上。欣乔抬眼看看妈妈，见妈妈离开忙笑着挥挥手。

雪花从外面拿来一个装有苹果的果盘放在欣乔面前。

欣乔对雪花笑笑拿起一颗苹果一边吃一边念着："我国农民对国家经济发展的贡献是双重的。广大农民工为务工地城市作出了贡献，为推动社会发展提供了强有力的经济支撑。同时，这些农民工也把所创造的价值带回了家乡。给家乡的经济发展以有力的支撑。因此在经济欠发达地区提出了劳务经济这个词。农村劳动力的转移带动当地经济的发展，比如四川省是全国劳务输出最多的省份，每年有800多万人实现异地就业，通过邮局寄回家乡的资金每年约20亿元。

"一位学者指出。农民问题是中国的大问题，过去毛泽东讲过农民是中国革命的根本问题，实际上今天的农民问题仍是中国建设的根本问题，促进城市经济发展，沟通城乡发展都是农民工完成的，农民工的作用是非常了不起，首先作为广大农民解放思想的一个主体力量，他们把城市的许多观点想法带到农村，带给父母，带给兄弟姐妹，使农民开阔了眼界，知道了自己的地位和自己的弱势。同时他们又是带领广大农民奔小康的主体力量，他们不仅繁荣了城市经济，还繁荣了农村经济，引进了一些基本技术，把更多的兄弟姐妹带到了城市。"

雪花："你们现在学习的这些公务员考试基础知识还真不错，国家对公务员的要求还真的高。还没进入，就先了解中国的国情，了解中国的现状，了解中国最迫切需要解决的问题，特别是农村问题，这说明中国政府已非常关注民生，关注中国农村和中国农民。从这个基点出发培养出来的公务员肯定是中国人民人人都喜欢的人民的公仆。从今以后你一定要好好学习，学好本事，爱国爱民爱家，要时时把人民记在心中，时时事事为人民着想，做一个人民的好公仆。"

欣乔："知道了，妈妈！为了做一个人民的好公仆，我还得非常努力才行呢。"

雪花："当然了。现在这么多大学毕业生，考试的人多得不得了，你不努力能行吗？"

欣乔："知道了，妈妈。你放心吧。"

"吃饭了！"小明在厨房一边炒菜一边大声地叫。

"来了。"雪花答应着和欣乔忙收起书本一起到了餐厅。

16 大街上 日 外

小帆穿着极漂亮的裙子在大街上走着。

17 茶馆里 日 内

一个穿白色衣服的大姐和一个穿军装的小伙子坐在一起喝茶。小帆仙女下凡般飘了进来。

白衣大姐忙起身示意小帆坐下，一边对穿军装的小伙子说："这是小帆，今年毕业在县医院工作的护士。"

又对小帆说："这是小江，武警总队卫生队的班长，和你是干一行的。在部队已经干六年了。"

小帆和小江两人点点头坐下。

白衣大姐拍拍小帆的肩示意小帆跟她出去。小帆会意地跟着大姐走到茶馆门边的过道上。

18 过道上 日 外

白衣大姐："怎么样，小帆。小伙子不错吧。人长得帅，在部队上表现也好，部队首长可喜欢他了，年年都评先进标兵。家境也好。你觉得怎么样？"

小帆："还可以。"

白衣大姐："同意你们两人交往吧！"

小帆不好意思地低着头笑笑。白衣大姐笑笑拉起小帆的手就走向茶馆。

19 茶馆里 日 内

穿军装的小伙子还坐在桌子边一个人慢慢地品着绿茶，见小帆进来忙起身拉开椅子让小帆和大姐坐下。白衣大姐对小江点点头识趣地说："小帆你和小江先谈谈，我还有事先走了。"

小江高兴地说："阿姨，你慢走！"边说边将白衣姐姐送到门边。

白衣姐姐高兴地说："小江，加油哟，小姑娘对你有点意思。你可要努力哟！"

小江高兴地说："知道了。"

20　大街上　日　外

小帆和小江一起走着。

21　雪花家　日　内

欣乔正在看《申论》。皓儿在写作业。小明在厨房切菜。

22　江源县医院门诊雪花诊断室

一大群病人或站或坐在等着。雪花在检查室手术室间不停地跑着忙着。

23　外科唐福医生诊断室　日　内

几个病人在门外等着，几个病人在诊断室里坐着。

唐医生在不停地给病人检查开处方。一会儿手术室，一会儿诊断室不停地奔跑着。

李主任在外科诊断室手术室不停地奔跑着。病人在诊断室手术室进进出出。

24　中医科，曾刚医生诊室　日　内

一大群人在屋里坐着。

曾刚医生在不停地讲着说着，偶尔摸摸咽喉部。

25　内科刘明医生处　日　内

同样一群人在诊断室里围坐着。刘明医生在不停地问着说着，时不时皱眉摸着小腹部。

26　妇产科汤宁医生诊断室　日　内

汤宁医生在手术室和检查室不停地跑着。几个时尚美女病人坐在诊室

等着。

27 妇产科雪花诊断室　日　内

70 多岁的刘婆婆又坐在雪花的诊室里。

雪花轻轻拉着刘婆婆的手："现在好些了吗？"

刘婆婆摇摇头："还是有点血。"

雪花："叫你儿子和女儿都回来吧？"

刘婆婆："他们都不回来。"

雪花："你得了很重的病他们也不回来？"

刘婆婆："不回来。"

雪花无力地摇摇头："刘婆婆，你的病很严重哟。"

刘婆婆："知道。我老家院子里有人看过你给我做的报告，说是患了子宫内膜癌，怕是没得救了。我只想再开点药，看看有没有好转。"

雪花："你儿子女儿他们知道吗？"

刘婆婆点点头："知道。"

雪花："他们叫你做手术吗。"

刘婆婆："没有。他们说做手术没多大用处。叫我好好休养。"

雪花："其实子宫内膜癌做手术效果是很好的。但你儿子他们没回来也做不了，那你就好好休养吧。他们什么时候回来的话，叫他们到医院来一趟好吗？"

刘婆婆："好。"

28 大街上　日　外

雪花匆匆忙忙地走着。

29 火车上　日　内

小江坐在车上悠然地看着窗外。手上的摄影机对着窗外一个个美景咔的一声又一声。脸上现出灿烂的笑容。

30 乡村小路上　日　外

刘婆婆慢慢地走着。

31　雪花家　夜　内

雪花躺在床上一边看书一边不时地看表。欣乔坐在桌边飞快地练习行政能力测试。小明在"叮叮当当"地切菜。

欣乔做完试卷正在改题。雪花在一旁观看。

小明、雪花、皓儿在吃饭。

32　医院门诊部妇产科诊断室　日　内

雪花坐在诊室里看病人。很多病人坐在雪花身边等着看病。

33　雪花家　日　内

雪花走到门边，正坐着穿鞋，欣乔手刚放到门把上正要开门，突然"轰轰"二声巨响。震得房屋壁头直晃动。

雪花大声吼道："哪个嘛，有房子装修就这么了不起哟，整得这么大声，墙都弄塌了。"

雪花心里很不高兴，嘴里一个劲嚷着："有钱就这么了不起吗？装修房屋也该讲点文明嘛。"没人回声。只有"叮叮咚咚"急促跑动的脚步声。

34　雪花家外的小院　日　外

雪花埋头走路边骂边走。走到院里的石路上，那么硬的石头路面竟然有些摇动。雪花心想：当初买房子的时候也不想想，咋这么硬的地方也不稳固哟，走起路来还一晃一晃的，雪花也跟着一摇一摇地走着。心想，多还好，欣乔当初没在这里买房子，要不就要后悔哟。正想着，抬眼看到院子中央已站了几十个人：有穿着内衣内裤的；也有只穿内裤抱着双手在地上蹲着的；还有光着身子披着毯子缩着双手的；有光着脚板的，有踏着拖鞋的。几幢楼上都有从楼里飞快地奔跑出来的人。对面几幢楼房里的人也在不停地跑到雪花家小院中间来站着。不多会儿，院子中间便站了几十上百神情紧张惊恐慌乱的人。

35　荷花小学　日　外

小明等几位老师正在给学生照相。见窗台玻璃不停地摇动。

小明大声叫着："地震了！地震了！"边叫边飞快地和学生一起飞快地跑出教室跑向屋外的大操场。

小明拿起电话大声地："雪花，地震了，家里门窗玻璃震烂了没有？"

36　雪花家的小院　日　外

雪花正走到院子中央，听到电话忙说："家里门窗、玻璃没有震坏。大家都跑到院子中间了。"

37　荷花小学

小明边跑边拿起电话说着："好好好。你现在哪里？"

38　雪花家的小院

雪花走到院坝中央，院坝中间已站着几十个各个屋子跑出的人。

欣乔跟着雪花，身边有不停奔跑的人和"地震了！地震了！快跑！快跑！"的叫喊。

有的人只穿着内裤、披着毯子，有的人只穿着上衣，他们纷纷向院中奔跑……

39　荷花小学　日　外

小明已跑到学校操场："家里人都出来了吗？"

40　雪家小院　日　外

站在人群中的雪花大声地说："出来了。你还好吗？注意安全。我上班去了。"

院里各个楼屋有人从自家屋里飞快地跑出来边跑边大声呼喊："地震了！地震了……"

第三十五集　汶川大地震

1　江源县县城大街上　日　外

2008 年 5 月 12 日下午 2 点 28 分。

到处是奔跑的人。到处都是不停摇动的房屋。雪花随着人群飞快地跑向江源县县医院。

2　江源县县医院　日　外

2008 年 5 月 12 日下午 2 点 28 分。

院里院外到处是奔跑的人。刘院长急急忙忙边走边不停地打电话通知所有的院领导开会。

3　江源县县医院手术室　日　外

2008 年 5 月 12 日下午 2 点 28 分.

一个阑尾炎病人正躺在手术台上，邱平正在给阑尾炎病人做手术。房屋连同手术室里的东西摇动得十分厉害。手术台和麻醉机、呼吸机更是左右不停地摇动。邱平做手术十分困难。

一个工人在外面大声呼喊："邱平医生快跑，地震了！大家快跑啊！"

邱平大声说："大家不要慌，病人还在手术台上，医生怎么能走？"

病人被突如其来的震动吓得心跳加速，浑身发抖。"别紧张，不要怕，就是天塌下来，我们也要给你做手术，也要和你在一起。"邱平医生一边安慰病人一边叫助手，"快，赶快用力按住手术台。"助手会意地和邱平一起用站都站不稳的身体紧紧贴着手术台。邱平迅速切下阑尾，大声叫着："胡阿兵快按住麻醉机。监护手术，不要让病人害怕。"

"是！"麻醉师胡阿兵一边答应着一边飞快将麻醉药注完，便使劲抱着麻醉机。

邱平一边指挥，一边加紧缝合手术。

4　四川省人民医院　日　外

各住院大楼不停地抖动着。医生护士背着、扶着病人们从高高的楼房到屋外的平地。

一个穿着绿色上衣约 20 岁的护士小沪背着一个老太婆飞快地奔跑着。

5　江源县县医院空地上　日　外

2008 年 5 月 12 日下午 2 点 30 分。

刘院长等院领导正站着开紧急会议。

刘院长不停地说着："不管现在情况多么严重，不管多危险，大家一定要坚守岗位，不准离开医院，不准离开病人。大家一定要将医院的病人保护好，不能让他们有丝毫的闪失，出现问题一定要紧急转移病人。医院所有领导一定要到各科室巡查，看望并帮助转移病人。"说罢挥挥手："快，各就各位，尽快到各科室。抢救转移病人。"边说边带领大家一起一边打电话一边飞快地跑向住院部各科室。

突然所有通话的人全都放下了电话。电话不通了。刘院长放下电话飞快地向外跑去。

6　江源县县医院内科大楼　日　外

2008 年 5 月 12 日下午 2 点 33 分。

刘院长一手提着一大袋东西，一手紧紧扶着一个中年男病人到房屋外的空地。

7　江源县县医院妇产科住院部　日　内

2008 年 5 月 12 日下午 2 点 35 分。

何花抱着一个女婴牵着一个产妇。带领科室所有医护人员正在紧急地帮着病员家属抬送病员及婴儿到医院住院大楼外的院坝。

高红抱着一个小婴儿提着一大包东西领着一个 20 多岁的产妇向院坝走去。肖东一手提着输液器一手扶着一个 30 多岁的产妇向院坝走去。身边有不停奔跑的人。

8　四川省人民医院住院大楼　日　外

青年护士小沪将最后一名老人背出来后，突然感到腹部疼痛。她双手捧着腹部，脸上是痛苦的表情，裤脚上有血流出。

另一个护士跑过："小沪，快，别干了。快回家，再这么拼命，你肚里的孩子就保不住了。"

小沪："没关系，让我再背两个病人吧。"说着又一咬牙，飞快地往楼上跑去。

一辆救护车开来。一群医护人员飞快地跑向飞快开来的救护车。救护车上写着"四川省人民医院抗震救灾专用车"。医护人员飞快跑进救护车。救护车立即开跑了。

9　西华医院　日　外

医生们不停地奔跑着。大量的病人已转移到屋外的空地。

几十名医生护士跑进飞快开来的十几辆救护车，救护车上一律写着"抗震救灾专用车"字样。

救护车飞快地奔跑着。

10　江源县县医院手术室　日　内

邱平、胡阿兵用双手轻轻抬举着手术后的病人，飞快地跑出手术室，护士提着液体跟着。

11　江源县县医院手术室外的行道　日　外

邱平和胡阿兵交替双手捧着病人向医院楼下的空地奔跑着，护士也担忧地提着液体跟着奔跑着。

12 江源县县医院外科 日 内

邱平抱着一个70多岁的老头冲向医院住院大楼下的空地。

13 江源县县医院门诊楼外的大块空地 2008年5月12日 下午 外

食堂门外坝子里的大黄桷树下，已站满了病人和医生，很多输液的病人把输液器吊在黄角树枝上坐在树下输液。门诊急诊室里的病人全部转移到大黄桷树下的空地。还有一些儿科的小孩也挂着吊瓶在妈妈怀抱里输液。

门诊部的部分医生已将办公桌搬到空地上，站在医院外的空地上班。病人来了便有护士领着到医生这里来看病。人们在七嘴八舌地议论，说网上已有消息，说下午2点28分发生了地震，长江中下游好多个省都有震感，具体哪里发生地震目前还不清楚。雪花和汤宁都站在黄桷树下。一阵又一阵余震使地面不停地晃动。

汤宁说："小君院长的老婆在映秀出差打电话说，那边发生地震了。"

14 四川省妇幼保健院 日 外

2008年5月12日下午。

任院长在紧急召集医生护士将病人和产妇们从楼上扶着抱着弄到医院房屋外的空地里。

15 四川一边陲营地 日 外

2008年5月12日下午。

小江和卫生队的所有医护人员接到电话正紧急打包，准备随时出发。小江把纱布绷带药包一一包好放得整整齐齐。一个个武警战士在跑着紧急准备干粮和方便面。

16 小蒙医院里 日 外

小蒙如勇士般飞快地冲进病房将一个个产妇抱着送到屋子外的空地上。

一个个穿着工作服的医生护士也跟着小蒙院长奔跑着转运病人。

17　江源县县委会议室　日　内

阿德县长正在召集紧急会议。肖军站长等十几名干部正在接受紧急任务。

阿德县长："县各级医院特别是县医院已紧急调配优秀的医务人员随时准备着奔赴灾区抢救伤员。省委要求我们尽快组织民兵进驻灾区快速抢救灾区人员及物资。"

18　江源县医院妇产科门诊　日　内

雪花坐在诊室里，房屋仍不时有些摇动。桌子常常不知不觉就摇动起来。一个30多岁的女病人走进诊室。

女病人关心地问："你们怎么不在屋子外面上班看病嘛？"

雪花无可奈何地说："妇产科检查要脱裤子躺着，在屋子外面怎么敢啊？"问完病史，便拉着病人到检查室检查。

19　妇科检查室　日　内

女病人脱掉裤子躺在检查台上。检查台不停地摇动着。女病人害怕地"啊啊"地叫了起来。

雪花飞快地检查完便叫病人赶快起来，又拉着病人飞快地跑到检查室外的行道。

雪花轻轻地说："在这里等着，我开好处方出来给你。"

20　雪花诊室里　日　内

雪花在给病人开药。病人站在诊断室外等着。雪花将处方交给病人后叫病人赶快离开。

21　妇产科住院部过道　日　外

刘院长一手提着大袋东西，一手扶着一个产妇快步向门外走去。

何花一手抱着小婴儿，一手牵着一个产妇跟在刘院长身后。

22　江源县万里镇雪红家　日　内

桌子、凳子全都移动了位置。所有东西在屋里东倒西歪地躺着。小容在慢慢收拾倒在地上的东西。

突然又一阵摇动响起来。柜子上的电视机在不停地摇动着。

小容忙跑去用力按住电视机，以防电视机倒下摔坏了。

23 万里镇雪红家屋外。日 外

雪英大姐在楼下大声叫着："小容快出来，地震了！小容，快出来，地震了！"

24 雪红家 日 内

小容忙放下电视机飞快地一边往外跑一边大声回答着："来了。大姐。"

25 江源县万里镇大街上 日 外

雪英姐和小容飞快地向房屋稀少的地方跑着。

到处是奔走跑动的人群。

26 万里镇小巷子一小屋 日 内

几个三四十岁的妇女和一个约 70 岁的老头在屋里坐着说话。突然房屋震动，屋子里电视、冰箱、桌椅等许多东西全晃得东倒西歪。

"地震了！地震了！"屋外有人大声地叫着跑着。屋子里几个女人飞快地跑了出去。

老头也跟着向外跑，刚跑到门边老头"啪"的一声倒在地上。倒地的老头再也没有站起来。

几个女人没见到老头，跑回去一看，老头倒在门外已没气了，几姐妹放声嚎哭。

27 雪花家小院 日 外

院里所有的人都在将家里的棉被和席子铺在小院中间的空地上。还有几个小伙子在搭帐篷。

雪花小明皓儿等一大家人和院子里几十个人都在院坝里坐着。小明想在院里空地上铺床，但已没有位置了。早先占好位置的人们已在自己铺好的席子上或坐或躺着。人们七嘴八舌地议论着："地震了。地震了。""听说成都那边发生强地震，不知还有哪些地方有地震？"

"是啊，电话也不通，真不知在哪个地方有强地震。不知今天晚上还有没有地震哟？"

"哎，真让人不安啊。""哎呀，电话怎么老是不通啊！"

小明遗憾地说："雪花啊，咱们小院中间的地方已经被别人占完，已没有我们铺床的地方了。今天晚上看来是不能在家里过夜的。要是再发生地震，能跑得出来吗？"

雪花试探地说："那我们把车开出去找找，看哪里有空阔的地方？哪里适合打地铺我们就在哪里睡一晚上。"

小明果断地说："好！"说话时已将车开到雪花身边，雪花和皓儿一家人坐车开出了雪花家小院。

一路上，小明、雪花四处寻找县城可以铺床空地。

小明、雪花开车走了整个县城。凡是有空地的操场广场都密密麻麻地被人们铺上席子，搁上被子占好了晚上睡的地方。好不容易在距县城3公里外城郊的工业园区找了一个可以停车又可以铺上两张席子大的空地。其时工业园区早已是密密麻麻地睡满了躲地震而不敢在家睡觉的人。

小明把车停下来。雪花忙在空地上放上早已准备好的席子和被子。

人们仍然在不停地议论着："究竟是哪里发生地震了啊？"

雪花正在整理被子，手机突然响了。一时间所有的电话都响起来。

雪花拿起手机，手机里传来玲姐难过而颤抖的声音。

玲姐害怕地："雪花，成都发生地震了！所有的房子不停地摇动，不过还好，房屋还没有倒下。听说都江堰那边很惨，好多从那边跑出来的人身上脸上、脚上、衣服上全是血。听出来的人说，那里有好多房屋都震倒了，好多人被埋在倒下的房屋里死了，还有好多人困在废墟里等着救援。从今天下午开始，已经有很多出租车和小车自发地往都江堰那边运送粮食和矿泉水，同时不断地接出受伤的伤员。我们老家情况怎么样？"

雪花："我们这里还好，地震不是很严重，所有房屋都有震动。房屋大都没有倒塌，但大家都不敢在家里睡，今天晚上我们县城所有人都在外面的空地里过夜。不知地震还来不来。"

玲姐："那就好！最好不要在家中过夜，以防晚上睡着了地震了都不知道。你要好好保重。我还要给家里四哥打电话，看看家里情况怎么样了。"

雪花难过地："好吧，玲姐保重哟！"

玲姐："知道了。"

小明："谁的电话？"

雪花："玲姐的。说成都地震不是很严重，但是都江堰那边发生了严重地震，从那里跑出来的人都衣衫不整，满身是血，还说那里好多房屋都震塌了。好多人还掩埋在倒塌的房屋下。"

雪花突然想起已经退休的徐主任现住在都江堰，想打电话问问又不知道电话。

小明说："问问小漪嘛？"

雪花一拍脑袋："对啊！"边说边打电话："喂，小漪啊，你舅妈电话通不通啊。听说那边发生地震了。"

小漪："电话刚刚打通了，说都江堰那边老城全倒了，市中医院全塌了。好多医生护士都埋在里面没出来。很多人双手挖出了血，把人抢出来了，命却没有了。很多学校都倒塌了，很多学生都死了。新城还好，大多数房屋还没有倒塌。舅妈她们住在新城。没什么损失。"

雪花："那就好。请她们保重，代问她们好！"

小漪："知道了，谢谢。你现在哪里？"

雪花："在工业园区的空地上。你们现在哪里呢？"

小漪："在休闲广场。"

雪花："保重！"

小漪："保重哟！"

雪花忙给欣乔打电话："在哪里？"

欣乔："和爸爸在老国土局外面公路边的空地上，已打好地铺了。你放心吧妈妈！"

28　江源县医院外一科骨科医生黄文家　日　内

黄文和妻子小敏正在商议晚上在哪里过夜。突然黄文的电话响起，黄文接完电话立即收拾衣服。

妻子江敏忙问："干什么呀？"

黄文："上级指示我们带上换洗衣服马上出发。"

江敏："到哪里去？"

黄文："不知道。"

29　公路上　日　外

黄文飞快地走着。

30　江源县卫生局　夜　内

黄文、刘刚、邱平、王强、高红和一群骨科医生正在开医生护士紧急会议

一个头儿样的人物在做简短的动员："同志们，今天下午四川汶川发生了7.8级地震。上级领导现在已经到了汶川地震波及严重的都江堰，看到四处倒塌的房屋和遍地的尸体及数不清的伤员，领导指示立即从全国各地调集大量骨科和脑外科医生奔向现场。要求部队指战员排除一切困难，就是走着也要前往受灾最严重的地区。救援人员要千方百计进去，时间越早越好，早一秒钟就可能救活一个人。我们一定要不辜负上级重托，不怕困难，千方百计救人。"

31　江源县县委办公室　夜　内

阿干县长正在给即将到抗震一线的干部指示。

阿干县长："已接到准确消息，2008年5月12日14点28分四川省汶川市发生7.8级地震。灾情就是命令，省委要求我们在最短时间内奔赴灾区抗震救灾，上级领导已经到了都江堰，这对我们救灾是巨大的鼓舞啊！同志们，解救灾区人民的生命和财产是我们义不容辞的使命。人民生命高于一切，人民利益高于一切。时间就是生命，你们一定要在最短的时间内冲上抗灾前线。"
肖军等几名干部正在认真记录。

32　县武装部　夜　内

一百多名民兵全副武装。精神抖擞地在几辆大东风车前跑跳着，准备随时听令上车。

小君站长等几个干部匆忙走来。一个中年军官模样的人对民兵们一挥手，大家便踊跃上车。

33　公路上　深夜　外

一辆辆贴着"广安地区抗震救灾专用车"条幅的大车小车在公路上飞快

地奔跑着。

车上坐着一个个精神抖擞又神情焦虑的民兵和武警官兵。肖军、黄文、邱平王强等人满脸焦虑地坐在车上看着窗外。一车车装满救灾物资的车辆在公路上奔驰着。

34 高速公路上 深夜 外

一辆辆小车风驰电掣地行驶着。车身贴有"广安地区抗震救灾医疗救护专用车"条幅，黄文、邱平、王强、肖军、高红等人神色严肃地坐在车上。

35 江源县县城 深夜 外

大街广场凡是宽一点、大一些的空地上到处铺满席子。男女老少都睡在外面铺着的席子上。雪花和小明在地铺上坐着。

36 成都双流机场 夜 外

小江和一队武警战士背着背包全副武装地从飞机上下来。
飞快地融入更大更多的武警部队的队伍之中。

第三十六集　震后江源县

1　江源县县医院门诊妇产科　日　内

雪花坐在诊室里　5月13日下午4点20分

一个个病人胆小地走进来坐在雪花身边。

雪花对一个个子很小的小青年说："别怕，勇敢点！走，我带你过去检查。"边说边拍拍小青年的肩膀，牵起小青年的手走到检查室。同时笑着对还没有看病的几位病人歉意地点头说："大家稍微等一下，等会儿如果遇到地震大家往楼下跑快点！"

检查室

小青年躺在检查台上难过地说："阿姨，我肚子好痛哟！昨天晚上我睡在休闲广场上的石板上，开始还好，后半夜便感到浑身不对劲。头痛、下腹痛，浑身没力气。"

雪花用手在小青年下腹上刚一摸到，小青年便"哎哟哎哟"地大声叫起来。

雪花警惕地："你最近做过什么手术没有呢？"

小青年："我做了人工流产手术才刚刚3天呢。"

雪花："那可能是因为在地上睡觉着凉了，加上小产后身体虚弱致盆腔炎。你最好还是查血作B超检查一下，必要时输液治疗好一些。"

B超室

小青年在做B超。

化验室

小青年在抽血化验。

2　江源县医院门诊黄桷树下　日　外

小青年坐在椅子上输液。旁边坐了许多输液的人。

3　江源县县城大街上　日　外

小帆长发飘飘地走着。突然电话响起来，小帆忙拿起电话："喂，哪位？哟，江哥啊，你在哪里？"

4　都江堰老城外日　外

一辆辆车飞快地奔驰着。

坐在车里的小江拿起电话焦急地说："小帆，我们现在快到都江堰了，整个老城已夷为平地，到处是尸体和哭喊的人。我们已经看到都江堰了，马上就要下车了。那里到处是我们的战友，他们已经比我们先到了。"

5　江源县县城大街上　日　外

小帆站在街边大声地说："江哥，保重哟，加油啊！"少顷又大声地说："江哥啊，你们怎么晚到了啊？"

6　都江堰老城　日　外

小江着急地说："因为我们本身就处在山区，部队怕我们这里也发生地震，到时无人抢救，所以叫我们晚一些到。现在，上级领导已经到了都江堰，在亲自指挥抗震救灾。我们车一停下可能就没时间打电话了，你要多多保重哟！"边说边放下电话边跳下车，向街上呼喊着的遍体鳞伤的人们冲去。

大街上　日　外

小江扶起一个全身血迹的老太婆，取出背包里的绷带给老太婆包扎不停流血的伤口。

战友们在不停地给的群众做简单包扎。

老城到处是哭泣奔走的人，到处是尸体，到处是倒塌的房屋。

一个20多岁长得十分漂亮的女孩子右脚已被砸断全身衣服满是血迹，仍然双手握着右脚坐在街边的石头上，表情十分痛苦。

一阵余震来到。所有房屋不停地摇晃着。人们又开始飞快奔跑着。

一个女人跑到街中央，大声叫着："还在摇，还在摇！"

一个男人跟着跑到街上也大声叫着："快跑！快跑！"

远处有人大声地叫着："地震了！地震了！"

另一条街道，一个男人捂着受伤的手"哎哟！哎哟！"地叫着。

一个挂有"天天足道"招牌的店门前。

一个男人捂着受伤的头叫喊着："哎哟哎哟！"

几个穿着花格子衣裙的姑娘奔跑到大街外面互相拥抱着。

一个姑娘大声地说："那地方垮了，砸了我了。"

中医院已成废墟。一块掉下的木块上写有"都江堰中医院"的字样。

一块块写有学校字样的地方。

到处停放着被挖着抢出来的孩子尸体。

一个个学生家长呼喊着哭泣着。

又一条街道上。

一个中年妇女抱着小娃哭泣着。

一家酒店门外。

一个头发蓬乱满脸全是血的女人，手扶着写有"酒店"字样的东西满脸的痛苦和惊慌。武警抱下女人放在担架上，黄文快步冲上去给女人包扎伤口，高红忙着输液。

一座倒塌的房屋前。

一个中年妇女双手合十，少顷又不停地摇动着身边的女尸，不停地叫着："我的妈妈！我的妈妈！我的妈妈！"

一个男人对着倒塌的房屋大声地叫着："妈！妈！妈！妈！妈妈！妈妈！妈！妈！"

声音无比凄凉。

一个浑身血迹满脸污垢的中年女人面对倒塌的房屋不停声地叫着："我的老妈妈呀！我的老妈妈呀！我的娃！我的娃！我的娃呀！"

黄文和一组医护人员在帮着一个个伤员止血输液。

又一条街上。

一个中年男人一边随着逃命的人不停地跑着，一边凄惨地叫着："我的爱人啊！我的爱人啊！我的爱人啊！我的爱人啊！我的爱人啊！我看到你了啊！"

另一条街上。

一个浑身血迹的男人背着一个全身血迹衣衫污垢的女人奔跑着。王强和一群护士及武警战士接过满是血污的女人。王强立即止血包扎，护士在紧急输液。

临时医疗点。

到处是小小的行军床。

一张张行军床上躺着一个个幸运地被营救出来的受伤较重的人。一些简单的输液架立在床前，上面挂着液体。

有医生护士在不停地跑着给病人输液加液体。

7　雪花家　日　内

雪花和小明正坐在电视机前看电视。

电视上正在放着抗震救灾的新闻。

5月12日14点28分，中国四川发生了7.8级的强地震，中央高度重视。地震发生后仅4小时温家宝总理便到了灾区都江堰亲自指挥抢救。目前全国各地的部队和医院都派有大量医护人员进驻灾区，抢救灾区人民的生命财产。电视上出现了总理在飞机上和中央领导人员开会讨论救灾事务的感人场面。

镜头闪换

出现了温家宝总理在灾民中的感人场面。

雪花流着泪哽咽着说："这可真是一个令人伤心的又令人振奋的消息啊！伤心的是四川汶川发生了大地震，振奋的是总理在地震后仅6个多小时就飞到地震现场，亲自指挥抢救。这对抗震救灾的人员是多么巨大的鼓舞。这对灾民们来说，又是多么巨大的慰藉啊！"

8　一条小江上　日　外

小江随战友架着冲锋舟飞快地行进着。

江水水急坡险，水路艰难。

江边不时有巨大的石头从山上滚落下来。

小江和战友们顽强地在狭窄的河道中不断前行。

9　映秀镇　日　外

到处是坍塌的房屋和尸体。幸存的人有的几个人蹲在地上，有的一家三口在坍塌的家外抱成一团，眼里是极度的无助和极度的恐慌。

小江和战友们来到了到处是尸体和乱石的映秀镇，见到了那些无助的灾民。

那里房无一间好。地上到处是飞石和受伤痛苦叫喊的人。

活着的灾民们一看见小江和他的战友们，无助恐慌的眼里马上有了生的希望。这让小江和所有武警战士非常震撼。

学校外面活着的家长见到小江等武警战士后，马上给小江他们跪了下来。

小江和战友们上前扶起他们，迅速地用已经准备好的三角巾包扎着受伤人员。他们心里焦急万分地寻找着伤员，同时努力用手去挖被埋在坍塌的房屋里的人。救人是第一位的，人民的生命财产高于一切。

许多战士的手脚被玻璃划破了，早餐、中餐都没有吃，晚上觉也没有睡好，完全凭着一个意念在支撑着。他们只想着做一件事：救人！救人！救人！救人！救人！

10　四川省妇幼保健院门前　日　外

临时建起的抗震棚里。

一个个从灾区送来的伤员在输液。

任院长在一个个伤员间仔细查看着。

一个从灾区送来的脸上有伤的大肚子孕妇不断叫喊着，任院长关切地叫着孕妇："别着急，别着急！"并亲自将产妇送进了产房。

不一会儿，产房里便传出了婴儿响亮的哭声。

几名护士在给婴儿洗浴。

一个年轻的女医生拿起几件干净的衣服，又打来一大盆水给脸上有伤的大肚子孕妇仔细地擦洗着身子。

另两位护士给刚生的孩子拿来了奶粉喂给孩子奶粉，孩子双眼四处张望着。

刚生完孩子脸上有伤的产妇脸上露出少有的幸福笑容。

又一个医生给脸上有伤的产妇送来了米饭和鸡汤。

11　映秀镇　日　外

累得筋疲力尽的小江和战友们拿出一袋袋方便面和矿泉水分发给饥饿的灾民们。食品袋里还有最后几箱方便面的时候，小江想起走时部队首长的话："你们每一个人要带上三天的口粮，要保证自己有充沛的精力抢救受灾的灾民，保护他们的生命安全。"小江留下了三桶方便面和三瓶矿泉水，把剩下所有的食物和水都发给了灾民们。

映秀镇。傍晚。

小江坐在地上。自己拿起一袋方便面就着矿泉水泡上很有滋味地吃起来。

吃着方便面的小江在地上拿着食品盒歪着头睡着了。

12　雪花家　日　内

雪花和小明坐在电视机前看电视。

电视上正直播抗震救灾的现场实况。一队穿绿军装的军人跑着到来，群众拍手欢呼着。

电视上到处是残壁断屋。武警们跑着四处搜寻。

一座震得零零碎碎但仍有形的楼房的三层阳台上，一个老太婆惊慌地四处张望。

一台挖机横在楼房前，一个军人伏在挖机上。挖机向前开到房屋近老太婆的地方停下，军人站在挖机前面将老太婆从三层抱下来，又用被子把她包好轻轻放在挖机装东西的车厢。

挖机又开到平地上放下车厢。

一队军人飞快地跑上前去接起老太婆飞快地跑到临时设置的医疗点。

一群医护人员立即接过老太婆四处检查。

镜头闪放

又一座坍塌的楼房前。

几名穿着工作服的医生护士抱着一个满身泥土灰尘的小娃娃，剪开小娃娃的衣服仔细地摸摸有无心跳，摇摇头便放下小娃娃尸体，又飞快地跑着向别处去寻找伤员。一队消防人员立即用喷雾器对着小儿尸体喷洒消毒。

镜头闪放

又一座危楼里，两个军人伏在挖机上。

挖机开到楼房的三层前接过一个白胡子老太爷。

白胡子老爷爷只穿着上衣和内裤，外裤已滑到小腿处。

白胡子老爷爷一上挖机，挖机便开到平地上放下。

几个军人飞一样奔上去接过白胡子老太爷抬着飞跑向临时医疗救援地。邱平和几个医生护士也跟着飞快地奔跑着。

临时救助点。五个护士围着老太爷。

一个护士在提着输液瓶。

一个拿棉签消毒。

高红拿输液针头输液。

刘刚一边仔细检查着，一边问："老太爷，肚子痛不痛？"

老太爷哎哟哎哟地叫着："两天没吃饭了，胃饿得痛。"

一个护士扯着胶布。

高红打上液体，拿胶布的护士便立即贴好了胶布。

13 映秀镇 日 外

小江在不停地给伤员们包扎伤口。

临时医疗点。

一个个伤员在就地输液。

14 江源县医院妇产科 日 内

雪花坐在诊室里。几个病人坐在身边。

雪花在给写处方，突然桌子不停地摇动起来。

"快跑！"雪花大声地叫起来，同时拉起病人就往外跑。

15 四川西华医院 夜 外

救灾病房里已住进了灾区送来的大量病人。

一个从灾区来的衣衫污泥满是血迹的女医生哭喊着找领导，她说："耿达乡还有 37 名重伤员等待救治。现在里面没有药，只有森林武警和我们在一起，没有食品，没有药品，仅有的药品都是医生和武警冒险从倒塌的卫生院里挖出来的。我们乡有9名医生，耿达乡有5名医生，他们都在不分昼夜地抢救伤员，所有医生已经两天两夜没合眼了。大雨在不停地下，一些老人和孩子因为淋雨已经感冒发烧咳嗽，一些伤员伤口开始感染。我们镇处在两山之间，一旦出现滑坡，所有人都没救了。"

书记难过地说："你就在这里休息吧，我们马上又要出发到灾区去了。"

女医生："你们不熟悉路，我回去了，就是把生的希望带了回去，让我带路同你们一起去吧！"

书记想想点点头："好吧，快上车！"说话时已有车飞快地开来。

女医生坐上救护车高兴地笑了。

16 雪花家　夜　内

欣乔在上网。

网上有消息显示：汶川大地震发生于2008年5月12日北京时间14时28分04.1秒。震中位于中国四川省汶川县映秀镇，此次地震的面波震级为MS8.0，破坏地区超过10万平方公里，地震烈度可能达到11度，大部分砖石建筑及土屋连地基摧毁，桥梁毁坏，地下管道失去作用。铁路轨道明显弯曲，地震波及大半个中国，甚至影响到东南亚国家。中国除吉林、黑龙江、新疆三省外皆有震感。北京、上海、广州、杭州、昆明、香港、台北等多个大城市的办公室在震动中发生了摇晃。这是唐山大地震以来，伤亡最为惨重的一次。温家宝同志说，这次地震，强度和范围都超过了唐山大地震，是新中国成立以来最大的一次地震。

雪花轻轻走到欣乔身边。欣乔仍然不知。雪花大声地说："欣乔在看什么呢？"

欣乔："快来看看吧。网上有好多地震消息。"欣乔念道："四川汶川发生大地震，胡锦涛总书记立即作出重要指示，要求尽快抢救伤员，保证灾区人民生命安全。温家宝总理也在第一时间奔赴灾区指挥抢险救灾工作。在专机上，温家宝总理说，各级领导干部要站在抗震救灾的第一线，身先士卒，带领广大群众做好抗震救灾工作。要发扬不怕牺牲，不怕疲劳，连续作战的作风，一切想着人民，一切为了人民。一切为了人民的利益……"

雪花："温家宝总理一切为了人民的讲话，不仅给灾区人民吃了定心丸。为灾区各级领导应对这场特别重大的地震灾害提出了要求，而且也用自己的快速反应和身体力行的行动，为灾区各级领导做出了示范。"

欣乔继续念道："就在地震发生后不到半小时内，四川省各级政府就做出了最快反应。省委书记刘奇葆亲自布置指挥组织部队、消防战士、医务人员奔赴灾区，灾区的党政军警民也在第一时间全力投入抢救伤员的战斗中。与此同时社会车辆、机械和志愿者也从各地奔赴灾区，一幕幕感人场面，一个个可歌可泣的故事在灾区不断上演，全世界华人血浓于水的亲情在这里升华。"

17　四川省人民医院　日　内

背完老人感小腹疼痛的护士小沪流产了。

小沪穿上工作服拿起输液器。另一个年纪大一点的护士心痛地说："你刚刚小产，怎么不在家里多休息几天又来上班呢？"

小沪："这么多灾区的病人需要救治，在家里老是想着病人们的安全，现在那么多灾区来的病人躺在病床上，我怎么能因为小产就躺在家里休息呢？我是四川人，我是护士呢，人民不是叫我们天使吗？再说就是躺在家里心里又怎么静得下来呢？还是让我做一点事情吧，这样我心里也好过一点。"

护士摇摇头，叹了口气，瞬间又高兴地说："好样的小沪！"说罢，拍拍小沪的肩，"走吧，我们一起去。"

18　雪花家　日　内

雪花小明在看电视。电视上，江油市城区灾民安置点5个婴儿被放在救灾棚里。

29岁的民警蒋晓娟解开警服给饿得"哇哇"大哭的一个个婴儿喂奶。她的两个乳头上掉着两个小小的婴儿。另有三个灾民的婴儿饿得哇哇大哭的时候，她又跑去喂奶。不到两天时间里，她哺乳8个灾区婴儿。

19　映秀镇　日　外

小江和战友们已经累得精疲力竭。

一个老乡拿来了仅有的一点食物。送到小江和战友们面前。

战友们和小江推辞着，谁也没有动一下。

20　雪花家　日　内

雪花和欣乔坐在电视机前看电视。

电视上正出现一个个救灾现场的感人画面。

一个年轻的士兵哭着跪在坍塌的楼房面前，对拖着他离开的人说："求求你们，让我进去再救一个人吧。求求你们，求求你们，我还能再救一个！"

拉住他的消防队官兵说："上级已经下达命令说，这里马上会再次坍塌，进去只能是牺牲。"看着马上就要倒下的楼房，所有人都无计可施。只有眼睁睁看着里面还未救出的人埋在轰然倒塌危楼里面。灾民们战士们撕心裂肺般痛哭的声音响起。

镜头闪换

一个满脸是血的男孩，在地震发生十余小时后，终于被武警战士从废墟中救出。左手已经骨折，黄文用木板小心地夹住他的手臂。细心地缠上绷带，然后，又慢慢地为他喂了一些矿泉水，把男孩放在一块蓝色的木板上。武警官兵刚把他抬起准备到安全地带，小男孩突然艰难地举起还能动弹的右手虚弱而又标准地敬了一个少先队队礼。

镜头闪换

又一组奇特的画面出现在眼前，一个男子用绳子将妻子的尸体绑在背部，他用摩托车送她去太平间。男子不时回头看看背上的妻子是否松掉。

一堆倒塌的碎石里，一只手露在碎石外面。

还有一堆坍塌的碎石里一个头露在外面。一群战士在用双手挖着碎石，一个个战士手上全是血。王强在给一手部受伤流血不止的女人包扎。邱平在给一个大腿受伤的病人止血包扎。高红在输液。黄文在乱石中抱出一个浑身血污的青年男子，他在仔细地检查男子头部、四肢和骨骼，又拿出绷带处理他面部额头流血的伤口。刘刚在给一个下肢骨折小腿外伤出血的病人包扎止血。高红和一群医生护士在一个个头破血流、手断脚残的伤员间止血包扎输液抢救。

21　雪花家　夜　内

雪花眼泪不停地流着。

小明风一样跑进来叫着："雪花，雪花，我们到灾区去吧？"

雪花激动地："好啊。你快点去报名吧。"

小明无力地："现在已经不能报名了。"

雪花着急地："为什么？"

小明无可奈何地："报名到灾区去的人已经很多了，要等着排队。"

雪花叹口气："那我们一家人开车自己到灾区去。"

小明兴奋地："好啊。那你快点去通知小帆和欣乔吧！"

正说着雪花的手机响起，雪花打开手机神情立即兴奋起来："好啊，欣乔，快点拿几件衣服和我们一起到灾区去吧。"

小明皱着眉头："谁的电话？"

雪花高兴地说："欣乔的，她说想到灾区去做志愿者。"

小明："好啊。叫小帆也去，正好可以发挥所长给伤员们输液换药。"

雪花："小明，你现在快点去准备吃的和水，我到医院去找些纱布和药品带到灾区去。"

22　江源县医院门诊妇产科楼道里　日　外

雪花对着楼下的供应科大声地叫着："小慧！小慧！"

23　江源县医院门诊一楼的供应科

小慧站在门边大声地问："叫什么？有啥事嘛？雪花！"

24　门诊妇产科楼道里　日　外

雪花大声地说："还有多少绷带啊？我想买一些带出去。"

25　门诊供应科　日　内

小慧站在门边大声地说："医院所有的绷带都拿到灾区去了，现在医院里已经没货了。"

雪花头一歪，失望地走了。

26　雪花家　日　内

雪花失神地坐在电视机前看电视。

电视上放着抗震救灾现场正在抢救的伤员。

一个小女孩被压在水泥板的缝里面。部队战士弄开压着她的水泥板将她救了出来。

小明有气无力地走进来。

雪花："怎么样？"

小明难过地说："去不成了。"

雪花奇怪地问："为啥？"

小明："要求去的人太多了。我们也不能开车去了。"

雪花："为啥呢？"

小明："刚才到武装部，他们说上级已经有明确规定，到灾区去的车辆要有证明和出入证，其余车辆根本无法进入灾区。因为灾区的路太难太难。全国人民积极抗震救灾，民众自发的和有组织到灾区去的人和车辆太多了，路上已出现了严重的堵塞，这样会影响重要车辆的速度和抗震救灾的力度。所以上级要求大家要听从安排，没有证明的车辆不能随便自己想去就去。"正说着雪花的手机响了。

雪花忙打开手机："哟，欣乔，准备好了啊。可是我们去不成了。为啥呀？因为要去的车太多了。"

小明："谁啊？"

雪花："欣乔。她问啥时出发，她说已收拾好东西随时可以出发了。"

27 大街上 日 外

欣乔拿着手机一边说话一边匆匆忙忙地走着。

欣乔失望地说："妈妈，去不了啊？好，知道了。"

28 雪花家 日 内

雪花坐在家里看电视。

电视上一组镜头让雪花不能离开，一个女人被压在坍塌的水泥板下面，很多武警官兵在撬开压在她身上的水泥板。有医生正准备给女人截肢。

29 绵竹广汉金能镇 日 外

黄文在给一个头上有伤的人包扎伤口。很多伤员在救灾棚里输液。

黄文不停地忙碌着。王强在给一个脚上有伤的老妇包扎伤口。肖军在给一个手上受伤的小女孩包扎。

30 四川省中心血站 日 外

一辆辆车一袋袋鲜血不断送到成都各大医院。

血库门前，一个中年模样的人拿起电话大声地说："站长，血库的血很快要用完了，怎么办？"电话里传来一个响亮又坚决的声音："把流动献血车开到大街上宣传。把这一消息告诉广大市民。"很快一个青年拿起一块红布挥笔写上了"情系灾区，血脉相连"几个鲜红的大字。

31 成都市各大街头 日 外

一辆辆挂着红十字架的流动献血车前，一块块"情系灾区，血脉相连"的条幅高高飘扬在成都市的上空。

条幅下面一个个市民排着长队等待献血。抽血的护士累得直不起腰，献血队排得越来越长。男女青年争先恐后，一个个热血沸腾的大学生更是早早站在队列前面。

一个帅气的小伙子兴奋地说："我去不了灾区，能用我的血去救灾区同胞的生命，也不枉一个大学生的情怀。就用我的心去温暖灾区同胞们的心吧！"

正在抽血的桌前。一个十分漂亮的女大学生在请求给她抽血的护士："请再多抽一点吧！"护士摇摇头："不能抽太多了，最多只能抽400CC。你只能抽200CC。"护士快取针的时候，女大学生流着泪用没抽血的一只手拉着护士的手难过地说："求求你就再多抽一点吧！"护士流着泪摇摇头，飞快地取出了针头。

又一个年轻的女孩坐到了抽血桌前，护士看着女孩问："检查好了吗？献血单呢？"女孩拿出一张单子交给护士。护士看看点点头。熟练地拿起了采血袋。

女孩抽完血刚站起来。一个老太婆坐在桌前把手放到了抽血桌前。

护士看看老太婆："多大了？"

老太婆："今年62岁了。"

护士笑笑说："谢谢你婆婆！你超过献血的年纪了。"

老太婆难过地说："你就行行好，让我给灾区出一点血吧！"

护士："谢谢你了，婆婆。你快回家去看电视新闻吧。"

老太婆摇摇头难过地走了。又一个高个男孩坐在采血台前。

护士问多大了。

男孩大声地说："15岁了。"护士笑笑，"等几年再来献血吧，你现在还太小了。不能献血。"

男孩委屈地说："为什么呀，我都是大人了。看我都快1米8了。"

护士："你虽然长有这么高可年纪还不到18岁，还在长身体呢，怎么能献血呢？下一个……"

32　四川省各大医院　日　内

一袋袋鲜血正不断地输进病人体内。

33　四川省中心血站　日　外

血库门前。

给站长打电话说血库快空的中年男人流着热泪拿起电话高兴地说："站长，现在有好多好多献血的人，我们看到都被吓坏了。人密密麻麻地到处都是，现在血库的血已经满得没法放了。""啥？再多也不能出一点错！""当然，你就放心吧。我们会做好的。"边说边跑到血库面前放下电话，仔细地检查着一袋袋鲜血。中年男人感叹又十分高兴地说："太好了！太好了！灾区的伤员们我的同胞我的兄弟姐妹啊，现在你们有救了啊！"

里面的几个工作人员不停地奔跑着将收到的血袋进行登记、整理、排放。

第三十七集　爱的奉献

1　江源县一商店　日　外

一个中年女人在指挥工人往大货车上装矿泉水和方便面。

年轻英俊的司机笑着对女老板说："大姐，你可真慷慨啊，灾区人民会非常感谢你的。"

中年女人："谢什么谢啊，这只是我的一点心意而已。跟到灾区抢险的英雄们相比，这是多么的微不足道啊！"

2　江源县大街上　日　外

在一幅写有"抗震救灾，爱心捐款"的条幅前，很多人排着长队在等着捐款。

3　一条小街上　日　外

一个穿着破布裙的女孩在一个个垃圾桶里捡拾着纸片、汽水瓶之类可换钱的废品。

4　垃圾收购站　日　外

捡破烂的女孩在卖一天找来的废品。她数数钱，小心地放进破布裙里急急忙忙地走着。

5 在一抗震救灾捐款站 日 外

排着捐款长队的队伍最前面。捡破烂的女孩脏污着手拿出破布裙里的钱，小心地投放到捐钱箱里。

志愿者问她的名字，她摇摇头离开了。

又一个只有3岁的小孩子拿起一百元钱放进捐款箱里"呼"地跑了。

记录员不得不跟着小孩子跑到大人身边问名字。

6 江源县医院门诊妇产科 日 外

雪花坐在诊室里。

对面坐着几个等待看病的女人。

张盼弟坐在雪花身边流着眼泪说："张医生，我怀孕50天，昨天突然下面流血了。这是怎么回事？"

雪花："盼弟呀，今年多大了？"

张盼弟："今年26岁。宝马乡宝马村人。"

雪花笑笑："盼弟啊，你现在可能是流产了，最好做B超看看胎儿情况。"

张盼弟："好吧！"

7 江源县医院B超室 日 内

张盼弟眼睛红红地走出来。

8 雪花诊室 日 内

张盼弟眼泪不停地流着。

雪花难过地说："盼弟，别难过！这个流产了，下次一定要好好注意。"

盼弟带着哭腔："可我什么都没做啊！"

雪花："你什么都不做，可周围到处是奔跑的着急的人啊，你心里一点都不紧张吗？"

盼弟着急地说："现在天天闹地震，我每天都不敢在家里睡觉。天天睡在广场的地上，到处是吵闹声、惊叫和哭泣声，我怎么能不紧张啊？医生啊，我好不容易才怀了这个孩子。现在可怎么办啊？"

雪花关心地说："盼弟呢，不管怎样，你当务之急是尽快手术，孩子已经坏了。只是还有一部分组织没出来干净，要马上做清宫手术。"

张盼弟拉着雪花的手："医生我叫你阿姨吧，我很小的时候就见过你，你还到我家里帮我妈妈安环呢。求求你，不做不行吗？真的没救了吗？"

雪花摇摇头难过地说："盼弟啊，你是我金花阿姨的邻居吧。都长这么大了，但不做手术肯定不行啊。因为胚胎胎心都没有了，怎么救啊？"

9　门诊手术室　日　内

雪花小心地说："盼弟乖啊，不要哭，不要难过。"

张盼弟流着泪躺在手术台上。

雪花鼓励她："盼弟啊，勇敢点，下次再怀就是。"雪花一边安慰盼弟一边做手术。

张盼弟仍然抽泣着。

雪花小声地说："盼弟呢，你真的不要再哭了，你这样抽动着把子宫弄穿孔了怎么办？"张盼弟停止抽动只是眼泪仍在流淌。

雪花抬眼看看张盼弟鼓励地说："这才乖嘛！要面对现实勇敢点，和灾区死难的同胞们比起来，我们要会想一些，生命很脆弱，谁也不能 100% 地保证每一件事都那么完美的。人生总要遇到些挫折和磨难，你就放宽心，术后好好休养。你才 26 岁，有的是时间。千万别太难过了。"

张盼弟难过地说："知道了。阿姨，谢谢你！"

雪花："不谢。你比你妈当年强多了，至少怀孕才几十天就知道要检查。"

张盼弟："那不是应该的吗？现在都什么年代了。谁不知道怀孕要检查，生孩子要到医院啊。"

雪花望着盼弟："你现住在哪里？你爸妈在哪里呢？"

10　大街上　日　外

雪花飞快地奔跑着。

高中时历史老师的女儿阿华拉着雪花的手高兴地说："终于找到你了。我女儿在 B 市，结婚备孕几年不孕，到处治疗仍然没有怀孕。你帮忙看看吧。"

雪花匆忙地说："她有空回来吗？如果回来了叫她来看看吧！"

阿华："她一天上班忙得很，又这么远，上班几年了也没回老家来。"

雪花："如果实在没法回来。有空你把她这些年的检查报告带来给我看看吧！"

阿华兴奋地说："好！"

11 雪花家 夜 内

雪花跑进屋里立即打开电视。雪花跳到沙发上坐着看电视。

电视上一个年轻女孩被困在废墟 70 多个小时。当看到救援人员时她非常镇静乐观。

女孩高兴地说："我还活着，我很高兴。"一会儿又说，"我就等着你们来救我，我相信你们会来救我。没声音了，我就不喊了，节省力气。渴了饿了，我也坚持着。"

电视上一个男孩在学校倒塌的教学楼里被埋了 80 小时后仍然活着，他的好多同学当场丧命，武警官兵问他为什么勇敢地活了下来。他说："我相信肯定有人来救我们的。"一队战士将他从废墟里救出来后抬在担架上。

小男孩子对救他的武警官兵说："叔叔，我要喝可乐，冰冻的。"救他的官兵们都笑了。可怜的孩子啊，他在里面可不知外面发生了天翻地覆的变化，所有的官兵和救援者地震几天来饭没吃、水没喝，电也没通，房无一间好，还怎么敢奢望喝可乐且还是冰冻的。他还以为世界和过去一样，不过人们都被他的话逗笑了。这是救援多天来难得的一笑。（他就是后来人们称为"可乐男孩"的薛枭。）

雪花也高兴地笑了。正笑得开心的时候，手机响了。

雪花拿起电话："啊，啥？欣乔你有事啊，那你过来吧！"

12 公路上 日 外

欣乔飞快地走着。

13 雪花家门口 日 外

欣乔在敲门。

14 雪花家 日 内

雪花坐在沙发看电视。听到敲门声忙跑去开门。见是欣乔忙叫："欣乔快进来！"

欣乔进屋就说："妈妈，上面通知我们说 5 月 18 日的公务员考试取消了。"

雪花："那什么时候考试呢？"

欣乔："不清楚，说等通知。可能要等到地震平稳下来，抗震救灾工作稳定以后再说吧！"

雪花："没关系。你也不要着急。再等等看吧！"

欣乔："妈妈，我当然不着急考试，现在国家处于大难关头，全国人民都在全心全意抗震救灾。还有那么多同胞被埋在坍塌的楼房里，还有那么多同胞等待救援，谁还有时间来主持公务员考试呢？再说，就是考试，我也静不下心来考啊！妈妈，我好想到灾区去，去做点我力所能及的事情。"

雪花："现在全国人民都想去，可到灾区去的人越多，国家的负担就越重。如果国家不在整体上安排，就可能造成不必要的人员浪费和负担。所以没有十分专业的救援人才和很有名气很有鼓舞作用的人是去不了的。就是去也得有计划有组织地去，你就不要想着去灾区了，不一定非要到灾区去了才是爱国。现在外面大街上到处有抗震捐款的地方，你去捐款了吗？"

欣乔："早就捐了。"

雪花："啥时捐的？"

欣乔："上午出去遇到县委团委等单位在组织捐款，我把包里准备买衣服的300元钱全都捐了。下午遇到社会团体募捐组织主持的流动捐款箱，我把包里带的准备买小包的200元钱又全部都捐了。"

雪花："那就好！所以呀，不一定非要到灾区去才是抗震救灾。在家乡捐捐款在家里看看电视，关心抗震救灾也是爱国的一种表现，也算是尽了自己的一点力量啊！"

15　江源县医院门诊妇产科　日　内

雪花坐在诊室里。

阿华拿着一大把报告单交给雪花："看看吧。这是这几年她在各个医院的检查的报告单。"

雪花笑笑接过报告仔细地查看着。然后快速给阿华女儿开好处方。

几个妇女坐在诊室里等待检查。穿着时装约20多岁的张丽丽坐在雪花对面。

雪花问："丽丽，今年多少岁了？"

张丽丽："22岁。"

雪花："家住哪里？"

张丽丽："金水乡金沙村人。二姨你不认识我了吗？我是你虎子哥的大女儿。"

雪花："认识，知道你是虎子哥的女儿。我问你现在住哪里？你爸还好吗？"

张丽丽："很好，他现在在县城开饭馆。我就住在县城的苍平小区。"

雪花："你爸他们生意好吗？"

张丽丽："还可以。"

雪花："你今天来有什么事？"

张丽丽："我停经 50 多天，下面流血 5 天了。"

雪花："多不多？"

张丽丽："不多。"

雪花："什么颜色？"

张丽丽："有点带黑色？"

雪花："做 B 超查血看看吧！"边说边开好了交费单。

B 超室

张丽丽在打 B 超。

检验室

张丽丽在抽血。

16 雪花诊断室 日 内

张丽丽流着眼泪把报告拿给雪花："二姨帮我看看报告吧。"

雪花接过报告难过地说："丽丽，别着急。孩子坏了再怀一个就是了。不要太着急了。"

张丽丽："不是你的，当然不着急。"

雪花："你再着急孩子也回不来。着急又有什么用呢？我只是劝你而已。叫你不要伤了身子。"

张丽丽着急地说："我想不着急，可怎么也办不到。我做了好多努力才有了今天这个孩子，你叫我怎么不伤心不着急？"

雪花："无论如何。你现在最重要的是要早点终止妊娠，将已经坏了的胚胎组织早点弄干净。那样对你的身体才好，否则以后如果感染严重了，怀孕就更困难了。"

张丽丽"哎哎"地不断叹气。

雪花轻轻地拍拍张丽丽的肩："别太伤心了。坚强些，勇敢点。"

张丽丽："天啊！我该怎么办啊？"

雪花："先吃点药，过两天再来手术吧。"边说边给张丽丽开好了处方。交到了张丽丽手上。

17　雪花家　夜　内

2008 年 5 月 18 日晚

雪花和小明坐在沙发上看电视。

电视上正放着抗震救灾爱的奉献大型文艺晚会。一个个歌手声情并茂地歌唱着，不断有捐款电话打进晚会现场。成龙、刘德华等许多歌手和各行各业的爱国人士在不断地捐款。

主持人热情洋溢的声音响起："天地无情，人间有爱，灾难来临时，我们心心相连，10 万官兵冲上抗震救灾的前线，用他们的血肉之躯挖出了埋在地下的无数生命。救人是第一位的……"

中国台湾的歌手周华健说："在台北，在同一时间，也在组织同样的义演。已募集台币达 2 亿多元。"

主持人清脆的声音响起："感谢香港同胞！山可以移位，水可以阻断，但阻不断香港和内地的血脉之情。天地无情，人间有爱。"

马琳、王浩、许海峰等体育健儿也上场献爱心。

作协主席铁凝说："作家也不会掉队，将组织作家到地震前线会同当地作家共同创作。"

主持人动情的声音响起："坚强产生力量，有爱就有希望！让我们共同努力，战胜灾难，重建家园。截至 23:40 分大型文艺晚会现场捐款 15.1 亿元。电话捐款 1835 万元。"

主持人激动的声音响起："太感动了，让我们手牵手，心连心。共度时艰，战胜灾难，重建家园。"

18 江源县医院 日 内

2008年5月19日下午2点30分

雪花和所有医生护士在院里的停车场静静地站立着。空中有悲伤的哀乐响起。

19 雪花家 日 内

小明静静地站在客厅里低着头。电视上正放着新闻。

胡锦涛等中央领导人在北京等地静立默哀。全国人民沉痛悼念"5·12"地震遇难同胞。国务院规定2008年5月19日至21日为全国哀悼日。全国降半旗致哀。

20 江源县大街小巷 日 外

走着的人全都静静地站立着，他们在为汶川地震的遇难者默哀。

21 江源县医院门诊妇产科 日 内

雪花坐在诊室里。

张丽丽满脸忧伤地坐在雪花身边。

雪花难过地拍拍张丽丽的肩："走吧，手术。丽丽。"

张丽丽红着眼睛跟着雪花慢慢走着。

22 江源县医院门诊手术室 日 内

张丽丽躺在手术台上。

雪花在做手术。

23 大街上 日 外

雪花匆匆忙忙地走着。

苍苍从大街对面走过来，笑眯眯地问道："雪花，咋不到灾区呢？你们医院去了医生，你怎么不争取去呢？"

雪花笑笑："刘院长没叫我去。我怎么能去。我想去要不到通行证也去不了啊，你是大作家也是记者，你怎么不去呢？"

苍苍笑笑："我想去也去不了，那里已经有很多作家记者了。"

雪花："现在每天还是天摇地动地啊。"

苍苍笑了："那我们就在这里加油吧。"

雪花正听着手机短信提示。打开手机只见上面写着——

5月21日21:43：汶川"5·12"地震发生后，全国人民积极援助、热心捐款，充分体现了一方有难、八方支援的传统美德，但是社会上也出现了极少数利用地震灾害诈骗捐款的行为，为此中国移动提醒广大用户，不要轻易相信陌生号码发送的求赠信息，中国移动手机用户可编辑短信1到30任意数字发送1069999301即向红十字救援行动。捐献相应金额的1到30元人民币……

24　公路上　日　外

雪花匆匆忙忙地走着。

手机短信再次响起。雪花拿起手机打开短信：

5月22日17:21抗震救灾快讯：国新办发布。截至今日10时，汶川大地震51151人遇难。累计失踪29328人。目前共接受国内外捐款214.16亿元。（新华社）

雪花正低头皱眉难过，一只热情的手抓住雪花高兴地说："张医生，我叫李红英，宝马乡宝马村的。1985年你到我家里来过，家里人生病都是你帮忙看的。今年我才回来，正想来看你。不想在路上遇见你了，听盼弟说你上门诊了。"

雪花高兴地说："嗯，我上门诊已经有两年了。前几天盼弟流产做手术了，她现还好吧？"

李红英难过地说："盼弟做手术后恢复得很好，谢谢你。今天我主要想找你帮我大女儿张想弟看看，她今年已经31岁了。这几年都在广东忙自己的事业，结婚几年了还没怀上孩子。想请你帮忙想想办法。"

雪花笑笑："没问题，上班时间随时来就是。"

李红英高兴地说："好！"

25 雪花家　夜　内

雪花在看抗震救灾新闻。

26 小巷里　日　外

雪花匆匆忙忙地走着手机短信再次响起。雪花拿起手机打开短信：

5月22日19：49抗震救灾快讯：总理22日下午乘专机抵达四川绵阳，指挥抗震救灾工作。（新华社）

雪花坐在家里看电视。

电视里仍然放着抗震救灾的消息。手机短信再次响起。雪花忙打开手机短信：

5月22日22：17抗震救灾快讯：政治局常委会开会研究部署继续全力做好抗震救灾工作。胡锦涛主持会议，温家宝抵达绵阳后随即改乘直升机前往唐家山堰塞湖考察。（新华社）

27 江源县医院妇产科门诊雪花坐在诊室里　日　内

50多岁穿着连衣裙的李红英带着张想弟坐在雪花面前。

雪花和想弟仔细谈着，看着面前的一张张外面各大医院的检查报告。

完毕。雪花开了一些检查单交给想弟。

江敏快步走进雪花诊室

雪花忙站起来："江敏有事吗？"

江敏："雪花，黄文家姐姐病了。请你帮着看一下！"说着牵着一个中年妇女走进了诊室。

雪花忙将中年妇女带进了检查室。

28 检查室　日　内

雪花在给中年妇女检查。

29　雪花诊室　日　内

张想弟和李红英拿着报告单交给雪花。

雪花接过报告单示意母女俩坐下。

雪花快速给想弟开好药，交给想弟。想弟快步离开。

雪花在给中年妇女开药。

江敏和中年妇女拿起处方刚要离开。

雪花忙问："黄文打电话了吗？"

江敏高兴地说："黄文很快就要回来了。你看，他昨天发来的短信。"

雪花小心地问："我也可以看吗？"

江敏大方地说："可以。要不，来，我转发给你。"

雪花期待地说："好啊，快点发过来吧！"

江敏立即发了过来："OK 好了。你慢慢看吧！"

雪花高兴地说："谢谢。"边说边打开手机短信：

活着真好，莫在意钱多钱少。汶川的震波，分不清你是乞丐还是富豪。活着真好，莫计较权大权小，汶川的楼板，不认识你头顶着几顶官帽。活着真好，莫为身外之物世态炎凉烦恼。汶川的废墟掩埋了多少豪情壮志、世事纷扰。活着真好，请记住这汶川的分分秒秒，幸存的生命，再次演绎了爱的伟大，情的崇高。请记住我在时时刻刻为你祈祷，珍惜人世间的每一份情感，你会活得更好。第一批入汶川医疗队归来者黄文手机信息感言。

30　雪花家　夜　内

雪花和小明坐在客厅的沙发上看电视。

电视上仍然在放着抗震救灾的消息。

欣乔在雪花睡房里上网。

网上出现了曾强的事迹，失去 29 位亲人，忍痛救灾 11 日。连续 11 天没能睡个囫囵觉，曾强本以为可以借抽调成都军区，准备即将开始的抗震救灾全国英雄事迹巡讲的机会，踏实地在床上睡个好觉。但噩梦不期而至，我醒来后房间的灯怎么也开不了，一片漆黑中，说真的，我感觉自己仿佛也跌入地狱中。

在北川地震中失去 29 位亲人的绵阳游仙区武装部部长、上校军官，他明白自己的这种负疚感将是他一辈子挥之不去的梦魇。

又一组视频：

痛失 15 位亲人坚持救灾，称没时间伤心

汶川大地震带来的巨大灾难，造成重大人员财产损失。但是，眼前这位高大汉子，谈到自己痛失的 15 位亲人时，却没有落下一滴眼泪。他到底是无情，麻木还是坚强？

劫后余生的北川县民政局局长王洪发的回答很简单："救灾，让所有活下来的人没有时间伤心。没有哭泣，没有失魂落魄，只有救人！救人！救人……"

又一视频：

多名亲人遇难失踪仍奋战救人的武警成都支队政委李强先后转战都江堰、汶川映秀镇等重灾区，救出 820 多名受困群众，而他却有 3 名亲人遇难，10 名亲人失踪。

姐姐打来电话："家里的房屋全都震塌了，自己是从废墟里出来的，跑到绵阳市打的电话，兄妹五家的亲人都被压埋在倒塌的房屋里，让你快想办法抢救。"李强悲痛安慰姐姐说："我在都江堰救人，你们不要着急，党和政府马上会叫人抢救的。"

31 雪花诊室 日 内

几个病人坐在诊室里。

一个穿着花布衣服的中年女人满脸悲伤地坐在雪花对面。

雪花轻轻地问："叫什么名字？多少岁？"

中年女人细声地说："我叫马兰花。今年 36 岁了。"

雪花小声地问："家住哪里？"

马兰花立即泪流满面："我已没有家了。现住在宝马乡。"

雪花着急地问："你家原来在哪里？"

马兰花悲伤地说："在汶川县映秀镇。"

雪花肃然起立全身紧张地问："你怎么到了我们这里？"

马兰花感慨地说："我们家有亲戚在宝马乡宝马村。地震时我在山坡上干活，所以躲过了一难。现在我和我们家族大约20多个人都到宝马乡来了。"

雪花好奇地问："你们那么多人你们家亲戚怎么住。一天吃什么？"

马兰花感激地说："现在县上给我们发了粮食和衣服，住的地方也安排好了。"

雪花放心地说："那你就安心在我们县待着，等救灾房修好后再回去。"

马兰花叹着气："我们也是这么考虑的。"

雪花关心地问："你现在哪儿不舒服呢？"

马兰花："下身血一直流！"

雪花："多久了？"

马兰花："地震前就来月经了，地震后都半个多月了，血还没停。"

雪花："可能是地震伤亡太多，你太着急，引起功能失调。先做B超查血看看。"

马兰花："我没带多少钱。我们家的钱全都埋在倒塌的房屋里了。"

雪花："我能做的检查就全部不交吧。边说将部分检查单交给马兰花。"

32　江源县医院走道里　日　外

马兰花在慢慢地走着。

33　雪花诊室里　日　内

马兰花坐在雪花对面。

雪花亲切地说："兰花啊，你现在的病叫功血。检查结果没什么大问题。关键是好好调整自己的心情。不要过分悲伤、忧虑。现在我给你开点药，回去按时吃。几天就好了，记住一定要高高兴兴地活着，活着比什么都好。"

第三十八集　三丫到汶川

1　雪花家　夜　内

雪花和小明坐在沙发上看电视。根据民政部报告，截至今日 12 时，汶川地震已造成 60560 人遇难，352290 人受伤。26221 失踪。

镜头闪换

今日 9 时 53 分，宝成铁路全线恢复通车。

雪花难过地摇摇头。

小明："这失踪的人多半也没有希望了。"

雪花："有可能。"

2　江源县医院妇产科门诊　日　内

雪花坐在诊室。

三丫和一个个病人或坐或站在雪花身边。雪花一个人一个人认真地询问着记录着。

3　手术室　日　内

雪花在给 33 岁的三丫做利普刀手术，雪花极仔细地切着病变宫颈组织，止血上好药。

三丫起身后，雪花叮嘱着："等一周后再来取药。"

三丫难过地说："雪花姐姐，能不能多开点药啊？"

雪花好奇地问："为什么呢？"

三丫着急地说："我明天就要离开江源县到汶川去了。"

雪花："去干啥呢？"

三丫："去开砖厂。"

雪花："你这么能干啊？"

三丫："这有什么嘛。这几年我们两口子在南方挣了点钱回来，正想干点事情，这不遇到地震了。妈妈叫我们要向你学习，多做好事。要为灾区人民多作贡献，为祖国分忧。"

雪花："你一个人去吗？"

三丫："不，我们两口子和我们村里的几个年轻人。你接生的张小富，玉米花的儿子，他爸叫他小懒虫，地罗陀家的三个女儿：张想弟、张望弟、张盼弟，王小二的女儿王简，还有王小三的儿子王直。"

雪花："他们都去呀，那要多少钱呢？"

三丫："不多，我们一家出 200 万元。5 家人集体做的，一家人怎么做得起来？那里已经没有一间好房子。我们想多烧点好砖，早点给灾区人民修好房子，冬天马上就要到了。大山里的冬天是多么冷啊，但愿我们能在严冬到来之前修好一部分房屋。帐篷和救灾房毕竟不是长久之计。从长远考虑还是要修好房子，修能抗严寒、抗地震的房屋。那样我们也可以放心地过日子了，灾区的人们现在过得多么苦啊！"

雪花肃然起敬："真是谢谢你们，辛苦了！上次不是说还在打工吗，你们可真行，怎么眨眼间挣了这么多钱呢？"

三丫："上次已经是十年前了，姐姐！我们在外打工。后来就我们几家人联合开砖厂，存了些钱，妈妈常常说幸福不忘本，所以要我们到灾区去。那么多的灾民没房住。我们只想快一点，多烧点砖，建好房屋，让所有的灾民们有房住，有衣穿、有饭吃。只是受灾的地方太多太多了，无论我们怎么努力，也很难完成我们的愿望。"

雪花："没关系，全世界的华人都在给灾区人民捐款捐物，每个省都在对口支援灾区的每一个角落。所以你就好好做，不要太累了。你现做了手术，要适当注意休息。我现给你多开一个疗程的药你带走。如果出血多了还是要马上回来看看，再上点药。"

三丫："知道了雪花姐姐。我会注意的。"

雪花飞快地在一张纸上写上自己的名字和电话号码。

雪花："给，这是我的电话，有事打电话。"

三丫高兴地说："知道了。"

张想弟也快步走到雪花面前："张医生，我的药吃完了。"

雪花高兴地："好！听说你也要到汶川去，我现在把药开给你。你记得按时吃，一定有效果的。"

4 雪花家　夜　内

雪花和小明坐在电视机前看电视。

电视上正放着抗震救灾的新闻：

唐家山堰塞湖，已挖导铲除溃绝隐患，群众正在转移，财政部紧急拨付 1 亿余元。用于灾区卫生防疫，四川灾区学校复课 23 日启动。

雪花如释重负地叹了口气："孩子们终于可以上学了。"

小明："还有好多学生到其他地方上学了。我们县也来了许多灾区学生。"

雪花："但愿不要误了孩子们的学业。"

小明："别担心，国家出台了这么多政策，全中国都在关注四川关注汶川，怎么会误了孩子。"

雪花高兴地笑笑："是啊。现在中国人民走在大街上都会挺起胸膛。从出生到现在，我从来不曾有这样的好心情。时时刻刻分分秒秒，作为一个中国人我感到无比的骄傲和自豪。"

小明："是啊，我也为自己是中国人而自豪！"

5 江源县大街上　日　外

雪花急急忙忙地走着，突然手机短信响起。雪花打开手机短信：

5 月 25 日 17:52 玲姐：刚刚又有强余震，楼上比较明显地晃动。我们正好在操场搞活动。还没有感觉，说是青川 6.4 级，是目前最强的余震。

6 江源县医院门诊妇产科　日　内

雪花坐在诊室里一个个妇产科病人站在雪花身边等着检查。

宝马乡从汶川来的马兰花也站在雪花身边。

雪花关心地问："有事吗？"

玉米花认真地说："我带我家亲戚马兰花来看病。上次我叫她找你看过。吃药后好些了。现在又有点问题想再看看。"

雪花："她住你们家吗？"

玉米花点点头："是的。我们都不在家住，村里让她们家就在我家住，村里给她们发了粮食和菜等生活物资。"

雪花关切的说："那就好。"

马兰花："张医生，再帮我看看吧！"

雪花亲切地问："现在好些了吗？"

马兰花高兴地说："好多了，血已经停了，就是下身白带有点多。"

雪花："那等会儿化验一下吧！"雪花边说一边开好了化验单交给马兰花。

马兰花接过单子："好啊！"

7 江源县医院检验科　日　内

玉米花陪着马兰花在化验室外斜靠着等待。

8 江源县医院妇产科门诊　日　内

雪花坐在诊室里。

玉米花和马兰花拿着化验单心情忧虑地坐在雪花身边。

雪花开心地说："别难过，没什么大不了的。只是一种真菌感染，开点药上几天就好了。"

马兰花高兴地问："真的吗？"

雪花信心满满地说："真的！"

马兰花开心地笑了。

雪花看着玉米花："你们队里接待了多少灾区来的灾民啊？"

玉米花："10多家人吧，我们家、王小二、小三家、地罗陀家、李金花家、李兰花家都住满了人。

雪花："你不是在县城来带孩子了吗？"

玉米花："村里通知我们都回去接待她们。所以我们回去和马兰花她们交接好后，让她们自己煮饭自己吃住就行了。"

雪花："这样啊！"

9　江源县大街上　日　外

雪花急急忙忙地走着。

突然手机短信响起，雪花打开手机几条短信跳了出来。

5月26日11：44抗震快讯：重型运输机今天晨飞唐家山堰塞湖抢险，救灾空中通道打通。中行昨日在广元受理首例受灾客户无力偿还房贷申请，青川余震汉中4人遇难。（新华社）

10　雪花家　夜　内

雪花坐在沙发上看电视。电视里仍然在放着抗震救灾的新闻。

教育部宣布增加灾区高招计划，破格录取抗震救灾表现突出考生。愿接受中职教育的灾区考生均可入校，并纳入国家助学金资助范围。

正看新闻，雪花的手机短信又响了起来。雪花打开手机短信跑了出来。

5月27日17：21抗震快讯：16时05分，四川再次发生余震，成都震感强烈。截至12时，汶川地震造成67183人遇难，361822人受伤，20790人失踪。

雪花难过地擦掉眼泪，关了电视就往外走。

11　大街上　日　外

雪花漫无目的地走着。

街上人们三五成群，有的忙忙碌碌地走着，有的很悠闲地漫步。

一小女孩正拉着母亲的衣袖哭着要买店铺的糖果。

母亲扯掉孩子的手轻声地说："女儿呢，买什么糖果啊，汶川灾区的叔叔阿姨、哥哥姐姐们饿得连米饭都没有吃的，你能在这么美丽的夜晚在大街上走一走，是多么幸福的事啊，你一定要好好珍惜今天的幸福生活！"

女孩放掉拉着妈妈的手小声地问："是在地震学校里救出好多学生和老师的那些哥哥那里吗？"

母亲："是啊。"

女孩："知道了。妈妈。我以后再也不吃零食了。"

母亲："不吃零食是为了什么呢？"

女孩："为了节约钱，捐给灾区的哥哥姐姐们上学读书、吃饭穿衣睡觉。"

母亲抱起孩子亲了亲高兴地说："女儿真乖。"

雪花远远地看着母女俩牵着手慢慢离去。

雪花在街头慢慢地走着，天空正下着小雨。

雪花心想灾区的姐妹们下雨的时候怎么办啊？灾民们都住进救灾帐篷了吗？就是住进去了，那些帐篷能挡雨降温让灾民们的伤口不感染吗？

街边小食店：一对年轻情侣在一边吃晚餐一边谈话。

女："亲爱的，啥时候去买个金戒指好快点结婚。"

男："亲爱的，现在全国人民都在抗震救灾、积极捐款，我们还有什么心思结婚啊！"

女："生命那么脆弱，就像地震一样、随时随地不知有什么事情发生。所以亲爱的，我们要好好珍惜今天的美好生活，不能因为地震就不结婚啊？"

男："那当然，谁说我们不结婚，只是现在全国人民都在忙抗震救灾。灾民们在那样地受苦，我们怎么高兴得起来？"

女："我们早点结婚，结婚后，我们一起到灾区去帮着搞建设，给灾民们多修点房屋不行吗？"

男："那当然好，如果那样的话，我们就早点结婚吧！"

女："行啊。明天我们就去照结婚照吧？"

男高兴地说："好！"男孩一边说一边给女孩夹菜。

雪花心里说不出什么滋味，只是摇摇头向前走着。突然手机短信响起，雪花打开手机短信：

2008 年 5 月 27 日 22:18 玲姐：本次地震的特点：通讯基本靠吼，寻人基本靠狗，挖掘基本靠手，交通基本靠走，钢筋基本没有。

雪花心想：说得还真是经典。这次地震，对祖国来说是一场多么巨大的灾难啊；而对中国人民来说，又是一次多么严峻的考验啊！

12　江源县医院门诊妇产科　日　内

雪花坐在诊室里。一大群病人或站或坐在等着。雪花在检查室手术室间不停地跑着忙着。

外科　唐福医生诊断室

几个病人在门外等着，几个病人在诊断室里坐着。唐福医生在不停地给病人检查，开处方。

手术室

唐福医生在给一个小孩缝合伤口。

李主任诊断室

李主任坐在诊断室里。病人在不停地进进出出。

中医科　曾刚医生诊室

张老根和一大群人在屋里坐着。

曾刚对着张老根："大哥，你现在怎么样啊？"

张老根："胃不痛了，但降血压的药一停，就感到头晕。"

曾刚医生："张老哥，胃痛的药可以不吃，但是降血压和糖尿病的药必须吃。"

张老根："好嘛！说着接过处方慢慢走向收费室。"

内科　刘明医生处

王小二同一群年龄、性别、着装各异的病人在诊断室里围坐着。刘明医生在不停地问着说着。

雪花坐在诊室里

屋里屋外都有许多人等待着。雪花仔细地给病人检查着。

马兰花站在诊室外看着雪花："医生，我现在一切都好了。还需要做什么检查吗？"

雪花笑笑："好了就好。查一下白带常规，确诊一下吧！"

检验科

马兰花在等着拿报告。

雪花诊室

雪花接过马兰花的报告，高兴地说："化验检查没查到真菌了。"

林玲医生诊断室

有病人不停地进进出出。

13 大街上 夜 外

雪花急急忙忙地走着。

大街上人来人往。

雪花在人群中飞快地走着。

突然手机短信响起，雪花边走边打开手机短信。

2008 年 5 月 29 日 23：08 玲姐：今天学校董事会召开了全校表彰大会，我作为小学部唯一一个教师代表获得最高奖：抗震救灾十大杰出人物奖。奖金 500 元，好像没做啥呢，可能就是一直待在学校守着孩子们吧。

14 成都玲姐家 夜 内

玲姐在沙发上看书。电话突然响起。

玲姐拿起电话："谁啊？是雪花呀！有事吗？过得好吗？"

一连串的问题说出后玲姐笑了："过得好啊？那就好！"

15 江源县大街上 夜 外

雪花一边漫无目的地走着一边说话："玲姐，你现在过得好吗？祝贺你获得了抗震救灾十大杰出人物奖。"

16 成都玲姐家 夜 内

穿着十分漂亮的玲姐十分高兴地说："没什么呢！就是以后的工作可能不用这么操心了。"

17 江源县大街上 夜 外

雪花拿起电话："不用操什么心啊！"

18　成都玲姐家　夜　内

"雪花啊，我给你说嘛，别看我在我们红星区小学是工会主席，可到了我现在工作的私立学校就不如过去。在这里不论你有多能干，学校随时说不要你，你就得随时打包走人。"

19　江源县大街上　夜　外

雪花好奇地问："那现在为什么又不担心了呢？"

20　成都玲姐家　夜　内

玲姐高兴地说："这次地震后，学校可能会作出一些有利于老师的重大决定。究竟是什么我还不清楚，我是昨天才听校领导说的。"

21　雪花家　夜　内

小明正在看电视。雪花慢慢地走了进来。

小明忙站起来："怎么这么晚才回家啊？"

雪花："有点事回来晚了。有什么好消息吗？"

小明兴奋地指着电视说："刚才电视新闻说，今天是六一儿童节，胡锦涛总书记下午在陕西宁强看望正在简易防震棚内学习的孩子们，向地震灾区少年儿童和全国广大少年儿童以及少儿工作者致以了问候和祝福。"

雪花："真的吗？"

小明："当然是真的。不相信等会儿再看晚间新闻。"

22　江源县医院门诊妇产科　日　内

雪花坐在诊室里。几个或风姿绰约或胖或瘦，或时尚或俗气的病人坐在雪花身边等待看病。

当最后一个十分漂亮的小妹看完病后，雪花立即脱掉工服洗手离去。

23　江源县大街上　日　外

雪花急急忙忙地走着，手机短信响了起来。雪花打开手机短信上面连着出了几条短信：

2008 年 6 月 1 日 09:09 抗震快讯：唐家山堰塞湖应急疏通工程已完工，抢险人员 12 点前撤出，将采取自然泄洪的方法分流，不再爆破，分洪时间大概在 1 日到 5 日之间。（新华社）

2008 年 6 月 1 日 9:51 玲姐：不管五一还是六一，身体健康才是唯一，希望你把每天都当成六一，祝你六一儿童节快乐。

雪花高兴地笑了笑。玲姐的风趣随时让雪花感到亲切和温暖。

24 雪花家 日 内

小明做好午餐。雪花急急忙忙地走进家门，闻到香喷喷的菜香高兴地问："皓儿回家了吗？"

小明："还没呢。"

雪花："今天可是他过的最后一个六一儿童节了。"

小明："是啊，时间过得真快啊！"

正说着长得十分帅气，瘦高个的皓儿满头汗水地跑进来："饭好了吗？"

小明："早好了，就等你回家吃饭了，啥事这么风风火火呢？"

皓儿："大家都想过一个十分有意义的节日。所以同学们决定举行谁知抗震救灾少儿英雄事迹和少儿谁最勇敢事迹演讲比赛大会。"

雪花："谁知？啥意思？"边说边将筷子递给皓儿，"来快吃饭！边吃边说。"

皓儿接过筷子大声地说："就是比比谁最关心国家大事，谁最认真看电视，谁最关心汶川大地震。搞这个活动是为了让同学们更多地了解抗震救灾的少年儿童英雄事迹，好让大家好好学习，努力做一个爱国爱家的好孩子。"

雪花："那是老师主持的吗？"

皓儿："不是，是我们几个同学自己想着办的。"

雪花："不错，很有意义！"

皓儿："当然有意义。灾区那么多少儿英雄，那么多勇敢的好学生，他们都是我们学习的榜样。"

小明："那你现在知道得有多少呢？"

皓儿："现在当然知道得很多了。"

雪花："说来听听，边说边给皓儿夹了一条小鱼。"

皓儿："映秀镇渔子溪小学二年级学生林浩，地震后他从倒塌的走廊上背出了2名昏迷的同学，而他只有9岁！9岁！他在救同学的时候自己也受了伤，你说他是不是英雄？"

小明高兴地说："是英雄，当然是英雄！"

雪花："还有呢？"

皓儿："映秀镇小学6年级年仅12岁的学生康洁，12日下午地震时，她正在6层上课，老师叫学生快跑，康洁先是钻到桌子底下，经过1秒钟的考虑后就从6层纵身跳下。随后楼房倒塌，她虽然脱离了危险，但她并没有忘记救人，她又冒着生命危险跨进随时可能倒塌的教学楼，返回废墟救出了好几个老师。她算是英雄吧！她算得上勇敢吧！"

雪花："当然算英雄。她可真是太勇敢了！"

小明："还有呢？"

皓儿："雷楚年，15岁。彭州赤峰中学初三学生。在灾害来临时，表现出非凡的冷静和勇气，短短2分钟，他两次返回教室，带领7名同学脱险。当他连抱带推把最后一个惊吓过度的女生送出教学楼时，楼梯在他前方垮塌。他算英雄吗？"

小明："算，当然算！"

皓儿："邓清清。蓉华镇中学初一女生。地震中当她被压在倒下的楼房里时，还在废墟里打着手电筒看书学习。她算勇敢吧？她算好孩子吧？"

雪花："当然算，你们所有的同学都得向她学习，好好看书，不要浪费了自己的宝贵时间。"

皓儿："龚辉，什方市洛水小学生。地震时他被压在废墟里感到实在口渴难耐时，他说实在受不了就使劲咬自己的腮帮，咬了三下，感到一股血流了出来，马上咽下。他说开始的时候还觉得痛，后来咬多了，就习惯了。你们说他勇敢不勇敢？"

雪花："当然算！当然算！"

皓儿："还有很多少儿英雄事迹呢，不想给你们说了，我走啦！"说罢放下筷子就跑了。

雪花："再吃点吧！"

皓儿边走边回头说："不吃了。"

25 雪花诊室 日 内

雪花坐在诊室里看病人。

穿着时尚的陈姣姣（小羊雀，雪花四合院老家老羊雀难产死时生下的女儿）满脸愁容地走到雪花身边难过地说："二姨，我怀孕都50天了，昨天突然出血了。怎么办啊？"

雪花立即关心地问："别着急，姣姣！今年多少岁？"

小羊雀带着哭腔："23岁。二姨怎么办啊？"

雪花关心地说："姣姣别着急，马上查血做B超看看孩子怎么样。"边说边给小羊雀开好了检验B超单。

26 B超室 日 内

小羊雀在等待检查。

27 雪花诊室 日 内

小羊雀流着眼泪伤心地说："二姨怎么办啊？我好不容易怀了这个孩子，可刚才B超医生说孩子已经没了。"

雪花难过地说："别着急啊姣姣。只要怀上了，以后怀孕就容易了。"

小羊雀大声地说："容易，容易，谈何容易！我结婚都三年了，才怀了这个孩子。现在坏了，今后怎么办啊？"

雪花亲切地说："姣姣你千万不要太着急，否则会伤了身体，影响以后怀孕就不好哟！"

小羊雀哇哇地大声哭了起来。雪花忙起身拉起小羊雀不停地拍着背摸着手安慰着鼓励着："姣姣啊姣姣，坚强点勇敢点，一切都会好起来的。"雪花不停地说着："姣姣乖，姣姣乖。不要哭了。快点去取药，好早点终止妊娠，把坏了的孩子从子宫里拿掉。要不然死胎在宫内太久会引起感染，导致以后不孕就不好了。"

突然手机短信响。雪花打开手机短信。

2008年6月3日17:39抗震快讯：住房和城乡建设部提出，各受灾市州须在8日前明确需要建设的学校和幼儿园等公共建筑的位置、面积等，保证学校等援建工作尽快开展。（新华社）

雪花放下手机感叹道："地震让多少人无家可归,让多少孩子胎死腹中啊。姣姣啊,从地震到今天,不到一个月,在我手上做掉的地震后胎死腹中的小孩子至少已经有30多个了。你就不要太难过了。再难过孩子也回不来了,面对现实吧,姣姣小妹妹!"

手术台上小羊雀在哭着咬牙坚持手术。雪花边做手术边不停地劝着。

小羊雀哭得更是不可开交。雪花摇摇头心痛地抚摸着小羊雀的头发,眼泪也快跟着掉下来。

雪花:"姣姣啊,你现在再难过也没用。你比你妈可是强多了,你妈怀你的时候从不检查,也不到医院生孩子。你现在可好,怀孕才几十天就知道要到医院检查了。"

小羊雀难过地说:"那不是应该的吗!现在都什么年代了,谁不知道孕期要检查,生孩子要到医院。"

雪花高兴地:"是啊!时代真的不一样了,我们的心血终是没有白费啊!"

28　大街上　夜　外

雪花急急忙忙地走着

身边是三三两两或忙碌或慢慢地走着的人,手机短信响起。

雪花拿起手机刚打开跳出几条短信。

6月3日21:22抗震救灾快讯:汶川三孤人员救助安置以政府主导多方参与就近为主。异地为辅为原则,孤儿长期安置,亲属优先,收养人应有与孤儿交流等能力。(新华社)

另一条:

6月4日9:10抗震快讯:胡锦涛指示继续全力搜救失事直升机,到昨晚尚未搜救到,水利部总工称唐家山堰塞湖处高危中。5日至6日四川有雨,高考期间气温适宜。

6月4日21:10抗震快讯:温家宝今天主持国务院常务会议。原则通过地震灾后恢复重建条例草案，住房学校医院优先重建并对抗震设防提出特殊要求。安置资金要公开。

　　6月5日18:18抗震快讯：胡锦涛今年主持国务院常务会议，部署汶川地震灾后恢复重建对口支援工作。按照一省帮一重灾县的原则。建立对口支援机制。

　　雪花两天没收短信，想不到已有了如此巨大的变化。但愿灾区人民能早点住进温暖的房屋，过上稳定的生活。

29　雪花家　　日　内

2008年6月6日端午节。

小明正在煮粽子。雪花在帮着洗菜。

欣乔正认真地看着。雪花悄悄地走了进去，欣乔毫无知觉地继续在网上搜寻着。

雪花拍拍欣乔肩膀小声地："吃饭了！"

欣乔忙站起来，跟着雪花到了餐厅。小明皓儿早就坐在桌边等着了。

雪花边吃饭边对欣乔说："网上有说什么时候开始公务员考试吗？"

欣乔："还没有。"

小明："现在地震还没有完全消除，救援工作仍在进行中。考试可能还要等一些时间吧。"

雪花："那是当然的，不过有空的时候还是要好好看书。时时准备着，说不定什么时候就要考试了呢！"

欣乔："知道了。边说边下桌。"

雪花："再吃点吧，难得的过节。你已经好多年没在家过端午节了。"

欣乔："我已经吃好了，妈妈，你们慢慢吃。"

雪花正收拾桌子。手机短信又响起来。雪花打开手机短信：

　　6月6日13:54玲姐：端午节三日游新线路推出：第一天，唐家山堰塞湖荡舟听雨，共赏湖光山色，晚上大坝露营，篝火晚会。第二天，都汉公路自驾。体验滑坡，听山体崩塌的轰鸣，平武青川感受余震，体会地动山摇的瞬间，九洲体育馆夜宿，和数万灾民共讨人生感悟。第三天，返回来了就不想走的不夜城成都与市民共享有家不能回住帐篷的东方浪漫。名额有限，诚邀参加。端午节快乐！

雪花不由自主地笑了，玲姐每逢过节总要打电话或短信问候。

雪花马上手机短信回信：

因诸多事务不能参加三日游，祝玲姐一路顺风。节日快乐。

30　成都玲姐家　日　内

玲姐一个人在看电视。旁边放着手机。

31　雪花家　日　内

雪花和小明坐在客厅看电视。电视上正在播放抗震救灾的消息。

经爆破专家两次爆破排险，唐家山堰塞湖泄洪再获重大进展，流量达每500万立方米/秒，超过上游入库流量，水位正不断下降，坝体安全。

镜头闪放

6月10日17时左右唐家山堰塞湖泄洪潮高程介于720米至721米之间，四川省委书记刘奇葆说，这标志着唐家山堰塞湖抢险取得决定性胜利。

镜头闪放

四川、甘肃6个区县的延期高考将于7月3日、4日、5日举行，考试科目顺序不变，对抗震救灾表现突出的考生落实保送加分政策。

欣乔大大松了口气，紧张了好久的唐家山堰塞湖终于可以放心了。

雪花："在还没有完全解除警报之前还不能睡大觉啊！"

小明："根据目前局势来看，险情基本可以排除了。"

欣乔："但愿灾区人民从此可以过上安定的日子了。"

第三十九集 "村官"

1 江源县大街上 日 外

车水马龙人来人往。

雪花在人群中急急忙忙地走着。

突然手机短信响起来。雪花打开手机短信显示：

2008 年 6 月 11 日 18:04 抗震快讯：根据水文观测和实况综合分析，唐家山堰塞湖蓄水量逐步减少，抢险指挥部决定，6 月 11 日 16 时起，解除唐家山堰塞湖黄色警报。

2 江源县书店 日 内

欣乔在看 2008 年大学生村官考题复习资料。

3 雪花家 日 内

雪花和欣乔坐在沙发上看电视。欣乔拿起一本大学生村官考试方面的书给雪花看看说："妈妈，今年公务员考试不知什么时候才能考，现在全国'村官'考试开始报名了，我和小溢都去报名考试好吗？"

雪花："那当然好！"

欣乔："叫小溢到我们县来考试好吗？"

雪花："看他自己的意见了。"

欣乔："他自己没什么意见，只要能考上，他也可以到我们县来工作。"

雪花："你们现在关系怎么样呢？上次不是说有点意见吗？"

欣乔："没什么。现在一切都好了。"

雪花："你们自己看着办吧，只要他来，我们还是十分欢迎。"

欣乔："他自己只想到大城市里搞他学的网络，我还是想他到我们这里来。"

雪花："你让他自己想好，不要到时候考上了又不来上班，也难得来考试。"

欣乔："现在外面漂什么漂嘛。通过这场地震，看中国共产党的力量是多么的强大，中国在全世界都有了不可低估的地位。作为年轻的大学生。为什么不能到边远的农村做点实事呢？"

正说着雪花的手机短信响了起来。雪花打开手机短信：

2008年6月12日17:41 玲姐：刚刚签了一个无固定期合同，也就意味着以后不再签合同了，只要不出责任事故，自己不愿离校，就可以一直工作到自己退休。

雪花："你看看你玲玲阿姨，过去在学校上班多好，现在到了私立学校。要不是遇到这场地震，玲玲阿姨十几天都不回家，住在学校拼命保护孩子们，她怎么会签到今天的无固定合同。要不然，她还是会时时为自己的饭碗操心。"

欣乔："我会好好给他说说，让他好好考虑。"

雪花："他愿意就来，不愿意就算了。革命不是请客吃饭，要自觉自愿。"

欣乔："知道了。"

4 江源县县城大街上 日 外

欣乔和小溢手牵手高高兴兴地走着。

5 江源县书店 日 外

欣乔和小溢在一本一本地找书购书。

6 雪花家 日 内

欣乔和小溢在认真地看书。

雪花在帮着欣乔看试题。

7 江源县医院门诊 日 内

外科 唐福医生诊断室

几个病人在门外等着，几个病人在诊断室里坐着，唐福医生在不停地给病人检查开处方。

中医科 曾刚医生诊断室

一大群人在屋里坐着。

曾刚医生在不停地讲着说着，时不时摸摸喉头。

内科 刘明医生诊断室

同样一群人在诊断室里围坐着。

刘明医生在不停地问着说着，偶尔捧腹皱眉。一个病人来到刘明医生身边，刘明医生给病人开好药突然倒地不起。病人吓得脸青面黑大叫着："救命啊，刘医生倒下了，快来人啊！"

一群医生护士忙扶的扶抱的抱，输液体的、输氧的全都动起来，把刘明送到了肿瘤科。

肿瘤科住院部 7 病房 7 床

刘明面色苍白呼吸微弱，无力地躺在床上闭着眼睛，鼻孔手上胸部腹部到处是管子。刘刚双眼红红地拉着刘明的手坐在病床边目不转睛地望着监护仪。

徐主任看着昏迷中的刘明，泪水在眼眶里打转。

肖东看着不停滴着的液体和氧气管。

肿瘤科主任肖涛陪同刘院长急匆匆跑来。

刘院长气喘吁吁地看着徐主任说："刘主任怎么样了？"

徐主任："看嘛，就这样！"

刘明肖东忙走到刘院长身边问好。

肖涛忙说："可能是刘老主任看病人太多太累引起的，只要注意休息很快会恢复的。目前他的胃部及食道都有些问题，要高度重视。"

刘院长点点头关心地问："徐主任，刘主任直肠癌手术做了几年了？"

徐主任难过地说："差不多八年了。上次检查胃上就有点问题了。"

刘院长亲切地说："尽量早点做手术吧！"

徐主任："老刘不想做手术。"

刘院长："那么多活一天也不能放弃啊！"说完对着刘刚，"劝你爸做手术的任务就交给你了。"

刘刚："我爸很顽固，上次检查出来后，大家都给他做思想工作，他说资源应该让给那些希望很大的人，不能在他身上浪费资源。他不想做手术。"

刘院长："那怎么是浪费，他病好了，不知要救多少人的性命，一定要让刘主任早点做手术！"内科一群护士也跑来叫着嚷着叫着："老主任，老主任一定要好起来哟！"

刘刚激动地抬眼越过一群着急吵闹着的天使说："好！过两天等爸爸病情一好转就做手术吧。"说话时刘明老主任已经睁开眼睛，见是刘院长忙想取掉氧气罩。刘刚手疾眼快一把拉开爸爸的手。

刘院长忙走到刘明面前拉着刘明的手关切说："老主任好好休息，不要激动。"

徐主任忙走到刘明身边笑笑："老刘，咱不急，慢慢来。"

刘明平静地看着一屋子人费力地点点头。

妇产科雪花诊断室。

雪花坐在诊室里给穿绿花裙子的红琼开检查单。

红琼着急地说："二姐，我已经40天没来好事了。来看看是不是有了。"

雪花好笑地问："有了生不生？"

红琼："我儿女都上大学了，不想要了。"

雪花："那最好做B超化验一下。"边说边给红琼开好了B超单化验单。

8　检验科　日　外

红琼站在门外等着拿化验结果。

9　雪花诊室　日　内

红琼笑眯眯地看着雪花高兴地："阴性，彩超检查无异常，什么意思？"

雪花笑笑："祝贺你，没怀孕的意思。"

红琼高兴："我猜也是。看我多高兴,终于可以不做人流手术了。这几天我天天都怕得不得了,生怕怀起小孩要做手术。"

雪花关心地问:"要吃点药让月经早点来吗?"

红琼:"当然。开点吧,但这是什么原因引起的呢?"

雪花:"也许是因为地震,精神上、心理上有点担心忧虑所引起的吧。吃点药调理一下就好了,不好再检查。从现在起,你不要太操心。"

红琼听话地说:"好,一切听你的。"

雪花:"最好还是吃点药吧。"边说边写好了处方,交给红琼。

又一个青年女病人走进来,医生:"我来月经都30多天了,下面还在不停地流血。怎么办呢?"

雪花:"也要检查,查查尿和血做个B超怎么样?"

青年妇女:"查什么呢?"

雪花:"看有没有流产和宫外孕子宫肌瘤之类的疾病。"

青年妇女:"那好,你安排吧,医生!"

雪花:"好!"边说边写起了一串检查单化验单交给青年妇女。

10 化验室 日 内

青年妇女在等待着拿化验结果。

11 过道里 日 外

青年妇女急急忙忙地走着。

12 雪花诊室 日 内

青年拿着化验单交给雪花。

雪花笑眯眯地看着青年妇女说:"B超和化验没什么大问题。吃点药调理一下就好。"

青年妇女:"我这是什么病啊,化验检查有什么问题吗?"

雪花:"现在检查没有宫外孕,也不是流产,可能是因为功能失调引起的功血或者子宫内膜息肉或者增生等疾病吧。要具体确诊需要做诊刮病检才行。"

青年妇女:"这个病好治吗?"

雪花："要说好治，也很好治。要说不好治，也不好治。就看你的心情了，如果你的心情好，配合医生，吃点药也许病很快就好。如果你总是紧张忧虑恐惧，不配合医生，该吃的药不吃，该治疗的疾病不治，你的病或许很久都好不了。先吃几天药，如果好了，观察下个月月经情况。如果还是不好，可能要做诊刮手术。"

13 江源县大街上   日   外

雪花急急忙忙地走着。

突然手机短信响起。雪花边走边打开手机短信：

2008年6月20日18:34抗震快讯：电监会报告，至今日12时，全国54个停电县中除青川县外，其他县基本恢复供电；民政部报告，汶川地震已造成69180人遇难。

14 雪花家   夜   内

雪花和小明在看电视。

欣乔和小溢在书房看书。

雪花悄悄走到欣乔身边。欣乔浑然不觉。

雪花："欣乔快点做点练习题练习。"

欣乔："我们已经做了好多遍了。"

雪花："结果怎么样啊？"

欣乔："还不错。"

雪花："小溢呢？"

小溢："阿姨，我也做了好多遍练习了。"

雪花："考试时间马上就到了。"

欣乔："还有好些天呢！"

雪花："时间过起来快得很，眨眼间就到了，不好好练习到时候拿什么参加考试呢？"

欣乔："妈妈，你就放心吧！"

雪花："不行。等会儿我看着你们做一次练习。"

小溢和欣乔都笑了。

小溢："阿姨知道了，我知道怎么做。"

雪花："来我先考考你们。请听好。下面是言语理解与表达题。我先念问题。你们轮流回答。

第一题：中世纪的欧洲，宗教婚姻是当时主要的、占统治地位的结婚方式。教会不仅握有婚姻家庭的立法权，而且操纵婚姻家庭的司法权。结婚必须遵守教会法上的有关规定。

最能准确复述这段话的主要意思的是：

1. 宗教婚姻流行于欧洲中世纪

2. 教会在婚姻中的作用

3. 宗教婚姻是中世纪的欧洲占统治地位的结婚方式。

4. 在中世纪的欧洲结婚必须遵守教会法的规定。

欣乔请回答"

欣乔笑笑："答案是 3。"

雪花："回答正确。第二题夏天少数人为贪图凉爽，早餐以冷饮代替豆浆和牛奶，这种做法在短时间内不会对身体产生影响，但长期如此会伤害胃气。在早晨，身体各系统器官还未走出睡眠状态，过多食用冰冷的食物，会使体内各个系统出现挛缩及血流不顺的现象。所以早饭时应首先食用热稀饭、热豆浆等热食。然后再吃蔬菜、面包、水果和点心等。

这段文字主要谈的是：

1. 夏天吃早餐的重要性

2. 夏天早餐喝冷饮的危害

3. 夏天早餐应吃什么食物

4. 夏天吃早餐的注意事项

小溢请回答"

小溢笑眯眯地说："正确答案 3。夏天早餐应吃什么食物。"

雪花："好。回答正确。等会儿你们自己先练习一套题。"

欣乔、小溢："知道了。"两人不约而同地大声回答。

雪花正待离开，手机短信响起。雪花打开手机短信：

2008 年 6 月 21 日 20:13 抗震快讯：截至 20 日 24 时。抢险救灾人员已累计解救和转移 144 万余人。已有来自国内外近 130 万人次志愿者参加汶川地震救灾。

雪花放下书本起身到了小明身边。小明正看电视。

15　刘刚家　夜　内

刘明坐在沙发看报纸,徐主任戴着老花镜斜着眼睛和刘刚在商量着,少顷,两人出来。

刘刚认真地说:"妈,爸已经同意做手术了。你看怎么办好?"

徐主任高兴地说:"那马上通知外科邱平主任,让他们早点安排手术。"

刘刚高兴地说:"好!"

16　外科手术室　日　内

刘明穿着病号服躺在床上。邱平黄文在联合给刘明做手术。

17　雪花家　夜　内

欣乔和小溢在认真地复习着习题,头也不抬地飞快地书写着。

小溢做完习题看看表高兴地笑了。

欣乔写完最后一题抬头见小溢已在对答案惊异地说:"那么快,你已经做完了。"

小溢点点头不无得意地说:"对对,早就做完了。怎么样,咱们今天看看谁得分多一些。"

欣乔:"好啊。马上对题。看看谁的分数高。"

小溢高兴地说:"OK。马上。"边说边对着答案。

18　江源县医院门诊妇产科　日　内

雪花坐在诊室里

诊室外面是几个等待看病的人。雪花在手术室检查室诊断室间不停地奔跑着。

刘明诊断室

刘明面色蜡黄地坐在诊断室里,一群病人规规矩矩地坐在刘明身边。

刘明一个个病仔细地问着说着写着。

刘刚家　日

刘明坐在客厅的沙发上看报纸。

刘刚拿着药片递给刘明小心地说："爸，吃药！"

刘明看看药笑笑一口吞下。

徐主任从厨房端着一碗汤走到刘明面前："老刘，来吧！补充点营养。"

刘明低头顺口便喝，一小碗汤，几口顺完。碗还在徐主任手上。

肖东笑着拿起碗到厨房清洗。一会儿出来拉着刘刚向书房走去。

刘明家书房

肖东拉着刘明高兴地说："老公，琦琦收到 M 国斯坦大学的入学通知书了。"

刘明兴奋地说："真的，我闺女这么能干？"

肖东高兴又忧愁地说："嗯，可是琦琦说爷爷才做了手术，家里用了那么多钱。出国更是要很多钱，她不知道怎么办好。"

刘刚生气地说："哎呀，爷爷做手术费用都报销了。"说着高兴地跑向客厅大声叫着，"爸，妈，琦琦收到录取通知书了。"

徐主任和刘明转身探头望着刘刚："什么时候的事？"

肖东开心地说："刚刚琦琦给我打电话说的。"

刘明开心地笑着："是 M 国的斯坦大学吗？"

肖东兴奋地说："是！"

徐主任和刘明异口同声地说："琦琦真能干啊！"

肖东试探地问："让她读吗？"

刘明严厉地说："说什么呢？"

徐主任肯定地说："当然。"

19　机场　日　外

刘明、肖东、徐主任、刘刚，全家在送刘琦琦去机场，乘坐到 M 国的飞机。

20　雪花家　日　内

欣乔和小溢高兴地笑着。

欣乔笑眯眯地说："小溢，看不出你看书没几天做得比我还好。小子，不错哟！好好发挥。"

小溢高兴地说："你也不错啊！"

欣乔："小溢啊，如果你真考上了，你妈妈爸爸不让你到我们江源县来怎么办啊？"

小溢笑眯眯地说："他们也许会同意的吧。"

欣乔："你走的时候给他们说好了没有呢？"

小溢："说是说好了，只是爸爸妈妈都很失望。他们都想我能在江北市工作。"

欣乔："那你自己决定吧。"

小溢："哎呀，不说了，我早已决定了。要不然，我也就不来了。"

欣乔："哟，那我还得代表江源县人民感谢你了，感谢你这个来自大城市的小伙子支援我们江源县人民的社会主义建设！"边说边摸摸小溢的头发。

小溢"呵呵"地笑起来："那样的话，我更得好好学习，不负江源县人民的希望了。"

欣乔："那当然好。那让我们都一起努力吧！"两人越说越高兴。

雪花从门外走进来："干什么呢，这么高兴。"

欣乔高兴的："妈妈，小溢刚才考试得了 76 分。"

雪花："这么能干啊？"

欣乔："真有这么能干呢！妈妈，小溢真的不错呢！"

雪花："那就好，你们俩都得好好加油，下个月就要考试了。"正说着手机短信响起。

雪花打手机短信跳出两条消息：

2008 年 6 月 24 日 14:25 抗震快讯中央今年预先安排 700 亿元建立灾后重建基金，明后年继续做相应安排，其中 400 亿元专项补助地震房屋倒塌农户重建住房。

2008 年 6 月 24 日 20:52 抗震救灾快讯：抗震救灾斗争取得了重大阶段性胜利，地震遇难总人数估计将超过 8 万。准备用三年左右初步完成重建。

21　江源县医院门诊妇产科　日　内

雪花坐在诊室里，几个病人坐在雪花身边。

雪花带着一个中年妇女到了检查室。

22　检查室　日　内

三丫躺在检查台上。

雪花："有什么不舒服的吗？三丫！"

三丫："上次你帮我做了宫颈利普刀手术，现在下面还是有很多脏东西流出来。"

雪花："那是正常的，现在我马上给你上点药。你这次回来待多久？"

三丫："就看伤口恢复得如何了。"

雪花："伤口长得还不错，如果能多上几次药就好了。"

三丫："那我休息一周怎么样？"

雪花："那样当然好，你们在汶川那边的砖厂办得怎么样了？"

三丫："还可以，就是余震太多了。难料什么时候便'轰轰'地又响起来，刚砌好的砖墙又轰地倒下。"

雪花："那你们在那边可要格外小心，多多保重！"

三丫："没关系，我们在那边都快一个月了，差不多习惯了。你们在家也一样要多保重。"

雪花："当然。"说话时已给三丫上好药："可以起来了。"

三丫翻身起来："雪花姐姐，我下次什么时候再来呢？"

雪花："过一天再来吧。"

三丫："那就后天再见吧，雪花姐姐。"

雪花点点头拍拍三丫的肩膀，对着三丫挥挥手。

23　雪花家　夜　内

欣乔和小溢在认真看书。

雪花在一旁仔细看他们做的习题。

雪花："今天做了几遍啊？"正说着手机短信响了起来。

欣乔："妈妈，谁的短信啊？"

雪花打开手机短信说："抗震救灾的消息。"

2008 年 6 月 25 日 12：07 抗震救灾快讯：成都即将新建的 367 所学校抗震

烈度设计比普通民房提高 1—2 度，使之能够在关键时刻充当避难所。成都普通民房抗震烈度为 7 度。

2008 年 6 月 25 日 20:52 抗震救灾快讯：国办要求 7 月底前，灾区县乡和受灾群众安置点普遍恢复建立医疗卫生服务体系，9 月底前全面完成灾区县乡临时医疗卫生机构的建设。

24 江源县医院妇产科雪花诊断室 日 内

雪花在给病人看病。

病人："医生，给我好好看看吧！过几天我们可能要走了。"

雪花："到哪里去啊？"

病人："回家啊。"

雪花："你家在哪里？"

病人："家在都江堰。"

雪花："谁在那里？"

病人："我的家人都在那里。"

雪花："地震时你们家怎么样了？"

病人："家早就没了，房屋已经倒了。万幸的是地震时我们一家人都不在家，所以家里人全都安然健在。地震后我们全家都到江源县的亲戚家来了，现在媳妇也同意再次回到都江堰，所以我们还是想回去了。"

雪花："那就好，只要人在，什么都好办。在哪里都一样，全世界人民都在关注着你们，关注着你的家乡。你就放心吧。"正说着手机短信响起雪花打开手机短信：

2008 年 6 月 26 日 11:14 抗震快讯：国办，明后两年灾区困难群众基本医保将由医疗救助资金解决，今年可在重灾县乡实行过渡性医疗照顾措施，免费提供基本医疗服务。

25 雪花家 日 内

欣乔和小溢在笑眯眯地击掌。

雪花进来看到后着急地问："马上就要考试了，怎么还在玩呢？"

欣乔和小溢委屈地说："我们已经看了两个小时的书了。"

雪花走进来："两个小时怎么够？把书拿来。"边说边拿起书给欣乔和小溢，让他俩认真地读。

欣乔笑眯眯地抢过书本："妈妈，知道了。要考试了，我们会好好考试的。放心吧，妈妈！"

26 广安市大街上   日 外

欣乔和小溢高高兴兴地走着。

欣乔："终于考试完了。"

小溢："明天我就回江北市了，你也到江北去玩两天吧？"

欣乔："好啊！"

27 江北市小溢家   日 内

小溢在书房上网。欣乔在帮着阿姨做饭。欣乔正忙着，手机响起。

欣乔拿起电话高兴地说："真的吗，什么时候？明天啊，好知道了。"说完大声地叫着，"小溢，快过来告诉你一个好消息。"

小溢从书房里跑出来笑眯眯地："什么好消息啊？"

欣乔高兴地抱着小溢跳了起来："我们俩都考上了，刚才人事局通知我们明天回去体检。"

小溢妈妈高兴地拿出自己亲自做的红葡萄酒给倒了一大杯，又冲进厨房里叫道："阿亮快过来，孩子们考上'村官'了，来为他们祝贺一下！"

"好呢！"阿亮高兴地从厨房里边走边说着，又端了一盆汤过来。

一家人高高兴兴地边说边喝边吃着。

28 红星乡乡政府   日 内

欣乔在办公室坐着看文件。

29 白里乡村官办公室   日 内

小溢坐在办公室里。

60多岁的李大伯急急忙忙地走进去。

小溢忙倒了一杯开水，双手递给李大伯说："请问怎么称呼？"

李大伯接过水杯兴冲冲地说："我姓李。"

小溢忙说："那我叫你李大伯，请问到乡上来有什么事吗？"

李大伯不停地说着。小溢认真地听着记录着。

时钟指到 12 点的时候，小溢从包里拿出几元钱给李大伯："大伯，去吃碗面吧！"

李大伯高兴地拿着几元钱走了。

30　红星乡梅花村　日　外

欣乔和一群大学生"村官"在挖地。地里已长了很多杂草。

欣乔和十几个女大学生"村官"在拿着火柴点燃草地上的草，他们知道草木灰是农家常用的速效率钾肥。

31　白花乡村官办公室　日　内

小溢和几个"村官"在和几个农民谈话。

32　红星乡梅花村　日　外

欣乔和一群女大学生"村官"在将燃烧的灰烬撒在翻挖好的土地里。

十几个女大学生"村官"穿着各式各样漂亮的衣服在泥巴地里或站或弯曲着腰，在栽辣椒苗。

栽完一篮子辣椒苗的欣乔在给"村官"们拍照。

33　白花乡村官办公室　日　内

小溢坐在办公室里。李大伯又兴冲冲地走了进来。小溢又给李大伯泡了一杯茶。小溢坐下后，李大伯喝着茶又不停说这说那。

当时钟走到 12 点的时候。

小溢又拿出几元钱给李大伯说："李大伯，去吃碗面吧！"

李大伯拿了钱便走了。

第四十集　邱平被打

1　红星乡梅花村　日　外

欣乔和十几个女大学生"村官"在辣椒地里扯除杂草。

地里的辣椒绿茵茵的一大片，好些辣椒苗上已长出了细细长长的小辣椒。

2　江源县医院门诊妇产科　日　内

雪花坐在诊室里。

屋里屋外都有好些病人等着看病。

十分漂亮年纪约 16 岁的女孩抱着一个约半岁的孩子坐在雪花身边大声地说："医生，我要看病。"

雪花轻声："哪里不舒服？叫什么名字？"

女孩子："我叫张小妹。我奶胀得很。"

雪花："你今年多大了？"

张小妹："16 岁。"

雪花惊异地："16 岁，奶很胀？"

张小妹："就是。真的奶很胀。"

雪花看看张小妹怀里的孩子不相信："这孩子是你生的？"

张小妹："当然是我生的。"

雪花："孩子多大了？"

张小妹："6 个多月。这两天不知怎么回事，奶水就是不出来，孩子饿得直哭。"

雪花："过来我帮你看。"雪花边说边将张小妹拉到水管处，叫张小妹把衣服解开把乳房露出。

张小妹听话地掀开衣服露出了被乳汁胀得快炸开的两个硕大丰盈乳房。

雪花将手放在乳房近乳头根部的乳晕处用大拇指和食指两指向下扩开再向内用力一挤，几股乳汁便如喷泉一样喷了出来。

雪花转头对张小妹说："就这样做知道怎么挤奶了吗？"

张小妹点点头："知道了。"

雪花："那好，来，你自己做一次给我看看。"

张小妹也如雪花一样将拇指和食指两指放在乳房两侧用力挤压，却怎么也挤不出乳汁来。

雪花笑笑说："来，看好，向下向外再向内挤压，要神似而不是形似，否则是挤不出奶水的。"

雪花边说边挤，很快乳汁又如喷泉般涌出。

张小妹笑笑也跟着如雪花一样轻轻一挤，乳汁也如喷泉涌出。张小妹笑了。

雪花也笑了："对了，就这样。回去自己慢慢挤。每次奶没喂完的都挤掉。喂奶后挤两滴奶涂抹在乳头上，防止乳头皲裂。"

张小妹高兴地："知道了。"

雪花："张小妹，你妈妈哪儿去了，怎么不帮你看孩子？"

张小妹："我妈妈根本没在家，她和我老爸打麻将去了。"

3 雪花家　日　内

雪花和小明在厨房做饭。雪花在洗菜，小明在切肉。锅里热气腾腾的。

欣乔提着辣椒走了进来边走边说："妈妈，看看我们种的辣椒可以吃了。"

雪花："怎么拿回来了？"

欣乔："这是分给我们村官的。我拿了些回来，给你们尝尝。"

小明："快点拿来给我们看看。"

欣乔忙笑着："叔叔，你看怎么样？"边说边将辣椒拿给小明。

小明看看辣椒："不错！又大又长又壮。"

欣乔笑眯眯地道："这可是我们十几个'村官'付出了很多心血才种出来的。"

雪花："现在辣椒卖出去了吗？"

欣乔："差不多快卖完了。"

小明："那么能干？"

欣乔笑眯眯地说："当然。"

雪花："现在工作怎么样？"

欣乔："还可以。"

雪花："小溢呢？"

欣乔："妈妈，小溢考上警察了。"

雪花："真的，通过了？"

欣乔高兴地说："通过了。"

雪花高兴地说："真是太好了。"

小明："想不到小溢还这么能干。"

欣乔高兴地说："当然有这么能干。"

4　江源县大街上　日　外

欣乔和小溢拉着手在行人中慢慢地走着。

5　城南派出所　日　内

小溢穿着警服在认真地看着文件。

6　雪花家　日　内

小明雪花坐在客厅的沙发上。

欣乔认真地说："妈妈，叔叔，我要结婚了。"

小明："这么快！"

欣乔："哪里快哟，我们谈恋爱都六年了。"

雪花："小溢他爸爸妈妈怎么说？"

欣乔："我先给你们说了再给他们说。"

雪花："你们自己定吧。"

7　江北市小溢家　日　内

小溢和小溢妈妈及阿亮坐在沙发上。

小溢拿起一个苹果递给他妈妈后笑眯眯地说："妈妈，我和欣乔要结婚了。"

阿亮忙起身站起："这么快！"

小溢："哪儿有啊。都这么久了，我也工作两年了。"

阿亮转身向欣乔："你爸爸妈妈什么意见呢？"

欣乔："没意见。他们说让我们自己决定。"

阿亮："那好吧，我们也听你们自己的。"

欣乔："那就定在今年哟？"

阿亮："行。就这么定了。"

8　江源镇民政办　日　内

小溢和欣乔在办理结婚登记。

9　雪花家　日　内

欣乔坐在电脑室上网。网上有招考四川省公务员的通知。欣乔在报名。

雪花："又报名啊？"

欣乔："妈妈，上次考试只差那么一厘就上了，我真有点想不通。"

雪花："没关系，这次一定要努力学习。好好考试就行了。"

欣乔："知道了，妈妈。"

10　江源县　县城商铺　日　内

雪花笑嘻嘻地和欣乔在选购四件套床上用品。

11　刘刚家　日　内

刘明坐在客厅看书。

徐主任戴着老花眼镜看报纸。

肖东在厨房炒菜，刘刚在帮着洗菜。

餐桌上刘明吃得很少，徐主任不停地递加着给刘明加菜。

刘明筷子一丢："不吃了。叫你别弄那么多菜。"

徐主任委屈地说："还不是看你一天看那么多病人，怕累倒了营养跟不上，你遭不住。"

刘明硬气地说："营养哪会跟不上，看看现在多少人三高哟。看嘛，桌上的菜随便吃两样都行了。放心吧，我能照顾好自己。"

徐主任："那你喝点汤吧。"

刘明笑笑："这个可以。"说着大大喝了几口肖东端来的鱼汤。

刘刚奇怪地："怎么又不见了肖东？"

刘刚收起埋怨声："肖东快来给孩子收拾。"

12　江源县医院妇产科门诊汤宁诊断室　日　内

汤宁坐在诊室里。

一大群病人坐在诊室里等着看病。汤宁在检查室和诊断室之间不停地来回走着。

13　雪花诊室　日　内

雪花坐在办公桌前。

小羊雀坐在雪花对面认真地说："二姨，我准备半年后怀孕，请问现在应注意些什么呢？"

雪花："先做一些必要的身体检查，看看妇科有无炎症肿瘤及生殖系统疾病。现在开始不要吃避孕药，不要接触猫狗等宠物，禁烟酒，少接触放射性物质，尽量少用电脑，做好充分的心理准备。怀孕前所谓的心理准备就是对夫妻双方而言彼此之间的关心与体谅。对于女性而言，怀孕是一件有风险的事情，不少女性对怀孕产生过度的紧张感，分娩的痛苦、怀孕期间的种种不便和艰辛，各种可能发生的疾病等问题都会给女性带来心理压力。怀孕后女性体型的变化，产后体型也难以恢复正常，这些都会引起女性很大的心理变化。所以，在心理上对怀孕本身和孕期的各种变化都必须做好充分的准备。

"其次，要做好充分的营养准备。打造高质量的卵子纠正营养失衡，实现标准体重。尽量避开杂乱的工作环境，少使用化妆品，少接触油漆、装修材料，因为这些物质里含有苯、甲醛、铅等有害成分，这些都是影响伤害卵子的因素，可引起基因突变。而噪音对女性而言也是需要注意的，噪音过大则会导致流产和胎儿畸形。而工作环境和压力也要注意，一定要有意识地避开过于劳累杂乱的环境。为了优生，准妈妈最好能做到计划妊娠。也就是说先打造高质量的精子和卵子，再计划怀孕，以保证孕育一个健康聪明的宝宝。"

小羊雀和在场的病人都惊叹。怀孕前还要注意这么多啊。

一个约40多岁的女人说："想当年我们怀孩子那会儿，都不知道怀孕要到医院检查，生孩子也是在家里等孩子下地后再请接生婆来把脐带咬断就是。现在可好，还没有怀孩子，就知道先到医院来请教医生，时代真的不一样了，现在的年轻人花样还真多啊！"

小羊雀："不是花样多，是对孩子负责任，对国家负责任。随随便便想生就生，不计划、不准备，要是孩子有个什么问题，那怎么办呢？那样对家人对国家对社会都是一种负担，要是生一个智障儿出来，不是给国家丢脸，给中国扶黑吗？那样不是让中国人的智慧下降吗？当然也是对自己负责。千万不要像我母亲一样，怀孕不检查，生孩子不到医院，生得自己命都没了。"

雪花高兴又难过地说："是啊！你说得可真好。想当年你母亲因为在家生你的时候大出血命都丢掉了。你们现在有这种觉悟，那可真是国之大幸啊。"

小羊雀："如果这点觉悟和水平都没有，还是21世纪的青年吗？"

一个50多岁的妇女大声地说："水平，什么叫水平，我们那阵子自己在家里生孩子，自己接生，那才叫水平。"

在场的人都轰地大笑起来。

30多岁的女人大声说："现在母猪下小猪都有猪医生接生，哪儿有生孩子自己接生的哟？"

在场的人都嘻嘻哈哈地笑着。

雪花对小羊雀笑着说："记住在怀孕前三个月到乡医院去拿叶酸吃。国家免费发放。"

小羊雀高兴地笑笑："谢谢，我记住了。到时候一定会来做孕期检查。"

雪花："好啊，随时欢迎！"

14 江源县医院门诊 日 内

内科 刘刚医生诊断室

刘刚医生坐在诊断室。屋里屋外都坐着病人，门外排着长队等着。刘刚医生在不停地说着讲着。

大腹便便的张老根弯腰捧腹满脸痛苦地坐在刘刚医生面前。

刘刚笑笑："张大伯，想当年你面黄肌瘦还水肿，吃观音米解不出大便在红星区医院来看病取药通便。今天你心宽体胖却得三高，胆囊一切除，吃点肉就老是拉肚子。你老是不是该节约点了哟！"

张老根痛苦地说："刘医生，你就别笑话我了。谁让共产党政策好，家家户户天天吃鸡鸭鱼肉呢？一个桌子上看到大家都吃，嘴里馋得慌手儿不争气就想打连枷。你看，这不又来麻烦你了。也怪，吃了你开的药，马上就好，所以啊，哪怕天天拉肚子还是想着胡吃海喝的。"

刘刚笑笑："大伯啊，虽然吃了我开的药，马上就会好，但是你现在血压、血糖、血脂样样都高，还是注意进食。大鱼大肉太肥的东西尽量少吃，多吃点粗茶淡饭和青菜。还得多运动一下，减减肥。"

张老根无奈地说："当年没吃的饿得走不动路，现在是吃好了胖得走不动路。哎，这叫什么事啊！"

刘刚又笑："大叔哎，每天还是多运动一下吧！"

张老根："刘医生呢，不是我说你，就是再运动，胖了就是胖了，我老婆李金花天天跑，天天晚上到江边跳舞，还不是胖得走不动路，还是三高。"

雪花诊断室

雪花坐在诊室里。

胖得有些变形的李金花和一大群病人或站或坐着等着。雪花在检查室手术室间不停地跑着忙着。

检查台边李金花在雪花的帮扶下艰难地躺上检查台，一上检查台，检查台便不停晃动，雪花忙快快扶着检查台以防检查台被金花过于肥胖的身体压塌。

雪花难过地说："金花阿姨，几年不见，你身体变得这么繁荣富强了哟！看嘛，想当年第一次见你瘦得皮包骨头，脸白得像张纸，风都吹得倒。现在可好，我稍不注意，你可以把我压倒了。"

李金花笑笑："谁让现在政策好，家家户户天天牛羊鸡鱼肉肉吃不完，更别说水果米饭面条随便嗨。"

雪花关心地问："阿姨，哪儿不舒服？"

李金花难过地说："走路的时候，下身擦着痛，白带也多。"

雪花细看："双腿内侧红肿，白带增多，阴道充血水肿。"雪花难过地说："要用点药呵！"

李金花："妹妹，我是啥病啊？"

雪花笑笑："富贵病。"说完开玩笑地说："阿姨，你这是吃得太好了，肉和脂肪都长多了点，行走时双腿距离太近太紧不透风、不透气擦伤引起的。"

李金花着急地说："那怎么办，没法治了吗？"

雪花："怎么可能？吃点药上点药洗洗就好啦。最好穿宽松的裙子、纯棉的内裤，那样会好一些。还有内裤最好软软的长长的，不要让两条腿肌肉直接接触。当然能够减肥，就更好啦！"

外科　唐福医生诊断室

几个病人在门外等着，几个病人在诊断室里坐着。

唐福医生在不停地给病人检查开处方。

王小二和王简带着王简的老公刘眩快快冲进诊室。

刘眩左手外伤出血大声吼着："医生，医生，快来给我看病。"

唐福医生忙把刘眩叫进来，一看伤口，叫他快到隔壁手术室准备缝合伤口。

刘眩呼地跑进手术室。

唐福医生将手中处方交给排队等了很久的病人。快步跑到手术室。

手术室

唐福医生在认真地给刘眩缝合伤口。王小二和王简在门外探望着。刘眩手术顺利完成后，唐福医生打好交费条叫给刘眩去交费取药。

刘眩右拳一挥打在唐福医生胸口骂道："老不死的，手术这么慢，还要收钱？看你还敢不敢收钱！"

李主任忙拉开刘眩："小伙子别冲动，手术交费天经地义。冷静一下吧！"说着拉过椅子按着刘眩坐下。

王小二和王简见状不好意思地拿着交费条交费后，拉着刘眩离开。

内科　刘明医生处

同样一群人在诊断室里围坐着。刘明面色枯黄仍然在不停地问着说着。偶尔用手按按小腹部。一会儿又跑向厕所。

15　江源县大街上　夜　外

雪花在匆匆忙忙地走着。

阿华迎面走到雪花面前拦着雪花高兴地："老同学，告诉你一个好消息。吃了你开的药，我女儿很快就怀孕了，马上就要生了！"

雪花也高兴地说："那么快就怀上了。"

阿华真诚地说："嗯，谢谢哟！哪天请你吃饭。"

雪花笑笑："不用，不用！举手之劳！"

16　雪花家　日　内

欣乔在看书。小明在厨房做饭。

雪花坐在欣乔身边。欣乔翻着一本本厚厚的书。小溢在一旁的电脑前不停地玩着游戏。

17　江源县大街上　日　外

欣乔和小溢手牵手笑眯眯地在大街上走着。

18　江源县医院外科　日　内

小帆在给病人输液。邱平等几个医生在查房。一个约 2 岁的小女孩在过道里玩着纸飞机。

一个 60 岁的老太爷出院了，家里人提着大包小包的东西从过道走过。老爷爷拉着正从病房出来的邱平的手大声地说："谢谢了，医生，谢谢！"

小女孩看到邱平忙跑上去叫着："外公外公，妈妈叫我来请你中午到我们家吃饭。"

邱平高兴地说："好，好！灿灿，快到一边去玩。"又转身对老太爷说："不用谢，回家后好好休息，注意不要太劳累了，防止伤口裂开。"

老太爷："知道了。谢谢你，医生！"

邱平："不用谢。请慢走！"小女孩看见老爷爷离开后笑眯眯地拉着邱平的衣服说："外公外公，我长大了也要当医生。"

邱平笑笑说："好。灿灿乖，快到你妈妈那去吧。"

19　江源县医院急诊　夜　内

小帆在给一个病人输液。邱平在治疗室给病人换药。

几个满脸通红的中年男人扶着一个醉意浓浓的中年男子歪歪倒倒地走到急诊室门外大声吼着："医生医生，快来看病！"护士忙从治疗室跑出来双手扶着中年男人。醉汉见是护士，没有医生，便大声地叫着："医生，医生，快点给老子出来，老子要看病！"

"来了，来了。"治疗室里正换药的邱平边答应边给病人贴好胶布跑出来。

醉意浓浓的中年男人挥手便是一拳头打在邱平的脸上。邱平还没回过神来，一阵拳头又雨点般地落在邱平身上头上。

护士忙伸手阻止。中年男人拉开护士，又向邱平挥动着拳头。邱平不知自己错在哪里。

邱平看着中年男人："你哪里不舒服？"

中年男人："我全身都不舒服，只觉天旋地转。"

邱平忍住痛说："你喝了多少酒呢？"

中年男人："老子喝了多少酒，你管得着吗？快点给老子开药！"

邱平："你过去患过什么病没有？"

中年男人："你想老子过去有病吗？叫你快点给老子开药你不快点开药，还在这里说老子过去有病。看老子不收拾你！"话未说完拳头先挥了出去。邱平忙躲闪开，又被中年男人拉了衣服使劲痛打。邱平想跑又被中年男人拉了过去。

邱平被打得痛彻心扉，又不能还手打病人，只好拼命向外跑。

在急诊室外的大坝里，邱平又被拼命奔来的中年男人拉着衣服按在地上挥拳猛打。几个随行来的有些醉意的中年男人，也跟着将邱平按在地上厮打。小帆忙打电话叫保安。

两个保安跑来，怎么拉都拉不开几个醉意浓浓的大汉。不得已，保安打通了110。

20 江源县医院急诊室外的大坝里 日 外

110拉起警报飞快地奔驰而至。一群巡警冲进来医院，拉开醉意浓浓的中年男人。

邱平被110巡警救出来。

几个醉意浓浓的中年男人仍不知自己干了什么。

邱平脸上身上全是伤口。头上有鲜血流出。

21 治疗室里 日 内

一个男医生在给邱平包扎伤口。

22　邱平家　日　内

邱平躺在床上，头上包着纱布。脸上到处是伤。

孔灿红着眼睛拉着邱平的手说："外公，痛不痛啊？"邱平难过地摇着头。

孔灿："外公，我长大后不当医生了，当医生要遭打。我要当护士，当护士不得遭打。"

邱平无可奈何地笑笑。

23　江源县大街上　日　外

雪花急急忙忙地走着。

张九妹远远地走过来拉着雪花一脸愁容地悄悄在雪花耳边小声地说："我下身总是痒得很。"

雪花轻松地问："停经多久了？"

张九妹皱眉想想："快两年了。"

雪花："空了来医院检查一下吧！"

24　江源县医院妇产科雪花诊室　日　内

雪花坐在诊室里。

张九妹和一大群病人或站或坐在等着。雪花在检查室手术室间不停地跑着忙着。

检查台上，张九妹躺着，雪花在认真给张九妹检查。

药房

张九妹在取药。

中医科曾医生诊室

一大群病人在屋里坐着。曾刚医生在不停地讲着说着。不一会儿，摸摸咽喉喝口水。

内科　刘明医生处

一群人在诊断室里围坐着。刘医生脸色苍白弯腰捧腹在不停地问着说着。

25　雪花家　日　内

雪花和小明在包喜糖，桌上堆放着一包包喜糖。家里到处喜气洋洋。

26 考场里 日 内

欣乔在紧张地考试着。

27 公路上 日 外

欣乔坐在小车里脸上是满满的喜气。

28 雪花家 日 内

欣乔在电脑超市里选婚纱。

29 大街上 日 外

一辆小车在飞快地奔跑着。小车开到雪花家院外停下。一个小伙子抱着东西到雪花家门前。

30 雪花家 日 内

欣乔接过小伙子送来的大包。写了几个字后便打开大包仔细检查包里的衣服。

欣乔一身洁白漂亮的婚纱出现在大家面前。欣乔穿上婚纱高兴地转了一个圈。

31 酒店里 日 内

欣乔穿着婚纱和满脸高兴的小溢站在酒店门前等着前来庆婚的客人。

32 雪花家 日 内

雪花拿着书本一边读一边问着欣乔。小溢站在一边笑眯眯地听着欣乔回答。

雪花认真地说："欣乔记住了，一定要认真地想，认真地记，记住什么是公务员和公务员的责任。要知道公务员就是为公众服务的人员，是人民的公仆，要知道从今以后，自己的一生都是为全中国人民服务的人。心里要时时处处想着人民，脑里要时时处处装着人民，嘴里要时时处处挂着人民，眼里要时时处处关注着人民，手上要时时处处都在为着人民。只有把人民利益放在第一位的人，才有资格当上公务员，才能不辜负人民对公务员的期望。"

欣乔："记住了。妈妈。我知道公务员是干什么的了，谢谢你。我一定会考上的。"

雪花："记住了，那就好。以后的工作中也要牢牢记住妈妈的话。好好工作。"

33　雪花诊断室　日　内

雪花在给张九妹检查。

雪花轻轻地问："姐姐，现在感觉怎么样啊？"

张九妹高兴地问："妹妹呢，用了你开的药，现在好多了，检查怎么样啊？"

雪花轻松地说："好多了，再上几天药就好啦！"

34　雪花家　夜　内

雪花坐在沙发上看电视。

欣乔高高兴兴地走到雪花身边大声地说："妈妈，告诉你一个好消息，我公务员考试笔试过关了。"

雪花高兴地说："真的，太好了。这次可一定要好好复习，争取面试一举过关。"

欣乔："那是当然哟。"

雪花："你说的我还不相信，我要亲自看到你看书，复习。"

欣乔："知道了，妈妈，你就放心吧。"

第四十一集　玉米花谈优生

1　雪花家　日　内

欣乔在认真看书。雪花小溢在一旁翻看着公务员面试考试书本。小明在厨房炒菜。

雪花："欣乔啊，面试定在什么时候啊？"

欣乔高兴地说："明天上午。"

雪花小心地说："这次一定要小心认真仔细哟。"

欣乔笑笑："记住了！"

2　公路上　日　外

小明开着小车。欣乔小溢坐在后排。雪花坐在小明身边。

雪花关心地问："欣乔怎么样，面试有把握了吗？"

欣乔："还可以。"

雪花："时事政治掌握得如何呢？"

欣乔："还可以吧。"

雪花："不能说还可以，要非常可以才行，叫小明叔叔给你讲讲近两年国际国内的大事吧。"

欣乔："好啊。叔叔，你就讲讲吧。"

小明高兴地："好啊，近两年最重大的新闻国内的有十条，第一是'5·12'汶川大地震。"

窗外有风吹来，雪花忙关上车窗。汽车在高高低低的公路上奔跑着。公路边有农夫走着。

小车里，小明一边开车一边不停地讲着。

小溢：“叔叔，你怎么知道得这么多啊？”

雪花：“叔叔非常关心国家大事。他一天不上班只在家做饭，每天都定时收看中央台的新闻联播，也看地方台的新闻，还看世界各地的奇闻趣事，在车上开车时还时时开着收音机听新闻。所以啊国内国际的大事小事叔叔都知道得清清楚楚。什么时候、什么地点、什么会议、什么人、什么表情，都清楚地记得。”

欣乔：“早知道叔叔这么厉害，我可以不看书不看报，一样知道很多国家大事了。”

雪花：“那怎么行呢？考试来不得半点虚的，自己要想做一个对人民对国家有用的人，就一定要时时处处关心国家大事，时时关注人民生活。”

欣乔：“知道了，妈妈，我开玩笑的呢！心里要时时处处想着人民，脑里要时时处处装着人民，嘴里要时时处处挂着人民，眼里要时时处处关注着人民，手上要时时处处为着人民。只有这样，只有在任何时候、任何地方、任何情况下都把人民利益放在第一位的人，才有资格当上公务员，才不会辜负人民对公务员的期望。”欣乔笑眯眯地重复着雪花时时挂在嘴边的话。

雪花：“好！说得好。记住，欣乔，不但考试的时候记着妈妈的话，在以后的实际工作中更要记住妈妈的话。”

欣乔高兴地：“记住了，妈妈！”

公路上，小明开着小车飞快地奔跑着。

雪花看着欣乔：“面试怎么样？”

欣乔：“考官说考得很好。”

3　雪花家　日　内

小明在厨房炒菜。雪花在边洗菜边唱歌。

欣乔从门外跑进来，鞋子没换就跑进厨房高兴地叫着：“妈妈，妈妈！叔叔！我考上公务员了。面试在我们组是第一名。”

雪花：“真的，祝贺！接到通知了吗？”

欣乔：“网上已经公布了。”

雪花："考上了，那就太好了。从今以后，你要好好工作，要时时记住妈妈的话。"

欣乔："那是当然。"

小明："祝贺你哟。今后可要和我一样好好看新闻，多多关心国家大事。"

欣乔："那是肯定的。"

4 大街上 日 外

欣乔小溢和雪花高高兴兴地走着。

5 江源县医院 日 内

雪花坐在诊室里看病人。一个 12 岁的小女孩和一个 70 岁的老太婆坐在雪花身边。

小女孩面色苍白。老太婆抽着纸烟，手里提着一个塑料袋，袋里装着一团血淋淋的东西。

老太婆不停地说着："医生，我活 70 多岁还没见过行大经流出这么大块东西的人。"边说边将袋子放在雪花脚边。雪花忙起身叫老太婆将袋子提到诊室门外的水泥地板上，雪花仔细地翻看着老太婆所说的行大经掉出来的东西。雪花越看心越慌，那哪里是行什么大经，明明是一个奇形怪状的胎儿。

雪花忙将小姑娘叫到一边问病情，又嘱老太婆去交检查费。

老太婆交费的时间里，雪花拉着小女孩到了检查室。

6 检查室里 日 内

小女孩躺在检查台上。阴道口有轻度裂伤，阴道里有鲜血在不停地流着。

雪花："叫什么名字？多少岁？你月经几个月没来？"

小女孩："我叫罗莉，12 岁。5 个多月没来月经了。"

雪花："你和男人一起睡过觉没有？"

罗莉："没有。"

雪花："那有谁光着身子和你一起睡过觉？"

罗莉想了想："只有两次星期六和我哥哥一起在床上脱光衣服睡过。"

雪花："那你爸爸妈妈呢？"

罗莉："爸爸妈妈不在家。"

雪花："他们在哪里？"

罗莉："爸爸妈妈从来都不在家，妈妈生下我就和爸爸一起到广东打工挣钱去了，家里只有婆婆爷爷。"

雪花："你哥哥多大了？"

罗莉："17 岁。他有病，天天都在家里躺着。"

雪花："啥病呢？"

罗莉："不清楚。就是不干活。说话不清楚。说什么话他都听不懂，天天只知道睡觉和玩。"

雪花："流血前，你小肚子痛不痛呢？"

罗莉："很痛，一阵接一阵地痛。之后就流了这么个东西出来。"

雪花难过道："罗莉，你知道吗？你这是流产了，你婆婆提来的东西是一个畸形的胎儿。因为你和你哥哥是亲兄妹，所以生出来的胎儿是畸形，你婆婆认不出来。你还小，记住结婚以前，任何时候任何情况下都不能和男人发生性关系，更不能和你哥哥发生性关系。"

罗莉茫然地连连点头："知道了，阿姨！"

7　手术室里　日　内

罗莉躺在手术台上。雪花在给小女孩做清宫手术。

8　手术室外日　外

老太婆坐在门边一个劲地抽烟，烟雾很大。老太婆眼里有泪水流出。

9　医院门前　日　外

雪花看着准备回家的罗莉和老太婆说："婆婆，罗莉她哥哥是啥病啊？"

老太婆："听我儿说是智障。不知道那是什么病。就是不做事，听不懂人话。"

雪花："你以后要多看着点，不要让罗莉和她哥哥单独在一起。"

老太婆狠狠地说："怎么可能？我要做活路，他天天死在床上不做事，我怎么管得了他。"

雪花："那看你怎么办嘛，千万不要有下次了。"

医院门外，罗莉和老太婆垂着脑袋高一脚低一脚有气无力蔫嗒嗒地走着。

10   城南派出所   日   内

小溢坐在办公室里。一个 40 多岁的中年男人在报案。

小溢在仔细地记录着。

中年男人着急地说："警官，我女儿出去都三个月了，一点音讯都没有。"

小溢："你女儿多大？叫什么名字？"

中年男人："11 岁。叫静静。"

小溢："静静什么时候走的呢？"

中年男人："上次假期的时候，说是和同学一起出去玩。可同学们都回来了，就她一个人没有回来。警官请帮我们找回来吧！"

小溢："你把静静的照片拿来，我们看看好去找啥。"

中年男人："好啊。只要找得到我女儿，我会非常感谢你们的。"

小溢笑眯眯地："大叔别着急，不管你感谢不感谢，我们都会努力找她的，你就放心吧。"

中年男人："找到了记得给我打电话。"

小溢高兴地说："那是肯定的。叔叔！你把她同学的地址和电话告诉我们吧。"

中年男人高兴地说："好好！"边说边不停地说着孩子们的地址和电话。

11   江源县大街小巷

小溢和一个中年高个民警在一家又一家住宅门前问着记录着。

12   火车上   日   内

高个民警在车上仔细看着资料。

13   广东一美发中心   日   内

中年民警在屋里拉着一个瘦高个子的小女孩向外走。

14   城南派出所   日   内

小溢剑眉紧皱地坐在办公室里。

静静穿着漂亮的白裙子笑眯眯地问小溢："警官叔叔，你看我像不像公主？我在外面别人都叫我公主。我陪那些叔叔玩，他们给我钱，还说我像公主。

警官叔叔，你说我像不像公主呢？"边说边提着裙子转身旋转着。

小溢忙站起叫瘦高个女孩："静静，静静，停停停，你像公主，太像了！你爸爸找你找得可苦了，你还是快点回家吧！"

静静："呵，叔叔，那我走了。"

小溢忙拦住："静静，静静，你爸爸马上就来了，要等到你爸来了再走。"

边说边拨打电话："大叔到了吗？马上啊。好！好！"正说着中年男人已经走到了小溢身边。

静静看到中年男人忙跑上去拉着中年男人的手大声道："爸爸，你怎么回了？我到广东去找你了，我也到广东挣钱了，你怎么还回来了呢？"

中年男人："爷爷奶奶在家找不到你，说你走丢了，叫我回来找你的。要不我怎么会回来呢？"

静静："我说嘛，打从娘胎里出来，就没见你几回。这次你倒回来了，真是稀客啊！走吧，爸爸，这回你什么时候走呢？"

中年男人："你回来了，爸爸自然就要走了。"

静静嘟着嘴："你要走，又何必找我回来。我到广东也挣了不少钱呢。你要走的话，我也要去广东挣钱的。"

中年男人愣了半天："爸爸不去挣钱，你吃什么呢？你现在还这么小到哪里挣钱，安心在家读书，不要让婆婆操心！"

静静头一歪一脸的不高兴："爸爸不要说这么低级的话，我为什么就不能挣钱了？看我到广东不多久就挣了这么多钱，你看看！"边说边从包里拿出一大把崭新的百元人民币。

中年男人看到静静拿出的一大把钱，眼睛睁得很大很圆。

15　江源县医院妇产科门诊　日　内

雪花坐在诊室里。几个病人坐在雪花身边。雪花在检查室手术室和诊断室里不停地奔跑着。

16　江源县大街上　日　外

雪花在人来人往的大街上奔走着。

17 菜市里 日 外

雪花在买菜，付钱后拿起一把莴笋正要走。

玉米花急急忙忙地走到雪花身边大声地说："张医生，买菜啊。"

雪花抬头见是玉米花忙高兴地说："是啊，买菜。"

玉米花高兴地说："张医生，小懒虫的老婆想生孩子，你什么时候给检查一下吧！"

雪花："好啊，叫她随时来吧！"

18 雪花家 日 内

雪花躺在沙发上看书。电视在放着电视剧。小明在厨房里炒菜。

19 江源县医院妇产科门诊 日 内

雪花坐在诊室里。

玉米花带着一个20岁穿着时尚的高个子女孩坐在雪花身边。

雪花看着高个子女孩子问玉米花："她是你什么人？"

玉米花高兴地说："她就是小懒虫的妻子佩佩。今天她来想好好检查一下，准备怀孕了。按你说的优生优育，想生个聪明宝宝。"

雪花微笑着点点头说："好啊，欢迎！时代真的不一样了。想当年，你生小懒虫那会怀起孩子都不知道要上医院检查。在家里生孩子，几天几夜生不下来才想起到医院。现在可好，还没怀孩子就知道上医院先检查了。"说着高兴地问小佩佩，"准备什么时候怀孩子呢？"

佩佩大方地说："准备三个月后怀孩子。我和小懒虫在网上看到生孩子要提前准备，具体要准备些什么我们还不是很清楚。所以想请教一下阿姨，究竟要做些什么准备。"

雪花高兴地说："太好了，小懒虫比他爸爸妈妈强多了。要说准备的话，确实很多，比如说怀孕前三个月要吃叶酸，要做一些生理生化方面和妇科方面的检查，还要禁烟酒，远离辐射。还得做一些孕前检查，比如支原体、衣原体、病毒优生十项及各种传染病及肝肾功能的检查等等。今天来得正好，现在就开始检查吧。"边说边开好检查单交给玉米花，又拉着佩佩走向检查室。

检查室，雪花在给佩佩检查取标本。

20　妇产科门诊雪花诊室　日　内

很多病人在门外闹着叫着："快点医生，还要等多久才轮得到我们哟？"

雪花大声地说："马上好了。"说着看着佩佩笑笑说，"这些标本送到病理科去，一会儿再去抽血。等报告出来拿给我看看。有时间给我打电话吧！"边说边给佩佩写下了一串电话号码。

佩佩高兴地说："阿姨，我马上送去后，就去抽血。你可真行啊，知道得可真多。现在我对怀孩子基本上有个了解了。到时候我一定给你打电话。请教孕期知识。"

雪花笑眯眯地说："好啊，没问题。"又写了一张小纸条，"到隔壁办公室去领叶酸。一会儿把药和所有报告给我看看。"

佩佩笑笑："好！"

玉米花和佩佩向外走去后又匆匆拿着叶酸回来交给雪花。

雪花看看说："对，就是这个。每天坚持吃一粒，吃完再来拿，直到怀孕后三个月停止。"

玉米花："张医生，报告要过两天才能全部拿到，到时候给你看看。"

雪花笑着点点头："好！"

21　雪花家　日　内

雪花正在厨房洗菜。小明在切肉丝。一串电话铃声响起。

小明边切肉边大声地说："雪花，你的电话，快去接！"

雪花高兴地说："来了。"边说边跑到客厅拿起电话，"谁呀？呵，佩佩！有事吗？想生孩子了啊？"

22　玉米花家　日　内

佩佩坐在客厅的沙发上看着电视吃着苹果大声地说："阿姨，上次报告结果全部正常。我想这个月怀孩子，哪天怀好呢？"

23　雪花家　日　内

雪花将手机开着放在厨房的窗台上，一边洗菜一边说："你月经来了几天了？"

24 玉米花家 日 内

佩佩坐在沙发上大声地说："已经干净三天了。"

25 雪花家 日 内

雪花一边洗菜一边大声地问："从流血那天算起，今天是第几天了？"

26 玉米花家 日 内

佩佩坐在沙发上皱着眉头想了想大声地说："第七天。"

27 雪花家 日 内

雪花洗完菜放在洗菜盆大声地说："佩佩，你每个月多少天来一次月经呢？"

28 玉米花家 日 内

佩佩忙拿出一个小本子翻开看了看："每个月都是 30 天。"

29 雪花家 日 内

雪花走到客厅笑眯眯地说："今天同房一次后，你在月经的第 12 天、14 天、16 天这几天同房就可以了。"

30 玉米花家 日 内

佩佩边说话边拿起笔在本子上记录着。完了又歪着头大声地说："我想很准确地知道，究竟是哪天能怀上孩子，怀上后又该注意些什么？"

31 雪花家 日 内

雪花摇摇肩膀疲倦地说："那也行。不过要麻烦得多。第一，你可以每天都测基础体温。第二，明天开始，隔天到医院来做彩超监测排卵，直到卵泡成熟排卵为止。第三……"

32　玉米花家　日　内

佩佩不解地说："那样好麻烦啊！"

33　雪花家　日　内

雪花坐在沙发上笑眯眯地说："是的。不仅很麻烦，做几次彩超监测排卵的话还要花几百块钱呢！"

34　玉米花家　日　内

佩佩坐在沙发上认真地说："那我仔细想想看怎么办好。要不就按你说的做，怀不上孩子下个月再说。"

35　雪花家　日　内

雪花坐在沙发上笑眯眯地说："行行行。你考虑一下吧！"

36　玉米花家　日　内

佩佩在一边翻日历一边记录着。

镜头闪换

穿红衣服的佩佩在翻看日历。穿白衣服的佩佩，穿运动服的佩佩，穿睡衣的佩佩在翻着日历。

37　江源县医院妇产科门诊　日　内

雪花坐在诊室里。

门外一大群病人在等着就诊。

佩佩大着肚子坐在雪花身边。

玉米花笑眯眯地跟着佩佩："现在都兴优生，我们的孩子也不甘落后。所有优先的办法都告诉我们吧，我们一样也不想落下。"

雪花认真地看着佩佩的保健册："孕早期很多检查都做了，各种传染病检查做了，肝肾功能都查了，NT已经过关。佩佩，今天就做一个彩超和唐氏筛查。"

佩佩高兴地说："听你的，该做什么检查就做吧！"

38　检验科　日　内

佩佩在抽血化验。

39　B超室　日　内

佩佩在做B超。

40　玉米花家　日　内

佩佩在客厅做孕妇体操。客厅茶几上的收音机正放着轻松优美的音乐。

厨房里玉米花在称一些将弄给佩佩食用的东西，一边称一边说："鱼100克、鲜肉100克、猪肝50克。"玉米花称好猪肝后放下秤大声叫道，"佩佩，今天的肉食就这些够不够啊？雪花医生说的就是这么多吧？"

佩佩大声说："够了，雪花医生说的就是这么多。妈妈，我在给孩子做胎教呢，你慢慢弄吧！雪花医生说，每天听音乐胎教的时间不能少。"说话时关掉收音机，一脸欢愉地坐在沙发上。

玉米花家的厨房里，玉米花在叮叮咚咚地忙碌着切肉洗菜。

41　产房里　日　内

佩佩在使劲用力。高红在一边整理小儿衣服。肖东在检查液体。

42　产房外日　外

小懒虫和玉米花紧张地走动着。一声婴儿响亮的哭声飞来。

玉米花高兴地跑到产房门前，隔着玻璃门框向里张望着。小懒虫张小富跳起来兴奋地说："我当爸爸了！"

高红抱着一个小婴儿给门外的玉米花和小懒虫看看说："祝贺你们，生了个儿子，3500克。母子平安。"

玉米花高兴地拉着高红的手："谢谢你医生。谢谢了！"

高红摇摇头笑眯眯地说："不用谢。"

雪花从门外走入："怎么样？孩子不错吧？"

玉米花："好，很好。谢谢哟！"

雪花笑笑："不用谢，又有得忙了哟。40天月子可不是那么轻松的事哟。"

玉米花哈哈一笑："雪花医生呢，那你就不懂了，月子里我可就轻松了。"

雪花抬眼一笑："亲家来带吗？"

玉米花哈哈哈地笑得更大声了："我们现在马上去月子中心了！"

雪花眼睛一睁嘴里能放下鸡蛋少顷释然："好！好！好！受教了！"心说，你家条件都这么好了哟！

43　雪花诊断室　日　内

雪花坐在诊断室里。

玉米花抱着孩子。佩佩笑眯眯地歪着头看着孩子紧挨着玉米花坐着。旁边一个20多岁穿红色衣服的女孩子呆呆地望着佩佩怀里的孩子，眼角有泪水流出。几个或年轻或年老的病人在女孩身边走动着劝说着什么。

44　妇科检查室里　日　内

佩佩躺在检查台上。

雪花一边检查一边高兴地："佩佩祝贺你，从目前情况来看，你恢复得很好。"

佩佩骄傲地说："那是！不看我做了多少功课。你以为，我还像我婆子妈当年那样没觉悟哟。"

45　江源县大街上　日　外

玉米花、佩佩和小懒虫抱着儿子，随张大智悠闲地走着。

第四十二集　星星之死

1　江源县医院妇产科门诊　日　内

雪花坐在诊室里。

20多岁左右穿红花衣，流着眼泪的女孩望着雪花深深地叹了口气："医生，我还有救吗？"

雪花亲切地说："小星星不要怕，叫你爸爸妈妈帮你想点办法吧！"

叫小星星的女孩摇摇头失望地说："爸爸妈妈在广东天天忙着挣钱，哪儿有时间回来啊！我从小到大都没见我爸妈回来过几次。"

雪花："你爸爸妈妈是干什么的呢？"

小星星："我爸妈都是农民，到广东打工已经二十多年了，从我还没出生就在广东打工，当初把我生下后交给婆婆爷爷就走了，我上小学的时候爸妈回来过一次，我上初中的时候回来过一次，再有就是我结婚的时候回来过一次。上次我生孩子的时候爸妈都没回来，现在生病了告诉他们也不会回来的。"说话时眼里已是满满的泪水。

雪花："那你爱人呢？"

小星星："他也在广东打工挣钱。"

雪花："那你怎么没去广东呢？"

小星星："小孩子还小，我还得喂奶，不然的话，我也到广东去了。"

雪花难过地问："你爱人会回来吧？"

小星星："不知道。可能会回来。医生说要用很多钱。他一人回来能怎么办？"

雪花忙安慰说："小星星，不要着急，这次你爸妈一定会回来的。把你爸爸妈妈的电话告诉我。"说话时已拿起笔准备记录。

小星星流着泪写下了一串电话号码。

雪花亲切地拍拍小星星的肩膀："回去吧。不要着急，别太累了。"

小星星点头感激地看着雪花。

雪花见小星星离去忙问："你爸爸叫什么名字哟？"

小星星："刘长富。"

雪花点点头亲切地说："知道了，你走吧！"

2　雪花家　日　内

雪花坐在沙发上打电话，电话那头传来一个男人疲倦的声音："谁啊？"

雪花："我是江源县医院妇产科的张雪花医生，你是刘长富吗？"

电话那头传来一个吃惊的声音："我是刘长富，请问找我有事吗？"

雪花："刘大哥啊，小星星是你女儿吧？"

刘长富："是啊，有事吗？"

雪花："你家小星星遇到大麻烦了。"

刘长富："啥麻烦啊？"

雪花："小星星现在已检查出患有晚期宫颈癌，不论怎样，你们还是回来一趟吧！"

刘长富："什么？宫颈癌？"

雪花难过地说："是啊，宫颈癌。我们也不相信，今年她才 21 岁啊，在她这么小的年纪患了这么可怕的病，我们也很感意外。她可是现在发现的宫颈癌中年纪最小的患者啊！"

刘长富："你们没搞错吧？"

雪花："错不了。我们已多方检查过了，她自己也出去复查了。并且我们医院做检查的所有资料都拿出去请专家会诊了。几家医院的诊断是相同的。"

刘长富："小星星她小小年纪，怎么就得了宫颈癌呢？"

雪花："这要问你呢，为什么生下她又不陪伴着她守着她呢？"

刘长富："如果我们天天守着她，又怎么有钱养育她呢？"

雪花："你们在家乡不一样可以挣钱吗？"

刘长富："家乡有几家企业？几家工厂？"

雪花："那你们怎么不带着她一起出去上学读书上班呢？"

刘长富："医生，你说梦话吧。我们打工的普通工人哪儿有钱带着子女一起出去，并且还在打工上班的地方让孩子上学读书啊？"

雪花："为什么呢？"

刘长富："在我们打工的地方，没有户口上学读书很贵，要把孩子带在一起，吃住得多少钱啊。我们打工的小工人怎么有时间有能力做到这一点啊！"

雪花："那你们一年过年过节也该回家看看孩子啊。"

刘长富："每年过年回家的人太多了，车票不好买不说，还要花费一大笔钱。所以我们一般没事是不回家的。"

雪花："那小星星的教育呢？"

刘长富："在学校有老师教，在家里有婆婆爷爷教。所以我们还是很放心的。"

雪花："老师和婆婆爷爷怎么能代替得了父母？要是你们多和星星沟通沟通，多管管星星，她不会考不上高中，也不会那么早就恋爱结婚生孩子。"

刘长富："星星患宫颈癌和早结婚生孩子有什么关系呢？"

雪花："关系可大了。星星15岁就开始交男朋友。21岁就生了两个孩子。这中间有多少故事是你和我都不知道的。这对星星就是致命的。"

刘长富："叫她不要那么早结婚，她不听。现在又要怪我。这叫什么呀？"

雪花："不怪你怪谁呀？算了不说这些了，还是早点回来看看星星吧！"

刘长富："眼下工厂有点忙，可能还要过一些时候才能回来。"

雪花："不要说这些，时间不多了，你们还是早点回来吧！"

刘长富："好吧，我尽量。"

3　刘星星家　日　内

小星星看着1岁半的女儿花花在家里歪歪倒倒不停地走着。3岁的小儿子点点高兴地在饭桌子下面摆弄一堆小石头和泥土玩。70多岁的奶奶在厨房里弄饭。猪圈里两头大猪在吃食。小院里一群小鸡在慢慢地走着寻找着食物。花花在星星怀里一边吸吮着奶瓶里的奶，一边不停地望着星星笑着。星星脸上有泪滴。花花摸着星星妈妈脸上的泪水玩着。星星擦掉泪把花花放在地上的摇篮里，花花大声哭起来，两只小手在空中不停地挥动着。星星转身拿起一个奶瓶放在花花嘴里，花花含着奶瓶不哭了。小星星忙到厨房里帮着老奶奶做饭。

老奶奶一边切菜一边问："星星，你到医院检查结果怎么样啊？有什么好消息没有啊？"

小星星："奶奶，没什么，你不用担心。一切都会好起来的。"

老奶奶："也是啊，你不要怕哟星星，不就是个什么宫颈癌吗。老奶奶这么大年纪了，什么癌症没见过。你只要心情好，不怕，那就好办了。小孙女啊，你可千万要挺住啊！"

小星星："奶奶我没有怕，可下面老是有很多水流出来，好麻烦哟！"

老奶奶："不要怕，小孙女呢，不管流好多东西出来，你用布接着奶奶给你洗干净就是，不怕！"

小星星："知道了，奶奶。"小星星一边洗菜一边回答着。

4　江源县医院门诊妇产科　日　内

雪花坐在诊室里。一个50多岁满脸胡茬的汉子坐在雪花对面。

雪花："你就是刘长富啊？这回小星星终于把你们给盼回来了。"

刘长富："医生啊。我家小星星真的没救了吗？"

雪花："没有啊，谁说没救了？还是可以救，只是看星星有多大的毅力。也要看你们怎么做，最好做手术。能活多久就看星星和你们的缘分了。"

5　公路上　日　外

刘长富慢慢地走着。眼前闪现出星星儿时跑着来见他和老婆时摔倒在地满脸是伤还是笑眯眯叫着爸爸妈妈的样子。耳边回响起星星哭着打电话说自己已怀了孩子想马上结婚的话语。

6　小星星家　日　内

星星正在厨房里洗菜。刘长富急急忙忙地走了进来。

星星见是爸爸回来了只叫了一声"爸爸"眼泪便不自觉地流了出来。

刘长富答应着低了头只一个劲儿地看着星星。

星星被刘长富看得心里酸楚发慌，便低了头看着摇篮里的小女儿，眼眶里是满满的泪水。

老奶奶匆忙从门外走入，见是刘长富高兴地叫着："儿子，你可回来了。老天终于睁眼了！你咋就知道回来了呢？"

刘长富忙高兴地叫着："妈，医生打电话说星星病了要做手术，叫我快点回来。"

老奶奶："我说嘛，这太阳咋就从西边出来了呢？从不回家的人怎么就回来了呢？"

刘长富："老妈，我的老妈呢，我这不回来了吗？"

老奶奶："医生不叫你能回来吗？"

刘长富："算了，妈嘞！我想带星星出去做手术。"

老奶奶："星星啥病都没有，你就不要跟着折腾了。"

7　汽车上　日　内

小星星和刘长富紧紧地坐在一起。

8　成都大都医院　日　内

小星星身着大都医院病人服在床上躺着。

9　成都大都医院手术室　日　内

星星在手术室里躺着。

手术室外
刘长富和一个青年男子蹲在地上焦急地等着。

10　小星星家　日　内

3岁的小儿子点点在屋子里玩石子和泥巴，小手小脸上全是泥土。70多岁的老奶奶在厨房里"叮叮咚咚"地切菜做饭。花花饿得在摇篮里"哇哇"大哭。

点点见妹妹哭得厉害忙叫："奶奶，奶奶，快点来，快点来喂妹妹！"

奶奶在厨房里不停地忙碌着。半天没见出来。

点点见妹妹哭得厉害便脏着小手拿起奶瓶给妹妹冲奶粉。手上的泥土弄得奶瓶上也全是泥。

点点拿起脏脏的奶瓶送到小妹妹嘴里。花花含着奶瓶立即笑眯眯有滋有味地吸吮起来。

点点歪着头看着妹妹吃奶。冷不防将妹妹手里的奶瓶拿到自己手里大大地喝了一口。

花花看着点点，睁大眼睛不停地看着奶瓶。点点忙又将奶瓶给了花花，花花呀呀地抱起奶瓶喝着。

11 江源县医院妇产科门诊 日 内

雪花坐在诊室里。好些病人在门外挤着等着看病。

一个约 12 岁的小女孩面色苍白地坐在雪花诊所门前等着。一个个病人都看完离开后，小女孩走到雪花身边难过地："阿姨，我两个月没来月经了。现在流血都 20 天了，血还在不停地流。"

雪花："你一个人来的吗？"

小女孩："是的。"

雪花："叫什么名字？多大了？"

小女孩："谢小洁。12 岁。"

雪花："知道了。"边说边给她开了两张检查单。

12 检验科 日 内

谢小洁拿起检查单到了检验科。

一个 20 多岁的女孩子拿了一个小杯子给谢小洁。又对小洁说了句什么。

13 江源县医院女厕所 日 内

谢小洁拿着杯子走了进去。

14 雪花诊室 日 内

谢小洁拿起化验单给雪花。

雪花接过化验单心疼地看着谢小洁难过地说："谢小洁，你一个人来的吗？

你爸爸妈妈在家没有？"

谢小洁："没有。"

雪花："她们现在哪里？"

谢小洁："在广东。"

雪花："在那里干什么呢？"

谢小洁："开服装工厂挣钱啊！"

雪花："你现在多大了？"

谢小洁："刚满 12 岁。"

雪花："快去叫你们家大人来。"

谢小洁："为什么？"

雪花："你现有病了，要你很亲的人来了才能手术。"

谢小洁："手术？好可怕。"

雪花："别说了，小洁。快打电话，请人来医院吧。"

谢小洁："我现在家里有婆婆爷爷，但他们都很大一把年纪了。只有一个姑姑在县城工作。"

雪花："那你快把你姑姑叫来吧！"

15　江源县县城一公共电话厅　日　外

谢小洁在打电话。

16　星星家　日　内

因化疗头发已经掉光的星星在屋里扫地。

2 岁的花花在地上歪歪倒倒地走着。

星星无力地扶一把花花。一会儿又在花花身边坐着歇一下。休息一会儿喘喘气又开始扫地。

70 多岁的老奶奶在屋里砍猪草。

花花在找地上的一根小红树时不慎摔倒，立即"哇哇哇"大哭着。

骨瘦如柴的星星忙摔了扫把跑去想扶花花，刚跑两步便摔倒在屋里。

老奶奶大叫了一声："我的星星哟，咋就跑那么快哟。"话还没说完一刀便砍在了老手上。鲜血一滴滴洒落在青青的猪草上。

花花从地上爬起来吓得大哭着叫："奶奶啊奶奶！妈妈啊妈妈！"一会儿拉倒地的妈妈，一会儿又去拿布条给奶奶包扎出血不止的伤口。

17　江源县医院雪花诊室　日　内

谢小洁和一个 40 多岁一身时装满脸洋气的中年女人站在雪花身边。

雪花将中年女人拉到一边悄悄说："你家小侄女怀孕了，快流产了，要做些检查后才能做手术。"

中年女人立即脸色苍白。

18　B超室　日　内

中年女人在门边等着。

谢小洁在门边站着。谢小洁进了B超室。

19　雪花诊室　日　内

谢小洁站在雪花身边，眼里有泪水流出。

雪花看着中年女人："怎么办？所有检查，还是早孕，可以做手术，你们商量一下看做不做手术，在哪里做手术？"

中年妇女："我先和我哥商量一下。"说着马上在旁边打电话。一分钟后回来拉着雪花的手说："医生，请你马上给小洁做手术吧！"

20　手术室　日　内

谢小洁躺在手术台上，雪花在做手术。

21　雪花诊室　日　内

雪花正耐心地给谢小洁讲着，谢小洁苍白着脸坐在雪花对面。

雪花："小洁，记住手术后一个月坚决不能不同房。"

谢小洁低着头不说话。

雪花摸摸谢小洁的头和耳朵："一定要记住，一个月内坚决不准同房。你还这么小，在结婚以前千万不要和男人一起睡觉了。"

谢小洁不高兴地说："我妈妈都不管我，你管得着吗？"

雪花难过地说："你妈妈知道了会多么心痛，你知道吗？"

谢小洁："我妈妈从不回家。她怎么会知道呢？"

雪花："你妈妈不知道不批评你，你小小年纪做这种事对你的身体有多大的伤害你知道吗？"

谢小洁："有啥子伤害嘛，不就是做个手术吗？有什么了不起。"

雪花："小洁啊，如果你不听话，这么小小年纪就开始有性生活，继续下去，那对子宫的伤害可大了。"

谢小洁："医生，告诉你，我不小了。我已经12岁了，我例假都来两年了。妈妈说，来例假了就是大人了，知道不？"

雪花看着谢小洁无可奈何地摇摇头："小洁，我劝你最好不要继续下去了。你妈妈说你是大人了，那是叫你要懂事一点，不要再像小孩子一样事事依靠爸爸妈妈，要自己多做事，好好学习。"

谢小洁："呀呀！这你就不懂了。我妈妈只读到高中没多大学问，可在广东开工厂挣大钱。我小舅舅、舅妈都是大学生可还在给我妈妈打工呢！"

雪花摇摇头无可奈何地说："小洁啊，你妈那个年代没几个人能考上大学。可现在人人都可以读大学。你不想学习我管不了你，但是你知道吗？像你这么小小年纪就开始性生活，那可是最容易得宫颈癌的。要是得了宫颈癌，那可是要死人的啊！"

谢小洁睁大眼："真有那么严重？"

22 星星家 日 内

屋里围了很多人。

70多岁的星星奶奶一边放声哭着一边数说着："我的星星啊！我的星星啊！你才21岁啊，怎么这么早就走了啊？奶奶我一把屎一把尿地把你拉扯大。你还没给我送终，还要我给你哭丧哟！我的星星啊，我的个小星星啊！你妈老汉不管你哟，现在人都死了还不见那两个短命鬼回来哟。你点点大个人又生了两个小娃娃来害我，要我天天都不得休息。天天给你带娃娃哟！"

"我的星星啦星星哟，你嫁个老公没爹没妈，我把你带大还不服气，还要我天天给你带娃娃。我的天老爷啊，我的天老爷哟！这下子你扯起脚儿跑了我哪么办哟，哪么办哟？我的星星哟我的天老爷哟！"

23 公路上 日 外

一辆大巴车上。刘长富和一个中年妇女神情焦虑地坐着。一个20多岁的小伙子呆呆地坐在刘长富身边。

车子在满是泥土的公路上飞奔着。

刘长富对坐在旁边的中年妇女和小伙子说："这次回去一定要把星星的后事办好，把两个孩子的抚养问题落实好。"

小伙子呆呆地说："一切都听你们的。爸爸，妈妈！"

星星妈："听我们的，那好。陈可美，把两个孩子都带走，不要留在我们刘家。"

陈可美低声地说："妈妈，你知道的。我现在只有那么一间茅草屋。再说家里除了我一个大小伙子一个老人都没有，叫我把孩子带回去，我可怎么办呢？"

星星妈："我家星星还没死，你就在外面和别的女人鬼混那算什么呢？"

陈可美："星星虽然没死，可她患了要命的宫颈癌。医生说那已是晚期宫颈癌，不管早晚那都是要死的啥。"

星星妈气愤地跳起来一巴掌打在小伙子脸上，嘴里不停地骂着："你个陈可美，没良心的混蛋！你真是和你老祖宗陈世美一样，是个天下人人都讨厌的陈世美！"

24　星星家　日　内

星星奶奶还在不停地数说着哭着。

星星妈站在星星的尸体旁边放声哭着："你这个短命鬼哟，你这个短命鬼啊！哪么就这么害人啊！点点大个人还生了两个小娃儿来害人。"

星星妈哭时，花花吓得躲藏在桌子下面，小脸上全是泥沙灰尘。

25　雪花诊室　日　内

谢小洁满脸不屑地嘟着嘴坐在雪花身边。

雪花满怀关切地说："小洁，听话吧！"

谢小洁不停地摇着头，雪花眉头紧锁一脸忧虑。

谢小洁起身飞一样跑开，雪花望着谢小洁叹着气摇头。

又一个病人快快走到雪花身边大声说："医生，我看妇科病，请问是这里吗？"

雪花点点头苦笑着："是这里。请坐下说。"

26　山坡上　小坟边　日　外

星星奶奶带着花花和点点在一堆小坟样的土堆前站着。

27 广州市城区大街上 日 外

陈可美拉着一个高个青年女子的手在笑眯眯地走着。

青年女子停下抱着陈可美的腰歪着头大声地说："可美啊，我们什么时候结婚啊？"

陈可美："芬芬，再等等吧。星星死了没多久，她爸爸妈妈会骂我们的。"

芬芬放开手不高兴地问："那什么时候嘛？"

陈可美想想后说："很快。"芬芬抱着陈可美"啪"地亲了一口。

28 四川一农家小院 日 外

陈可美穿着新衣服拉着芬芬笑眯眯地不停地向人群点头发送喜糖喜烟。

陈可美和全身大红衣服的芬芬在给一桌桌客人敬酒。

29 星星家 日 内

花花和点点小脸上满是泥沙地在锅里的猪食里找红薯吃。

星星奶奶在院里砍猪草。

30 农家小院新房里 日 内

陈可美揭开了芬芬新娘的红盖头。陈可美抱着芬芬滚在床上，两人疯得床地动山摇样般地晃起来。

31 星星家 日 内

星星奶奶在院里跟着花花点点边跑边打边骂："你两个背时的小鬼，看你们还偷不偷吃锅里的猪潲。看你们还会不会偷吃锅里的猪潲。"花花跑不动跌倒在地上大声哭起来。

星星奶奶拉起花花便打。

花花："妈妈啊，妈妈，你为什么这么早就死了，让我们遭打遭骂哟！"花花边哭边大声数落起来。

32 芬芬家小院 日 内

陈可美在院里洗菜。芬芬大着肚子在院里的凉席上坐着削苹果。

33　雪花诊室里　日　内

雪花坐在诊室里。谢小洁脸苍白双手捂着肚子坐在雪花身边。

雪花着急地问："干啥呢？"

谢小洁："小肚子好痛好痛呀。"

雪花拉起谢小洁关切地问："吃冰糕了吗？"

谢小洁摇摇头："没有！"

雪花："吃火锅了吗？"

谢小洁摇摇头。

雪花："和那个小伙子又一起睡觉了吗？"

谢小洁低下头不说话。

雪花着急地问："是不是呢？"

谢小洁点点头。

雪花难过又严肃地说："人流术后一个月内不能过性生活，否则会感染肚子痛的。手术才不到三天你又同房了，你怎么就那么不听话呢？"

谢小洁有理地："你做了手术不痛又不流血流水，和平时好人一样，怎么就不能同房了？"

雪花生气地问："手术后才两天半，同房几次？"

谢小洁低着头眼睛上斜着瞄向雪花："4 次。"

雪花双手捧着谢小洁的头气得咬牙切齿地说："手术后不流血也不能同房。前天手术后专门扯着你耳朵给你说了，手术后一个月内都不准同房，不准同房。"

谢小洁面色苍白痛苦地叫着："哎哟哇哎哟哇！医生现在怎么办啊？"

雪花着急地说："现在马上去查血，打彩超看看情况怎么样。"

彩超室。

谢小洁在作彩超。

检验科。

谢小洁在抽血。

雪花诊室。

雪花拿着谢小洁的报告着急地说："盆腔积液 3.0CM，白细胞 1.0 万。小腹压痛。急性盆腔炎。马上去住院输液。现在只有尽快吃药输液抗感染治疗。不然轻则引起腹痛慢性盆腔炎。重者引起败血症、输卵管堵塞不孕。"

谢小洁眼睛睁得大大的，面色苍白地盯着雪花："你别在那里吓我。"

雪花摇摇头心痛地说："小洁，我怎么会吓你呢？除了这些还有更可怕的后果比如说盆腔炎急性期治疗不彻底引起慢性盆腔炎。输卵管炎可能引起宫外孕，如果宫外孕破裂大出血如果不及时手术治疗还有生命危险呢！如果现在不治疗，急性感染出现败血症也有生命危险的。"

小洁半信半疑地问："真有那么严重？"

雪花严肃地点点头："真有那么严重！"说着已开好了住院单，交到谢小洁手上心痛地轻拍着谢小洁瘦小的肩膀："快去住院。"

谢小洁拿着入院单捧着肚子慢慢走着。

一大群人将雪花围得不见人影。看病的妇女和家属拥挤在雪花身边。

雪花不停地说着问着写着。

34　雪花诊室外日　外

一个高个中年男人大声地叫着："雪花。"

35　雪花诊室里　日　内

雪花大声地说："啥事李主任？"

36　雪花诊室外日　外

李主任大声地说："晚上7点钟在小会议室里开门诊医生会。"

37　雪花诊室里　日　内

雪花一边给病人开检查单一边大声地说："知道了，主任。"

38　江源县医院小会议室　夜　内

雪花、李主任、王医生、刘明医生、刘刚、李医生、曾刚医生、谢医生、汤宁医生、田医生、刘院长以及医务科长等十几位医生严肃地坐着。

刘院长坐在会议室正前方："各位医生大家好，今天开会主要是给大家汇报一件事情，大家知道医院要晋级已经准备了好几年了，过几个月省上领导就要来院验收。大家一定要把应做的所有资料准备好，把所有的记录做好，把所有的门诊病仔细治疗好。"

39　医院行道里　夜　外

开会的医生边走边交头接耳议论着："终于可以验收了。"

40　小会议室里　夜　内

雪花坐在刘院长身边。

刘院长语气沉痛地说："还告诉大家一个不好的消息，黄文的女儿肝癌手术后换肝手术失败没下到手术台。黄文悲痛欲绝，当场昏倒，医院抢救发现黄文肝脏也有问题。究竟什么情况还要等所有检查出来才知道，总之情况不容乐观。"

大家七嘴八毛舌地议论着。

刘院长语重心长地说："再次重申一下，大家一定要注意休息，要做到劳逸结合。"

雪花没说话一脸忧虑地看着刘院长，欲言又止。

刘院长："不管如何，一定不要只顾病人而不管自己。"

41　江源县县城大街上　夜　外

雪花心情沉重地走着。

第四十三集　上帝请睁开你的眼睛

1　雪花家　日　内

雪花坐在沙发上低着头一脸忧伤。

小明走过来关心地："会开完了？怎么了？又有什么大事发生吗？"

雪花不说话仍然坐着。

小明风趣调侃地问："是不是又有哪位同事走了？"

雪花嘟着嘴点点头难过地说："不是同事走了，是黄文的女儿肝癌换肝手术失败没下到手术台。黄文也查出肝脏有问题，虽然结果没出来，但肯定后果不容乐观。"

小明："那怎么办呢？"

雪花苦笑道："还能怎么办？只能等结果出来再决定最后方案。"

小明："你也不要着急，车到山前必有路。"

雪花："路可能很窄。"

小明："那也有一线希望。"

雪花："是啊，哪怕一丝也要争取。"

小明："黄文应该很难过吧？"

雪花："那是当然。"

2　雪花诊室　日　内

雪花笑眯眯地坐在诊室里。几个病人坐在雪花身边七嘴八舌地不停地说着。

雪花皱着眉头在不停地一边问，一边写，一边给病人发处方。

60多岁的张九妹拿着药走到雪花身边："医生，药取回来了。"

雪花："很好。"雪花一边检查药品的用法用量，一边给九妹说，"九姐姐，你现在患的是老年性阴道炎。只开了几天的药，吃完药再来看看。"

张九妹："好，那我回家了。"

一个高个苗条的美女走到雪花身边说："医生，我药取回来了，帮我看看吧！"

雪花一边检查药品的用法用量，一边给美少女说："刘美美，你现在患的是盆腔炎，现只开了几天的药，吃完药还要再来复查一下哟！"

刘美美点点头："知道了张医生。"

80多岁的高婆婆拿着药走到雪花身边说："医生，我药取回来了。教我怎么吃！"

雪花仔细地教高婆婆怎么吃药后说："高婆婆，你现在只取了几天的药，吃完药还来复查！"

高老婆婆点点头："好！"

70多岁的星星奶奶苍白着脸走到雪花身边小声地说："医生，给我看看吧！"

雪花忙起身靠近星星奶奶，一脸关心地问着："奶奶，哪儿不舒服啊？"

星星奶奶："下身来血好多天了，家里没人到现在实在没有力气了才来看看。"

雪花忙扶着星星奶奶坐下。

雪花歪着头轻声地问："奶奶带钱了吗？你停经这么多年了还出现阴道流血不是一个好事情，可能要做B超阴道镜检查看看。"

星星奶奶点点头："带了500多元。"

雪花："好。"说着飞快地给星星奶奶开着B超检查。

3　B超室外　日　外

星星奶奶在等着做B超。

4 雪花诊室 日 内

星星奶奶坐在雪花对面。

雪花看看B超报告上清晰的"宫颈有3厘米占位，血供丰富"的字样又看看星星奶奶问："奶奶，你家里还有几个人呢？"

星星奶奶看看雪花："人倒是有几个，就是没在家。有两个小孩子在，儿子媳妇在外地打工。"

5 阴道镜检查室 日 内

雪花在给星星奶奶取活检。雪花边做边说："奶奶，你B超检查子宫没肌瘤，内膜也只有3毫米，内膜癌的可能性很小，但是你的宫颈有一点问题，我现在给你取一点组织做病理检查。有点胀痛，你忍忍。"

星星奶奶一边叫痛一边说："好好好。"

6 雪花诊室 日 内

星星奶奶坐在雪花身边。

雪花："星星奶奶，我给你开了几天的药，你先吃着。你早些打电话，叫你儿子回家给你治病好吗？"

星星奶奶："医生，你给我多开几天的药嘛，我儿子和儿媳妇可能好久也回不来。家里又没人。"

雪花："医院规定只能开几天的药。你的病很严重，一定要叫你儿子回来，吃完药来取病检报告。"

星星奶奶摇摇头走了。

雪花看着星星奶奶远去的背影泪水马上就流了出来，心里暗暗说："又是一个宫颈癌。"

又一群人蜂拥进了雪花诊室。雪花忙擦掉泪笑眯眯地说："这么多人谁看病啊。"

青年女子指着一个50来岁的中年妇女说："我妈妈看病。"

雪花："叫什么名字？"

青年女子大声地说："叫李秀英。"

雪花边写边问："多少岁？哪不舒服？"雪花一边问一边写，很快便带着李秀英进了检查室。

青年女子拿着几张单子到了收费室。

7　检查室　日　内

雪花在仔细给李秀英做检查。

8　乡间小路　日　外

70多岁的星星奶奶慢慢走着，天下着雨，星星奶奶走路很吃力，脚下一滑差点摔在水田里。

9　雪花诊室　日　内

雪花在给李秀英开药。青年女子和一群人或站或坐或挤在雪花身边叫着嚷着。

雪花一边开处方一边给青年女子交代说："你妈妈患的是盆腔炎，要治疗一周左右才能好！"

李秀英："求求你了，给我多开几天的药嘛！我上一趟县城多不容易啊，你看嘛今天就请了6个人一起来。"

雪花笑笑："好吧！"

10　江源县一酒厂办公室　日　内

刘美美在向办公室主任请假，刘美美低着头给主任小声地说："主任求求你让我去一个小时吧，张医生说我是盆腔炎上次去只开了三天的药，说是急症要观察。今天还要去检查后才能开药，你就行行好让我去看看吧！"

主任："谁知你说的是真的假的。要去就开个假条来，如果你现在去医院开药，那你这个星期就不能休周末假了。"

刘美美弯着腰显然病情还没完全好转，想摇头，又不停地点点头："好吧，好吧。这个星期就不休假。"

11　江源县一乡间小院星星奶奶家　日　内

花花和点点在院里玩泥巴。星星奶奶在给鸡窝里的鸡放米粒，又到猪圈边给猪喂食。

星星奶奶一边锁门一边又看了看鸡窝里的鸡，一边对点点说："帮着看着妹妹哟！"

点点头也不抬地捏着泥巴："知道了。"

12 雪花诊室 日 内

星星奶奶在雪花身边坐着。雪花看看周边挤着的病人摇摇头对星星奶奶说："现出血少点了吗？奶奶你先坐着，我去做一个手术就来。"

星星奶奶想说什么又停下笑笑："好些了。血少了很多，但还是在流。"

13 手术室里

雪花在给病人做手术。

14 雪花诊室里 日 内

星星奶奶拿着药给雪花看。雪花仔细检查着星星奶奶拿来的药品，又一样样药仔细地说着怎么用怎么吃。

刘美美走到雪花身边："医生给我开药？"

雪花飞快地："好。"

刘美美感激地笑了："谢谢你，张医生！"

高婆婆拄着一根拐棍走到雪花身边。雪花忙拉着高婆婆坐下。

雪花笑眯眯地问："高婆婆，好些了吗？"

高婆婆咳嗽着点点头："好是好些了，就是有些头痛。"

雪花一脸关心地问："是感冒了吗？"

高婆婆："可能是吧！"

雪花关心道："平时多穿点衣服啰！"

高婆婆难过地说："上次看病回去的时候下雨路滑，不小心掉到水田里了。"

雪花："那你今天怎么还来，让家里人把病历带来开点药就行了嘛！"

高婆婆摇摇头："家里就我一个老太婆，还有一个不到 10 岁的小孙女，哪个来帮我取药嘛！再说，小孙女还要上学呢。"

雪花脸上的笑突然凝固了，少顷眼角有泪水溢出。几个病人挤进诊室。

雪花忙飞快地擦掉眼泪，笑着问一个个进来的病人。诊室里雪花在给一个个病人介绍着药品的用法用量。不断有病人进进出出。

15　星星奶奶家　日　内

一大群人围在星星奶奶家门前。

花花躺在地上已没了气。点点花着脸在尸体边哭得满脸泪花。

星星奶奶坐在院子里放声哭着，一边哭一边大声叫着："我可怜的花花哟，我可怜的花花哟！你怎么不听话，跑到河边去耍水掉到水里哟。我可怜的星星呢，奶奶对不起你哟！两岁就这么走了哟。天老爷啊天老爷啊！我家花花怎么这么可怜哟！"

哭着哭着才想起点点，忙四下找点点。见点点在花花尸体旁边，忙起身去将点点抱进自己怀里。接着又放声哭着："我可怜的点点啊，我可怜的点点哟！"

16　雪花诊室　日　内

雪花坐在诊室里。星星奶奶双眼红红地坐在雪花身边。

雪花关心地问："星星奶奶，病好些了吗？"

星星奶奶："好是好些了，就是有些头痛。"

雪花："你感冒了吗？"

星星奶奶摇摇头："没有！"

雪花："那有什么事呢？"

星星奶奶："那天来医院开药，我走了没人照看孩子，我家花花掉到河里淹死了。"说话时眼里又有泪水流出："星星留下两个孩子，现在只留下一个小点点了。我那儿子媳妇又不回来。张医生呢，我一天好累哟！"

雪花难过地："都是我不好，没给你多开点药让你就不用三天两头地跑医院。"说话时将一份写有宫颈癌的报告给了星星奶奶。

17　雪花家　夜　内

雪花难过地坐在沙发上。

小明看着雪花轻轻地问："怎么啦，又有什么事吗？"

雪花摇摇头。

小明笑笑："你们医院晋级成功了吗？"

雪花点点头："早就过了。"

小明："那还有什么不高兴的呢？"

雪花眼睛红红地不说话。

小明歪着头着急地问："黄文的检查有结果了吗？"

雪花叹口气突然叹息着说道："不知道，没问。我的一个病人到医院来看病取药，没人看家，小孩子没人照看，结果淹死了。我感到好难过哟！明明要7天半个月才能治好的病，为什么只开3天最多7天的药，而让病人三天两头跑医院啊？"

小明："真淹死啦？"

雪花："真的。"

小明："院长是想让病人节约钱，少开点药既便于观察治疗效果，还有利于减少不必要的医疗纠纷。"

雪花："对啊！院长有院长的考虑，医生有医生的苦处，病人有病人的难处。怎么开药才是最正确的？什么时候医生才能从圈着的套子里跑出来而按需要按疗程开药啊？"

小明："一天老是药啊药的，有那么重要吗？院长怎么总是管你们开药？"

雪花："院长说，关于处方上面有很多规定，本院根据本地情况又规定一张处方不能超过五种药，药价不超过80元。还规定超过80元钱处方就是大处方。时间上急诊不超过3天，一般病人不超过7天。但因为近期要复审，除了慢性病和癌症病人。大部分处方都要求只开3天的药。门诊病人哪有不急的，开3天观察也是无可厚非。但给病人增加的负担也是医生最难掌握的。"

小明："难什么难啊？一切按院长要求的做就是。"

雪花："说来简单，当你面对各种各样的病人，当你面对重重困难和老弱病残哭天喊地请你多开两天药的时候，还是会心软的呀！"

小明："那你就把心里放块铁吧。"

雪花："不管放多大一块铁，人心还是肉长的。"

小明："那是当然。"

雪花："现在上面之所以有这么多的条条框框还不是因为医闹。为了社会上一些人对所谓大处方无穷无尽的指责，以为只有药少钱少才是保护了老百姓的利益。其实不管如何高明的医生，如果没有药，在病人面前，在病魔面前都将变得软弱无力。就如很高明的战略家和很出色的神枪手，面对敌人隆隆的炮火，没有应有尽有想怎么用就怎么用的枪炮子弹，那也只能纸上谈兵，束手待毙。"

小明："那这么说的话，医生还真难当。"

雪花："这可能是有史以来医生遇到的最艰难的挑战，也是历史上医生最难当的时代。医生不单是装在套子里的人，被捆住了手脚，四周更是险象环生。他们的前面是带着疾病拿着刀的病人，后面是肩负重任提着鞭子的领导。头上随时有利箭，脚下处处有惊雷。为了迎合病人的心态、减轻医院的压力，医院还出台了好多规定，只要是病人投诉的医务人员，不管有错没错都要受处分扣奖金。也许院领导们觉得那是高姿态，就像自己家的孩子和别人的孩子打架，不管自家孩子有没有错，先打自己的孩子两板子再说。"

小明："医生这么难当。你别当了，我们出去做生意算了。那样挣钱还多些。"

雪花摇摇头："不行，不当医生没有病人绝对不行。因为病人是我的上帝更是我的生命，没有病人我会死的。"

小明："那遇到病人为难你怎么办啊？"

雪花："能没麻烦最好，如果遇到了也只能尽量为病人着想啊。"

小明："怎么办，怎么着想啊？"

雪花："就是病人口水吐在脸上也只能一边笑着擦干，一边劝病人别生气别再吐了。因为生气会伤肝伤肺，对胃也不好。再说，又吐又骂多累啊！"

小明："你心态这么好啊？"

雪花："不这样好怎么办呢，病人们生病本身就很痛苦，再生气会病上加病的。医生们没有大海一样的胸怀，没有宇宙一样的气度，那是不行的呀。面对病人的尖刀只要还有一口气，也要为病人着想，好好劝劝病人不要过于偏激。当病人明白这一切，除了疯子，只要有一点良知有一点理性的人，也是会放下屠刀的。但凡有一口气就要叫病人只要放下屠刀，一切都不会和他计较。是啊，医生怎么会计较病人的言行，就如父母不会计较自己长辈和儿女的言行一样。"

小明："你每一天都这么想吗？"

雪花："当然不是天天想，有时看到那些极端事件的发生，心里难过得不行的时候难免会想的。"

小明："医闹事件从2000年开始到现在差不多十年了。那么多医生护士受到伤害，你都这么想？"

雪花："次次都这么想，想得心都痛了。天天心里都在喊天喊地喊上帝。

国家要培养一个医生多不容易，他的家人不知寄予了多少期望。有的医闹，甚至让医生失去生命，对国家对人民那是多大的损失啊！"

18　江源县医院门诊办公室　　日　内

雪花愁眉苦脸地坐着。谢医生、王医生、汤宁医生几个人在着急地说着。

王医生拉着雪花悄悄地问："干什么呢，这么愁眉苦脸地？"

林医生："肯定是愁这个月的奖金没了。"

王医生："是啊，这个月所有医生的药占比都超标了。"

李主任急急忙忙走过来。

谢医生上前拉着李主任着急地问："这个月为什么我们都没有奖金呢？"

李主任："不只你们，全院医生的奖金都扣完了。严格按标准执行，大家不但奖金没有，全年的工资也没有了。"

谢医生："我已经很久没领奖金了。"

王医生："哪儿来那么多的规定啊！"

李主任："一张处方超过标准80元钱，按现在的药价物价说真的治不了病。可是没办法，大家克服一下，好好想想办法。"

雪花："现在都2010年了，现在的房价已是十年前的10倍了，为什么药品还按十年前的标准来计算啊。想办法，不管怎么想，就是想破头，办法还是没有，除非不治病。又不想想，病人生病到医院，没有药怎么治病？谁有本事不用药光用眼睛看，只看就是面对面眼睛不眨一下看一天、一年也治不好一个病人。不用药，光检查有什么用？不用药，检查出病来干什么呢？那些讨好病人担心病人用钱的人，结果只会让病人用更多的钱。现在很多妇科手术都不准用药，以为那是对病人的保护，殊不知就是如此，却导致不少人输卵管堵塞不能怀孕。术后本吃几天药可以解决的事情，也许以后用十倍百倍的时间和金钱也不一定就能有理想的效果，有的甚至引起终身不孕。"

王医生："有那么严重啊？"

雪花："有！而且不是一个两个。一个个似乎聪明绝顶，看到病人用钱取药就心里不舒服，他就不用心想一想，不要说用心，就是用头发尖尖，脚趾夹瓣瓣想想也知道，在医院在病人面前，药意味着什么。药是治病的、是救命的啊！不管什么检查，用多少钱检查那只是为开药提供用药根据的。只有药才是治病的根本，没有药再高明的医生在病魔面前也将束手无策，无能为力。每次开会刘院长都说病人是亲人、是上帝，要我们怀着感恩的心认真对待，好好治病。那么，上帝请睁开你的眼睛看看，人人都说群众的眼睛是雪亮的，那么请大家也用雪亮的眼睛看看，用智慧的头脑想想，不是自己熟悉的深知的事，还该不该无穷无尽地指责？"

李主任："雪花，你别在这里做梦了，不是医生的人怎么知道医生的苦，好好上班。好好听刘院长的，用天使般的心，用受奴役样的身子夹着尾巴做人吧！"

雪花："谁说不是医生的人就不知道医生的苦，总有一天我会让大家知道的。"

19 　雪花家　夜　内

雪花在书桌边写着。

小明坐在沙发上看电视。

第四十四集 苍天无眼 癌症吞噬的一家

1 雪花诊室 日 内

雪花坐在办公桌前。桌前高高低低围了一大群人。

雪花一边认真看病开药一边问着病人。

王简躺在检查台上却不脱裤子。

雪花忙问："哪儿不舒服？咋不脱裤子呢？"

王简："来月经呢。"

雪花："和以前月经时间相同吗？"

王简："完全相同，就是痛得很。"

雪花："过去也痛吗？"

王简："对，痛七年了。"

雪花："这里也痛吗？"雪花边问边摸着王简的小腹痛的地方，同时用力依次按下腹各部位："痛不？"

王简："压着不痛。"

雪花："放了痛不？"

王简："也不痛，按着还舒服点。"

雪花："好。体温不高，没压痛没肌紧张，就是单纯的痛经。吃点药吧。最好做 B 超看看。"

王简："医生，我不做 B 超，你快点给我写点药，我受不了啦！"

2　肖雪诊室　日　内

肖雪带着一个个病人不停地在检查室、手术室奔跑着。

王琴在一边认真看着。

穿着时尚化着浓妆的黎欢大着肚子坐在肖雪面前："肖医生，帮我开张B超单，我想看看娃娃像啥子了。"

肖雪皱皱眉："几个月了？"

黎欢："5个月了，约的下个月做四维。"

肖雪："现在孩子动得怎么样？"

黎欢："还可以。其他检查都做了，在你这建卡了。"

肖雪："去拿来看看。"

黎欢："好。说着从包里拿出了本子。"

肖雪："咋放包里？"肖雪认真翻看着以前检查的内容，看完后抬头看着黎欢："以前检查的还可以，今天作B超后回来量宫高、腹围、身高、体重和血压。吃饭怎么样？"

黎欢："还可以。"

肖雪："每天吃的食物有按孕妇食物大全来吗？"

黎欢："当然，肖医生你放心，每餐每次吃多少完全按标准食用。"

肖雪："那你记得不要化妆行吗？"

黎欢："这个啊？好想美美的。"

肖雪："化妆品里都有对胎儿有影响的化学成分。为了孩子，省省吧！"

黎欢拿着交费单头一歪："哎呀！"

3　骨科病房　日　内

黄文微笑着在一个个病床边给病人换药。

4　骨科医生办公室　日　内

黄文在写病历。

5　黄文家　夜　内

简洁、书气、客厅餐厅一体，进门左手鞋柜，右手进去一米倒弯便是一个可坐可睡的布艺沙发。沙发正对着电视，电视挂在墙的低处。女儿黄静鲜活漂亮的照片挂在墙上。正中靠窗户安着餐桌。

黄文皱紧眉头，面色苍白按着上腹，大汗淋淋地斜倒在沙发上。

江敏红着眼睛叫着："文文！文文！"端着开水，拿着药跑到沙发边，抱着黄文飞快把药喂到黄文嘴里。放下碗，不停用手一下下轻轻抚着黄文的上腹部。不停地轻轻叫着："文文！文文！"

黄文妈在厨房"稀里轰隆"地忙碌着。锅碗瓢盆碰撞响亮的声音和江敏轻轻的呼唤形成悲喜凄惨的生死交响乐章，在满是药味香味风雨飘摇的悲悯氛围里更显凄凉。

江敏流着眼泪到厨房帮着打开煲汤的锅盖，一股浓浓的鸡汤香味便飘满小屋。那浓浓的香味，让巨大的悲伤似乎也少了几分。

坐在沙发上的黄文稍稍有了些力气，费劲地眨了眨眼睛。看到了端着汤碗轻轻飘来的妻子，

江敏美丽的眼里满是深情，心里海量的苦化着欢乐的笑敬献在黄文的眼前。睁开眼的黄文看到了妻子美丽的脸。

江敏灿烂而温柔地笑着，把一勺汤轻轻喂到黄文口中。看着黄文慢慢吞下，一口又一口，一碗鸡汤喝完。

黄文满血复活轻轻松松地站起来拉着江敏的手："老婆我饿了，走，吃饭！"

江敏的心立即阳光灿烂，欢快的笑着相依着黄文走到了餐桌边。

黄文妈妈马上端来了一桌丰盛的饭菜。

美味的鸡肉饭菜香在满是药味忧伤的餐桌上漫延。

6 江源县医院雪花诊断室　　日　内

雪花坐在诊断室里整理着清洁和书本。

高红轻轻跑过来悄悄地说："听说黄文有点严重了。"

雪花："他现在怎么样？"

高红："和他女儿黄静一样确诊是肝癌。他女儿肝癌做手术我们全院还捐款的嘛，后来换肝的时候因为肝源大小不匹配手术失败，都没下手术台，人就没了。"

雪花："听说过，当时也很感慨，运气真差啊。黄文现在怎么样嘛？"

高红："说做手术已经一年多了，叫他休息他不听。开始做手术后休息

10 多天就上班了。"

　　雪花："能上班当然最好，至少可以分散注意力。"

　　高红："但也要适当休息等身体缓过来才行啊！"

　　雪花："是啊，那他还是太亡命了。"

　　高红："想上班也要站得起来才行。"

　　雪花："那天看他还不错吧。行走自如的。"

　　高红："他那是全靠一口气撑的。"

　　雪花："你怎么知道？"

　　高红："听江敏说的。他现在每天都难过得很，好几天都没吃啥东西了，每天靠输液维持着。"

　　雪花："真的吗？这么勇敢啊！"

7　骨科住院部病房　日　内

黄文推着推车在病房给一个个病人换药。

8　骨科医生办公室　日　内

黄文在坐着写病历。

9　雪花诊断室　日　内

雪花坐在办公桌前。

江敏坐着雪花面前满脸忧郁地说："雪花，我停经五年又有血流出。"

　　雪花着急地问："多不多？流血的时候小腹痛不痛？"

　　江敏忧郁地说："和月经第一天一样多，不痛。"

　　雪花："马上作彩超看看子宫内膜厚度。吃点消炎药。最好做诊刮看看怎么样？"

　　江敏："不想作。现在阿文这个样子，我要是查出问题，谁来照顾阿文。"

　　雪花："但是你这个也不能拖，最好早点作，现在开点药吃吧，最好马上检查诊刮。"说着将单子交给江敏。

　　江敏拿着单子说："我还要忙着带黄文到重庆去复查。"

10　江源县医院中医科曾刚诊断室　日　内

曾刚坐在诊断室。

一群病人围坐在郑刚身旁。

郑刚在不停地说着写着检查着。

王小二气冲冲地一把将检查单拍在桌上就走。

曾刚叫着出去没追上。只能慢慢走回。

医院办公室

李主任在办公桌前不停地说着。

曾刚坐在刘院长对面低着头听着。

11　重医 CT 室外日　内

江敏坐着待诊室等着。

12　CT 室里　日　内

黄文在作 CT 检查。

13　重医外科办公室　日　内

江敏拿着报告递给医生。

一群医生看着报告直摇头。

江敏找到教授："老师，黄文现在怎么样了？能换肝吗？"

教授摇摇头："现在已经不行了。"又拉着江敏悄悄说，"他现在癌细胞全身转移，现在关键的是癌细胞从胃到食道一路向上经腹段、胸段，已到食道的颈段都有大面积癌细胞浸润转移。想吃东西都很难。换肝已没必要。"

江敏眼泪哗地流下来。教授忙转身不忍看。

14　黄文家　日　内

骨瘦如柴、面色萎黄的黄文有气无力地躺在客厅的沙发上，眼睛紧紧地盯着江敏。

江敏红着眼睛端着一碗鸡汤放在沙发边的小桌子上，又轻轻抱起黄文慢慢喂给黄文喝。但费了好大劲只喂进一点，又从黄文口中流了出来。江敏只能把葡萄糖水用胃管给黄文打进去，但插管也十分艰难。江敏转过身眼泪如泉水涌出，便跑到厨房假装洗碗。"哗哗"的流水声掩盖了压抑的细细的哭声。

黄文沿着沙发慢慢移到厨房："老婆干什么啊？别哭！"

江敏红着眼睛跑出来紧紧搂着黄文："老公我没哭，是沙子进眼里了。"

黄文拿着报告仔细看后："不就是癌症胃和食道转移吗？没关系，再做手术就是嘛。"

江敏："怎么做啊？"

黄文："把食道上的癌组织做掉不就能吃饭了吗？"

江敏高兴地说："好！明天就去找邱平做吧。"

15　外科医生办公室　日　内

黄文坐在邱平对面。

邱平看着骨瘦如柴的黄文心痛忧郁地说："伙计啊，你这个手术好难啊，效果也不是很好哟。"

黄文笑笑："知道，老哥们，你不要有顾虑，随便做就是，哪怕你把我放倒在手术台上都没关系。我和我老婆都不会怪你的，来我签字！你不要有任何心理负担。我知道，任何医生都做不好我这个手术了。我只是太饿了，想上班又站不起来。你把食道上的肿瘤细胞，尽最大努力切除一些，哪怕扫出一条缝来，能进食一点稀饭也行。"

邱平含着泪："好！我做！"两个铮铮铁骨的汉子抱在一起。

16　江源县手术室　日　内

黄文躺在手术台上。

邱平在做食道癌清除手术。手术十分艰难。好难切除满布食道的癌组织，邱平满头是汗。心道："好勇敢的人啊！好难做的手术啊！"

17　外科病房　日　内

黄文静静地躺在病床上。

邱平拉着黄文的手含泪笑道："老伙计，我已尽了最大努力了。你安心休息。"

黄文无力地点点头细声地说："谢谢！"

邱平用力拉了拉黄文的手。

江敏在床旁看着邱平离开后，马上到卫生间一看。内裤已被大量的血浸透。

护士小馨进门见面色苍白的江敏忙叫："护士长，怎么啦，不舒服吗？"

江敏忙笑着说："没事，小馨，我一会儿就好。你去忙吧。"

18 黄文家 日 内

黄文躺在沙发上看书，黄文妈妈在厨房"叮叮咚咚"砍鸡切肉弄菜。

江敏笑着给黄文刮苹果汁。刮好后又在开水里温好轻轻端到黄文面前："来阿文，喝一口吧。"

黄文高兴地说："好。"说着轻轻地慢慢地喝着。小半碗苹果汁喝完了。

黄文江敏两人高兴地相互击掌开心地笑了。

黄文妈妈端来煲好的鸡汤。

江敏又细心地用剪刀将鸡肉剪细，细细柔柔的肉沫和着鸡汤一起，喂给黄文喝。边剪边看一眼黄文，甜蜜和幸福的笑在久违的小屋里弥漫。美味的鸡汤香味在满是药味的小屋飘荡。

而笑容还未消失一股热流冲在江敏内裤的护垫上。

江敏轻轻松开黄文的手向厕所走去。脱下内裤一看，里面鲜红的血液如红日骄阳深深刺痛江敏的双眼。一阵晃动，江敏差点摔倒，忙扶着墙壁方稳住双脚站起。

黄文妈妈收拾好碗筷。见江敏面色不好，忙拉着江敏坐在沙发："好好休息，不准洗碗。"

江敏看着黄文笑了。

19 骨科医生办公室 日 内

黄文在翻看病历。

20 骨科病房 日 内

瘦骨伶伶的黄文吃力地推着推车在病房给一个个病人换药拆线。

21 黄文家 夜 内

黄文斜靠在沙发上，江敏含笑端着稀饭送到黄文面前。

黄文抬眼看看江敏笑笑，端着稀饭轻松地喝了一口，一口又一口毫无阻挡一路顺利吞入。

黄文妈妈把饭菜全部上桌。黄文只看看便只看着饭里的稀饭笑着。

江敏用筷子刮下再夹起一小点肉丸送到黄文嘴边，黄文飞快地咀嚼着再慢慢地吞了下去。江敏看着高兴得跳了起来。

黄文也高兴得用瘦骨伶伶的手一边吊着倚子一边抱着江敏不停地亲着。

22 外科病房 日 内

江敏带着一群护士查房，检查着一个个病人的指甲。在一个70多岁指甲很长的老婆婆身边。

江敏看着小馨手心向上叫着："小馨！"

小馨秒懂："护士长给！"立即拿出指甲刀递到江敏手上。

江敏拉着老婆婆的手细心地一个个指甲修剪着。

23 外科护士站 日 内

江敏仔细地检查着一个个大本子小记录。

配药处，江敏在仔细检查着药品和输液单。

24 骨科病房 日 内

黄文推着推车在病房给一个个病人换药。

病人们轻轻地说着："谢谢！"

25 黄文家 日 内

黄文妈妈在厨房流泪冲洗着几个小小碗筷。流水声声和着眼泪滴滴交融缠绕碎心。

26 菜市 日 外

黄文妈妈看着一担担生机勃勃翠绿的青菜莴笋白菜，黄文妈妈拿起放下，放下又拿起："儿子啊，什么才是你能吃得进的菜啊？"

27 黄文家 日 内

厨房的黄文妈妈把青菜切成细如游丝的细沫，静静地等待着黄文下班后下锅，以期儿子吃一口绿色的菜。

进门的黄文无力地半躺在沙发上。

江敏把药捣成粉末溶于水中，每一个动作细小轻柔又小心翼翼，渗进骨子里的爱，疼到心窝里的情，磨到肌肉瘦小"经血"乱流的痛，在一搅一柔里荡开荡开。那力道那气味那情意持续一年又一年。

江敏费了老大的劲，轻轻地抱着黄文坐到沙发上。如母亲喂哺婴孩般，用勺子一小勺小勺，轻轻地慢慢地小心翼翼地一小口一小口地喂给黄文喝着。

28　骨科病房　日　内

黄文推着推车，如风中摇曳的叶子，飘啊飘地给一个个病人换药。

29　黄文家　日　内

厨房的黄文妈妈把青菜切成细如游丝的细沫，静静地等待着黄文下班后下锅，以期儿子吃一口绿色的菜。

饭桌上。

江敏把菜用剪刀剪成细沫样慢慢喂给黄文吃下。一点稍稍粗一点的菜块让黄文呛咳出来。

黄文眼泪飞流，还不停地呛吐着。黄文双手摸着颈部不停地呛咳呕吐。

黄文妈妈心疼又自责，拍着胸口端着碗走到厨房不停流泪。

30　江源县步行街　傍晚　外

黄文和江敏手拉手在慢慢走着。黄文每走一步仿佛都抽空了全身的力气。每说一句话，仿佛把胸肺都提到了嗓子眼。

虚弱的黄文飘飘摇摇地拉着江敏羡慕地看着几个还打着纸牌争上游不归家的老人。

江敏半抱着黄文，看着夕阳下，老人为一个牌争得面红耳赤怒吼着。

黄文听着那中气十足的吼叫，感到那声音是多么动听多么让人羡慕啊！看着那一个个健步如飞的行人，感到能轻松地行走是多么幸福的事啊！

想着幸福美好的事情，黄文虚弱的身子轻轻滑倒，江敏反应过来想抱起，但抱起来好难，好难！好心人忙帮着扶起躺平，飞快打了120。一阵救护车紧急的叫声中，一群医护人员如神兵天降，穿着白大褂的邱平抱着黄文皮包骨头的身子，拉着惊魂未定的江敏飞快冲上救护车。

31　外科病房　日　内

黄文双目紧闭躺在病床上，身上插满了各种管子。

江敏看着一滴滴飞速奔流的液体，眼泪也如液体不停奔流着。

32　黄文家　日　内

黄文躺在客厅的沙发上，眼睛漫游四移。墙上相框里美丽的女儿灿烂地笑着。电视安静地挂着，窗外的白云飞快地飘着，餐桌上几个药盒敞着，手边外科急救的书翻开着。女儿啊，是你想爸爸了要爸爸来陪你吗？

黄文内心焦急："时间啊，你怎么对我如此吝啬。别人把胡子都熬白，太阳都看了几万个，月亮也见了很多，我怎么就只见到 1 万个太阳，几千个月亮，老天啊，你对我怎么就这么不公平呢？我还有好多事情没有做完啊。你竟然忍心让我清醒地看着癌细胞像疯狗一样吞噬我的生机、堵住我的食道、压迫我的气管，让我看着食物吃不进，让肌肉一天天枯萎，空气渐渐远离。让我硬生生灵魂抽离肉体四处漂泊？"

"可恶的癌细胞你究竟有什么了不起，不就是几个癌细胞吗？你怎么就有本事把我这个几十年工龄的外科医生给打垮？欺负我太弱了，还是欺负我没脑子？可恶的食道癌，不要把我惹毛了，老子气疯了把食道全切掉换成人工造的弹簧样的钢管塑料管，不要它的其他功能，只让它成为一种通道，只负责把食物送进胃里就行。再全力加强胃的搅拌消化功能，把食物打成渣弄成粉送进肠道吸收，有维持生命的营养就可以了。"

黄文看了看墙上笑着因肝癌已故的唯一的女儿，又对着窗外大声地说："欺负我家没人吗？老子下辈子专门阻杀癌症。"

"爸爸！"一声弱弱的叫声，一只细细的小手拉着黄文的裤管，眼巴巴地望着黄文。

黄文高兴地说："儿子，是我华夏传人吗？是啊，可恶的癌症啊，不管多久，我华夏儿女一定会把你这可恶的癌症斩尽杀绝。"

一缕灿烂的笑容在黄文已不成人样的脸皮上荡开。黄文 55 岁颧骨撑起的笑定格在墙上女儿鲜花样的脸上。醒目耀眼又让人可怜可叹。

厨房里黄文妈妈切菜炒菜的声音，江敏在洗衣台洗衣服放水的声音缓缓响着。

江敏晾晒完衣服温柔地叫着："阿文，该吃药了！"说着拿起桌上的药端着碗走到黄文面前。

江敏看黄文头低着，忙过去扶起来喂药，可一摸一看啊：黄文脸上的笑冻碎了江敏的心。

"妈妈，妈，快进来，阿文走了！"

黄文妈妈流着泪叫着："儿子啊儿子！"飞快地跑到客厅，抱着黄文放到沙发躺平。又飞快从屋子里拿出了早就准备好的黑色老衣裤。

江敏一手拉着黄文的手，一边打电话。

33　公墓边　日　外

黄文墓碑上的笑容厚重深沉。

刘院长领着邱平王强等一群人在黄文的墓旁上香燃烧纸钱。

34　重医妇科病房　日　内

手术后的江敏静静地躺着。一滴滴液体飞流着。

江敏的姐姐江兰在床边低着头坐着睡觉。

35　江敏家　日　内

骨瘦如柴的江敏在家里沙发上躺着。墙上女儿青春美丽的照片洒满微笑。

黄文厚重深沉的笑让江敏泪奔。

黄文妈妈在厨房流泪冲洗着碗筷。流水声声和着眼泪滴滴交融缠绕碎心。

36　菜市　日　外

黄文妈妈看着一担担生机勃勃翠绿的青菜莴笋白菜，黄文妈妈拿起放下，放下又拿起："媳妇啊，你的病什么时候才好啊？这日子什么时候是个头啊？"

37　黄文家　日　内

厨房的黄文妈妈把青菜洗了又洗，切成细如游丝的细沫，静静地等待着江敏下班后菜好下锅，以期儿媳吃一点新鲜的绿色菜。

门开了。

江敏推开门双手捂着腹部痛得面色苍白，四处找着叫着："阿文阿文，救命啊，我好痛啊！救命啊！阿文！"

黄文妈妈忙拿上止痛药抱着江敏拍着喊着："敏儿乖，不痛，吃完药就不痛了。"心想媳妇这是痛疯了，痛得神志恍惚了。儿子已经死去1个月了。

江敏神志不清地大叫着："文文，阿文，我要阿文！"说着说着头一歪睡着了。

38　重医妇科办公室　日　内

医生把彩超单，CT室检查交给江敏

39　重医妇医院妇科　日　内

江敏拿着报告交给医生。

医生接过报告一看两眼一翻头一歪转身柔了揉眼睛："天下哪有这么可怜的一家人？！"

医生拿着报告找到主任，几个医生联合会诊："癌症全身转移，更倒霉的是癌症竟然转移到了肝脏、肺、胃部，甚至颅脑里，这样全身的痛谁能受得了？再做手术吗？"

这么短时间的全身疯长，可能做了没两天又长出来了，且如此大规模的手术，谁又能支撑得了？

主任悲痛地说："开药尽量减轻痛苦吧！"

医生擦掉泪叫江敏进了医生办公室。

江敏坐在医生对面满脸痛苦焦虑地问："医生怎么样啊？"其实在外科当护士长那么多年，自己的情况一看报告就清楚，可江敏还是充满希望地问着。

医生："经过我们科医生会诊认为目前不宜做第二次手术。现在我给你开点药，你自己按时吃就行。实在痛得不行，可以打针止痛。"

江敏笑着点头："好！谢谢老师！"

40　江敏家　夜　内

江敏在床上痛得"哎呀哎哟"叫着翻来覆去睡不着。

黄文妈妈听得心痛地也在床上翻来覆去地睡不着。

屋里暗淡的灯光忽闪忽闪。

黄文黄静的照片时明时暗地晃着闪着悄悄地陪伴着痛着叫着翻来覆去睡不着的娘媳俩。

41　菜市　日　外

黄文妈妈在菜市上东找西翻地寻找着。

42　黄文家　日　内

江敏痛得骨瘦如柴。歪歪倒倒走到厨房想找水喝。摸到刀用力一拉，手上血液直流。"噫，怎么这么奇怪，开水怎么从我手上出来，呵呵，妈妈，我要喝水，我要喝水！"说着对着自己流血的伤口边走边吸吮着坐在沙发上。喝着喝着，突然就晕得不知东西，抬眼一看，黄文黄静站在墙上冲她笑着。

江敏高兴极了，叫着："静静我的女儿，文文我的老公，你们怎么站那么高？危险，快下来，快点下来！"黄文黄静两父女就站在墙上笑嘻嘻地不动也不说话。

一阵风过。墙上照片摇曳晃动。一阵风吹来，窗门给吹开了。

江敏气急："爷俩只顾自己玩不理我，还要跑，不行啊。阿文、静静等等我，我要和你们一起飞。"说着把身边凳子拖到窗口边踩在凳子上，一脚蹬上 17 楼的窗口用力一飞，叫着"文文、静静等等我，等等我"，一跃而下。江敏 48 岁的梦想在风中零乱的气流中飞逝。

第四十五集　雪花外出学习利普刀

1　刘院长办公室　日　内

雪花拿着申请表交给刘院长。

刘院长看看雪花："交的什么？"

雪花："学习利普刀的申请表。"

刘院长："想好了吗？真的想学吗？"

雪花："想好了，真的想学。我上门诊就写了很多遍报告都没批。求你批准吧！"

刘院长："那好，那自己联系好医院就去吧！"

雪花高兴地说："谢谢你刘院长。"

2　A市妇幼医院阴道镜检查室　日　内

雪花和一起进修的李医生等几位医生在认真听陈老师讲解。

一个病人走进来。陈老师停止讲解，且示意所有人都不再说话。自己一个人笑眯眯地上去接下了病人拿来的单子。

陈老师笑眯眯地请病人上了检查台，又亲自给病人检查。

待病人穿好裤子出去后，陈老师才叫雪花等几个学生过去看阴道镜检查结果。

护士拿着报告开门交给刚才出去的病人。

陈医生对着阴道镜上的图给雪花说："这就是我们目前使用的冰醋酸

加碘试验作宫颈癌检查。做阴道镜第一步是用生理盐水清洗宫颈，第二步是用冰醋酸涂宫颈 2 分钟，第三步涂碘观察宫颈是否着色，以此判断有无宫颈癌倾向。如果宫颈全部着色也就是全部变黑说明比较安全，如果不着色就有宫颈病变可能。你看这个宫颈一点都不着色白得和纸一样，这种就要涂片做 TCT，HPV 最好取活检以确定病变的性质和程度。听明白了吗？"

雪花："明白了。陈老师，刚才怎么不给我们边做边说呢？"

陈老师："这都什么年代了，还敢边做边说，指不定哪里让病人不满意就会去投诉你。下面我做的时候大家仔细看着，有什么不懂的下来问。"说罢挥挥手示意大家静下来。待大家都停声后才打开门叫道："下一个病人请进来。"

一个个病人进来出去进来出去都是陈老师一个人做着，护士在不停地递棉签送病人。

一个 30 来岁的女病人拿着报告进来说："陈医生，我所有的检查都做完了，给我开点药吧！"

陈医生笑眯眯地说："好，请坐！我马上给你开药。"

女病人："我得的是啥病啊医生？"

陈医生："根据检查结果来看，你患有霉菌性阴道炎和宫颈 CIN II 级，要吃点药，再做手术。"

陈医生话未落音进修李医生快嘴飞快地抢着说："还可上点药。"

女病人看看陈医生又看看李医生："谁说了算？"

陈医生拍拍胸脯："我说了算。你这种病要吃药也要上药，还要用洗药。三管齐下。等炎症好了，下次月经干净 3 至 7 天来做利普刀手术。"边说边给病人开好药将病人送了出去。随手关了门严厉地说："李医生，今天看你是初犯，下次我给病人交代病情谈治疗方案的时候，如果你再插嘴，将取消你的进修资格。"

李医生伸伸舌头低下了头忙说："对不起，下次再也不敢了。"

陈医生难过地说："不是我故意刁难你，是现在的情况让我们只能当哑巴，只能一人说，要随时警惕病人投诉你、伤害你。面对病人，看病要小心又小心，留神又留神。随时警惕。力争把病人治好，不给别人留下任何可能陷害的机会。"

雪花："这么可怕啊！"

陈老师："外科肖主任出事，是因为他收治了一个肝癌病人，住院时间长，病人家属说肖主任治得不好，用了那么多钱效果不理想。"

雪花："就目前来看，治肝癌本来效果就不好，目前全世界任何国家都没有哪个医生治得好。就是换肝，也不是十分保险。肖主任又怎么可能治疗得让他们十分满意。"

陈老师："病人是上帝，想咋样就咋样。没办法，我们这里好多医生现在都请了保镖，不然都不敢出门。谁也说不准在什么地方得罪了病人。几年前我有个老师什么错都没有，病人说病好得慢，怪我老师治得差，也是出了大事了……"

3　A市妇幼医院进修生宿舍　日　内

雪花和李医生在整理笔记。

雪花："李医生，你是从哪家医院来的啊？"

李医生："我是大岭山来的，保健院的。我们那山高路险，条件很落后，连剖宫产都不能做。这次进修回去后，准备把剖宫产开展起来。看她们这里这样发达，医生这么有本事，还会有人在医院闹事，真是想不通啊！我们那里，好些山里妇女自己还在家里生孩子，好多人生死了。就是到了我们医院，对那些难产的，我们不会做手术也只能看着病人死。"

雪花："你们那也太落后了，和我们三四十年前差不多。想当初中国孕产妇死亡率很高。我毕业那会儿也是经常看到孕产妇死亡。中华人民共和国成立以来，特别是改革开放以来，中国卫生事业取得显著成就。覆盖城乡的医药卫生体系基本形成，疾病防治能力不断增强。医疗保障覆盖人口越来越多，卫生科技水平迅速提高，人民群众健康水平明显提高了。不说别的，就拿人的平均寿命来说，中华人民共和国成立前期我国人均寿命是 35 岁，那时外国人都管中国人叫东亚病夫。而现在，我国人均寿命差不多到了 73 岁。全国孕产妇死亡率也由中华人民共和国成立初期的 1500/10 万降至 2008 年的 4.2/10 万，婴儿死亡率也由中华人民共和国成立初的 250‰降到 1981 年的 50‰再降到 2010 年的 13.1‰，你看医学进步了多少，医生们付出了多大心血，国家增加了多少关注和投入。"

李医生："听你这样讲，国家发展达到了现在的水平，真是让人高兴。"

雪花："谁说不是呢。可你看看，不要说生 1000 个孩子可能有 13.1 个孩子死亡，就是医院全年生几千个孩子死 1 个孩子，也要被一些不理智的人找麻烦，有的医生护士还会受伤，不敢上班。"

李医生："医生好难当哟！"

雪花："谁说不是呢？"

李医生："不管怎么样难当。我还是决心把剖宫产带回去，陈老师也同意会亲自带我做手术。还要亲自到山区帮我们做手术。"

雪花惊奇地问："她不怕苦？不怕死？"

李医生："她不怕，听说我们还不会做剖宫产，还有难产死亡的产妇，陈老师说，怎么也得把先进技术送到大山里去，去救那些落后地区的姐妹们。"

雪花开玩笑地说："教会了你手术，好等病人来找你麻烦哟！"

李医生："陈老师说，不管发生什么，也要教会我们剖宫产，毕竟绝大多数的病人是好的，是讲理的。"

4　利普刀手术室　日　内

陈老师在做手术。雪花和李医生认真地看着。手术完毕，陈老师送走病人后，给雪花和李医生不停地说着讲着。雪花和李医生不停地点头。

5　进修生宿舍　日　内

雪花和李医生在看书。

雪花："李医生，我很快就要回去了，你什么时候学习结束？"

李医生："还要等两个月。"

雪花："陈老师真的要到你们那去？"

李医生："她说真的要去。"

6　利普刀手术室　日　内

雪花在给病人做手术。陈老师在一旁看着。

7　Ａ市书店　日　内

雪花在选书购书。

8　江源县车站　日　外

雪花背着大背包的书吃力地从车上走下来，小明飞快地跑上去接过了雪花背上的书包。

9　雪花家　日　内

雪花在不停地写着。

10　江源县医院刘院长办公室　日　内

刘院长坐在办公桌前看文件

雪花坐在刘院长面前："学习结束了。"

刘院长："利普刀手术会了吗？"

雪花："会了，只是得重新购一台金科威电子阴道镜。我们原先那台阴道镜旧了，这次我们进修那家用的就是这种阴道镜，还请尽快买一台利普刀机器。"

刘院长："有那个必要吗？"

雪花："有必要。"

刘院长："为什么？"

雪花："现在宫颈癌太多了，每年全世界有 50 万妇女死于宫颈癌。而新的阴道镜是查早期宫颈癌最好最先进、最便宜的机器，也是防治宫颈癌最好的武器。我们现在发现宫颈癌最小的病人是 21 岁，想想看那是多么年轻的生命啊！新的阴道镜能及时发现有宫颈癌倾向的病人，便于早治疗早防患，以最科学的方法将宫颈癌扼杀在萌芽状态。"

刘院长："你能治多少？"

雪花："能治多少是多少，能防多少算多少。就让我在门诊这个小小的角落里守护好全县姐妹们的身体健康！请让我们一起努力把宫颈癌的发生降到最低限度吧！"

刘院长严肃地说："好！为了你的健康给门诊多配一个护士吧。"

雪花："好啊，那可谢谢你了！"

刘院长："你学的利普刀手术怎么样？"

雪花满怀信心："没问题。你早点安排把机器买回来吧！"

11　雪花诊室　日　内

雪花一早就跑到诊室，整理着办公桌上的东西。

高红走进来："雪花，你终于回来上班了。知道吗？你走两个月医院出了大事了！"

雪花惊讶地问："啥事？"

高红："骨科黄文死了。江敏护士长在黄文死后检查发现子宫内膜癌晚期，做手术一个月后全身转移，最后转移到脑部。江敏一天痛得受不了直接从她家17楼跳下来摔死了。"

雪花："这么惨！"正说着，何花笑眯眯地走到雪花身边，"回来好好上班，很多病人到住院部来找你。"又转向高红，"护士长，通知你们一声，刘院长说雪花回来了，你们门诊可能要增加护士。"

雪花："知道了。"

高红："增加护士干什么？"

何花："不知道。"

雪花："为了保护我们吧。"

高红："这么几个病人，要那么多护士干什么？"

雪花："过些时候可能就忙不过来了。"

正说着星星奶奶面色苍白地走来。一见雪花便兴奋地拉着雪花的手流着泪说："张医生你可回来了。怎么办哟。现在下面血流得止不住了。"

雪花忙拉着星星奶奶："快到检查台，我看看。"

星星奶奶躺在检查台上。

雪花难过的脸显示星星奶奶病情已经很重了。

雪花："星星奶奶，你儿子他们不回来吗？"

星星奶奶："不回来，去年星星患宫颈癌死了他们用了很多钱。现在他们说没钱，不回来。"

雪花："那就开点药吃吧。"边说边给星星奶奶开药。

星星奶奶拿着药方慢慢地走了。雪花望着星星奶奶离去的背影发呆。

12　江源县大街上　夜　外

雪花有气无力地走着。

13　雪花家　夜　内

雪花躺在沙发上出神。

小明走进来心痛地问："怎么，今天第一天上班就这么不开心啊？有什么事吗？"

雪花："星星奶奶宫颈癌晚期已经恶化了。去年小星星做宫颈癌术后死了，家里没什么钱，她儿子媳妇也不回来。再说她都 76 岁了，多可怜啊！上次花花死了，现在还有一个点点。要她带着，多累呀！"

小明："那你急什么呀？"

雪花："现在星星奶奶是宫颈癌晚期，已经没办法找钱做手术了。她家里又没什么人可以帮她，还有一个不到 5 岁的孩子要照顾。怎么办啊？"

小明："她家里人知道她的情况不？"

雪花："知道。可她们为星星做手术已经花去了家里所有的积蓄。"

小明："那你急什么啊？听说国家已经花费了大量资金来帮助人们治疗宫颈癌。"

雪花："可她们家一个大人都没有，谁来帮她签字呀？哪怕只切子宫止血不扫淋巴也行啊。现在我只想院长能把我们的新阴道镜买回来，好早点筛查出更多的宫颈癌前病变，多做利普刀手术，多救点姐妹们的命。"

第四十六集　防癌先锋

1　雪花诊室　日　内

雪花正在看病人。

几个工人抬着阴道镜走到雪花门边："请问是张医生吗？"

雪花忙站起来："啥事？"

工人一："刘院长叫我们来安装阴道镜。"

雪花高兴地把处方交给病人起身对工人说："就安在对面那间屋子吧。"

汤菲精神地和高红走到雪花面前。

高红："从今天起，汤菲就在我们门诊手术室上班了。"

雪花高兴地："好啊！快去看看新阴道镜的调试吧。"

高红示意汤菲进去，汤菲眨眼间飘进了阴道镜室。

2　雪花诊室　日　内

雪花坐在办桌前。

几个年纪着装各异的病人或站或坐地等着看病。

汤菲笑着走进来："张医生阴道镜安装调试完毕可以做了。"

雪花高兴地："好啊！病人已经在等着了。"边说边拉起一个病人到了阴道镜检查室。

3 刘院长办公室 日 内

刘院长在看文件。

雪花拿着一张阴道镜报告单交给刘院长："看看吧。我们医院新阴道镜做的第一例报告，看多美。好清晰啊！"

刘院长笑眯眯地说："看你美的，有那么好吗？"

雪花开心地说："真有那么好！它就像孙悟空的火眼金睛，让宫颈癌无处躲藏，立即显形。更重要的是，它更像诸葛亮孔明一样能掐会算。就算是还没有宫颈癌的，它也会预测将来或者马上就可能发生的宫颈癌。"

刘院长高兴地说："干脆说你就是孙悟空、诸葛孔明。"

雪花："有了阴道镜，对于预防宫颈癌来说，我就有了孙悟空的火眼金睛也有了诸葛孔明的智慧。太好了！我不是领导，但我还是代表全县人民感谢你、谢谢你，刘院长！"

4 阴道镜检查室外日 外

许多病人在排队等作阴道镜。雪花一会儿诊断室，一会儿阴道镜检查室，一会儿妇科检查室，一会儿人流手术室，不停地奔跑着。

5 手术室内日 内

高红在做术前准备。麻醉师在不停推药。

6 雪花诊室 日 内

一个流产出血病人在雪花面前说："张医生，我胎儿已经流出来了现在出血很多，给我先做吧！"

雪花果断地说："好，快去叫护士准备。我马上就来！"

病人一走雪花马上跟着到了手术室。

7 手术室 日 内

高红叹息着："今天手术太多。都是出血病人，大家都想快点。请大家理解一下。"又挥手说，"雪花你快到你那诊室去看病人吧，麻醉打好了，我给你打电话。"

雪花看看那么多站着的病人想想又走了。

8 雪花诊室 日 内

雪花正在看病人。

出血病人又焦急地跑到雪花面前："张医生快给我做手术吧，出血太多了。"

雪花："还没到你啊？"

出血病人："没有，张医生，你快点去吧，全给汤宁医生的病人做手术。"

雪花飞快地拉起出血病人："快点我和你一起去吧！"边说边走到手术室问高红："怎么回事？"

高红："病人太多了。给汤宁医生的病人做完再做你的手术吧。"

雪花着急地说："高红，高护士长，病人出血多，你难道不知道谁先做谁后做？我就站在这里，下一个手术必须给这个出血病人做！"

高红不出声。雪花忙将出血病人带上手术台。

9 雪花家 日 内

雪花躺在沙发上出神。脑里是出血病人苍白的脸。

10 江源县一小吃店 日 内

高红一家人正和几个客人一起吃饭。

高红、邱平举起酒杯正给亲人敬酒。突然高红举起的手再也放不下来。

邱平忙打 120 急救。

11 江源县大街上 日 内

救护车飞快地跑着。

12 江源县医院 CT 室 夜 内

高红在检查。

13 雪花诊室。日 内

雪花正在看病人。

汤菲走进来对雪花大声地说："雪花，昨天晚上高红护士长脑梗死。已经住院了。"

雪花："那你一个人上班就更辛苦了。刚来手术室就遇到这种事。"

汤菲："没关系。"

14　内科高红病房　日　内

高红躺在病床上正输液。

王医生李主任汤菲在床前站着。

汤宁医生走到高红身边："怎么就躺下了？怎么不小心呢？"

主任着急地问："咋回事啊？自己好好休息，不要想太多。"

高红："谢谢，我会好好治病的。"

汤菲："护士长，你安心休息吧，我一定好好上班。"

15　利普刀手术室　日　内

雪花在做手术。汤菲在忙前忙后地准备。刘院长在门外不放心地走着。

16　医院门口　日　内

雪花和刘院长不期而遇。

雪花："刘院长好！"

刘院长："利普刀怎么样？可以做吗？"

雪花："没问题，你就放心吧。已经做30多例了。"

刘院长："那就好。不要大意，好好工作。"

雪花笑着高兴地说："好，谢谢你，院长！"

17　雪花家　日　内

小明在厨房不停忙碌着。雪花坐在沙发上看电视。

欣乔坐在沙发上一边翻书一边看电视，一副心神不宁的样子。

18　门诊中医科曾刚医生诊断室　日　内

王小二和一大群人在屋里坐着。曾医生在不停地讲着说着，时不时摸摸喉部。

王小二坐在曾刚医生对面："曾医生，我不吃药就头昏、心慌，吃完药又好一点，怎么办嘛？"

曾刚细心地说："你高血压高血脂又有胃病糖尿病。一旦开始吃药，最好坚持，不能停药。

王小二："就是为了不吃药才来找你开中药调理，你这么说，说个锤子啊。"

曾刚："目前还没有根治高血压和糖尿病的中药，还有胃病、高血脂这些都是慢性病，需要自己控制饮食。很多食物比如糖、肥肉、动物内脏、鸡肉等肉食类及葡萄、西瓜、芒果、火龙果等含糖量高的都不能或者尽量少吃，粥类也最好不吃。"

王小二轰地一下用左手将曾刚医生桌上的本子茶杯扫到地上，一脚踢飞曾刚医生未曾坐下的椅子，右手一拳横扫向曾刚医生，怒骂道："放屁！你当老子是哈儿啥都不懂，叫老子啥都不吃，老子是菩萨还是死人。"边说边怒气冲冲的快步离开。

19　医院办公室　日　内

王小二气势汹汹不停地说着吼着。办公室李主任在记录着。

20　医院办公室　日　内

办公室李主任拉着曾刚出了办公室。

21　雪花家　夜　内

雪花坐在沙发上不说话，眼睛直愣愣地盯着电视？

小明看看雪花探寻地问："今天有啥事吗？怎么回来就不高兴呢？"

雪花闷闷不乐地说："没什么。"

小明："看看你的脸，像没事吗？"

雪花："你觉得有事吗？"

小明："肯定有事。老实交代，啥事？"

雪花难过地说："门诊中医科的曾刚医生晚期肝癌，今天上午死了。"

小明："以前没听说呀。"

雪花："他都做手术一年了。没给大家说，上次遇到几个病人找他扯皮，又打他骂他。他一着急肝功能快速衰竭，没几天人就没了。"

小明："那可真是可惜了，多好的医生啊。一天那么自律。"

雪花："是啊，他一天除了上班看病，什么都不做。退休金都没领到就走了，哎。"

22　欣乔家　夜　内

雪花看着欲言又止的欣乔小心地问："欣乔，有什么事吗？"

欣乔难过地说："妈妈，从上次你没上班到现在，我已经4个月都没来月经了。"

雪花睁大眼睛："那是怀上了吗？"

欣乔低下头："没有，我自己查了几次都没有。"

雪花惊奇地问："你咋不早说呢？"

欣乔："你心情不好，我怕让你心烦没告诉你。"

雪花："我没上班你着急干什么呀？有时候生气、着急、忧虑等等，都会导致卵巢功能紊乱从而影响月经。明天到医院做B超先看看再说吧！"

23　江源县医院B超室　日　内

欣乔在做B超。

24　雪花诊室　日　内

欣乔拿着B超单交给雪花。

雪花拿起B超单神情立即严肃起来。

欣乔："有问题吗？妈妈？"

雪花："有点问题。双侧卵巢每侧都有十多个卵泡，内膜7毫米。有多囊卵巢综合征可能。明天再查空腹血看看吧。"

欣乔着急地问："很严重吗？"

雪花笑笑："没什么，不要着急。明天早上不吃饭到医院来查血。"

25　雪花家　夜　内

雪花坐在沙发上出神。

小明走进来瞅瞅雪花："又怎么啦？"

雪花难过地说："欣乔可能患了多囊卵巢综合征。"

小明："这种病很难治吗？"

雪花："非常难治。"

小明："当今时代还有什么病能难倒你？"

雪花："这种病不但难治更重要的会影响怀孕，即使怀孕也很难成功。"

小明："这么麻烦啊？"
雪花："真这么麻烦！"

26 江源县医院检验科 清晨 外

欣乔在抽血处排队。

27 江源县药房 中午 内

雪花在取药。

28 雪花家 夜 内

雪花拿着检验报告出神。

欣乔："妈妈，有问题吗？"

雪花回过神来笑笑："没多大问题。"

欣乔："是多囊卵巢综合征吗？"

雪花："是的。"

欣乔："好治吗，妈妈？"

雪花："好治。但你要有耐心，慢慢来，别着急！这有点药拿去吃了，过几天月经就来了。"

欣乔："这么好。"

雪花："等月经来了叫小溢他妈妈在他们市里买三盒达因35过来，连续吃三个月就没事了。"

欣乔："要吃这么久？"

雪花："那是必须的啊！"

29 欣乔家 夜 内

欣乔和小溢在沙发上坐着。

欣乔在吃药。

小溢："欣乔，我们这么久没怀孩子，你妈妈说是啥原因了吗？"

欣乔："妈妈说是多囊卵巢综合征，要慢慢来。"

小溢："好。"

30 雪花家 深夜

雪花在不停地翻书。

小明："快点睡吧。都这么晚了还看书啊。"

雪花："你快点睡吧，我睡不着。"

小明："不就是多囊卵巢综合征吗？至于吗？天天唉声叹气。"

雪花："至于吗？不至于吗？你知道治疗这个病有多难吗？几天前有个28岁的病人患了这个病她说看了几个大城市，先后治了八年，花了24万都没治好，更别说生孩子了。"

小明翻身坐起："这么严重啊？"

雪花："这样的病人太多了。很多病人都是从外地回来的，我看过她们在大医院看病的资料。"

小明："这么严重的病，怎么就生在欣乔身上了呢？"

雪花难过道："都怪我，也怪你。她结婚的时候她想举行结婚仪式。小溢他爸爸妈妈非要我和雷军站在台上接受他们敬茶，可你和雷军他老婆打死都不同意，先后请了十几个人用了三四个月都说服不了你们。你们坚决要和我们四人一起坐在台上。"

小明："凭什么？为什么？小溢他爸爸不要我坐台上，还好意思找人给我做工作，请你不要上台坐。有这么做工作的吗？"

雪花："所以啊，就为了你这凭什么，又请人给小溢他爸爸妈妈做工作，让他们同意让你和雷军他老婆坐台上，可他们也死活不同意，害得欣乔哭了几个月。那时还好，至少月经每月还按时来。后来为了我的事，月停直接停了。你看看从结婚到现在不到半年，整个人变了个样，胖得都大了一圈了。"

小明："你的事她急什么嘛？"

雪花："这话你怎么说得出来。想想看，欣乔当年读书的时候她的同学没钱吃饭，她的钱全给了同学，只有一盒米饭她饿得只喝水也要把米饭给同学吃。"

小明："欣乔有这么好啊？"

雪花："当然有这么好，想想看为同学为朋友她尚且如此。为了我她怎么不着急伤心难过？"

小明："欣乔怎么这么善良啊？"

雪花："还是从小给她讲故事教育她教出来的。想我很小的时候，我90

多岁满头白发的老祖母天天给我讲那些善良得令人掉眼泪的故事。老祖母说我家祖上没钱没房，住在山上的破庙里，祖母从小就给庙里的菩萨洗脸，她就在田里拾别人家收割后余下的几颗谷子，全家只做了一碗米饭，要饭的来了也要分半碗给要饭的吃。"

小明："你给她讲过这个故事。"

雪花："当然讲过。她记住了，并且比老祖先做得还好。老祖先至少还留了半碗饭自己吃，她倒好，是一粒米饭也不留，全给了同学朋友。自己只喝水，饿了就睡在床上望着天花板。"

小明："但愿欣乔能快点好！"

雪花："一定会的。"

31　江源县医院B超室

欣乔在做 B 超。雪花站在 B 超机前紧张地看着。

雪花："卵泡多少个？"

B 超师："左侧 8 个，右侧 9 个。内膜 6 毫米，无优势卵泡。"又望着雪花，"月经多少天了？"

欣乔："达因 35 用药三个月后第一次月经的第十二天了。"

雪花电话突响起。

雪花："谁呀，姐姐你怎么有时间打电话呢？"

雪英："姐姐有事是想麻烦你帮帮忙。"

雪花："啥事？"

雪英："轩轩老婆静静快生孩子了。叫我们去成都，想请你去帮帮忙。"

雪花："哪家医院？我能帮什么忙呢？"

雪英："你去看看我们也要踏实些。"

雪花："什么时候去嘛？"

雪英："刚刚轩轩打电话说已经有红的了。"

雪花："那可要去住院了。孩子在 72 小时内就要生出来了。"

雪英："静静她爸叫我们今天就去。"

雪花："那等中午下班后走吧。"

雪英："好！"

32　江源县大街上　日　外

雪花一边飞快地走着，一边给欣乔打电话。

欣乔正吃饭，听见电话声忙放下饭盒："妈妈干什么？"

雪花："大姨要到成都。静静姐快生孩子了，大姨叫我去一下，你也跟我一起去吧。我们顺便一起到西华去看看。"

欣乔："好啊，我马上去请假。"

33　公路上　日　外

一辆小车飞快地奔驰着。静静爸开着车。

雪花、雪英坐在车内。

34　成都市　日　外

静静爸领着雪花、雪英一起走进一座看着十分森严的住宅区。

35　静静家　日　内

静静大着肚子在屋里走来走去。见雪花一行人进来忙请大家坐下。

雪花关心地问："痛不痛？"

静静皱着眉头："有一点，不是很痛。"

雪花着急地问："多久痛一次？一次痛多久？"

静静认真地问："十几分钟痛一次，一次痛几秒。"

雪花放心地说："那还得等一阵子才生。怎么不到医院。"

轩轩："去过了。医院不收，说要等正式发作了才去。"

雪花："这样啊！"

静静妈："医院床位很紧张。"

轩轩："但生的时候还是可以去的。"

雪花放心地说："那就好，哪家医院啊？"

静静淡定地说："三花妇产科医院。"

36　三花妇产科医院　深夜　外

雪花、静静、轩轩一行人在门诊行道等着。

静静时不时捧着肚子紧皱着眉头。

一个医生走出来叫："静静，进去检查。"

雪花和静静一起进去。

医生拦着雪花说："只能让产妇一个人进去！"

雪花笑笑说："我也是妇产科医生，想进去看看情况。"

医生也笑笑点头，放雪花进了检查室。

雪花扶静静躺在检查台上。

医生仔细地检查着。

雪花："请问医生，静静现宫颈口怎么样啊？"

医生："宫口还没开呀。"

雪花："宫颈管展平了吗？"

医生："宫颈管平了，基本上可容一指尖了。"

雪花："那还得等呢？"

医生："你们还是回去等吧，你们家离这里不远也就十几分钟的路程。医院床位紧张，等四五分钟痛一次，一次痛 40 秒钟的时候再来吧！"

雪花："她现在就是四五分钟痛一次，一次痛 40 秒。"

医生："那也得等到明天早上交班的时候再来，现在已经是 2 点多了。"

雪花："回家多危险啊，还有 5 个多小时呢。"

医生："没办法。现在所有的病床都有人住着，得等病人出院后才有床位。"

雪花："一张床都没有吗？"

医生："有一张床，那也是给那些急诊快生的病人留着。"

雪花："她在你们这里建卡的，床位已经定好。"

医生："就因为她在这里建卡的，也定了床位的，所以叫她明天来啊！"

雪花："在家里没法听胎心，没有胎心监护多危险啊！"

医生："真的没办法，回去吧！"

雪花还想说什么。

静静皱着眉："走吧小姨，说也没用的。建卡产妇太多了，没办法。"边说边走出了检查室。

静静妈、雪英、轩轩围了上来"怎么样？怎么样？"地同声问了起来。

静静："还得等。医生叫我们回去。"她看看雪英看看雪花说，"妈妈、小姨你们还是先回家吧！我和轩轩在车里躺会等天亮的时候再去医院。"又看着静静爸："爸，你送她们回去吧。虽说是春天，还是有些凉。回家吧。

别感冒了。"

静静爸："是啊，才2点多，还是回去吧！"

静静妈："还是都回去，离天亮还有那么久，再说等到8点钟交班还有6小时呢，静静在车里待久了对孩子不好。"

雪花："好，大家都回去吧。等会儿如果痛得厉害再到医院也可以，晚上不会堵车！"

轩轩："好，快点上车大家都回去吧。大家原车回去。"

37　静静家　夜　内

欣乔睡得正香，被雪花"窸窸窣窣"的上床声弄醒，问道："妈妈，静静姐生了没有？"

雪花："快睡吧，还没呢，医院没床，叫回来等。"

38　静静房间　日　内

静静躺在床上静静地摸着腹部。静静妈妈紧挨着静静坐着。

静静每痛一次，静静妈妈便立即用手摸到静静腹部，并且眼睛都不眨地看着手表。每痛一次，静静妈便记了下来，待静静阵痛过后，静静妈便令轩轩和静静爸快去休息保持体力以保证随时用车。

39　三花妇产科医院　清晨　内

静静和轩轩、雪英、静静妈在医院病房住着。

静静每痛一次，静静妈都要看着手表记录着痛的时间。

40　静静家　日　内

欣乔睁开眼不见家人："静静姐她们怎么不见了？"

雪花："今天早上5点多静静姐痛得厉害到医院去了。走，欣乔，快点我们现在到西华去看看吧！"

欣乔："好吧！"边说边飞快穿好鞋子。拉开门。欣乔和雪花风样快速出门。

41　成都　清晨　外

车水马龙，人来人往，更多的是车的海洋。

雪花坐在出租车里飞奔着。

42 西华妇产科门诊挂号处 日 外

排着长长的队伍，欣乔站在队伍中间。

雪花在医生值班表上找那些老师的名字。所有的带教老师都不值班。

雪花便要了内分泌专家黄教授的门诊号。

43 黄教授诊室外日 外

雪花和欣乔静静地排队等着。

44 黄教授诊室内日 内

有护士在不停地叫着就诊者的名字，又不停地将已经看过的病人送出来。

45 三花妇产科医院 8 病室 日 内

静静冷静地躺在床上，一到宫缩的时候便马上说"开始了"，宫缩停便马上说"停了"。

静静妈根据静静的提示，拿着本子和笔不停地记录着静静阵痛的时间和阵痛间隔的时间，

母女俩用她们深深的爱和最独特的方式，记录着未来宝宝生命开始，最初也是最艰难的旅程。

轩轩和雪英在床边不停地走着望着，望着走着。

时间在焦急的等待和阵痛的煎熬中慢慢滑过。

46 西华 黄教授诊室 日 内

欣乔坐在黄教授面前。

雪花拿着欣乔以往检查治疗的病历，给黄教授介绍着欣乔的病情："黄老师，是罗老师叫我来找你的。欣乔是我女儿，她几次 B 超都显示双侧卵巢有 10 多个卵泡，性激素六项显示 LH/FSH 大于 3，有多囊卵巢综合征。已经连续吃 3 个月达因 35 后，用氯米芬促排卵，月经第 10 天、12 天、14 天有测卵泡，第 15 天测到卵泡有 2.1 厘米，说明有成熟卵泡。但还是怀不上孩子。老师请你帮着看看怎么办好？"

黄教授笑笑："查胰岛素了吗？"

雪花摇头说："没查。"

黄教授："那就做一个 B 超，查性激素六项和胰岛素吧！"边说边叫助手开好了检查单。

47　检验科　日　内

欣乔在排队抽血。

雪花在边上坐着等着。比过年人还多的医院让雪花有点眼花不适。

欣乔拿着一张单子说："妈妈，性激素六项已经查了，但胰岛素要明天早上才能查，刚才只领到了明天排队抽血的号。"

雪花："那现在去做 B 超吧。刚才我已经排好队。快到你了，快去吧。"

48　西华妇产科 B 超室外日　内

欣乔在排队做 B 超。

49　黄教授诊室　日　内

雪花和欣乔拿着报告给黄教授。

黄教授看报告后严肃地说："根据报告显示多囊卵巢综合征的诊断是对的，等明天胰岛素报告出来后再开药吧。"

雪花："那明天你在哪里上班？"

黄教授："明天在住院部，你拿到报告后到住院部来吧。"

雪花："好吧，谢谢！"

50　三花妇产科医院 8 病房　日　内

静静在床上躺着。

静静妈仍然拿着纸和笔在记录着阵痛的时间和间隔时间。

轩轩拿着手机在一边坐着接电话："在 3 层 8 病室。"

雪花在行道里拿着电话："知道了。"边说已走进了 8 病房。轩轩忙起身让座。

雪花走到静静床前关心地问："怎么样，痛得厉害吗？"

静静笑笑："不怎么样。"

静静妈忙起身，拿着记录宫缩时间的本子给雪花看。

雪花接过静静妈交给的小本子一翻，简直惊呆了：

早上 2 点 20 分痛 15 秒，2 点 35 分痛 16 秒，2 点 45 分 15 秒，3 点 15 分痛 20 秒，3 点 30 分 30 秒，3 点 40 分 30 秒，3 点 50 分 33 秒，4 点 10　分 35 秒，4 点 18 分 36 秒，4 点 25 分 40 秒，4 点 30 分 40 秒，4 点 35 分 40 秒，4 点 40 分 40 秒，11 点 20 分 41 秒，11 点 25 分 40 秒，11 点 30 分 42 秒，11 点 34 分 35 秒，11 点 38 分 32 秒……

雪花惊叫："天啊，世界上没有一个人如此精确地记录过整个分娩过程的每一次宫缩，如此下去可以进入吉尼斯大全了。"

正说着，静静又说："来了，妈妈！"

静静妈忙拿过本子边记边看表。

静静说后。静静妈写好后看表：这次痛了 38 秒，间隔 4 分钟。

雪花抬眼问静静："宫口开了几厘米？"

静静："刚才医生说宫口开大 1 厘米。"

雪花："怎么不到待产室呢？"

轩轩："她们说要宫口开到 3 厘米才能进待产室。"

雪花："那怎么观察胎心呢？"

静静："她们有人每小时来听一次胎心。"

雪花："静静，你现宫口才开大 1 厘米，离生孩子的时间还远着呢！好好休息，放松心情，不痛的时候眯上眼睛吧。"

静静："好的，小姨，你和轩轩你们去吃饭吧，都中午了。"

轩轩忙说："好吧，走，欣乔、妈妈我们一起去吧！"

51　成都市街边小吃店　日　内

雪花、雪英、轩轩在吃饭。

雪英准备给静静用饭盒打点米饭。

轩轩："不用了妈妈，静静爸回家弄饭去了。"

52　三花妇产科医院 8 病室　日　内

静静仍然躺在床上，安详而平静。直到阵痛时候才说一句"来了"，阵痛停了又说一句"停了",没有一点紧张的神情和痛苦地喊叫。阵痛好像是她期待已久的幸福。她在阵痛与等待的痛苦与幸福交替中诠释着,什么是母爱?什么是伟大。两天两夜了。

雪花看着有些不忍心,便抬眼望着窗外。

静静:"去休息吧,小姨。"

雪花:"做剖宫产手术吧,你都痛了两天两夜了!"

静静:"不做,这么久都等过来了,我相信我一定能生下来的。"

雪花:"医院叫你做手术了吗?"

静静:"说过。但我要求自己生孩子。你相信我吧,小姨!我一定能把孩子生下来的。再说刚才医生检查过了,说孩子胎心很好。"

雪花:"那就好。你最好,休息休息,不痛的时候,眼睛不要睁开。"

静静妈:"雪花你和欣乔,你们放心忙你们的吧!"

雪花看看静静,又看看轩轩:"好吧,有事你们随时报告医生吧!"

53　西华妇产科医院　日　内

欣乔在排队抽血。

雪花在一边坐着等着。

欣乔抽完血用手压着止血一边说:"妈妈,刚才抽了一次血后喝了一大杯糖水说是 75 克葡萄糖水。等半小时、1 小时、2 小时还要抽三次总共要抽四次血。"

雪花心痛地说:"勇敢点!查胰岛素就是这样的。很麻烦,所以我们到现在还没开展这项检查,抽血后我们再去吃饭吧,妈妈去给你买个面包。"

欣乔:"好吧,妈妈!"

雪花拿起电话:"不知静静生了没有?"

欣乔:"打电话问问吧!"

雪花刚拿出手机,雪英电话打进来。雪花接过:"姐,静静怎么样了?"

雪英:"说是宫口开大 3 厘米,已经进待产室半天了。"

雪花焦急地:"什么时候进去的?"

雪英:"昨天晚上就进去的。"

雪花:"这么久还没生啊?"

雪英:"没有呢!"

雪花："这么久都没生啊？"雪花放下电话对欣乔说，"太危险了！不知颖子还在不在这家医院，听她们说颖子是这家医院的门诊部主任。"

欣乔："快打电话问一下！"

雪花："号码弄丢了，看看你玲玲阿姨知道她的电话不。"边说边打通了玲姐的电话。

欣乔接过电话："玲玲阿姨，知道颖子阿姨的电话吗？知道呀，那马上发过来呀。好！那就快点。"

雪花一看："来了，快看看吧。1398……来用你的手机打。"

欣乔说声拿着手机示意雪花："通了，妈妈快说话！"

雪花接过电话："颖子，你在哪里？我是雪花。在出差啊。""啥事啊？""我姐的媳妇在你们医院生孩子。昨晚就进了待产室，现在都11点40了孩子还没生下来，我们都很着急，又不知里面什么情况，想请你去看一下，你不在医院就算了。我先过去看看怎么样了。"

54　三花妇产科医院　日　内

轩轩、静静妈、雪英都在过道等着。

雪花刚一上去，轩轩就上来高兴地说："孩子刚才生下来了！"

雪花高兴地问："真的，几点生的，多重啊？"

轩轩兴奋地说："12点过3分出生，男孩子。3400克。母子平安。"

欣乔高兴道："太好了终于生了。静静姐真勇敢。"

雪英高兴地说："静静马上要出来了。"

正说着工人用推车推着静静出来了。

一家人忙上去跟着工人到了8病室。

婴儿洗澡处。有护士在给静静刚生下来的小婴儿洗澡。

轩轩拿着手机给孩子拍照。欣乔拿起手机对着孩子照。

雪英看着雪花："欣乔的事情办得怎么样了？"

雪花："等会儿下午4点去拿报告后开了药我们就回去了，你在这里好好护理静静和孩子吧。"

雪英："那你们就慢慢走了。"

55　西华妇产科医院　日　内

雪花和欣乔在排队领报告。

雪花在打电话。

欣乔拿到报告递给雪花："看看吧，妈妈！"

雪花看着报告笑笑："没什么。不担心，我们去找医生。"

欣乔："不知道昨天那个黄教授在哪里！"

雪花："没关系，我们去找你阳总阿姨吧。她是妈妈的老师，刚才给她打了电话，她在办公室等我们。"

56　西华妇产科妇科办公室　日　内

阳总和几个女医生在里边写病历开医嘱。雪花和欣乔轻轻走进办公室。

阳总一眼就看到了雪花叫着："这儿，这儿，过来吧！雪花！"

雪花："阳总，这是我女儿欣乔。她想生孩子，就是患了多囊卵巢综合征，刚才胰岛素检查也有点问题。请老师你给开点药吧。"

阳总拿着所有检查单子交给她的导师说："请老师看看处个方吧！"

导师看看报告又看看欣乔："减点肥，吃点达因35加二甲双胍。"

阳总拿起报告叫雪花："走，到那边办公室处方吧。"

雪花跟着阳总又到了另一个办公室。

57　阳总办公室　日　内

阳总在开药。

雪花："阳总，欣乔已经吃了三个月达因35了。"

阳总："要吃半年，再吃三个月吧。加上二甲双胍。"

又抬眼对欣乔说："要生孩子一定要减肥。"

欣乔笑笑："好的，阿姨！"

雪花："阳总，请你多开点药，把三个月的药一起开了吧，我们那没有达因35，到成都来一次好不方便哟！"

阳总笑笑开好了药。

第四十七集　欣乔怀孕

1　欣乔家　日　内

欣乔在沙发上吃药。小溢在看书。欣乔吃完药在看书。

2　江源县B超室　日　内

雪花在看B超。

B超师："卵泡2厘米。"

雪花高兴地说："卵泡成熟了。"

3　雪花家　日　内

雪花坐在沙发上发呆。

小明："怎么了嘛，天天这么发神。"

雪花："欣乔三个月药都吃完了，还没怀孕。"

欣乔："咋回事呢，妈妈？"

雪花："有成熟卵泡而没怀孕，只有再通水看看输卵管是否通畅。"

欣乔："好吧，那就快点做啊！"

雪花："那也得等下个月月经干净后3至7天才能通水。"

4　妇科治疗室　日　内

雪花在给欣乔通水。高红在一边做B超帮忙查看。

5　雪花诊室　日　内

雪花坐在电脑边开药。

欣乔坐在雪花身边："妈妈，真的一点都不通啊？"

雪花："对，推药时阻力很大。你也感觉很痛。"

欣乔："怎么办呢，妈妈？"

雪花："打针输液吃药。当然也可以做手术，不过那很麻烦。"

欣乔："那我还是吃药吧！"

雪花："好，今天就开始输液。"

欣乔："好吧！"

6　江源县医院输液室　日　内

欣乔在输液。小溢在一边守着。

7　江源县医院注射室　日　内

护士拿起针药："欣乔，胎盘组织液 2 支隔天打一次。对吗？"

欣乔："对。胎盘组织液 2 支隔天注射一次。"

8　雪花诊断室　日　内

雪花在办公室桌前坐着。身边有病人不停地进进出出。

9　阴道镜室　日　内

雪花在给病人做阴道镜。

10　手术室　日　内

雪花在给病人做手术。

11　欣乔家　日　内

欣乔坐在书桌边看书，一会儿停下拿起桌上的药放进嘴里。黄黄的药苦得令欣乔眉头紧锁。

小溢忙拿起两粒花生米交到欣乔手上。

欣乔望着小溢深情地说："谢谢。"

小溢笑眯眯地点点头。

欣乔笑眯眯地说："你还真要我谢谢啊？"

小溢："是你自己要谢的嘛！"

欣乔："好哟，不说了，快点看书。妈妈又要叫我们学习了哟。"

12　江源县医院妇产科门诊手术室　日　内

雪花在给欣乔作可视输卵管通液术。汤菲在一边帮忙看 B 超。

雪花一边紧张地推药一边问欣乔："怎么样，痛吗？"

欣乔躺在手术台上："不怎么痛，比上次好多了。"

汤菲："怎么样欣乔？"

欣乔："有点胀了。"

雪花："没关系，不要紧张，20 毫升药已经全部推进去了。汤菲快再看看宫腔有无积液？"

汤菲："好呢，在看哟。"边说边左右推动 B 超探头查看宫腔有无积液。

雪花："好好，看清了，宫腔一点积液都没有。两侧输卵管都很通畅。"

欣乔："通了吗？"

雪花高兴地说："通了！"

汤菲："快谢谢你妈妈！"

欣乔高兴地笑笑："谢谢你汤阿姨。"

汤菲："不用谢。快回家准备当妈妈哟！"

欣乔："那更要谢谢你哟，汤阿姨！"

雪花："等会儿再去拿两瓶叶酸。国家已免费发放叶酸。"

欣乔："好吧。"

雪花："吃叶酸，还要吃半个月中成药巩固一下。"

欣乔："好，妈妈，叶酸怎么吃啊？"

雪花："一天一颗。"

欣乔："好。记住了，妈妈。"

13　雪花诊室　日　内

雪花在看病人。不停地有病人进进出出。

14　利普刀手术室　日　内

雪花在做手术。汤菲在帮忙吸烟。

15　江源县医院大门处　日　外

雪花在等车。刘院长走过来。

雪花忙点头笑笑："刘院长好！"

刘院长笑笑："利普刀做得怎么样了？"

雪花："很好！从开始到现在阴道镜做了近 2000 人次了，利普刀手术也做了 800 多台。"

刘院长高兴地说："那就好，小心点！"

雪花点点头向刘院长挥挥手："知道。"正说着电话响起雪花接过电话高兴地："真的？"

小明开车飞了过来探出头："快上车走吧。谁的电话？"

雪花高兴地说："欣乔的。"边说边上车，"她说今天早上用试纸查尿有两条红线了，只是有一条很红另一条淡点。"

小明："啥意思？"

雪花兴奋地说："可能怀上了。"

小明："真的？那可太好了。"

雪花刚放下手机铃声又响起。

雪花打开电话："什么？雪英姐你啥时来的嘛？在哪里吃饭？叫小帆和皓儿一起啊，好吧！"

小明："雪英姐来干啥？"

雪花："请我们吃饭。"

小明："在哪里？"

雪花："老地方。"边说边给欣乔打电话说，"欣乔下车后直接到'老地方'。姨妈请我们吃饭。"

16　江源县老地方饭馆　日　外

雪英在门边等着。雪花小明走进去。

雪英："小帆、皓儿怎么没来？"

小明："小帆到小江工地上去了。皓儿读书高三请不到假。"

正说着欣乔和小溢手牵手高高兴兴地进来了。

雪花高兴地叫着："欣乔！"说时已跑去拉着欣乔的手。

欣乔笑眯眯地说："妈妈！姨妈！叔叔好！"

小明高兴地问欣乔："怀上了？"

欣乔："可能，等会儿请妈妈再查一下看看。"

雪花将欣乔拉到一边，将一张妊娠试验试纸交给欣乔高兴地说："现在查还是等会儿回去查？"

欣乔："还是先吃饭。等会儿回家去查吧。"

雪花："好吧。"

17 欣乔家 夜 内

欣乔认真地将试纸放进一个小杯里。小溢、欣乔都围着杯子紧张地瞅着杯子里的纸条，欣乔一手紧紧拉着小溢的手，另一只手拿着手表看着。欣乔小心地拿起纸条在杯子上平放着。欣乔又看着手表。一秒、三秒、五秒、三十秒，"红了，两条红线出来了。"

小溢兴奋地说："欣乔快给妈妈打电话！"

18 雪花家 夜 内

雪花拿着电话笑眯眯地："好好，知道了，好好休息哟。明天早上到医院来查血 HCG 和孕酮。"

19 欣乔家 夜 内

欣乔拿起电话笑嘻嘻地说："知道了，妈妈。"

20 雪花家 夜 内

雪花高兴地翻着书看。

小明："高兴看书，不高兴也看书。"

雪花："翻翻书好啊。"

21 江源县医院检验科 晨 外

欣乔在排队抽血。

22　雪花诊室　日　内

雪花正在给病人看病。待病人从雪花诊室走出后。

李主任进去说："医院现在开始申请今年的科技成果奖。你们的利普刀手术可以申报，因为这个手术在本院是你率先做的，在本县也是你们最先做的，可以申报。"

雪花点点头："知道了。"

李主任："你先写好后给我看看。还要弄成电子文档。交 U 盘到医务科。"

雪花："好！"

23　阴道镜室　日　内

雪花在统计全年阴道镜检查人数。

24　利普刀手术室　日　内

雪花在统计利普刀手术人次。

25　检验科　晨　内

雪花在看欣乔的检验报告。孕酮 12.38ng/ml、HCG1196.00Miu/ml、时间 2014 年 1 月 12 日。

雪花拿起电话："欣乔，报告出来了。你真的怀上孩子了。只是现在孕酮有点低，要打黄体酮保胎哟。知道了啊，下班后到医院来吧。"

26　江源县医院急诊室　夜　内

欣乔在坐着打针。雪花摸着欣乔的头发笑着。护士取出针。

雪花牵着欣乔的手高兴地说："后天再查一次孕酮和血 HCG。"

欣乔笑着点点头："好！"

27　雪花家　夜　内

雪花坐在床边的电脑上写利普刀和阴道镜申报材料。小明躺在床上看电视。

雪花写着写着突然想起什么转向小明："U 盘在哪里？"

小明起身关掉电视："在柜子里。"说着拿出 U 盘给雪花，"早点睡，别弄久了。明天要上班呢。"

雪花接过 U 盘："知道了，你先睡吧。"

28　检验科　晨　外

欣乔在排队抽血。

29　雪花诊断室　日　内

各式各样的病人在雪花诊断室里进进出出。

雪花在诊断室阴道镜检查室妇科检查室和人流手术室利普刀手术室奔跑着。

30　欣乔家　夜　内

雪花拿着检验单拉着欣乔的手坐在沙发上念着：孕酮 8.2ng/ml，HCG1409.80Miu/ml。送检时间 2014 年 1 月 14 日

欣乔紧张地问："妈妈，怎么样？"

雪花笑笑："还可以。继续打针。"

31　雪花家　夜　内

雪花紧张地翻着一本又一本书。

小明："怎么啦？这么心神不宁？"

雪花："欣乔孕酮降低了，HCG 也有点低。"

小明："低多少？"

雪花："妊娠前三周，HCG 每 1.7 天增加 1 倍。妊娠 4 到 10 周约 3 天增加一倍。孕十周达最高水平，以后渐渐下降。"

小明："那怎么办呢？"

雪花："只有继续打黄体酮，过三天再查血看看。"

小明："欣乔知道吗？"

雪花抬眼望着窗外："不敢给她说，怕影响她心情。"

32　江源县检验科　晨　外

欣乔在排队抽血。

33　雪花家　中午　内

雪花在家吃饭电话响起："欣乔啊，你吃饭了吗？正吃啊？查血报告妈妈给你拿回来了。孕酮只有 8.44，但是孩子长得很好，HCG9831。下午下班前到医院做 B 超看看吧。"

34　B 超室　下午　内

欣乔在做 B 超。

35　欣乔家　夜　内

欣乔躺在床上看书。

雪花拿着 B 超报告单笑眯眯地交给小溢。

小溢拿着报告单笑眯眯地一会儿远，一会儿近地捧着看着，看着捧着。

欣乔："怎么样妈妈？"

雪花笑眯眯地说："很好。好好休息，妈妈回去了。"

36　江源县大街上　夜　外

雪花匆匆忙忙地走着。

37　欣乔家　夜　内

小溢笑眯眯地看着欣乔，然后头轻轻埋在欣乔怀里，"娃娃、娃娃"地叫着。"我们的娃娃能听到我叫他吗？"

欣乔笑笑高兴地说："那可是在做梦呢，妈妈说，胎儿要 5 个月后才有听力。停经 37 天，娃娃才 23 天呢。"

小溢笑呵呵地说："我的娃娃就是听得到，我们的娃娃聪明得很。"

欣乔："要想娃娃聪明，妈妈说要去买点鱼啊肉啊和一些新鲜的菜和水果。"

小溢："呵呵，那明天我就去给你买。"

欣乔高兴地："好啊，看你买些啥。"

38　江源县河边　日　外

一个老头在卖鱼，盆里五条大鱼在喝着水吐着泡泡。

小溢看看鱼看看裤腿卷得一高一低还有些水渍的卖鱼翁："老爷爷，鱼怎么卖？"

39 欣乔家 晨 内

欣乔正在洗漱。

小溢提着一条鱼高兴地推开门大声叫道："欣乔快来看鱼哟，看我给你买了好多鱼哟！"

欣乔应声望去果见小溢提着鱼，高兴地说："快放盆里，盆里多放点水。"

40 雪花家 晨 内

雪花刚起床电话便响起。雪花接过电话。

41 欣乔家 晨 内

欣乔拿起电话高兴地说："妈妈，晚上下班后到我们家来一下。"

42 雪花家 晨 内

雪花拿起电话大声地问："啥事啊，不舒服？"

43 欣乔家 晨 内

欣乔拿着电话一边给鱼放水一边笑眯眯地说："不是，不要问，晚上下班早点过来一起吃饭。"

44 江源县大街上 日 外

小明开车飞快地跑着。雪花坐在车里笑眯眯地看着飞速掠过的高高低低或新或旧的房屋还有过往的车辆和各式服装的行人。

雪花："看我们的县城比原来的县城大了好多倍哟。人人都穿得那么漂亮。潇洒。"

小明："那是。你不看看现在是什么时代了。过去大城里才有的电梯房，现在我们县城电梯房到处都是。"

雪花："也是啊，祖国变化真是惊天动地啊！"

小明："欣乔叫我们去干啥？"

雪花："不知道呢？早上一早就打电话。"

45　欣乔家　晚上　内

欣乔正在做饭。

小溢在洗菜。

雪花推开门见欣乔在做饭，忙跑到厨房欣乔身边去帮忙。

欣乔笑嘻嘻地牵着雪花的手高兴地说："妈妈，带你看看鱼。"

雪花惊奇地问："啥鱼嘛？这么高兴？"

欣乔牵着雪花的手神秘地说："你看看就知道了。"雪花跟着到了阳台上。

欣乔笑嘻嘻地说："妈妈快来看，小溢买了好多鱼哟！"

雪花："多少呀？"边说边到了欣乔身边。

欣乔笑嘻嘻地指着脚边一个大盆子："妈妈你看看，你看看今天早上小溢天不亮就到河边买的大河鱼呢！"

雪花一看："哎呀，怎么愣头愣脑地买了这么大这么多鱼呀？买点鲜鲫鱼弄点汤喝就行了嘛。"

欣乔："买这么多看怎么吃得完。"

雪花："慢慢吃！"

欣乔："你们拿两条去吃吧！"雪花笑笑。

46　雪花家　日　内

小明在洗鱼。

雪花一边看着一边说："小溢买了五条每条六斤多的大河鱼，真是傻得不得了！"

小明："那是小溢太高兴了。"

雪花："小孩子，真是高兴得傻了。"

皓儿从门外探过头来："有啥嘛，欣乔姐怀上孩子小溢哥高兴。有啥不可以嘛？"

雪花笑眯眯地说："可以。傻孩子从来没买过菜。这一下可好。买一次我们两家人都吃不完。"欣乔："给爷爷家也拿一条吧。"

小明："小溢他爸妈来了可以拿条回去吃。"

雪花："也是啊！"

47 雪花诊室 日 内

雪花坐在办公桌前。有病人不停地进进出出。

雪花在看病人，一个20多岁的小姑娘高兴地说："医生我准备怀孕了，来拿点叶酸。"

雪花："好的，请签名登记一下。"边说边拿出资料给小姑娘。

待小姑娘一写好，雪花已将3瓶叶酸放在桌上了。

小姑娘："怎么吃哟，医生？"

雪花："一天一粒。"

孕前三个月开始吃，到怀孕三个月后停药。

小姑娘："知道了。"

48 注射室 日 内

欣乔在打针。

护士："哎呀你都打了十几针了，痛不痛啊？"

欣乔笑笑："不痛。"

护士："你妈妈怎么还叫你打针啊？"

欣乔："妈妈说孕酮太低了没办法。"

护士："打这么久还没起来啊？"

欣乔："没关系。慢慢来。"

49 欣乔家 夜 内

欣乔在床上躺着看书。雪花用热面巾给欣乔打针处做热敷。小溢在一边站着看。

雪花："看着啊，下次你帮她做。这样的作用是减轻疼痛，防止肿块。最重要的是促使药物吸收，让药物作用更有效。"

小溢高兴地说："知道了。妈妈，让我来吧。"

雪花笑着将面巾交给小溢。小溢拿着面巾，用开水淋湿后拧干折好盖在欣乔打针的针眼处。

雪花笑笑："对，做得很好！"

50　江源县医妇产科　日　内

雪花坐在办公桌前看病人，有病人不停地进进出出。

雪花在诊断室阴道镜检查室人流手术室和利普刀手术室奔跑忙碌着。

有各种各样的病人在各个室内进进出出。

快递员将快件送到雪花手上。雪花签字后见是全国第一届不育不孕规范化治疗培训班通知。

51　医务科　日　内

雪花在请医务科长签字。

52　刘院长办公室　日　内

刘院长在给雪花签字。

53　雪花家　中午　内

雪花拿起电话大声地说："轩轩，你这周星期五下午到楠天宾馆帮我先报到行吗？"

54　成都泰和律师事务所　日　内

轩轩在电脑前查资料，接过电话高兴地说："小姨，你把报到地址发过来吧。你为啥不早点来报到呢？"

55　雪花家　中午　内

雪花："病人太多了，我想星期五下午下班后到成都直接到开会的地方报到就是。你先给我把房间定好。"

56　江源县医院 B 超室　日　内

欣乔在做 B 超

B 超师高兴地说："你怀孕了？"

欣乔笑着说："看见了吗？"

B 超师激动地说："看到了，孕囊已经有 2.1cm×1.8cm。"

57　雪花诊断室　日　内

雪花坐在办公桌前。有病人不停地进进出出。

欣乔笑眯眯地："妈妈，看看。"边说边将拿着的 B 超单交给雪花。

雪花接过一看高兴地说："太好了，加油哟，还是得继续打针。今天查孕酮还是很低哟。"

欣乔高兴道："没关系，要打就打吧。"

58　欣乔家　夜　内

小溢在看着厨房墙壁上贴着每日孕妇食谱，并记录着。

欣乔躺在床上看书。小溢在给欣乔用开水敷针眼处。

雪花坐在欣乔身边轻轻地压着被子，看着小溢拧干开水毛巾。小溢不小心滴了几滴在被子上。雪花皱紧眉头。

小溢拿出写着字的一个小本子交给雪花："妈妈看看这周的食物安排对不对？和上周食谱调整了一下。"

雪花照例接过眼一扫"周一早餐……可以，每种东西不要买太多了，要注意每天都吃新鲜的食物。"

小溢一笑："呵呵，知道了，妈妈，再不会买上次那么多了。"

59　雪花家　夜　内

小明在客厅看电视。雪花开门进屋坐在客厅的沙发上顺手拿起沙发上的一本书看着。

小明："怎么样了？"

雪花放下书叹口气："明天去买个热水袋吧。小明，欣乔打针处已有些硬结开水敷容易洒到被子上，天气太冷了。"

60　雪花诊断室　日　内

雪花在看病人。神态、服装、年纪各不相同的病人在雪花诊室进进出出。

雪花在妇科、检查室、人流手术室、阴道镜检查室、利普刀手术室不停地奔走忙碌着。

61　欣乔家　夜　内

小溢在厨房装热水袋的开水。小溢小心地拧紧热水袋的盖子。欣乔躺在床上看书。

小溢拿起热水袋放在欣乔打针处。

欣乔放下书："妈妈小溢你们可以去忙，我自己也可以敷了。"

雪花笑笑："现在好了。我可以放心地到成都开会去了。说罢拉着欣乔的手，明天妈妈下午下班后去成都，两天后才能回来。你要时时处处小心，上班下乡到村里的时候走路要慢点。上班写完东西的时候，要尽量距电脑远一些。"

欣乔："知道了，放心吧！"

雪花："防辐射的衣服记得穿着。"

欣乔："知道、知道。妈妈你就放心地去吧！"

第四十八集　　正正出生

1　花都楠天宾馆　日　内

雪花在听课。全国各地的老师在作精彩的讲课。阳总拿着笔记本坐在第一排。

课间，雪花悄悄跑到阳总面前。

阳总："咦，雪花，你也来了。"

雪花高兴地说："阳总老师，欣乔怀上孩子了，只是孕酮太低了，你看看她的资料。"边说边将欣乔从怀孕前的治疗到怀孕后所有检查的资料和用药情况一一汇报。

阳总惊异地："输卵管堵塞打针输液吃药就通了？"

雪花高兴地："通了。已经怀上了。就是孕酮太低了，怎么办啊？"

阳总笑嘻嘻地："打针吧，每三天查一次孕酮和血 HCG 值。"

2　江源县医院检验科　日　外

欣乔在排队抽血。

3　江源县注射室　日　内

欣乔在打针。

4　雪花诊断室　日　内

各种各样的病人在不停地进进出出。

李主任兴冲冲地走到雪花身边："雪花，你们的利普刀手术获奖了。晚上大家一起聚会。"

雪花："好啊！"

5　江源县招贤饭店　日　内

雪花、李主任、汤菲、高红、汤宁医生、刘明医生、刘刚医生、李医生、郑医生、田医生兴奋地在餐桌边吃着喝着议论着谈笑着。最小的燕子轻快地给一个个医生护士倒酒。李主任、高红在给雪花敬酒。雪花花一样的脸上荡着笑容。

6　欣乔家　夜　内

欣乔静静地躺在床上小腹已高高隆起。

小溢头紧挨欣乔的腹部拿着书本轻轻地念着："读书是心灵的美容，一个人的容貌是天生的，但心灵的美可使人产生高贵的气质，典雅的风度。正如英国思想家培根所说，读书足以怡情，读史使人明志，读诗使人灵秀，数学使人周密，科学使人深刻，伦理使人庄重，逻辑修辞使人善辩。"

欣乔摸着小腹轻轻地说："孩子，爸爸念了这么久了，让妈妈给你念首诗好吗？"

欣乔的肚子突然突起一个小包。

小溢笑呵呵地丢掉书，摸着欣乔的肚子上突起的小包高兴地说："娃娃动了。娃娃在动了。娃娃也想听妈妈念书了。"

7　乡间小路上　日　外

欣乔大着肚子飞快地走着。后面有几人紧紧地跟着。欣乔在一家家村民屋里走进走出。

8　雪花诊室　日　内

雪花不停地写着。欣乔躺在检查台上，雪花在查宫高腹围听胎心。

9　中华镇　大街上　日　外

欣乔大着肚子和四五个乡干部在扫街。欣乔飞快地扫地。

10　欣乔家　夜　内

欣乔在屋里走着读着。

雪英在厨房炒菜、做饭。厨房的一角墙上挂有一张大大的优生食谱，以及每餐每次欣乔饮食的数量。

雪英在对着食谱给欣乔做饭。

小溢笑"呵呵"地开门进来丢掉鞋子，穿起拖鞋就向欣乔跑去。

欣乔将书递给小溢。小溢没接书而是直接蹲下轻轻抚着欣乔的小腹叫着："娃娃，娃娃。"

欣乔笑嘻嘻地拿书拍拍小溢的头："娃娃叫你念诗，讲故事了。"

小溢立即跳起来抢过欣乔手里的书："好，我来给娃娃念诗了哟。"

雪英笑哈哈地说："小溢娃吃饭了。念了那么久的诗饿了吧。大家快来吃饭吧。"又转头对欣乔说，"你们天天念，娃娃听得到吗？"

欣乔拉着小溢坐到饭桌边："妈妈说娃娃五个多月就有听力，就要开始胎教了。"

雪英："哟，这么早哟。"

欣乔笑嘻嘻地说："怀孕不到两个月，小溢娃儿就开始给娃娃讲故事了。"

雪英"哈哈"地大笑起来，笑得饭都喷了出来。

小溢斜眼扫向雪英，放下筷子冲到厨房拿来帕子擦桌上的饭粒。

雪英忙闭紧嘴、鼓着腮，将笑声咽进肚里。只胸部、咽喉在不停地抖动，嘴角仍然奋力上扬，眼角满是泪水。

11　江源县优秀干部表彰大会上　日　内

欣乔大着肚子在台上领奖。

12　欣乔家　夜　内

小溢在看书。

雪花走进来，笑眯眯地拿起手中的书，看看点点头："好好好。就得好好看书，今年研究生考试什么时候考啊？"

欣乔："下个月。妈妈，成都太远了，出去考试安全吗？"

雪花："要不，还是明年考试吧。先好好看书，等孩子生下来再说。"

欣乔："好吧。"

13　江源县大街上　日　外

雪花在匆匆忙忙地疾走着。

14　欣乔家　夜　内

欣乔躺在床上，小溢眯着眼睛紧贴着欣乔的腹部，"娃娃娃娃"地叫着。

欣乔推推小溢："给娃娃讲故事的时间到了。"

小溢睁开眼睛："到了？"边说边跳起来拿起桌上的书仔细地翻着，小溢清清嗓子，轻轻地说："很久很久以前，蜜蜂在夏日的花园中恋恋不舍地飞来飞去，月亮向着夜幕中的百合微笑。闪电倏地向云彩抛下它的亲吻，又大笑着跑开，诗人站在树林掩映，云霞缭绕的花园一隅，让他的心沉默着，像花一般恬静，像新月窥人似的注视他的梦境，像夏日的和风似的漫无目的地飘游。"

15　江源县医院住院部手术室　日　内

一声婴儿响亮的哭声飞了出来。刘洋抱着一个小婴儿递给守在门外的小溢。"儿子3300克，母子平安。"雪花看着孩子走进了手术室。

雪花在手术室里的门边紧张地来回走着。何花出来了。

雪花紧张地问："欣乔怎么样？怎么样？"

何花笑眯眯："很好！很好！"

肖雪脱掉手术衣笑眯眯地说："雪花啥时候请客呢，你都有了两个外孙了。"

何花："看嘛，为了你的小孙孙我们两个老太婆都上台了。"

雪花笑眯眯地说："谁叫你们也跟着一起升级了呢？"

16　欣乔家　夜　内

小溢抱着正正在客厅高兴地走着叫着："好娃娃！乖娃娃！"

欣乔拿着书高兴地说："来，妈妈给正正讲故事哟！"正正闪动着美丽的大眼睛，长长的睫毛可爱地闪着笑着叫着直往欣乔的怀里倒去。"

欣乔拿起书本刚刚念书便被正正一手抢去。

小溢忙飞快地从正正手里拿过书本："还是爸爸来给你讲吧。'很久很久以前。蜜蜂在夏日的花园中恋恋不舍地飞来飞去，月亮向着夜幕中的百合微笑。闪电倏地向云彩抛下它的亲吻，又大笑着跑开，诗人站在树林掩映，云霞缭绕的花园一隅，让他的心沉默着，像花一般恬静，像新月窥人似的注视他的梦境，像夏日的和风似的漫无目的地飘游。'小溢边读边做着不同的神情，正正突闪着眼睛一会儿看爸爸一会儿看妈妈。

雪英在厨房里不停地忙着，听见小溢的读书声她低低地笑着。洗葱葱的手抖动了几下忙关了水龙头，探出头看看眯了眼睛说："快吃饭了哟。"

雪花叫着正正风一样飘进了客厅，飞跑着奔向正正。

欣乔忙叫："正正，快看外婆来了。"话音未落雪花已抢过正正抱在手上了。

欣乔端着碗："妈妈，一起吃饭吧！"

雪花抱着正正："你们快去吃吧。我来带正正。"

欣乔边吃边说："妈妈，明天我要上班了。"

雪花："中华镇那么远，正正吃奶怎么办？"

雪英抱着正正坐在车窗边。正正看着在车窗外眼睛突闪着，双脚不停地跳着动着。

17 中华镇镇政府办公室　日　内

欣乔在不停地写着看着。

18 中华镇大街上　日　外

雪英苍白着脸抱着正正在一家家商店门前走着看着。正正不停地四处张望。

19 中华镇镇政府　娟子家　日　内

欣乔在给正正喂奶。雪英低着头坐在床边，面色有些苍白。

欣乔："怎么啦，姨妈不舒服吗？"

雪英："没有，有点晕车。太远了。我和正正坐了一个多小时才到，修路的地方车跳得好高哟。大桥什么时候通车嘛？"

欣乔："不知道哟，我们天天上班都这么走的。"

20　江源县医院雪花诊室　日　内

雪花在不停地看病人，电话响了，雪花拿起电话："知道，来了。"边说边跑向利普刀手术室。

21　利普刀手术室　日　内

汤菲拿着电话："快点！病人准备好了。"话音未停雪花到了。

22　妇科检查室　日　内

一病人躺在检查台上叫着："医生，快来！"
做完手术的雪花飞快地奔向妇科检查室。

23　妇科手术室　日　内

高红拿起电话："快点雪花，病人准备好了。"
妇科检查室雪花接过电话按在免提上说："好，来了。"给病人上药。上药完毕雪花边跑边说着："到了，到了！"

24　雪花诊断室　日　内

一群人跟着雪花涌进雪花诊室。雪花摆摆手："大家请依次来，好吗？"

25　中华镇镇往江源县的公路上　日　外

雪英抱着正正坐着，正正已然入睡。雪英脸色仍然苍白着。大巴公交车在公路上奔驰着。

26　雪花家　夜　内

雪花坐在床边看书。小明正看电视。手机铃声响起。
雪花拿起手机着急地说："啊？啥事？什么？姨妈不带正正了。怎么办？别着急。"
小明："姐姐不给欣乔带孩子？"
雪花："姐姐说要到成都轩轩家去了。"
小明："那咋办呢？"

雪花："慢慢找保姆吧。"

27 欣乔家 夜 内

雪英和欣乔在给正正洗澡。小溢在旁边拿着衣服等着。

雪花笑眯眯地捧着浴巾看着雪英轻松地给正正洗澡。

雪花："姐，你走了谁来帮小正正洗澡哟？"

雪英："等找到人来我教会了才走。"

欣乔："明天姨妈不到镇上去了，我早点喂完奶后将奶挤进奶瓶上午10点钟的时候温一下给正正吃。"

雪花摇摇头："喂奶的时间隔得太久了。"

28 江源县大街上 夜 外

雪花匆匆忙忙地走着回家。

29 欣乔家 晨 6点20分 内

欣乔在给正正喂奶。6点35分匆匆出门。

30 江源县公共汽车站 晨 外

欣乔挤上公共汽车。中华镇乡村小路上欣乔和几个农民样的人在边说边不停地奔走着。

31 欣乔家 日 内

雪英抱着正正在屋里不停地走着。正正含着空奶瓶哭，雪英将米糊糊给正正喂了一小勺，正正在嘴里含着半天都不吞。再喂一勺，他便将开始喂的奶一起吐了出来。又"哇哇"地哭着。

32 公路上 中午 外

欣乔拦住公交车跳了上去。

33 欣乔家 中午 内

欣乔跑进屋抱起正正不停地叫着："正正，正正，饿坏了吧。妈妈休息一会儿才喂你哟。妈妈跑得太热了，喂你吃奶后要拉肚肚哟。"

雪英跑进厨房，一会儿厨房便"叮当叮当"地响个不停。

34　江源县公车站　夏日　下午 2 点　外

欣乔挤上开往中华镇的公车。公车飞驰而去。

35　雪花家　夜　内

小明在客厅看电视。雪花一脸愁容地坐着。

小明："今天病人很多吗？"

雪花摇摇头："不多只有 60 多个。"

小明："那有什么事吗？这么不高兴？"

雪花："欣乔天天这么累，孩子 3 个月没长一点，新来的保姆丽丽也不到镇上去。欣乔每天坐四个多小时的车。"

小明："那怎么上班？坐四个小时。"

雪花："早上、中午都很早走。她每天有 2 个小时母乳喂奶时间。"

小明："喂奶粉就是。"

雪花："孩子奶粉过敏。"正说着手机响了雪花拿起手机，"什么，到重庆看看，妈妈要上班去不了，叫叔叔送你们去吧！"

小明："啥事？"

雪花："欣乔说请你送她带正正到重庆去看看是什么过敏？顺便做儿保。"

小明："没问题。"

36　江源县县城　夜　外

欣乔和小溢在一家家育婴店进进出出。

37　欣乔家　夜　内

丽丽将正正放在沙发上坐着看电视，自己坐在沙发上看平板小说。

欣乔和小溢提着奶粉兴冲冲地走进屋叫道："丽丽姐快弄点鲜开水来给正正试奶粉。"

丽丽忙放下电脑冲进厨房提了杯开水，拿着杯子高声地问："先试哪种？"

欣乔一样样地拿出小袋装的奶粉，再小心地拿起一袋取出一点放进小杯里，再用棉纤粘一滴放在小正正手背上。小溢和丽丽三人都不约而同地看表。

几分钟后小正正滴奶水处便红了一片。小溢失望地摇摇头。

丽丽大声地说："来试这种。"边说边将另一袋奶粉倒进另一个杯子里。再用棉线粘上奶水点在小正正另一只手上。"

三人又不约而同地看时间。

38 雪花家 夜 内

雪花和小明在客厅坐着看电视。

雪花手机铃响雪花拿手机高兴地跳起来："真的！你们按重庆医生教你们的办法找到正正吃的过渡奶粉了。"

小明歪着头："啥过期奶粉？还有过期奶粉？"

雪花："是过渡奶粉。正正对奶粉过敏，重庆医院给正正看病的医生教他们用一种脱脂奶粉喂几个月等适应后，再慢慢加奶粉过渡。最后再全部喂全脂奶粉。"

39 欣乔家 夜 内

欣乔边冲奶粉边长长地叹了口气："终于可以喂全脂奶粉哟！"

丽丽抱着正正笑眯眯地说："欣乔终于可以中午不回家了哟。"

40 江源县医院 门诊妇产科 日 内

雪花在雪花诊断室、阴道镜检查室、利普刀手术室、人流手术室、妇科检查室穿梭不停地跑着忙碌着。

41 中华镇镇政府曾书记办公室 日 内

欣乔坐在曾书记对面。

曾书记严肃地对欣乔说："经过镇上干部和县级领导研究决定，你现在开始负责关工委、共青团、计划生育和办公室工作。"

欣乔信心满满地说："放心吧曾书记，我一定会做好党和领导交给我的工作的。"

曾书记："现在不同过去，你现在肩负的担子更重了。"

欣乔严肃地说："我一定不会辜负人民对我的期望的。"

42　江源县大街上　日　外

丽丽推着正正在菜市买菜。

43　欣乔家　日　内

丽丽在给正正喂米糊糊，正正哭着吐出刚刚喂进嘴里的米糊糊。

44　中华镇镇政府。深夜 2 点　内

欣乔在办公室书写文件。桌边已堆起高高一堆打好的资料。

45　欣乔家　深夜 2 点　内

正正饿得大声哭着边哭边四处找妈妈，丽丽忙不停地起床给正正冲奶粉。

46　中华镇镇政府　深夜 3 点　内

欣乔收拾好写好的东西，左右检查好文件后关灯离开。

47　欣乔家　深夜 4 点　内

欣乔打开房门悄悄走到正正房间看看正正，低头亲了亲正正。

48　江源县公共汽车站　晨 7 点　内

欣乔挤上公车飞奔而去。

49　中华镇镇政府　晨 8 点　内

欣乔在一个个办公室分发文件资料。

50　雪花家　中午　内

雪花和小明在吃午饭。雪花电话铃声响起。

雪花打开手机："小溢啥事？欣乔升副科了。就是天天加班写东西，晚上啥时候回来的都不知道。"

51　欣乔家　中午　内

小溢拿着电话："妈妈，你说说她嘛！我说她不听。叫她不要加班太晚了嘛。"

52　中华镇政府　中午　内

欣乔拿着电话边说边在办公室整理文件："妈妈哟，我没做多久。现在刚接手工作，事情太多了。我会注意的，放心吧。妈妈！"

53　雪花家　中午　内

雪花拿着手机心疼地说："我不放心你，也不放心小正正，小正正才那么点大，尽快熟悉工作，晚上尽量早点回家。"

54　镇政府　下午2点　内

欣乔在办公室坐着

一个30多岁的妇女走进办公室。

欣乔忙起身上前："有事吗？大姐？"

中年妇女兴奋地说："你是雷委员吧。曾书记叫我来找你，说你是负责关工委的。"

欣乔："是的。有事吗？"

中年妇女："我叫李燕，9村的，我和老公在广东打工。我女儿刘微9岁就患肝硬化腹水。"

欣乔："那你们到医院去治病嘛。现在有新农合，可以报账的吧。"

李燕："雷委员，我们的情况很特殊。"

欣乔："啥特殊？"

李燕："我带孩子到上海大医院看过。那里的医生说，孩子要换肝。"

欣乔："换肝？"

李燕："就是，医生说要几十万元。我们两口子都是打工的，这几年挣了十几万。可给孩子看病已用了几万。现在只有9万元。离手术的钱还差很多，所以想回家乡来请政府帮忙。"

欣乔："这种事我还得请示我们领导，等镇里集体研究后给你答复。"

李燕："谢谢你，请你们早点研究吧！"

55　中华镇镇政府会议室　日　内

曾书记等一行人在开会。

56　中华镇办公室　日　内

李燕站在办公室。

欣乔高兴地说："经过我们领导干部集体研究决定。我们镇里尽我们的力出一部分。其他的由我到县上各相关单位请求帮助。"

李燕："太好了，谢谢你！"

欣乔："不用谢我，后面的工作还很多呢！现在把你们的情况详细给我说一下，我写好倡议书再送到相关部门。"

57　江源县大街　晚上9点　外

雪花和欣乔在大街上走着。欣乔一手抱着小正正，一手打开手机照片。雪花接过小正正。

欣乔翻出一张照片说："妈妈，这是我们乡一个刚从外地回来的小女孩。她只有9岁，患有肝硬化腹水。她妈妈带着她到处看病，医生说要换肝，要几十万元，她们两口子是打工的工人，给孩子治病已经用几万块钱，现在还差很多。"

雪花："那就请社会各界支助啊！"

58　江源县共青团团委　日　内

欣乔急匆匆地走进办公室。欣乔从包里拿出相关资料和办公人员交谈着。

59　江源县县委办公室　日　内

欣乔从包里拿出相关资料和办公人员交谈着。

60　江源县县政府办公室　日　内

欣乔从包里拿出相关资料和办公人员交谈着。

61 江源县关工委办公室 日 内

欣乔从包里拿出相关资料匆匆地走着。欣乔和办公人员交谈着。

62 江源县大街上 日 外

欣乔在不停地走着。
欣乔所到之处办公室所有的电话在不停地响着说着。

63 江源县各大小学校 日 内

一个个学生在捐钱。

64 江源县各大工厂 日 内

所有的工人在捐钱。

65 江源县县区乡镇 日 内

各级单位在捐钱。

66 江源县医院 日 内

雪花、高红、汤菲、小燕在捐钱。

67 江源县县委捐赠仪式上 日 内

李燕接过钱激动得流出了泪水。

68 三花医院 日 内

刘微睡在病床上。医生们严阵以待。刘微推进了手术室。

69 中华镇镇政府 日 内

欣乔在办公室不停地写着。李燕带着刘微笑眯眯地走进办公室。
欣乔看见刘微高兴得跳起来。

第四十九集　小明妈妈走丢了

1　中华镇镇政府　日　内

欣乔坐在办公室不停看着写着。

2　江源县大街　夜　外

雪花匆匆忙忙地走着。

3　欣乔家　夜　内

小正正在四处找妈妈。丽丽在到处找开水冲奶粉。小溢在电脑前写东西。

4　华镇镇政府　夜　内

欣乔和曾书记、娟子等一屋子人在开会学习。

屋子前面的黑板上写着：认真对照学习，开展群众路线。

5　雪花家　夏夜7点　内

雪花和小明在吃饭。

突然小明电话响起。小明右手拿着筷子吃饭，左手打开手机听着。

突然小明"啪"地放下筷子。脸色苍白地问："啥时走丢的？什么？中午？为啥现在才说？"边说边黑着脸冲向门口。

雪花忙问："啥事小明？"

小明丢下一句："妈妈走丢了。"狂风般冲出屋子。

雪花："吃完饭再找吧！"

小明"哗"地拉开门啪地搭上门跑了！

雪花忙打开手机："爸爸，妈妈怎么回事嘛？"

6　江源县大街上　夜　外

小明爸爸拿着手机到处找着，瞅着说："下午3点，我和你妈妈从乡里回来，在中医院过红绿灯的时候走丢的。我找了一下午都没找到，你姐姐哥哥嫂子也找了几个小时了。"

7　雪花家　夜　内

雪花放下筷子："爸爸你怎么不早点叫我和小明呢？"

8　江源县大街上　夜　外

小明爸拿着手机："我怕影响你上班。"边说边对着一个背影冲上去，拉着老太婆看看又失望地放手。

9　江源县大街上　夜　外

雪花拿着电话边走边四处瞅着边不停地说："这么久了，妈妈你现在哪里？"

10　江源县一乡间公路上　夜　外

一辆小车在公路上飞快地奔跑着。皓儿坐在车里听见铃声打开手机："我和姐姐在一起，现在老家回县城的路上。啥事？啥？婆婆走丢了？"

11　江源县大街上　日　外

雪花拿着手机边四处瞅着边说："幺儿呢，你和姐姐在路上四处看看找找婆婆。"

小车上皓儿和小帆"哗"地拉开车门着急地从车窗向外四处张望着。

小帆忙叫着："开慢点小江娃，快看看婆婆在哪里？"说话的声音带着哭腔。

21 岁的皓儿高大帅气的脸上满是紧张着急地说："慢点开，江哥！"

小江立即放慢了车速，一边开车一边睁大眼睛盯着前方。

12　江源县大街上　夜　外

小明开着车四处看着，一到人多的广场就停下车四处看着找着，一边拿着手机说问："姐姐你们已找了哪些地方？"

小明姐拿着手机一边看着走着一边说："休闲广场、江边、汉源路。"

小明："姐姐，你们找过的地方也还要继续再找找。"边说边拿着手机跑到一跳舞的老太婆身边瞅瞅又失望地离开。

13　江源县大街上　夜　外

雪花拿着手机边打边四处瞅着念叨："妈妈，妈妈，快点出现哟！"

手机一响，雪花马上兴奋地说："姐姐你和嫂子现在哪里，我在妈妈家的门外了，你和嫂子过来，我们一起坐在小明的车里四处看，小明开车看不清四周，这样速度可能要快些。"

小明姐姐拿起电话："好啊，我们现在过来了。"

雪花："小明你现在哪里？"

小明拿起电话："在会灯展中心。你在哪儿？"

雪花："我和姐姐嫂子在妈妈家门前。你快点过来我们一起找，你开车我们找得快点。"

小明姐姐和小明嫂子拿着几个波尔粑给雪花。雪花顺手递给小明姐姐："你们吃吧我吃过了。"

小明姐姐接过吃起来。

小明开车风样飞过来虎着脸："站在这里干什么？还不快点分头找。"

小明嫂子拿起一个波尔粑递给小明："来。吃一个。"

小明接过波尔粑扯起就甩了好远，嘴里骂着："妈妈都没找到还要吃饭？"边说边开车要跑。

雪花忙示意小明姐和嫂子快各自去找妈妈。自己飞快跨进小明的车上。

雪花："小明等等，我和你一起去找。"

小明虎着脸开起车就跑。

雪花使劲看着车窗外面来来往往的人。

小明："你都找了哪些地方？"

雪花："上东街、下东街、汉初街、民主街、小西街，我叫皓儿小帆在老家那边的路上看看。"

小明："皓儿他们那边没有。"

雪花："那现在我们到哪里？"

小明："到休闲广场再看看吧！"

四五支跳舞的队伍按男女老少各自分组随着音乐的旋律不停地跳着乐着。

小明和雪花在人群中不停地寻找着。

14 江源县步行街 夜 外

几支跳舞的队伍仍然在不停地跳着。

雪花和小明在四处找寻着。

15 江源县会展中心 夜 外

四支跳舞的队伍的男女老少在随着音乐跳着，最小仅一两岁的小孩子也在大人的牵引下不停地跳着。雪花和小明在人群中不停地找着瞅着。

16 江源县体育场 夜 外

两支跳舞的队伍欢快地跳着，雪花和小明人群中不停地找着。

17 江源县工人文化宫 夜 外

"走我们到城外几条路上看看。"小明说着横着脸开起车向城外的环城路跑去。

高大的建筑在雪花眼前风样掠过。雪花紧张地盯着车两边路上的行人。

小明神情专注而又绝望地看着开着。

雪花轻轻地说："小明别着急，现在不是着急的时候？咱们好好想想这么多地方都找过了。城里现在到处是走路减肥跳舞的人。环城路线开完了也找不到。"

小明："我们到江乐路看看吧。"

雪花："好！"

18　江乐路　夜　外

虽是夏天夜色已慢慢加深。雪花在车里紧紧地半闭着眼睛看着车窗外的一个个行人。

小车时间显示 21 点 10 分了。小明专注地一边开车一边看着正前方。

突然小明手机响起。

小明忙停车打开手机："亲家呀，是，我妈今天下午走丢了。我们已找了几个小时了，没找到。"

雪花："是小江爸？"

小明点点头说："我现在江乐路，我们想到城外看看。"

雪花："快叫他开车到江北路去看看。"

小明忙说："亲家，你见过我妈妈的吧。见过，还记得她的长相不。记得呀。"

雪花在一边着急地说："快，叫他开车去看看。"

小明："亲家呀。麻烦你开车到江北路去找找。我们现在江乐路差不多到乐美了。你也向江北开 15 公里吧。好，谢谢啊，亲家！"

雪花冷静地说："小明啊，我们叫所有的亲戚把江源县城外所有的路都走一遍吧。按妈妈走路的速度，每条路开出城外 15 到 20 公里差不多了。"

小明沉默着。

雪花："你想啊，从下午 3 点到现在已经 6 个多小时了，如果妈妈走出了城，就算她走得再快，她在城里至少要转三四个小时，现在城那么大，如果把江源县城走完一天也走不完，我们估计她在四个小时之前走丢。城外最多只走了两个小时。"正说着小明手机响了。

小明打开手机马上叫道："小黄啊。你回来了，啥？听你妈说你舅妈今天中午走丢了。对有这事，我们现正到处找呢。我现在江乐路。麻烦你开车到江东路找一下好吗？"

雪花："叫他也开 15 到 20 公里。"

小明："你把车到江东路中平就差不多了。好，电话联系。"

雪花："现在只差江南路了。一定要叫人跑上。"

小明打开手机："永哥，麻烦你一件事。你大姨妈中午走丢了，现在还没找到。我们发动所有亲人在找，城外所有的路都请人出去找了，麻烦你开车到江南路去找找吧。谢谢啊！"说罢开车向黑夜中跑去。

雪花："我们现在再向前看看吧。"

小明突然停下车。我们开了多久了。

雪花："50分钟了。"

小明："可以回去了。"

雪花："好吧。应该差不多了。"

小明："回去吧。"

雪花："好，回去。等会就开到江源县县城这条公路的口子边停下等。晚上可能要在路边车上过夜了。"

小明："但愿已经找到了。"正说着小明手机响了。

小明忙停车打开手机"哈哈哈"大笑起来："找到了，在哪里？"

雪花笑眯眯："找到妈妈了。"

小明笑嘻嘻地说："找到了。"

雪花："在哪里？"

小明笑嘻嘻地说："步行街！"

雪花："快打电话叫开出去的车回去。"

小明不停地打电话："亲家呀，妈妈找到了，你可以回去了，谢谢哟。"

小明笑眯不停地笑着说："小黄啊，舅妈找到了，你快回去了，谢谢哟。"

雪花："电话打完了咱们回去吧。"

小明："差不多出去的车都叫回来了。"

雪花："以后我们要形成一个预案，只要妈妈一走丢，我们就以她走丢的地方为中心向四周以她走路的速度，丢失的时间计算她可能最远到达的地方，再集中人手从四周包围找进去。将她围住。"

小明："哎，但愿她不要再走丢了。"

雪花："那样当然最好。就像今天这样，开车的在城外包围，将她包围在城里。城里的人慢慢找，即使开始游人太多找不到，到深夜人少的时候也许就好找一些。"正说着雪花手机响了："幺儿哟，婆婆找到了。现在已经回家了，我和爸爸正从江乐路往家里走，快到了。"

19 小明妈妈家 夜 内

小明妈妈在客厅里："你们找我干啥啊。我在外面玩会儿。"

小明笑笑："妈妈，下次别这样了。"小明姐姐笑眯眯地拉着小明妈妈的手。

皓儿站在婆婆面前高兴地笑着。四处寻找小明妈妈的人都兴高采烈围着小明妈妈说笑着。

20　中华镇镇政府　夜　内

欣乔和曾书记在办公室不停地忙碌着。

21　欣乔家　夜　内

正正在四处找吃的，丽丽在削苹果。

22　江源县医院门诊妇产科　日　内

雪花和汤医生在诊断室、阴道镜检查室、妇科检查室、人流手术室和LEEP 手术室不停地奔跑着。

23　欣乔家　夜　内

正正坐在童车里随着音乐不停地起伏着跳动着。眼睛明亮照人。

丽丽笑着对着雪花说："看看我在正正的眼睛里看到了我的脸和手上的苹果。"

雪花惊异地问："真的？"

丽丽："真的。"

雪花忙跑去正正面前，正正忙眯了眼睛冲雪花"哈哈"地笑着。

24　高红家　夜　内

邱书记在客厅沙发上看报纸，周玲在织毛衣。偶尔咳嗽一声，她织完一轮又一轮，待毛衣织了大半的时候，突然又哗地扯掉，快扯完的时候，重新串起再织。

高红和邱平在看电视，邱灿在给女儿孔灿看作业。

一屋子人见惯不怪，任她捣鼓着。

邱灿看完作业交给邱平："给灿灿看看吧。"

邱平放下手里的书本拿起孔灿的本子认真看着："好，不错，写得好，今天灿灿就写几篇。"

孔灿："五篇。"

邱平翻翻："好好，可以去玩了。"

孔灿笑嘻嘻地跳跳蹦蹦地跑到客厅沙发上了。

高红："现在这么小的孩子作业也这么多啊。"

邱平："有作业好啊。"

孔灿做完作业跑到邱灿身边看看妈妈又看看外祖母，忙跑到外祖母身边瞅瞅外祖母，叫着："外祖母，外祖母陪我玩。"

外祖母斜她一眼："你是谁呀，不认识你，不和你玩。我要守着病人输液，还要给我儿子织毛衣，一边去。"

邱书记忙起身拉着孔灿的手："外祖母病了，不认识人了，别生气。外祖祖带你出去玩。"说着看看织毛衣的妻子，牵着孔灿到屋外去了。

25 何花家 夜 内

何花在书桌边写着什么。

金勇："何花，咱们孩子金晶都考上研究生了。我们俩是不是也去把结婚证领了啊。"

何花："急什么急嘛，我们又不是没领过。"

金勇笑笑："是领过。但你不是拿到民政局给上交了吗。"

何花："你没长手吗？下次再领回来就是嘛。"

金勇："你看人家雪花和高红外孙都有了。我们还不赶紧复婚，孩子好结婚了。"

何花："你就见高红和雪花有孙子了，你咋不看看高红过的什么日子，也不看看雪花一天多累。"

金勇："能有多累？"

何花："雪花天天上班，下班天天晚上去给带孩子。"

金勇："欣乔自己干什么去了？"

何花："在乡上上班，每天晚上还要加班学习。还有啊，小明他妈有老年痴呆症动不动就走丢了，每次找得累得不得了。"

26 欣乔家 中午 周六 内

雪花在客厅的沙发上看电视。小明在看正玩电脑上的小猫游戏。

欣乔和小溢在电脑上看研究生考试习题。

雪花："还有多久考试啊？"

小宇："没多久了。"

雪花："下周六别回来吧！"

欣乔："还是回来看看正正。"

丽丽："你开始出去学习的时候，正正还不会走路，现在自己可以随便走路了。"

欣乔："是啊。再等到我学习结束的时候。小正正可以跑了。"

雪花说着去看小正正玩电脑。

小明说："你去休息会儿吧，等会儿上班了我叫你。"

雪花："没事下午休息。"正说着小明手机响了。小明打开手机听着听着脸色越来越难看。

"谁啊，啥事。这个样子？"

小明："妈又走丢了。边说边放下小正正向门口走去。"

雪花忙拉着正正："啥时候走丢的？在哪里走丢的？"

小明："上午八点，在江源街。"小明话未落音人也跑出去好远。

雪花换上鞋子也向门外跑去。

欣乔："快，小溢送送妈妈，我们一起去找找婆婆吧。"

雪花打开手机不停地说着。

27　江源县公路上　日　外

小明在不停地跑着看着。稍后又打开手机不停地说着。

28　江源县大街上　日　外

小明姐姐、小明嫂子、小明爸在四处奔走着看着瞅着。

29　江源县医院门口　日　外

雪花遇见高红。雪花急急忙忙地走着。

高红忙叫住雪花："干什么呀？"

雪花："小明妈妈又不见了。全家人已经找一上午了。"

高红："别着急，慢慢找。你妈不知道电话号码？"

雪花："不知道。"

高红："邱平妈妈也是阿尔茨海默病，但她还记得邱平的电话。每次走丢的时候，她还可以请人帮她打电话叫我们去接他。"

雪花："我妈是啥事都不记得了。"

高红："哎，雪花，知道吗，徐主任也患了阿尔茨海默病，和你妈一样也不知道回家的路，每次肖雪都找得哭。听说刘明主任的癌细胞已经转移到食道上断，很难进食了。每天只进点流汁。几次都差点交代了。"

雪花："啊，这么严重呀！可他还在上班都嘛。"

高红："他本就是为了病人不要命的人，只要有一口气，他也要往医院冲嘛。"

雪花："是啊，刘老主任可真是医生们学习的好榜样啊。"

高红："嗯。你妈妈出来多久了？"

雪花："哎呀，出来快一天了，不和你说，我要去找我妈妈了。"

30　江源县　江东路

小溢和欣乔在飞快地奔跑着。

31　江源县江中路　日　外

小帆开着车在四处寻找着。

32　广场　日　外

小明在四处找寻着。突然手机响起小明打开手机："我已走了江北路江南路江乐路。"

33　江源县　大街上　日　外

小溢拿起手机："我们已跑了江西路江东路，现在江中路教育局门口。"正说着小溢看见婆婆在对面街上，忙飞跑过去。"呀！叔叔！我看见婆婆了！在教育局门口。"

小明："真的，再看一下是不是。"

小溢拉起婆婆的手笑嘻嘻地说："就是婆婆。叔叔你快来看看嘛。"

雪花打开手机："找到了！知道了。"雪花刚放下手机。手机又响了。

小明同时给雪花打电话报喜。

34　雪花家　夜　内

雪花拿起电话："姐，妈妈今天又走丢了。你说亚琼姐她老公也是这个病，在重庆那么大的城市每次走丢，都有人给她打电话，她是怎么在衣服上写电话号码的？"

35　雪英家　夜　内

雪英拿起电话："我也不知道。"

36　雪花家　夜　内

雪花拿起电话："那你马上给她打电话问问她是怎么做的。"

37　雪英家　夜　内

雪英放下电话，又在不停地打电话。

38　江源县　飞腾设计公司　日　外

小明、雪花在和一个小伙子不停地说着什么。

39　小明妈妈家　夜　内

小明拿起一大把广告字样的小广告慢慢剪成一小块一小块。
小明哥将小广告打在小明妈妈的衣服上。
雪花在检查广告打在衣服上是否显眼。

40　雪花家　夜　内

雪花和小明坐在沙发上看电视。两人手机同时响起。
雪花小明同时打开手机。
雪花："真的。"
小明："好。"
两人笑眯眯地说："谁的电话？"
小明："小帆的。"

雪花："欣乔的。"

小明："小帆说在网上给婆婆买了台定位仪。只要把它安装在手机上。婆婆走到哪里都能清晰地显示出来，以后就不会找得这么苦了。"

雪花打开手机问欣乔："啥事？"

欣乔："妈妈，我给婆婆买了个定位仪。"

雪花笑眯眯地说："好的。"

小明高兴跑进了厨房。

雪花："欣乔也在网上给婆婆买了台定位仪。谁能发明出治疗阿尔茨海默病的药就好哟。"

41 江源县医院雪花医生诊断室　日　内

雪花在给病人开处方发检查单。

42 内科刘明医生诊断室　日　内

刘明脸色苍白蜡黄地在一群病人的包围中不停地说着写着。一个个病人渐渐减少，刘明的脸色越来越差，刘明刚想站起突然倒地。一群病人忙呼天抢地的叫着跑着："救命啊救命啊。刘医生摔倒了！"

雪花和李主任一群医护人员跑去一看，刘明医生呼吸微弱，瞳孔散大。李主任马上做心肺复苏，可拉开衣服所有人都震惊了，一张皮的胸部几根肋骨撑得老高。看不到一丝肌肉，李主任想按，可却不敢下手，用手一按不知按到哪里去了。

肖东和刘刚跑来忙抱着刘明哭泣着。李主任还想按压。

刘刚摇摇头："险了好多次，让他走吧。每天没法进食，连流汁都进不去了。每天回家靠肖东给他输点营养液支撑着，天天晚上都痛得睡不着觉。一年了，这样的日子让他不难过，我们看着都难过。能撑到现在这样已经是极限了。"

李主任："怎么不到医院住院输液嘛？"

刘刚红了眼睛："他知道一旦住院输液医院就不会要他上班了。为了能上班看病人，他叫我们在家里给他随便输点能量，一天能站起来就行了。"

43 刘刚家（回忆）　日　内

刘明躺在床上，肖东用试管推注流汁，可推了不到半管就推不动了。肖东摇摇头放弃。

徐主任看着刘明又哭又笑。

刘刚忙把徐主任拉走，

又用空针吸了 50 毫升糖水，经试管推注仍然推不动。肖东只能用输液器静脉输液慢慢滴入。

44　公墓里　日　外

刘明的遗像醒目地笑着。

刘刚、肖东、李主任、刘院长、雪花、何花等一大群医护人员在刘明墓前站立默哀。

第五十集　丽丽手术　血荒

1　刘刚家　日　内

刘明微笑的遗像挂在客厅正中。

徐主任看着刘明的遗像笑着。

肖东和刘刚无力地躺在沙发上流泪。

2　欣乔家　夜　内

欣乔在给小正正洗脸。

正给正正穿睡袋的丽丽突然晃了晃。

欣乔警觉地问："丽丽姐怎么了？"

丽丽："没什么，就是眼睛有点花。"

欣乔："明天到医院检查一下吧！"

3　江源县医院雪花诊断室　日　内

雪花坐在诊断室里。丽丽站在雪花面前。

雪花："头昏眼花多久了？"

丽丽："就是上次出车祸后开始。月经时间很长，量也很多。"

雪花："每次月经几天，一天用多少卫生巾。"

丽丽："七天，每天用七八条卫生巾夜用加长型的。"

雪花："过去做 B 超没有？"

丽丽："没有。"

4　江源县医院收费室　日　内

丽丽在交费。

5　检验科　日　内

丽丽在排队抽血。

6　B超室　日　内

丽丽在排队做B超。

7　雪花诊室　日　内

丽丽拿着检查单笑眯眯地问："有问题没有？"

雪花仔细地看着一张张报告单。

雪花："问题倒是不大，但是要做一个小手术。"

丽丽立即紧张地问："做手术？"

雪花："你现患了子宫黏膜下肌瘤。肌瘤有四五厘米大，血色素56克，重度贫血，要输血手术。但是你这手术比较特殊，你现只有36岁，子宫不可能切除，但肌瘤长在黏膜下也不能剥除，只有用宫腔镜手术切除，也可做海伏刀。"

丽丽："就在你们医院做嘛。"

雪花："我们医院目前还没有宫腔镜也没有海伏刀。"

丽丽着急地问："那你问问嘛，就把子宫切了吧。"

雪花："你还太年轻了。我帮你问问，你也回去和家人商量一下再说吧。"

雪花打开手机："何花，我有一个病人。"

8　江源县医院　妇产科过道　日　外

何花匆匆忙忙地拿着手机。患者太年轻了，还是叫她到江东医院去用宫腔镜做吧。

9　雪花诊断室　日　内

雪花放下电话无奈地对丽丽："我们医院也和我意见一样，还是出去用宫腔镜做吧！"

10　欣乔家　夜　内

正正在沿着桌子慢慢走着。

丽丽一手拿着手机，一手扶着正正跟着正正边走边说着。

11　雪花家　夜　内

雪花在床上的手提电脑上写着。小明在客厅的沙发上坐着看电视。

雪花手机响起，雪花打开手机："呀，欣乔，啥事？"

12　成都街道　夜　外

欣乔拿着手机匆匆忙忙地边走边说："妈妈，丽丽姐说你叫她做手术。"

13　雪花家　夜　内

雪花拿着电话："丽丽现病得很重，经量太多，已经重度贫血。不做手术很危险。"

14　成都街道　夜　外

欣乔急匆匆地说："丽丽姐那么年轻。子宫肯定不会切除的。刚才她打电话说他们家已经商量好了，等我学习回来后就去做手术。我们学习刚刚结束。正往回赶呢。"

15　中华镇镇政府　日　内

欣乔在办公室整理文件。

曾书记走进来严肃地说："欣乔，下周开始，你要开始县优秀青年干部培训班学习了。"

欣乔高兴地说："真的，在哪里？"

曾书记："这次培训历时三个月，共分三个阶段，第一阶段也是前一个月在江源县城区学习；第二阶段是用一个半月时间到大学学习；最后阶段是到各部门挂职锻炼。"

16　欣乔家　夜　内

欣乔和小正正在屋里玩电脑。小正正灵巧的手指在电脑上轻轻一点，他找的游戏便出来了。

雪花站在边上便鼓励着拍拍手。正正自己也跟着双手拍起来，又叫周围的人全部跟着鼓掌。

丽丽在低头看小说。小正正使劲哎哎地对着丽丽叫起来。直到丽丽抬头鼓掌为止。

17　江东医院妇科住院部　日　内

丽丽拿着入院单走到吧台。

一个穿着十分漂亮的女护士接过入院手续，将丽丽带到医生办公室。

医生看看丽丽看看病历将入院手续又交给女护士。

18　江源县医院　雪花诊断室　日　内

雪花正忙碌着手机响了。雪花打开手机："怎么回事，丽丽？"

19　江东医院过道上　日　内

丽丽拿着手机边走边焦急地说："住不到院。医院没床位了，医生说现在贫血太严重，要回江源县来输血，等下次月经来时诊刮后才去手术。"

20　江源县医院雪花诊室　日　内

雪花拿着电话："那你回来吧。"

21　江源县急诊室　日　内

丽丽躺在床上输血。

22　欣乔家　夜　内

欣乔："妈妈，丽丽姐走后小正正怎么办啊？她做手术后可以带正正吗？"

雪花："只好叫姨妈回来帮着带一段时间。"正说着雪花手机响了，雪花打开手机："呀，是轩轩啊？现在怎么样啊，很忙吧。有啥事？"

23　成都雪英家　夜　内

轩轩在电脑桌前拿着手机："好好，没问题。我给妈妈说就是了。只是她下个月4号要出国旅游，票已经订好了。"

雪英在客厅听到后跑去："哪个？说什么？"

轩轩："小姨说欣乔家保姆丽丽要做手术，请你回去帮着带几天正正。"

24　雪花家　中午　日　内

雪花和雪英坐在沙发上说着笑着。舒哥坐一边看电视。

雪花："姐，你们到新马泰旅游去多久，一共有多少人？"

雪英："我们一起结伴去的一共有六七个人，全是我们江源县的，杨三姐也和我们一起去。"

雪花："她也去？她不是一天忙着卖耗儿药和种子吗？"

雪英："这次去的都是我们高76级同学。只有你舒哥他不去，说着看了看正看电视的我姐夫。"

雪花转头问舒哥："哥你怎么不去呢？"

雪英忙说："他怕晕车。"

雪花："这次丽丽做手术，正正麻烦你带哟。"

小明在厨房忙碌着叫道："雪花快来上菜吃饭哟。"

雪英起身问道："丽丽什么时候去做手术嘛。"

雪花："明天就去。"

25　江东医院　妇科钟医生办公桌上　日　内

丽丽拿出一大摞资料边理边不停地说着："这是我在江源县医院诊刮的病检报告，雪花说正常没问题。这是输血的相关资料。"

钟医生看着报告忙叫李静医生快过来给她开检查单。

"来了老师。"随着声音来的是一个十分漂亮的30来岁的女医生。

李静笑眯眯地接过丽丽的检查单，认真看着。

26　江源县医院门诊　日　外

雪花和汤宁医生在诊断室、阴道镜检查室、妇科检查室、人流手术室和利普刀手术室不停奔跑着。

刘明医生诊断室挂上了刘刚的名字。

刘刚坐在刘明曾经坐过的凳子上，看着不断涌进诊室的病人目光深沉。

一个个病人在刘刚诊室进进出出。

刘刚不停地看着问着写着。

27　江东医院妇科住院部　日　内

丽丽拿着一份检验报告交给李静。

李静接过报告："现在血色素仍然72克。"李静一张张报告仔细地看着，看毕一边整理报告。

28　江东医院门诊部　钟医生诊断室　日　内

钟医生打开手机："还要输血。"

丽丽："还要输多少？"

钟医生："300毫升，你要注意，一定要等情况好转后再做手术。"

29　江源县医院雪花诊断室

雪花不停地忙碌着奔跑着。

雪花边走边拿起手机说着："还要输血。需要献血证。"

30　江源县优秀干部培训中心过道上　日　外

正在中场休息的欣乔拿着手机着急地说："妈妈，丽丽姐说输血必须献血证。"

31　江源县医院过道上　日　外

雪花："那去找一个吧。"

32 雪花家 中午 内

雪花坐在餐桌边不停地一个个地打电话问："有献血证吗？没有啊？"
雪花失望地哎哎地叹着气。

小明端着菜从厨房走出来："给小帆打电话问问，小江好像有献血证。"

雪花忙打开手机："小帆，听说小江有献血证。"

33 小帆家 日 内

阳阳正在沙发上玩手机。听到电话忙跑过来："是弟弟家外婆吗？"

小帆笑笑："是，快叫外婆。"

阳阳忙接过电话认真问："外婆，吃饭了吗？外公呢？"

34 雪花 家 日 内

雪花高兴地说："外婆还没吃饭，外公在做饭马上来。"边说边跑到厨房把电话放到小明耳边。小明高兴得笑嘻嘻地说："是阳阳找外公啊。"见小明正炒菜忙将手机按到免提："外公好，外婆好。"阳阳轻柔的声音传了过来。

小明笑嘻嘻地说："好好！"

雪花笑嘻嘻地说："阳阳乖，叫妈妈听电话。"

小帆大声地说："听着呢。小江有献血证，但是不知道放在哪里的，他现正在赶回家的路上。"

35 欣乔家 中午 内

欣乔在客厅跟着正正走着说："小江有献血证啊，丽丽姐说，江东医院他们不要外地的只要江东市的。"

36 小溢家 日 内

小溢拿着手机："我忠哥哥有献血证。但他也是外地的，我爸找到一个工人说有献血证。但那工人在上班，人没找到。"

37 雪花家 中午 内

雪花拿着电话高兴地说："那就叫小溢他爸快去找找。"

38　江源县医院　雪花诊室　日　内

雪花在过道上边走边说话："丽丽啊。又啥情况呀？"

39　江东医院妇科过道　日　内

丽丽拿着手机难过地说："小溢他爸连夜找到那个工人找到了献血证。但他献血证献血时间是五年以前的。医院说已经没用了。要在一个月以内献过血的才行。怎么办啊？"

40　江源县医院雪花诊室　日　内

雪花拿着电话问青青："你们那输血怎么这么难啊？"

41　江东医院　青青家　日　内

青青坐在沙发上一手拿着书一手拿着电话，左脚打着绷带吊在小板子上："雪花啊？我们这里闹血荒已经很久了。上次我们卫生局局长家人输血也是找了献血证才输上血的呢。"

42　江源县医院雪花诊室　日　内

雪花拿着手机："为啥呢？"

43　江东医院青青家　日　内

青青："输血的人太多，献血的人太少。没办法。余超哥不是你们江源市血站站长吗。你叫他想想办法吧！"

44　江源县医院　雪花诊室　日　内

雪花拿着手机："不好吧。这多麻烦啊！"

45　江东医院　青青家　日　内

青青："要不叫丽丽家属献血啥。"

46 江源县医院雪花诊室 日 内

雪花拿着手机："她老公有乙肝。医院不要他的血。"

47 江东医院青青家 日 内

青青在沙发上想动又很难蜷缩了回来。青青拿着手机："我现很不便，那就叫他家其他亲人准备献血。"

48 江东医院妇科病房 日 内

丽丽在床边焦急地不停地走着说着："雪花啊，要不我还是回来输血吧。"

49 江源县医院雪花诊室 日 内

雪花拿着手机："这样啊，你问问管你的医生，我问问我们医院。"
说罢放下手机挂掉电话重新点出一串电话号拿起手机："严主任啊，我家有个病人想输血。"

50 江源县医院急诊科 日 内

严主任："那她现在血色素是多少？"

51 雪花诊室 日 内

雪花："已经有 75 克。"

52 江源县医院急诊室 日 内

严主任："超过 60 克血色素，我们医院规定不能输血。"

53 雪花诊室 日 内

雪花着急地："江东医院他们说肌瘤太大，术中可能出血患者会有生命危险。所以必须输血。"

54 江源县急诊室 日 内

严主任："要不你去找找医务科。看他们怎么说？"

55　江东医院妇科病房　日　内

丽丽拿着手机带着哭腔："哥哥，我现做不了手术，医生不让我回去输血。你来帮我献血吧。"

56　江源县医院雪花诊室　日　内

雪花难过地跟丽丽说："我们医院规定血色素超过 60 克就不能输血。"

57　江东医院妇科病房　日　内

丽丽高兴地说："欣乔，哥哥来献血了，已经开车走到红星镇，我又叫他开回去了，因为我们家阿兵刚去抽了400毫升血。医生说阿兵检查没有乙肝，可以献血。我终于可以输血了。"

58　欣乔家　夜　内

欣乔和正正在玩着游戏。雪英在厨房炒菜。雪花脚步声在门外响起。

欣乔飞快地跑去开门边跑边给正正说："外婆来了，外婆来了！"

雪花也在门外"正正，正正"地叫着。门一开便飞跑到正正身边抱起正正亲了又亲，再转身问，"你丽丽姐姐输血了吗？"

59　江北医学院　妇科病房　夜　内

丽丽躺在床上输血。阿兵苍白着脸坐在床边。丽丽翻翻身。

阿兵忙上去按住丽丽："平躺着吧。等会儿手别动，弄肿了。弄丢一滴血也太可惜了。"

丽丽忙听话地平躺着："哎，不知啥时候手术哟！"

阿兵："医生查房的时候再问问吧。"

60　欣乔家　中午　内

欣乔拿着手机一边扶着正正走路一边不停地说着："丽丽姐，医生说啥时候手术了嘛？"

61 江东医院妇科病房 日 内

丽丽拿着电话无精打采地说："医生说明天还要查血看检查结果再说。"

62 雪花家 中午 内

雪花坐在餐桌前拿着手机："还没定下来啊？你丽丽姐住院都六天了，明天是星期六，还不快去问问，明天医生休息。又要等到下周一了。"

小明："丽丽手术还没做啊。啥时候做手术，医生没说吗？"

雪花："没有。大家都不知道。"

63 雪花诊室 下午四点 内

雪花在诊室、人流手术室、阴道镜检查室和妇科检查室奔跑着。

一大群人包围在雪花诊室外。雪花在不停地讲着写着。突然雪花手机响起。

雪花拿起电话："丽丽，你现血色素是多少？啥丽丽，你现血色素有93克。什么？"

64 江东医院 妇科病房 日 内

丽丽着急地说："医生说血色素只有93克，手术时还要备血。"

65 江源县医院门诊 日 内

雪花诊室，一大群病人等着检查治疗开药。

雪花："93克已经很不错了。给医生说你不输血就是嘛！"说着招手叫一个青年女病人进入。

66 汤宁诊室 日 内

一大群病人等着。

汤宁在给一个花衣服妹妹交代着："去检查交费后就过来手术。"

67 利普刀手术室 日 内

花衣妹妹躺在床上。汤宁跑到雪花诊室拉起雪花就往利普刀手术室冲，一到手术台前，就把利普刀交给雪花："来教我怎么做利普刀手术。"

汤菲想上前，被汤宁推出手术室，雪花拿起利普刀给花衣妹妹做手术。汤宁认真地看着。

68　江东医院妇科病房　日　内

丽丽着急地说："医生说不行。怕手术时有危险。"

69　雪花诊室　下午5点30分　内

雪花正收拾东西准备下班，手机响了。雪花接过电话："什么？汤宁妈妈去世了，好知道了。"正说着手机又响了。雪花接上："你说什么？"边说边走到过道近卫生间的窗口。

汤宁在边给病人检查药边红着眼睛流泪。

70　汤宁诊室　日　内

女病人着急地说："汤医生给我做一下手术吧。"

汤宁红着眼睛："到手术室去吧，护士准备好了会通知我。"

高红着急地走过来："汤医生，你妈妈过世了，你去忙自己的事吧。病人来了，我叫她们到雪花诊室去就诊。"

汤宁："谢谢，我还是自己来吧，看了几十年，习惯了，我的病人还是我给她们看吧！"

高红酸酸地说："那随便你吧。"

71　江源县大街重白大楼外日　内

欣乔："妈妈，丽丽姐说医生叫阿兵哥还要去抽400毫升血。可他昨天才抽400毫升血。"

72　雪花诊室外日　内

雪花拿着电话急得脸青面黑："哪有这种事啊。他抽血才一天，怎么可能又抽血？"

73　江东医院丽丽病房　日　内

丽丽着急地说："他们再这样，我要告他们。"

74　江源县医院雪花诊室　日　内

雪花："别说这些,我给你青青阿姨打电话问问她们究竟是怎么回事?"说完挂掉电话。立即点出青青的手机号大声地说:"青青呀,你们医院怎么回事呀?丽丽在你们那做手术,住院已经一周了,昨天家属刚献血400毫升,医生今天又叫他去抽400毫升血。你快给医生打电话说说,叫她们别这样!"

75　江东医院青青家　日　内

青青着急地说:"不可能哟。"

76　江源县医院雪花诊室　日　内

雪花:"真的,她们已经把家属叫进去验血了。按标准抽血后至少也要等三个月才能再次抽血。何况病人现在已经有93克血色素,不用输血了。你快去给医生打个电话吧。不然她们就要去告你们医院。我也没办法哟。"正说着倾盆大雨从天而降。

雪花忙挂掉电话打开手机点出电话:"欣乔啊,我刚才给青青阿姨打过电话了,你别着急啊。你带伞了吗,雨太大了。"

77　江源县医院200米外的重白大楼外日　内

欣乔拿着手机:"没下雨啊,妈妈!"

78　江源县医院雪花诊室外日　外

雪花:"我们这里雨像盆子倒下来的那么大呀!"
雪花走出医院,院外真的一点雨都没有。

79　江源县龙凤美发店　日　内

雪花在躺着洗头。雪花手机响起。
雪花点开手机:"啊,啥事。什么?他们没抽阿兵哥的血了。"

"就是嘛!"雪花气愤地说,"哪有这样的医院,哪有这样的道理,他们是怕手术出血患者危险找他们扯皮。他们这样胆小又引来了更大的麻烦。"

正说着欣乔已冲了进来:"刚才在车上都没下雨,一下车给你一打电话雨就倾盆而下。看我身上都湿透了。"

雪花："外面还在下雨吗？"

欣乔电话一挂："我一进来雨就停了。"

雪花叹了口气："看嘛老天爷都发怒了，上帝要睁眼睛了。"

80　欣乔家　夜　内

雪花拉着正正学走路。

欣乔："妈妈，今天上午，江源县血站领导到我们学习班做动员报告，说现在国家动员我们大家都去献血呢。"

雪花："你们有多少人去献血呢？"

欣乔："没多少，说到抽血大家都很害怕。"

雪花："只有汶川地震的时候大家不怕献血。"

欣乔："那时是为了救命，所以大家都不怕。现在没什么事，说到血头都晕了。其实国家可以成立一个血库，根据血型分区分片地整合起来，以防全国人民献血热情高涨时血库里的血放不下，也防用血多时没血。要形成一种随叫随到的机制。"

雪花："如果能将20到40岁的所有人都纳入血源库，让他们都去义务献血。就如高中生人人都要参加军训一样，将献血当作一种应尽的义务。即使每家只有一个人献血。我们国家的血库也不会空虚了。"

欣乔："上午培训的老师说，如果献血的话，献血者所有的直系亲属都能免费输血。"

雪花："对，是这样。"

欣乔："丽丽姐明天出院了。她说她的输血费带上身份证户口本就可以领回来。"

雪花："嗯。这次住院用了多少钱？"

欣乔："2万多。钱用得多，操心更多。每天不知道什么时候手术，要用多少钱，住院多久。天天都在等医生、找医生，可医生又很难找，旋得头都晕了。其实妈妈，医院应该在病人入院的时候就给病人及家属交代清楚：'此次住院大概在什么时候做手术。需要住院多少天，整个治疗期间需要多少费用'。"

雪花："有些手术是根据检查结果来定手术时间的，住院时间和费用也是如此，但总体住院时间和费用还是差不多的。医院是应该好好反省，争取做一个明白单告知病人。"

欣乔："如果将每种手术的各种治疗方式从最低价到最高价列个表格供病人选择那是最好。"

雪英笑嘻嘻地走来："雪花，刚才轩轩打电话说最好2号就回去，休息一天，4号好坐飞机。"

欣乔笑笑："你走吧大姨。明天是周六，小溢叫他妈妈来带正正，你放心去新马泰好好玩吧。"

雪花："最好多照点照片回来给我们看看。"

雪英高兴地："好！"

81　成都机场　日　内

雪英和杨三姐等一群中老年游客在上飞机。

第五十一集　复审　唐老师退休

1　江源县医院小会议室　夜　内

刘院长、唐福医生、雪花、汤宁医生、王医生、李主任、刘刚、郑刚医生，谢河、林玲医生等十几位门诊医生坐在会议室里。

刘院长："我们今天召集大家开会，是因为我们医院二甲达标已经五年了。今年我们医院将接受复审，如果复审不过关，那如何对得起江源县几十万父老乡亲。从现在开始，我们要打起十二分精神，努力做好工作。随时准备迎接专家组检查。"

李主任："他们什么时候来检查呢？"

刘院长："什么时候来不知道，所以我们必须随时准备好。"

2　雪花诊室　日　冬

雪花坐在办公桌前。

穿着厚长羽绒服满脸风霜的张九妹走了进来。

雪花头也没抬地问着："什么名字？多少岁？"

张九妹看看雪花不好意思地笑笑："张九妹，张医生你不认识我了吗？"

雪花仔细看看眉眼皱得有些沧桑的大姐："九妹姐。"

张九妹苦着脸："王小二老婆，王简的妈妈。"

雪花笑笑："知道。刚才不是没看嘛。你是玉米花的侄女。那一年你生娃儿玉米花来接你回去的。上次才给你看过病嘛！"

张九妹笑笑："就是。"

雪花探寻地："今天来有啥事？哪儿不舒服吗？"

张九妹："白带多得很，天天像放水一样。同房的时候还有血。"

雪花："小腹痛不痛？"

张九妹："不痛。"

雪花："最好检查一下，说着已开好检查条交给张九妹。交费后马上回来。"张九妹拿起交费条离去。

李主任拿着一大摞书交给雪花："好好看看，要记好哟。随时准备接受检查。"

雪花接过书本一看：员工应知应会手册、应急手册，医院感染传染病相关知识汇编和医院员工手册。

李主任："看看，四本书对不对。"

雪花笑着点点头："对。"

有病人不断进来李主任立即离去。

雪花将书本收拾好后，立即笑着拿起病人的挂号本一扫，病人档案立即出来了。

雪花给病人开好检查条病人离去。张九妹拿着缴费单走到雪花诊室。

雪花笑笑叫她到隔壁阴道镜检查室等。

3　阴道镜检查室　日　内

张九妹躺在检查台上。

雪花在给其做阴道镜。取液基细胞。

4　江源县医院病理科　日　内

雪花和几位医生在交谈着。

5　雪花诊室　日　内

雪花拿着张九妹的液基细胞学检查结果严肃地问着："现在王小二在干什么呢？"

张九妹："现在在家给王简带看孩子。"

雪花："他到广东去打工没有呢？"

张九妹："我们 1995 年都到广东打工去了，去年才回来。我们现在都到县城来住了。"

雪花高兴地说："好啊！但是今天检查你的宫颈有点问题，病理科建议取活检、查 HPV 病毒。"

张九妹："痛吗？"

雪花："不痛。有点胀。"

张九妹："行。"

6　手术室　日　内

张九妹躺在手术台上。

雪花笑眯眯地一边消毒，一边对张九妹说："姐姐别紧张，放轻松，一点都不痛哟！"

张九妹轻轻地说："好，张医生，你放心做吧！"

雪花也轻声地说："好，宫颈 3、6、9、12 点。"边说边取下 4 小块的组织放在早已准备好的纱布上。

旁边的汤菲立即将纱布上的肉粒装入写好张九妹名字的标本盒里，也把 HPV 试管写好。

张九妹紧张地问："开始了吗？"

雪花："已经结束，起来吧。一会儿过来开点药，过三天来拿报告。"

张九妹："这么快啊？"

雪花笑笑："嗯，姐姐啊，你慢慢穿。穿好到我诊室。我给病人看病去了。"

7　雪花诊室　日　内

雪花在给一群病人看病开检查单。

张九妹拿着标本到雪花面前："这个怎么办？"

雪花："交费后送病理科。"

8　收费室　日　内

张九妹在交费。

9 江源县医院病理科 日 内

几个医生对着张九妹送的片子仔细地看着分析着。

10 欣乔家 夜 内

欣乔在收拾衣服和书本。

雪花在一旁帮着欣乔将衣服放进地上的大箱子里。

小溢妈妈抱着小正正走了进来："收拾好了吗？"

丽丽穿着睡衣坐在客厅的沙发上在平板电脑上看小说。

欣乔在客厅和书房里找书。欣乔边找边问："丽丽姐看到我的外语书了吗？"

丽丽放下电脑在沙发上找了找说："找到了。"说着将一本外语书拿了出来。

欣乔接过书走进睡房。

雪花："想想看，还有什么没带上的。"

欣乔："放心吧妈妈。"

雪花："成都的天气比我们这里冷。这次除了参加青年干部的培训学习，还要参加国考和研究生考试。考试时间没问题吧。"

欣乔："没问题。国考在学习中途，时间是星期六。研究生考试也是星期六，我们 12 月 26 日学习结束，27 日考试。"

雪花："那就太好了！"

欣乔："妈妈，我走了，你要多看看正正哟！"

雪花："放心吧，我会天天来看他的。小溢妈妈和丽丽两人都看着他呢！"

欣乔："丽丽现在还不能干重活吧！"

雪花："叫她不抱正正就是。你们学习班什么时候走？"

欣乔："我不和他们走，我明天和小溢一起，后天小溢到省上报考。大后天我和小溢都要到学校去做研究生考试报名确认。"

雪花："欣乔呢，一定要好好学习，好好考试哟。"

欣乔："知道了，妈妈！"

雪花："你看小溢刚刚办案回来你又要走。"

欣乔："没办法。工作需要嘛！"

11　江北市火车站　日　外

欣乔和小溢提着大箱子匆匆忙忙地走着。

12　江源县医院妇科门诊　日　内

雪花在诊室妇科检查室、阴道镜检查室忙碌着。

雪花刚在诊断室坐下。

病理科小李子就拿着一份报告交给雪花眼神写着焦虑。

雪花接过报告，神情非常震惊地看着小李子。

小李子不说话只是低着眉头看着雪花。

雪花把报告交给小李："还是让她自己去领吧。"话未落音。

张九妹笑眯眯地走了进来："医生，我的报告出来了吗？"

雪花笑眯眯地说："出来了九姐姐。这，给你看吧。"说着从小李子手里拿过报告交给张九妹。

张九妹拿着报告："CIN III级，什么意思啊？"

雪花："没什么，你一个人来的吗。"

张九妹："是啊。一个人。"

雪花："小二哥没来吗？"

张九妹："没有。"

雪花："你现在要做一个手术。叫小二哥过来吗？"

张九妹："好！他不来也可以做嘛。"

雪花："还是叫他来一下吧。你给打电话，我给他说一下也可以。"

张九妹："好。"说着打通了王小二的电话，"小二，张医生要给你说电话。"说着把手机交给雪花。雪花接过电话走出诊室严肃地说："小二哥吗？我是县医院的张医生。知道啊。你家张九妹现在宫颈有点问题，但还好，是宫颈原位癌，癌变还局限在宫颈。做一个宫颈锥切手术就行了。你同意我就早点给她做。同意啊。好！"说着挂掉电话把手机交给张九妹："你家当家人叫你快点做。"

张九妹害怕地说："好。"又紧张地问，"张医生痛不痛啊？"

雪花淡定地说："不痛，和那天取活检一样。"

张九妹大大松了口气："那就好。没问题，做吧！"

13　病理科　日　内

小李子和几位医生在交谈着。

雪花走进去："张九妹的情况怎么样？总的来说有多坏？"

何医生："总的来说还不是很差，但有几个细胞核已经有了很明显的变化。"

14　LEEP 手术室　日　内

张九妹躺在手术台上。

雪花在做手术。旁边汤菲在帮着吸烟。

15　欣乔家　夜　内

正正满脸茫然地看着雪花，不笑也不叫。

小溢妈妈看着正正想和他说话，正正马上把脸转向一边。

雪花对着小溢妈妈："给他洗脸后让他睡吧！"小溢妈妈答应着起身去弄水洗脸。

丽丽冲好奶粉交给小溢妈妈喂着，正正一会儿就睡着了。雪花看着正正睡下便起身离开。

16　雪花家　夜　内

雪花正在背诵李主任交给的应急手册，我院脆弱性分析风险排名前三位的分别是："火灾、突发公共卫生事件和信息系统瘫痪。"

雪花手机突然铃响小溢妈妈焦急的声音传来："正正发热体温 38.9℃。我们是不是到医院看一下。"

雪花："好，你们坐出租车直接到医院，我到医院住院部儿科等你们。"

17　江源县医院儿科　日　内

一个高个男医生在给正正听诊，听完又眯着眼睛仔细查看着正正的咽部。护士在给正正量体温，小溢妈妈焦急地来回走着。

护士拿出体温表给医生报告说："38.9℃。"

医生在给正正开药。雪花把处方交给小溢妈妈取药。

雪花抱着正正在做雾化。正正雾化完毕后，正想哭闹，小溢妈妈取药回来，雪花抱着正正诓着离开医院。

18　欣乔家　夜　内

雪花满脸焦虑地抱着正正坐在沙发上。正正满脸通红小脸绷得紧紧的，双目无神一声不响地看着外面。

小溢妈妈在厨房准备开水喂药。

雪花抱紧正正难过地对着正正说："正正想爸爸妈妈了吧，爸爸有事到成都，妈妈到成都学本事去了，等妈妈学好了本事好接正正也到成都去学本事哟。"

正正听后立即从雪花身边冲到地上站起来笑了笑，拿起玩具自己玩起来。

19　雪花家　中午　内

雪花拿着手机："啊，昨晚正正发烧。用药后现好些了，昨晚我等正正体温正常后才走的。今天早上 7 点去看他还不错。体温 37℃ 了。"

20　成都川大学习基地　日　内

欣乔："现在怎么样啊？"

雪花："还好，体温正常。我晚上再去看看。你们走的时候没给他说，他很生气哟。昨天一天脸都紧绷绷的，晚上给他做了思想工作他才笑一下。"

21　妇产科雪花诊室　日　内

雪花坐在诊室里。

一个个病人在诊室里进进出出。高老师拿着一张表交给雪花。雪花接过表："要上交吗？"

高老师："你都写了那么多了还是把它写完吧！"

22　雪花家　夜　内

雪花在书桌边填表。

小明走进来："写什么啊？"

雪花："高老师叫我把上次没写完的剧本尽快完成，现在将剧本的基本思路内容上报市作协。"

23　欣乔家　夜　内

雪花在看正正走路。欣乔悄悄走进来。

雪花惊异道："你怎么回来了。"

欣乔："周末学校放假。我们大多数同学都回来了。"说话时已将正正抢到怀里抱着亲了又亲。正正高兴得哈哈地笑，也使劲亲了亲欣乔，就从欣乔怀里挣出来在地上走着。

雪花："正好帮我把剧本的内容介绍发到市作协。"

欣乔："好，放那儿吧！等会儿，我看看。呀，几天不见，正正会走路了！"

24　妇产科雪花诊室　日　内

雪花正在给病人看病。

李主任在门外大声地说："老师们，下午下班后做消防演练哟。"

雪花："知道啦！"

25　江源县医院　妇科过道边　日　外

雪花、李主任、刘刚医生、林玲医生、谢河医生、唐福老医生等在两名消防队员的指导下做消防演练。

消防教练认真地说："大家看好啦。如果遇到火情，要立即取下灭火器，打开消防栓。"边说边将灭火器的消防栓拉开，对准火苗喷射。

26　欣乔家　夜　内

雪花在看正正走路、跳舞。

27　江源县大街上　夜　外

雪花在匆匆忙忙地走着。

28　雪花家　夜　内

雪花伏在床上写着。笔记本电脑放在两本书中间。床边放着应急手册。

雪花写一会儿，又看一会儿书。

29　江源县医院　保卫科　日　外

几名保安在集中训练。

江源县医院　保洁室外

几十名清洁工在听着讲话。

江源县医院妇科门诊行道

清洁工毛大姐拦住高红："护士长，这纸条上写的是啥嘛！刚才领导给我们讲了我记不住，你给我念一念嘛。"高红笑笑，忙照着纸条念着。

30　欣乔家　夜　内

雪花在看正正随着音乐跳舞。

31　雪花家　夜　内

雪花坐在床上看书。

32　江源县医院　门诊妇科　日　内

雪花坐在诊室里。

高红走过来："怎么样？雪花，书都背完了吗？"

雪花："还没有哟，你背完了？"

高红："几个月都不敢出门。天天晚上都在背哟！"

雪花："这么严重哟？"

高红："这算啥哟，检验科的小伙子，临床科室那姑娘们，几个月都没学车、没跳舞啦。"

雪花："知道啊，手术室的小伙子不是也不敢去学车吗？全院所有人都不休假，哪儿有时间学。"

高红："下周一开始心肺复苏人人过关考试。现在天天有人在培训哟。这是通知，你看看吧！"

雪花接过通知："好！我们下班后去看看嘛。"

高红："好啊！"

雪花看着通知：

为提高全院医务人员急救能力水平，培养精诚合作的抢救团队，今年的三基培训11月14日起，全院所有人员务必自行到五层大会议室进行心肺复苏操作强化训练学习。11月20日医教部将对所有人员进行考核，要求人人合格，不合格人员名单将进行全院通报。并继续训练直至考核合格。

培训练习时间：2014年11月14日—2014年11月19日全天

夜间老师指导时间：19:00—21:00

33　江源县医院大会议室　夜　内

指导老师站在会议室讲台边，台上放着两具人体模型。

雪花、高红、汤菲、燕子在模具上做紧急情况下的人工心肺复苏。

指导老师声音洪亮："现在我们熟悉一套心肺复苏模拟抢救流程。要求两人一组，语言洪亮操作有序。1.评估现场环境是否安全；2.判断病人有无意识；3.判断有无颈动脉搏动和呼吸。方法是用右手的中指和食指从气管正中环状软骨划向近侧颈动脉搏动处5至10秒，如果没有搏动没有呼吸应立即开始抢救。启用抢救车除颤仪。

"抢救方法：1.使患者平躺；2.松解患者衣领及裤带；3.实施胸外心脏按压。两乳头连线中点，也就是胸骨中下1/3处，用左手掌跟紧贴病人的胸部，两手重叠，左手五指起，双臂伸直，用上身力量用力按压30次，按压频率至少100次/分，按压深度至少5厘米；4.同时另一人打开气道；5.人工呼吸。应用气囊，一手以CE手法固定一手挤压呼吸球，每次送气400毫升至600毫升。送气两次；6.持续心肺复苏。以心脏按压人工呼吸30:2的比例进行，持续5个周期。我们这里只是模拟抢救，我们教的只是方法。真正在实际生活中在大街上，在公路旁边我们是没有除颤仪，我们有的只有在最短的时间打120呼救，然后在最短的时间内实施胸外按压。一定要在病人呼吸心跳停止后4分钟之内开始按压。成功机会很大。人人都要记住这抢救生命的黄金4分钟。"

雪花："如果全国人民人人都知道这黄金4分钟，人人都知道胸外按压的救命方法也许有很多人的生命就不会白白丢掉了。"

指导老师："我们没有机会教会全国人民，但我们要让全院所有在职人员包含检验科药剂科病理科保卫科和清洁工人都学会胸外按压、心肺复苏的抢救方法。以确保来我院就诊人员的生命安全。下面请张小燕、汤菲你们两人先来。"

小燕和汤菲精神地跑步上前："报告考官，门诊手术室抢救组已经到位。"汤菲仔细判断病人心跳，燕子上前看看周围环境后，快速走到病人身边，摸摸颈动脉，分开嘴看看有无假牙。

燕子清脆地说："报告考官，周围环境安全，病人无假牙，病人颈动脉搏动消失。快拿除颤仪。输液输氧。汤菲胸外按压，我按压气囊。"

汤菲快速说："病人心跳呼吸停止，抢救现在开始。"边说边松开病人的衣扣裤带。在病人双侧乳头中间双手交叉左手紧贴病人胸部，两手重叠以标准的方式按压着。边按边数着："1、2、3……30。"小燕立即按气囊两次。汤菲继续按压边按边数着："51、52、53……"

34　雪花家　夜　内

雪花伏在床上不停地写着，床上、床下、床头柜上、地下到处是书。应急手册、心肺复苏流程在旁边翻开着。

35　欣乔家　夜　内

雪花在陪着正正唱儿歌。欣乔和小溢在一边看书。

雪花："欣乔你明天早点走吧。"

欣乔："我们晚上九点的动车。"

雪花："太晚了。"

欣乔："我们四个人一起，不怕。"

雪花："昨晚我梦见你大姨从泰国回来了。今天都15号了。"

36　江源县大街上　夜　外

雪花拿着手机边走边说着电话："姐，昨晚我梦见你回来了。"

37　成都　雪英家　日　内

雪英拿着手机提着开水倒入茶杯说："就是昨天回来的。"

38　江源县大街上　夜　外

雪花拿着手机："不是12天吗，怎么昨天就回来了，我还以为要明天才回呢。"

39　成都雪英家　日　内

雪英放下开水："走那天算一天，回来也算一天。"

40　江源县大街上　夜　外

雪花拿着手机："怎么样？好玩吗？外国和我们这边比怎么样？"

41　成都雪英家　夜

雪英喝了口开水："那些国家好像还没我们中国好。"

42　江源县大街上　夜　外

雪花匆匆忙忙地说："那当然，现在有几个国家敢和中国比。"

43　雪花家　夜　内

雪花伏在床上写着，看着。床上床下到处是书。

44　江源县医院雪花诊室　日　内

雪花坐在诊室里。

张九妹笑眯眯地走进来："医生我药吃完了。"

雪花："感觉怎么样？"

张九妹："下身流很多水样的东西。"

雪花："没关系。那是 LEEP 术后的正常反应。要按时吃药。"边说开好药将处方条给了张九妹。

李主任快步走来："雪花复查组下周就要到了，你们每项工作都要准备好。"说罢看看房间四周，"屋子里的清洁也要做好。"

45　门诊人流手术室　日　内

汤菲如油漆工一起在涂门和手术台的脚架。

46　雪花诊室　妇科检查室　日　内

雪花汤菲在一一收拾东西，清洁工在清洁墙面和地面。

何花跑到雪花身边："哥们快点把屋里的清洁做好哟。"

何花刚走，刘院长、科长一大群人一个个来回不停地摸摸墙桌椅桌下又看看手上有无灰尘。

47　雪花家　清晨6点　内

雪花刚起床，手机响了，雪花拿起电话："啥？好好。马上到。"

小明："啥事？"

雪花："李主任打电话叫我们马上到医院，刘院长要紧急训话。"

小明："吃完饭再走吧？"

雪花边走边整理头发："来不及了！快开车送我。"

48　江源县医院门诊手术室门外日　外

刘院长、医务科、李主任、雪花、汤宁、胡医生、唐福老医生、林玲医生、谢医生、汤菲、小燕高红全部到齐。

刘院长着急地说："昨天检查组对我们医院的态度很不满意，说我们还不到监督检查的状态，医院复审能否过关就看今天了。大家一定要注意自己的态度，如果老师问的问题有答不上来的，一定要虚心学习认真请教。好好做好自己的工作。不要让检查组的老师失望。"

49　江源县医院手术室外日　内

检查组人员在各个部门观看着，后面跟着小江等一大群麻醉师。人人拿着笔记本记录着。

50　江源县医院妇产科住院部　日　内

何花带一大群医护人员跟在检查组老师身后，何花等人都拿着笔记本记录着老师的讲话。

产房检查组老师要检查急救箱，小英护士长激动得怎么也打不开急救箱。随手拿了一根钢钎砸，可怎么砸也砸不开。

51　县医院门诊部　日　内

检查组老师走到李主任办公室，门诊部医生全都跟着进去。汤菲在做胸外按压。

52 雪花家 中午 内

雪花在床上看书手机铃响，雪花拿起电话："呀，小明，上午检查组来了没有。来了。还没检查到我这里。你快去忙吧，我要看书了。"

53 江源县医院大门外下午6点 外

小明在车里向外张望着。雪花笑眯眯地跑上车。

小明紧张地问："下午检查你了吗？"

雪花笑嘻嘻地说："没有。你怎么比我还紧张啊！"

小明："天天看你没日没夜地看书，看着小帆天天晚上加班到十二点，我怎么不紧张哟。你们医院那些人有哪个不紧张的？"

雪花："那倒是。如果叫我背岗位职责。我都说不好，因为我现在只在门诊上班，夜班交班查房出诊都离我很远。我的职责是负责我们县到我这里就诊的病人的身体健康，全力防治宫颈癌，还有就是保护好孕产妇和胎儿，尽量让孩子聪明健康。"

小明："那怎么办啊，明天还查吗？"

雪花："查，明天下午三点半才开总结会。"

54 江源县医院门诊 LEEP 手术室 日 内

雪花在做手术。汤菲在吸烟。高红在一边写病检袋。手术结束。

汤菲着急地说："不知道检查过了没有。"

雪花："应该过了吧。"

汤菲："大家都太紧张了。"

雪花："谁紧张也没刘院长紧张，昨天早上我看他脸都绷绿了。"

汤菲："他紧张啥。"

雪花："医院每一个人都是他的脸，哪个人出错，他都脸上无光。这几天他肯定是睡不着。"

55 江源县医院大门外日 外

肖雪何花站在门边，何花眼里含着泪。

肖雪着急地问："参加了总结会，结果怎么样，我们家王强已经几天都没睡觉了。"

何花："说我们这里条件太差了。"

56　江源县大门外日　内

高红、雪花、汤菲站着边公路边等车。

高红："说我们这里年门诊人次 30 多万，可检验科只几间屋子，病理科只有两间屋子。条件这么差，还不如三州。"

雪花："这不是我们不过的理由啊。"

汤菲："看那些在公路边等车全是我们医院的。正说着高红手机响了。"

高红拿起电话："我们已经出来了在公路边等车。"

雪花："大家都是去庆功的吧，边说边转头向高红，过了吗高红？"

高红红着眼："不知道，总结会上检查组没表态。"

汤菲："李主任说是放松饭，让大家自己出钱。"

雪花："是啊，半年来大家都太紧张了。真要放松放松。刚才扫地的三姐说，今天晚上她要去招魂了。"

汤菲："真的？"

雪花："她说检查把她魂都吓落了。"

汤菲："也真是啊，听说妇产科检查时护士长吓得抢救箱的锁都打不开了。"

雪花："其实啊抢救箱永远都不要加锁。"

汤菲："也是啊。"

雪花："抢救病人分秒必争，开锁再快也要几秒。手术室人手本来就少。"

57　江源县一食店　日　内

李主任、高红、唐老医生、雪花、汤菲、燕子等门诊一大桌人坐在一起。

燕子在桌边跑来跑去给一个个倒酒。只刘刚医生没到。

李主任："刘刚医生因为癌症手术不能来参加今天的会餐，来了的同志们大家把酒杯举起来。大家辛苦了，我敬大家一杯。"

燕子："主住，检查过了没有？"

李主任："今天大家只吃饭不说检查的事。"

汤菲悄悄对雪花说："结果可能不理想哟。唐福医生说，这个月上完退休了。"

雪花："真的，还有点舍不得哟。"

58　江源县医院人流手术室　日　内

雪花在看燕子开抢救箱，燕子开了几分钟才打开。

雪花上去仔细看了看抢救箱然后把钥匙直接取下放在箱子里。

59　江源县医院门诊雪花诊室　下午4点　内

雪花正上班，尹部长走到雪花诊室。

雪花忙起身笑眯眯地问："尹部长有啥好事？"

尹部长笑笑："我刚才给你打了好多电话都打不通，所以才跑到这里来通知你，下周二也是后天上午九点到江源市开会。"

雪花："开啥会呀？"

尹部长："影视文学作品研讨会。你不是写了个电视剧剧本吗。请你去开会。"

雪花："我们县有几个人？"

尹部长："就我和你两个人。"

雪花："有车吗？"

尹部长："我们宣传部已经没车了，我们找辆车或者坐公共汽车去。要向医院请假吗？"

雪花："可能不请吧，我本来每周二、周六休息。但每周只周六下午休息半天，应该不会有多大问题吧。"

60　雪花家　夜　内

雪花在看书，小明坐在电视前看电视。

雪花："下周二你送我到市里去开会行吗？"

小明："开啥会？"

雪花："文学方面的会议。"

小明："给医院请假了吗？"

雪花："没有。"

小明："省上正检查呢，你不到单位请假咋行呢。"

雪花："那明天给尹部长说说叫他去请假吧！"

61 江源县县委大门外晨 外

尹部长匆匆走着。小明开着车飞快地跑到尹部长身边。雪花在车里向尹部长招手。

尹部长坐上车。

雪花笑着说："这是小明，我的领导。"

尹部长笑着："知道。"

62 江源县梦源大酒店 日 内

大门上挂着条幅，"追光中国梦，促影思源情"。

影视鉴赏培训及江源题材文学作品研讨会的红色条幅醒目耀眼。

雪花："快点，太阳部长要批评我们哟。"

尹部长："没关系，刚才他打电话时，已给他说了，只晚几分钟而已。"

小明："我就不去了，你们先上去吧。"

尹部长："一起去吧，你也在写作嘛。"

雪花悄悄地笑着给尹部长说："他是我的手和脚。他也真的在写剧本。"

尹部长笑笑："走吧。"

雪花和尹部长刚进大门接待老师便热情地说："是江源县的吧。会议室在 12 层。"

尹部长热情地给雪花介绍："这是市文联的张主任。"又给张主任介绍，"这是雪花。"

张主任热情地说："雪花准备发言哟。"

雪花点头笑笑上去了。

63 十二楼会议室 日 内

包围着太阳部长和省作协省文联的是各位参会的作者和各县宣传部文联的负责人。雪花在一个角落刚坐下就有人将她领到了写有名签的座位上。

和大门外一样内容的条幅在屋子的正前方以同样红底白字醒目地挂着。

一个个专家不停地讲着说着，下面一个个专心地听着记录着。太阳部长正满怀激情地说着。

64 江源县医院雪花诊室　日　内

雪花匆匆跑进诊室。

十几个病人自觉地排队进去出来。雪花不停地忙碌着。张九妹静静地站在雪花面前。

雪花抬眼见是张九妹忙高兴地说："你来了姐姐！你手术后的复查结果出来了。"

张九妹着急地问："结果怎么样嘛？"

雪花："很好，已经全好啦。今天我还得给你上药。说话时已开好了处方条交给张九妹。"

65 欣乔家　夜　内

欣乔在给正正讲故事。

正正一面听故事，一边用小铁纤打他玩具里的小人。

雪花匆匆跑进来，一见欣乔急得直吼："这么晚了你还没走！"

欣乔："不忙，晚上9点的动车。等会儿就走。"

雪花忙问小溢妈妈："王姐，欣乔的东西在哪里，快点拿出来让她早点走，太晚了，这里到火车站还有十多公里呢。"说话时小溢妈妈已将东西提了出来。

雪花立即抱起正正到阳台上。欣乔提起包包悄悄跑了。待欣乔一走，雪花抱着正正回来。

小溢妈："欣乔好辛苦哟！为了多陪陪正正那么远的路，周周回来，次次那么晚才走。"

雪花叹口气："还不是我造成的，她小时候我天天手术加班，她爸爸又经常出差。她常常一个人在家，很孤独，很害怕。所以，她坚决不当医生，说要好好陪着她的孩子。"

小溢妈妈："她外婆没来带她？"

雪花："小时候她上学前班的时候，她外婆带过她一阵子。那时候她离家还有200米远的时候就开始'外婆外婆'地叫着，直到回家看到外婆。可见孩子心里多么渴望亲人的陪伴哟！"

小溢妈妈："你也很辛苦哟！"

雪花："没办法呀！你看上次欣乔和小溢两人都走后，孩子一天不哭不笑想妈妈都想病了。欣乔走了无论多忙，我都要每天晚上来看正正哟。这是我答应的啊。"

小溢妈妈："你放心嘛，我在这里看着呢。"

雪花："可是我害怕呀，你看我们医院那些病人，好些小孩子父母亲在外地打工挣钱，留下孩子在家里只有婆婆爷爷。好些孩子不懂事，十二三岁就交朋友。我刚上门诊那两年有个 12 岁的小女孩子做了人工流产。今年到我这里看病的时候已是宫颈癌了。不过她来得算早，刚好是宫颈原位癌，也就是 CIN III 级。做手术后已经痊愈了。不过她还这么小，不知她今后的路怎么走？"

66　江源县大街上　夜　外

雪花匆匆忙忙地走着。

67　雪花家　夜　内

小明已入睡。雪花悄悄走到洗浴间。

雪花伏在床上写着，写着写着雪花已然入睡。手放在电脑面板上。

68　江源县医院　雪花诊室　日　内

雪花刚走到门边汤菲悄悄走来说："护士长说今天晚上我们几个门诊部新老同志给唐老医生送行。过几天唐老医生就要退休了。"

雪花："好啊，我一定去。"

69　院长办公室　日　内

雪花悄悄走进去。

刘院长："有事吗？"

雪花："有，两件事。首先给你汇报一下，上次你给我布置的作业快完成了，作品的主题思想得到了省市作协的肯定，他们叫我尽快完成。"

刘院长："好啊。我也大力支持。"

雪花："谢谢哟！还有一件事，今天晚上我们科室几个人给唐老医生送行，请你也来参加。"

刘院长: "好吧，我一定来！"

雪花: "唐老医生工作已经五十二年，和我的年龄一样，比你的年龄还大两岁。"

刘院长: "是啊，唐老医生是我们的老前辈。从外科主任到工会主席到门诊医生，他样样都好，他带的外科医生个个都是精兵强将。"

雪花: "是啊，可以说唐老医生是我们中国医生的标杆。他几十年任劳任怨兢兢业业，从不迟到早退。一生做了大大小小几十万台手术，从无一例差错事故发生。他对病人态度也好得很。去年他都72岁了。一个小伙子有个小伤口，唐老医生因为病人多，去晚了一分钟，那小伙子埋怨他，他一点都不生气。还劝小伙子别着急别激动，激动对伤口不好。"

70 雪花诊室   下午5点30分   内

雪花在办公室坐着抄当天的检查记录。

汤菲坐在一边说: "唐老师为人处世真是我们的榜样，每次遇到大事小事我都会向他请教。"

雪花笑笑: "是啊。唐老医生走了我们肯定不习惯哟。"

汤菲: "快点，唐老师都已经到饭店了哟！"

71 江源县乡间小饭店   日   内

唐老师、林医生、谢医生、李主任、雪花、高红、汤菲、小燕在举杯共饮。刘院长风尘仆仆走来。雪花忙跑上去将刘院长带到唐老师身边。

唐老师立即举杯敬刘院长。雪花刚给唐老师敬酒，手机响了。

雪花和唐老师喝完杯中酒后点点头去接电话: "啊，我现在外面吃饭，你在哪里？"手机里欣乔的声音传来: "我不知道现在哪里，高速公路今天出车祸。一辆油车爆了，几辆小车都跟着燃了，小溢到成都出差被困在路上，我们是走另外的路回来的。"

雪花: "你一个人吗？"

欣乔: "不是，我们几个人开车回来的。"

雪花: "那你慢慢开哟。到家了给妈妈打电话。"

72　雪花家　夜　内

雪花趴伏在床上写字。一边不停地看手机。突然手机响了。

雪花拿起手机："呀，欣乔，到家了！好，妈妈知道了，你好好休息吧！"

第五十二集 今昔何夕

1 雪花家 晨 内

雪花匆匆忙忙地起床。

小明在门口看着雪花叫着："快点快点，快迟到了！"

雪花抓起梳子飞快地梳了梳头便飞快地跑向门口。

2 江源县街道 晨 外

小明开着车飞快地跑着。

3 江源县县医院对面的麻哥面馆 晨 内

雪花和小明坐在桌前吃面。

60岁的老板娘笑眯眯地走到雪花身边："谢谢你，雪花。谢谢你让我有了孙女。"

小明笑笑："她啥意思呀？"

雪花悄悄地说："他媳妇怀不上孩子，我给她做了两次输卵管通水，他媳妇才怀上孩子的。"

老板娘笑眯眯地走来："雪花医生，你说我可不可以去告他们医院。"

雪花惊奇地问："你告医院啥呢？"

老板娘心事重重地说："我孙子7个月早产儿住院治了2个月。虽然孩子好了，可孩子头后面睡枕头那个地方有个小指尖一小半那么点大的头部不长头皮。不长头皮的地方还有些黄水流出。"

雪花轻松地说："用点药水擦擦就好了嘛。"

老板娘不高兴地说："他们请了外科会诊，到外科还治疗了几天。"

雪花好奇地问："现在孩子怎么样？"

老板娘没好气地说："孩子现在没啥。这个孩子就像她爸小时候一样，头总向着一边睡，现在成了扁头。"

雪花："谁是扁头？"

老板娘："我儿子。"

雪花："孙女头不扁吧？"

老板娘："孙女头形很好。"

雪花："那就好啥。只是那么一小处不长头皮也没啥。过些时候肯定会长好的，你去告什么？"

老板娘生气地说："我孙女住特护病房一天2000多块钱，有特护看着怎么没护理好我的孙女呢？"

雪花笑笑说："算了吧。孩子没事就好得很。"说着和小明一起起身离开饭店。一上车雪花就对小明说："你看，她多可笑嘛！他媳妇患妊娠期糖尿病，大人小孩子都危险，好不容易把孩子救了，可她还说去告人家。"

小明："她想她用了那么多钱嘛！毕竟每天2000块钱呢，怎么就不好好护理呢？"

雪花："她自己儿子的头都睡扁了，她为什么不告自己呢？"

小明笑笑。

4 江源县医院 雪花诊室 日 内

雪花打开电脑后立即收拾着桌上的东西。

穿着淡红色羽绒服27岁的杨微走进雪花诊室。

雪花："坐吧，杨微。现在怎么样？"

杨微："我做手术7天了，下面有好多水流出来。"

雪花笑笑："那是正常的，再吃点药吧。出血了吗？"

杨微："没有。"

雪花："很好，过几天还有点血流出来，你不要着急害怕哟。出血多了来上药。"说话时已将处方条拿给杨微，同时拉着杨微悄悄地说："杨微啊，一定要坚持吃药、上药，尽快好起来，不要让宫颈癌真的到来，你现在已经是原位癌，过三个月还要来复查！还要记住三年内最好每半年来查一下宫颈癌筛查和 HPV 病毒。"

杨微眼睛红红的点点头："好！"

雪花焦虑地问："你现在还是和小鱼儿在一起吗？"

杨微摇摇头："早就不在一起了。那个人，怎么可能哟。"

雪花关心地问："那你现在在哪里上班？没到服装厂了吧？"

杨微："没有。在酒店当领班，工资还是很高的。底薪 3000 元加提成，每月都有 8000 元以上。"

雪花："你现在的情况一定要注意自己的性生活状态。一定不要和不三不四的人在一起。渣男不能要。选男朋友的时候一定要睁大眼睛。爱情一定要专一，不然就会受惩罚。如果还像以前一样，可能就会向宫颈癌发展，到时候想救也救不了你哟！"

杨微红着眼眶连连点头离开。

雪花大声地说："取好药拿回来我检查一下。"

杨微回身点点头离开。

5 医院行道 日 内

张宇大着肚子走着。

6 雪花诊室 日 内

张宇大着肚子笑眯眯地走进来："二姨，我怀孕 8 个月，想做个 B 超可以吗？"

"当然可以。"雪花一边回答，一边示意张宇坐下。拿着挂号本一扫：张宇，江源县金水乡金沙村人，22 岁，职员。

雪花亲切地说："虎子哥现住在哪里呀？"

张宇："我爸呀，他和我妈就在县城开饭馆，忙得很。"

雪花："那就好。你现在感觉怎么样？下肢痛不痛？脚抽筋不？"

张宇："有点痛。偶尔还有抽筋。"

雪花："吃钙片没有。"

张宇："吃完啦。"

雪花："好，再开点吧！"说着点开电脑打出交费条递给张宇。

张宇笑笑说："好，起身拿着条码去缴费。"

雪花："你妈妈现在怎么样啊？"

张宇："还可以！"

雪花："作彩超后把报告拿回来我看看。"

张宇："好！"

7　彩超室　　日　内

张宇在作彩超。

8　雪花诊室　　日　内

张宇拿着彩超笑眯眯地说："二姨，我看到孩子的小手小脚啦！"

雪花笑笑："动得好吗？"

张宇一脸兴奋地说："不摆了，每天都和我捉迷藏！"

雪花好奇地问："怎么捉？"

张宇低下头摸摸突起的腹部骄傲地说："你看，他手儿一伸出来，我想去和他握手，他一下就缩回去。当我不想理他，走了的时候，他突然一脚给我踢过来，我想抓住他，手一挨到肚皮，他呼地一下又跑啦……"

雪花笑得直抖："这么好玩吗？"

张宇笑嘻嘻地点着头："嗯嗯！"

雪花欣慰地说："好好守着孩子，你可比你爸爸妈妈强多了！"

张宇睁大眼看着雪花："咋说呢？"

雪花满脸难受地说："想当年，你妈妈怀上孩子不检查，生孩子也不到医院，在家生了几天，人都痛晕了，才想着到医院来。结果怎样，你妈给你说了吗？"

张宇一脸失落地说："说了，说是个哥哥，长长的都那么大了，结果还没出妈妈肚子就没了。"

雪花惋惜地说："是可惜，都足月了，若是有一点到医院生孩子的常识，早那么半天来医院，孩子没事了！幸好，把你妈妈救回来了。不然的话……"

张宇起身慢慢站起来："二姨，我走了，放心，我是一定会在预产期前一周就到医院来住院待产。妈妈当年的悲剧再也不会发生了！"

雪花高兴地笑笑："相信你，好孩子！"

9 医院过道上 日 外

红英拿着挂号本匆匆走入走着。

10 雪花诊室 日 内

红英一脸憔悴地说："张医生，我肚子痛再给我开点药吧！"

雪花笑笑："请坐吧！"边说边接过挂号本一扫：红英，女，41岁，江口乡3组，复诊盆腔炎

雪花："好些了吗？"

红英："好多了。还有点腹胀。"

雪花："来再检查一下吧。"说话时轻轻拉着红英进了里面的检查台。看着红英腹部的疤痕，雪花在仔细地检查着。边查边问："痛不痛？"

红英："不痛。"

雪花又看着腹部疤痕问道："手术做了好几次，吃完丹莪妇康煎膏没复发吧？"

红英："没有。真是谢谢你了。当年要不是你给我推荐了那个药。我不知道会做多少次巧克力囊肿手术哟！"

雪花笑笑在电脑前给红英开好处方条，边交给红英边说："那是你运气好。做了两次手术后终于遇到了我，也遇巧我从西华进修回来了。不然，你还得去找你哥哥做手术。"

红英苦涩地笑笑拿着处方条离去。

雪花："红英，宫颈癌检查做了吗？"

红英痛苦地说："没有。"

雪花一脸严肃地说："30岁以上的女性，年年都要作宫颈癌筛查。"

红英看看雪花点点："要得。下次等我不痛了就来查。"

雪花高兴地说："好！"

11 收费室 日 内

红英在交费。

李娇娇笑眯眯地拿着挂号本匆匆走入雪花诊室看着雪花高兴地说："张

医生，帮我开个 B 超单吧。"

雪花高兴地笑笑："又怀上了？请坐吧！"边说边接过挂号本一扫：李娇娇，女，27 岁，宝马乡宝马村人。

李娇娇："我停经 44 天了，有点出血。"

雪花："过去月经规则吗？"

李娇娇："我已经验过尿了，有两条红线。"

雪花："好吧！你做 B 超，再查一下血孕酮和 HCG 吧。"

李娇娇："好！听你的。"

雪花："交费后到三层 B 超室排队后再去二层检验科抽血。"

李娇娇起身："好！"

雪花："等会儿把所有报告交给我看。"

12　彩超室　日　内

李娇娇在做彩超。

13　化验室　日　内

李娇娇在抽血化验。

14　雪花诊室　日　内

李娇娇拿着报告紧张地问："怎么样啊？张医生？"

雪花看完几张检查单果断地说："打针吃药！"

李娇娇试探地问："孩子没事吧？"

雪花笑笑："还可以，看到胎心了，好好养胎！"

李娇娇高兴地说："好的，谢谢医生！"

雪花："不用谢，你李金花姑姑好吗？"

李娇娇笑嘻嘻地说："好得很，放心吧！她天天念叨你，每次看病检查都叫我到你这里来。"

雪花假装一脸不高兴地问："你自己不想来吗？"

李娇娇调皮地说："哪是我不想来，我是太想来了，这不是来了嘛！"

雪花挥挥手："好啦，去吧！记得按时来检查，随时注意胎心胎动。"

李娇娇挥挥手："放心吧，你以为我还像我妈那么蠢。"

雪花笑得不行再次挥挥手："走吧！"

15　医院内科刘刚诊室

张老根大着肚子面色红红的坐在诊室里

刘刚给张老根测血压。

张老根小心地问："怎么样？"

刘刚："不怎么样？记得吃药，高血压的药雷打不动地坚决不准停！酒要少喝！"

张老根一脸苦闷地问："就这些吗？"

刘刚："哪那么轻松，糖不能吃，动物内脏不能吃，太肥的肉不能吃！"

张老根难受地说："好难过哟！"

刘刚笑笑："哪里难过哟，你这是富贵病，不吃那么好，少吃肉、多吃菜、多运动，自然就好多了。"

张老根笑笑："还真是，想当年哟，想吃啥都没有。现在想不吃啥都堆在你面前，想不吃都难。刘医生，你说怎么办嘛？"

刘刚好笑地说："你可以少吃点，多运动一下就是啥！"

张老根高兴地说："这样也可以哟！"

刘刚："当然，并不是让你什么都不吃，搞得又营养不良。"

张老根惊奇地问："怎么会，知道如今都什么年代了，还会营养不良？"

刘刚呵呵一笑："这不让你笑一下嘛，看你的脸都成苦瓜了。"

16　雪花诊室　日　内

李娟拿着挂号本匆匆走入急匆匆地："医生给我开个 B 超吧。"

雪花笑笑："请坐吧！"边说边接过挂号本一扫：李娟，女，27 岁，江源镇，复诊。

雪花："停经多少周了？"

李娟："18 周了。"

雪花："查血了吗？"

李娟："才怀上的时候全都查过，上次做了唐氏筛查说有问题，你们通知我来检查的。"

雪花："报告来了吗？"

李娟："带来了。"说着将报告交给雪花。

雪花接过报告一看："18 高风险。建议作无创染色体或作羊水穿刺检查。这两种方法是比唐氏检查更准确的智力检查方法。其准确率高达 99.9%。"

李娟："可以不查吗？"

雪花："必须查。"

李娟："那就查查吧。"

雪花："无创，我们只是帮着采血。地中海贫血，优生 10 项也可以送外检。羊水穿刺要到上级医院才行。"边说已开好了检查条码交给李娟。"家属来了吗？"

李娟："来了，在外面呢。"

雪花："叫他去交费排队，你在检验科去排队等着抽血。"说时已把收费条交给了李娟。李娟和一个十分帅气的小伙子难过地离开。

17　医院检验科　日　外

李娟坐着抽血。

18　雪花诊室　日　内

张丽丽拿着挂号本匆匆走入："二姨，给我开个 B 超吧！"

雪花笑笑："请坐吧！"边说边拿挂号本一扫：张丽丽，女，30 岁，金水乡金沙村人，复诊。

雪花："停经几个月？"

张丽丽："7 个月。"

雪花："感觉怎么样？头晕不？脚抽筋吗？"

张丽丽："感觉还不错。没什么不舒服的。"

雪花："吃钙片了吗？"

张丽丽："在吃。"

雪花："知道了。"说话时已在电脑上到了晚孕检查彩超栏一点，彩超检查条便打出来了。雪花将交费条交给张丽丽时说："和抽脐带血的联系了吗？"

张丽丽："已经联系好了。"

雪花："现在高兴了吧！上次地震的时候孩子被吓掉了，现在终于要生了。

孩子的东西有准备吗？"

张丽丽："早准备好啦！吃的穿得全都按照你规定的优生策略来的。你放心吧！"

雪花："好！快去做好彩超拿来看看，你妹妹张宇也在上面检查。"

张丽丽："好，我和她联系一下。"

雪花："等会报告拿回来看看。"

张丽丽："好！"

19　医院收费室　日　内

张丽丽在交费。

20　雪花诊室　日　内

陈姣姣（又名小羊雀，雪花四合院里老羊雀难产死时生下的女儿）拿着挂号本匆匆走入："二姨给我检查一下吧！"

雪花笑笑起身拉过凳子："请坐吧！"边说边接过挂号本一扫：小羊雀，女，29 岁，金水乡金水村，复诊。

雪花："停经多少周？"

小羊雀："12 周。"

雪花："做过彩超验过血了吗？"

小羊雀："上次 2 个月的时候，你就叫我们全都检查建卡了，一切都正常。今天来看看应做些什么检查。"

雪花："今天应作 NT 检查，还要查肝功、肾功、凝血功能及传染四项、优生十项、地中海贫血、甲功等等。"说话时雪花已在电脑上找到晚孕检查的产科检查栏，轻轻一点，交费条便出来交给陈姣姣。

21　收费室　日　内

小羊雀在交费。

22　彩超室　日　内

小羊雀在排队作彩超。

23　检验科　日　内

小羊雀在抽血。

24　雪花诊室　日　内

小羊雀拿着一大把报告交给雪花。

雪花仔细看后放在桌上，忙将小羊雀带到检查台上。小羊雀躺在检查台上，雪花仔细查着宫高腹围胎心。

雪花高兴地笑着说："情况不错，起来吧！"边说拉起小羊雀。在孕产妇保健手册上面记录着检查结果。抬眼叫小羊雀过来测血压、身高、体重。

小羊雀笑嘻嘻地坐在雪花身边。

雪花拿出血压器在小羊雀手腕上一戴一按键，测量仪上显示血压112／66毫米汞柱。雪花一边测一边报出血压数字并示意小羊雀到体重器上测体重，小羊雀站在体重器上51公斤。并在本子上记录着。

小羊雀："今天检查怎么样？"

雪花笑笑："不错。NT过关了。今天检查结果全都正常。一个月再来检查。当然有特殊情况比如腹痛、阴道流血、流水等等要立即到医院检查！"

小羊雀高兴地说："记住了。"

雪花关心地问："你现住哪里？"

小羊雀："还是住在县城原来那个昌平小区。"

雪花："好，记得吃营养丰富的食物比如鸡、鱼、肉、蛋等等。具体怎么安排，每餐吃多少，可以参照这个表。"说着将一张孕产妇营养指导的孕期食谱大全交给小羊雀，"看看吧，上面写得很清楚。"

小羊雀高兴地接过食谱："好。二姨，我一定会照做的！"

25　雪花诊室　日　内

朱娟拿着挂号本走入："医生，给我检查一下吧！"

雪花笑笑接过挂号本一扫：朱娟，22岁，江源县人，复诊。

雪花："多少周了？"

朱娟："17周。"

雪花："查血了吗？"

朱娟："才怀上的时候查过。"

雪花：“唐氏筛查做过了吗？”

朱娟：“没有。”

雪花：“最好检查一下。”

朱娟：“唐氏筛查是干什么的呢？”

雪花：“那是检查胎儿智力的。”

朱娟：“可以不查吗？”

雪花：“要想生个聪明宝宝，必须查。国家免费查的。”

朱娟：“那就查查吧！”

雪花：“好！”将交费条码交给朱娟，“交费后到三层彩超室排队后再下来填表抽血。家属来了吗？”

朱娟：“来了，在外面。”

雪花：“叫他去缴费排队，你去填写申请表。”说着拿了一个大本子交给了朱娟。朱娟将交费条给小伙子后回到雪花身边，雪花边说边教朱娟填表。

朱娟填表后拿着表离开。

红英拿着药匆匆进来：“张医生，帮我看看药对不对？”

雪花认真查看后说：“对，可以回去了。按时吃药。”

杨微拿着药进来着急地问：“医生看看我的药对不对？”

雪花仔细看后：“对，对，对。回去啊。记得按时吃药啊！记得半个月后来复查。”

26　医院检验科　日　内

朱娟在抽血化验。

27　雪花诊室　日　内

28　彩超室　日　内

朱娟在作彩超。

29　雪花诊室　日　内

张小妹牵着一个 1 米 6 高的小姑娘一起拿着挂号本匆匆走入：“医生，给我看看病吧！”

雪花笑笑："请坐吧！"边说边接过挂号本一扫：张小妹，31 岁，江源镇，经商。

雪花关心地问："哪儿不舒服？"

张小妹皱紧眉头："白带增多。两人在一起的时候痛还有点血。"

雪花着急地问："有多久了？"说时抬眼看了看张小妹牵着的小姑娘："她是你什么人啊？"

张小妹懒懒地说："半年了。"又看了眼小姑娘说："张医生，你不记得了吗，这是我女儿，今年 15 岁了。"

雪花苦笑着："记得你，小妹，你 16 岁孩子都半岁了，我可没忘记。现在同房又有点出血，要高度重视哟！做个 B 超、阴道镜，再查一下 TCT、HPV 和白带常规吧。"说话时已在电脑上轻轻一点交费条便出来了。

张小妹接过交费条牵着女儿飞快地跑了。

30　检验科　日　内

张九妹在抽血。

31　雪花诊室　日　内

海燕拿着挂号本匆匆走入："医生，我想开点药出去。"

雪花笑笑："请坐吧！"边说边接过挂号本一扫：海燕，28 岁，江源镇，美国留学生。

雪花："开什么药啊？"

海燕："我痛经八年了。每月都要吃药才能止痛。"

雪花："在美国读书几年了？"

海燕："两年。因为特殊的事情所以回来几天，明天就走。想带点药出去。"

雪花："不检查一下吗？"

海燕："检查过了。"说着拿出一沓报告单交给雪花，"没有其他任何问题。"

雪花接过报告单看看："每次都吃药？"

海燕："是的。以前读书的时候是我妈妈来找你开的药，我们全家有妇科病都是吃你开的药。"

雪花："吃的什么药？"

海燕："中西药。"

雪花："今天我给你开两种药，一种是中药吃药后可以根治的，另外一种是西药吃药后马上就不痛的。可以吗？"

海燕："当然可以。怎么吃？要吃多久啊？"

雪花："中药吃三个月。每次月经的第十二天开始吃，到月经来时停药。西药月经一来就吃，月经一停就停药。"

海燕："那好，你给我开三个月的吧。"

雪花："我们医院有规定，一次只能开7天的药。你要出国。我拼命（拼着不要工作）给你开，最多也只能给你开一个月的药。"

海燕："药要很多钱吗？"

雪花："不多。一个月一百多元。"

海燕："那为啥不一次性开三个月的呢？"

雪花苦笑着："过几天叫你家里人来给你开好，寄去吧。我记住你了，叫你家里人把这个病历本带来就行了。"说话时在电脑上成导方案的痛经一栏轻轻一点交费条便出来了。

海燕无奈地拿着处方条离开。

雪花："取药后拿来，我给你说怎么吃啊。"

32　彩超室　日　内

张小妹在作彩超。

33　雪花诊室　日　内

一霖妈妈拿着挂号本匆匆走入："医生，我想给我女儿开点药。"

雪花笑笑："请坐吧！"边说边接过挂号本一扫：一霖，28岁，江源镇，英国留学生。

"一霖又怎么啦？"

一霖妈妈："上次吃药后盆腔的包块和积液都消了，小腹也不痛了。到英国的医院检查说病全好了。这次因为毕业分配的事情一着急肚子又有点痛，乳房也有点胀了。"

雪花："到医院检查了吗？"

一霖妈妈："检查过了，说是盆腔炎和乳腺增生。"

雪花："那叫她赶快在那里开药吃啊。"

一霖妈妈："开了的，他们那边开的全是西药，她想吃你上次开的那些中成药。"

雪花："知道了。一霖她准备在英国上班，还是回来吧。"边说已在电脑成导方案的盆腔炎乳腺增生一起选上一点处方条就出来了。

一霖妈妈："就为这事急的，英国那边想留她在音乐学院，北京和上海也有单位要她。所以她着急难定这不就病了嘛！"

雪花："最后定下了吗？"说着将处方条交给了一霖妈妈。

一霖妈妈："定下了。下个月就到上海上班了。"说着起身接过雪花的处方条，"一霖知道药怎么吃，我就不回来了，你忙吧。"

雪花："还是拿回来我看看吧。我要检查一下的。"

一霖妈妈："好吧！"

34　医院过道　日　内

刘妹飞快地走着。

35　雪花诊室　日　内

刘妹拿着挂号本匆匆走入医生办公室："我想看看病。"

雪花笑笑："请坐吧。"边说边接过挂号本一扫，刘妹，25 岁，云南人，水口乡 2 村人。

雪花："哪不舒服？"

刘妹："下身白带多。"

雪花："多久了？"

刘妹："三年了。"

雪花："还有其他的不适没有？小腹痛不痛？月经啥时来的？"

刘妹："没有了，小腹不痛。月经才走 3 天。"

雪花："那就查白带做阴道镜和液基细胞学检查吧！"说话时在电脑上宫颈癌前病变一栏上轻轻一点交费条便出来了。

刘妹接过交费条离开。

雪花："交费后到阴道镜检查室。"

36　医院过道　日　内

利琼快步走着。

37　雪花诊室　日　内

利琼拿着挂号本匆匆走入："医生，我来做利普刀手术。"

雪花笑笑："请坐！"边说边接过挂号本一扫，利琼，27岁，湖北人现在居江源镇，复诊。

"检查报告带来了吗？"

利琼："带来了。"边说边从包里拿出液基细胞检查单，病检报告交给雪花。

雪花："再去做个心电图、血常规和白带常规吧。"说话时已开好了检查条。

利琼："行。"

雪花："先进去，我给你取好白带再去交费。"

利琼起身到了诊室隔断里面的妇科检查处。

雪花："赶快自己脱掉一条裤子，躺到检查台后叫我。"

利琼躺在检查台上："好啦，医生！"

雪花："来了。"说话时已拉开帘子进到隔断里面飞快地取了白带。"取好了，起来吧！白带标本在桌上管子里。自己拿好交费后送到检验科，一会儿抽血后，再去做心电图。"

利琼："知道了。"

利琼走后，前面所有取药的人先后拿着药进来。

雪花看着药后给她们说着交代着。

取药的人又一一离去。

38　阴道镜检查室　日　内

小燕子拿着手机打着电话："雪花，快来，阴道镜准备好了。"

"来了！"雪花拿着手机边走边说着已到了阴道检查室。

张小妹躺在检查台上。

雪花边做阴道镜边说："张小妹啊，你宫颈有点问题给你涂片检查一下好吗？"

张小妹着急地问：“很严重吗？”

雪花：“不是很严重，但有性生活三年以上的人，没问题都要做这种宫颈癌检查。你现在宫颈重度糜烂，涂碘大部分都不着色。如果涂片有问题还是取活检吧！”

张小妹：“那就做吧。痛吗？”说话时燕子已将涂片刷子交给了雪花。

雪花接过刷子一边轻轻地取着标本，一边安慰张小妹：“不怕啊，张小妹，一点都不痛哟。”说话时已做好涂片放进液基细胞学检查盒里。

燕子对着门外：“下一个。”

……

39　雪花诊室　日　内

会佳拿着挂号本匆匆走入：“医生，我想取点药。”

雪花笑笑：“请坐吧！”边说边接过挂号本一扫：会佳，27岁，浙江人，现住江源镇。

雪花：“有啥不舒服？”

会佳：“我做试管婴儿植入已经一个月了，可是胚胎仍然不发育，又有点出血。”

雪花：“检查了吗？”

会佳：“查血、B超、心电图都做了。”

雪花：“在哪做的？”

会佳：“在我做试管婴儿那家医院做的。她们说胚胎已经停止发育了，医生你看看吧。”说话时已拿出检查报告交给雪花。“她们叫我做手术。”

雪花：“那好。”边看报告边说，“你做一般的还是无痛的？”

会佳：“当然是无痛的。”

雪花：“行，中午不能吃饭了，先去喝点奶。交费后下午三点到手术室等。”说话时在电脑上的人流一栏上轻轻一点，交费条便出来了。

会佳接过交费条离开。

正说着雪花手机响了。雪花打开手机：“啥事，肖军？青青、玲玲好多老同学都来了？我现上班呢，你和何花、肖雪先去啊。我下班后来吧。”说完挂掉手机重新点开小明叫道：“小明啊，中午不煮饭，青青她们来江源县了，中午下班时你送我们一起到高家院子吃饭。”

40　收费室　日　内

会佳在交费。

41　花诊室　日　内

肖云君大着肚子拿着挂号本匆匆走入："医生给我常规检查一下吧。"

雪花笑笑请坐吧边说边接过挂号本一扫：肖云君，33岁，广东人，现住江源镇。

雪花："怀孕几个月了？"

肖云君："我做试管婴儿孩子已经25周了。十几天前做过B超，今天想听听胎心。"

雪花："好！再查一下血常规和尿常规，还要做妊娠糖尿病检查。"说话时已在产科检查栏一点交费条便出来了。

肖云君将交费条交给门外一男士。

雪花："请到检查台上躺着吧。"肖云君走上检查台，雪花查完测宫高腹围胎心，测血压体重。雪花笑笑："很好！检查全部正常。记得一个月后来检查。一会儿所有报告全部给我看。"

肖云君："知道了。"门外肖云君边说边快速跑去交费。

张丽丽又拿着一把报告递给雪花："二姨所有报告都出来了。"

雪花笑笑："好！"说着接过报告单，"不错。孩子长得不错，羊水、胎盘都正常。记得按标准食谱进食，每天坚持做孕妇体操。适当活动。半个月后再来检查。"

张丽丽笑笑："好！"

雪花："你爸妈怎么样？"

张丽丽："爸爸有高血压。妈妈有高血压高血脂还有糖尿病。"

雪花："那你要辛苦点。照顾好爸妈，也要照顾好你自己。"

张丽丽感激地说："好的！谢谢二姨！"

42　收费室　日　内

肖云君在交费。

43　雪花诊室　日　内

玉米花拿着挂号本匆匆走入："张医生，我想取点药。"

雪花笑笑说："姐姐请坐吧！"边说边接过挂号本一扫：玉米花，江源县宝马乡人，现住江源镇。

雪花焦虑地问："有啥不舒服？"

玉米花笑笑："雪花医生呢，我很好，今天我想来看看你，也想来拿点叶酸。我儿子小懒虫的老婆是独生女。现在国家有政策，说单独的青年，孩子满3岁后可以生二胎。"

雪花："准备啥时候怀孩子嘛？"

玉米花："我们当年怀孩子不知道检查。现在人人都知道怀孩子前三个月就要吃叶酸。听说吃了叶酸孩子聪明些。小懒虫叫我来帮他们拿点药。准备三个月后怀孕。"

雪花："你儿子、儿媳妇他们地震时不是到灾区去了吗？"

玉米花："去了。把灾区的房子修好后就回来了。"

雪花："他们现在在干什么呢？"

玉米花："他们两口子现在办了一个牛肉加工厂。一天忙得脚板不沾地。"

雪花："销路打开了吗？"

玉米花："哎哟，还不错哟，遍地开花啦！全国各地商场都在卖哟。"

雪花："那就太好啦！记住怀孕前不要太忙了，来签字吧。"说话时已将处方条交给了玉米花，"还是要到药房领哟！"

玉米花："知道，我们周围的人怀孕前后都吃过叶酸。"

雪花："你们现在觉悟这么高？当年要是你也有这万分之一的觉悟，生小懒虫的时候也不会受那么多苦哟，我也不会这么累了哟！"

玉米花笑眯眯地说："是我们现在政策好啊，那时我们家里穷，一间草房还见天光，哪儿有钱到医院生孩子？哪儿像现在，老家修起三层楼的房子只住了三年放在乡间发霉，就跑到县城来买了楼房，现在又买了电梯房了，说我上下楼方便些。你说好不好嘛？"

雪花："当然好啊。你老公现身体还好吧？"

玉米花："现在呀，好得太好啦。想当年穷得吃观音米，得水肿病，解不出大便，还到医院取开塞露，开大黄泡水喝。现在好了，天天吃得肥头大耳，血脂、血糖、血压全部都高。天天吃治糖尿病的药，还要吃降血压、血脂的药。

还专门请了县医院内科的刘刚医生帮忙调理。"

雪花："好啊。自己多保重哟！"

玉米花："哎，要得。不说了，我走了。你忙吧，雪花医生。谢谢你！"边说边跑出诊室。

雪花笑笑："你慢走哟，好好享福哟！"

44 妇科手术室 日 内

张小妹躺在手术台上。

汤菲拿着手机："雪花快来，张小妹活检手术准备好啦。"

雪花拿着电话边走边说着："来了，来了。"

说着已走到张小妹身边笑着拍拍张小妹的肩膀："别怕，一点都不痛。回去后记得吃药，时刻警惕宫颈癌。"说话时已飞快在宫颈3、6、9、12四点各取了宫颈不着色组织。"小妹，过两天来拿报告。如果有问题可能要做手术。"

张小妹认真地说："好！"

45 利普刀手术室 日 内

雪花在做手术。燕子拿着烟管在吸烟。

雪花边做手术边说："利琼啊，别紧张，不痛的。明天开始会出现很多分泌物，不要怕。一周后会出现少许流血，那都是正常现象。如果出血超过月经量要立即到医院来，如果阴道流血如流水一样不停的话，半夜也要给我打电话，马上到医院我给你上药止血。"

利琼："知道了。"

雪花："这次怎么想起要来检查呢？"

利琼高兴地说："医生呢，上次居委会上门通知叫所有妇女都去做宫颈癌筛查，我不是怕她们不要钱，查不准嘛！"

雪花："那你就放心了，她们是初步筛查，有问题的都要到医院复查的。当然，随时欢迎你到医院来！"

46 雪花诊室 日 内

易玲拿着挂号本匆匆走入："医生，我想做四维彩超。"

雪花笑笑："请坐吧！"边说边接过挂号本一扫：易玲，27岁，江源县江源镇，复诊。

雪花："几个月了？"

易玲："6个月，24周了。你上次约我今天来做四维彩超。"

雪花笑着摸摸易玲的肩膀轻声地说："好。去吧！"

说话时已在电脑上的彩超上一点交费条就出来了。

易玲拿着交费条离开。

雪花："等会儿报告出来给我看看。"

易玲："知道了。"说话时已走出好远。

雪花："谁让你检查的呀？四维要几百块钱，不心痛吗？"

易玲看怪物样看着雪花："张医生，我自己来检查的，不用谁叫我，这都什么年代了，还要人叫我来检查，不说几百块钱，就是几千块钱，该检查的必须检查。"

雪花笑笑："觉悟这么高啊！"

易玲自信满满地说："这算什么觉悟，怀孕前我半年我都不在外面吃饭，天天新鲜的土特产，自己煮着吃，生怕外面吃的东西搁久了不安全。"

雪花震惊地问："这么讲究？"

易玲："那是当然。现在的孩子不是天才就是学霸，我的孩子怎么能输在起跑线上。不要说上学，就是在肚子里都要加油了，不然天才就是那么叫出来的吗？"

雪花高兴地说："那你天天做胎教了吗？"

易玲："当然，彩超发现胎心，你就教我说要作胎教，我天天给孩子读诗念散文讲故事！"

雪花笑笑："就这些吗？"

易玲："当然不是！"又悄悄对着雪花耳边，"我不是学设计的吗，我每天做设计的时候故意说得很大声，还时不时摸摸肚子，我想孩子会不会也能学到点设计方面的知识呢？"

雪花只是笑："再见！小心护着孩子，别摔倒了！"说着挥挥手！

第五十三集　再见老同学

1　江源县医院停车场　2014年　夏　日　外

小明坐在车里向门诊妇产科楼方向张望着，不停地看着时间。

雪花匆匆地从医院里跑出来。

小明飞快地将车开到雪花面前："快点，已经12点过15分了。"

雪花："知道，没办法。快点开吧！"

小明说话时已飞快地开着车跑了。

2　江源县城外日　外

小明边开车边说："我送你去后就回去哟，饭在锅里火都没关。"

雪花："叫你别做饭，等会我们一起吃饭后我还要马上回去上班，下午还有几个手术。要不回去关火？"

小明："算了吧。火开得很小，一小时就回来应该没问题。"

雪花："不知肖军现在在哪里。"说话时已打开手机找到肖军一点电话就通了："到哪里了？"

肖军："我早到了，你现在在哪里？"

雪花："我还在路上呢？"

小明："在那个位置。"

肖军："百草坪高家院子外面啊！"

小明："那好，你等着，我们马上就到了。"说话时已看到肖军站在路边等着了。

雪花："噫，何花呢？"

肖军："她说还在做手术，等会儿才能来。王强和肖雪先到了。"

3　百草坪高家院子　日　内

王强、肖雪、青青、小平、小华、小蒙、阿超等一大群人在院子里的木桌边坐着喝茶。

王强在和同学们说着什么。

肖雪在给青青倒茶。雪花和肖军小明急匆匆地进入。

同学们全都看着迟到的三人笑着。

青青见雪花来了指着她身边一位穿着大花格裙子的女士说："知道她是谁吗？"

雪花仔细看着大气洒脱气质出尘的美女，看着那大大的眼睛，上翘的嘴角，突然想起常爱笑的丽丽。

青青："想起来了吧。她就是从来没参加同学会的小丽，二班的。她现在重庆，说三十多年没见大家非常想念，因为你们很忙走不开。所以约大家一起来了，高兴吧？"

雪花点点头："高兴！"跑去拉着小丽左看右看说，"和三十年前差了好远。唯一不变的是，你的笑脸。"

小平："主人家，怎么来得这么晚哟？别只顾着美女，也看看帅哥啥！"

雪花笑笑看着小平："嗯，有那么帅。什么时候到的？"

小平："上午 10 点就到了。"

肖军："小平，我这个部长今天亲自接待你，不要批评雪花了。看我们王强院长、肖雪主任亲自出马接待你们。不要说了，等会儿敬你两杯酒。"

王强："对，请各位马上就位吧。已经很晚了，大家都饿了吧。"

4　餐厅　日　内

小明、雪花、肖军将各位领到院里露天桌前一一坐好。

雪花和王强悄悄说着什么。随后雪花给服务员悄悄说着。

肖军叫着："服务员上菜吧！来点乡村小菜吧。"

王强："各位老同学多年不见，今天我们来到乡村就来点乡村味的素炒藤藤菜、凉拌黄瓜、绿豆冬瓜汤、凉粉、土鸡、土鸭、渣渣鱼、盘鳝、三巴汤、红苕干饭吧。"

肖雪："别看这些素菜小鱼不起眼，这可是我们江源县三大名菜——渣渣鱼、盘鳝、三巴汤。城里的大鱼大肉吃腻了，到这里来品尝一点小鱼、小菜还是很不错的哟。大家快品尝吧。"

一群老同学欢天喜地纷纷就座。细细品尝。

肖军："好了。在这里我敬所有同学一杯。我先干为敬大家随意。"说完脖子一抬酒杯一倒，酒全进了嘴里。

一个个热情高涨，畅谈三十年分别后各种各样的经历趣事。在大家都吃好喝得差不多的时候，雪花看着一群热情高涨的老同学笑笑说："咱们还有谁能记得医生誓言嘛？"

何花笑嘻嘻地上前："不是常常背嘛！"

雪花惊喜地说："你天天背，来，大家一起来背诵一遍吧……"

5　镜头闪换　日　内

和少年时代实习出发时的高亢声音相比有了更多沉重的气息。二者交叉重叠，内中现出杨冲、钟丽、胡阿兵、杨玲玲一个个可爱活泼帅气的身影和他们阳光灿烂的笑容。小智活泼机智的脸和神情痴呆的表情与之交替呈现。

6　镜头闪回　日　内

青青红着眼睛低着头想着。

雪花走到青青身边将餐巾纸递给青青："擦擦吧！"又轻轻地说，"脚伤好些了吗？"

青青苦笑着："好多了，上次你侄女来照顾不周哟。现在闹血荒太厉害，我们好些病人都输不上血，只有靠亲人献血。没办法！对了，超哥你们这边怎么样啊？"说话时转向阿超。

阿超："别说了，和全国一样哟！我们市每千人口献血率仅为5.84‰。低于全国平均水平9‰。离国际公认每千人口献血率需达到10‰才能满足临床用血需求相差很远。"

肖军："你这个血站站长工作做得还不够好吧！"

阿超："我检讨。明天我开着流动献血车到处去宣传！"

雪花："其实，你们的献血车天天都在宣传啊：在某一个地方，有一个人的生命，因为您所付出的爱，而得以延续。真诚感谢您——亲爱的献血者！"

阿超："你记住了。"

雪花："现在才感到它的必要。"又转身对小明悄悄地说："你去把账结了吧。"

小明轻声地："那么多同学，哪儿要你结账。"

雪花笑笑："还是我来吧。看嘛，所有同学不是院长局长就是站长主任。只我一个是老百姓，难得让人误会，说是吃了国家的。等会儿送我回去关火，我去上班。完了你陪同学们玩吧。"

小明："大家都当官，你为啥不当官嘛？"

雪花："都去当官，哪个来看病人呢，不看到病人我怎么知道病人在想什么？怎么才知道她们需要什么？再说，就是当一个院长一个局长，几十人，几百人，几十万人的吃喝拉撒生老病死把心都占满了，哪儿还有心专门管全世界妇女儿童的身体健康？"

小明："那你管了多少人？"

雪花："少说在我心里至少有 20 亿人。"

小明："那你想什么嘛。"

雪花："想女同胞都健康幸福长命百岁。想孩子们都聪明健康帅气美丽。"

小明："那你慢慢想啊，我结账去了。"

7　江源县步行街中心流动献血车上　日　外

雪花和欣乔在献血。

雪花拿开消毒棉签放下衣袖。

欣乔抽血时把头使劲偏向一边。雪花面色苍白地紧紧站在欣乔身边抱着欣乔的头。

雪花接过护士送来的糖水一口喝下。护士又倒了一杯给欣乔。欣乔喝完糖水母女俩正要离开，欣乔脸色苍白快要倒下。雪花忙扶欣乔躺下，又示意护士小妹妹照顾着欣乔。

雪花："欣乔，你休息一会儿坐车回去哟。妈妈上班去了。"

8 雪花诊室外日 外

已坐满了一行道人

9 雪花走进诊室。日 内

一个70岁的老太婆和老头进来就嚷着："医生，我来看报告的。"

雪花客气地说："请坐嘛，婆婆！"

老太婆："医生，我有没有癌症啊？"

雪花："没有。"

老太爷："那是什么？"

雪花："是炎症。"

老太爷："哎，医生，我可不可以去找计生办，要他们负责。"

雪花好奇地问："要他们负责什么？"

老太爷信心满满地："负责治好我老婆的病，是他们当年强行要我老婆去安环，我老婆肚子痛了几十年了。"

雪花笑笑："婆婆都70岁了。她椎间盘突出本来腰就要痛，怎么怪是安环引起的呢？"

老太爷："是安环引起的肚子痛，她天天弯腰捧着肚子所以椎间盘才突出来的。"

雪花笑笑："你老婆这么大年纪早就应该取环了。"

老太爷眼睛一鼓："没有人通知我们去取环。我们怎么知道要取环呢？"

雪花笑眯眯地："好了，老太爷呢，放心回家，没什么大问题。吃完药就到医院来取环吧！"说完将一交费条交给老太爷。

10 雪花诊室 日 风

大丫拿着挂号本，二丫和三丫扶着面色苍白的刘严走进雪花的诊室。

三姐妹着急地叫着："雪花姐姐，快点给刘姐姐看看病哟。"

雪花急忙接过病历本在电脑上一扫：刘严，女，39岁，云南人，宝马乡宝马村人。

雪花看着病人着急地问："怎么啦？刘严？"

刘严有气无力地说："下身流血两个月了。"

雪花着急地问："流血多不多？"

刘严："不是很多。比月经少点。"

雪花："快，大丫扶刘严到阴道镜检查室先去看看，再去做 B 超、查血、查尿。"说话时已飞快在电脑点着交费条哗地冲了出来。雪花拿起交给二丫："快去交费，我先给刘严检查一下。"

11　阴道镜检查室　日　内

刘严躺在检查台上。雪花在做阴道镜。

雪花着急地说："汤菲，快拿标本袋来。"

汤菲："现在检查要病检袋干啥哟？"

雪花着急地说："看嘛，宫颈上用棉签消毒一扫，肉就一块块往下掉。"雪花边做边说着把宫颈上掉来的肉交给汤菲："装上固定好，拿去做病检。"

刘严着急地问："医生，很严重吗？"

雪花不动声色地说："没什么，等会儿上三层做彩超，再把我取的东西拿去检查一下，过三天来拿报告。等会儿你去住院部住院先输液吧。大丫和二丫是你什么人啊？"

刘严："是我老公一个院子里长大的。"

雪花："好！让她先带你去检查。"

12　雪花诊室　日　内

大丫、二丫、三丫几姐妹着急地问："雪花姐姐，刘严是啥病啊？"

雪花面色沉重轻声悄悄地说："可能是宫颈癌。"

大丫："确定？"

雪花："根据我的经验，应是宫颈癌晚期了。她现在正常宫颈的影子都找不到了，整个阴道血肉模糊。一挨宫颈鲜红腐烂的肉和豆花样脆，一挨就不停地掉落，以往我们遇到这样的人结果全是宫颈癌。当然最后结果要等两天病检报告出来后才能确诊。你先带她做彩超。"

二丫着急地拉起刚出来的刘严。

雪花难过地说："走吧！我和你们一起去彩超室。"

13　B 超室　日　内

刘严躺在检查台上。雪花和 B 超师仔细地看着。

B 超师："子宫大小正常，宫颈有一 3.5cm×2.3cm 占位，内见丰富的血流信号。"

雪花和 B 超师相视无言地摇头。

雪花打开手机："护士站吗？我是雪花，门诊妇科有一个急诊病人，请快来人接上去。"

14 雪花诊室外下午 2 点 35 分 外

刘严坐在椅子上。二丫陪着。

雪花笑笑轻声地："刘严别着急，没什么，一会儿有护士下来接你。"

大丫、小丫两姐妹着急地叫着："雪花姐姐怎么样啊？"

雪花："二丫，你先送她上住院吧！"

二丫听话地和下来的护士一起走了。大丫和三丫着急地问："雪花姐姐，你救救她吧。当年你还是个学生就救活了我的妈妈。现在你都工作三十多年了，你一定能救活刘严吧？"

雪花脸上一阵红一阵白。眼泪在眼眶里直打转。好半天才慢慢地说："大丫啊，我还真救不了她的命啊！对于宫颈癌来说，我还只是一个哨兵。只上门诊的我现在最主要的职责是守护着进入我这个诊室的病人的宫颈。早发现、早治疗，以最大的努力防止宫颈癌的发生。为了这个目的，我可以说是冒着生命危险，顶着失业的风险，违背原则地给除了月经期、产褥期的所有有性生活史的病人作阴道镜检查。就是不正常出血的病人也要在严密消毒下做阴道镜检查。因为几十年来我看到了太多如刘严这样出血的宫颈癌病人，我害怕出血病人不检查放走了防止和发现宫颈癌的机会。"

大丫："只做这些有什么用啊？"

雪花："早期发现有宫颈癌倾向的患者，检查有问题的及时做利普刀手术，防止宫颈癌的发生。"

三丫："那你查到宫颈癌怎么办呢？"

雪花："送到住院部，那里就是战场。是医生阻杀癌症的地方。但是大丫三丫啊，不要说我们江源县这个小小县城的小医生，就是西华、北京、伦敦、纽约的大教授，他们锐利的刀无论有多快，即使把子宫附件全切除，把盆腔腹腔所有淋巴结也都扫掉，用最现代的伽马刀，用最新研出的阻断剂，她能活多久也只有看她的意志和毅力了。"

大丫眼睛有些红了："刘严她还有四个孩子啊。可怜最大的 15 岁，第一个老公留下二个孩子得肝癌走了。第二个老公留下一个孩子出车祸死了，现在和我们院里的老单身汉结婚生下孩子才 4 岁。真不知道怎么办啊？"

李金花也着急地快步走到雪花身前："恩人啊，你就救救她吧！"

雪花难过地拉着金花叫着："金花阿姨，别着急。她能早几年来就好了，现在说什么都晚了。但是，只要她不怕，一切都有可能。先快到住院部先输液治疗吧。"

李金花挥挥手："大丫、三丫你们把刘严送到住院部去住院。我和你雪花姐姐摆一下龙门阵。"

雪花笑笑："老根叔叔还好吧！"

李金花长长叹口气："好是好，就是三高折磨得他和我天天吃药。"说着动了动肥胖得完全变形的身体。

雪花："每天坚持运动一下，不吃好了嘛！"

李金花："不吃好了？几个娃儿妹子天天鸡鸭鱼虾肉。换到换到吃，一家有老有小的。妹子们说，营养要均衡。要荤素搭配得当。"

雪花："正确啥！"

李金花："正确还是吃得成了三高。哎！"

雪花笑笑："没办法，现在生活实在是太好了。不知道怎么叫吃了？"

李金花："就是哟，一个二个全像哈儿一样。晓得吃好了要遭三高。看到鸡鸭鱼肉还是要筷子打连杆。"

雪花憋着笑："你现在住哪里呢？"

李金花："几个妹子都在县城买了电梯房。我和大丫住在一江山水。大妹子说这个房子风景好得很。天天看江看水看万家灯火。一天心情爽翻天，要活 120 岁不倒萎。"

雪花笑得直叫："阿姨阿姨，你老家房子也没得了吗？"

李金花："哪个说没得？老家修起别墅装修得漂亮得很。大家都住县城，老家别墅只有周末过年过节才回去住几天。"

雪花："那老家的地也不种了吗？"

李金花："那个地早就包出去给别人种了。哪个还去种那几管苞谷几颗谷子嘛？想当年穷得叮当响。挖一锄头田巴缺口，张老根手上的骨头都遭王小二打得翘起搭得起帐篷。那天医生累了一个小时才锤平接好，害得住了半个月医院，也弄得王小二吃了两年的牢饭。"

雪花："现在你们两家关系怎么样啊？他出来没找你们的麻烦吗？"

李金花："他找啥子麻烦嘛，那时候全国人民都穷。一天在太阳下累死累活还只吃清明菜、观音米。他坐在屋里头天天还吃白米饭，他还要做啥子嘛。再说，他进圈两年。我家张老根掉起手杆也在帮他家张九妹担了两年的水，我和几个丫头帮张九妹做了地里一半的活路。乡里乡亲的，低头不见抬头见。怄气怄过了，还不是一样的相帮互助过日子。"

15　雪花诊室　日　外

夏姐姐带着高个的小敏老远八里就对着雪花高声叫着："雪花，看看吧！这就是当年那个 6 岁的小娃娃。现在都长到 1 米 7 了。"又小声地说，"她说月经后白带增多不舒服，雪花你帮着看看嘛！"

雪花："好啊！夏姐姐。"说话时已开好了检查条。

16　检查室　日　内

雪花在给小敏检查。

17　化验室　日　内

小敏在等化验结果。

18　雪花诊室　日　内

雪花接过小敏的报告单写了药交给夏姐姐："放心吧，姐姐！问题不大，吃点药就好了。"

夏姐姐："好！你老先生出马，还有什么搞不定的。"

雪花笑笑："姐姐取药后拿回来看看。"

夏姐姐："好！"

19　药房　日　内

夏姐姐和小敏在取药。

20　雪花诊室　日　内

雪花在看着夏姐姐取来的药，又一样样告诉小敏怎么吃怎么用。

张小妹拿着报告快步走到雪花面前："医生啊，CINIII 是什么意思啊？"

雪花着急地问："报告出来了？"说着接过检查单，一见报告，雪花脸色难看地沉着："要做手术。一个人来的吗？"

张小妹害怕地问："大手术吗？要家属。"

雪花："也不是多大的手术，但是要给你爱人说一下。你给他打电话我给他就说一下吧。"

张小妹打响电话："大哥哥，张医生说要做手术，她要跟你说话。"说着把手机交给雪花。

雪花接过手机："小兄弟呀，我叫张雪花，你知道啊，那就好。你爱人现在是宫颈原位癌，要做一个手术，术后注意调理和复查，你同意现在马上就可以做手术，她术前检查上次已经做了。看你说做不做，做啊，好！"

21　利普刀手术室　日　内

张小妹躺在手术台上。

雪花在做手术，边做手术边说："小妹啊，你孩子现在读几年级了？"

张小妹沉重地说："15 岁，读高一了，调皮得很，一点都不听话。"

雪花："你才 31 岁，孩子就读高中。人家好多女性，朋友都没找到。"

张小妹："这么蠢哟。"

雪花："不是蠢，人家是晚婚晚育，你女儿千万不要像你一样这么早要朋友，不然容易得宫颈癌，你算运气好，这次检查出来了。如果大意不管，真正得了宫颈癌，那就很麻烦了。"

张小妹："知道了。"

22　人流手术室　日　内

雪花在给红梅做人流产手术。

做完手术雪花问面色苍白的红梅："你会开车吗？"

红梅穿好裤子："车在下面停着呢。"

汤菲在一边收拾东西。

雪花："汤菲等会儿帮我问做无痛人流的病人开车没有，如果有开车的人叫她们术后不要开车。"

汤菲："刚才已问过了，6 个手术病人有 4 人自己开车来的。已经给她们说好了，今天不准开车。"

雪花："好。"

雪花诊室外病人越来越多。

雪花在检查室人流手术室和利普刀手术室不停地奔跑着。

23　雪花诊室　日　内

小明在帮着收拾东西准备下班。

雪花在换衣服。

大丫和小丫跑来："雪花姐姐，你下班了吗？妈妈叫我们来看你，不想路上遇到刘严就一起来了。"

雪花："你妈妈现在怎么样啊？"

大丫："我妈妈很好，天天都在念叨你。要我们时时记着你的好，记着医生的救命之恩。不要和别人一样动不动就找医生的麻烦。"

雪花感动地说："你妈妈真好！"

大丫："再好也没有你好！妈妈说，没有你就没有我们家今天的幸福生活。她天天念着，要我们走到江源县城就要帮她来看看你。"

雪花："你们几姐妹那么忙，怎么今天走到一起了？"

大丫："上次我做宫外孕手术回来是为了给妈妈做七十大寿。"

小丫："这次爸爸做八十大寿。所以我们几姐妹才一起回来的。我现在三江法律事务所专门为医院打官司。"

雪花："是你妈妈叫你这么做的吗？"

小丫："是啊，开始我也不愿意，认为妈妈迂腐。为了给医生报恩，就帮医院打官司。"

雪花："后来呢？"

小丫："后来，就真的帮医院打官司了。开始打的时候，还是认为医生错得多，患者闹得好。老是偏向患者。认为患者可怜，认为进医院就是要 100% 地治好病。不能有任何差错。"

雪花："现在呢？"

小丫："现在啊。打的官司多了，见的医生多了，特别是看到那些眼睛通红骨瘦如柴的医生那么累那么苦的时候，我都不想要他们说事情的经过了。"

雪花："为啥呢？"

小丫："为了妈妈的嘱托，也为了公正地为人民服务。我开始翻阅大量的医学书，看到了那些书本上本应有的不良反应和手术前术中术后可能出现的各种意外。又调阅了古今中外很多的历史资料和现代资料。"

雪花："有什么感觉呢？"

小丫："为了更好地搞懂这些问题，我叫大姐的儿子包文，我妈也叫他学法律。叫他作为一个课题研究一下。包文为了更深地研究这个课题又选修了医学系。在那里，雪花姐姐，你知道他在那里学到什么了吗？"

雪花："学到什么了？"

大丫："他不想当律师，他要读医学系当医生，如果人们不找医生麻烦的话。"

雪花："为啥呢？"

小丫："包文说他学四年法学系，老师说要据理力争，医学上每一点进步都是病人的鲜血和生命换来的，医学书上的每一点经验都是无数病人的痛苦鲜血和生命写成的。他说如果病人不找医生麻烦的话，他都想去当医生，因为老师说还有很多难关没攻破，还有很多疾病等着我们去研究。所以我想啊，如果病人老是这样找医生麻烦，会不会阻碍医学的进步。"

二丫快步走来："不会的，我家老二是学社会学的。上次听你们说了医院的官司，她说她专门研究了目前医闹与社会发展的关系。她说会出现这些问题是因为我们国家经济建设搞得太快了，人们物质生活提高了，精神境界还没达到。她说，大家只看到医生今天的过失，没看到医生为祖国医学作的贡献。她说，就从人的平均寿命从 1949 年以前的 38 岁增加到 1983 年 73 岁一项就可知中国医生的贡献有多大。随着时间的推移，人们精神境界的提高，思想素质的提高，国家一定会出台相应的法律法规，不会让这种不良的风气继续发展下去。"

小丫："有时候，我都在想，医院的官司究竟该不该打。"

雪花："你们这么想当然太好了。如果没那么多麻烦，没那么多框框套套，让医生们放开手脚，只为病人，只想如何让病人用最少的钱，受最小的痛苦，最快地治好病人的话。医学不知又进步了多少。"

小丫："放心吧，雪花阿姨，一切都会好起来的。"

雪花和大丫、小丫在那说着笑着其乐融融的样子。让人不胜感慨。

……

小明走来一脸笑意地："走,下班了,回家吧!她们都走了!雪英姐来了!"

24 雪花家　夜　内

雪花坐在沙发上。

雪英在一旁拿着一张张相片给雪花看。

雪花："姐上次你回来后怎么打过一次电话怎么再也打不通了?"

雪英："回来后手机丢了,手机上拍的很多照片都找不着了。这些是在杨三姐那里找来的。"

雪花："你们一个英语都不认识怎么和别人交流哟?"

雪英笑呵呵地说："呀,你才不知道哟。我们到的新马泰几国,所到之处人人都说中文。走到哪里都和在家里一样,到处都是中国人。人家马来西亚把时间都调成北京时间了,知道我们有时差不方便。导游说马来西亚人人都爱看中国电视,最爱看的是'非诚勿扰',最喜欢黄奶奶和孟爷爷。"

"是吗?"雪花说着说着便睡着了。

小明叫雪英吃饭。

雪英想叫醒雪花。

小明示意："别出声,让她好好休息一下。她已经好几天没休息了。"

睡梦中雪花看到人人都在欢天喜地地跳着唱着,医生和病人亲热地拉着手交谈着说笑着唱着跳着。病人们想输血就能输血,应该输多少就可以输多少。

阿超说："血库血太多了已经放不下,请大家排队暂时不要献血了,等需要的时候依次通知大家。"

还有好多孕妇高兴地对雪花说："张医生,谢谢党、谢谢国家。我们做NT、唐氏、无创染色体等胎儿智力检查都不要钱了。"

还有病人兴冲冲地说："张医生,现在真是太好了,我们现在查宫颈癌也不要钱了。"雪花看着听着,脸笑得如花一样灿烂。

第五十四集　梦想成真

10 年后

1　A 市街道　日　外

雪花牵着 10 岁的正正，正正背着书包，拉着一个 7 岁大眼睛灵动的小女孩慢慢走着。

2　雪花诊所　春　日　内

雪花坐在黄木诊断桌前轻声说："刘青，不要着急，你那么远跑来，我一定好好给你诊治的。"

刘青："张医生，我在瑜市治了八年，花了 20 多万元了。老公说再治不好，就要跟我离婚。我打听了好多地方，说你治好了很多人，所以我来了。你一定要告诉我实情，究竟还能不能治好？"

雪花："你现在情况已检查清楚。目前主要有三种病影响你生育：一是多囊卵巢综合征，它主要是不排卵，让你无法生育，要治疗至少得三至六个月；二是输卵管堵塞，它主要是让卵巢正常排出的卵子不能进入宫腔，所以无法怀孕，治疗至少也要两个月；三是你现在有宫颈糜烂，虽然它不是不孕的主要原因，但它引起阴道分泌物增多，这些分泌物有些可杀死精子，对生育也有一定影响。现在我们把所有的问题都一一解决了，孩子自然就怀上了。"

刘青高兴地问："真的？"

雪花："真的！只要你听话。你现在输卵管通水利普刀两个小手术做了，只要认真吃药。心情放松，尽量控制饭量，注意减肥。保持心情愉快，所有的病都会好的。"

刘青："张医生，你说了那么多，我又懂又不懂。懂的是我怀孕有希望了。不懂的是卵巢、排卵、输卵管和子宫它们和我怀孕有什么关系嘛？"

雪花："和怀孕关系可大了。首先说卵巢吧。它是关系女性魅力的主要器官，主要分泌各种女性激素。比如雌激素、孕激素等等。雌激素功能很多，足量的雌激素能让子宫内膜正常发育，只有达到一定的厚度，怀孕后受精卵才能顺利植入子宫内膜，并在子宫里着床直到足月顺利分娩。孕激素是保证妊娠的胎儿不掉的关键一环。如果孕激素低了，胚胎就会直接生化或者流产。还有一个最主要的功能就是孕育并排出卵子。卵子也就是人类生育的种子，当它离开卵巢进入腹腔后，输卵管的伞部抓住卵子向子宫内运送和进入母体的精子在输卵管相遇，形成受精卵，妊娠才开始启程。而输卵管就是一条长12至14厘米的管道，它的功能就是让卵子通过输卵管和进入输卵管的精子相遇牵手，再进入宫腔。完成妊娠的相遇牵手转移，到达宫腔着床才是妊娠的正式开始。它实际上是卵巢和子宫之间的桥梁。也是人类爱情和生命相遇最初结合的伊甸园，懂了吗？"

刘青："张医生你说得太好了，听了你的话哈儿也懂了。谢谢了！"

雪花笑笑："不用谢，这是最基本的常识。你只管听话按时吃药就行了。"

刘青高兴地笑笑："好！我走了，张医生，我保证听话，好好吃药。"

雪花："好！慢走，高兴点！"

3　白草坪高家院子　　春　日　外

雪花、何花、肖军、建明、超哥在院子里坐着喝茶。温暖的阳光洒在他们的脸上。

雪花："今年84级江北医学院的同学们要举办40周年同学会，不知道参加的人多不多？"

何花："肯定多啥！现在大部分都退休了，没事干，不来参加同学会干啥？"

肖军："可能不是很多哟！"

超哥："好多人好多事来不了。"

雪花："可能会定在周末，带孩子的也可以来吧！"

肖军："不是那个问题。"

雪花："那是什么？"

肖军："雪花你没发现，这十年同学走了多少人？你们医院的王强肝癌死了，石头胃癌走了，江源市医院的骨科主任长青脑血管破裂死了。哎！还有好多医生因为工作量大，不能合理休息等种种原因患死了。"

何花："是啊。黄文家才惨哟！黄文女儿肝癌死后不到一年，黄文又查出肝癌，两次手术，术后没休息几天就上班。痛得使劲捂着伤口硬挣着还在给病人换药。让他休息，可他就是坐不住，那么多痛苦都受了，最后还是走了。"

雪花："最可怜的是江敏，因为着急女儿和老公的肝癌，每天只顾着看护他们忘记自己，阴道天天流血也不管不顾。开药给她不吃，叫她做诊刮不做。一天只知道上班，照顾得肝癌的女儿和老公黄文。等到女儿和黄文都死了后才想到自己，结果一检查已是子宫内膜癌晚期。做手术后不到一个月复查，癌细胞全身转移，最后竟转移到了脑部。痛得受不了从自家 17 层的窗台纵身一跳，摔得头部都变形了，美容师化妆弄了半天才稍稍好点。可结果呢，全家一个能说话的人都没有了。"

何花："石头院长更是可怜。钟丽死后，他一天又忙工作，又忙家里。之后辞职自己开医院，没有烦心事，却有各个方方面面的阻挠压力，最后也患胃癌走了。本来，胃癌不容易死人的，可他病人太多，病人扯皮不断。压力太大，各种烦恼，他没法休息，病情恶化。手术后不到两年，便两眼一翻，走了。哎，真是可怜哟。"

建明："大家都不要那么悲观，一切都会好起来的。几十年过去了，大部分同学还在就好。没有什么比生命和健康更重要。"

超哥："现在环境好、政策好、医风好，干什么都好。医生上班不用像以前天天提心吊胆。"

雪花："确实。现在终于清静些了，但无处不在的风险一样悬在每个医生前进的四方。"

何花："大家工作都要小心。"

4 雪花诊所　秋　日　内

雪花坐在诊断桌前看着电脑。

刘青笑嘻嘻地走进诊室："张医生，告诉你一个好消息，我怀孕了。"

雪花高兴地站起来："真的？祝贺哟！"说着伸出手。

刘青忙从包里拿出一沓报告单："B超单、检验单。"

雪花接过报告笑眯眯地说："不错不错，都两个月了。孕酮也可以，其他检查做了吗？叶酸吃了吗？"

刘青高兴地："做了！在医院建卡了，好多检查报告都在医院。还做了好多免费的传染病检查，说16到20周时去做免费的唐氏筛查。"

又拉着雪花，挨着雪花耳边悄悄地说："产后月子中心我都已经预定了。就等宝宝长了。"

雪花眼睛一亮："好！太好啦。那，医生告诉你除了常见的肝肾功能、血尿常规、血型、艾滋梅毒等各种传染病检查。还需要查地中海贫血、优生10项等。记住14周内，最好11到13周去做NT检查，16周到20周可以做唐氏筛查或者羊水穿刺，确认有没有遗传性疾病和智力障碍。20周到24周做四维彩超，看胎儿有无畸形。孕26周还要做妊娠糖尿病检查。孕30周再做一次四维检查胎儿心脏发育情况。"

刘青："没说那么多。医生，那怀孕要做多少次检查啊？"

雪花："有点多，从最开始怀孕，12周内每个月查一次就可以了。如果孕酮太低，要保胎的话，那早期就要好多次，有的每三天就要复查血HCG和孕酮，直到正常为止。孕妇正常情况下每4周查一次，到28周以后，每2周查一次，最后一个月每周查一次。但这都不是绝对的，有问题要随时检查。比如各种意外情况，胎动少，孕妇身体出现各种病态可能等等，都要随时到医院检查。"

刘青："好，张医生。我记住了，有问题我会随时请教你的。"

雪花："随时欢迎！"

刘青："张医生，我今天来一是告诉你我的好消息，另外也想问一下孕期检查和怀孕期间要注意些什么，好不容易怀孕，我想好好珍惜。"

雪花严肃地说："孕期注意的主要有两方面。一是防止胎儿流产和畸形。要做到这些首先是不喝酒、防辐射，穿防辐射的衣服，少看电脑电视，少用手机。少接触放射性物质，不用过早进驻才装修好的屋子（新房子装修后至少要半年到一年方可入住）。要保证心情愉悦，夫妻要互敬互爱。三个月内禁性生活。整个孕期性生活都要注意温柔适度，不要过猛过频，以防流产、早产。禁食过度辛辣凉的食物。二是保证胎儿健康聪明顺利出生。居住环境尽量优美整洁，进食各种营养丰富的食物。孕早期可以吃些芝麻、海鱼、燕窝等有助脑细胞发育的食物，以提高胎儿的智力和视力。另外还应吃些营养丰富的蔬菜、水果和蛋白质。当然新鲜天然的蔬菜、鸡、蛋、鲜奶、牛肉、羊肉、猪肉等等也是必须吃的。每天具体吃什么吃多少如何安排，到时医生会详细告诉你。当然那些食物也是随妊娠月份随时调节的，记不住也可以电话咨询。还可以拿一份孕期食物大全参考。"说着拿出一张精致的孕期食谱递给青青。

刘青高兴地接过雪花的孕期食谱大全连说："好，好，太好啦，谢谢你张医生！"

雪花挥手笑笑！

5　欣乔家　春　夜　内

正正、都都两兄妹正在专心画画。

欣乔在沙发上看书。

6　雪花诊所　日　内

雪花坐在诊断桌前整理资料，电话铃声响起。雪花点开手机眼睛一眯："你在哪里？维也纳？要给你寄点药过去。哪里不舒服嘛？太远了，就在那边买吧。吃起没效果？过去都在我这里拿的药吗？嗯，好吧！我不知道能不能寄药，你叫你家人来拿吧！过去一些病人都是家属去的时候带走的。"说完挂掉电话。

英子从治疗室走过来："谁呀？"

雪花："一个老病人。痛经多年了。本来治好了。她跑到维也纳去后又复发了。在当地买了药吃了没效果。"

叮咚短信响起。雪花点开微信笑了："春子你到东京干啥？上班？呵！啥事？你怀孕孩子不想要，想让我给你寄点打胎药。这不可能。日本那么远，怎么可以？再说我退休了，开个小诊所，我们不卖打胎药。你把孩子生下来吧！"和春子微信对话刚完。

张九妹难过地走到雪花面前："张医生！"

看看张九妹难受的样子雪花着急起身拉着张九妹："啥事？"

张九妹"哗"地从包里拿出几张纸递给雪花："张医生，帮我看看我查宫颈癌的报告怎样？"

雪花接过单子严肃地："在哪里检查的？查见非典型鳞状细胞，性质不定。

最好活检以明确诊断。查 HPV 了吗？"

张九妹："保健院免费检查的。后来查的 HPV，18、16 都是阳性。"

雪花："活检必须做。"

张九妹："保健院就是叫我取活检，我想问问你该怎么办？"

雪花："去取吧。报告出来给我看看吧！"说着又关心地说，"你现住在哪里？"

张九妹难过地说："就在县城，城南市场边。每天卖水果。"

雪花："十年前你都是宫颈原位癌。叫你每半年检查一次，你怎么不来检查呢？"

张九妹："想着你手术做得那么好，不会复发了嘛。"

雪花："你生那么多孩子，现在又有那么多病毒，很危险。年满 30 岁的女性，没有癌症的每年都必须查。你曾经患过宫颈原位癌的更是要多多检查。三个月，最多半年都要查一下才安全。"

张九妹："以前在外地忙，不知道要检查。那天小区通知，人人都要到保健院免费做宫颈癌乳腺癌筛查。检查就是这个样子。"

雪花："好，快去做活检吧，报告出来告诉我。"

张九妹难过又无力地嗯了一声，便慢慢地走了。

雪花望着张九妹离去的方向发呆："又是一个宫颈癌吗？但愿没走拢哟。"

穿着厚厚大衣的谢小洁面色苍白地走到雪花身边着急地说："雪花医生，快帮我看看吧！"

雪花一脸焦虑地问："出什么问题了？哪儿不舒服啊？"

谢小洁难过地说："到处都不舒服。难受，白带多，同房就出血。"

雪花着急地问："多久了？"

谢小洁："半年了。"

雪花："到医院检查过吗？"

谢小洁："检查过，说是有问题，叫我取活检。说着拿出了一叠报告。"

雪花："接过报告仔细地看着。活检做了吗？"

谢小洁："不想做？想请你看看。"

雪花："必须做。"说着叫谢小洁躺在检查台上。

谢小洁呼地一下跳到检查台边，雪花惊了一跳，叫谢小洁慢慢脱掉裤子。

雪花仔细检查着肥大的宫颈，柱状上皮增生一触就流血的宫颈组织。

雪花皱紧眉头："还是去做一个活检吧。"

谢小洁："真的要做吗？"

雪花果断地说："必须做，越快越好。报告出来了给我看看。"

谢小洁不情愿地慢慢向门外走去。

7　雪花家　日　内

雪花在看正正画画，一会儿又听都都弹琴。

8　雪花诊所　日　内

谢小洁拿着报告交给雪花。

雪花看着报告严肃地："CIN III 级，原位癌。"

谢小洁："怎么样，张医生？"

雪花："有点严重，但做个宫颈锥切就行了。"

谢小洁："不做不行吗？"

雪花果断地说："肯定不行，你要高度重视，手术必须做。现在已经是宫颈癌，只是癌变还局限在宫颈。现在做一个小手术就行了。好了也不影响生孩子。"

谢小洁不高兴地嘟着嘴："死了算了！"

雪花严肃地："小洁啊。你现是沾了国家的光，国家免费给你查出了宫颈原位癌，这是多好的事啊！虽然现在已经是宫颈癌。但它现在才刚刚开始，手术做了就和正常人一样了，一点也不影响你什么。你还可以结婚生孩子，过着幸福快乐的生活。只是要提高警惕，三个月或者半年去查一下液基细胞学检查，也查一下 HPV 病毒就行了。你还不知足吗？如果不检查，没发现，等上一年两年宫颈癌就跑到子宫颈周围组织。那就要命了。手术越早做越好越安全哟。"

谢小洁激动地："好！医生，我马上去做手术。"说着快步向医院跑去。

玉米花匆匆忙忙走入诊所急切地说："雪花医生，我的报告出来了。"

雪花笑笑接过报告："宫颈慢性炎症，局灶可疑上皮内病变，CIN II 级。"

玉米花："怎么样？"

雪花如释重负地说："很好，没到宫颈癌。做个小手术就行了。"

玉米花："真要做手术吗？"

雪花："必须做，尽快做。你现在有宫颈癌前病变，如果不做手术不治疗，继续下去肯定会得宫颈癌的。你想得宫颈癌吗？你那么漂亮的房子不想住了吗？你可爱的孙子不想看了吗？"

玉米花着急地说："不，不，我想住漂亮房子，我想看着我的孙子长大。我听话，我马上去做手术！"

9　小路上　日　外

玉米花飞快地走着。

10　雪花诊所　日　内

张九妹拿着报告快步走入："医生报告出来了，帮我看看吧。"

雪花紧张地一把抢过九妹的报告一看突然就笑了："太好了。CIN III 级，原位癌。上帝保佑。"

张九妹着急地问："怎么样啊？"

雪花高兴地说："很好，和上次一样，CIN III 级，宫颈原位癌。癌症属于早期，还局限在宫颈。做个锥切手术就行了。至于 HPV 病毒吃药上药就行了。"

张九妹："真的做个上次一样的小手术就可以了。"

雪花兴奋地说："是的。早点做吧。做了就好了。"

张九妹懒懒地说："那好吧！"

雪花着急地问："怎么这样？你现住在哪里？"

张九妹骄傲地说："一江山水。"

雪花高兴地说："不错哟，电梯房啊！和金花她们住一个楼盘了。"

张九妹甩甩头："那是。"

雪花细心地说："你现住那么好的房子，一定要好好珍惜共产党给你的第二次生命。如果不是国家叫你们免费检查宫颈癌。用不了一年，最多两年，宫颈癌肯定会找到你，把你啃得渣都不剩，并且还死得很难看。天天流水流血，又臭又脏，就是做了手术，花它几十万也没几年好活。"

张九妹："有那么可怕吗？"

雪花着急地说："九姐姐，宫颈癌是真的可怕。全世界每年死于宫颈癌的病人不下于 50 万。我不要你一分钱，我只是给你建议。手术你到县医院或者任何可以做这个手术的医院去做。请你一定要重视起来，不要拿生命开玩笑。不是我说你，人家A大姐比你有权吧，梅艳芳比你有钱吧？她们也得了宫颈癌，结果如何呢？再多的钱结果只有一个：那就是死。所以啊，快点去把手术做了吧！你又不是没做过，躺上台，两分钟做完，起来就走，多简单！"

张九妹笑笑："张医生，知道了，我听话。马上就去做。"

雪花笑眯眯地说："好啊，快去吧！"

11 雪花家 日 内

小明在做饭。

雪花笑嘻嘻地走回家。

小明看看雪花："什么事这么高兴？"

雪花高兴地说："我看到好多个姐妹死里逃生，活过来了。"

小明好奇地问："在哪里？"

雪花笑笑："就在我的诊所里啊！"

12 雪花诊所 日 内

张九妹笑嘻嘻地走到雪花身边："张医生，我手术做好了。"

雪花高兴地说："好啊。太好啦。现在怎么样啊？"

张九妹："还是有些水水流出来。"

雪花："那是正常的。等一个月后开始上药治疗HPV病毒。等病毒转阴后，每隔半年复查一下液基细胞和HPV。每年国家免费的必须查。"

张九妹："查那么勤干什么嘛？"

雪花："保命啊！一年查两次也不算什么，因为你现在和别人不一样。你有宫颈原位癌的病史嘛，开始两年每年怎么也要查两次哟。国家给你查一次。你自己自费查一次。"

张九妹："多少钱嘛？"

雪花："只查宫颈癌作液基细胞只要100多元。不要怕用钱，少吃一只土鸡就行了。未必你还不值一只鸡吗？说来也是笑话。想当年大家都没钱，到医院生孩子平产4元，难产6元，剖宫产也只要10多元。可你们还是不到医院生孩子，把孩子生死一个又一个。叫你们怀孕要做孕期检查，生孩子的时候到医院生，你们一个二个都不听，觉得我们医生是骗子在骗你们的钱，生得母子双亡的好多啊！你自己不也生得子宫破裂孩子死了，自己也差点没命了吗？现在好了，大家都知道怀孕后要定期检查，生孩子要到医院，甚至都懂得优生优育。怀孕前都知道吃叶酸，要做孕前检查要计划怀孕了。产后很多人都住月子中心不回家坐月子了。很多地方，别说人就是猪下小猪，都有畜牧专家接生了。可是对宫颈癌和 HPV 癌症病毒还是处于当年劝你们到医院住院生孩子时一样的状态，叫你们检查何其艰难，虽然国家投入了大量资金防治宫颈癌，居委会天天到每家每户去请去喊，可顽固的人还是无处不在。叫你们做一个 HPV 宫颈癌病毒，更是难上加难。"

张九妹："不是做手术了吗？"

雪花："手术做了也要定时随访。HPV 病毒更是如疯魔一样，无时不有，无处不在。当然，如果你和你的爱人很守纪律，严格按照结婚证规定那样做，性生活一夫一妻制，拒绝入侵，永不外犯。那么，世界会多一份幸福与宁静，健康会与你同行。那样的话，如果你术后三年检查都是正常的话，你一年两年甚至三年检查一次都可以。"

张九妹："好嘛！我知道了。"

雪花："一定要记住哟！"

张九妹："保证记住！"边说边笑眯眯地走出诊所。

雪花："好！"雪花也笑着收拾东西准备下班。

苍苍、东东、高老师几人走到雪花面前高兴地说："雪花，今天中午请客，听说你的新书出版了。"

雪花："嗯，早该出来了！一些事情让我太难过，很久没法写，所以晚出来近一年了！"

苍苍："下本书又写什么呢？"

雪花："仍然是救命的书！走吧，给你们说说下次想写什么！"

一众作家诗人拥着雪花向前走去。

全剧终

2024 年 5 月 20 日

后

记

　　《雪花天使情》是广安市原文联主席兼作协主席童光辉（笔名老童）先生，为我先后写了二十年的54集电视连续《雪花天使》而改定的书名。我挺喜欢！

　　说是写了二十年，其实并非二十年里天天都在写，而是从二十年前开始下笔，1999年12月就已经完稿。那时，也就是2000年2月，我要随《人民文学》旅欧作家考察团赴欧洲考察，曾与《人民文学》编辑部的吉云大哥约定，到北京时把剧本交予他，托他找人联系拍摄事宜。1999年的最后一天，我去值夜班，在医院门口，下班回家的文医生招呼我："彩儿，快点到手术室去做手术，产妇已经打好麻醉在等着了。"来不及去值班室，我顺手就把挎包挂到了护士办公室门背后挂衣服的挂钩上，便火急火燎地赶往7层的手术室。当晚很忙，连续做了7台剖官产，直到第二天早上下班，才想起拿包。然而，包不翼而飞了。

　　当时，我急得不得了！之所以着急，不是因为里面所装有的钥匙、少许的钱币和身份证，而是因为里面装有我准备拿去请人打印的我手写的5大本《雪花天使》的草稿。抱着能找回来的一线希望，我报警了。最后，只在医院背后的山坡上，找到了包和身份证，其他东西全没了。为此，我气了很久很久。到北京见到吉云大哥言及此事，他颇感好笑："都什么年代了，竟还有作家用笔写作。为什么不用电脑呢？"他的一笑一问，让我这个电脑盲自责不已。

后来，买了电脑并学会使用，不论写点什么，都去有劳键盘。以为把所写的文字关在电脑里，便算进了保险柜。

借助电脑，凭记忆抽挤时间重写《雪花天使》，写了42集，20多万字。写这个剧本主要的目的，就是要让天下所有孕产妇都到医院生孩子，此愿望已经实现了——也就是我写的医学科普专著《孕产妇必读》《优生指南》的相继出版，且已走进了千家万户。孕产妇们能自觉自愿到医院生孩子了，优生优育业已成为人们的共识。我觉得再写作已没有什么必要了，便搁下多年写作的笔，把写好的剧本甩进电脑不管了。

去年，在作协召开一次重点作家座谈会上大家相谈甚欢，对我触动很大。于是，我想到了自己以往所创作的一些东西，加之一些小孩的不幸与鲜血惊醒了我，我觉得身为作家不能失去作家的担当，便萌生出了要为孩子们写点什么的念头，便想把曾经搁置在电脑里的小说和剧本找出来看看。结果，打开电脑，里面什么也没有。因为电脑已经换了两代，好不容易找到U盘。放到电脑上也找不出来。电脑专家说，太久了，里面的东西被磁化了。幸好换掉的电脑仍然放在屋角里。找了最高级的电脑工程师，千方百计把电脑二代导一代，三代导二代，那些失踪的文字，终于跃入眼帘。

忆及20世纪八九十年代的一些见闻，心情沉重如铅。在经济还不发达的乡村，人们缺乏孕期保健和优生优育方面的知识，甚至闻所未闻。许多孕妇根本不知道怀孕要检查、生孩子要去医院。因袭几千年的传统，在家里生孩子，让土接生婆接生；有的产妇生孩子时间太长，产后大出血无法抢救而死亡；有的产妇子宫破裂，胎儿掉入腹腔而窒息死亡……各种原因导致产妇和胎儿死亡的悲剧经常发生。作为民盟盟员的我院的黎主任曾十分痛心地要求我们每一个妇产科医生：不论在哪里——大街、小巷、大路、小路、城市、村庄、大餐厅、小饭店，哪怕是在厕所里，凡是遇到大肚子的孕妇，都要去劝说她们到医院检查、到医院生孩子。结果，换来的是孕妇们嗤之以鼻和一些背后怒骂："骗子，骗钱哟！"经受了这样的遭遇，不少医生感到很丢脸。黎主任鼓励大家："不要怕丢面子，不要怕她们骂。被骂总不会丢命。这和孕产们的生命相比，我们受点委屈算什么？希望大家以后看到孕妇，要一如既往地劝说她们。"她最经典的口号是："活着干，死了算！见困难就上，见荣誉就让。"主任的出发点很好，其方法也不错。但我总觉得：处于当时交通不便，通讯不便的年代，孕产妇遍及四面八方，仅靠我们几个妇产科医生的嘴舌和狭窄有限的接触面，无异于杯水车薪。多次碰壁后，尤其坐在产妇满是鲜血的尸体旁，看着死者家属失去亲人而伤心落泪的样子，我老幻想着，幻想中，自己长出了飞天的翅膀，高擎着火炬，天使般让人间的愚昧无知化为了灰烬，把孕期保健、优生优育的知识幻成雪花飘飘洒向人间每一个角落，播撒进了每一个人的心房。

想象是美好的，事实是不可能的。我想到了空中的声波，想到了铅印的纸张——凭着它们，思想的翅膀就可以飞翔了！我是多么渴望把自己所掌握的知识用文字传达到一个又一个孕产妇的心里、脑里、眼里啊！于是我开始了业余写作，考入了北京广播学院新闻编采系函授学习，进入了河北刊授学院文学系的刊授学习。完成学院的作业"我手写我心"，写的总是自己的真情实感；不管写什么，都涉及到孕产保健知识的宣传。于是，我在《家庭医生》发表了科普散文《红的迷雾》，在《南充日报》发表了《孕妇须知》，在《农村科技报》发表了《怎样知道自己快生孩子了》……这后来，出版了两本科普专著《孕产妇必读》《优生指南》和专为我和我的姐妹们而创作的两本诗集《春风一九九三》《双菊花》。1997年，荣幸地加入了四川省作家协会。经过全社会及全中国众多医生几十年如一日孕期保健知识的宣传和不懈努力，而今，已经出现了孕产妇们告别愚昧、走向优生的喜人局面。在我的家乡，再也难找到在家自己分娩、自己接生的产妇和不懂医的接生婆了。孕前必吃叶酸、产后住月子中心已成普遍趋势。

而在"非典""汶川大地震"等大灾大难面前中国医生的忘我品质和亿万人民的顽强斗志，令我格外动容。共度时艰，大爱无疆；成都街头踊跃献血的人流，令我心潮难平。从救灾前线归来又全家患癌症逝去的外科专家江泽文、内科老前辈林依明和最早的妇产科医生肖伟、最优秀的外科专家何朝、任虎，中医老前辈吴兴甫、刚到退休年龄的郑小刚，年轻的麻醉师符兵等等医生的不幸牺牲，令我难以忘怀。这一切的一切，难道不该大书特书吗？它既展现了中国四十年来孕妇分娩前前后后的天壤之别，也反映了中国医生和中国人民生活水平的惊天巨变。

历史需要铭记。作为医生的作家，记录历史是使命，挽救生命是天职。为生命而战，是我毕生的使命；我的笔，将为全人类的生命和健康而战斗到最后一刻。我为自己二十年不写不作为而羞愧，我为自己曾经的努力而骄傲。明天我将全力前行，不管写得好不好。只要能救命，哪怕能救下一个人，也是一种收获、一种荣耀。

　　当今，癌症已经成为一种灾难。夺去了多少无辜的生命，毁灭了多少幸福的家庭。其实很多的癌症是不致命的，很多的癌症都是可以避免的。下一部小说《美丽雪花天上来》，我将尽我所能，科普所有预防和抗癌的一些方法。期待有更多医生作家朋友加入这一行列，让我们都成为真正的天使，把防癌抗癌的知识幻化成雪花飘飘漫天飞扬，洒向人间每一个角落，消杀癌症。让世间无癌，愿人类无灾。

2024 年 11 月 16 日于钱树村乡居